# 平安朝詩文論集

後藤昭雄
著

勉誠社

# はじめに

本書は主に平安朝の漢詩文に関する近年の論文を中心としてまとめたものである。本書に先立って『平安朝漢詩文の文体と語彙』（二〇一七年）、『本朝漢詩文資料論』（二〇一二年）を上梓し、書名に即した諸論を収めた。残るもののうちいくつかを除いて、一書とした。

これを大きく「文学史研究」と「文人伝研究」に分けた。

「文学史研究」には十九篇があるが、1『孝経』と2『後漢書』の論は広く平安朝全体に及ぶものであるので最初に置いた。

以下の論は個別の作品、作者、あるいは比較的限られた時代の文学的事象についての論を、時代を追って配列した。ただし、3『大乗起信論注』は奈良朝末期の淡海三船（七二二～七八五）の著作、4「南山の智上人に贈る」詩はその作とされてきたものであるから、「平安朝」の範囲外にある。

また19「白居易「諭友詩」の本文」は天野山金剛寺蔵『文集抄』所引詩の本文の価値について述べたもので、他の諸論と性格が異なるので、最後においた。

私は漢文学資料の発掘、整理ということにも留意してきた。『日本詩紀拾遺』（二〇〇〇年）はその一つの区切りであったが、そうした作業は文章についても必要である。国史大系に入る『本朝文集』は早く江戸時代に水戸徳川家によって編纂された一大叢書であるが、平安時代については、一例であるが、当代に多く出現した公家日記にも漢文の文章が引用されている。このような漢文の集成も必要だろう。12「『言泉集』所引の平安中期願文資料」は文章の拾遺という意図による作業、論述である。

「文人伝研究」は七篇に止まる。これも時代を追って配列した。このうち、23「『扶桑集』の詩人」はかつて勤務した成城大学の『成城文藝』および『成城国文学』に連載した論文の㈠の前半と㈥を併せたもので、序論と各論から得られた結論である。残る㈡〜㈤はその各論であり、『扶桑集』の作者七十四人について、生没、経歴、文事、著作、遺存する詩文等について記述している。

「付載」として「史料所載平安朝詩詩題索引」を収めた。一九八七年、今井源衛先生の指導の下に行った共同作業の成果として平安朝漢文学研究会編『平安朝漢文学総合索引』が刊行された。「人名」「官職名」等の項目に分けられているが、私は「詩題」の整理を担当した。これはその続きとして作成したものである。

目　次

## 二　文人伝研究



## 【付載】

# 凡例

一、論述中の文献のうち、左記のものはそれぞれ次のテキストにより、その作品番号（条番号）を用いた。ただし、訓読は私見により改めたところがある。

白氏文集　新釈漢文大系『白氏文集』（明治書院）
凌雲集　小島憲之『国風暗黒時代の文学』中（中）（塙書房、一九七九年）
文華秀麗集　小島憲之、日本古典文学大系『懐風藻　文華秀麗集　本朝文粋』（岩波書店、一九六四年）
経国集　小島憲之『国風暗黒時代の文学』中（下）Ⅱ・下Ⅰ・下Ⅱ・下Ⅲ（塙書房、一九八六・九一・九四・九七年）
菅家文草　日本古典文学大系『菅家文草　菅家後集』（岩波書店、一九六六年）
和漢朗詠集　和歌文学大系『和漢朗詠集　新撰朗詠集』（明治書院、二〇一一年）
本朝文粋　新日本古典文学大系『本朝文粋』（岩波書店、一九九二年）
江談抄　新日本古典文学大系『江談抄　中外抄　富家語』（岩波書店、一九九七年）

二、引用史料中の〈　〉で括った部分は、原文では双行注であることを示す。

# 一　文学史研究

# 1　平安朝における『孝経』の受容

## 一　日本国見在書目録

『孝経』は平安朝において、律令制下「学令」の規定により大学寮の必修のテキストとして用いられたばかりでなく、広く貴族社会において受容された書物であった。「学令」は『孝経』のテキストとして孔安国注本と鄭玄注本の使用を定めているが、平安朝にはなお多くの『孝経』のテキストが存在した。そのことをよく示すのが九世紀末に藤原佐世（八四七〜八九七）が編纂した宮廷の図書目録『日本国見在書目録』である。その「孝経家」には以下の書が著録されている。それらの書の中国における伝存の状況を知るために、『隋書』経籍志および『旧唐書』経籍志における記載の有無（○×で示した）も併せて表にして示すと、次のようになる。

| 書名 | 隋書 | 旧唐書 |
| --- | --- | --- |
| 孝経一巻孔安国注 | ○ | ○ |
| 孝経一巻鄭玄注 | ○ | ○ |
| 孝経一巻蘇擬注(1) | ○ | ○ |
| 孝経一巻謝万集解 | ○ | ○ |
| 孝経一巻唐玄宗皇帝注 | ／ | ○ |
| 孝経集議二巻荀茂祖撰(2) | ○ | ○ |
| 越王孝経二十巻希古等撰(3) | × | ○ |
| 新撰孝経疏拾遺一巻 | × | × |
| 孝経疏三巻皇侃撰 | ○ | ○ |
| 孝経述議五巻劉炫撰 | ○ | ○ |
| 孝経去惑一巻同撰 | × | × |
| 孝経私記二巻周私正撰(4) | ○ | × |
| 孝経正義二巻 | × | × |
| 孝経抄一巻孔穎達撰 | ／ | × |
| 孝経玄一巻 | ○ | × |
| 孝経策二巻 | × | × |
| 孝経疏三巻元行沖撰 | ／ | ○ |
| 女孝経一巻班婕婦撰(5) | × | × |
| 酒孝経一巻 | × | ○ |
| 武孝経一巻 | × | × |

(注)(1)の「蘇擬」は「林」、(2)の「荀茂祖」は「荀」、(3)の「希古」は「任希古」、(4)の「周私正」は「弘」、(5)の「婕婦」は「好」が正しい。斜線を入れた三書は唐代の書である。

また緯書の類を集めた「異説家」にも以下の書が見える。

| 書名 | 隋書 | 旧唐書 |
| --- | --- | --- |
| 孝経勾命決六巻宋均注 | ○ | × |
| 孝経援神契七巻同注 | ○ | × |
| 孝経援神契音隠一巻 | × | × |
| 孝経内事一巻 | ○ | × |
| 孝経雄図三巻 | ○ | × |
| 孝経雌図三巻 | ○ | × |
| 孝経雄雌図一巻 | ○ | × |

「孝経家」に二十部、「異説家」に七部の書が挙げられているが、[1]『隋書』『旧唐書』だけでなく、他の中国の図書目録にも記載のないものがある。『新撰孝経疏拾遺』『孝経去惑』『孝経抄』『孝経策』『孝経援神契音隠』であるが、このうち『孝経去惑』と『孝経援神契音隠』は日本の文献にその名が見える。

『孝経去惑』は劉炫の撰述とある。劉炫は『隋書』巻七十五、儒林伝に伝があり、その著書として、本目録にも挙げる『孝経述議』のほか、『論語述議』『春秋攻昧』など九書が記されている。『孝経去惑』は中国では目録のみならず、他の史料文献にも見出せないが、我が国では以下の書に記載されている。

藤原頼長の『台記』康治二年（一一四三）九月三十日条には彼のそれまでの所見図書目録が記録されているが、そこに「同(孝経)去惑一巻　康治元年」とある。康治元年に『孝経去惑』一巻を読んだという意であるが、これに照応する記事が同元年三月二十三日条に、

　孝経述義一部五巻見了。又孝経其或一巻見了。

とある。「其或」は「去惑」の誤りである。

藤原通憲の『通憲入道蔵書目録』(第十櫃)に「孝経去惑一巻」、また『二中歴』第十一、経史歴に「古文孝経二十二章孔安国序注述義五巻去惑(ママ)一巻」と見える。

さらに、近年、存在が明らかになった天野山金剛寺蔵『全経大意』は鎌倉時代編述の中国古典籍目録で、経書に『老子』『荘子』を加えた十三書の書目と注釈書、解説を記しているが、[2]この書にも『孝経』の条に「去惑一巻劉炫撰」を挙げる。

このように、『孝経去惑』は我が国では平安末期から鎌倉時代にかけて流布した書物であった。

『孝経援神契音隠』もまた中国の文献には現れない書であるが、「通憲入道蔵書目録」(第十櫃)に記載されて

いる。ただし、これには『孝経援神契意隠』とする。

以上のように、九世紀末の日本には中国ではすでに散佚した書も含めて多くの『孝経』のテキストが存在していた。そうして、このことが次節で述べることと密接に関わっている。

## 二　古今集註孝経

『日本国見在書目録』の編者、藤原佐世はまた『孝経』の受容においても重要な役割を果たしている。彼は『孝経』の注釈書を編纂しているのである。そのことを記録しているのは先述の『台記』である。康治二年五月十四日条に、次の記述がある。

於大納言伊通卿送使。故借古今集註孝経為書写。付使被送之。佐世我朝博士所選也九巻。其七巻佐世草本也。了皆有点也。世之宝物如之。第九巻奥以朱書云、寛平六年二月二日一勘了。于時謫在陸奥多賀国府。

大納言伊通卿に使ひを送る。古今集註孝経を借らむ故(?)なり〈書き写す為なり〉。使ひに付して之れを送らる。佐世〈我が朝の博士〉の選する所なり〈九巻〉。其の七巻は佐世の草本なり。了皆点有るなり。(?)世の宝物之れに如かんや。第九巻の奥に朱書を以つて云ふ、「寛平六年二月二日一勘了んぬ。時に謫せられて陸奥の多賀の国府に在り」と。

この日、藤原頼長は大納言藤原伊通の許に使いを遣して、佐世が撰述した『古今集註孝経』を借用している。書写して手許に置くためである。この書は全九巻で、第九巻には朱筆の奥書があった。これによって、この書の制作年時も明らかである。寛平六年は八九四年。時に佐世は陸奥守として任地にあった。

この記事によって、藤原佐世は『古今集註孝経』という九巻の書を編纂していたことが知られる。ただし与えられる情報は書名と巻数だけであるが、「集註」とあることから、本書は先行の諸注を集成したものであろう。また、九巻という巻数は前節で見た『日本国見在書目録』所収の注疏のほとんどが一巻か二巻であるのに比べれば突出しているが、これも諸注集成と考えれば納得がいく。この『古今集註孝経』編纂の資料となったのは『日本国見在書目録』記載の諸書であったに違いない。

このような『孝経』の注書が九世紀末に我が国において撰述されていた。

この『古今集註孝経』はもう一つ注目すべき点を持っている。それは遥かに時代が降った室町期の日記に記されている。外記中原康富の『康富記』である。その文安五年（一四四八）五月二日条に次の記述がある。

同宇槐記ニ集註孝経ヲ伊通公ヨリ借得給テ有悦喜。又尚書正義ヲ伊通公ヘ被借進之由、見宇槐御記了。彼集註孝経ハ佐世ノ所作也。佐世ハ宇合七世孫、文章博士右大弁也。蓮華王院御宝蔵ニ集注孝経被納置。高倉院御時、件本被下大々外記殿（頼業真人）、可点進之由有勅定。即大々外記殿被点進也。

同宇槐記に集註孝経を伊通公より借り得給ひて悦喜有り。又尚書正義を伊通公へ借し進（たてまつ）らるるの由、宇槐御記に見え了んぬ。彼の集註孝経は佐世の作る所なり。佐世は宇合（うまかい）の七世の孫、文章博士、右大弁なり。蓮華王院御宝蔵に集注孝経を納め置かる。高倉院の御時、件の本を大々外記殿〈頼業（よりなり）の真人〉に下され、点じ進るべきの由、勅定有り。即ち大々外記殿点じ進らるるなり。

「宇槐記」は〈宇治大臣の記〉の意で『台記』の別称である。前半は先に見た『台記』の記述に即している。『尚書正義』を伊通へ貸与したことも引用を省略した部分に記されている。注目されるのは後半、特に『集註孝経』が蓮華王院の宝蔵に収蔵されていたということである。

蓮華王院は長寛二年（一一六四）、後白河法皇の勅願によって建立されたもので、本堂が京都市東山区に現存し、三十三間堂として知られる。その宝蔵は宇治平等院の宇治の宝蔵、鳥羽勝光明院の鳥羽の宝蔵と並び称され、数多くの名品尤物が集められていた。(3) それは典籍、経典、仏像、絵巻、楽器、武具など、広範囲に及んでいる。典籍は漢籍、本朝漢詩文、和書に亙るが、漢籍に『毛詩』『唐書』『群書治要』、本朝詩文に『懐風藻』『経国集』『円珍和尚伝』があり、ことに和書には『土佐日記』紀貫之自筆本、『後拾遺和歌集』撰者自筆本、『千載和歌集』奏覧本といった、きわめて貴重な写本が含まれていた。また近年紹介された東山御文庫蔵(4)『蓮華王院宝蔵目録』は経典の目録であるが、空海や円珍、また藤原行成、同伊行、同定信などの名筆が書写した経典が列挙されている。

このような由緒ある宝蔵に『集註孝経』が収蔵されていたことは、この書がはなはだ重要な書物と認められていたことを示すものである。なお、蓮華王院宝蔵についてはかなりの研究の蓄積があるが、(5)『古今集註孝経』については論及がない。宝蔵の収蔵品リストに付け加えなければならない。

中原康富は『集註孝経』について、もう一つのことを書き留めている。高倉天皇の時に、その命を承けて「頼業の真人」が本書に訓点を加えたという。頼業は清原頼業（一一二二〜一一八九）である。平安末期から鎌倉初期にかけて活躍した明経道の儒家で、安元元年（一一七五）に明経博士、次いで高倉天皇の侍読となる。頼業は初めは前述の頼長に近侍し、その経書講義に集うメンバーの一人であった。(6) 経書にはもちろん『孝経』もあったが、天養二年（一一四五）二月二十四日の『孝経』講義の席では「論議優美」という称賛を得ている（『台記』）。

高倉天皇（在位一一六八〜一一八〇）は後白河天皇の皇子。近年ようやく文事の整理がなされて、好文の帝王としての姿が明らかにされたが、(7) この『集註孝経』への加点の下命は、高倉天皇が詩文の詠作や詩宴の主宰などの文学的側面だけでなく、経学にも関心を寄せていたことをもの語るものである。

上述の『台記』と『康富記』と、『古今集註孝経』が記録に現れるのは比較的年代が接近している。

康治二年（一一四三）五月　頼長、伊通より『集註孝経』を借用する。

長寛二年（一一六四）十二月　蓮華王院落慶供養。宝蔵に『集註孝経』が収蔵される（その年時は未詳）。

仁安三年（一一六八）二月　高倉天皇即位。在位中（～一一八〇）『集註孝経』に加点させる。

この頃、『古今集註孝経』は『孝経』の諸注を集成した重宝な書物として、上流貴族層の間で利用されていたと考えられる。

## 三　孝経述義

日本に伝来した『孝経』の注釈のうち、重要な意義を持つのは『孝経述義』である。第一節で見た『孝経去惑』と同じく劉炫の編著。『隋書』巻七十五、儒林伝のその伝に「孝経述議五巻」として見え、『隋書』『旧唐書』の経籍志、『新唐書』の芸文志にも著録されるが、中国では散佚して現存しない。それが日本には伝存する。いわゆる佚存書である。五巻のうち巻一と巻四の古写本が清原家の後裔舟橋家に伝えられ、今は京都大学附属図書館に収蔵する。(8)

残欠ながら、天下の孤本として現存することが何よりも重要であるが、またこのことと密接に関わって、『孝経述義』は我が国では重要視された『孝経』の注書であった。

貞観二年（八六〇）十月十六日に『御注孝経』に関する天皇（清和）の命が公布されたが（『三代実録』）、それに「盛んに世に行はるるは、安国の注、劉炫の義なり」という。「安国の注」は「学令」に規定された『孝経』の注釈、孔安国注で、「劉炫の義」が『孝経述義』である。この天皇の言によって、当時、『孝経述義』が広く用いられていたことが知られる。また、第一節に挙げたが『日本国見在書目録』および『通憲入道蔵書目録』に記載され、『弘決外典鈔』『政事要略』『朝野群載』『三教指帰注集』に引用がある。(9) 藤原頼長の手許にもこの書があり、読んでいる。『台記』康治元年三月二十三日条に「孝経述義一部五巻見了んぬ」とあることは第一節で見たが、天養元年（一一四四）十二月二十四日条にも、

先に定安をして大学に参らしめ披覧を請ふ所の書〈五経正義、公羊解徽、穀梁疏、論語皇侃疏、孝経述義等なり〉、皆之れを見る。

とある。

鎌倉時代にも用いられている。『二中歴』経史歴に「古文孝経二十二章　孔安国序注〈述義五巻、去惑一巻〉」と先述（第一節）の『孝経去惑』と共に挙げられる。また第一節で述べた『全経大意』は『孝経』条に注の一つとして「述議五巻」を挙げ、その解説の半分以上を『孝経述議』からの引用に依っている。(10)

このように『孝経述義』は我が国ではよく用いられた『孝経』テキストであった。

## 四　孝経が読まれる場

『孝経』が読まれる場として、大学寮における講義は当然のこととして、それ以外に主なものに釈奠（せきてん）、湯殿読書、読書初めの三つがあった。

釈奠は大学寮で孔子とその主な弟子を祭る行事で、毎年、仲春（二月）、仲秋（八月）の二回行われた。ここでは『孝経』に始まり『礼記』『毛詩』『尚書』『論語』『周易』『春秋左氏伝』の七つの経書が順次講読される。いわゆる七経輪転講読であるが、(11)『孝経』はそのテキストの一つであった。

湯殿読書は皇子が生まれる時に行われる沐浴儀礼の一つで、(12)湯殿の外で儒者が『毛詩』『孝経』『史記』『後漢書』などの経史書を読むものである。儒者は紀伝道二人、明経道一人の三人で勤め、朝夕の二回、七日間行われた。『紫式部日記』に寛弘五年（一〇〇八）の敦成親王（のち後一条天皇）の御湯殿読書の様子を記述している。

読書初めは天皇や皇太子、親王、また上流貴族の子息が学問を始める儀礼として、七、八歳の頃に儒者に就いて漢籍を読む儀式である。

以上のいずれの場合も経書を初めとする漢籍が読まれるのであるが、これにしばしば『孝経』が用いられている。そうして釈奠と読書初めでは、付随して詩宴が開かれるのが恒例となっており、そこで制作された詩、詩序が詩文集に収載されている。

以下、一つずつ具体的に見ていこう。

### （1）読書初め

まず読書初めであるが、これについては尾形裕康氏の詳細な研究がある。時代的には平安朝から近世末に及び、読書初めに関する諸問題を網羅している。(13)ここでは後に述べることに関連することとして、用いられる『孝経』のテキストについて見ておこう。

『三代実録』貞観二年（八六〇）十二月二十日条に次の記事がある。

是より先、従五位上行大学博士大春日朝臣雄継、御注孝経を以つて皇帝に授け奉る。今日竟宴を事とする有り。

時に十一歳の清和天皇は明経博士に就いて読書初めを行ったが、用いられたテキストは『御注孝経』であった。これに関わって、およそ二箇月前の十月十六日、天皇自身が「制」（命令）を出している。長文であるので、要点を摘むと、

我が国では学令に『孝経』を読むには孔安国の注と鄭玄の注を用いることと規定されており、世間では孔注と「劉炫の義」（『孝経述義』）が盛んに用いられている。唐では開元十年、玄宗の『御注孝経』が撰述された。鄭玄注には問題があり、孔安国注も梁末に滅び、今行われているのは隋の劉炫に拠るものだからである。このように中国では孔鄭の注は廃され、御注のみが世に行われている。我が国においても今後はこの注に拠って教授すべきである。ただし学問は広いことを厭わない。孔注を尊重し心を寄せてきた者は兼ね用いることを許す。

という。少し補うと、『孝経』の本文には古文と今文があり、孔安国注は古文孝経、鄭玄注は今文孝経であったが、玄宗は今文を主に諸注を勘案して御注を撰述したのである。

ここに我が国においても、『孝経』を読むには『御注孝経』に拠るべきことが決定された。したがって二箇月後の天皇自身の読書初めは当然のこととして『御注孝経』をテキストとして行われたのであったが、この命は平安朝を通して規制力を維持した。

平安朝に行われた読書初めの一覧表が尾形論文に示されているのでこれに拠り、一部私見で補って、読書初めで用いられたテキストを整理すると次のようになる。

天長十年（八三三）四月二十三日の皇太子恒貞親王から仁安二年（一一六七）十二月九日の皇太子憲仁親王（高倉天皇）まで三十六度の読書初めを諸記録から知ることができるが、そのテキストは次のとおりである。『御注孝経』25、『孝経』2、その他6（千字文、蒙求、文選、周易、群書治要）、不明3。『孝経』以外の書物が用いられたのは昌泰元年（八九八）二月の醍醐天皇までで、延喜九年（九〇九）十一月の保明親王（皇太子）以後は一例を除きすべて『御注孝経』である。なお、その一例は貞元二年（九七七）三月の皇太子師貞親王（花山天皇）の場合の「孝経」であるが、上述の状況を考え合わせると、これは『御注孝経』である可能性が高い。すなわち十世紀以降は読書初めのテキストは『御注孝経』を用いるのが慣例となった。

読書初めにおいて作られた詩文として次のものがある。『本朝文粋』所収。

255源皇子の初めて周易を学ぶを聴く詩の序（都良香）
　貞観十八年（八七六）二月三十日、清和第一源氏源長猷。
264第四皇子の始めて蒙求を受け宴を命ずる詩の序（都良香）
　元慶二年（八七八）八月二十五日、清和天皇皇子貞保親王。『扶桑集』巻九に詩がある。
256第八皇子の始めて御注孝経を読むを聴く詩の序（菅原文時）
　村上天皇皇子永平親王。天延二年（九七四）あるいは三年の作(14)
258第一皇孫の初めて御注孝経を読むを聴く詩の序（大江匡衡）
　長保二年（一〇〇〇）十二月二日、冷泉天皇皇子居貞親王の子、敦明親王。
257第一皇子の初めて御注孝経を読むを聴く詩の序（大江以言）
　寛弘二年（一〇〇五）十一月十三日、一条天皇皇子敦康親王。藤原道長以下、陪席した八人の詩が『本朝麗藻』に収載される(15)。

以上のとおり、読書初めにおいては『孝経』が選ばれることが多く、そのテキストは『御注孝経』が用いられた。

そうなのであるが、先述の貞観二年の制の意義を大きく捉えて、釈奠、湯殿読書までも専ら『御注孝経』が用いられたとする論がある(16)。しかし事実はそうではない。史資料に即して見ていこう。

## （2）釈奠

釈奠において『孝経』が用いられた例を時代を追って挙げる。

『三代実録』貞観四年（八六二）八月十一日条。

　釈奠常の如し。正六位上行直講刈田首安雄、御注孝経を講ず。文章生等詩を賦すこと常の如し。

『菅家文草』巻一に28「仲春釈奠、孝経を講ずるを聞き、同に「父に資りて君に事ふ」を賦す」詩・詩序がある。貞観九年（八六七）二月の作(17)。

『菅家文草』巻二に81「仲春釈奠、孝経を講ずるを聴く」詩がある。元慶三年（八七九）二月の作。

『三代実録』元慶八年（八八四）二月六日条。

　釈奠常の如し。直講正六位上直道宿祢守永、御注孝経を講ず。文章生学生等詩を賦す。

『菅家文草』巻五に367「仲春釈奠、古文孝経を講ずるを聞き、同に「孝を以つて君に事ふれば則ち忠」を賦す」詩がある。寛平五年（八九三）二月の作。

『本朝文粋』巻九に大江澄明の242「仲春釈奠、古文孝経を講ずるを聴き、同に「夙夜懈らず」を賦す」詩の序がある。制作年時は未詳であるが、澄明は天暦四年（九五〇）に没した。

『扶桑集』巻九に菅原文時（八九九〜九八一）の「仲秋釈奠、古文孝経を講ずるを聴く」詩がある。

『本朝麗藻』巻下、帝徳部に源為憲（九四一〜一〇一一）の「仲秋釈奠、古文孝経を講ずるを聴き、「天下和平」を賦す」詩がある。

大江匡衡（九五二〜一〇一二）の詩集『江吏部集』巻中、文部に次の三首がある。

仲秋釈奠、古文孝経を講ずるを聴き、同に「孝は徳の本」を賦す。

仲秋釈奥、古文孝経を講ずるを聴く。

仲秋釈奠、古文孝経を講ずるを聴く詩。

『本朝世紀』康和五年（一一〇三）八月十日条。

釈奠。宴の座有り。……、前上野介敦基朝臣題を献ず〈古文孝経を講ずるを聴く〉。

以上である。清和天皇の制が出て、さほど経っていない『三代実録』記載の二度は『御注孝経』を用いているが、それ以後はすべて『古文孝経』をテキストとしている。ただし『菅家文草』28・81はただ「孝経」とする。

併せて注目したい記事がある。『朝野群載』巻十三、紀伝に「書詩体」の項があり、いろいろな作文の場における詩題、署名の書き方を例示しているが、釈奠もその一つで、次の例を挙げる。

仲春釈奠、聴レ講二古文孝経一、同賦レ資レ父事レ君一首　官位姓朝臣名（細注略）

これは前述の菅原道真の作で、『菅家文草』巻一及び『扶桑集』巻九、『本朝文粋』巻九（241）に収載する。ただし三書にはただ「孝経」とある。（『本朝文粋』の巻九目録は「古文孝経」）

作文の場それぞれの書式として、つまりその典型を例示するこの項において、「古文孝経」としていることは、釈奠におけるテキストは『古文孝経』という認識が共通のものであったことを示すものであろう。
もう一つ触れておくべきことがある。大江匡衡は一条朝期を代表する文人であり、詩集『江吏部集』を持つ。本書は類題によって詩が配列されていて、巻中、文部に「孝経」の項があり、五首を収める。釈奠の三首は先に挙げたように『古今孝経』である。対して読書初めの二首は次のとおりである。

冬日飛香舎に侍り第一皇子の初めて御注孝経を読むを聴く。
冬日東宮に侍り第一皇孫の初めて御注孝経を読むを聴く。

こちらは『御注孝経』である。読書初めと釈奠とでテキストが截然と使い分けられていた様相を端的に示している。
このように釈奠で用いられたのは『古文孝経』であった。

### （3）湯殿読書

次いで湯殿読書の場合を見てみよう。これについては図書寮叢刊『御産部類記』に史料がまとめられているので、容易に確認できる。以下のとおりである。書名の後の（　）内は読書博士。

延長元年（九二三）　七月二十四日　寛明親王（朱雀天皇）　古文孝経
天暦四年（九五〇）　五月二十四日　憲平親王（冷泉天皇）　古文孝経（紀在昌）
　　　　　　　　　　二十五日　　　　　　　　　　　　　　古文孝経（三統元夏）
寛弘五年（一〇〇八）　九月十一日　敦成親王（後一条天皇）　孝経（中原致時）、御注孝経（藤原広業）
*寛弘六年（一〇〇九）　十一月二十五日　敦良親王（後朱雀天皇）　御注孝経（藤原広業）

| | | | |
|---|---|---|---|
| 長元七年（一〇三四） | 七月十八日 | 尊仁親王（後三条天皇） | 孝経（清原頼隆） |
| | 七月二十一日 | | 御注孝経（清原頼隆） |
| 承暦三年（一〇七九） | 七月十日 | 善仁親王（堀河天皇） | 御注孝経（藤原正家） |
| 康和五年（一一〇三） | 一月十七日 | 宗仁親王（鳥羽天皇） | 孝経（藤原俊信） |
| 元永二年（一一一九） | 五月二十九日 | 顕仁親王（崇徳天皇） | 御注孝経（藤原敦光） |
| | 六月二日 | | 御注孝経（藤原敦光） |
| 天治元年（一一二四） | 五月二十九日 | 通仁親王（鳥羽皇子） | 古文孝経（藤原敦光） |
| | 六月四日 | | 孝経（中原師遠） |
| 天治二年（一一二五） | 五月二十六日 | 君仁親王（鳥羽皇子） | 御注孝経（中原師遠、藤原敦光） |
| 大治二年（一一二七） | 九月十二日 | 雅仁親王（後白河天皇） | 御注孝経（藤原敦光） |
| | 十三日 | | 古文孝経（中原師遠） |
| 康治二年（一一四三） | 六月二十日 | 守仁親王（二条天皇） | 御注孝経（藤原有光） |

（注）＊を付した寛弘六年条は『御堂関白記』の記事による。

ただ「孝経」だけで、『古文孝経』か『御注孝経』か不明なものが四例あるが、『御注孝経』が用いられた場合が多い。ただし『古文孝経』も用いられている。天治期の二親王の場合、元年の通仁の時は『古文孝経』を、二年の君仁の時は『御注孝経』を用いており、大治の雅仁の時は九月十二日は御注本、翌十三日は古文本である。また明経博士（清原・中原氏）は古文系、紀伝博士（藤原氏）は御注系ということでもない。なお、次のことも考慮しなければならない。

釈奠と同様のことであるが、『朝野群載』巻二十一、雑文に「産所読書」の項があり、「古文孝経序　孔安国」としてその序文を引用する。産所読書はすなわち湯殿読書であるが、ここには『御注孝経』ではなく『古文孝経』の序を挙げている。『朝野群載』の編者三善為康の、と言っていいだろうが、その意識では、湯殿読書で用いられるテキストは『古文孝経』と考えられていた。

以上、『孝経』が詠まれる場である読書初め、釈奠、湯殿読書について、そこで用いられるテキストを主として、制作された詩文も併せて見てきた。テキストについては、読書初めでは『御注孝経』が、釈奠では『古文孝経』が使用され、湯殿読書では御注本が優勢ではあるが古文本も用いられた。つまりは平安朝においては両者が併用されていたということになる。

## 五　藤原頼長

平安朝末期における『孝経』受容を見るうえで重要な位置を占めるのは藤原頼長（一一二〇～一一五六）で、その日記『台記』は貴重な史料である。頼長は忠実の子で忠通の弟という藤原摂関家の嫡流に属し、自らも左大臣に昇った政治家であるが、また学問、ことに経学を愛好した。多くの経書、史書を読み、そのことを丁寧に『台記』に記録している。(18)『孝経』もよく学んでおり、『孝経去惑』『孝経述義』といった書を手許に置いて読んでいたことは先に見たが、ここで注目したいのは『宇槐記抄』に記された「要書目録」である。

頼長は仁平元年（一一五一）九月二十四日条に宋商の劉文沖に「要書目録」を書き与えたことを記している。これは捜求図書目録で、もし宋で入手できたならば日本に送り届けるよう依頼している。これには『周易』『尚書』以下、経書ごとに分類した百を超える書名が列挙されていて、書物入手にかける頼長の意気込みが伝わってくるが、『孝経』類として挙げるのは以下の書である。略称、誤写があるので、（　）内に正しい書名を示した。(19)

〇孝経疏、〇援神契（孝経援神契）、〇勾命決（孝経勾命決）、〇越王孝経、〇内事（孝経内事）、〇雄図（孝経雄図）、応瑞図（孝経応瑞図）、指要（孝経指要）、副旨（孝経制旨）、孝経議、〇孝経集義、孝経緯。

右肩に〇を付したものは第一節で述べた『日本国見在書目録』に見える書である。それ以外は、「孝経応瑞図」は『旧唐書』経籍志に「孝経応瑞図一巻」、「孝経指要」は『新唐書』芸文志に「李嗣真孝経指要一巻」とあり、「副旨」は『新唐書』芸文志に見える「今上孝経制旨一巻〈玄宗〉」であろう。「孝経議」は『新唐書』芸文志に、『孝経緯』は『旧唐書』経籍志に見える。

頼長はこのような書も含めて『孝経』についても多くの書籍を入手しようとしていた。

## まとめとして

平安朝において『孝経』はどのように受容されていたのか、という問題を設定し、そのテキストとこれが読まれる場の二つの側面から考察し、以下の諸点について述べた。

九世紀末、藤原佐世が編纂した『日本国見在書目録』には『孝経』の多数テキスト、注疏が著録されている。その中には中国の図書目録にも見えない書も少なくない。

『孝経述議』は中国では散佚し日本に遺存する佚存書であるが、平安朝においてはよく読まれ利用されている。

また、藤原佐世は『古今集註孝経』という書を編纂している。書名および九巻という巻数から、『孝経』の諸注集成と推測されるが、このような書が我が国で作成され、かつ利用されている。

『孝経』が読まれる場として、皇族・上流貴族の子弟の読書初め、釈奠、湯殿読書があるが、そこで使用されるテキストに着目すると、読書初めでは『御注孝経』、釈奠では『古文孝経』にほぼ固定しており、湯殿読書ではどちらもが使われている。一部で説かれるような、いずれの場においても『御注孝経』ということではない。

平安朝末期の好学の貴族、藤原頼長は宋の海商に「捜書目録」を与えているが、それには前述の『日本国見在書目録』に見えない書もあり、なお多くの『孝経』のテキストを求めていたことが知られる。

注

（1）各書については、阿部隆一「室町時代以前に於ける御注孝経について――清原家旧蔵鎌倉鈔本開元始注本を中心として」（『斯道文庫論集』第四輯、一九六五年）、矢島玄亮『日本国見在書目録――集証と研究』（汲古書院、一九八四年）、孫猛『日本国見在書目録詳考』（上海古籍出版社、二〇一五年）参照。
（2）拙稿「『全経大意』」、「『全経大意』と藤原頼長の学問」（『本朝漢詩文資料論』勉誠出版、二〇一二年）参照。
（3）竹居明男「蓮華王院の宝蔵」（『日本古代仏教の文化史』吉川弘文館、一九九八年）、田島公「中世天皇家の文庫・宝蔵の変遷――蔵書目録の紹介と収蔵品の行方」（『禁裏・公家文庫研究』第二輯（思文閣出版、二〇〇六年）参照。
（4）注3田島論文。
（5）注3の二論文に論及する。
（6）橋本義彦『藤原頼長』（人物叢書、吉川弘文館、一九六四年）。
（7）仁木夏実「高倉院詩壇とその意義」（『中世文学』第五十号、二〇〇五年）。
（8）林秀一『孝経述議復原に関する研究』（文求堂書店、一九五三年）があり、影印を収める。

（9）『弘決外典鈔』『三教指帰注集』については下記論文に指摘がある。内野熊一郎「弘決外典抄の経書学的研究（二）」（『日本漢文学研究』名著普及会、一九九一年。初出は一九五〇年）、河野貴美子「『三教指帰』および『三教指帰注集』にみる『孝経』の受容」（『東アジア比較文化研究』14、二〇一五年）。なお、『三教指帰注集』は寛治二年（一〇八八）、成安撰の注釈。
（10）注2拙稿「『全経大意』」参照。
（11）弥永貞三「古代の釈奠について」（『続日本古代史論集』下巻（吉川弘文館、一九七二年）参照。
（12）中美那「御湯殿読書の故実について――その成立過程と意義」（『中世政治社会論叢』東京大学日本史研究室、二〇一三年）。
（13）「就学始の史的研究」（『日本学士院紀要』第八巻一号、一九五〇年）。なお、読書初めの式次第については林秀一「御読書始の御儀に就いて」（同『孝経学論集』明治書院、一九七六年。初出は一九四四年）に詳しい。
（14）拙著『本朝文粋抄』六（勉誠出版、二〇二〇年）第五章「第八皇子の始めて御注孝経を読むを聴く詩の序」。
（15）この詩群については柳澤良一「『本朝麗藻』を読む――寛弘二年（一〇〇五）、敦康親王の読書始の儀について」（『国語国文』第五十九巻六号、一九九〇年）、新間一美「平安朝の通過儀礼と漢詩――書始における孝経を中心に」（『平安文学と隣接諸学　王朝文化と通過儀礼』竹林舎、二〇〇七年）がある。
（16）林秀一、中国古典新書『孝経』（明徳出版、一九七九年）、栗原圭介、新釈漢文大系『孝経』（明治書院、一九八六年）「解題」。
（17）制作年時については文草の会『菅家文草注釈　文章篇』第二冊（勉誠出版、二〇一九年）参照。
（18）頼長の学問についての近年の研究として、仁木夏美「藤原頼長自邸講書考」（『語文』第八四・八五輯、二〇〇六年）、拙稿「『全経大意』と藤原頼長の学問」（注2前出。初出は二〇一〇年三月）、髙橋均「藤原頼長の経書研究」（『経典釈文論語音義の研究』創文社、二〇一七年。初出は二〇一〇年五月）、住吉朋彦「藤原頼長の学問と蔵書」（佐藤道生編『名だたる蔵書家、隠れた蔵書家』慶應義塾大学文学部、二〇一〇年八月）、柳川響『藤原頼長「悪左府」の学問と言説』（早稲田大学出版部、二〇一八年）がある。
（19）「要書目録」についての専論として、最近、榎本淳一「藤原頼長「要書目録」の基礎的研究」（『鴨台史学』第十九号、二〇二三年）が発表された。これに教示を得て旧稿の誤り、不十分を正した。

※　二〇一三年十一月、北京、清華大学で行われた「東アジアにおける孝文化の伝承と発展」国際シンポジウムにおける発表原稿に基づいて、『斯文』第一二八号（二〇一六年）に発表した。

# 2 平安朝人は『後漢書』をいかに読んだか
## ——吉川忠夫訓注『後漢書』第一冊を読んで

### 一

吉川忠夫氏の訓注になる『後漢書』がいま岩波書店から刊行中である。第一冊が昨年（二〇〇一年）九月に出た。本書のパンフレットが送られてきたとき、『後漢書』の注釈もついに出るのかと思った。中国の正史については、『史記』（岩波文庫ほか数種）、『漢書』（ちくま学芸文庫）および『三国志』（世界古典文学全集、筑摩書房）は、すでに現代語訳のかたちで刊行されている。『後漢書』訓注本の刊行は直接的には中国史、関連して中国学研究に寄与するものであることはいうまでもないが、また日本の歴史、文学を研究する者にとっても無関心ではいられない。より関係が深いのは古代史研究であろうが、日本漢文学研究の立場からも強い関心を寄せざるをえないのである。

訓注本の第一冊を読んだことに触発されて、『後漢書』は古代の日本ではどのように読まれていたのか、瞥見してみた。

なお、九世紀末の我が国の宮廷蔵書目録である『日本国見在書目録』に、『後漢書』が先行する後漢時代史である『東観漢記』と共に著録されていることは本書の「解題」にすでに指摘されている。

## 二

『後漢書』は『史記』『漢書』と共に「三史」と称され、大学寮の教科書となっていた。『延喜式』巻二十、大学寮に、

凡応二講説一者、礼記、左伝各限二七百七十日一。周礼、儀礼、毛詩、律各四百八十日。……、三史、文選各准二大経一。

という記述がある。これは教科書として使用される経籍史書とその学習期間についての規定であるが、ここに「三史」として見える。「大経」とは前記の『礼記』『春秋左氏伝』をいい、したがって三史は学習期間は七百七十日ということになる。

こうした規定はすでに『弘仁式』にも見えており[1]、早く平安初頭以来、『後漢書』は大学寮紀伝道の教科書として用いられていた。

このように『後漢書』は平安時代には大学寮の教科書と定められていたのであり、専門文人あるいは官僚を目指して紀伝道に学ぶ学生たちにとっては必修の文献だったわけである。

『後漢書』はどのように読まれていたのか。以下、その具体例を見てみよう。

まずは先の「式」に規定された学生への講書である。時間を追って見ていくと、『三代実録』貞観十二年（八

七〇）二月十九日条の春澄善縄の薨伝に次の記述がある。

> （承和）十年、文章博士に遷る。大学に於いて范曄の後漢書を講ず。解釈流通し、淹礙する所無し。諸生の疑ひを質す者、皆累惑を洮汰す。

善縄（七九七〜八七〇）は承和から貞観期にかけて活躍した文人で、地方（伊勢）の下級氏族（猪名部造）の出身でありながら、学問の力によって参議にまで至った人物である。『続日本後紀』の編纂に中心的役割を果たした。その善縄が承和十年（八四三）、文章博士となって、大学で『後漢書』を講じている。「淹礙」は滞ること、「洮汰」は陶汰である。

次いでは、菅原道真の父、是善による講書が知られる。そのことを記述するのは、道真が執筆した詩序、「八月十五夜、厳閤尚書、後漢書を授け畢る。各おの史を詠じ黄憲を得たり」（『菅家文草』巻一・9）である。『後漢書』に限らず、ある典籍をテキストにした講書が行われて、それが終了すると、竟宴が催され、その席では、当該の書籍のなかの文句あるいは人物を題として賦詩が行われるのが恒例であった。この道真の詩序もそうした竟宴において賦された詩群に冠せられた序文であるが、講書のことを記した資料でもある。

「厳閤尚書」は父刑部卿の意。詩序の記述から講書についての要点を摘むと、是善は内御書所で学生に『後漢書』を講授してきたが、貞観六年（八六四）八月十五日に終了して、受業生らがその日に竟宴を行った。そこでは詩の詠作が行われ、参会者はそれぞれに『後漢書』のなかの人物を題に詩を作ったが、道真が引き当てた人物は黄憲であった。

道真もまた是善と同じように『後漢書』の講義を行っている。それを記すのは、やはり講書竟宴の詩序である。紀長谷雄の「後漢書竟宴。各おの史を詠じ龐公を得たり」（『扶桑集』巻九）に記述があり、次のことが知られる。

貞観十四年（八七二）秋、文章博士の巨勢文雄によって『後漢書』の講義が開始された。文雄は元慶元年（八七七）左少弁に任じられるが、史書の講授は弁官の任務に非ずということで、急遽講書は中止されてしまう。その後、元慶三年に至って菅原道真が引き継いで再開され、五年の夏に講じ終わった。この講書は途中、中断したこともあって、じつに七年余に及んでいる。翌六年の春、竟宴が催された。

この講書竟宴については、当代を代表する文人たちの詩作が現存していて興味をそそられる。すなわち、先に述べた序を冠して紀長谷雄が龐公（列伝七十三）を題にして詩を賦している（『扶桑集』巻九）が、また道真が光武帝（本紀一）を、嶋田忠臣が蔡邕（さいよう）（列伝五十下）を題に詩を詠んでいて、それぞれの詩集『菅家文草』（巻二・91）、『田氏家集』（巻中・94）に収められている。

## 三

上述のことと密接に関わり、相補完する資料として『後漢書』の古点本がある。それは小林芳規氏によって訓読研究の資料の一つとして取り上げられた(2)宮内庁書陵部蔵本（三十五冊）である。この本は大永二年（一五二二）、享禄三（一五三〇）・四年の加点で、時代的にはやや下るが、注目されるのは古く平安初中期の師説を多く引用していることである。師説とは大学寮教官の講説の記録である。漢籍の古点本の裏書や行間、欄外に注記のかたちで記入され、その内容は本文の字句の校異、漢字の字音や訓読についての考証、釈義などに亙る。

書陵部本は平安後期に儒家として勃興した藤原氏日野流の訓説を伝えるものであるが、「天長師説」「菅家之説」「澄家之説」「良家説」「安野学士家説」等の師説が書入れられている。天長は平安初期、淳和朝の年号（八二四～八三三）で、その師説には天長年間に文章博士であった菅原清公の訓説が比定されている。以下「菅家」は菅原是善、「澄家」は春澄善縄、「良家」は良岑安世（七八五～八三〇）、「安野学士」は安野（勇山）文継(3)（七七三～八二八）に比定される。是善と善縄については『後漢書』の講義を行っていることを前節に見たが、師説の遺存はその他の人びとについても、その『後漢書』講説がなされたことをもの語るものである。また、前述の史書に記録された『後漢書』講書は承和期が最も早い例であったが、師説には天長の師説があり、安野文継は天長五年に、良岑安世は七年に没していることから、その講書は天長期であることは確かで、あるいは弘仁期に遡るかもしれない(4)。師説は、断片的な資料ながら、平安朝のごく早い時期における『後漢書』講書を具体的にもの語るものとして貴重である。

# 四

以上は「式」に規定された大学寮の講書の例であるが、個人に対する講書の場合も、『後漢書』がテキストとして用いられている。

まず天皇の場合。『続日本後紀』承和二年（八三五）七月十四日条に次の記事がある。

天皇紫宸殿に御す。正四位下菅原朝臣清公、後漢書を読むに侍す。数日の後、遂げずして輟む。以有るなり。

清公は前述の是善の父、道真の祖父に当たる学儒詩人であるが、仁明天皇は彼を侍読として『後漢書』を学んでいる。ただし、これは数日後に何らかの理由で中止されてしまった。

皇太子の場合。そのことを語るのは『菅家文草』巻九所収の605「特に従五位上を大内記正六位上藤原朝臣菅根に授けられんと請ふ状」である。寛平九年（八九七）七月、東宮の即位（醍醐天皇となる）に当たって、菅原道真は藤原菅根が東宮に侍読として仕えて功労があったことを以って特別に従五位上の位を与えられるよう推挙した。菅根の功を次のように称えていう。

縦容の次（ついで）、宿侍の間、経伝を引きて以つて叡情を発（ひら）き、章句を抽（ぬき）んでて以つて文思を催さしむ。其の授け奉る所は、曲礼、論語、後漢書等、秩巻余り有り。口を以つて習はせ奉りし類、勝（あ）げて計ふべからず。

菅根が東宮時代の醍醐天皇に講授した経籍の一つに『後漢書』があった。

文人・貴族の例。『扶桑略記』元慶元年（八七七）十一月三日の大江音人の薨伝に「音人、文章博士菅原朝臣清公に師事し後漢書を読む」とある。音人は学問の家としての大江家の始祖となる人物であるが、前述の清公に就いて『後漢書』を学んでいる。おそらく菅原家の私塾、菅家廊下においてのことと思われる。

源順（したごう）の歌集『順集』[5]九四番歌は次のような詞書を持つ。

宰相中将藤原朝臣太郎松を君、後漢書光武記読みをへたる日、わたりかゆの饗まうけて詩作りなとしけるまたのあしたに、いはひの心の歌、人々詠みしに

「宰相中将藤原朝臣」は参議左中将藤原為光で、その嫡子「松を君」（のち誠信）がしかるべき儒家に就いて『後漢書』の「光武紀」を読んでいる。読了の日には竟宴が行われ詩作も行われていることから、本格的な学習であったと思われる。

院政期に至って、学者に就いてきわめて熱心に『後漢書』を学んだ一人の上流貴族が出現する。それは藤原師通である。師通は頼通の孫で、師実の子。すなわち藤原北家の嫡流に位置する貴紳である。周知のように、彼には日記『後二条師通記』があるが、その寛治四年（一〇九〇）から七年にかけて『後漢書』受講の記事が頻出す

る。最初は四年十二月九日で、

乗燭之後、左大弁対面焉。後漢書伝読云々。

とある。左大弁は院政期を代表する学儒文人、大江匡房である。五年には見えず、以下は六年である。

三月二十九日。左大弁来。読二後漢書一之。

八月二十七日。左大弁来臨。読二受後漢書四秩(ママ)一。

『二中歴』第十一、経史歴に『後漢書』の詳細な目録があるが、それと引き比べると、四秩〔帙〕は列伝三十一から四十までである。

十月二十日。左大弁来臨。読二受後漢書伝一。

十二月七日。左大弁来臨。……、後漢書伝第三十七読畢。件巻班超伝也。武勇之人也。見レ伝。

十二月二十日。左大弁来臨。読二後漢書伝一云々。

七年も引き続き行われる。

二月十八日。自二民部卿許一被レ送二後漢書第五帙一十一巻。明衡点也。能々被レ点云々。

民部卿は源経信である。第五帙は先の『二中歴』によると、列伝四十一から五十まで。五十が上下に分かれていて十一巻となる。『二中歴』にも「五帙十一巻」とある。経信の許から第五帙が送られてきたが、これは以後の講書に用いるテキストとしてであったと考えられる。そうしてそれは藤原明衡（九八九?～一〇六六）によって詳密な点が加えられたものであった。明衡は匡房に半世紀ほど先立つが、平安後期の代表的文人で、周知のように『本朝文粋』の編者である。

二月二十七日。送二范史帝記十二巻於民部卿許一。令レ為三教二授権弁基綱一。

「范史」は『後漢書』をいう。十八日のこととの交換であろう、「帝記(紀)十二巻」が経信の許へ送られている(帝紀十二巻については後述)。基綱は経信の子である。

三月七日。黄昏左大弁来臨。受㆓後漢書㆒読了。

三月二十九日。後漢書伝第四十三、受㆓左大弁㆒了。帝紀第四可㆓引見㆒云々。

「伝第四十三」は第五帙中の一巻である。また「帝紀第四」は和帝・殤(しょう)帝紀。

四月五日。左大弁来臨。読㆓受後漢書伝㆒云々。

六月九日。中時左大弁来臨。後漢書伝第四十六受読了。

九月十七日。左大弁来臨。後漢書伝第五十一、一日之内読了。

十一月二十七日。左大弁来。読㆓後漢書伝第六十五㆒云々。

以上、その一々を引用してきたが、これによって明らかなように、師通の匡房を侍読としての『後漢書』読書は巻序を追っての系統立ったものであった。そうして、それは十二月二十八日を以って完了した。その日、師通は次のように記している。

後漢書帝紀十二巻、読㆓受孝言㆒畢。自㆓一帙㆒至㆓八帙㆒(九十巻)受㆓読左大弁㆒了。

これまで見てきたように、師通は匡房に就いて『後漢書』を読んでいるが、それは列伝であり、これに先立って帝紀十二巻を孝言に就いて受読していたのである。孝言は惟宗孝言(これむねのりとき)である。匡房がその「暮年詩記」(『本朝続文粋』巻十一)で、大江佐国と共に「後進の領袖(若い世代にとっての指導者)」と併称する人物である。「帝紀十二巻」は『二中歴』にもそうある。光武紀と皇后紀が上下に分かれるので十二巻となる。この訓注本では第一・二冊に当たる。帝紀十二巻ののち、師通は一帙より八帙までの九十巻を匡房に就いて読了したが、これは列伝の部分である。『二中歴』も伝は一帙より八帙までとするが、合わせて八十八巻とあり、師通のいう九十巻とは食い違いがある。

なお、この師通の読書では志は除外されている。通行の『後漢書』のテキストは天文志、百官志などの志三十巻を有しているが、これは司馬彪（しばひょう）撰の『続漢書』に基づいて梁の劉昭が補ったものであり、本来のものではない。この故を以って、本訓注本も省いている。師通の、あるいは匡房の認識が本書と同じであったかどうかは不明であるが、志三十巻を除外することにおいて両者が符合する点は興味深い。

このように藤原師通は当代有数の学者に就いて、『後漢書』の帝紀十二巻、列伝九十巻を巻序に従ってきわめて系統立ったかたちで読了している。平安時代における『後漢書』読書の一つの典型とすることができよう。

## 五

そのほかの『後漢書』受容の例に目を向けてみよう。

藤原師通について述べてきたところから、彼に『後漢書』を講授した大江匡房はもちろんこの書に通暁していたはずであるが、はたして、その言談を筆録した『江談抄』に『後漢書』への言及が見える。

『和漢朗詠集』巻上、秋「前栽」に収載する菅原文時の「秋花を栽う」の題で詠んだ、

　多く花を栽ゑて目を悦ばしむる儔（ともがら）を見れば
　時に先（さきだ）つて予（あらかじ）め養ひて開くを待ちて遊ぶ

の句について、匡房は後句の「予養」という措辞は「後漢書の帝紀に見ゆ」と指摘している（巻四―5）。この

語は匡房のいうとおり、光武帝紀十三年正月（本冊七九頁）に見える。匡房の詩嚢には『後漢書』の語彙が自家薬籠中のものとして貯えられていたであろうことを思わせる話柄である。

巻五―73「都督自讃の事」で、死の遠くないことを自覚した匡房は前途有為の俊秀、藤原実兼を相手にさまざまの「秘事」を語っているが、「史書、全経の秘説」として、中国の正史については「爛脱」があり、『後漢書』では「二十八将論」がそうだという。爛脱（乱脱）とは、経書や仏典を訓読する際に、文意を通じやすくするため、文や語句の順序を入れ変えて読むことである。(6)「二十八将論」は光武帝の功臣二十八人についての論評で、列伝第十二にある。

似た話であるが、巻六―57「和帝、景帝、光武紀等に読み消つ処有る事」は次のような言談である。

後漢書和帝紀に読み消つ処一行有り。史記景帝紀の「太上皇后崩」の五字読み消つ。また後漢書光武紀の「代祖光武皇帝」の「代」の字、「世」の音に読むべしと云々。

「読み消つ処」とは、訓読する時に、禁忌のため、読まない個所である。光武紀は開巻冒頭であるが、「世祖」（本書も含めて一般にはそうである）が「代祖」となっていた本があったことを語っている。唐の章懐太子李賢が施注していることを考えると、太宗李世民の「世」を憚って「代」に書き変えたテキストがあったのであろう。訓読の時には、それを「せい」と読むのが故実であったという。

『本朝続文粋』巻八に、大江佐国の「冬日、翰林藤主人の文亭に於いて諸文友後漢書を読み畢る。各おの史を詠じ後漢を得たり」と題する詩序が収められている。佐国は生没年未詳であるが、一〇三四年から一〇八六年にかけて史料に所見がある。文中に「空しく鶴髪に及ぶ」と白髪頭を歎いているが、制作年時の推定はむずかしい。したがって「翰林藤主人」、文章博士藤原氏も未詳である。その藤原某氏が主宰した『後漢書』読書竟宴におけ

る序であるが、

> 朝士大夫、茂才孝廉の益を請ふ者、寔に繁くして徒有り。巻を把りて笈を負ひ、漸く百篇の功を終ふ。室に入りて堂に昇り、幾んど三餘の暇を寄す。

と述べることから、官吏、学生を対象に講授していたと考えられる。竟宴が文章博士の文亭で行われていることからすると、この講書は私的なものであったのだろう。このような『後漢書』の読書もあった。

『後漢書』の記述は学者官人が意見を具申する時、議論を闘わせる時の論拠としても用いられた。典型的な例は、仁和四年（八八八）の有名な阿衡の紛議である。宇多天皇はその即位に功労のあった藤原基経に報いるため、彼を関白に任命したのであるが、これに関する天皇の勅答中の「阿衡」の語の意義をめぐって、これが政治的実権を伴うものなのか、それとも職掌のない単なる名誉職に過ぎないのか、学者たちの間で侃々諤々の議論が繰り展げられた。この論争のなかで、藤原佐世、三善清行、紀長谷雄の三人が連名で上奏した勘申（『政事要略』巻三十）に、論拠となる例証の一つとして「范曄後漢書二十八将論」が挙げられている。同様の例は、『三代実録』元慶八年五月二十九日条所引の、太政大臣の職掌について述べた菅原道真の奏議、『本朝続文粋』巻二所収の藤原敦光の「変異疾疫飢饉盗賊等勘文」などにも見える。

『後漢書』から抄出された摘句が『和漢朗詠集』に採録されている。三首で、類題「丞相」に一首（674―列伝十七・王良伝論賛から）、「述懐」に二首（750―列伝三十三・朱穆伝論から、751―列伝三・隗囂伝から）が引かれている。すなわち『後漢書』の文句が佳句としても享受されている。

平安時代において、『後漢書』はどのように読まれていたのか。日本漢文学研究の立場から考えてみた。

いうまでもなく、平安朝人は読むと共に、またそれを自らの表現に生かしている。しかし、そのことを述べるには、なお十分な紙幅を必要とする。

## 六

本書のページを開いて、ほほうと思った。新大系に似ている。
本書は本文を訓読文と原漢文であげるが、前者が主、後者が従となっている。そうして脚注を付す。この形式は新日本古典文学大系の『本朝文粋』や『古事談』と同じである。日頃、新大系本に慣れ親しんでいる我々にとってはまことに読みやすい体裁である。

訓読というのは、日本人が漢文を読む方法としてじつに長い年月に亙って行ってきた方法であるが、すぐれた方法であると思う。いつも学生諸氏に言っていることなのだが、漢文を読むのに、訓読は出発であると同時に結論でもある。読み手の最終的な理解が訓読に示される。読み添えの一字によって、例えば「――ニ」か「――ヲ」かで、文章全体の趣旨を正しく理解しているかどうかが明らかになることもある。

『後漢書』において、唐の李賢の注はほとんど本文と同体のものであるが、本書ではその注が脚注に採用されている。しかも我々にとってありがたいことに、引用された注は（李賢注に限らず、引用の漢文はすべて）書き下し文である。私は前記新日本古典文学大系の『本朝文粋』と『江談抄』の校注の仕事に参加したが、そこでは、なるべく多くの情報をページに盛りこむために、脚注に引用の漢文は返り点を付しただけであった。しかし、前述のように施注者の責任を全うするということからいえば、訓読文として示すべきである。本書ではそれがなされている。

本書の訓注は期待を裏切らないものである。そのことは開巻第一ページ、冒頭の段落にすでに看取することができる。原文は次の通り。

世祖光武皇帝諱秀、字文叔、南陽蔡陽人、高祖九世之孫也、出自景帝生長沙定王発、

これをこう読む（ルビ省略）。

世祖光武皇帝、諱は秀、字は文叔、南陽蔡陽の人、高祖の九世の孫なり。景帝の生みし長沙定王発に出自す。

初めから読み進めて、私はおやと思った。正史である『後漢書』の文章は最も正格の漢文のはずである。その文章に「景帝の生みし長沙定王」というような表現があるのだろうか。この個所については次の注が付されている。

この文章いささか破格であり、北宋の劉攽（りゅうひん）の『東漢書刊誤』は生は「子」の誤りであろうと疑っている。

一斑以って全豹を推すに足る。かくて我々は本書に示された本文、注釈に安んじて拠ることができるのである。

注

（1）紅葉山文庫旧蔵『令義解』学令紙背所引の弘仁式佚文（新訂増補国史大系『令義解』巻三学令、一三〇頁）。
（2）小林芳規『平安鎌倉時代に於ける漢籍訓読の国語史的研究』（東京大学出版会、一九六七年）。
（3）注2著書再版（一九九一年）。初版では安野真継とする。なお、文継については拙稿「身を立て名を揚ぐるに学より尚きはなし」（『世界思想』21号、一九九四年）参照。
（4）文継は嵯峨天皇への『史記』講書の功によって、弘仁七年（八一六）六月十五日、外従五位下から従五位下に昇叙されている（『類聚国史』巻二十八、天皇読書）。
（5）「私家集大成」所収『順集』（宮内庁書陵部蔵、三十六人集）に拠り、適宜漢字を当てた。

（6）　築島裕『平安時代の漢文訓読語につきての研究』（東京大学出版会、一九六三年）二九五頁以下。

※　副題に掲げた『後漢書』訓注の刊行が始まった時、岩波書店の担当編集者からの依頼により執筆し、『文学』隔月刊第三巻一号（二〇〇二年）に掲載された。

# 3　中国へ伝えられた日本人の著作
## ――淡海三船の『大乗起信論注』

### 一

近代以前の日本と中国との文化交流は、いうまでもなく中国の文化文物の圧倒的な日本への流入という情況にあったが、そうしたなかで、逆に日本人の著作が中国へ将来された例がわずかながらあった。それは古代においても同様であり、時代の滔々たる潮流のなかにあって、日本人の手に成る述作がいくつか中国へもたらされている。聖徳太子の『法華義疏』『勝鬘経義疏』はよく知られたものであろうが、ほかに淡海三船の『唐大和上東征伝』およびその原拠となった思託の三巻本『大和尚伝』(1)（散佚）、石上宅嗣の「三蔵讃頌」、あるいは最澄の『顕戒論』(2)などがある。

そのような日本人撰述の著作の一つとして、淡海三船の『大乗起信論注』があった。そのことは以前に新出の資料に基づいて述べたのであるが、(3)この書に関する資料がなお残されていた。そこでこれを紹介して、『大乗起信論注』の持つ意義について改めて考えてみたい。

## 二

行論のうえから、前稿の要点を述べることから始めよう。

大阪府河内長野市の天野山金剛寺に『龍論鈔』と題された一書が伝わるが、この書に引用された『蔵俊僧都私抄』に、日本における僧伝の嚆矢をなす、渡来僧思託編述の『延暦僧録』の「淡海居士伝」佚文が引かれている。その「淡海居士伝」すなわち淡海三船伝は、従来知られていた『日本高僧伝要文抄』所引のそれに比べて数倍の分量を持ち、内容的にも、いくつもの新しい事実を記述しているのであるが、その一つとして、三船が『大乗起信論』の注を書いたことが記されている。（　）内は残画からの推定。

又注二起信論一、藻鉤二□(玄)門一。東大寺唐学生僧円覚、将二注論一至レ唐。々霊越龍興寺僧祐覚、見レ論手不レ択(ママ)レ巻。因二廻使一、有二讃待(ママ)一曰〈五言〉、

また起信論に注し、藻玄門を鉤る。東大寺の唐学生僧円覚、注論を将つて唐に至る。唐の霊越の龍興寺の僧祐覚、論を見、手に巻を釈かず。廻使に因つて讃詩有り、曰く〈五言〉、

すなわち、三船が『大乗起信論』に注を施し、それは東大寺の遣唐留学僧円覚によって中国へ将来された。霊越すなわち越州（浙江省紹興）の龍興寺の僧祐覚はこれを見て感歎し、その思いを詩に賦して帰朝する遣唐使に托した、という。

その詩は次のようなものである。

真人伝起信　　真人起信に伝し
俗士著詞林　　俗士詞林に著はる

片言復析玉　　片言もまた析玉
一句重千金　　一句千金に重んぜらる
翰墨舒霞錦　　翰墨霞錦を舒べ
文花得意深　　文華意の深きを得たり
幸因星使便　　幸はくは星使の便に因つて
聊申眷仰心　　聊か眷仰の心を申べむ

第1句、「真人」は三船をいう。また「伝」は注釈を加えること。第2句の「俗士」は俗人としての三船。第7句、「星使」は勅使、前文の「廻使」である。

淡海三船が『大乗起信論』の注を書いたということは、既知の資料からは知りえなかったことである。三船伝、また古代仏教史における新しい知見であるが、その三船による『大乗起信論注』の執筆には、次のような背景があった。

『大乗起信論』は大乗仏教の中心思想を説いた論書であり、二世紀頃のインドの仏教詩人馬鳴の作と伝えられ、真諦（四九九～五六九）の漢訳で流布する。これに注釈が加えられた。龍樹が注を付し、筏提摩多が翻訳したとされる『釈摩訶衍論』十巻である。この『釈摩訶衍論』は宝亀九年（七七八）、遣唐使一行に加わって帰朝した戒明によって日本へ将来されたと考えられるが[(4)]、この新来の経典について、これを偽撰とする批判が提出された。それを主張したのが淡海三船である。

三船の述作の一つとして「送二戒明和尚一状」[(5)]がある。宝亀十年閏五月二十四日付の戒明宛の書状であるが、この書状で、三船は『釈摩訶衍論』偽撰説を展開している。

釈摩訶衍論十巻（馬鳴菩薩本論 龍樹菩薩釈論）

一昨使至、垂二示従レ唐新来釈摩訶衍論一。聞レ名之初、喜レ見二龍樹之妙釈一、開レ巻之後、恨レ穢二馬鳴之真宗一。今検二此論一、実非二龍樹之旨一。是愚人仮二菩薩高名一而所レ作耳。但其本論者実馬鳴菩薩之起信論也。梁承聖三年甲戌、真諦三蔵之所レ訳也。今此偽釈序云、廻天鳳威姚興皇帝製。弘始三年、歳次星紀庚子、於二大荘厳寺一、筏提摩多三蔵訳也。晋書云、後秦姚興、生称二大秦皇帝一、死称二天桓皇帝一。始終無二廻天鳳威之号一。又姚者姓也、興者名也。取二皇帝姓名一即為レ名、未二之有一也。又自二弘始三年一至二承聖三年一、相去一百五十五年。取二後訳之本論一、合二前訳之釈論一、同為二一人訳一、是大虚妄也。……

一昨、使ひ至り、唐より新来せる釈摩訶衍論を垂示せり。名を聞きし初めは龍樹の妙釈を見るを喜び、巻を開きし後は馬鳴の真宗を穢（けが）せるを恨む。今此の論を検するに、実に龍樹の旨に非ず、是れ愚人の菩薩の高名を仮りて作る所なるのみ。但し、其の本論は実に馬鳴菩薩の起信論なり。梁の承聖三年甲戌、真諦三蔵の訳する所なり。今此の偽釈の序に云はく、「廻天鳳威姚興皇帝製す。弘始三年、歳星紀庚子に次（やど）る、大荘厳寺に於いて、筏提摩多三蔵の訳せるなり」と。晋書に云はく、「後秦の姚興、生きては大秦皇帝と称し、死しては天桓皇帝と称す」と。始終廻天鳳威の号無し。又姚は姓なり、興は名なり。皇帝の姓名を取りて即ち名と為すこと、未だ之れ有らざるなり。又弘始三年より承聖三年に至る、相去ること一百五十五年なり。後訳の本論を取りて、前訳の釈論に合はせて、同じく一人の訳と為す、是れ大なる虚妄なり。

……

三船は二つの論拠をあげて、『釈摩訶衍論』は龍樹の名を借りて某人が偽作したものと論断する。一つは、『釈摩訶衍論』に付された序に制作者として記された皇帝の名の表記についての疑問である。その二は、記述内容の

論理的矛盾である。(6)

このように、三船にとって『釈摩訶衍論』は龍樹に名を借りた偽撰の書で、『大乗起信論』の注釈としては認めがたいものであった。そこで、三船はこれに代わる『大乗起信論』の注を自ら書くことを思い立ったものと考えられる。

## 三

淡海三船による『大乗起信論注』執筆のことは、『龍論鈔』所引の『延暦僧録』佚文の記述によって初めて明らかになったことであり、当然のこととして、その『大乗起信論注』は伝存していないのであるが、その序文の一部と考えられるものが遺存する。

これを引載する文献が二つある。その一は同じく『龍論鈔』である。これに「大意抄一に云」として引用されているが、『大意抄』は平安末期の南都を代表する学僧蔵俊（一一〇四～一一八〇）の著作である。これもまた『龍論鈔』の記事によって知りうる事実である。この書の名は経疏目録類にも見いだしえないのであるが、『龍論鈔』には、蔵俊の著であることを記す記載がある。前節で引用した『延暦僧録』佚文の後に、その基づいた資料について記した識語に次のように記されている。

建永二年二月六日以二或同法本一写了。是則蔵俊僧都私抄也云々。又彼人大意抄一巻奥委注二載之一。可レ見二件抄出一也。

「大乗起信論注序」を引用するもう一つは、南都元興寺の願暁（?～八七四）の著『金光明最勝王経玄枢』である。(7)その巻一に「此の経の翻主義浄三蔵、実叉難陀と新たに起信論を翻して云はく」という記述があり、これに関連して「新訳起信論註序」が割り書きの形で引用されている。

以下、序を検討していこう。本文は『大意抄』(8)と『金光明最勝王経玄枢』(9)所引本文を対校し、私見を加えて定めたが、一々の注記は省略し、主な校異に注を加える。前者を「大」、後者を「玄」と表記する。

新訳起信論注序云、以唐則天聖暦三年、歳次己亥冬十月、于闐国三蔵実叉難陀、唐朝三蔵義浄法師等、於神都仏授記寺、重訳玆論。則天大聖皇后遣朝請大夫守太子中舎人賈膺福等、翻経大徳大福先寺。僧復礼等、義学大沙門十人筆受。分成上下両巻、其発明真性、隠括玄宗。雖義旨与旧翻不異、而文共理周、詞将意愜。

新訳起信論注の序に云はく、唐の則天の聖暦三年、歳己亥に次る、冬十月を以つて、于闐国の三蔵実叉難陀、唐朝の三蔵義浄法師等、神都の仏授記寺に於いて、重ねて玆の論を訳す。則天大聖皇后、朝請大夫守太子中舎人賈膺福等、翻経大徳を大福先寺に遣はす。僧復礼等、義学大沙門十人筆受す。分かちて上下両巻と成す。其れ真性を発明し、玄宗を隠括す。義旨、旧翻と異ならずと雖も、文と理と周く、詞と意と愜へり。

1　三（大）―二（玄）。2　請（大）―議（玄）。3　愜（大）―慊（玄）、「大」の付訓「カナヘリ」により「愜」に改める（藏中進氏教示）。

「新訳起信論注序」とある。これによって、三船が書いた注は「新訳大乗起信論注」と称したと考えられるのであるが、ここにすでに大きな問題が含まれている。それは、三船は新訳の『大乗起信論』に基づいて注釈を行っていることになるからである。なお、このことは、次に見る序の本文によれば、いっそう明白である。

『大乗起信論』には旧訳と新訳の二つがある。前節で、真諦の漢訳で流布すると述べたが、これは旧訳であり、一般にはこの真諦訳が用いられる。これに対して、唐代に至って、実叉難陀によってもう一つの翻訳がなされた。すなわち新訳である。

三船が戒明宛の書状で『釈摩訶衍論』偽撰説を主張したことは先に述べたが、その『釈摩訶衍論』は真諦訳を本文とし、これに対して注を施したものであった。書状にも「其の本論は実に馬鳴菩薩の起信論なり。梁の承聖三年甲戌、真諦三蔵の訳する所なり」と明言している。三船はこの真諦訳に其づく注釈『釈摩訶衍論』を偽撰として排して、新たに『大乗起信論』の注釈を企てたのであったが、その時、彼は注を施す原典の『大乗起信論』テキストを当然のこととして旧訳から新訳に改めたのである。

まずは、「新訳起信論注序」という名称から、このことが明らかになる。

次に、「新訳起信論注序」（以下「注序」と略称）の本文のうち、「新訳起信論」の成立を述べた部分は「新訳大乗起信論序」におおむね拠っている。実叉難陀訳の『大乗起信論』には序（以下「論序」）が置かれているが、その序である。「注序」と「論序」を対照して示すと、次のとおりである。

新訳起信論注序

[A]以㆓唐則天聖暦二年歳次己亥冬十月㆒、[B]于闐国三蔵実叉難陀唐朝三蔵義浄法師等、[C]於㆓神都仏授記寺㆒、重訳㆓茲論㆒。則天大聖皇后遣㆓朝請大夫守太子中舎人賈膺福等翻経大徳大福先寺㆒。[D]僧復礼等義学大沙門十人筆受。[E]分以成㆓上下両巻㆒。

新訳大乗起信論序(10)

此本即[b]于闐国三蔵法師実叉難陀齎㆓梵文㆒至㆑此。又於㆓西京慈恩塔内㆒、獲㆓旧梵本㆒。与㆓義学沙門荊州弘景崇福法蔵等㆒、[a]以㆓大周聖暦三年歳次癸亥十月壬午朔八日己丑㆒、[c]於㆓授記寺㆒、与㆓花厳経㆒相次而訳。[d]沙門復礼筆受。[e]開為㆓両巻㆒。

対応する部分にアルファベットの大文字と小文字を付した。この対照によって明らかなように、「注序」は基本的には「論序」に基づいて書かれていると考えられるが、相違する点もある。そのことを中心に検証してみよう。

年時を記したAとaでは干支が相違するが、ともに誤っている。聖暦三年は庚子で、二年が己亥である。

翻訳者について（B・b）、「注序」では実叉難陀とともに義浄をあげるのに対し、「論序」では弘景と法蔵の名をあげている。「注序」に義浄の名が加えられたのは、次のようなことによるものと考えられる。

「論序」によれば、新訳『大乗起信論』の翻訳は「与㆓花厳経㆒相次而訳」、『華厳経』の翻訳と一連のものとして行われたとあるが、その『華厳経』の翻訳について、『宋高僧伝』巻一の「義浄伝」には、「天后（則天武后）……、勅於㆓仏授記寺㆒安置焉。初与㆓于闐三蔵実叉難陀㆒翻㆓華厳経㆒」、すなわち義浄と実叉難陀と共同でそれを行ったと記されている。(11) このような記述に拠って、新訳『大乗起信論』も同様に共同の作業として行われたと解されたのであろう。

筆受として、復礼は一致するが（D・d）、「注序」には、さらに義学の沙門十人をあげる。

以上の一致ないし近似に対して、「論序」には対応する記載のないものもある。

「注序」で傍線を付していない箇所、すなわち則天武后が賈膺福らを大福先寺に派遣したという記事は「論序」には見えない。この記述は別の資料に拠ったと考えなければならないが、このうち、賈膺福の名のみは『華厳経伝記』巻一の実叉難陀伝（『開元釈教録』巻九もほぼ同文）に見える。(12)

以㆓天后証聖元年乙未㆒、於㆓東都大内遍空寺㆒訳㆓華厳経㆒。……、後付㆓沙門復礼法蔵等㆒、於㆓仏授記寺㆒訳。

至二聖暦二年己亥一功畢。又至二久視元年庚子一、於二三陽宮内一訳二大乗入楞伽経一、及於二西京清禅寺、東都仏授記寺一、訳二文殊授記等経一。前後総訳二一十九部一。沙門波崙玄執等筆受、沙門復礼綴文、沙門法宝弘景等証義、太子中舎人賈膺福監護。

天后（則天武后）の証聖元年乙未を以つて、東都の大内の遍空寺に於いて、華厳経を訳す。……、後、沙門復礼・法蔵等に付して、仏授記寺に於いて訳す。聖暦二年己亥に至りて功畢る。又、久視元年庚子に至りて、三陽宮内に於いて、大乗入楞伽経を訳す。及び西京の清禅寺、東都の仏授記寺に於いて、文殊授記等経を訳す。前後総て一十九部を訳す。沙門波崙玄執等筆受し、沙門復礼綴文し、沙門法宝弘景等証義し、太子中舎人賈膺福監護す。

実叉難陀の訳経事業についての記述であるが、『華厳経』以下十九部の経典を翻訳したという。ここには新訳『大乗起信論』の名は見えないが、先に見たように、「論序」には、その翻訳は『華厳経』の翻訳と一連のものとして行われたと記されている。とすれば、新訳『大乗起信論』も十九部のうちの一つと解することができる。その訳経事業の監督後見の任に賈膺福が当たったという。

## 四

以上の検討によって、「新訳起信論注序」は実叉難陀訳の『大乗起信論』、いわゆる新訳に冠せられた「新訳大乗起信論序」を踏まえて書かれていると見ることができる。このことは、その「新訳起信論注序」という名称とともに、淡海三船が注釈を書くテキストとして用いた『大乗起信論』の本文が新訳であったことをもの語っている。

そうしてこれは『大乗起信論』の流布、受容の問題に関して、次のような意味を持つのである。

一つに、その新訳『大乗起信論』には序が冠せられていたということである。このことをいうのは、前節に一部を引いた「新訳大乗起信論序」の、新訳の成立を記した内容に対しては疑義が提出され、(13)これと関連して、訳出と序の執筆とは別時であろうと考えられているからであるが、(14)三船が見た新訳はすでに序を持つものであった。

このことともに、より大きな意義を有するのは次の点である。『大乗起信論』のテキストとして用いられたのはもっぱら真諦訳、すなわち旧訳であった。注釈も数多く作られているが、その所拠の本文として用いられたのもそうであって、従来、新訳に対する注釈として最も早いものとされていたのは、明の智旭による『大乗起信論裂網疏』六巻（一六五三年成立）であった。(15)これに対して、三船の『新訳大乗起信論注』は、明確な執筆年時は不詳であるが、彼の生存年代（七二一〜七八五）から、八世紀後半であることは間違いない。新訳の注釈の成立は一挙に九百年近く遡ることになった。

新訳『大乗起信論』は海東の日本においていち早くよき理解者を得ていたのである。

注

（1）唐の梁粛の「過海和尚碑」（『唐文粋』巻九十二）、『宋高僧伝』巻十四「鑑真伝」の記述から知られる。塚本善隆「過海大師鑑真一行と日本」（『仏教芸術』第六十四号、一九六七年）参照。

（2）『日中文化交流史叢書九　典籍』（大修館書店、一九九六年）第三章「中国における日本漢籍の流布」二「遣唐使と日本典籍の輸出」（王勇執筆）参照。なお、この書の第三章（王勇・藤善真澄・蔡毅分担執筆）はこの問題に関する近年のまとまった論述である。

（3）拙稿「『延暦僧録』「淡海居士伝」佚文」（『平安朝漢文文献の研究』吉川弘文館、一九九三年）。

（4）藏中進『唐大和上東征伝の研究』（桜楓社、一九七六年）第四章第三節「淡海三船の述作」三「送㆓戒明和尚㆒状」。

（5）『宝冊鈔』第八、『唯識論同学鈔』巻二―四所収。なお、『龍論鈔』にも採録する。

（6）注4藏中論文に詳しい。

（7）「天野山金剛寺善本叢刊」第四巻『要文・経釈』（勉誠出版、二〇一八年）所収『龍論鈔』解題（海野圭介）に指摘する。

（8）注7の『要文・経釈』四一〇頁に影印がある。

（9）大正新脩大蔵経巻五十六、四八六頁。

（10）大正新脩大蔵経巻三十二、五八三頁。

（11）ほかに『宋高僧伝』巻五、法蔵伝には「実叉難陀齎㆓華厳梵夾㆒至、同㆓義浄復礼㆒訳㆓出新経㆒」とある。

（12）大正新脩大蔵経巻五十一、一五五頁。

（13）望月信亨『仏教経典成立史論』（法蔵館、一九四六年）第十一章第四節「実叉難陀起信論重訳説の検討」。

（14）柏木弘雄『大乗起信論の研究』（春秋社、一九八一年）第三章第二節一「新・旧両本の関係にたいする諸説と新訳論序の問題点」。

（15）注14に同じ。

※　一九九八年八月の「遣唐使時代の東アジア文化交流国際シンポジウム」（中国、杭州大学）および同十月の和漢比較文学会大会（福岡女子大学）での口頭発表に基づいて、『日本歴史』第六一〇号（一九九八年）に発表した。

# 4　淡海三船「南山の智上人に贈る」詩について

## 一

前章で論じた『大乗起信論注』の作者、淡海三船については、その一首の詩もまた中国へ伝えられたとして、従来議論がなされている。これについて考えてみたい。

その詩とは「南山の智上人に贈る」(『経国集』巻十・71)である。

独居窮巷側　　独居す窮巷の側
知己在幽山　　知己幽山に在り
得意千年桂　　意を得たり千年の桂
同香四海蘭　　香を同じくす四海の蘭
野人披薜衲　　野人薜衲(へいのう)を披(き)る
朝隠忘衣冠　　朝隠衣冠を忘る

副思何処所　　思ひを副ふ何れの処所ぞ
遠在白雲端　　遠く白雲の端に在り

この詩は従来どのように理解されてきたか。『経国集』の注釈というその書の性格から、小島憲之『国風暗黒時代の文学』中(下)Ⅱ（塙書房、一九八六年）に示された解釈を代表として取り上げよう。(1)

まず、詩題について。「南山」は中国の南岳すなわち天台山（浙江省）であり、「智上人」は智者大師と称された智顗をいう。すなわち、この詩は天台山の智顗に贈られたものである。

詩の意味は次のようになる。

私は狭苦しいちまたの側にひとり住まひをしてゐるが、知己である智者上人は遠く奥深い天台山に(永遠に)ましします。(私は)永遠にかをる桂の如き満足すべき(上人との)交友関係を続け、また四海の遠くまでもかをる蘭の如き香ぐはしい関係を共に等しく保ち続けてゐる。在野の人でありながら(私は)かづらで織つた粗末な僧衣を着用し、また朝廷を隠遁の場所とみなして衣冠を頂く身であることを忘れてゐる。自分の思ひを心に含みいだきつつ(？)贈る詩は何処かと云へば、それは遠く白雲のたつあたりである。

以上が小島氏の解釈である。

この詩は天台山の智者大師に贈られたものであるとする基本的な捉え方はすでに小島注Ⅰにも提示されており、加えて、これを中国へ伝えた人物として、宝亀八年（七七七）の遣唐使に随行した僧永忠の可能性が推測されている。(2)

ついで、藏中進氏にこの詩についての論及がある。(3)藏中氏は、この詩を智者大師智顗に贈られたものとする小島注Ⅰの解釈に従いつつ、さらに、詩の表現――第一句「独居窮巷側」、第三聯「野人披薜衲、朝隠忘衣冠」

――と三船の経歴との関連などから、他の遣唐使の場合の可能性も述べている。

以上のような解釈は歴史学の側からも支持されている。佐伯有清氏は聖徳太子慧思後身説との関連のもとに、上述の解釈に従って、この詩に論及している。(4) 以下のとおりである。

中国天台宗の第二祖として尊崇された慧思（えし）（五一四〜五七七）は我が国の聖徳太子に転生したとする説があった。いわゆる聖徳太子慧思後身説であるが、淡海三船はその詩文にこの後身説を書きとどめている。『経国集』巻十に「聖徳宮寺に扈従す」の題で詠まれた一首（68）があるが、この詩は光定撰の『伝述一心戒文』巻上にも収載されていて、そこでは「景雲元年三月、天皇諸寺を巡行し、聖徳太子寺に従駕」と記され、詩序も付されている。すなわち神護景雲元年（七六七）三月、三船が称徳天皇に従って法隆寺東院に詣でた時の詩と序であるが、(5) その詩序に次のように記している。

隋代、南嶽衡山に思禅師有り。常に願ひて言はく、我、没後、必ず東国に生まれ、仏道を流伝せんと。其の後、日本国に聖徳太子有り。生まれながらにして聡慧なり。時に小野臣妹子を遣はして、隋の天子を聘（と）はしむ。即ち太子、妹子に教（おほ）せて曰はく、其の処に向かひて、我が持ちし法華経幷びに錫杖、鉢を取り来たれと。妹子教（おほせ）を奉じ、尋ね訪ひて将（も）ち来る。時人皆云はく、太子は是れ思禅師の後身なりと。

また、詩の第一聯に、

南嶽留禅影　　南嶽に禅影を留め

東州現応身　　東州に応身を現ず

と詠む。「南嶽」は「南岳」とも書き、衡山（湖南省）をいう。慧思は晩年の十年を衡山に止住し、南岳大師と称された。「東州」は日本。第二句は慧思が身を変えて日本に出現したことをいう。

こうした日本への応現説をもつ慧思は、また一方で智顗の師でもあった。すなわち、淡海三船は聖徳太子慧思後身説を述べた詩文を作ると共に、また本章で問題としている詩では、慧思の法脈を承ける智顗に対する尊崇帰依の情を表明している。

さらにもう一つ、三船は渡来僧道璿（どうせん）に従って出家したのであるが、道璿は智顗の教説を継承した人であった。この点からも、三船が智顗を敬慕する詩を作り、その霊に捧げようとしたのは合理性がある。

以上の点を指摘して、佐伯氏は「南山の智上人に贈る」は智顗に贈られたものであるとする解釈を支持、補強している。

こうした解釈に立つと、では、この詩はいつ、誰によって、中国へもたらされたかが問われることになる。前述のように、小島注Ⅰに宝亀八年の遣唐使に随行した留学僧の永忠に托されたかとの指摘があり、その後、これより遡って、天平勝宝四年（七五二）に入唐した藤原刷雄あるいは行賀などの説が提出されたが[6]、なお特定されるには至っていない。

## 二

上述のように、淡海三船の「南山の智上人に贈る」は南岳すなわち天台山の智顗に贈られた詩と解されている。三船については、前章に述べたように『唐大和上東征伝』が中国へもたらされたことが指摘され、『大乗起信論注』についてはその明証があり、さらに彼の「北山賦」という作も同じく中国へ伝えられたことが『龍論鈔』所引の『延暦僧録』「淡海居士伝」佚文に記されている。[7]加えてこの詩も遣唐使に托して智顗へ贈られたものとなると、四つの著作、詩文が中国へもたらされたことになる。日中間における書籍文物の往来史のなかでも、三船は希有な存在となるのである。

先の理解は正しいであろうか。私見では、これにはいくつかの疑問がある。

もしこの詩を智顗に贈られたものと解すると、作者三船（七二一〜七八五）と智顗（五三八〜五九七）との間には、日本と中国という空間的隔たりのみならず、およそ百九十年という時間的隔たりも存する。この詩について、作者と贈詩の相手との間に、そうした空間、時間の大きな距離が介在すると考えられるだろうか。そのことを念頭に置きつつ、従来の解釈を検証していこう。

まず、第一の疑問は詩題の「贈」である。空間的にも時間的にもはるかに隔たった先人に対して「贈る」という用語は妥当であろうか。このことについては、小島氏も疑念を懐いて、次のように述べている。

時代的にみて詩題の、「懐ふ」ならばともかくとして、「贈る」と云ふ表現には多少の無理がある。……尤も智者大師即ち天台大師の魂が上代人の間に永遠に生きてゐると云ふ思想からみれば、「贈る」と云ふ表現でも許されよう（小島注Ⅰ、四九六頁）。

この詩題に限っての疑念ならば、このような理解もあるいはありうるかもしれない。しかし、以下に述べるように、詩句について、より本質的な疑問が存する。「贈」については、詩全体を読んだのちに改めて顧ることにしよう。

より重要な詩の表現について一聯ずつ検討していこう。

第一聯。独居す窮巷の側、知己幽山に在り。

第一句は作者自身のことをいい、第二句は「智上人」のことをいう。

小島注Ⅱに、「後の句の「知己」は知人、智者上人をさす」とするが、「智上人」を智者大師に置換できるだろうか。三船から天台大師智顗を称して「知己」といいうるだろうか。知己とは、語の意味としては単なる「知人」ではない。自分の心あるいは自分の真価をよく知ってくれる人ということであるが(8)、それは例えば次のように用いられるものである。『懐風藻』所収、藤原宇合、89「常陸に在りて倭判官が留りて京に在るに贈る」を例にする(9)。

自我弱冠従王事　我弱冠にして王事に従ひてより
風塵歳月不曾休　風塵歳月曽つて休まず
褰帷独坐辺亭夕　帷を褰げて独り坐す辺亭の夕
懸榻長悲揺落秋　榻を懸けて長く悲しむ揺落の秋
5琴瑟之交遠相阻　琴瑟の交はり遠く相阻たり
芝蘭之契接無由　芝蘭の契り接するに由無し
無由何見李将郭　由無ければ何ぞ見む李と郭と
有別何逢逵与猷　別れ有れば何ぞ逢はむ逵と猷と
馳心悵望白雲天　心を馳せて悵望す白雲の天
10寄語徘徊明月前　語を寄せて徘徊す明月の前
日下皇都君抱玉　日下の皇都君は玉を抱き
雲端辺国我調絃　雲端の辺国我は絃を調ぶ
清絃入化経三歳　清絃化に入りて三歳を経へ

美玉韜光度幾年　　美玉光を韜みて幾年をか度る
15知己難逢匪今耳　　知己逢ふことの難き今のみに匪ず
忘言罕遇従来然　　忘言遇ふことの罕なる従来然り
為期不怕風霜触　　為に期す風霜の触るることを怕れず
猶似巌心松柏堅　　なほ巌心松柏の堅きに似むことを

詩題にいう「倭判官」は大和長岡である。[10]藤原宇合が辺国の常陸に在って、遠く在京の長岡に贈った詩であるが、才能を懐いたまま空しく埋もれている知友を思い遣る友情が、辺境に在る自己の境遇への慰籍の思いとも重ね合わせて詠ぜられていて、集中有数の秀作と評しうる詩である。第7句の「李・郭」は李膺と郭泰、[11]第8句の「逵・猷」は戴逵と王子猷。ともに厚い友情を結んだ故事である。

第15句に「知己」の措辞がある。この詩は詩序をもつが、その詩序にこの一聯とほぼ同じことが、「人を知ることの難き、今日のみに匪ず、時に遇ふことの罕なる、昔より然り」と表現されている。そうして、このような表現がなされる理由が、これに先立って次のように述べられている。

聞く夫れ、天子詔を下して、列を包み師を置き、咸才の周きを審らかにし、各おの其の所を得しめたまふと。明公独自此の挙に遺闕す。理は先進なる合きに、還つて是れ後夫にあり、譬へば呉馬塩に痩せて、人の尚識ることなく、楚臣玉に泣きて、世の独り悟らざるが如し。然して、歳寒くして後に松竹の貞しきを験、風生じて迺ち芝蘭の馥を解す。鄭の子産に非ずは幾ど然明を失はむとし、斉の桓公に匪ずは何ぞ寧戚を挙げむ。

天皇は才能ある人材を求めさせて、適所に採用されるというが、長岡は不幸にもその任用に漏れた。「譬へば」以下は、中国の故事を列挙して、その人の真価が人に認められることのいかに難しいかを述べ、長岡を慰めようとする。「子産」は春秋時代の鄭国の大夫。四十余年に亙って国政を執った。「然明」はその子産に見出され用いられた。「寧戚」は斉の「桓公」の前で歌を歌い、認められて任用され国政を助けた。

叙上の文脈のなかで、然明、寧戚にとって子産、桓公が「知己」ということになるが、いうまでもなく、それぞれは直接に交渉を持つ関係にある。

三船の詩に戻って、「智上人」を智顗と考えたとき、彼は、三船にとっては、天台智者大師として帰依景仰すべき対象であったかもしれないが、智顗にとっては、百九十年後に海東の小国に生まれた三船など、およそ知るはずもない存在であった。そのような両者の間で、後生の三船が先生の智顗を「知己」の語で呼ぶであろうか。

第二聯。意を得たり千年の桂、香を同じくす四海の蘭。

問題とすべきは後句である。「同香」について、小島注Ⅱに「蘭の芳香を共にすること、両者の香ぐはしい交友を示すことば」とある。典拠はこれも指摘のとおり、『周易』繋辞伝の「二人心を同じくすれば、其の利きこと金を断つ。同心の言は、其の臭ひ蘭の如し」である。そのとおりであるが、そうすると、これは交友を述べるものである。なお、先に言及した藤原宇合が倭判官に贈った詩にも、同じ典故が第6句に「芝蘭の契り」として用いられている。

一方、両者の関係については、小島注Ⅱは「作者三船と上人とは面識は勿論ないが、仏弟子として間接的に智者上人の仏教を受けてゐるために、以上の如く述べたものである」と述べている。そうであれば、これは間接的な師弟の関係であって、交友という関係ではないであろう。

典故は三船と「智上人」は交友関係にあると解釈することを求めているが、それは師弟というべき三船と智顗との関係とは齟齬をきたしている。第二聯も、智者大師へ贈られたものとするには、表現がそぐわないのではないだろうか。

第三聯。野人薜衲を披る、朝隠衣冠を忘る。

この聯については全体としての理解に疑問がある。小島注Ⅱに「作者が仏道と官人の間にゐる様を対句によって述べる」とある。二句ともに作者三船のことを詠じたものとする解釈である。このように解釈されるのは、これが一度は出家し、のちに還俗出仕した三船の経歴[12]によく符合していると考えられるからであろう。

しかしそうであろうか。この二句は対句を成している。かつ、この詩は贈詩である。そうした場合には、前句で我(彼)のことをいい、後句では彼(我)のことを詠む、それが定型あるいは礼儀ではなかろうか。

この一聯の解釈にあたって、参看、援用すべき詩がある。先の詩と同じく藤原宇合の詩、92「吉野川に遊ぶ」(『懐風藻』)である。

芝蕙蘭蓀沢　　芝蕙蘭蓀の沢
松柏桂椿岑　　松柏桂椿の岑(みね)
野客初披薜　　野客初めて薜(へい)を披(き)る
朝隠蹔投簪　　朝隠蹔(しばら)く簪(かんざし)を投ぐ
忘筌陸機海　　筌を忘る陸機の海
飛繳張衡林　　繳(しやく)を飛ばす張衡の林
……　　……

この詩の第二聯はいま問題としている「野人薜衲を披る、朝隠衣冠を忘る」と酷似している。「野人」―「朝隠」の対語に対し、これは「野客」―「朝隠」である。また第四句の「簪」は三船の詩の「衣冠」に当たり、共に官人として仕えることの象徴である。この第二聯はどういう意味になるのか。小島氏の解釈[13]を借用する。

野にある人（仕官せぬ者）はここで初めてつたかずらの類の衣を身につける。披薜は薜〻蘿の衣（隠士の衣）を着ること（……）。朝廷に仕官し、しかも隠士の操を守る者はしばらく官人の冠をとめるかんざしを投げ捨ててくつろぐ。以上二句、野にある者も官人もこの吉野川でゆっくり遊ぶの意。

すなわち、前句は「野客」のこと、後句は官人のことと解されている。官人は作者、宇合である。また前掲の「常陸に在りて倭判官が京に在るに贈る」の第11・12句に「日下の皇都君は玉を抱き、雲端の辺国我は紘を調ぶ」も同じ形であり、これは「君は」「我は」と明示されていて、わかりやすい。三船の詩も同じように解すべきであろう。前句は「野人」つまり「智上人」のこと、後句は「朝隠」、三船のことを詠んでいるのである。

第四聯については異論はないが、第8句の「白雲の端」に関して、先に引いた宇合の「常陸に在りて倭判官が京に在るに贈る」に、「心を馳せて悵望す白雲の天」、「雲端の辺国我は紘を調ぶ」という類似した詩句が見えることは、やはり指摘しておきたいことである。

## 三

以上述べてきたところから、私は淡海三船の「南山の智上人に贈る」は智顗（の霊前）に贈られた作ではないと考える。

この詩はどう読むべきであろうか。

前節に述べたところからも断片的にうかがわれるように、この詩は作者と直接的な交渉のあった「智上人」なる僧に贈られた、二人の交友、友情を詠じた詩である。時間、空間をはるかに隔てた異国の先覚に対する景仰の詩ではない。

私見によって、改めて読んでいこう。詩題の「南山の智上人に贈る」について。

「南山」はもちろん日本国内のそれである。空海の詩に二例がある。『経国集』巻十所収の詩(59)の題に「南山中に新羅の道者の過ぎらる」、また「山に入る興」(『経国集』巻十・63および『性霊集』巻一)に、

南山松石看不厭　　南山の松石は看るに厭かず

南嶽清流憐不已　　南嶽の清流は憐れむこと已まず

と用いられている。これらの南山は、指摘されているように、高野山を指す。これら空海の詩にいう「南山」は、彼がそこに入山し金剛峯寺を開く高野山に違いないが、空海に先立つ奈良朝期の三船の詩の「南山」はそれではありえない。

ほかに求めると、『懐風藻』所収の紀男人の73「吉野宮に扈従す」に、

鳳蓋停南岳　　鳳蓋南岳に停まり

追尋智与仁　　追ひ尋ぬ智と仁とを

の例がある。この「南岳」は詩題から明らかであるが、吉野である。三船がいう「南山」も吉野の山と考えてよいであろう。

「智上人」は三船と親交があり、今は吉野山に棲む僧の智何あるいは何智である。それ以上は未詳である。

このように考えるとき、「智上人」を智顗とすれば不自然に感じられ、小島氏にも疑念を懐かせた「贈る」という措辞も素直に受け入れることができる。なお、前節で、第一・二聯を解釈するのに援用した藤原宇合の詩も、

「倭判官が留りて京に在るに贈る」と「贈」の語が用いられていることもここで顧慮しておいてよいであろう。

詩の第一聯。後句「知己幽山に在り」。「智上人」は今は「幽山」、吉野山に隠棲しているが、三船にとっては「知己」、私を本当に知ってくれている友と呼ぶことのできる存在であった。

第二聯。後句「香を同じくす四海の蘭」。「四海」について、小島注Ⅱに、「ここは海を距てた両者の交友を述べてゐるために、「海」の語が特に生きてくる」とある。「智上人」を智顗と考えればまさにそのとおりであるが、「海」は常に「うみ」の意であるわけではない。「四海」は天下の意で用いられることがむしろ一般である。『懐風藻』には三例があるが、いずれもその意味で用いられている。

羞づらくは監撫の術無きことを。安ぞ能く四海に臨まむ。（大友皇子、9「述懐」）

四海既に無為、九域正に清淳。（山前王、41「侍宴」）

鏡を沈むる小池、勢ひ金谷に劣ること無く、翰を染むる良友、数竹林に過ぎず。弟と為り兄と為り、心中の四海を包み、善を尽くし美を尽くし、曲裏の長流に対かふ。（藤原宇合、88「暮春曲宴南池序」）

ここも同じように、天下の意で解すればよい。

第三聯。前節に述べたように、対偶を成し、前句「野人薜衲を披る」は「智上人」のことをいい、後句「朝隠衣冠を忘る」は三船自身のことをいう。

第四聯。後句の「白雲の端」にはなはだ近い措辞が宇合の友人に贈った詩に用いられていることは前節に指摘したが、そこでの用法と同じく、遠く離れた場所、ここでは平城京から思い遣る吉野の山の形容として用いられている。

以上のように理解すべきであろう。

淡海三船の「南山の智上人に贈る」は、吉野の山に隠棲する、三船にとっては「知己」と呼びうる僧の智何、あるいは何智に贈られた友情の詩である。

残念ながら、この詩は中国へ伝えられた日本人の作品のリストからは除外しなければならない。

注

（1）これを以下「小島注Ⅱ」と称する。これに先立って、『国風暗黒時代の文学』上（塙書房、一九六八年）四九六頁以下にもこの詩の注釈があり、ほぼ同じことが述べられている。ただし小異もあり、以下必要に応じて、「小島注Ⅰ」としてこれにも言及する。またこの詩は『本朝一人一首』にも入集し、新日本古典文学大系（岩波書店、一九九四年）に小島氏の校注がある。

（2）小島注Ⅰに「但し蔵中説は、宝亀八年（七七七）出発した遣唐使と同行した僧に託して天台山にある智者大師の霊前に贈ったものかと云ふ」とあり、所拠の蔵中氏論文として「『経国集』淡三船詩（其の二）」（『水門――言葉と歴史』8号、一九六六年）を挙げているが（ただし論文名のみ）、この論文にはそうした論述はない。何かの誤解であろう。

（3）蔵中進『唐大和上東征伝の研究』（桜楓社、一九七六年）第四章第三節「淡海三船の述作」。

（4）佐伯有清『若き日の最澄とその時代』（吉川弘文館、一九九四年）一八五頁以下。

（5）東野治之「初期の太子信仰と上宮王院」（『大和古寺の研究』塙書房、二〇一一年。初出一九九七年）。

（6）注3蔵中氏著、小島注Ⅱ、注4佐伯氏著。

（7）拙稿「『延暦僧録』「淡海居士伝」佚文」（『平安朝漢文文献の研究』吉川弘文館、一九九三年）参照。

（8）このことに関して、小島注Ⅱの翻訳に「己が知る上人」とするが（二八一三頁）誤解である。「己を知る上人」でなければならない。「知己」のよく知られた用例を挙げておこう。『史記』巻八十六、刺客列伝、預譲伝に「士為知己者死、女為説己者容（士は己を知る者の為に死し、女は己を説ぶ者の為に容づくる）」とある。

（9）なるべく三船に近い時代の作として『懐風藻』に用例を求めることとする。以下も同じ。数字は小島憲之校注、日本古典文学大系本の作品番号。
（10）利光三津夫「奈良朝官人の推挽関係」（『律令制とその周辺』、慶応義塾大学法学研究会、一九六七年）。
（11）「郭」を郭泰に比定することは、古典文学大系本の補注による。
（12）三船の伝については注3の藏中氏著に詳しい。
（13）注11著書頭注。
（14）渡辺照宏・宮坂宥勝校注、日本古典文学大系『三教指帰 性霊集』（岩波書店、一九六五年）、小島注Ⅱ。

※『続日本紀研究』第三二一号（一九九九年）に発表した。

# 5 「銅雀台」

## ──勅撰三集の楽府と艶情

### はじめに

平安朝の漢文学史は──文学史はと言ってもよいが、勅撰の漢詩(文)集の相継ぐ成立を以って始まる。嵯峨朝における『凌雲集』(八一四年)、『文華秀麗集』(八一八年)、続く淳和朝の『経国集』(八二七年)の三集であるが、このうち後の二集は詩を内容によって分類し、類題のもとに配列するという編纂方法を取っている。『文華秀麗集』は、

巻上　遊覧、宴集、餞別、贈答
巻中　詠史、述懐、艶情、楽府、梵門、哀傷
巻下　雑詠

という構成を持つ。また『経国集』は詩だけでなく、賦、序、対策という文章も収載する詩文集で、二十巻という大部なものであったが、今は多くが散佚して六巻を残すのみである。詩を収めるのはそのうちの四巻で、

巻十　楽府、梵門
巻十一・十三・十四　雑詠

となっている。両者を見比べると、『経国集』の類題は『文華秀麗集』のそれを襲用しているようである。

以上のような類題のなかの一つ「楽府(がふ)」の詩について、私は平安朝詩史におけるその展開の様相を検討したことがある。(1)『文華秀麗集』には「王昭君」「梅花落」「折楊柳」の題による九首が、『経国集』には「塞下曲」「塞上曲」「巫山高」「関山月」「梅花引」の十一首があるが、『文華秀麗集』には他の類題のなかにも楽府題の詩が含まれている。艶情の部に「長門怨」と「婕妤怨(しょうよえん)」による五首が、また哀傷の部に「銅雀台」の二首がある。

このように楽府は平安初頭詩においては一分野をなしていたのであるが、以後は「王昭君」を唯一の例外として、平安時代を通して楽府詩が詠まれることは絶えてなかった。(2)すなわち『文華秀麗集』『経国集』所収の楽府題の詩は勅撰三集の詩を、言葉を換えて言えば嵯峨朝の文学を特徴づける作品と言うことができる。そこでこれを取り上げて内容について検討してみよう。

## 一　「銅雀台」詩

取り上げるのは「銅雀台」である。先に述べたように、これは『文華秀麗集』に、楽府ではなく哀傷の部に置かれている。二首がある。

81　尚書右丞良安世の「銅雀台」に和す　嵯峨天皇

82　仰ぎて尚書良右丞の「銅雀台」に同ず　桑原腹赤

嵯峨天皇と桑原腹赤の二首であるが、共に「尚書右丞良安世」の「銅雀台」の詩（散佚）に応えたものである。「良安世」は良岑安世（よしみねのやすよ）の中国風の呼称。「尚書右丞」は右弁官の唐名（中国風の呼称）で大・中・少いずれにも用いるが、安世の官歴でこれに該当するのは弘仁七年（八一六）正月十日に任命された右大弁である。したがって、この二首は弘仁七年正月から『文華秀麗集』成立の弘仁九年までの間の詠作である。

嵯峨天皇の詩について述べておきたいことがある。それは、この詩が、今述べたように、良岑安世の作に対する和詩であることの意味であるが、以前に論じたことであるから、要点を簡略に述べておく。(3)

嵯峨朝の文学の特徴として「君臣唱和」ということが言われるが、その実際の方法が詩作における応製奉和である。詩を詠むようにとの天皇の命を承けて作るのが応製、先に天皇の詠詩があり、これに和して作るのが奉和であるが、平安朝を通覧して考えると、本当に当代の詠作方法を特徴づけるものは奉和である。かつ注目すべきものは嵯峨天皇からする臣下の詩に対する和詩の存在である。二十三首もの詩がそうであるが、天皇が臣下の詠作に和して詩を詠むということは、平安朝を通して、嵯峨天皇においてのみ見られる詠作態度である。良岑安世の作に和して詠まれた嵯峨天皇の詩はこのような観点から注目すべき作なのである。この意味でも嵯峨朝の文学としての特徴を有する詩ということができる。

楽府はその本来的性格として、題に即してある主題を持つのであるが、「銅雀台」は次のような来歴を持つ詩である。

銅雀台はそもそもかの魏の曹操が都の鄴（ぎょう）（河北省邯鄲（かんたん）市臨漳県）の近郊に築いた三台――氷井台・銅雀台・金虎台の一つであり、次のような故事を担っている。斉の謝朓（しゃちょう）の「謝諮議（しぎ）の「銅雀台」詩に同ず」（『文選』巻二十三）の詩題の李善注に言う。

建安十五年冬、銅雀台を作る。魏武遺令して曰はく、「吾が伎人は皆銅爵台に著け。台上に六尺の床、繐帳を施し、朝晡に脯糒の属を上れ。月の朝、十五日には輒ち帳に向かひて伎を作せ。汝等は時々銅爵台に登りて、吾が西陵の墓田を望め」と。

建安十五年（二一〇）の冬に銅雀台が建設されたことと、曹操の死に臨んでの命令が記されている。曹操の遺言は次のようなものであった。

妓女たちを銅爵台（「爵」は「雀」に同じ）に奉仕させよ。楼台に寝台や帳を設け、朝夕に食物を供えよ。毎月の一日と十五日には歌舞をなせ。お前たち（曹丕ら息子）は折々に台に登って私の西陵を望み見よ。

「銅雀台」の詩はこの故事に基づいて詠まれることになる。宋、郭茂倩編『楽府詩集』（巻三十一）に六朝・唐の諸篇がまとめられているが、『文選』にも一首のみであるが採録する。先に触れた謝朓の「銅雀台」詩である。中国詩の一例として読んでみよう。

繐幃飄井幹　繐幃は井幹に飄り
罇酒若平生　罇酒は平生の若し
鬱鬱西陵樹　鬱々たり西陵の樹
詎聞歌吹声　詎ぞ聞かん歌吹の声
芳襟染涙迹　芳襟は涙迹に染まり
嬋媛空復情　嬋媛として空しくまた情あり
玉座猶寂寞　玉座もなほ寂寞たり
況迺妾身軽　況や迺ち妾が身の軽きをや

「繐幃（細絹のとばり）」「西陵」は先の曹操の遺令の語を用いる。「罇酒」「歌吹」は遺令にはないが、前者は「脯糒」（乾肉と乾いい）を置き換え、後者は「伎」を具体的に言い換えたものであろう。「平生」も遺令にない語であるが、この遺令に従って〈いつも生前と同じように〉ということで「銅雀台」詩によく用いられる。(4)

この詩は後半四句は「伎人」の立場で感懐を詠むという形である。「妾」は女性の卑下した自称であるから、舞妓が追慕の情を述べていることになる。「嬋媛」は心ひかれるさま。香ぐわしい襟元も涙の跡に染まり、せんないことながらもまた思慕の情が湧く。玉座ですらその主（ぬし）（魏王）はいなくなって寂しい。まして私のような取るに足らぬ身は死ねばなおさらのことだ、と歌う。

以下『文華秀麗集』の二首を見ていこう。まずは編纂上の配列の問題であるが、この二首が楽府題詩でありながら、楽府の部ではなく哀傷の部に置かれているのは、『文選』における謝朓の詩の措置と全く同じである。おそらく倣ったのであろう。

また、詩題にいう詠作の方法は、先に他者（良岑安世）の詩があり、二首はこれに応じたもので、謝朓の詩と同一である。ただし、これはたまたまの一致であろう。しかし、腹赤の詩が「――に和す」ではなく「――に同ず」と「同」の語を用いるのは謝朓の詩の用字に倣ったものと考えられる。勅撰三集において「同」はきわめて例の少ない用字だからである。(5)

二首は次のような詩である。

尚書右丞良安世の「銅雀台」に和す　嵯峨天皇

昔時魏武帝　　昔時魏の武帝

台榭起城阿　　台榭（だいしゃ）を城の阿（くま）に起こす

遺令奏絃管　遺令して絃管を奏せしめ
空帷舞綺羅　空帷に綺羅を舞はしむ
毎対平常月　平常の月に対かふ毎に
追思怨恨多　追思して怨恨多し
西陵揮涙望　西陵涙を揮ひて望むも
松檟復如何　松檟また如何せん

仰ぎて尚書良右丞の「銅雀台」に同ず　桑原腹赤

憶昔妓堂好　憶ふ昔妓堂好く
君情応未闌　君の情応に未だ闌かならざるべきことを
一朝雄志滅　一朝雄志滅び
千載爵台寒　千載爵台寒し
北上臨風詠　北上風に臨みて詠じ
西陵向月看　西陵月に向かひて看る
漳河与妾涕　漳河と妾の涕と
日夜流無乾　日夜流れて乾くことなし

この二首を読むに当たっては、もう一つ参照すべき詩がある。初唐、沈佺期の「銅雀妓」（『楽府詩集』巻三十二）である。

昔年分鼎地　　昔年鼎を分かつ地
今日望陵台　　今日陵台を望む
一旦雄図尽　　一旦雄図尽き
千秋遺令開　　千秋遺令開く
綺羅君不見　　綺羅君は見ず
歌舞妾空来　　歌舞妾空しく来たる
恩共漳河水　　恩は漳河の水と共に
東流無重迴　　東流して重ねて迴ることなし

この詩および先の謝朓の詩を参看しながら、二首を読んでいこう。まず嵯峨天皇の作である。

第二聯。「帷」は遺令にいう「繐幃」である。「綺羅」は舞妓がまとうあや絹、薄絹であるが、ここでは舞妓その人をいう。遺令にいう「伎」を「絃管」と「舞」とに言い換えているが、「絃管」と「綺羅」との対偶は沈佺期の詩の第三聯の「綺羅」と「歌舞」との対にはなはだ近い。第三聯。「平常」は謝朓詩の「平生」に同じ。第四聯。「西陵」「望」は遺令の措辞をそのまま用いる。「松檟」の「檟」はひさぎ、松と共に墓所に植えられる木である。「松檟」の語が初唐、王勃の「銅雀妓」に見えること、古典文学大系本頭注に指摘する。

次いで桑原腹赤の詩である。第一聯。後句の「君」は魏王曹操。「闌」はここでは盛りをすぎた状態。衰える。したがって「未闌」はなお意気盛んであったの意。第二聯。「一朝雄志滅、千載爵台寒」は沈倫期の詩の同じく第二聯、「一旦雄図尽、千秋遺令開」を踏まえるものであろう。第四聯。「漳河」は鄴の近くを流れる川で、沈佺期詩に同じ第四聯に用いられている。後句の「日夜流無乾」の「流れて——することなし」という措辞は沈佺期詩の同じく結びの「東流無重迴」と同じである。また流れ去るものは前句であるが、一方は漳河と涕、他方は恩と漳河の水。共に二つのもので、かつその一つはどちらも漳河である。つまり両者共に〈AとBとが流れ行きて――することなし〉と詠んでいる。これはやはり腹赤が沈佺期の詩に倣ったものと考えられる。

次に、腹赤の詩で注目したいのは第四聯に「妾の涕」と言うことである。「妾」は謝脁詩の「妾」と同じであり、すなわちこの詩もまた舞妓の視点で詠んでいるわけである。

このことを踏まえて、改めて沈佺期の詩を見ると、第三聯に「妾(われ)空しく来たる」とある。歌舞を供すべく銅雀台にやって来ても、見るべき君主はすでにこの世の人ではなく、それは空しいことという。この詩にもまた歌舞をなす身の心情が詠まれている。

このような視点で嵯峨天皇の詩を見返してみると、この詩にはそのことが明示されてはいない。たとえば第六句「追思する」、あるいは第七句「涙を揮ひて望む」のが誰かは曖昧である。舞妓かもしれないし、あるいは遺令に「汝等」と呼びかけている曹操の子供たちかもしれない。また他の不特定の後代の人としても読めそうである。

嵯峨朝の文学の独自性を主張する作品の一つとして楽府の「銅雀台」二首を読んだ。これまでは個々の詩句、措辞について、同一のあるいは近似する中国詩の用例の指摘はなされていたが[6]、内容にまでは及んでいなかった。

本節で述べたことの要点は二つである。

『文華秀麗集』の「銅雀台」詩において、謝脁の詩と沈佺期の詩は先蹤として受容されている。

桑原腹赤の詩には、遺令により曹操の死後も奉仕することを命ぜられた舞妓の視点からの追慕と悲哀が詠出されているが、これも先の二首を承けるものである。なお、このことは「銅雀台」という楽府の主題そのものに関わることで、それは『楽府詩集』において「銅雀台」が十首であるのに対して、「銅雀妓」と題するものが十六首であるということに端的に示されている。やや言い方を変えると、中国の六朝、唐代における銅雀台を主題とする楽府詩は、基本的には曹操の遺令に述べる内容を詩として形象化するものであったが、その中でも特に舞妓に焦点を合わせてこれを詠出するものがしだいに多くなった。前述の謝朓また沈佺期の詩もその流れの上にあるのであるが、桑原腹赤の詩はこれを承け継いでいる。

## 二　艶情の詩

第一節で、楽府は勅撰三集においては類題の一つとして詩群をなし一分野となっていたが、以後はその系譜が絶えた、その意味において楽府は嵯峨朝の文学を特徴づける作品であることを述べたが、同様の類題がもう一つある。「艶情」である。これについて考えてみよう。

『文華秀麗集』の艶情の部に収載される詩は次のとおりである（51〜61）。

| | |
|---|---|
| 春閨怨に和し奉る | 菅原清公、朝野鹿取、巨勢識人 |
| 春情に和し奉る | 巨勢識人 |
| 伴姫の秋夜の閨情に和す | 巨勢識人 |
| 長門怨 | 嵯峨天皇 |
| 長門怨に和し奉る | 巨勢識人 |
| 婕妤怨 | 嵯峨天皇 |

婕妤怨に和し奉る　　　　　巨勢識人、桑原腹赤
擣衣を聴くに和し奉る　　　桑原腹赤

詩題を眺めるだけで内容が推測されるが、いずれも閨怨詩である。二つ目の「春情」も〈春ののどかな心〉ではなく〈恋心〉である。これ（54）を例に引いてみよう。

孤閨已遇芳菲月　　孤閨已に遇ふ芳菲の月
頓使春情幾許紛　　頓ちに春情をして幾許か紛れしむ
玉戸愁褰蘇合帳　　玉戸褰ぐるを愁ふ蘇合の帳
花蹊嬾曳石榴裙　　花蹊曳くに嬾し石榴の裙
5鶯啼庭樹不堪妾　　鶯は庭樹に啼きて妾堪へず
雁向辺山難寄君　　雁は辺山に向かふも君に寄せ難し
絶恨龍城征客久　　絶えて恨む龍城に征客久しく
年年遠隔万重雲　　年々遠く隔つ万重の雲

夫を長い間兵士（「征客」）として匈奴の地（「龍城」は匈奴の祭天の場所）に送り出して孤閨を守る女の遣るせない思いを詠む。第6句は春になり雁は北に向かうが夫に便りを届けることもできないという。雁は手紙を運ぶものとされる。

「長門怨」と「婕妤怨」は先述（第一節）のように楽府題であるが、内容は閨怨である。共に故事を踏まえる。前者は帝の愛情が別の女に移ったことを嫉妬したために長門宮に幽閉された漢の武帝の陳皇后の、後者は漢の成帝に寵愛されながら、後に趙飛燕姉妹に愛情を奪われた班婕妤の怨情を主題とする作品である。

艶情部の諸篇は男の愛情を他の女に奪われた、あるいは出征などにより夫と遠く離れ、一人身を余儀なくされた女性の悲哀を詠んだ詩篇群である。

このような女の怨情を詠んだ時は他にもある。「雑詠」の中の136「賦して「絡緯機無し」を得たり」（菅原清公）、137「内史貞主の「秋月歌」に和す」（嵯峨天皇）、138「滋内史の「秋月歌」に和す」（桑原腹赤）などはそうである。たとえば「秋月歌」に和した二首は詩題からは叙景詩のように思われるが、

洞庭葉落秋已晩　　洞庭に葉落ちて秋已に晩れ
虜塞征夫久忘帰　　虜塞の征夫久しく帰るを忘る
賤妾此時高楼上　　賤妾此の時高楼の上
銜情一対不勝悲　　情を銜みて一たび対かへば悲しみに勝へず　　（嵯峨天皇）

漢辺一雁負書叫　　漢辺の一雁書を負ひて叫び
外城千家擣衣声　　外城の千家衣を擣つ声
月落月昇秋欲晩　　月落ち月昇りて秋晩れんとす
妾人何耐守閨情　　妾人何ぞ耐へん閨を守る情　　（桑原腹赤）

といった詩句が詠み込まれている。

『経国集』は現存の巻には艶情の部はない。ただし、先述のように『経国集』の類題は『文華秀麗集』を踏襲しているようであるから、本来はあったと考えられる。また『経国集』も『文華秀麗集』と同じく雑詠部に閨怨詩が含まれている（巻十三・151〜155）。

「擣衣引」に和し奉る　巨勢識人、惟氏

太上天皇の「秋日の作」に和し奉る　滋野貞主

秋月夜　滋野貞主

である。「擣衣引」は先述の『文華秀麗集』艶情部の「擣衣を聴く」と同じく〈擣衣〉を主題とする作である。夫（恋人）を遠い戦場あるいは国境地帯での防備に送り出している妻(女)は、寒さが近づくと、夫のために防寒衣を縫う準備として砧を擣つ。その間の女の寂しさ、恋情などを詠むものである。女流詩人である惟氏の作は次のように歌う（長篇詩であるので、冒頭のみ）。

秋欲闌　閨門寒　　秋闌けんとす　閨門寒し
風瑟瑟　露団団　　風瑟々たり　露団々たり
遥憶仍傷辺戍事　　遥かに憶ひ仍つて傷む辺戍の事
征人応苦客衣単　　征人は応に苦しむべし客衣の単なるに
匣中掩鏡休容飾　　匣中鏡を掩ひて容飾を休む
機上停梭裂残織　　機上梭を停めて残織を裂く

巻十四の滋野貞主の「秋月夜」は先述の『文華秀麗集』の「秋月歌」に対する和詩のもとになった作と思われ、したがって同じく閨怨の思いを歌う。

さらに最初の勅撰集『凌雲集』にも次のような詩がある。小野岑守の61「聖製「春女怨」に和し奉る」である。これも冒頭のみ引くが、

春女怨　　春女怨む

春日長兮怨復長　　春日長くして怨みもまた長し
聞道陽和煦万物　　聞道く陽和万物を煦むと
何偏寒妾一空牀　　何ぞ偏に寒き妾が一空牀

と詠む。春の陽気はすべての物を暖めるというのに、一人寝の私のベッドはなぜかくも冷えびえとしているのか。一首のみであるが、このような閨怨詩がある。

このように、勅撰三集には類題の一つとして「艶情」があり、その諸篇を中心として閨怨を主題とする艶情詩が集の一部を構成していた。しかし、こうした詩の世界が以後は途絶えてしまう。

ただし、『和漢朗詠集』『新撰朗詠集』の巻上、秋の「擣衣」部に採録された詩には艶情と見ることができるものがある。たとえば『和漢朗詠集』所収の具平親王の349「擣衣の詩」、

風底香飛双袖挙　　風の底に香飛びて双袖挙がる
月前杵怨両眉低　　月の前に杵怨みて両眉低る

はそうした例であるが、擣衣部の詩句の数がそもそも少なく、艶情詩の余流をなしていたとは言い難いのである。一分野を形成していた詩の世界が断絶してしまう。この点において艶情は楽府に似ている。

両者の類似点は他にもある。それはこの二つの類題の詩はいずれもが、わかりやすくいえば中国詩の世界そのままであることである。楽府については注1の拙稿で詳述した。艶情についてはなお検証の要もあるが、先学の指摘があり[7]、一首ながら先に引用した「春情」の詩からも、それは明らかであろう。

こうした中国詩を模擬した詩は、先に一部を挙げたように、雑詠の詩にも含まれており、また、陸奥に中国漢北の辺境を見いだした詩群[8]もそうであるが、こうした作品もまた平安初頭詩に特徴的で、後代には見えないもの

である。

楽府そして艶情の詩は、勅撰三集の後は継承されることがなかった。また、その詩は発想、表現において中国詩と見まがうような模擬詩であるという点で共通しているということになるが、このように言い換えた方がわかりやすいだろう。勅撰三集の楽府および艶情の詩は擬唐詩ともいうべき詩の世界を詠ずるものであったので、以後は詠まれなくなった。

それはあたかも白居易を中心とする新しい文学が将来された承和期以降ということになるが、詩は〈実〉を詠むことを事とするようになる。詩人自らの行動、体験、境遇、またそのなかでの思念、感懐など、詩人がその目を通してみたもの、心に思ったことを歌う。

これに対して、楽府、艶情の詩は虚構である。中国の詩文を読むことを通して得た想念の世界を詠んでいる。このような〈虚〉を歌う詩が顧みられなくなったということになる。

このように巨視的に見ると、見方によれば単なる中国詩の模倣とも捉えられかねない楽府、艶情の詩は、虚構の文学として、圧倒的多数の事実を詠む詩と対峙しているかに思われ、無視しがたいものとなる。

## 三　銅雀台を訪ねて

上述の意味において勅撰三集の楽府と艶情の詩は嵯峨朝の文学の独自性を示す詩群であり、その内容に及ぶ考察がなされなければならないと思うが、本章において「銅雀台」の詩を取り上げたのは、銅雀台に対する深い思い入れがあったからである。私は銅雀台の遺跡を訪れたことがある。沈佺期また桑原腹赤の詩に詠む漳河も目に

金凰台の基礎部分

金凰台の模型

した。

ここ十数年、私は時間が許せば、三月末から四月初めにかけて一週間ほど、中国国内の文学にゆかりのある場所あるいは古代の史跡などを見て廻る気ままな旅をすることにしているが、二〇〇八年は河北省の南部を旅した。邯鄲（かんたん）（戦国時代、趙の都）、響堂山ほかいくつかの石窟、有名な殷墟のある安陽などを訪ねるのが目的であったが、現地でガイドに勧められて河南省の省都鄭州にまで足を延ばした。北京西駅から列車に乗り、邯鄲で降りて、後は車で旅を続けたが、響堂山の南北の石窟を見て帰る途中、私がどのようなものに興味を持っているかを知ったガイドが銅雀台が近いことを教えてくれた。そこで急遽銅雀台を見に行くことにした。それは広々と拡がる一面の畑の中にあったが、場所はその名も三台村であった。銅雀台が三台の一つであることは行って初めて知った。「鄴城遺址」として全国重点文物保護単位（日本でいえば重要文化財）となっている。チケットには「古鄴銅雀台」と銅雀台を前面に出すが、今残るのは金鳳台（金虎台を改称）で、銅雀台は建っていた台地を残すのみであった。見終わって帰ろうとした時、六、七人の男たちが龍の頭（正しくは螭首（ちしゅ）であること、後に知った）を刻んだ大きな石造物を担ぎ出す作業をしているのを見た。聞いてみると、日本での展示のための搬出だという。これはその年の五月から七月まで、八王子の東京富士美術館で開かれた「大三国志展」に出品され、私はそこでこの螭首に再会した。

急に予定を変更して行ったので、着いたのは夕方近く、急いで見て廻り、帰ろうとする頃には遅い春の日も暮れようとしていたが、それがよかった。あちらこちらに菜の花畑が点在する茫々たる拡がりのなかに浮かぶ金鳳台のシルエットは美しかった。私は満たされた思いで車に乗った。

注

(1) 拙稿「平安朝の楽府と菅原道真の〈新楽府〉」(『平安朝漢文学史論考』勉誠出版、二〇一二年)。
(2) このことについても注1論文参照。
(3) 拙稿「勅撰三集詩人の身分と文学」(前掲注1著)。
(4) 前掲の『文華秀麗集』81詩についての古典大系本補注に用例を列挙する。
(5) 『凌雲集』1、『文華秀麗集』1、『経国集』2。
(6) 小島憲之校注、日本古典文学大系本補注(四八二頁)、小島憲之『上代日本文学と中国文学』下(塙書房、一九六五年)一五八八頁以下。
(7) 前掲注6小島著、一六一八頁以下。
(8) 拙稿「嵯峨朝詩人の表現——文学空間の創造」(『平安朝漢文学論考』補訂版、勉誠出版、二〇〇五年)。

※ 北山円正他編『日本古代の「漢」と「和」 嵯峨朝の文学から考える』(『アジア遊学』第一八八号、二〇一五年)に発表した。

# 6　嵯峨朝における「新楽府」受容について

## 一

白居易の文学の我が国への伝来は仁明朝承和期（八三四～八四七）とするのが一般的な理解である。しかしまた、これに先立つ嵯峨朝（八一〇～八二三）に部分的に白居易詩が受容されているとする論もいくつか提出されていたが（具体的には後述）、近年、興膳宏氏によって嵯峨朝の宮廷詩に白居易の「新楽府」の影響があるという説が主張された。『古代漢詩選』（日本漢詩人選集、研文出版、二〇〇五年。以下「著書」と簡称）で提示され、また「空海と平安朝初期の漢詩」（『和漢比較文学』第三十六号、二〇〇六年。以下「論文」）で再説され、「日本漢詩史における空海」（『中国文学理論の展開』清文堂、二〇〇八年）でも論及されている。

その説を聞いてみよう。

「新楽府」の受容が見られると指摘されているのは『文華秀麗集』巻下所収の、嵯峨天皇とこれに侍した官人たちの間でなされた君臣唱和の詩三首である。

まず、詩宴の主宰者である嵯峨天皇の詩（123）。

冷然院に各おの一物を賦し「澗底の松」を得たり

鬱茂青松生幽澗　　鬱茂たる青松幽澗に生ず
経年老大未知霜　　年を経し老大未だ霜を知らず
薜蘿常掛千条重　　薜蘿（へいら）常に掛かりて千条重く
雲霧時籠一蓋長　　雲霧時に籠（こ）めて一蓋長し
5高声寂寂寒炎節　　高声寂寂として炎節に寒く
古色蒼蒼暗夕陽　　古色蒼蒼として夕陽に暗し
本自不堪登嶺上　　本自（もとよ）り堪へず嶺上に登るに
唯余風入韻宮商　　唯（ただ）余す風入りて宮商韻（ひび）くを

冷然院で催された詩宴で、院中の景物一つずつを選んで題として詠んだものであるが、この嵯峨天皇の詩題は「新楽府」の「澗底松」によるものと興膳氏はいう。白居易の「澗底松」（『白氏文集』巻四・151）は次のような詩である。

有松百尺大十囲　　松有り百尺大きさ十囲
生在澗底寒且卑　　生じて澗底に在り寒く且つ卑（ひ）し
澗深山険人路絶　　澗深く山険しくして人路絶え
老死不逢工度之　　老死するも工の之（こ）れを度（はか）るに逢はず
天子明堂欠梁木　　天子の明堂梁木を欠く

此求彼有両不知
誰諭蒼蒼造物意
但与之材不与地
金張世禄黄憲賢
牛医寒賤貂蟬貴
貂蟬与牛医
高下雖有殊
高者未必賢
下者未必愚
君不見沈沈海底生珊瑚
歴歴天上種白楡

此に求め彼に有るも両つながら知らず
誰か諭らん蒼蒼たる造物の意
ただ之れに材を与へて地を与へず
金張は世禄 黄憲は賢なり
牛医は寒賤 貂蟬は貴し
貂蟬と牛医と
高下殊なる有りといへども
高き者未だ必ずしも賢ならず
下き者未だ必ずしも愚ならず
君見ずや沈沈たる海底に珊瑚を生じ
歴歴たる天上に白楡を種うるを

興膳氏の論は断定を避けて慎重であるので、本章も慎重を期して氏の論述をそのまま引用する。

御製の「澗底松」という題は、いうまでもなく『文選』の「詠史」詩の部に収められる晋・左思の「詠史」第二首冒頭の「鬱鬱たり澗底の松」から取られたものに違いない。だが、この詩題が左思の句から直接思いつかれたかどうかは、かなり疑問である。というのは、白居易の「新楽府」五十首中の第二十七首に、左思の句をもとに発想された「澗底松」と題する一篇が存するからである。もしこの詩が「新楽府」にヒントを得て作られたものとすれば、本邦における白詩の流行とその影響を示す最も早い用例になるだろう。もちろん御製は、「新楽府」の特色とする諷喩とは全く趣を異にする詠物の作だが、松の姿を描く「古色　蒼蒼と

して夕陽に暗し」は、白居易の「誰か諭らん蒼蒼たる造物の意」から思いつかれたともいえる。（論文三頁）

次に桑原腹赤の応製詩（124）である。

冷然院に各おの一物を賦し「曝布の水」を得たり、製に応ふ

兼山傑出院中険　　兼山傑出して院中に険しく
一道長泉曳布開　　一道の長泉布を曳きて開く
驚鶴偏随飛勢至　　驚鶴偏に飛勢に随ひて至り
連珠全逐逆流頽　　連珠全く逆流を逐ひて頽る
巌頭照日猶零雨　　巌頭日照りてなほ雨零り
石上無雲鎮聴雷　　石上雲無く鎮に雷を聴く
疇昔耳聞今眼見　　疇昔耳に聞き今眼に見る
何労絶粒訪天台　　何ぞ労せん粒を絶ちて天台を訪ねんことを

「曝布」は瀑布で、院中にある滝を詠じたものである。この時については、第2句「一道長泉曳布開」に「新楽府」の受容が指摘されている。

桑原腹赤の詩についても、同様に「新楽府」との関係が考えられる。「曝布水」は、「新楽府」の第三十一「繚綾」（上質のあやぎぬの意）の一句から思いつかれたものだろう。この目にもまばゆいみごとな絹織物のさまを形容して、白居易は「応に天台山上　明月の前、四十五尺の瀑布泉に似たるべし」といっている。腹赤の詩では、白詩が布を瀑布になぞらえるのを逆転して、「一道の長泉　布を曳きて開く」と、滝の水を布になぞらえて形容している。（論文三頁）

もう一首、桑原広田麻呂の応製詩(1)(125)である。

冷然院に各おの一物を賦し「水中の影」を得たり、製に応ふ

万象無須匠　万象匠を須ゐること無く
能図緑水中　能く図く緑水の中
看花疑有馥　花を看るに馥有るかと疑ひ
聴葉不鳴風　葉に聴くに風を鳴らさず
一鳥還添鳥　一鳥また鳥を添へ
孤叢更向叢　孤叢更に叢に向かふ
天文遥降耀　天文遥かに耀を降す
応為潭心空　応に潭心の空しき為なるべし

この詩については、次のように述べられている。(2)

桑原広田の「水中影」も「新楽府」との関係が気になるが、あるいは「新楽府」其の十三「昆明春」の、昆明池（長安の西南郊にある池）に浮かぶ南山の影を写した句、「春池　岸古りて　春流新たに、影は南山を浸して　青滉瀁たり」あたりにイメージを借りた可能性も否定できない。この詩は、自序に「王沢の広被するを思うなり」とあるから、応制の詩としてはまことに似つかわしいといえる。（著書一〇六頁）

以上の指摘を踏まえて、次のような論述がある。

白詩が平安朝知識人たちの間で大人気を得るのは、九世紀半ば以降のこととされるが、嵯峨天皇とその周辺にあっては、すでにいち早く白居易の詩に学ぼうとしていたとしても決して不自然ではない。このこと、わ

が国における白居易文学受容の歴史をたどるために、重要な問題として記憶されたい。（著書一〇六頁）

『古代漢詩選』は学会誌『萬葉』（第一九七号、二〇〇七年）の「紹介」欄に取り上げられたが、内田賢徳氏はこの興膳氏の論述を是として、その方向で研究が進められることを期待する旨を述べている。

この興膳氏の論は認められるかどうか検討してみよう。

「澗底松」について。興膳氏の論の根拠は「澗底松」が「新楽府」と嵯峨天皇の詩とどちらにおいても詩題となっていること、また双方に「蒼蒼」という語が用いられていることの二つである。

前者については一考の価値はあるだろう。ただし、このことだけでは根拠として弱いのではないだろうか。それは興膳氏もいうように「澗底松」という措辞は左思の「詠史」（『文選』巻二十一）にあるからである。

後者は根拠とはなりえないだろう。文字面は同じであるが意味が全く異なるからである。「新楽府」の「誰か諭らん蒼蒼たる造物の意」における「蒼蒼」は、「天の色。『荘子』逍遙遊篇にいう、「天の蒼蒼たるは、其の正色か」と」（高木正一、中国詩人選集『白居易』上の注）である。それに対して、嵯峨御製「古色蒼蒼として夕陽に暗し」における「蒼蒼」は、松の古木の古色蒼然たる黒味を帯びた青色をいう。この措辞の先行例として挙げるべきは、たとえば、曹植の「白馬王彪に贈る」（『文選』巻二十四）の「太谷何ぞ寥廓たる、山樹鬱として蒼蒼たり」、またその李善注の「風俗通に曰はく、泰山の松樹、鬱鬱蒼蒼たり」、あるいは劉楨の「公讌詩」（『文選』巻二十）の「月出でて園中を照らし、珍木鬱として蒼蒼たり」のようなものでなければならない。

嵯峨天皇の詩は「左思や白居易の詩にこめられた社会的な風刺の意図はすっかり影を払って、すべてが冷然院中の叙景に終始している」（著書一〇五頁）が、しかしなお、左思の「詠史」詩を意識していると考えられる。御製の第一句、「鬱茂たる青松幽澗に生ず」は左思の詩の「鬱鬱たり澗底の松」に拠っているであろう。また第7

句、「本自り堪へず嶺上に登るに」は「この松は生来嶺の上に登ることはかなわず」（著書一〇〇頁）ということであるが、これは左思の詩に、第1句の「鬱鬱たり澗底の松」と対照的に第2句に詠まれる「離離たり山上の苗」を意識した表現であろう。なお「新楽府」にはこうした表現、発想はない。

以上のことから、私は嵯峨天皇の「澗底松」は左思の「詠史」を踏まえた作と理解する。

次いで「曝布水」についてである。興膳氏の論は、腹赤の詩が滝の水を布になぞらえているのは白居易が織物を瀑布泉に似ていると形容しているのを逆転させたもの、というのであるが、どうであろうか。

まず、滝を布に見立てるという発想は、白詩に拠らなくとも「瀑布」という語彙そのものから出てくるであろう。この語自身が滝を布に見立てることから作られた言葉である。手許の『角川大字源』によれば、「瀑布」は「たき。水流が白布を垂れたようなのでいう」と説明している。

この詩も、先の「澗底松」と同じく、『文選』を受容した作品である。そのことはすでに小島憲之氏の指摘がある（日本古典文学大系本頭注）。それを再確認すればよい。以下のとおりである。

第四聯の

疇昔耳に聞き今眼に見る

何ぞ労せん粒を絶ちて天台を訪ねんことを

は、孫綽の「天台山に遊ぶ賦」（巻十一）の表現を踏まえている。この賦に、

赤城霞のごとく起こりて標を起て、瀑布飛流して以つて道を界す。

の句がある。賦にこの表現があるのをいうのが「疇昔耳に聞き」である。また賦に

夫の世を遺て道を翫び、粒を絶ち芝を茹ふ者に非ざれば、烏んぞ能く軽挙して之れに宅らんや

とある。これに基づいて、後句に「粒を絶ちて天台を訪ねんこと」と詠んでいる。これによって、腹赤の詩が「天台山に遊ぶ賦」を踏まえていることは明白である。ならば、滝を布に見立てる発想がこの賦にあれば、それに拠るとするのがごく自然な考え方であるが、あるのである。前引の「瀑布飛流」についての李善注に、

瀑布山は天台の西南の峯なり。水、南の巌より懸かり注ぐ。之れを望めば布を曳くが如し。

とある。「布を曳く」と措辞まで腹赤の詩と一致する。腹赤の詩が李善注に拠ること明らかである。「瀑布水」については「天台山に遊ぶ賦」に拠っていることの指摘で必要かつ十分な条件を満たしている。あえて「新楽府」を考慮する必要はないだろう。

三首目の「水中影」について。「新楽府」の「昆明春」の昆明池に浮かぶ南山の影を詠んだ句の表現を借りているという理解である。これはかつて大岡信氏が「水に映るもののイメージ」あるいは「逆倒的視野感覚」と呼んだものである。(3) しかしこれは「昆明春」に独自の発想、表現ではない。

例えば、『文選』所収の詩にもそれはある。陸機の「日出東南隅行」（巻二十八）は暮春の洛水のほとりでの遊宴を歌うが、

遺芳結飛飈　　遺芳は飛飈に結び
浮景映清湍　　浮景は清湍に映ず

の句がある。また江淹の「雑体詩三十首」（巻三十一）の曹植に倣う「贈友」に、

従容冰井台　　冰井台に従容し
清池映華薄　　清池に華薄映ず

がある。「華薄」は花の叢をいう。

また『芸文類聚』所収の詩にもある。巻六十三の「楼」に、梁の簡文帝の「水中楼影詩」および王台卿の「水中の楼影を献ずる詩」が引かれており、巻八十の「燭」には、梁の孝元帝の「池中の燭影を詠ずる詩」、劉孝威の「嘉楽殿に禊飲し曲水中の燭影を詠ずる詩」がある。一例をあげてみよう。王台卿の「水中の楼影を詠ずる詩」である。

飄颻似雲度　　飄颻として雲の度るが似く
亭亭如蓋浮　　亭亭として蓋の浮かぶが如し
熟看波不動　　熟つら看るに波動かず
還是映高楼　　還つて是れ高楼を映せるなり

このような詩から〈水に映るもの〉を詠むという発想を学んだと考えていいのではなかろうか。
以上のように、興膳氏が指摘した三例はいずれも「新楽府」受容の例証とは認めがたいと言わざるをえない。(4)(5)

## 二

前節の私見を公にして後、新間一美氏は「嵯峨朝詩壇における中唐詩受容」という論文を発表した。(6) 拙論（前稿）についても言及があるが、これによって私は前稿には手落ちがあったことに気付かされた。新間氏は興膳氏の論を認めるという立場で、その根拠は詩題としての「澗底松」および三字題の一致である。先に示したように冷然院詠物詩は「澗底松」「曝布水」「水中影」と三字の題であり、新楽府も多くが「澗底松」のように三字題であるが、この一致についても興膳氏は注目の要を促していた。「実はこの三字の詩題が、平安朝漢詩人たちに人気を博した白居易の「新楽府」五十首からヒントを得た可能性があることに注目する必要がある」[7]。これを承けて、新間氏は「興膳説が三字題に注意を向けていることはやはり重要である」、また「冷然院のこの三首もすべて三字題であり、そのうちの「澗底松」が新楽府と一致するのである。この一致に基づき、三字題は、新楽府の傾向に倣ったと考えて良いと思うのである」[8]と述べ、三字題の一致を重要視している。そこから同じく『文華秀麗集』所収の「河陽十詠」も三字題であるが、新間氏はこのことを指摘し、これも「新楽府」を受容したものと考えられようという。

興膳論に疑問を呈した前稿はこの三字題という問題を看過して、このことについては何も触れていなかった。これを重視する新間論も提出されたので、この問題について考えてみなければならない。

新間論が新たに挙げた「河陽十詠」は次のようなものである。『文華秀麗集』巻下に「河陽十詠」の大題のもとに詠まれた嵯峨御製および藤原冬嗣ら五人の侍臣の奉和詩、合わせて十四首（七言絶句）が収められている。これらは三字の小題に拠って詠まれている。嵯峨天皇の作を例にすると「河陽花」「江上船」「江辺草」「山寺鐘」の四首である。これらを詩題によって整理すると次のようになる。

河陽花　嵯峨天皇、藤原冬嗣
江上船　嵯峨天皇、仲雄王、朝野鹿取
江辺草　嵯峨天皇
山寺鐘　嵯峨天皇、仲雄王、滋野貞主
故関柳　藤原冬嗣
五夜月　良岑安世

水上鷗　仲雄王、朝野鹿取

河陽橋　仲雄王

「十詠」のうち、八題の詩が残る。

河陽は本来中国の地名で、現在の河南省の黄河に沿った孟県の辺りである。晋の文人潘岳が県令となり県中に桃の木を植えたことで有名になり、詩文に賦された。嵯峨朝には淀川沿いの山崎（京都府大山崎町）をこれになぞらえて和製の河陽が創出された。嵯峨天皇を初め官人らがしばしば出遊しているが、それに伴い詠詩の場ともなっている。「河陽十詠」はこうしたなかで作られた詩群である。上記の詩題から知られるように、これらは河陽の景物を詠じた叙景詠物詩であり、先の冷然院詠物詩と類似する。

これら「河陽十詠」そして冷然院詠物詩はいずれも三字の詩題であるが、これが白居易の「新楽府」に基づくものであるという。「新楽府」を見てみよう。

「新楽府」は『白氏文集』巻三・四を占める五十首の連作であるが、確かに多くが三字題である。十首を除く四十首がそうであるが、煩を厭わず挙げてみよう。

七徳舞、二王後、海漫漫、立部伎、華原磬、胡旋女、大行路、司天台、城㆓塩州㆒、道州民、五絃弾、蛮子朝、驃国楽、伝戎人、驪宮高、百練鏡、両朱閣、西涼伎、八駿図、澗底松、牡丹芳、紅線毯、杜陵叟、売㆑炭翁、母別㆑子、陰山道、時勢粧、李夫人、陵園妾、塩商婦、杏為㆑梁、紫毫筆、隋堤柳、草茫茫、古塚狐、黒潭竜、天可㆑度、秦吉了、鵶九剣、採詩官。

『文華秀麗集』の十七首とこの四十首の題を見比べてみて、共に三字題であることはそのとおりであるが、私は異質なものという感じをどうしても拭い切れない。『文華秀麗集』詩は冷然院および河陽という特定の空間の、自然のなかの景物を題とする。したがってと言っていいだろうが、題はすべて名詞句である。訓読すれば「河陽の花」のように「〇〇の〇」というかたちである。「新楽府」のなかでこれと同じものは「澗底の松」「牡丹の芳（はな）」「隋堤の柳」ぐらいである。今は詩の内容は考慮の外において三文字が表現するものと考えれば、「大行の路」「陰山の道」も数えていいだろう。なお「河陽十詠」に「山寺の鐘」があるが、これは物としての梵鐘ではなく、聞こえてくる鐘の音を自然界の一点景として詠むものであるから、物そのものを対象とする「華原の磬（けい）」や「紫毫の筆」などとは異なる。他は「胡旋の女」「道州の民」「陵園の妾」など人物が多い、また「塩州に城（きづ）く」「母、子に別る」など（先掲の原文に返り点を付した）は動詞句であるなど、『文華秀麗集』詩の題とは大きく異なる。「新楽府」にはこのような『文華秀麗集』の詠物詩の題とは異質なものが多く含まれているが、このことは考えなくていいのだろうか。

しかし、このような印象批評を連ねても論にはならない。確かな論証が必要である。

# 三

『文華秀麗集』詩の三字題の先蹤は別のところにある。冷然院詠物詩から考えていこう。同じ三字題であるが、「河陽十詠」とは由って来たるところが異なる。別々に考えなければならない。

冷然院詠物詩の先蹤は初唐詩にある。直接には『翰林学士集』である。本書は唐の太宗とその周囲にあった宮廷詩人たちの詩を集めた詩集である。「翰林学士集」は通称で、本来の書名は未詳であるが、作者の一人、許敬宗の詩集である可能性が高いと考えられている。(9) 名古屋の真福寺に伝わる「集巻第二」の残巻が唯一の伝本で、中国選述の書物で日本にのみ遺存する、いわゆる佚存書の一つである。

本書には十三の詩群の合計五十一首があるが、ここで取り上げるべきものは二つの詩群である。まず延慶殿侍宴応詔詩四首から見ていこう。その詩題は次のとおりである。(10)

1五言侍宴延慶殿同賦別題得阿閣鳳応詔幷同上三首幷御詩賦得残花菊　太宗文皇帝

2賦得寒叢桂応詔　司徒趙国公臣長孫無忌上

　賦して「寒叢桂」を得たり。詔に応ふ。　司徒・趙国公臣長孫(ちょうそん)無忌(むき)上(たてまつ)る。

3賦得阿閣鳳応詔　銀青光禄大夫行右庶子高陽県開国男弘文館学士臣許敬宗上

　賦して「阿閣の鳳」を得たり。詔に応ふ。　銀青光禄大夫・行右庶子・高陽県開国男・弘文館学士臣許敬宗上る。

4賦得凌霜雁応詔　秘書郎弘文館直学士臣上官儀上

　賦して「霜を凌(しの)ぐ雁」を得たり。詔に応ふ。　秘書郎・弘文館直学士臣上官儀上る。

1は全部に懸かる詩題であるが、特異な書き方になっているので、ここで訓読して説明する。

五言。[a]延慶殿に侍宴し、同(とも)に別題を賦して「阿閣の鳳」を得たり。詔に応ふ。[b]幷(あわ)せて同に上る三首。[c]幷せて御詩、賦して「残花の菊」を得たり。　太宗文皇帝

a「延慶殿」は洛陽の宮城の宮殿。延慶殿で行われた宴に侍り、太宗の命に応えてそれぞれ別の題で詩を賦した。私は「阿閣の鳳」の題で賦したというのであるが、それに当たるのは3の許敬宗詩である。つまりこの詩題は許敬宗の立場で書かれている。bの「同上三首」は2、3、4の詩をいう。cに「御詩」、1の太宗の詩について述べている。すなわち太宗は「残花の菊」の題で賦したということである。

この四首は太宗が延慶殿に催した詩宴における太宗の御製と侍した長孫無忌、許敬宗、上官儀の応詔詩であるが、これらの詩が作られた状況は冷然院詠物詩のそれとじつによく似ている。共に皇帝の主宰する詩宴において、皇帝が自ら詩を賦し、侍臣もその命に応えて詠む。(11)肝心の詩題であるが、この延慶殿侍宴詩も三字題である。字数が同じであるだけでなく、内容が景物を詠むものである点も、さらに各人がそれぞれの題を分かち取るという方法までも一致する。このことから、冷然院詠物詩は、この延慶殿侍宴詩をそっくりそのまま学び取って、嵯峨朝の宮廷において再現したものと言ってもよいほどである。唯一異なるのは、一方が七言で他方が五言であることだけである。

どのような詩であるのか、例として太宗の「残花の菊」を挙げておく。

階蘭凝曙霜　　階の蘭は曙霜に凝り
岸菊照晨光　　岸の菊は晨光に照る
露濃稀晩笑　　露濃やかにして晩笑稀に
風勁浅残香　　風勁(つよ)くして残香浅し
細葉凋軽翠　　細葉は凋(しぼ)みて翠を軽んじ
円花飛砕黄　　円花は飛びて黄を砕く
還将今歳影　　また今歳の影を将(も)つて
復結後年芳　　復(ふたた)び後年の芳を結ばむ

もう一つは延慶殿集詩である。

五言延慶殿集同賦花間鳥　太宗文皇帝

五言。延慶殿に集ひ同に「花間の鳥」を賦す。　太宗文皇帝

五言侍宴延慶殿賦得花間鳥一首応詔　中書侍郎臣許敬宗上

五言。延慶殿に侍宴し、賦して「花間の鳥」一首を得たり。詔に応ふ。　中書侍郎臣許敬宗上る

残るのは二首のみである。先の詩と同じく延慶殿で行われた詩宴での太宗の作と許敬宗の応詔詩とである。題はこれも三字題であるが、ただ先の詩群とは異なって同題で詠んでいる。他の作は知りえないが、先の詩群が詠作されたのと同様の宮廷詩宴を想定してよいだろう。

このように『翰林学士集』所収の宮廷詩に三字題が用いられている。このことから、唐の太宗とその周囲にあった文臣たちの三字題の詩が他にもあるのではないか。そう考えて尋ねてみると、『初学記』所引の詩にそれが見出される。

1同賦含峯雲　唐太宗（巻一、雲）
2賦得花庭霧　太宗皇帝（巻二、霧）
3賦得臨池柳　唐太宗文皇帝（巻二十八、柳）
4賦得臨池竹　唐太宗文皇帝（巻二十八、竹）
5賦得臨池竹　虞世南（巻二十八、竹）

4については注が必要である。『初学記』では「賦得竹」である。しかし『全唐詩』巻一では同じ詩で題が「臨池竹」であること、5の虞世南の詩が「臨池竹」であるが、『全唐詩』では後に「応制」の二字があり、皇帝の命を承けての詠作であること、太宗の詩の結句に「池に臨みて鳳翔を待つ」とあることの三点を考慮して「臨池竹」とした。なお、虞世南は初唐の代表的詩人の一人で、先の許敬宗や上官儀と同じく弘文館学士となり、秘

書監に至る。太宗の深い信頼を得た。また3・4の太宗の呼称が「太宗文皇帝」と先の『翰林学士集』におけるそれと同じであることは注目される。

これらの詩題は「同賦――」「賦得――」という形で、先述の延慶殿侍宴詩の本来の詩題の書式と見比べると、いずれも同じような場、太宗と文臣らが会した詩宴での詠作と考えてよいであろう。(12)そうして題はいずれも三字の題であり、「峯を含む雲」「花庭の霧」「池に臨む柳」「池に臨む竹」と自然のなかの景物である。

以上見てきたことから、冷然院詠物詩の三字題は初唐の太宗を中心とする宮廷詩に倣ったものと考えられる。なお、興膳著に「澗底松」を詠んだ嵯峨天皇の詩について、「左思や白居易の詩にこめられた社会的な風刺の意図はすっかり影を払って、すべてが冷然院中の叙景に終始している」という記述があり、(13)新間論もこれについて議論しているが、これでいいのである。見てきたように、これらは初唐の詠物詩を規範として賦した詩なのである。そこでは「叙景に終始」することこそが本来の詠作意図だったはずである。

# 四

新間論がもう一つの三字題の例として挙げた「河陽十詠」については、「十詠」に注目しなければならない。「十詠」をキーワードとして中国詩に先蹤を求めると、(14)直ちに李白の「姑熟十詠」(『李太白文集』巻十九)が見出される。五言律詩で次の十首である。

姑熟渓、丹陽湖、謝公宅、陵歊台(りょうきょう)、桓公井、慈姥竹(じぼ)、望夫山、牛渚磯、霊墟山、天門山。

「姑熟」は安徽省東南部、長江(揚子江)沿いの当塗の古名である。李白は江南の旅の折、しばしば立ち寄っているが、殊に最晩年をここで過ごし死を迎えている。「謝公宅」の謝公は李白が敬愛した斉の詩人、謝朓。「陵歊台」は黄山に建てられた宋の武帝の離宮。「桓公井」は東晋の桓温の遺跡。「慈姥竹」は慈母山に生える竹。これで笛を作れば妙音を発するという。「牛渚磯」は長江に突き出た断崖。「天門山」は長江を隔てて博望山と梁山が門のように向かい合っていることから、こう呼ぶという(15)。

姑孰と近辺の景勝および古跡十箇所を選んで詠んだ連作である。小題は見るようにいずれも三字題である。

次いで劉禹錫の「海陽十詠」(『劉禹錫集』巻三十八)がある。これには「引」(序)が付されている。

　元次山始作海陽湖。後之人或立亭榭、率無指名。及余而大備。毎疏鑿構置、必揣称以標之。人咸曰有旨。異日、遷客裴侍御為十詠以示余。頗明麗而不虚美。因捃拾裴詩所未道者、従而和之。

　元次山始めて海陽湖を作る。後の人或いは亭榭を立つるも、率ね名を指すことなし。余に及びて大いに備はる。疏鑿構置する毎に、必ず称を揣りて以つて之れを標す。人咸曰はく「旨有り」と。異日、遷客の裴侍御、十詠を為りて以つて余に示す。頗る明麗にして虚美ならず。因りて裴詩の未だ道はざる所の者を捃拾ひて、従ひて之れに和す。

「海陽」は連州(広東省)にある。劉禹錫は八〇五年、この地に左遷された。そこでの作である。「元次山」は元結、盛唐から中唐にかけての詩人である。元結が開発した海陽湖を劉禹錫は大幅に整備し、場所や建物に名前を付けた。「裴侍御」がこれを「十詠」に賦したので、倣ってこの「海陽十詠」を作ったという。次の十首(五言律詩)である。

　吏隠亭、切雲亭、雲英潭、玄覧亭、裴渓、飛練瀑、蒙池、棼糸瀑、双渓、月窟。

「棼糸」は乱れた糸。滝の流れをそう見立てての命名である。湖辺の谷、池、滝などの景観と建物とを選んで題としている。二字もあるが、三字の題が多い。

この十詠という形式は六朝詩に遡る。梁の沈約が「十詠」（『玉台新詠』巻五）を賦している。残るのは二首のみであるが、「領辺の繡」と「脚下の履」と三字題である。縫い取りした襟と刺繍を施した靴と。女性が身に着ける物を賦す艶冶な詩である。他もすべて同じような内容の三字題の作であっただろうと推測される。同じ梁の王台卿に「蕭治中の十詠に同ず」二首（『玉台新詠』巻十）がある。「同」は和すの意。題は「蕩婦高楼の月」と「南浦に佳人に別る」で三字題ではないが、蕭治中なる人物（「治中」は官名）に「十詠」と題した連作が先にあったことが知られる。

作品が残るのはこれだけであるが、『梁書』巻三十三、王筠伝に次の記述がある。

約於郊居宅造閣斎。筠為草木十詠、書之於壁。皆直写文詞、不加篇題。

約、郊居の宅に閣斎を造る。筠、草木十詠を為り、之れを壁に書く。皆直ちに文詞を写すも、篇題を加へず。

「約」は沈約である。王筠は沈約が邸内に高殿を造った時に「草木十詠」を賦し壁に書き付けた。人々はこれを写し取ったという。

たまたまのことか、いずれも梁代であるが、十詠という形の連作詩が作られ拡まっていたことが明らかになる。

唐代の詩に戻る。廻り道の感もあるが、王維の「輞川集」（『王右丞集』巻四）に注目したい。序があるのでこれを読む。

余別業在輞川山谷。其遊止有孟城坳、華子岡、文杏館、斤竹嶺、鹿柴、木蘭柴、茱萸沜、宮槐陌、臨湖亭、南垞、欹湖、柳浪、欒家瀬、金屑泉、白石灘、北垞、竹里館、辛夷塢、漆園、椒園等。与裴迪閒暇各賦絶句爾云。

余が別業は輞川の山谷に在り。其の遊止するところ、孟城坳、華子岡、文杏館、斤竹嶺、鹿柴、木蘭柴、茱萸沜、宮槐陌、臨湖亭、南垞、欹湖、柳浪、欒家瀬、金屑泉、白石灘、北垞、竹里館、辛夷塢、漆園、椒園等有り。裴迪と閒暇に各おの絶句を賦すと爾云ふ。

「輞川」は長安の東南、藍田県（陝西省）にあり、王維はここに別荘を造営した。この集はその輞川荘中の二十箇所で詩友の裴迪と唱和した五言絶句それぞれ二十首合わせて四十首をまとめたものである。序に挙げる場所の名がそのまま詩題となっているので、十三首は三字題ということになる。

「輞川集」にはどこにも「二十」という数字はないが、後代の詩人はそれを読み取って〈輞川二十首〉と解したようである。銭起に「藍田渓雑詠二十二首」（『銭考功集』巻十）があるのは、それを証するものであろう。前述のように、「藍田」は輞川のある土地である。銭起の連作は「輞川集」の二十首を意識したものと考えられる。以下の二十二首である。

登台、板橋、石井、古藤、晩帰鷺、洞仙謠、薬圃、石上苔、窓裏山、竹間路、竹嶼、砌下泉、戯鷗、遠山鐘、東陂、池上亭、銜魚翠鳥、石蓮花、潺渓声、松下雪、田鶴、南陂。

半数が三字題である。

中唐詩にはなお類似の連作詩がある。

韓愈に「虢州劉給事使君の三堂新題二十一詠に和し奉る」（『韓昌黎先生集』巻九）がある。虢州の長官劉伯芻の「三堂に新たに題す二十一詠」（散佚）に和した作である。これには序がある。

虢州刺史、宅連水池竹林、往往為亭台島渚、目其処為三堂。劉兄自給事中出刺此州。在任逾歳。職修人治、州中称無事。頗復増飾、従子弟而遊其間。又作二十一詩以詠其事。流行京師、文士争和之。余与劉善、故亦同作。

虢州刺史、宅は水池竹林を連ね、往往に亭台島渚を為り、其の処を目して三堂と為す。劉兄、給事中より出でて此の州に刺たり。任に在ること歳を逾ゆ。職修まり人治まり、州中事無きを称す。頗また増飾し、子弟を従へて其の間に遊ぶ。また二十一詩を作り以つて其の事を詠ず。京師に流行し、文士争ひて之れに和す。余、劉と善し、故にまた同じて作る。

「虢州」は現在の河南省の霊宝（山西・陝西省と接する地）である。劉伯芻はその地の長官となり、庭園を造って三堂と名付けた。治政に勤めつつ、この地を周遊し、二十一箇所の景物を詩に賦した。これが都で評判となり、文人たちが争って唱和し、親しかった韓愈もまた和したという。

二十一の景物が小題となっているが、「新亭」「流水」「竹洞」「月台」など、すべて一般名詞で、また二字である。

韋処厚に「盛山十二詩」（『全唐詩』巻四七九）があり、張籍に「韋開州の盛山十二首に和す」（『張司業詩集』巻五）がある（ともに五言絶句）。合わせて見ていこう。張籍の詩の題にいう「韋開州」は韋処厚である。彼は開州（今の重慶市開県。巫山の近く）の長官となったので、こう呼ぶ。「盛山」は開州に同じ。唐代、開州―盛山郡―開州と改称されている。開州刺史となった韋処厚は任地盛山の十二の景物を連作詩として詠じた。次の十二である。

隠月岫、流杯渠、竹巌、繍衣石榻、宿雲亭、梅谿、桃塢、胡盧沼、茶嶺、盤石磴、琵琶台、上士缾泉(16)これがそのまま小題であるが、半数が三字題である。張籍はこれに和した。その題は順序は異なるが、全く同じである。

「十詠」あるいは「——十詠」と題する詩は晩唐詩にもあるが、挙例は以上に止める。中唐詩まで視野を拡げたが、論点が分かれたので、ここで整理しておこう。

ある一つの主題のもとに「十詠」あるいは「——十詠」と題する連作詩が六朝梁代に作られている。その中に片鱗であるが、三字題がある。

十詠詩は唐代にも引き続いて制作されるが、十首に止まらず、十二、二十など、また「十詠」ではなく「十首」などと多様化する。

そのなかで、ある特定の場所や地域内の自然、景物を対象とする叙景・詠物詩が作られるようになり、一つの系譜となる。こうした詩に三字題が多く用いられている。

以上のように要約できようか。最初に挙げた李白の「姑孰(熟)十詠」はこの一つの典型である。『文華秀麗集』の「河陽十詠」は中国詩のこの系譜に連なるものと理解すべきであろう。

## 五

嵯峨朝における白居易詩の、また「新楽府」の受容に関しては、以前にもすでに論述がなされていることである。概観しておこう。

このことは最初に小島憲之氏が指摘した。小野岑守の「奉レ和二春日作一」（『経国集』巻十一）の「鴛鴦瓦霜薄し」は有名な「長恨歌」の「鴛鴦瓦冷やかにして霜華重し」の借用であろう。「長恨歌」については、また巨勢識人の「奉レ和二春閨怨一」（『文華秀麗集』巻中）の「空牀春夜人の伴ふ無く、単り寝る寒衾誰と共にか暖めむ」は、その「翡翠の寒くして誰とか共にせむ」や「夜半人無く私語の時」を利用した可能性がある。また、嵯峨天皇の「江頭春暁」（『文華秀麗集』巻上）の「枕を欹てて唯聞く古戍の鶏」や「山居驟レ筆」（『経国集』巻十三）の「枕を欹つるに山風空しく粛殺す」に見える「欹枕」は周知の「遺愛寺の鐘は枕を欹てて聴く」（「重題」『白氏文集』巻十六）に拠るものであろう。[17] さらに、滋野貞主の「奉レ和レ観二落葉一」（『文華秀麗集』下）の「寒声の落葉簾前の雨」、およびこの奉和詩から推量される嵯峨御製の、落葉の散る音を雨音にたとえる発想は白居易の「秋夕」（『白氏文集』巻十）の「葉の声は落つること雨の如し」に学んだのであろう。[18] 以上の事例が指摘されている。「新楽府」の受容については大塚英子氏の論[19]がある。嵯峨天皇の「賦二落花篇一」（『凌雲集』）の「芳菲歇尽くれば駐むるに由無し」は新楽府「牡丹芳」の「共に愁ふ日照らして芳の駐め難きを」に、小野岑守の同題の応製詩の「花開き花落つ億万の春」は同じく「牡丹芳」の「花開き花落つ二十日」にもとづくものとする。また菅原清公、朝野鹿取、巨勢識人の「奉レ和二春閨怨一」（『文華秀麗集』巻中）に「上陽白髪人」の影響をいう。このうち「落花篇」への「牡丹芳」の影響については、津田潔氏の否定的な見解が出されている。[20]

以上のような研究史があって、今回、興膳氏および新間氏の論が提示されたのであるが、興膳論がいう『文華秀麗集』所収の冷然院詠物詩三首はいずれも白居易詩を受容したと考える必要はなく、また冷然院詠物詩および新間論がいう「河陽十詠」の三字題もその先蹤は別のところにある。前者は『翰林学士集』収載の唐の太宗と侍臣の応詔詩であり、後者は六朝詩に濫觴し唐代に盛行を見る、特定の空間の自然、景物を詠む十詠詩の系譜であった。すなわちこれらも「新楽府」受容の論拠とはなりえないという結論に至る。

なお、念のために付言するが、本章は嵯峨朝における白居易の詩文また中唐詩の受容を否定しようとするものではない。興膳・新間両氏が提起した個別の問題に対する私見である。

注

（1）『文華秀麗集』の表記は中国風の三字名で「桑広田」。これを興膳氏は日本古典文学大系本によってであろう、桑原広田とするが誤り。また「伝未群」とあるが、ある程度は分かる。拙稿「『文華秀麗集詩人小伝』拾遺」（『平安朝漢文学論考　補訂版』勉誠出版、一九八一年）参照。

（2）この詩については、論文では言及がない。

（3）大岡信『紀貫之』（筑摩書房、一九七一年）三「古今集的表現とは何か」。

（4）興膳著については藤原克己氏の書評（『未名』第二四号、二〇〇六年）が先にあって、三首に「新楽府」の受容の可能性を見る見解には「にわかには従いがたいものを感ずる」という言及がある。私はこれでよいと思っていた。しかるに、その後、本文で述べたように内田氏の「紹介」が出て、これを認める立場での論述がある。そこで、私見の立場から論証に紙幅を割いた。

（5）以上は拙稿「嵯峨朝の宮廷文学と東アジア」（仁平道明編『王朝文学と東アジアの宮廷文学』竹林舎、二〇〇八年）の第三節である。以下「前稿」と称する。

（6）北山円正他編『日本古代の「漢」と「和」　嵯峨朝の文学から考える』（『アジア遊学』第一八八号、勉誠出版、二〇一五年）所収。

（7）興膳宏『古代漢詩選』一〇四頁。

（8）前掲論文六一頁。

（9）興膳宏「『翰林学士集』をめぐって」（『中国文学理論の展開』清文堂、二〇〇八年。初出一九九四年）、陳尚君

「日本漢籍中的唐代文学文献」（『漢唐文学与文献論考』上海古籍出版社、二〇〇八年。初出二〇〇〇年）。陳氏は『許敬集』の残巻と断定する。

（10）藏中進・藏中しのぶ・福田俊昭著『翰林学士集』注釈』（大東文化大学東洋研究所、二〇〇〇年）による。

（11）冷然院詠物詩には「応製」とあるが、「応詔」に同じ。「製」は本来「制」で天皇の命令の意。我が国でも平城朝までは「応詔」と表記していたが、嵯峨朝から「応製（制）」が用いられるようになった。拙稿「文徳朝以前と以後」（『平安朝漢文学史論考』勉誠出版、二〇一二年）参照。

（12）さらに言えば、これらも『翰林学士集』に入集していた可能性もある。

（13）『古代漢詩選』一〇五頁。このように内容が相違していることは、むしろ白居易詩の影響はないと見るべき論拠であったと思う。

（14）古典文学大系本頭注に「十詠」という語の先例として沈約の「十詠」「姑熟十詠」「海陽十詠」を挙げる。前稿では上記の注を付したのみで、小島憲之氏に「李白の詩の伝来事情から考えて、むしろこれ（「姑孰十詠」─引用者）によって河陽十詠が生まれたとみることもできよう」（『上代日本文学と中国文学』下、塙書房、一九六五年、一八〇〇頁）という指摘のあることを看過していた。

（15）以上、大野実之助『李太白詩歌全解』（早稲田大学出版部、一九五九年）を参照した。

（16）張籍の和詩の一本は「上士泉」とする。

（17）以上、小島憲之『上代日本文学と中国文学』下（塙書房、一九六五年）一八三五頁。

（18）小島憲之『国風暗黒時代の文学』下Ⅱ（塙書房、一九九五年）三五五四頁。

（19）大塚英子『嵯峨詩壇の成立に与えた白詩の影響について──「落花編」と「新楽府」』（『和漢比較文学』第四号、一九八三年）。

（20）津田潔「承和期前後と白氏文集」（『白居易研究講座』第三巻『日本における受容（韻文篇）』勉誠社、一九九三年）。

※「嵯峨朝の宮廷文学と東アジア」（仁平道明編『王朝文学と東アジアの宮廷文学』竹林舎、二〇〇八年）の第三節

と「嵯峨朝における新楽府受容をめぐって」（『成城国文学』第三十二号、二〇一六年）を併せた。第一節および第五節前半が前者である。

# 7 日唐間における経典の往還
## ――『千手儀軌』の伝流

### 一　金剛寺本『千手儀軌』

大阪府河内長野市の天野山金剛寺には膨大な量の経典聖教が襲蔵されているが、そのなかに『千手儀軌』の古写本がある。

粘葉装一冊。縦二〇cm、横一三・五cm。末尾の一葉あるいは後表紙が失われていて、現存するのは四十六丁である。全体にわたって朱墨による詳密な訓点がある。ヲコト点、返り点、傍訓、送り仮名が付され、また「イ本」「或本」「師本」との異同注記もある。内題は「金剛頂瑜伽千手千眼観自在菩薩修行儀軌経」。表紙に別筆で「千手儀軌」とあり、この略称に従う。

この金剛寺本『千手儀軌』が注目されるのは次のような奥書を持つからである。行取り、仮名、返り点は原文のままである。

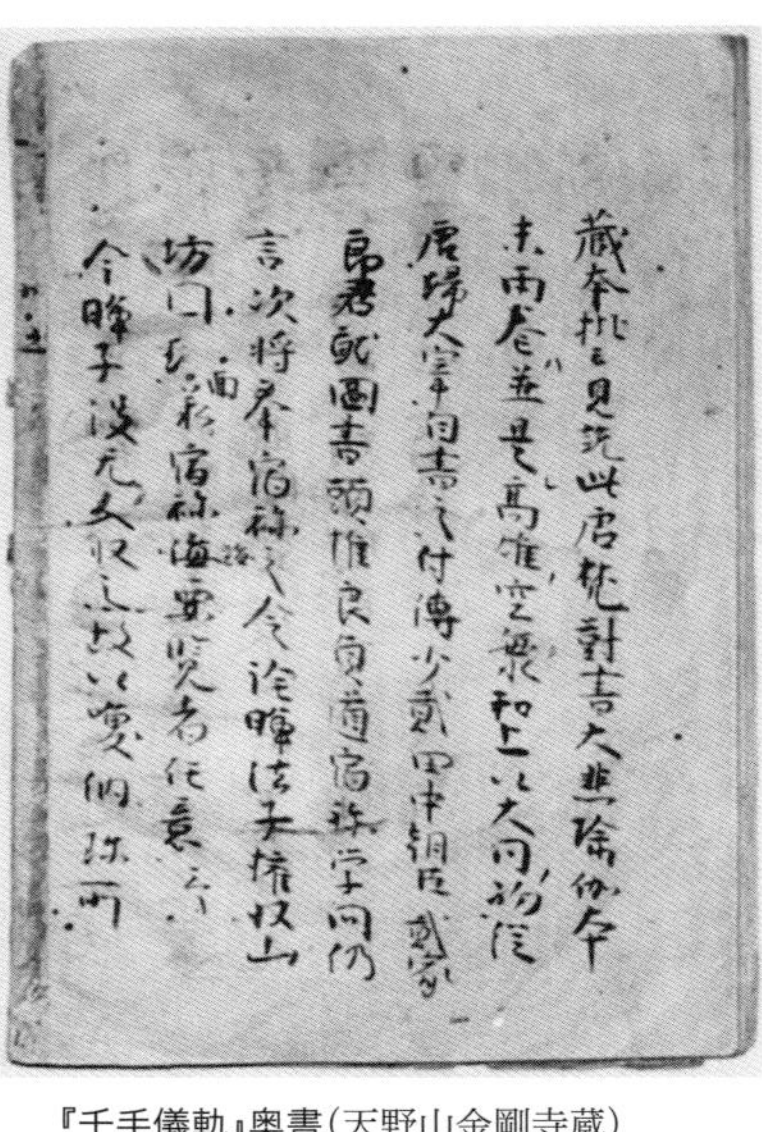

『千手儀軌』奥書（天野山金剛寺蔵）

蔵本批云見説此唐梵対書大悲瑜伽本
末両巻ハ並是レ高雄ノ空海和上以大同ノ初一従
唐一帰大宰自書之一付伝少弐田中朝臣弐家
郎君就図書頭惟良貞道宿祢学問仍
言次将奉宿祢之令詮暉法子権収山
坊円珍○承宿祢海要覧者任意云々（「○」の右に「面」、「海」の右に「誨」）
今暉子没无人収之故以喚納珎所

（注）6行目「面」は補入記号を付し右に書く。
「誨」は「海」を見せ消ちにして右に書く。

金剛寺本はここで切れ、あとを失っているが、一読するに、この経典の来歴が記され、それには空海、円珍を初め、大宰少弐田中朝臣、惟良貞道、詮暉（せんき）などが関わっているらしく、また、そもそもこの経典が空海による唐からの将来品であると記され、興味深い内容を持っている。

そこで表題に掲げたように、日唐間における文物の伝流の一事例としてこの『千手儀軌』を取りあげ、考察してみたい。

## 二　奥書を読む

前引の奥書を持つ『千手儀軌』は、金剛寺本のほかにも、一本が知られている。それは、武内孝善氏が奥書の存在を指摘し、考察の資料として用いている東寺宝菩提院蔵本である。[1] この経巻は一九二七年（昭和二）十一月、恩賜京都博物館（現、京都国立博物館）で開催された第十三回大蔵会に出陳されており、その展観目録[2]に奥書が引用されている。[3]

この本と金剛寺本とでは本文にいくつかの異同がある。そのうち必要な箇所については以下の考察において言及するが、その前に前述の金剛寺本の末尾の欠落について述べておかなければならない。宝菩提院本は、先の引用の後に次の三行がある。金剛寺本も本来これを持っていたものと思われる。

元慶五年五月十七日　沙門円珍記
延久四年九月十一日奉受了　暹誉
保延六年潤五月十一日奉随円阿闍梨受了　俊皎

すなわち、前引の奥書は元慶五年（八八一）五月十七日、円珍がその所蔵本に書き記したものであることが明らかになる。以下、奥書の記述を検討していくが、まず書き下しておこう。なお、数字は後の論述のそれと対応する。

（1）蔵本の批に云ふ、見説（いう）ならく、此の唐梵対書の大悲瑜伽本末両巻は並びに是れ高雄の空海和上、大同の初めを以つて、唐従（よ）り大宰に帰り、（2）自ら之れを書し、少弐田中朝臣に付伝す。（3）弐家の郎君、図書頭惟良貞道宿祢に就いて学問す。（4）仍つて、言の次（ついで）に将に宿祢に奉らんとす。[4] 宿祢、詮暉法子をして権（かり）に山坊に収めしむ。円珍面（まのあた）りに宿祢の誨（おし）へを承く。要覧は意に任すと云々。今暉子没して、人の之れを収むるものなし。故に以つて喚びて珍が所に納（い）る。
（元慶五年五月十七日　沙門円珍記す。）

（1）まず、「蔵本批云」とある。以下の記述は本来「蔵本」の奥書として書かれていたものであった。この

「蔵本」の名は次の第三節で検討する大正蔵経校本の甲本の奥書にも見えるが、その素性は明らかにしがたい。

内容に入って、まず、「唐梵対書大悲瑜伽本末両巻」すなわち『千手儀軌』上下二巻は空海が唐より将来したものであった。桓武朝の末年、延暦二十三年（八〇四）、藤原葛野麻呂を大使とする遣唐使が派遣され、空海は入唐留学僧として随行し、長安への上京をも果たし、平城朝となった大同元年（八〇六）帰朝した。その時に、この『千手儀軌』も他の多くの経典と共に日本へ持ち帰られたのである。そうして、その請来目録、『御請来目録』にも著録された。

なお、このことに関して、武内氏は『御請来目録』また『三十帖策子目録』にも『千手儀軌』に相当する経巻は見当たらず、千手観音に関するものとしては、『御請来目録』に「金剛頂瑜伽千手千眼観自在念誦法　一巻」が見いだされるだけであると述べている。(5) 空海の請来目録に『千手儀軌』の記載がないというこの指摘に従う論(6)もあるが、これはそうではない。『御請来目録』に記載された「金剛頂瑜伽千手千眼観自在念誦法」こそ『千手儀軌』なのである。その証例を挙げておく。

金剛寺本は上下二巻が一冊に書写され、それぞれに首題と尾題がある。そのうち下巻の尾題は「金剛頂瑜伽千手千眼観自在念誦法」である。また石山寺校倉聖教に二部の『千手儀軌』がある（一七―四三、一七―四六）。共に内題は「金剛頂瑜伽千手千眼観自在菩薩修行儀軌（経）」であるが、尾題は金剛寺本と同じく「金剛頂瑜伽千手千眼観自在念誦法」である。(7) すなわち『千手儀軌』は「金剛頂瑜伽千手千眼観自在念誦法」とも称され、『御請来目録』にはその名称で記載されているのである。

（2）唐より将来した『千手儀軌』にもとづいて、空海は新たに一本を書写し、これを大宰少弐の「田中朝臣」に献じた。この大宰少弐の田中氏は空海の願文にも登場する。『性霊集』巻七所収の「田少弐の為に先妣の忌斎を設くる願文」である。これは大同二年（八〇七）二月十一日、大宰少弐田氏の亡母の周忌法要のために作られたものであるが、この「田少弐」が誰であるのかを詳細に考証し、田中八月麻呂と考えられることを述べるのが、先述の武内氏の論文の主眼なのであるが、その論証にこの奥書が援用されている。

さらに、この願文は当面の問題である『千手儀軌』とも関連し、その点でも注目されるのである。願文に次のように述べられている。

> 是を以つて大同二年仲春十一日、恭ひて千手千眼大悲菩薩並びに四摂八供養摩訶薩埵等一十三尊を図絵し、幷せて妙法蓮花経王一部八軸、般若心経二軸を写し奉り、兼ねて荒庭を掃洒して、聊か斎席を設け、潔く香花を修して、諸尊に供養す。

ここに「千手千眼大悲菩薩」と見える。すなわち千手千眼観音菩薩を中心とする曼荼羅が図絵されているが、これはこの『千手儀軌』にもとづいて作成されたものであろうと武内氏は指摘する。そのとおりであろう。

なお、ここで付言しておくと、『千手儀軌』は最澄にも興味を懐かせたようで、その借覧を乞う空海宛ての最澄の書状がある。「辱くも金札を枉げられ、深く下情を慰む」と書き起こす書状[8]（6）の追伸に「十一面法、千手法、妙澄仏子に付せよ。此れ甚要なり。機縁を隔てざれ。謹空」とある。「千手法」がすなわち『千手儀軌』である。また、16の書状にも、

> 謹みて借用し奉る
>
> 十一面儀軌、千手菩薩儀軌
>
> 右、最澄、未だ度海せざる時、像を造り奉りて未だ供養せず。来たる三月を以つて、将に供養せんとして、其の儀軌を覓めんとす。伏して乞ふ、其の儀軌の中の義を教授せられよ。妙澄仏子、一両日頃、誨示を垂れ

なば、遣して之れが義を具さに受けしめん。豈空伝ならんや。最澄、都て憍慢の志無し。聖化、豈機縁を隔てんや。謹みて左右を還し、芳響を聞かん。稽首和南。

正月十五日　　　　　　下弟子最澄

遍照阿闍梨法前

と見える。観音像の供養を行うために、その法式を説き記した儀軌として『十一面儀軌』と共に『千手儀軌』の借用を求めている。そうして、引用は省略するが、23の書状では弟子が高雄山寺に参上する折に返却させるつもりであると記している。かくて最澄の許にも『千手儀軌』が伝えられることとなった。

（3）奥書には、次いで、大宰少弐田中氏の子息が、惟良貞道に就いて学んでいる、と記す。

田中氏の「郎君」については不詳である。図書頭惟良貞道については『続日本後紀』に記事がある。承和三年（八三六）七月六日、文章博士から図書頭に転じ、以後、同十三年七月二十七日、菅野高年が図書頭に任じられるまで十年間、この官に在った。なお、貞道は「道」を通字とすることから、『経国集』また『扶桑集』の詩人で、後者の詩にいち早く新来の白居易詩を摂取し、小野篁と共に、文学史に独自の位置を占める惟良春道と兄弟ではないかと推測される。彼自身、前述のように、文章博士の官に在った。ただし、今は詩文の遺存も、またその詩文の制作をもの語る資料もない。

（4）大宰少弐田中氏の子息が惟良貞道に師事していたことから、田中氏は『千手儀軌』を貞道に献呈しようとした。そこで貞道は詮暉に「山坊」に収蔵させた。「山坊」は延暦寺の山王院、すなわち円珍の居所であろう。

詮暉は円珍の弟子である。貞観十六年（八七四）十一月七日、円敏と共に円珍から金剛界法を授けられた（『智証大師年譜』）。これより先、貞観四年四月六日には内供奉十禅師に任じられている（『三代実録』）。円珍の『行歴

抄』天安三年（八五九）正月十九日条には、詮暉と共に滋賀坂本の寺社を巡ったことを記している。(9)

「円珍面りに宿祢の誨へを承く」。この記事は『円珍伝』(10)の次の記述に照応すると考えられる。

僧年十有余、寺中の衆僧、大小帰伏し、業を受くる者居多し。当時の名儒有識、好みを通じ契りを結ぶ者、稍く京洛を傾く。尤も図書頭惟良貞道宿祢と亡言の契り有り。対語に至る毎に、終日竟夜、清言して倦むこと無し。相倶に内外の疑義を論難し、経籍の謬誤を質正す。誓ひて云はく、緇素異なりと雖も、契りて兄弟と為り、生々世々の中、交執の志を欠くこと無からんと。

「僧年」は得度してからの年数をいう。円珍が年分試を奉じて得度したのは天長十年（八三三）であるから、それより十数年後というと、承和の末になるが、その頃、円珍と交誼を結ぶ学者が少なくなかった。そのなかでも最も親しく交わった人物として名前が特記されているのが、ほかならぬ惟良貞道である。「忘言の契り」は言葉を交わさなくとも心が通じる交わり。二人が時の経過も忘れて議論に熱中した様子が述べられているが、「内外（経典と漢籍）の疑義を論難し、経籍の謬誤を質正す」を、円珍の立場から言えば、「面りに宿祢の誨へを承く」ということになろう。

奥書には、終わりに、詮暉が亡くなって、『千手儀軌』を伝領する適当な人がいないので、円珍の手許に置くことになったという。詮暉の没年は不明であるが、円珍が落掌したのは記された日付、元慶五年五月十七日よりそれほど遡らない時ということになろう。

空海によって唐より将来された『千手儀軌』は幾人もの手を経たのち、円珍の有に帰した。

以上のようにその伝領の経路を検証してみると、空海の将来本にもとづく経典が巡り巡って円珍の許に蔵されるに至り、またその過程では空海の願文および『円珍伝』の記述と密接に関わるものがあり、現在の我々の目から見ても、まことに興味深いのであるが、円珍自身にとっても、空海書写本ということで、注目すべきものであったようであり、その蔵書目録に記載している。すなわち、『山王院蔵書目録』(11)に「千手千眼瑜伽二巻」を著録し、「此唐梵両字並空海和尚書」という注記を付している。

## 三　もう一つの『千手儀軌』

『千手儀軌』には、また別に、その伝流をめぐって興味ある奥書を持つ一本がある。それは大正新脩大蔵経(巻二十)所収本の校本の乙本として用いられている永久四年(一一一六)書写の東寺三密蔵本である。その前半の本奥書に次のように記されている。

> 大中九年六月五日、請㆓全和上本㆒対㆓勘之㆒。珍記〈讃如㆓別抄㆒〉。
> 珍将㆓此本㆒至㆓長安㆒、請㆓青龍寺法全大師本㆒一度勘通了。二首讃未㆑黏之、抄在㆓他紙㆒。今拠㆑本黏㆓加之㆒。是一本了。
> 本国元慶六年八月十八日、摠持比丘珍記〈且為㆓好本㆒、有㆑乗㆓他本㆒者也〉。

ここにも「珍」、円珍の名が見え、この『千手儀軌』の伝流に彼が関わっていたことがうかがわれるが、そのことによって、この部分が『智證大師全集』下巻(一九七八年、同朋舎復刊)の「批記集」に採録されている。注記によれば、これは「暦応三年行弁親写本」によって抄出したものであるという。大正蔵経乙本と若干の異同があり、両本を対校して本文を定め、句読点、返点を付した。

以下これを検討する。

大中九年六月五日、円珍は「全和上」、法全から『千手儀軌』の一本を借り受けて、自らの所持本と対校した。大中は唐の宣宗の年号で、九年は八五五年。日本では文徳朝の斉衡二年に当たる。すなわち、これは円珍の入唐中のことである。円珍は、これに先立つ仁寿三年（八五三）、唐の商船に乗って渡唐し、福州（福建省）に到着、温州、台州、天台山、越州（紹興）などで求法研学を重ねて、大中九年の五月、長安に至った。

「全和上」は次行の「青龍寺の法全大師」である。法全は当時の密教学の巨匠で、『慈恩寺造玄阿闍梨付属師資血脈』によると、日本からの入唐僧も、円仁、真如、円載、円珍、宗叡らが受法している。

長安における円珍と法全との出会いについては『行歴抄』大中九年（斉衡二年、八五五）に次の記述がある。[12]

> （五月）二十五日。丁満、城に入る。常楽坊の近く南門街に於いて、玄法寺の法全阿闍梨に逢着ふ。便ち地に伏して拝す。和上怪しみて問ふ、「若は是れ円仁阿闍梨の行者に否ずや」。丁満答ふ、「爾り」。「何事に因りて、更に来たれるや」。「本国の師僧に随ひて来たる。特に和尚を尋ぬるなり」。和尚喜歓す。便ち領じ将て青龍寺の西南の角の浄土院の和上の房に去く。茶飲を与へ喫ましむ。便ち語を伝へ来たり、円珍を存問せしむ。

円珍は長安では法全に会うことを一つの目的としていたが、以前、円仁に従って入唐した経験を持ち、法全と面識のあった従者の丁満が偶然にも市中で法全に出会ったという。

これをきっかけとして、円珍は法全の住む青龍寺を訪れるようになり、法全が撰述した『蓮華胎蔵悲生曼荼羅広大成就儀軌』『蓮華胎蔵菩提幢標幟普通真言蔵広大成就瑜伽』を貸与され、書写している。こうした聖教の書写作業の一環として『千手儀軌』の校勘も行われたのであった。

先の奥書に「珍、此の本を将つて長安に至る」とある。法全蔵本との対校に当たって底本とした本は日本から持参したものであったと考えられる。ただし、円珍は、入唐した後、長安に至るまでに通過した福州・温州・台州それぞれの開元寺、また天台山国清寺で、経典典籍の求得に努めている。「此の本」がその際に入手したものではなかったのか、一応確かめておく必要があろう。

『千手儀軌』は円珍の請来目録のうち、『日本比丘円珍入唐求法目録』および『青龍寺求法目録』（共に『智證大師全集』下巻所収）に記載されている。『日本比丘円珍入唐求法目録』は、「（1）長安城に到りて求得せる毘盧遮那宗教法並びに図像道具、（2）及び国清・禅林等の寺に伝え得たる智者大師所説の教文並びに碑銘等、（3）兼ねて諸州に獲る所の別家章疏、摠計三百四十一本、七百七十二巻、及び梵夾法物等、前後摠計一十七事」の「名目」を列記するものであるが、そのうちの（1）に「金剛頂瑜伽千手千眼観自在念誦法一巻」が著録されている。すなわち、この『千手儀軌』は、円珍が長安留住中に求得したものであった。

この『日本比丘円珍入唐求法目録』の（1）の部分を成すのが『青龍寺求法目録』であり、すなわちこれを移録したものである。したがって、これにも「金剛頂瑜伽千手千眼念誦法一巻」とみえるが、『青龍寺求法目録』巻尾には次の識語がある。

以前経法仏像等、並於二大唐国長安城左街新昌坊青龍寺伝教和上辺一、請レ本抄写勘定已畢。仍略目録如レ件。

巨唐大中九年十一月十五日　　求法僧円珍録

「伝教和上」は法全である。すなわち、この目録に著録されている経典は法全から借り受けた本に拠ったものであるが、それには「抄写」したものばかりでなく、「勘定」、校勘したものも含まれていた。今、問題としている奥書に法全所蔵本を借りて対勘したと記す乙本の『千手儀軌』もこれに該当しよう。これ以外には『千手儀軌』の著録はない。

論述がやや込み入ったが、要するに、円珍の請来目録に『千手儀軌』が記載されているが、それは乙本（の祖本）であり、円珍が在唐中に長安へ至る途中で求得したというものではなかった。であれば、法全蔵本との対校の底本とした『千手儀軌』は日本から持参したものということになる。

では、その本は前節で検討した空海書写本か。空海の手で唐より将来された本に基づく『千手儀軌』が、今度は円珍によって逆に唐へもたらされたのか。そうではなかった。空海書写本は、前節で述べたように、円珍が落掌したのは、奥書に記された元慶五年五月十七日よりそれほど遡らない時点であったと考えられる。それは円珍が唐より帰国して後のことである。

円珍が日本から持参した『千手儀軌』は空海書写本ではない。すなわち、円珍は早く『千手儀軌』の一本を所持していたわけである。

その『千手儀軌』を円珍はどこから入手したのだろうか。以下は何の確証もないが、可能性についての憶測である。

一つは、前節で言及したが、空海が『千手儀軌』を日本に持ち帰った直後、最澄は空海にその借覧を要請し、これに応じた空海の本に基づいて書写された『千手儀軌』が最澄の許にあった。

また円仁も『千手儀軌』を日本に持ち帰っている。その『入唐新求聖教目録』に二本が記されている。代州五台山大華厳寺で書写した経典類と、揚州の諸寺を巡って書写したものとの双方に、「金剛頂瑜伽千手千眼観自在菩薩修行儀軌（経）」が著録されている。

円珍へ伝承される経路としては、これらが考えられようか。

なお、奥書の記事には讃の有無について記されている。これについて触れておこう。

円珍は法全所蔵本に拠って校勘を行ったが、二首の讃が別紙に書かれていて、本文中には記されていなかった。それを元慶六年（八八二）八月十八日に追補したという。

この讃に関する記述が先に述べた金剛寺本にある。その二十丁表に朱筆による「或本此次置両三行ノ空紙、或本有讃」の書入れがある。この箇所を大正蔵経本につき合わせてみると、第二十巻、七十五頁の中段から下段にかけてで、「即誦蓮華部一百八名讃。普礼一切聖衆誦讃歎曰」として以下真言が続く、その箇所である。つまり、奥書にいう「讃」とは真言ということになる。『千手儀軌』には多くの真言が含まれているが、そのうちの二首が法全の本には書かれていなかったのである。

## まとめとして

日唐間を往還した経典の伝流の跡を追ってみた。

円珍は、仁寿三年、入唐に際して、『千手儀軌』の写本を携えて唐に渡った。およそ二年にわたって各地で修行研学を重ねたのち、長安に至り、かねての希望どおり、青龍寺の法全に会い、その許に出入りするなかで、多くの所蔵の経典を借りて書写したが、その時、『千手儀軌』も持参した本と対校を行った。そうして、その『千手儀軌』を他の多量の経典と共に日本へ持ち帰った。

このようなことがあってのち、円珍ははからずも、もう一本の『千手儀軌』を所持することとなった。それは、以前は円珍の弟子詮暉が所蔵していたもので、その没後、適当な伝領者がいないことから、円珍の許へ伝えられたものであったが、それは空海自筆の本であった。元は空海が唐より将来したもので、それにもとづいて書写して大宰少弐田中氏に献じ、それがさらに惟良貞道を介して詮暉へと伝領されたものであった。『千手儀軌』を自ら唐へ持参し、また持ち帰った経験のある円珍は、入唐僧としては遥かに先輩にあたる空海が唐より将来し、それを基に書写したもう一本の『千手儀軌』をはからずも手許に蔵することとなった。思いがけない因縁に深い感慨があったであろう。

日本側の圧倒的な輸入超過でありつつ、日本と中国との間には大量の文物の往来があった。経典類も、いかに多量のものが日本へ伝えられたか、入唐僧たちの請来目録がその経典名の列挙なのであるが、そのことを雄弁に語っている。それらの経典類は一つ一つがそれぞれに来歴をもっているはずであるが、それを明らかにできる例はそう多くはない。ここに取りあげた『千手儀軌』は、古写本に記された奥書から、上述のようなその伝来過程を知りうる貴重な事例である。

注

（1）武内孝善「空海と田少弐氏」（同著『空海伝の研究　後半生の軌跡と思想』吉川弘文館、二〇一五年。初出一九八七年）。
（2）『大蔵会展観目録』（文華堂書店、一九八一年合本復刊）。
（3）宝菩提院本は大正新脩大蔵経巻二十所収『金剛頂瑜伽千手千眼観自在菩薩修行儀軌経』の校本「甲本」として用いられており、脚注に奥書も引用されているが、大蔵会展観目録の翻刻とは数カ所に相違がある。しかし、今は原本に拠って確かめることはできないので、大正蔵経本の本文に従う。
（4）金剛寺本は「之」。宝菩提院本の「々々」に拠る。
（5）注1論文の注57。

（6）高木訷元『空海　生涯とその周辺』（吉川弘文館、一九九七年）一〇六頁。
（7）石山寺文化財綜合調査団編『石山寺の研究　校倉聖教・古文書篇』（法藏館、一九八一年）。
（8）高木訷元『空海と最澄の手紙』（法藏館、一九九九年）による。数字はその書状番号による。
（9）以上、詮暉については武内論文による。
（10）佐伯有清『智証大師伝の研究』（吉川弘文館、一九八九年）による。
（11）『山王院蔵書目録』が円珍の蔵書目録であることについては、佐伯有清『最澄とその門流』（吉川弘文館、一九九三年）所収「円珍と山王院蔵書目録」参照。
（12）小野勝年『入唐求法行歴の研究』（法藏館、一九八二年）による。

※『アジア遊学』第四号「特集　日本の遣唐使」（一九九九年）に発表した。

# 8 仁明朝の宮廷文学と東アジア

## 一

仁明朝は天長十年（八三三）二月の仁明天皇の即位に始まり、嘉祥三年（八五〇）三月のその死を以って終わる。在位十七年間であるが、即位の翌年に改元され十四年続いた承和を以ってこの時代が称されることもしばしばである。すなわち承和の時代である。

仁明天皇は能文の人であった。仁明朝の正史である『続日本後紀』が記す崩伝（嘉祥三年三月二十五日）にそのことをいうが、仁明はそれをも兼有して多才多芸の人であった。

帝、叡哲聰明にして、衆芸を苞綜す。最も経史に耽り、講誦して倦まず。能く漢音を練ひて、其の清濁を弁ず。柱下漆園の説、群書治要の流、凡そ厥れ百家、通覧せざるは莫し。兼ねて文藻を愛し、書法に善し。淳和天皇の草書を学びて、人別つこと能はず。また弓射に工みにして、しばしば射場に御す。鼓琴吹管に至りては、古の虞舜、漢成の両帝も之れに過ぎざるなり。意を医術に留めて、尽く方経を諳んず。当時の名医も敢へて抗論せず。

関心と能力は儒学、歴史、中国語、老荘・諸子の学、文学、書道、弓術、音楽、医学に亙っていたという。「柱下漆園の説」は老子と荘子の学。「群書治要」は書名である。唐の魏徴らが太宗の命を承けて、経書、史書、諸子から政治を行うための要諦を抄出したものである。なお、この記述に照応するものとして、『続日本後紀』承和五年六月二十六日の記事がある。

天皇清涼殿に御し、助教正六位上直道宿禰広公をして群書治要第一巻を読ましむ。五経の文有る故なり。

「五経の文有る」とは経書からの抄出があることをいう。

天皇が兼有した多才の一つに「文藻」があったというが、それを実際に示すものとして、一首だけではあるが詩作が残る。勅撰詩集の一つ『経国集』（巻十三・174）に収められている。

閑庭に雪雨る（ふる）　皇太子春秋十七

玄雲聚万嶺　玄雲万嶺に聚まり（あつまり）
素雪颺宮中　素雪宮中に颺がる（あがる）
帯湿還凝砌　湿りを帯びてまた砌（みぎり）に凝る
無声自落空　声無くして自づから空より落つ
奪朱将作白　朱を奪ひて将に白と作さんとす
矯異実為同　異を矯め（ため）て実（まこと）に同と為す
閑坐独経覧　閑坐して独り経覧すれば
紛紛道不窮　紛々として道窮まらず

第三聯がやや意味が取りにくいと思われるが、雪が降り積もり、白一色に物を覆い尽くすことをいう。後周の劉璠の「雪賦」(『芸文類聚』巻二、雪)の「既奪朱而成素、実矯異而為同」にもとづく。(1)作者表記に「皇太子春秋十七」とある。東宮時の作である。十七歳という年齢注記から天長三年(八二六)の詠作となる。『経国集』にはこの詩の次に同題の滋野貞主の作があるが、詩題に「閑庭に雪雨る、探りて迷字を得たり、令に応ふ」とある。「令」は皇太子の命をいい、側近の官人たちが侍した詩宴が行われたことが知られる。

近世の林鵞峰の『本朝一人一首』(2)には、この詩に付した評語に次のようにいう。

林子曰はく、儲君の貴を以つて、妙年詩を言ふこと此くの如し。定めて知んぬ、嵯峨上皇・淳和天子歓賞したまふべきことを。国史を見るときは、則ち在位の時と雖も文学を廃せず。然れども英製多く伝はらざる者惜しむべしと。

「国史を見るときは」云々の一文は、『続日本後紀』(3)が記録する仁明朝における宮廷での詩宴のことをいうが、それを拾って年表化することはすでになされているので、これを利用して、いくつかのことを述べておこう。

まず公宴である正月の内宴(4)と九月の重陽宴については、承和八・九・十の三箇年が一方が欠けるほかは、毎年の詩宴の記事がある。加えて、その記載方法の特徴として、『続日本後紀』は他の正史に比べると、はるかに忠実にそれぞれの詩題までも記録している。たとえば、

天皇、仁寿殿に内宴す。公卿及び文を知る者三四人、昇殿するを得たり。同に「雪の裏の梅」の題を賦す。

(承和六年正月二十日)

のように記されているが、天皇自身の詠作については、いずれにも記載はない。

公宴で制作された詩文に目を向けてみよう。しかし、現存するものはきわめて少ない。その稀少な例の一つが内宴における小野篁の詩序（『本朝文粋』巻十一・341）である。

早春、宴に清涼殿に侍りて鶯花を玩ぶ、製に応ふ

夫れ上月の中に内宴有るは、先来の旧貫なり。則ち大内の深秘、路寝の宴安なり。威厳咫尺にして顧眄密邇なり。是を以つて、元老執卿と雖も、其の事に預り侍る者は、僅かに十より以還なり。時に制詔あり、「才人に及ぼせ」てへれば、文を知る人一二、其の雲漢に上ることを得たり。蓋し明王の其の内を慎密にする所以にして、豈其の脂膏を屯むべきものならんや。

臣聞く、聖人は常の心無く、物に取りて心と為す。至理は常の感無く、時に随ひて興ると。故に栄凋の人を動かす、猶色象の鏡に在るがごとし。事　化に随ひて暗かに遷り、心　主なくして虚しく映す。況んや曖昧の中に在りて、瑩払の道を思ふをや。借りて風月に託して、其の鬱陶を記し、一日の足るを求めて、百年の溢に当つる、亦以有る者か。

若し乃ち、赤春祥を効し、青史事を勒す。宿花の開く夜、初鶯の命ずる暁、日は暖を扶けて以つて和を敷き、気は仁有りて以つて殺らすこと無し。鳥踏みて花落ち、声近くして香遠し。二者の性有るを見るに、一時に在りて共に春なり。而して復、楚艶の細腰、燕餘の弱骨、身は錦綺に奢り、性は糸竹に敏し。比鳥問ひ難く、人の目を羞ぢて双び行き、修蛾猜まれ、主の恩を恃みて独り進む。袖急に心緩く、曲過ぎて媚留まれり。余日の怡蕩、其れ何ぞ害なはんや。

臣、嘉恵天よりして、職を海外に拝す。飛花の樹を繞るに感じ、芳草の時を競ふを顧るに、沙浪一たび去らば、鶯花幾春ぞと爾云ふ。謹みて序す。

題にはいささかの問題があるので、後にまわす。

第一段落。この宴が正月（「上月」）に行われる内宴であることが明記されている。そうして、内宴とはいかなるものであるかを述べる。それは天皇とごく限定された少人数の近臣たちとによって行われる昵近の宴であることを強調する。「十より以還」は十人以下の意。末尾の「脂膏を屯（とど）む」は『易』の「屯（ちゅん）」の語で、恩恵を与えることをしぶること。

ここで注目されるのは直接話法の記述があることである。原文で示すと「時有㆓制詔㆒、及㆓才人㆒者」であるが、制詔をそのまま引用していることを示すのは「者」の文字である。「てへれば」と訓んだが、終止形は「てへり」、すなわち「といへり」の約語で、引用を示す語である。直接話法での記述、それに伴う「者」の使用は史料文書の類では普通のことであるが、詩序ではきわめて珍しい。

第二段落は、心を虚しくして周囲に和合すること、また詩文に托して心の思いを述べることの意義をいう。ここには『芸文類聚』所収の文章の表現が利用されている。

「故栄凋之動㆑人、猶㆓色象之在㆑鏡。事随㆑化而暗遷、心無㆑主而虚映」は、巻三「春」所収の晋の湛方生の「懐春賦」の「夫、栄彫之感㆑人、猶㆓色象之在㆑鏡。事随㆑化而遷廻、心無㆑主而虚映」にほぼそのまま拠る。また、「在㆓曖昧之中㆒、思㆓瑩払之道㆒、借㆓託風月㆒、記㆓其鬱陶㆒、求㆓一日之足㆒、当㆓百年之溢㆒」は巻四「三月三日」所収の晋の孫綽（そんしゃく）の「三日蘭亭詩序」の「於㆓曖昧之中㆒、思㆓縈払之道㆒、屢借㆓山水㆒、以化㆓其鬱結㆒。永㆓一日之足㆒、当㆓百年之溢㆒」を借用する。[5]

第三段落。前半は題の「鶯花を翫ぶ」に即した叙述である。ここにも先の「懐春賦」の表現を用いている。「日扶㆑暖以敷㆑和、気有㆑仁以無㆑殺」は「懐春賦」の「日婉孌以叙㆑和、気有㆑仁而無㆑粛」を踏まえる。

後半、「而復、楚艶細腰」以下は艶やかに舞う舞妓の描写である。
第四段落は、この宴に参加することができた自らの感懐を述べる。「職を海外に拝す」はこの詩序の制作時を示すものとして次に述べる。

この詩序がいつの内宴で作られたのかは問題が残る。
内宴での作であることは本文の冒頭に明記されている。制作年次を知る手がかりは先の「職を海外に拝す」である。篁の経歴でこれに当たるのは、いうまでもなく遣唐使となったことである。承和の遣唐使については後に改めて考察するので当面のことに限るが、その任命は承和元年（八三四）正月十八日で、篁は副使に任じられた。そうして、周知の渡航拒否事件が起こるのは五年七月のことであるが、それ以前に、四年七月、二度目の出航にも失敗して、遣唐使の一行はそのまま大宰府に滞在していたと考えられるので[6]、篁が都に在って内宴に参加できたのは元年から四年までである。それらの『続日本後紀』の内宴の記事は次のとおりである。

元年正月二十日
主上内二宴於仁寿殿一。内教坊奏レ態。中貴陪観。殊喚二五位已上詞客両三人幷内史等一、同賦二早春花月之題一。

二年正月二十日
天皇内二宴於仁寿殿一。公卿近習以外、内記及直二校書殿一文章生一両人、殊蒙二恩昇一、共賦二春色半喧寒之題一。宴訖賜レ禄。

三年正月二十日
内二宴於仁寿殿一。以二詩興一為レ先。同賦下理二残粧一之題上。訖賜レ禄。

四年正月二十日

天皇内二宴於仁寿殿一。令レ賦二花欄聞レ鶯之題一。賜二献レ詩大臣以下綿一有レ差。

それぞれに詩題が明記されているが、いずれも詩序にいう「翫二鶯花一」とは一致しない。ただし、四年の内宴での「花欄に鶯を聞く」とは花と鶯が重なることから、異伝と考えればこの時が可能性が高いが、(7)もう一つ疑問がある。内宴の場である。正史はどの年も仁寿殿で行われたと記している。これが内宴の本来のかたちである。一方、詩序は題に清涼殿とこれも明記している。

この篁の詩序は、仁明朝における宮廷文学として完全なかたちで残る唯一の作品なのであるが、(8)制作年次に疑問が残るという問題を含んでいる。

もう一つ作品が残るのは承和九年正月二十日の内宴である。『続日本後紀』の記事は次のとおりである。

天皇、仁寿殿に内宴す。公卿及び文を知る士陪り同に「春生ず」の題を賦す。宴了りて禄を賜ふこと差有り。

この題「春生」は白居易の詩の題を用いている。「潯陽の春三首」(『白氏文集』巻十七・1021)の連作の第一首「春生」である。

春生何処闇周遊　　春生じて何処にか闇かに周遊する
海角天涯遍始休　　海角天涯遍くして始めて休む
先遣和風報消息　　先づ和風をして消息を報ぜしめ
続教啼鳥説来由　　続いで啼鳥をして来由を説かしむ
展張草色長河畔　　草色を展張す長河の畔
点綴花房小樹頭　　花房を点綴す小樹の頭
若到故園応覓我　　若し故園に到らば応に我を覓むべし

為伝淪落在江州　　為に伝へよ淪落して江州に在りと

この題の、つまりこの内宴で詠まれた詩句が『江談抄』（巻四―18）にある。

着野展鋪紅錦繡　　野に着いては展べ鋪く紅錦繡
当天遊織碧羅綾　　天に当たりては遊織す碧羅綾
洗開蟄戸雪翻雨　　蟄戸を洗ひ開きて雪雨と翻り
投出蟠竜水破氷　　蟠竜を投げ出して水氷を破る

〈内宴、春生。野相公〉

「野相公」は小野篁で、先の詩序と同じく篁の作である。第2句はかげろうが立つさまをいう。後聯は雪が雨に変わって、冬ごもりしていた虫の穴の入口にそそぎ、とぐろを巻いて冬眠していた蛇を投げ出すかのように水が氷を割って勢いよくあふれ出すと詠む。

この詩句の引用のあとに、白居易と篁との関わりについての古老の話を記録している。白居易が亡くなったのち、その『文集』が日本に伝来したが、その中に篁の詩句と「相同じ句三つ」があったとしてそれを挙げるが、その一つに次の句がある。

野草芳菲紅錦地　　野草芳菲たり紅錦の地
遊糸繚乱碧羅天　　遊糸繚乱たり碧羅の天

先の「春生」の前聯と「相同じ句」ということであるが、両者の類似は確かに認められる。ただし、これは白居易の詩ではなく、劉禹錫の詩である。その「春日懐ひを書し、東洛の白二十二・楊八の二庶子に寄す」（『劉禹錫文集』巻三十一）の一聯であるが、「白二十二」は白居易である。白居易へ贈った詩であることから、白居易の作という混線が生じたのであろう。
篁の詩の、春の気が拡がって自然界のさまざまな物を変化させていく有様を詠ずる方法は、題となった白居易の「春生」に学んだものであろう。

## 二

その詩は残らないものの、『続日本後紀』承和三年四月二十四日の遣唐使の餞宴の記事に仁明天皇の御製のことが記されている。

天皇紫宸殿に御して、餞を入唐大使藤原朝臣常嗣、副使小野朝臣篁らに賜ふ。五位已上に命じて「餞を入唐使に賜ふ」の題を賦せしむ。……。既にして群臣詩を献ず。別に御製有り。大使賜はりて懐に入れ、退きて拝舞す。

天皇以下、群臣が餞別の詩を詠んだという。想起されるのは前回の延暦の遣唐使の餞宴のことである。『日本紀略』延暦二十二年（八〇三）三月二十九日条に次の記事がある。

遣唐大使葛野麿、副使石川道益に餞を賜ふ。宴設の事、一に漢法に依る。酒酣（たけなわ）にして、上、葛野麿を御床の下に喚びて酒を賜ふ。天皇歌ひて云はく、
このさけはおほにはあらずたひらかにかへりきませといはひたるさけ
葛野麿、涕涙雨の如し。宴に侍る群臣、流涕せざるは無し。

この時の餞宴は専ら中国式で行われていながら、大使に与えられた天皇の餞別の御製は和歌であった。唐風に

彩られた嵯峨朝の以前と以後と、時代性の差異を鮮やかにさし示す一場面である。

なお、延暦の遣唐使の大使、葛野麻呂は常嗣の父である。父子共に遣唐大使となる栄誉を得たわけであるが、正史（『続日本後紀』承和七年四月二十三日）もそのことを称える。


近代、父子相襲ひて専対の選に預る。唯一門のみ。


「専対」は外国への使者の意である。『論語』（「子路」）に出る語。

仁明天皇即位の翌年、承和元年、遣唐使派遣が決定された。これが〈最後の遣唐使〉となる。先に掲げた引用に見るように、大使は藤原常嗣、副使には小野篁が任命された。遣唐使には好学、能文の人が選ばれることはこれまでにも指摘され、承和の使節もそうであることが正史の薨卒伝の記述を用いて述べられていたが、[9]作文の能力の具備を端的に示すものは詩の存在であろう。この度の遣唐使の幹部はいずれも勅撰集詩人である。

藤原常嗣。先に一部を引いた薨伝に、「少くして大学に遊び、史漢を渉猟し、文選を暗誦す。また文を属るを好み、兼ねて隷書を能くす」と記すが、その属文の才を示すものとして『経国集』巻十に「秋日、叡山に登りて澄上人に謁す」がある。「澄上人」は最澄である。

小野篁はすでにその詩序、詩を読んだ。後にも読む。多くを述べる必要はないだろう。

副使に次ぐ三等官である判官の三人にも詩作がある。

菅原善主。『経国集』巻十四に「奉試、詠レ塵」一首がある。善主は清公の子であるが、清公も延暦の遣唐使であったから、常嗣と同じく父子で遣唐使となっている。

長岑高名。旧姓は白鳥氏。『経国集』巻十四に「奉試、得二宝鶏祠一」があるが、この時はなお白鳥氏で、作者名は「鳥高名」。

丹墀（たじひ）文雄。『経国集』巻十三に「奉試、賦二秋興一」がある。

いずれも奉試詩つまり文章生となった時の作であるが、このように詠詩がある。

承和の遣唐使はこのような官人たちに率いられていた。

この遣唐使の餞宴における詠詩のことがもう一度記録されている。承和四年三月十一日のことである（『続日本後紀』）。三年七月の渡海に失敗し、再度挑むために大宰府へ出発する時である。

餞を入唐大使の参議常嗣、副使篁に賜ふ。五位以上に命じて「春晩、入唐使を餞（はなむ）けするに陪る」の題を賦せしむ。日暮、群臣詩を献ず。副使同じくまた之れを献ず。

篁も詩を賦したことが知られるが、その詩は残っていない。

## 三

承和の遣唐使に関してよく知られていることといえば、小野篁の入唐拒否事件、それに伴う隠岐への配流のことであろう。この時、篁は大使の専横とこれを容認する朝廷に抗議して「西道謠」（散佚）という詩を作って遣唐の役を刺（そし）った。そのことを記す『続日本後紀』（承和五年十二月十五日）は「其の詞、興に率（したが）ひて多く忌諱を犯す」という。

これは一事例であるが、私は正史の記述に拠りつつ承和期以後の篁は述志の詩人となりえていることを述べたことがあった(10)が、それは主にはその詩に看取しうるものであることはいうまでもない。たとえば次のような詩である（『扶桑集』巻七）。

近以二拙詩一寄二王十二一。適見二惟十四和レ之之什一因以解答

勝負人間争奈何　人間(じんかん)に勝負すること争奈何(いかん)
淬将心剣戦肝魔　心剣を淬将(にらぎ)て肝魔と戦ふ
虚名日脚翻陽炎　虚名は日脚に陽炎を翻し
妄累風頭乱雪波　妄累は風頭に雪波を乱す
賤得交情探底尽　賤しくして交情を得るに探底に尽き
老看時事到頭多　老いて時事を看るに到頭に多し
見君行李平如砥　君が行李を見るに平らかなること砥の如し
誰向羊腸取路過　誰か羊腸に向かひて路を取りて過ぎん

重酬

野人閑散立身何　野人閑散として身を立つること何ぞ
自課功夫文字魔　自ら功夫を課す文字魔
蹇歩更教吹退鷁　蹇歩(けんぼ)更に退鷁(たいげき)を吹かしめ
醜嚬還被敵横波　醜嚬(しゅうひん)また横波に敵(むか)はしめらる
水中投物浮沈異　水中に物を投ずれば浮沈異なり
手裡蔵鉤得失多　手裡の蔵鉤は得失多し
折軸孟門難進路　軸を折る孟門進み難き路
可怜騏驥担途過　怜(あわれ)むべし騏驥の担途を過ぐるを

この二首については、先学の注釈、論究があり、ことに藤原克己氏の論はこの詩の篁の表現史における意義を十分に説いており[11]、つけ加えるべきことはない。ここでこの詩に着目するのは、詩題、そこから考えられる詠作事情である。もう一度読み下して引く。

近ごろ拙詩を以つて王十二に寄す。たまたま惟十四の之れに和する什を見て、因りて以つて解答す。

篁は詩を詠んで王十二に贈ったが、その詩を惟良春道が見て、これに和す詩を作り篁に寄せた。そこで今度は春道に答えた。少し補っていうとこういうことになる。「惟十四」は惟良春道を排行で呼んだものである。

問題としたいのは「王十二」である。小島氏は、これは来日中の渤海大使の王文矩であり、詩の詠作時は彼が入京した嘉祥二年（八四九）五月頃と推定し、藤原氏もこれに拠って論じているが、王十二は王文矩ではない。小島氏も指摘するが、「十二」は排行である。それは、この「惟十四」がよい例であり、また白居易と元稹との例を想起してもよいが、排行は親しい友人の間にあって用いられるものであって、外国使節の、しかも大使という要職に在る人物を排行で呼ぶことなどありえない。渤海使と日本の官人との唱和詩は『文華秀麗集』『田氏家集』『菅家文草』『扶桑集』にかなりの数の作品が残るが、いずれも「渤海大使」「王（裴）大使」のように官称を以って鄭重に称している。

今の目的は誤りの指摘ではない。注目したいのは、篁の周囲に王某という唐人（渤海人、新羅人の可能性もあるか）がいて、排行で呼ぶほどの親交を持ち、詩の唱和を行っているという事実である。

また詩の内容である。篁が王十二に寄せた詩がどのようなものであったのかは推測のほかはない。しかもこれは二者の間での唱和ではなく、惟良春道が介在し、この二首は春道に答えたものである。しかしながら、篁の当初の詩が、世路の艱難を歎き、その中での自らの生き方を標榜するこの詩とかけ離れたものではなかったことは推し量ってよいだろう。そのような詩を篁は王十二に贈っていた。

篁と唐人との交渉は正史にも記されている。『文徳実録』仁寿二年（八五二）十二月二十二日の篁の薨伝に、二度の失敗ののち、承和五年、三度目の渡海に当たって大使の常嗣と争ったことの記述のあとに、

近者太宰の鴻臚館に唐人沈道古なる者有り。篁の才思有ることを聞き、数しば詩賦を以つて之れに唱ふ。其の和を視る毎に、常に艶藻を美む。

とある。唐人の沈道古なる者との詩の唱和のことが記されているが、これに該当する篁の詩が『扶桑集』（巻七）に残っている。

沈三十の故郷の時を同じくするを得るに感じて寄せらるる作に和す

査客来如昨　　査客の来たること昨の如きも
寒蟾再遇円　　寒蟾再び円かなるに遇ふ
三冬難暁夜　　三冬暁け難き夜
万里不陰天　　万里陰らざる天
漫遺刀環満　　漫りに刀環をして満たしめ
空経破鏡懸　　空しく破鏡の懸かるを経たり
計応郷国処　　計るに応に郷国の処
愁見一時然　　愁ひて一時に然るを見るべし

「沈三十」は沈道古を排行で称したものである。その望郷の念を賦した詩に応えて詠む。

第一聯。前句の「査客」はいかだで海を渡る人で、沈三十をいう。後句の「寒蟾」は冬の月。月にはひきがえるが棲むとされる。第三聯。前句の「刀環」は刀に付けられた輪であるが、「環」は「還（かえる）」と同音

で、「刀環」は帰還の意となる。(12) 後句の「破鏡」は片われ月。ここまでで歳月の経過をいい、第四聯、故郷で帰りを待つ人も、あなたと同じ思いで月の満ち欠けを眺めているに違いありませんという。「一時」は同時。異国にあって故郷を思う人に対する詩人の思いやりを汲み取ることのできる佳篇である。

篁が沈道古と唱和した詩はもうひとつ、『和漢朗詠集』巻下・餞別に次の一聯（635）が引かれる。

万里東来何再日　万里東に来たること何れの再日ぞ
一生西望是長襟　一生西を望むこと是れ長き襟（おもい）なり

和歌文学大系本（暦応二年本）には「沈三十に酬ゆ　野相公」の詩題・作者注記がある。

王十二、沈道古の二人は未詳の者であるが、こうした外国人と我が国の官人との詩文の唱酬もあった。先に篁と詩の唱和を行っていた惟良春道も外国人と交渉を持っている。やはり『扶桑集』（巻七）にその詩がある。

劉大夫は才の命世なる者なり。国史を修する次（ついで）に予が詩巻を乞ふ。因りて四韻を勒し巻後に題す

空労画餅合供饑　空しく画餅を労して合（まさ）に饑（うえ）に供すべし
幼学孜孜老未知　幼学孜々（しし）として老を未だ知らず
拭我古銅光不翳　我が古銅の光翳（ひさ）がざるを拭ひ
渉君溟海水難為　君が溟海の水の為し難きを渉る
応修有国簪纓伝　応に有国簪纓（しんえい）の伝を修むべし
那乞休宦別駕詩　那（なん）ぞ休宦別駕の詩を乞はんや
莫怪巻中多白眼　怪しむことなかれ巻中に白眼多きことを

人生不得志多時　　人生志を得ざること時多し

「劉大夫」は全く未詳の人である。劉という姓から外国人であることはいうまでもないが、いずれの国かは分からない。彼は「国史」の編修に携わっていた。春道に彼の「詩巻」がほしいと申し出たので、春道は贈るに当たって巻後にこの詩を題したという。劉大夫は「大夫」と称され、「国史」の編纂に参与していたといえば、その国にあって、ある程度の地位にある知識人であるが、何の手がかりも得られない。しかし、惟良春道の詩巻が劉大夫によって彼の本国へもたらされたことは確かである。海を渡った平安朝詩人の詩巻があったのである。

注

（1）小島憲之「経国集詩注」『国風暗黒時代の文学』下Ⅱ（塙書房、一九九五年）に指摘する。
（2）新日本古典文学大系本による。
（3）斯文会編『日本漢学年表』（大修館書店、一九七七年）、滝川幸司「宮廷詩宴年表」（『天皇と文壇　平安前期の公的文学』和泉書院、二〇〇七年）。
（4）内宴と重陽宴を公宴と捉えること、注3滝川著「序論　天皇と文壇」参照。
（5）柿村重松『本朝文粋註釈』（新修版、冨山房、一九六八年）に指摘がある。
（6）佐伯有清『最後の遣唐使』（講談社現代新書、一九七八年）参照。
（7）注3の滝川幸司「宮廷詩宴年表」はそう解する。
（8）拙著『本朝文粋抄』五（勉誠出版、二〇一八年）第八章「早春宴に侍りて鶯花を翫ぶ詩の序」で私注を加えた。
（9）森克己『遣唐使』（日本歴史新書、至文堂、一九五五年）第五章「遣唐使の文化の輸入」。
（10）『日本文学全史』2中古（学燈社、一九七八年）第一章3Ⅰ「仁明朝の意義」（今井源衛氏と共著）。
（11）小島憲之『国風暗黒時代の文学』中（上）（塙書房、一九七三年）第二篇第一章一、藤原克己『菅原道真と平安朝漢文学』（東京大学出版会、二〇〇一年）II 1「小野篁の文学「承和以後の篁の詩」」。

(12)『玉台新詠』巻十、「古絶句四首」の第一首の「何か当に大刀頭なるべき、破鏡飛んで天に上る」を踏まえる（注11、小島著）。「大刀頭」が「環」である。

※　仁平道明編『王朝文学と東アジアの宮廷文学』（竹林舎、二〇〇八年）に表題を与えられ執筆した。

# 9　桜の文学小史

　ももしきの大宮人は暇（いとま）あれや梅をかざしてここに集へる

『万葉集』（巻十・一八八三）所収のこの歌は、『新古今集』（巻二・一〇四）に「梅」を「桜」にかえて収められる。このことに象徴的に示されるように、『万葉集』で詠花の歌の中心となっていた梅花は、平安和歌ではその位置を桜に譲る。それはすでに『古今集』においてそうである。『古今集』に至って定着する、あるいは『古今集』において発現する桜に対する美意識を導いたものは何か。『万葉集』から『古今集』に至る〈桜の文学小史〉をたどってみよう。

　周知のように、平安初頭期において、和歌を圧して圧倒的に優勢であったのは漢詩文である。それは、文学作品の勅撰としては『古今集』に先駆する、いわゆる勅撰三集に象徴されるが、その三集に、数は少ないながらも桜が詠じられている。桜を主題として平城天皇の「賦㆓桜花㆒」（『凌雲集』2）、賀陽豊年の「詠㆑桜」（『経国集』巻十・115）の二首があり、豊年はまた「三月三日侍㆑宴応㆑詔」（『凌雲集』36）に、「柳葉は糸に依りて緑なり、桜花は舞ひに払（ふ）れて紅なり」と桜を点詠する。

なお、勅撰三集時代における桜花詩の詠作に関して、従来言及されてきたのは嵯峨朝に始まる花宴である。弘仁三年（八一二）二月十二日、嵯峨天皇は神泉苑に幸し、「花樹」を賞で文人に詩を賦せしめた。『日本後紀』はこのことを記して、「花宴の節、此に始まる」というが、この花宴を桜花の宴とみる説がある。(1) しかし、その折の賦詩と考えられる『凌雲集』所収の嵯峨天皇の3「神泉苑花宴、賦二落花篇一」、および小野岑守（56）と高丘弟越（80）の「於二神泉苑一侍レ讌賦二落花篇一、応レ製」のいずれにも桜を思わせる措辞はなく、むしろ「昔聞く一県河陽に栄えしことを、今し見る仙源秦漢を避くることを」、「梅院掃はず寸余の紫、桃源委積りぬ尺所の紅」（小野岑守）などの句があって、桃や梅を詠出する。(2) 花宴節を観桜の宴と見ることはできない。

桜花を詠じたものとして嵯峨朝の作と明証があるのは、唐風隆盛の当代にあってはむしろ意外にも和歌である。すなわち、『古今集』に、

東宮の雅院にて桜の花の御溝水に散りて流れけるを見てよめる　菅野高世

81　枝よりもあだに散りにし花なれば落ちても水の泡とこそなれ

があるが、この歌は作者の生存年代から考えて、弘仁期の作で、「東宮」は皇太弟大伴親王（淳和天皇）である。(3) なお、詞書の「東宮の雅院」に近似したものとして『文華秀麗集』所収の嵯峨天皇の詩（4）の題に「春日、大弟の雅院」とあるが、この大弟も大伴親王である。すでに早く嵯峨朝に桜を詠んだ歌が存したことになる。

ついで淳和朝には次の記事が見える。

（天長）八年二月乙酉（十六日）。天子、掖庭に曲宴す。殿前の桜華を翫ぶなり。后宮珍物を弁設す。皇太子已下、源氏の大夫已上、殿上に陪るを得。特に文人を喚びて桜花を賦せしむ。（『類聚国史』巻三十二、天皇遊宴）

皇太子は恒貞親王、源氏の大夫は信・弘・常・明らの嵯峨源氏である。桜花の賦詩が行われている。

次の仁明朝は〈桜の文学史〉の上で一つの画期をなすように思われる。

まず、菅原道真は「春惜二桜花一、応レ製」詩序（『菅家文草』巻五・384）に、次のように記している。

承和の代、清涼殿の東二三歩に一桜樹有り。樹老いて代また変はり。代変はりて樹遂に枯る。先皇馭暦（ぎょれき）の初、事皆承和に法則（のっと）る。特に樹を種（う）うることを知る者に詔りして、山木を移して庭実に備ふ。移し得て後、十有余年、枝葉惟れ新たに、根荄旧の如し。

この序は『菅家文草』の配列から宇多朝の寛平七年（八九五）の作と考えられるので、「先皇」は光孝天皇である。万事承和すなわち仁明朝に準拠しようとした光孝天皇によって植え継がれた清涼殿の桜が宇多朝の今に至っていることを述べるが、今は冒頭の一文だけでよい。清涼殿の桜は仁明朝に植えられたという。

また、『古事談』巻六の巻頭に置かれた「南庭の桜樹・橘樹の事」には次の話が記述されている。(4)

南殿の桜の樹は本は是れ梅の木なり。桓武天皇遷都の時、植ゑらるる所なり。而して承和年中に及びて枯れ失せり。仍りて仁明天皇改め植ゑらるるなり。

南殿つまり紫宸殿の前庭のいわゆる左近の桜も、もと桓武天皇が遷都の際に植えた梅の木であったものが承和年中に枯死したので、仁明天皇が桜に植え変えたものであるという。

これに関わるものとして、以下、正史の記事がある。まず『続日本後紀』承和十二年（八四五）二月一日の記事である。

天皇、紫宸殿に御して、侍臣に酒を賜ふ。是に於いて、殿前の梅花を攀（よ）じて皇太子及び侍臣等の頭に挿し、以つて宴楽を為す。

『三代実録』貞観十六年（八七四）八月二十四日、清和朝の記事である。

大風雨、樹を折り屋を発く。紫宸殿前の桜、東宮の紅梅、侍従局の大梨等の樹木の名有る、皆吹き倒さる。

紫宸殿前の梅が承和の代に桜に植え替えられたことの例証となろう。

ことは文徳朝に属するが、仁明天皇の桜に寄せる好尚を語って最も印象深いのは、『文徳実録』仁寿元年（八五一）三月十日の記事である。

(1)右大臣藤原朝臣良房、東都の第に智行名僧を延屈し、先皇の奉為に法華経を講ぜしむ。往年、先皇、大臣の家園の桜樹の甚だ美なることを聞くこと有りて、戯れに大臣に許すに、明年の春、其の花を翫ぶこと有らむことを以つてす。俄にして仙駕化去し、遊賞を遂げず。春来り花発くに属りて、大臣恨みて曰く、「先皇の期する所の春、今日是れなり。春の来たるは期に依るも、仙去して帰らず。花は是にして人は非なり。悲しみに堪ふべからず」と。道俗の会する者、これが為に流涕せざるは無し。公卿大夫、或は詩を賦して懐ひを述べ、或は和歌もて逝くを歎く。

「東都第」は後掲の『三代実録』の記事に「太政大臣東京染殿第」とあることを参看すると染殿、「先皇」は仁明天皇である。

この日、良房は染殿に学徳に優れた僧侶を呼び寄せて、昨年の三月に亡くなった仁明天皇追善の『法華経』講会を催した。それはこのようなことがあったからである。生前、天皇は良房の屋敷に桜の名木があることを耳にして、貴公の屋敷の桜を是非見てみたいものだと言ったことがあった。しかし、天皇の突然の逝去で、それは叶わなくなった。今、春が巡り来て花開いた桜を目前にして良房は言った、「先帝が心待ちにされた花は時期を違えず咲いたが、帝はおいでにならない。それを思うと悲しみに耐えられない」と。これを聞いて涙しない者はいなかった。

末尾の一文「或は詩を賦して懐ひを述べ、或は和歌もて逝くを歎く」を以って、唐風謳歌から和歌復権への趨勢の一階梯を指し示すものとしてしばしば論及される記事であるが、今は、そのことでなく、これを前述の清涼殿、南殿の桜樹のことと共に、仁明天皇の桜に寄せる眷恋の情をもの語るものとして読みたい。

文徳ついで清和朝には、次の記事がある。

(2)（仁寿三年二月）庚寅晦（三十日）。帝、冷然院に幸す。景物を翫ぶなり。侍臣に禄を賜ふこと差有り。即日、亦右大臣藤原朝臣良房第に幸す。以って桜花を覧(み)て、置酒興楽す。（『文徳実録』）

(3)（貞観六年二月）二十五日壬午。車駕、太政大臣の東京の染殿第に幸し、桜花を観る。……、遂に染殿の花亭に幸す。親王已下侍従已上並びに侍す。太政大臣、別に伶人をして楽一部を教習せしむ。能く文を属(つづ)る者、五位已上十人、諸司の六位十人、文章生二十人を喚びて、楽を命じ、詩を賦せしむ。具に酔ひて歓楽す。（『三代実録』）

(4)（貞観八年三月）二十三日己亥。鑾輿、右大臣藤原朝臣良相(よしみ)の西京の第に幸し、桜花を観る。文人を喚びて、百花亭詩を賦せしむ。席に預る者四十人。（『三代実録』）

(5)（貞観八年閏三月）丙午朔。鑾輿、太政大臣の東京の染殿第に幸し、桜花を観る。王公已下及び百官扈従す。……、また望遠亭に御し、花樹を覧翫す。伶人、歌樹に陪(はべ)る。皷鐘備陳し、糸竹繁会す。童男妓女、花間に迭(たが)ひに舞ふ。能く文を属る者数人を喚びて「落花無数雪」の詩を賦せしむ。終日楽飲す。皇歓是に洽(あまね)く、群臣具に酔ふ。（『三代実録』）

(3)の「車駕」、(4)・(5)の「鑾輿」は天皇（清和）をいう。

いずれも観桜行幸の記事であるが、先稿に述べたように[5]、行幸、遊猟等に示される天皇の行動力において、仁明朝以前と文徳朝以後とでは截然とした落差があり、それまで頻繁に行われていたそれら天皇の出遊は文徳朝以後きわめて稀にしか行われなくなった。そうした文徳朝九年間に唯一度の行幸、そうして清和朝十八年間にわずか四度の行幸のうちの三度が、ここに引掲した記事なのである。すなわち、文徳朝以後にあってはむしろ例外的でさえあった行幸の、そのほとんどが観桜のためであることにまず注目されるのである。

またこれらは賦詩詠作の場として機能している。ことに(3)の藤原良房の染殿第、(4)の藤原良相の百花亭における花宴では、ともに四十人もの文人が賦詩に参加している。上述のように、桜を題材として詩を賦すということは、勅撰三集以来のことではあるが、この時点で、これほど多くの属文の人々によって桜花の詩が詠まれていることは、桜が詠作の素材として文学の世界で定着していくのに大きく寄与したことと思われる。

(4)の良相の百花亭花宴では都良香が四十首もの詠詩の都序（総序）を書いており、その一部が『平安朝佚名詩序集抜萃』と仮称される詩序集に採録されている[6]。

また、(5)の花宴では、その時の「落花無数雪」という句題[7]が記録されている。いうまでもなく花を雪に〈見立て〉たものである。この時の詠詩と思われるものは残らないが、このような詩における発想、思考の錬成を経たのちに、次のような古今集歌は詠出されたはずである。

み吉野の山辺に咲ける桜花雪かとのみぞあやまたれける　（六〇　紀友則）

今日来ずは明日は雪とぞ降りなまし消えずはありとも花と見ましや　（六三　在原業平）

桜散る花の所は春ながら雪ぞ降りつつ消えがてにする　（七五　承均法師）

雪とのみ降るだにあるを桜花いかに散れとか風の吹くらむ　（八六　凡河内躬恒）

このような時代相のもとで、あるいはこれを経たのちに、詩人の家集に次のような桜花を詠じた詩篇が見られるようになる。嶋田忠臣の『田氏家集』[8]に、

54　惜㆓桜花㆒
149　賦㆓雨中桜花㆒
196　桜花欲㆑発

これにやや後れる菅原道真の『菅家文草』に、

286　酬㆘藤司馬詠㆓庁前桜花㆒之作㆖
344　賦㆓春夜桜花㆒、応㆑製
377　有㆑勅賜㆑視㆓上巳桜下御製之詩㆒、敬奉㆑謝㆓恩旨㆒、応製
384　春惜㆓桜花㆒、応製
385　月夜翫㆓桜花㆒、各分㆓一字㆒応㆑令

がある。

道真の時代からは『古今集』は目前にある。

言われるように、今に連なる日本人の美意識の源流は『古今集』にある。桜に対する美意識の形成においても、『古今集』が担った役割は決定的なものであっただろうが、もとよりそれには前史があったのであり、それは上述のごときものであった。

桜花への好尚は仁明天皇の下で大きく醸成されたもののようで、以後も継承された桜花賞愛の風のもと、文徳・清和朝の花宴では、花宴はもともと賦詩の場でもあったから、多くの桜花の詩が詠作された。このような漢

詩の制作を通して、桜花は素材として文学の世界に定着していったのであり、その詠作を通して王朝人の桜に対する美意識も形成されたものと考えられる。

注

（1）たとえば、山田孝雄『桜史』（桜書房、一九四一年）中古の巻「南殿の桜」、小島憲之『国風暗黒時代の文学中（中）』（塙書房、一九七九年）一三六九頁。

（2）「昔聞く一県河陽に栄えしことを」は、晋の潘岳が河陽（河南省孟県）の県令となり、県中に桃李を植えた故事を踏まえる。

（3）村瀬敏夫『古今集の基盤と周辺』（桜楓社、一九七一年）第一章二。現行の『古今集』の諸注の多くは、この村瀬氏の指摘があるにもかかわらず、またその付録した作者略伝には、『古今集目録』によって菅野高世は弘仁十一年に周防守となったことをいいながら、詞書の解釈では、「東宮」を保明親王（醍醐天皇皇子）とする『古今余材抄』以来の注を踏襲する。

（4）川端善明・荒木浩校注、新日本古典文学大系『古事談　続古事談』（岩波書店、二〇〇五年）による。

（5）拙稿「文徳朝以前と以後」（『平安朝漢文学史論考』勉誠出版、二〇一二年）。

（6）拙稿「摂関家の詩人たち」（『平安朝文人志』吉川弘文館、一九九三年）。

（7）この句に近いものとして、白居易「残春詠懐、贈二楊慕巣侍郎一」（『白氏文集』巻六十六・3261）の「落花無限雪、残鬢幾多糸」がある。

（8）小島憲之監修『田氏家集注』上・中・下（和泉書院、一九九一年〜一九九三年）による。

※日本文学協会編『日本文学講座』9「詩歌　古典編」（大修館書店、一九八八年）に執筆した「王朝の漢詩」の第一節である。

# 10　菅原是善の願文と王勃の文章

## 一

平安朝においては仏事の場で多様な漢文の文章が用いられている。その主なものとして願文、表白、諷誦文、呪願文があるが、私はこのところ、呪願文について考えている。

呪願文は他とは事なる独自性を持った文章である。(1) 一つは文体（文型）である。願文に代表される仏事の漢文は四六駢儷体で書かれるのが普通であるが、呪願文は四字句を長く連ねた形式である。讃や銘、あるいは経典の偈のような形で、これは一見して呪願文を他と分かつ、文体上の特徴である。

もう一つはそれが用いられる場である。その一つは仁王会（にんのうえ）である。仁王会は『仁王般若経』（『仁王護国般若波羅蜜多経』）を講読して鎮護国家あるいは災厄の消除などを祈る大がかりな仏事である。最もの大事は天皇の即位に伴う一代（一度）仁王会である。兵乱や外国からの来襲、災害などに際しては臨時仁王会が催された。さらに定期化して春秋二季の仁王会となった。

もう一つの仏事は諸供養である。死者の追善を初め、仏像の造立や経典の書写、また寺院、堂塔の建立などに伴う供養の場においても呪願文が用いられた。

このように呪願文は仁王会および供養の場で制作、読誦されたが、また両者には違いもあった。仁王会においては呪願文のみが用いられたのに対して、供養においては併せて願文も用いられた。二種の文章が捧げられている。

以上のような呪願文の基本的性格を明らかにする過程で、供養における呪願文の一例として、現存するその最も早い作品を読んだが、その作業において、別の新たな問題が浮かび上がってきた。そのことを考えるのが本章の目的である。

詩文集や歴史史料から平安朝の呪願文を拾い集めると四十首が遺存するが、供養の場における作として最も早いのは貞観三年（八六一）の東大寺大仏供養呪願文であり、願文も併せて残る。この呪願文が作成されるには、次のような前史があった。

文徳朝の斉衡二年（八五五）五月二十三日、奈良東大寺の大仏の頭部が落下するという前代未聞の出来事が起こった（『文徳実録』同月庚午条）。大仏を建立した聖武天皇の佐保山陵に奏された「策命」には長い年月を経たことによる自然落下と述べられているが（同七月戊申条）、現在では当時頻発していた地震に依るものと考えられている。直ちに修復作業が始められたが、六年近い歳月を要し、貞観三年（八六一）三月に完了した。この間、文徳天皇が崩じ、清和天皇が即位するという代替わりもあった。

貞観三年三月十四日、仏頭修復の完成を祝う開眼供養会が催された。その盛大なさまは『三代実録』が記述しているが、そこに仏頭の再現成った盧舎那仏に捧げられた「呪願文」と「呪願」とが引用されている。新訂増補国史大系本で三頁余に及ぶ雄篇である。作者は道真の父、菅原是善である。時に文章博士の任に在った。

この呪願文と呪願とを読んだが(2)、当然の手続きとして一つ一つの語句の典拠や先行の用例等を確認する。その作業を通して、この二首の文章の作成には初唐の王勃の文章が一つの素材源となっているらしいことが見えてきた。そこで、このことに焦点を絞って考察し、これを明らかにしたい。そうして、このことの、我が国における王勃の文学の受容、また平安朝の中国文学受容における意義などについて考えてみたい。

## 二

是善の文章における王勃の文の受容を見ていくに先立って、いくつかのことについて述べておかなければならない。

まず是善作の呪願文と呪願についてである。呪願文は四六駢儷体で書かれ、一一七二字からなる。私見では以下のように六つの段落に分けた。（ ）内の数字は字数のパーセンテージである。

一、聖武天皇による大仏建立（11）
二、文徳朝、斉衡二年の仏頭落下（7）
三、文徳朝における修復（23）
四、清和朝における修復の完成（11）
五、貞観三年の開眼供養会（26）
六、祈願（22）

呪願は四字句からなる。一三二句で、総字数は五二八字である。次のように四段落に分けた。

一、大仏建立（24）
二、仏頭の落下と修復（6）
三、開眼供養会（30）
四、祈願（39）

なお、四六文を「呪願文」、四字句を「呪願」と呼んでいるが、これはテキストとしている『三代実録』の呼称で、平安朝における一般的用法とは相違する。一般には前者は「願文」で、後者の四字句の作が「呪願文」であるが、今はテキストの呼称に従う。

王勃（六四八～六七六）は楊炯、盧照鄰、駱賓王と共に「初唐の四傑」と称される唐初の代表的詩人で『王勃集』がある。今は揖本『王子安集』（「子安」は字）として通行する。『王子安集』については今はテキストのことのみに限っておく。清、蔣清翊注『王子安集註』（中国古典文学叢書、上海古籍出版社、一九九五年）に拠る。なお、必要に応じて『文苑英華』（中華書局、一九六六年）巻八五〇～八五三所収本文と対校し、本文を改めたところがある。

結論の一部を先取りすることになるが、是善が呪願文・呪願の典拠として用いた王勃の作品には偏りがある。それは寺碑に限られる。以下の諸作である。そこでそれをここに一覧とし、次節の論述では「〇〇寺碑」の略称で呼ぶこととする。

益州綿竹県武都山浄恵寺碑（巻十六）
梓州飛烏県白鶴寺碑（同）

益州徳陽県善寂寺碑（巻十七）
梓州通泉県恵普寺碑（同）
梓州郪県兜率寺浮図碑（同）
広州宝荘厳寺舎利塔碑（巻十八）
梓州玄武県福会寺碑（巻十九）
彭州九隴県龍懐寺碑（同）
梓州慧義寺碑銘（巻二十）

## 三

是善はいかに王勃の文章を利用しているか、具体的に見ていこう。まず呪願文である。第三段落、文徳朝における仏頭修復についての叙述にいくつかの例がある。その冒頭、即位した文徳天皇について、こう記す。

先皇、大鈞无事、神器有帰。
堯曦将仏鏡倶懸、軒車与法輪同転。

先皇、大鈞事无くして、神器帰する有り。
堯曦仏鏡と倶に懸かり、軒車法輪と同に転ず。

「先皇」は文徳天皇（在位八五〇〜八五八年）である。「大鈞」は天、「神器」は帝位を示す宝、そこから帝位を

も意味する。天は何事をなすこともなく、帝位は帰すべき所へ伝えられた。この「大鈞无事、神器有帰」は「福会寺碑」に、

泊乎大鈞无事、神器有帰。清玉戸而帝寰中、転金輪而王天下。

大鈞事无くして、神器帰すること有るに泊びて、玉戸を清らかにして寰中に帝たり、金輪を転じて天下に王たり。

とあるのを用いる。続く文の「金輪を転じ」も呪願文の「法輪と同に転ず」と同意であるが、この句を含む「尭曦」以下の一文も「慧義寺碑」の次の表現をそのまま借用する。

自先后膺暦、今聖乗時、尭曦将仏鏡倶懸、軒車与法輪同転。

先后暦に膺たり、今聖時に乗じて自り、尭曦仏鏡と倶に懸かり、軒車法輪と同に転ず。

「尭」は中国古代の聖天子。「曦」は光、輝き。「軒車」は伝説上の帝王、黄帝（軒轅氏）をいう。轅は車のかじ棒であるから「車」に置き換えた。この一文をそのまま用いて、文徳天皇が仏事にも心を用いていることをいう。

文徳朝に続けられる修復作業の記述に次の一文がある。

周官詮揆日之工、荊容練成風之功。

周官は日を揆る工に詮らかにして、荊容は風を成す功に練れたり。

「周官」は周の役人。「日を揆る」は『詩経』鄘風「定之方中」に「之れを揆るに日を以つてし、楚の室を作り為す」とあるのに拠る。太陽の方角を計る。後句、「荊容」は後述の典拠から考えて、「荊客」の誤りである。「荊」は楚の別称。「風を成す」は『荘子』徐無鬼の逸話に基づく。郢（楚の都）の男が大工の名人、匠石に鼻

の先に付いた漆喰を取ってくれと頼んだ。匠石はまさかりを振り回し風が起こった（「匠石、斤を運らせて風を成す」）が、男は落ち着いたもの、漆喰はみごと削り取られていた。

この一聯は技術者たちの活躍振りを述べるが、「善寂寺碑」の次の表現を用いている。

林衡授矩、周官詮揆日之工、
梓匠揮斤、荊客練成風之巧。

林衡矩を授け、周官は日を揆る工に詮らかにして、
梓匠斤を揮ひ、荊客は風を成す巧に練れたり。

「林衡」は『周礼』地官に木材の巡守を行う官として見え、「梓匠」は大工（『孟子』滕文公下）。この文章を踏まえていることが明らかになると、呪願文の後句の末尾「成風之功」は、これでも意は通じるが、やはり「巧」に改めるのが妥当であろう。『三代実録』における誤写と考えられる。

修復作業の叙述中に多くの人びとからの援助喜捨が寄せられたことが述べられている。

神霊致感、奔為知識之先、
外道帰心、還為恭敬之輩。
何況、施身童子、忍辱仙人。

神霊は感を致して、奔つて知識の先を為し、
外道も心を帰して、還つて恭敬の輩と為る。
何ぞ況んや、施身童子、忍辱仙人をや。

「知識」は金品を寄進すること。「外道」は仏道以外の教えを信じる者。そうした人々までも心を寄せてくれる。

まして施身童子や忍辱仙人が助けてくれるのはいうまでもない、という。この施身童子と忍辱仙人の併称は「恵普寺碑」の次の文に拠るものと考えられる。

施身童子、戻止巌扃、忍辱仙人、来儀磵戸。

施身童子、巌扃に戻止り、忍辱仙人、磵戸に来儀る。

後者の忍辱仙人は釈迦の本生譚に見える呼称として知られる。羯利王に身を切り刻まれてもその苦難に耐えた（『阿毘達磨大毘婆沙論』巻一八二）。前者の施身童子は不確かである。『王子安集註』は「未詳」とする。佐伯有義『増補六国史　三代実録』（名著普及会、一九八二年復刊）の標注は「波羅捺国王の太子忍辱、父母の病篤き時自ら肉を割きて薬に充つと云、之を云か」という。『大方便仏報恩経』巻三に見える話であるが、太子を「童子」といえるかという疑問がある。これはよく知られた雪山童子ではなかろうか。本生譚の一つで、釈迦が童子となって雪山で修業していた時、帝釈天が童子をためそうと羅刹に姿を変え、「諸行無常、是生滅法」の偈を唱えた。それを聞いた童子は残りの偈を聞きたいと、身を投げて羅刹に施そうとしたという。忍辱仙人は釈迦の前世の名として知られたものであるから、かなりの用例があるが（『大正新脩大蔵経』に六十一例）(3)、「施身童子」という語は他に用例を見出だせない。したがって、この併称は前引の王勃の文に拠るものであろう。

呪願文は先の文章に続いて次の一文がある。

天女持花、山神献菓

天女は花を持ち、山神は菓を献ず。

天女や山の神々も力を添える。これも王勃の文を用いる。「浄恵寺碑」に、

山神献果、送出菴園、

天女持花、来遊浄国。
　山神は果を献じて、送りて菴園を出で、
　天女は花を持ちて、来たりて浄国に遊ぶ。
これは全く同じであるが、近似の例もある。「福会寺碑」に、
山神献果、還栖交露之台、
天女持香、即遶飛花之閣。
　山神は果を献じて、また交露の台に栖み、
　天女は香を持ちて、即ち飛花の閣を遶る。
とある。「花」を「香」に変えている。
修復成って後に行われた開眼会についての叙述（第五段落）にも、王勃文からの借用がかなり見られる。段落の初めである。
此を以つて、貞観三年、歳辛巳に次る、春三月十四日、
青蓮湛目、褰翠幌而高臨、
赭菓涵唇、啓紅窓以密咲。
　青蓮目に湛へ、翠幌を褰げて高く臨み、
　赭菓唇を涵し、紅窓を啓きて以つて密かに咲む。
三十二相、煥若天成、
八十四儀、巍如踊出。

三十二相、煥(かん)として天の成せるが若(ごと)く、

八十四儀、巍(ぎ)として踊(あが)り出づるが如し。

仏頭が据えられ、仏顔が再び出現したことを述べる。前聯の「青蓮湛目」と「赭菓涵唇」との対偶の、「青蓮目に湛へ」は次の聯の「三十二相」の一つ、眼色如紺青相である。青い蓮のような紺青の瞳。また「赭菓唇を涵し」は「八十四儀」の一つで、仏陀の唇は果物のように赤いとされる。そうしてこの「青蓮――」と「赭果――」の対偶は、「慧義寺碑銘」の、

青蓮湛目、下映香泉、

赬果含唇、斜交宝樹。

青蓮目に湛へ、下は香泉に映じ、

赬果(ていか)唇に含み、斜めに宝樹に交はる。

に基づくものである。なお、「赭」と「赬」は同義で、赤い。「三十二相」と「八十四儀」の対偶もまた王勃の文章に倣う。

すなわち「白鶴寺碑」の

三十二相、臨玉座以相輝、

八十四儀、擁金山而円立。

三十二相、玉座に臨みて以つて相輝き、

八十四儀、金山を擁して円立す。

の対偶をそのまま用いる。

「三十二相」は周知のように仏陀が有する三十二の身体的特徴。先の青蓮の瞳もその一つである。それに対して「八十四儀」という語は用例を見出だしえない語である。『王子安集註』は「八十種好」として注を施している。「八十種好」は「三十二相」と同様の仏陀の八十の吉相をいうもので、先の朱唇もその一つで、五十一として「唇色潤沢して、頻婆果の如し」とある。王勃は「三十二」という三字の数字と対語とするために「八十種」を「八十四」に変えたのであろう。(4)

この箇所は文章の展開も王勃の文に倣っている。「白鶴寺碑」は「三十二相、――、八十四儀、――」の前に、

果唇間発、蓮眸周映、
貝歯含滋、璿毫起照。

果唇間(ま)ま発(ひら)き、蓮眸周(あまね)く映(うつ)す。
貝歯滋(うるお)ひを含み、璿毫(せんごう)照を起こす。

とある。「果唇」、「蓮眸」は呪願文の「赭菓唇を涵し」、「青蓮目に湛へ」であり、次の「貝歯」、「璿毫」も仏陀の身体的特徴である。これら具体例を挙げて、「三十二相」、「八十四儀」とまとめる。呪願文も同じ文脈になっている。

続いて創建当時の偉容を取り戻した大仏殿についての記述がある。

金光護国の香場を荘厳し、天平勝宝の旧事を排弁す。
層甍四注、激奔電於彫櫳、
複屋三休、繞浮烟於繡檻。
層甍(そうぼう)四(よ)もに注ぎ、奔電を彫櫳(ちょうろう)に激(さえぎ)り、

　複屋三たび休みて、浮烟を繡檻に繞らす。

「層甍」は幾重にも重なる瓦。「四注」は四方に広がること。「櫳」は窓の格子。「三休」は一気に登れず、途中で三度休むこと。建物の高いことを表す。この一聯は「白鶴寺碑」の次の一聯に基づき、語を多少置き換える。

　層甍四合、爍奔電於丹楹、
　複殿三休、絡浮煙於翠幌。

　層甍四もに合し、奔電を丹楹に爍かし、
　複殿三たび休みて、浮煙を翠幌に絡はす。

これでは「四注」ではなく「四合」であるが、「四注」の語も、「福会寺碑」に、

　乃ち寺内に重閣一所を起つ。……、層榭三たび休み、琱簷四もに注ぐ。

と、「三休」の対語として用いられている。「琱簷」は彫刻の施されたひさし。

大仏殿の前に拡がる殿庭の荘厳の描写に次の一聯がある。

　初虹曳綵、即挂新幡、
　瑞鳳翻金、還栖旧刹。

　初虹綵を曳きて、即ち新幡を挂け、
　瑞鳳金を翻して、また旧刹に栖む。

色鮮やかな真新しい幡が掲げられ、以前と同じように鳳凰が飛び来たるという。この一聯は「浄恵寺碑」の次の表現に学ぶ。

　虹生北澗、即掛新幡、

　鳳下東岑、還栖旧刹。

　　虹は北澗に生じて、即ち新幡を掛け、

　　鳳は東岑より下りて、また旧刹に栖む。

この開眼の盛儀を見ようと詰めかけた群集についての描写もあるが、そこにも王勃の文の受容が見られる。

　閭閻霧撲、士女雲趨。

　車不得旋、人不得顧。

　　閭閻(りょえん)は霧のごとく撲(つ)くし、士女は雲のごとく趨(はし)る。

　　車は旋(めぐ)らすを得ず、人は顧みるを得ず。

「閭閻」は庶民。「撲」は地を尽くしの意。王勃の「洪府の滕王閣に登りて餞別する序」（巻八）に「閭閻地を撲くし」とある。民衆が地に溢れての意。この「閭閻霧撲、士女雲趨」の対句は「宝荘厳寺舎利塔碑」の

　閭閻霧撲、士女雲流。

　　閭閻は霧のごとく撲くし、士女は雲のごとく流(ゆ)く。

を、一字を換えて用いたものである。

これまでに述べてきた王勃の碑からの少なからぬ摂取例を考えると、次もその一例と見てよいであろう。呪願文の冒頭の一文である。この文章は欽明朝における仏教の伝来から筆を起こしている。

　粤若(ここ)に天国押開広庭(あめくにおしはるきひろにわ)天皇十三年壬申、

　仏像西に睠(かえり)み、釈教東に来たる。

ここに見える「西睠」と「東来」とを対語とする表現は「福会寺碑」の、

法雲西睠、潜銷火宅之氛、
慧日東来、迴朗昏衢之景。
　法雲西に睠みるに、潜かに火宅の氛を銷し、
　慧日東に来たりて、迴かに昏衢の景を朗らかにす。
を借りたものであろう。なお、類似の表現として「兜率寺碑」に
　法王西眷、教迹東遊
　　法王西に眷み、教迹東に遊ぶ。
の例もある。「眷」は「睠」と同義。
呪願文については以上である。

次いで呪願の表現を見てみよう。先述のように、次の四段落に分けられる。
　大仏建立
　仏頭の落下と修復
　開眼供養会
　祈願
順序を追って見ていこう。なお、先に述べたように、呪願は全て四字句である。
第一段落に大仏完成後の大仏殿の様子が叙述されているが、次の表現がある。
　神宮不夜、寰中長秋。

　　神宮夜ならず、寰中長に秋なり。

大仏殿には夜も煌々と灯が輝く。これは「龍懐寺碑」の、

　神宮不夜、邃閣長秋

　　神宮夜ならず、邃閣長に秋なり。

に倣う。「邃閣」は奥深い高殿。また、「恵普寺碑」に、

　神宮不夜、虚室長寒

　　神宮夜ならず、虚室長に寒し。

という類似表現もある。

第三段落は貞観三年三月の開眼供養会の盛儀のさまを述べるが、その冒頭に文徳天皇の後を継いだ清和天皇に対する讃美の叙述があり、次の句がある。

　赤県同文、蒼甿胥悦

　　赤県文を同じくし、蒼甿胥悦ぶ。

「赤県」は中国をいうが、ここでは日本。「同文」は同じ文字を用いること、つまり同一の文化を有することである。「蒼甿」は民衆。「胥」ははなはだ特殊な用字であるが、皆の意。『詩経』小雅「角弓」に「爾の遠くれば、民胥然せん」とあり、鄭玄の注に「胥、皆なり」という。この語を含む「蒼甿胥悦」の句は、「福会寺碑」の、

　紫宸有裕、蒼甿胥悦

　　紫宸裕かなること有りて、蒼甿胥悦ぶ。

をそのまま用いたものである。

呪願にも呪願文と同じく開眼会を見物しようと押し寄せた多くの人々についての叙述がある。

観(み)る者堵(と)の如く、来たる者雲の如し。

都雄野老、雁行連袖、

趙美燕餘、魚貫継履。

　都雄野老、雁行して袖を連ね、

　趙美燕餘、魚のごとく貫(つらな)りて履(くつ)を継ぐ。

都人も地方の老人も列をなし、諸国の美人がきびすを接してやってくる。「趙美燕餘」は美人。趙と燕には美女が多いとされる。「古詩十九首（その十二）」（『文選』巻二十九）に「燕趙は佳人多し、美しき者顔は玉の如し」とある。この一聯は「恵普寺碑」の、

都人野彦、希梵席而投裾、

趙美燕姝、望斎庭而継履。

　都人野彦、梵席を希(のぞ)みて裾(そで)を投(ふ)り、

　趙美燕姝、斎庭を望みて履を継ぐ。

を踏まえている。

第四段落では、仏頭の修復、開眼供養という善行によって人々にもたらされるであろう果報が、各人、各階層ごとに列挙されている。

まず七廟である。七廟とは天子の御霊屋(みたまや)である。

是(か)くの如き景祐、先づ七廟を資(たす)く。

滌想三明、恬神八解。

　想ひを三明に滌ぎ、神を八解に恬かにす。

「三明」と「八解」を対語として措いている。三明は三明智で、仏の持つ過去、現在、未来を知る知恵。また八解は八解脱で、八種の安らぎの境地。この二語を対とするのは王勃の文に基づくものであろう。二例がある。「浄恵寺碑」に、

法師、玉函に彩を降し、金瓶に色を探る。

振八解之遥源、践三明之広路。

　八解の遥源を振るひ、三明の広路を践む。

また「荘厳寺舎利塔碑」に、

法師、夙に真地に登り、深く慧門に入る。

照果業於三明、払塵労於八解。

　果業を三明に照らし、塵労を八解に払ふ。


とある。

「方今の聖朝」、清和天皇についても、当然のこととして言及があるが、中に次の句がある。


風調舜暦、雨浹堯旬。

　風は舜暦を調へ、雨は堯旬を浹さん。


「舜」「堯」はいうまでもなく中国古代の聖帝の代表である。これを以って清和天皇をなぞらえる。この二句は聖代たる当代の無事平穏であることをいうが、「龍懐寺碑」の次の表現を用いている。

宝瓶宵注、潤浹堯旬、
玉柄晨麾、風調舜暦。
　宝瓶宵に注いで、潤は堯旬を浹し、
　玉柄晨に麾きて、風は舜暦を調ふ。
「潤」はここでは雨の意。それを、是善はより明確に「雨」に置き換えたのである。
呪願は次のように結ばれている。
　三千法界、十二因縁、
　共出煩昏、同遊覚照。
　　三千法界、十二因縁、
　　共に煩昏を出で、同しく覚照に遊ばん。
「三千法界」は三千大千世界、すなわち全宇宙。「十二因縁」は人間の苦悩を生じさせる十二の項目の関係性。
「煩昏」、「覚照」は迷いの闇と悟りの世界。この結びは「浄恵寺碑」の次の聯に拠るものであろう。
　三千法界、由広位而出無明、
　十二因縁、自普済而登彼岸。
　　三千法界、広位より無明を出で、
　　十二因縁、普済より彼岸に登らん。
「三千法界」と「十二因縁」とが対語であるのみならず、続く下句も、「無明を出づ」と「彼岸に登る」の対偶
が「煩昏を出づ」と「覚照に遊ぶ」と言い換えられたと見ることができよう。

呪願文および呪願における王勃の文の摂取の様相は以上のとおりである。

全体を通して見て直ちに気付くことがある。是善が利用している文章が碑に限られていることである。調査の対象を碑に限定したなどということではもちろんない。『王子安集』には賦以下十四種の文体の詩文が収載されている。そのうち、たとえば序は作品の数も多く（四十四首）、内容から考えても、その措辞が借用される可能性はあるように思われるが、その例は見出だせなかった。碑は十一首が採録されているが、一首（「益州夫子廟碑」）を除いて、すべて寺院の碑である。そうして「益州夫子廟碑」は利用されていない。一方、寺碑は十首のうち九首が利用されている。すなわち、是善は東大寺大仏開眼会の呪願文、呪願を執筆するに当たって、明確な意識のもとに王勃が作った寺碑を自らの表現の素材源として用いている(5)。寺碑には寺またその仏堂や塔の造営、仏像の建立等についての記述が含まれている。是善はこれに着目して、その表現を呪願文、呪願に取り込んだのである。

またその利用の仕方は普通の方法とは違っている。呪願文は駢儷体で書かれているが、駢儷体はその条件の一つとして典拠のある表現を用いることが求められる。ただし、その典拠ある表現とはたとえば次のようなものである。呪願文に「荊容は風を成す功に練れたり」という句があったが、この「成風」は『荘子』の「匠石、斤を運らせて風を成す」に基づいた表現である。こうしたいわゆる典拠を持つ表現ももちろんある。しかし、これまでに見てきた是善の王勃の文章の利用の仕方はこれとは大いに違っている。一句そのままを抜き出して用いる、あるいは対句をなす箇所をそのまま利用する、大胆なと言えばいいだろうか、そうした手法を取っている。

# 四

ここに明らかになった菅原是善によるその呪願文への王勃の文からの摂取はどのような意味を持つのか。

奈良時代における王勃の詩文は従来注目されるところであった。

それは第一に古写本の伝存によってである。一つは正倉院蔵の『詩序』残巻である。「慶雲四年（七〇七年）七月廿六日」の奥書がある。四十一首が残るが、うち二十首は『王子安集』には佚しており、その点でも貴重である。早く『南都秘极』（一九二一年）に複製が収められたが、近年、昭和五十八年の正倉院展に出品され、その時の『目録』にも全巻の影印がある。

もう一つは『王勃集』巻二十八・二十九・三十の残巻である。現在は上野氏、東京国立博物館ほかに分蔵される。同一筆者による僚巻で、墓誌、行状、祭文、書を収める。唐代、垂拱・永昌年間（六八五～六八九）の書写である。(6)(7)

また王勃の詩文の受容には次の例がある。

まずは『懐風藻』の詩および詩序で、詩語また序文の措辞に摂取されている。またこれは『万葉集』の歌序にも及ぶ。(8)

受容は史料にも拡がっている。平城宮跡から出土した木簡に王勃の詩序の一部が習書されている。そうしてこの序は前述の正倉院蔵『詩序』にのみ存する作であることも注目される。(9)

もう一つは本章で述べたことと関連する。『藤氏家伝』の武智麻呂伝に刀利康嗣（とりのやすつぐ）作の釈奠に際しての祭文が引かれているが、これには王勃作の「益州夫子廟碑」の措辞が摂取されている。(10)これは王勃の碑が我が国の文人の文章制作に利用されたもので、是善の手法の先行例である。

　このような奈良時代における王勃の詩文の存在、受容に比べると、平安朝については、これまで王勃が注目されることは少なかった。次の例が想起されるくらいであろうか。一つに、平安初頭の勅撰三集詩についての小島憲之氏の指摘がある。小島氏は『凌雲集』『文華秀麗集』『経国集』のすべての詩に注釈を施されたが、(11) その中で王勃の詩にも先例のある詩語が指摘されている。

　また柿村重松『松南雑草』(12) 第四冊所収「日本漢文学識小」（一九三五年執筆）に『本朝文粋』収載作品における王勃文の受容として六例が指摘されている。紀長谷雄の詩序（262・287）、藤原春海の対策（74）、大江朝綱の勅答（54）・表（111）・詩序（306）であるが、いずれも柿村氏の『本朝文粋註釈』（一九二二年）に具体例が示されている。一例を挙げてみよう。紀長谷雄「秋思入寒松詩序」（287）の

　蘭棹桂檝、払衣東海之東、
　巌室松楹、高枕北山之北。

は「上劉右相書」の

　荷裳桂楫、払衣於東海之東、
　菌閣松楹、高枕於北山之北。

を借用する。

『本朝文粋』の諸作は文章における受容という点で本章の場合と同じである。考えてみよう。
『本朝文粋』の作者は紀長谷雄（八四五～九一二）、生没未詳であるが長谷雄とほぼ同時代の藤原春海、大江朝綱（八八六～九五七）であるが、菅原是善（八一二～八八〇）はこれに先立つ。

『本朝文粋』の諸作は一首にそれぞれ一例が用いられている。対して、是善の呪願文は一首中に多くの措辞に受容例が見られる。これは両者の文章の分量が大きく隔たっているので当然のことであろう。『本朝文粋』の文の場合が常態である。しかし、是善の呪願文は長文であるからとはいえ、一首中に一人の文人の作品から、集中的に、しかも「寺碑」という特定の文体に限定して借用している。これは前述のように是善に明確な意図があったことを示している。この点において、「東大寺大仏供養呪願文・呪願」における受容は、王勃の受容史の上で特筆すべき例と言ってよいであろう。

注

（1）拙稿「呪願文考序説」（『平安朝漢詩文の文体と語彙』勉誠出版、二〇一七年）。
（2）拙稿、ア「貞観三年東大寺大仏供養呪願文」（『成城文藝』第二四〇号、二〇一七年六月）、イ「貞観三年東大寺大仏供養呪願文（承前）」（同第二四一号、二〇一七年九月）。
（3）SAT大正新脩大蔵経データベース（二〇一五年版）に拠る。
（4）ただし、なぜ「八十四」であるかは未詳。
（5）これを考えることは翻って『王勃集』の古態を推測する手掛かりとなる。十首の寺碑のうち「梓州慧義寺碑銘」（巻二十）は四部叢刊本になく、『文苑英華』にも未収で、『王子安集註』は『全唐文』より採録する。しかし、是善がその文章に「慧義寺碑」から借用していることから、是善が見た『王勃集』には確かにこの文章も存したことになる。
（6）内藤湖南「上野氏蔵唐鈔王勃集残巻跋」（『内藤湖南全集』巻十四『宝左盦文』、筑摩書房、一九七六年）。なお、上記二書については近年の道坂昭廣『『王勃集』と王勃文学研究』（研文出版、二〇一六年）に詳しい。
（7）MOA美術館蔵の古筆手鑑『翰墨城』所収の「伝橘逸勢筆詩序切」が『王勃集』巻二十八の「陸□□墓誌」か

ら切り取られた断簡であることを道坂氏が明らかにした。「伝橘逸勢筆「詩序切」と上野本『王勃集』の関係」（注6著）。さらに、最近、佐藤道生氏所蔵の巻二十八断簡二葉が紹介され（同氏「日本漢学研究に於ける古筆切の利用」『慶応義塾中国文学会報』第三号、二〇一九年）、中国、西冷印社のオークションに一葉が出品された（道坂昭廣「王勃《陸録事墓誌》の断簡について」『敦煌写本研究年報』第一五号、二〇二一年）。

（8）小島憲之『上代日本文学と中国文学』中（塙書房、一九六四年）第五篇第五章、第十章、『同』下（一九六五年）第六篇第一章。

（9）東野治之「『王勃集』と平城宮木簡」（『正倉院文書と木簡の研究』塙書房、一九七七年）。

（10）北山円正「武智麻呂伝の「釈奠文」――本文批判と『王勃集』受容」（『平安朝の歳時と文学』和泉書院、二〇一八年）。

（11）日本古典文学大系『懐風藻　文華秀麗集　本朝文粋』（一九六四年）、『国風暗黒時代の文学』中（中）、中（下）Ⅰ、中（下）Ⅱ、下Ⅰ、下Ⅱ、下Ⅲ（一九七九年～一九九八年）。

（12）町泉寿郎編『近代日本漢学資料叢書』2（研文出版、二〇一七年）所収。

※『成城国文学』第三十四号（二〇一八年）に発表した。

# 11　延喜二十二年大宰府返牒考

## 一

『本朝文粋』（巻十二）に「大宰の新羅に答ふる返牒」が収載されている。これは新羅から日本に送られた牒に対する返書として、延喜二十二年（九二二）、大宰府から発給された牒である。作者は菅原淳茂（未詳～九二六）、道真の子である。本牒は当時の我が国と朝鮮半島諸国との交渉の有様を知る史料として、これまで専ら史学研究者によって内容の検討、解釈がなされてきたが、その理解には、漢文の文章の読解という視点からは、なお考えてみる必要があるように思われる。本章はこのような立場でこの返牒を考察する。

まずは返牒を読んでみよう。書き下して引く(1)。原文は論述の都合で後に示す。

伏して思ふに、当国の貴国を仰ぐや、礼は父事に敦く、情は孩提に比ぶ。唯轂を扶け鞭を執ることに甘んず。豈深きを航り険しきに桟するに憚らんや。而るに質子逃遁し、隣言矯誣したるより、一千年の盟約斯れ渝はり、三百歳の生疎此に到る。春秋に云はずや、仁に親しみ隣りに善きは国の宝なりと。魯の論語に曰はく、旧悪を念はずと。是れ宜しく思ひ垢を含むに深く、化羶きを慕ふことを致すべし。今専介を差はし、卑儀を蔵めんことを冀ふてへり。
牒の如くは都統甄公、内に国乱を撥め、外に主盟を守る。彼の勲賢を聞くに、孰か欽賞せざらん。然れども任土の琛は藩王の貢する所、朝天の礼は陪臣何ぞ専らにせん。大匠に代はりて刀を採り、庖人を慕ひて俎を越ゆるなり。誠に攀竜を切にすといへども、猶相鼠を忘るることを嫌ふ。縦ひ宰府宮闕の前に達するを忍ぶとも、而れども憲台恐らくは玉条の下に安かんことを。仍りて表函方物、併ら却廻に従ふ。宜しく之れを典章に稽へ、疎隔に処すること莫かるべし。過ちて改めざる、其の余を奈何せん。但し輝函ら遠く花浪に疲れ、漸く葭灰を移せり。量りて官粮を給し、聊か帰路に資せん。今状を以つて牒す。牒到らば状に准ぜよ。故に牒す。

延喜年月日

これには延喜という年号だけしか書かれていないが、照応する記事が『扶桑略記』延喜二十二年六月五日条裏書にある。「対馬嶋に新羅人到来す。早く却帰に従ふべき由、官符、宰府に給し了んぬ（対馬嶋新羅人到来。早可従却帰之由、官符給宰府了）」。太政官符に依って示された朝廷の意志を大宰府がこの牒として伝達したわけである。

返牒は文章の形式として一つの型を持っている。すなわち、大きく二つに分かれ、前半に相手方の牒を引用する。そうして後半にこれに対する日本側の判断、対応を記すというものである。この返牒もその書式を踏襲している。右の書き下し文の前段が新羅の牒の引用である。そのことが末尾の「てへり（原文「者」）」で示されている。なお、文頭は省略されていると思われる。ある程度の実例が残る渤海への返牒では、「牒。得二彼――牒一偁

（牒す。彼の――の牒を得るに偁はく）」とあって、以下引用という形である。これは引用部分から始まる。新羅側、日本側それぞれに何を述べているのか。理解を助けるために口語訳してみよう。新羅の牒は次のように述べていた。

謹んで思ふに、我が国が貴国を仰ぎ見ること、敬意を尽くすことは父を敬い仕えるように厚く、心は幼な子が母を慕うにも等しいものである。ひたすら車を後押しし、御者となることも厭わない。どうして深海を渡り険しい山を越えることを恐れ避けたりしようか。ところが人質の子が逃走し、隣国が妄言したことで、一千年の誓約は変わり、三百年に及ぶ疎隔が今に及んでいる。『春秋』に言うではないか、「仁ある人に親しみ、隣国と仲良くすることは国の宝である」と。『論語』にも言う、「昔の悪事を根に持たない」と。ゆえに恥を忍ぶことに深く心を潜め、徳化に依って羊の肉の臭いに惹かれる蟻のごとく隣国が慕い寄るようにすべきである。今、特使を派遣し、寸志を収められるよう希望する。

我が国と貴国とは、過去の出来事が原因で、長年に亙り疎遠な関係にあるが、隣国同士は仲良くすべきである。ここに使節を送る。粗品を受納してほしい、という。要は外交関係を結びたいということである。

これに対して、日本側は次のように返答した。

牒に依れば、都統の甄公は国内にあっては反乱を平定し、国外においては諸国盟約の中心となっているとのことである。その功績と賢明を聞けば、敬い称讃しない者はない。しかしながらその地の宝物は藩王が献上するものであり、天子に拝謁する礼は陪臣が勝手に行うべきではない。（この度のことは）名大工に代わってのみを取り、料理人になり代わろうと俎板に手を出すようなものである。優れたものにすがりたいという思いには切なるものがあるが、やはり礼儀を弁えていないと言わざるを得ない。たとえ大宰府が（献上品が）朝廷に届くことに目をつぶったとしても、恐らく弾正台は法律に従って措置するに違いない。そこで表を入れた箱、土産物をすべて返却する。このことは規則に従って考えて、疎略に対処することのないように。間違いは改めるということでなければ、他の事はどうすればよかろうか。ただし輝函らは遠い船旅に疲労しており、時節も推移している。食糧を支給し、いささかなりとも帰りの旅を援助したい。ここに文書を以って申し述べる。牒が届いたならばこれに従うように。以上申し述べる。

ここから具体的なことが読み取れる。まず新羅側の主体が明らかになる。「甄公」、甄萱（けんけん）である。彼は当時の新羅史において重要な立場にある人物である。この九二二年に前後する時代の新羅の、というより朝鮮半島の動きを概観してみよう。

この頃、新羅はすでに衰退に向かっており、九世紀末から、国内で次々と反乱が起こっていた。八九二年、甄萱が武珍州（全羅南道光州）に拠って後百済を建てる。九〇一年、弓裔が漢山州（ソウル）周辺の諸城を支配下に置き、松岳（京畿道）で王を称する。九一八年、王建が弓裔を倒して高麗を建てる。ここに新羅は半島東南部を領有するだけの地方政権に過ぎなくなった。九三五年、甄萱が高麗に降る。同年、新羅の敬順王が高麗に降る。

このような新羅の衰亡から高麗による統一へと向かう激動の時代にあって、甄萱は覇を競う一方の雄であった。このことを牒は「内に国乱を撥め、外に主盟を守る」という。この甄萱をここでは「都統甄公」と呼んでいる。「都統」は官職名である。『三国史記』の列伝の最後、巻五十に甄萱伝があるが、次の記述がある。

新羅真聖王在位の六年、……、遂に武珍州を襲ひて自ら王となる。猶（なお）敢へて公然王を称せず、自署して新羅西面都統・指揮兵馬制置・持節都督全武公等州軍事・行全州刺史兼御史中丞・上柱国・漢南郡開国公・食邑二千戸と為す（新羅真聖王在位六年、……、遂襲武珍州自王。猶不敢公然称王、自署為新羅西面都統指揮兵馬制置持節都督全武公等州軍事行全州刺史兼御史中丞上柱国漢南郡開国公食邑二千戸）。八九二年のことである。「都統」はこの長々しい官名の一つである。

大宰府の対応は次のようなものであった。

甄萱の要求を拒否する。その理由が「然れども任土の琛は」以下に述べられている。「任土の琛」は礼物で、前段の牒にいう「卑儀」、また後文にいう「方物」であるが、それは「藩王の貢する所」、新羅王が献呈するものである。重ねて「朝天の礼は陪臣何ぞ専らにせん」という。天皇に拝謁する礼は「陪臣」には許されない。甄萱を「陪臣」というのは、先の「都統甄公」について見たように、彼は「新羅西面都統云々」と称していたと思われ、日本側は彼を新羅の属臣と見なしてのことである。

ここに日本側の認識が読み取れる。先述のように現実には甄萱は後百済を建国し、新羅は地方政権に転落していたが、我が国は名分の立場から、正統な王はあくまで新羅王であり、甄萱はその臣下と見なした。そうして外交は君主のみがなし得る大権であり、属臣である甄萱にはその資格はないというのである。

なお、これより七年後の延長七年（九二九）、甄萱は再び同じように通交を求めて使者を対馬に送って来た。その時の記録が『扶桑略記』の同五月十七日、二十一日条にあるが、より分かりやすい。引用された大宰府の返牒（二十一日条）に「人臣は私無し。何ぞ境を逾ゆる好有らんや（人臣無私。何有逾境之好）」、また大宰大弐の書に「贈る所の方奇、敢へて依領せず。人臣の義、已に外交無し（所贈方奇、不敢依領。人臣之儀、已無外交）」という。「方奇」はその地の名産。これは『礼記』郊特性の「人臣為る者、外交無し。敢へて君に弐せざるなり（為人臣者無外交。不敢弐君也）」に基づく、臣下には外国との交わりをなす権限はないという通念に拠る。この返牒にいうところも同じである。

こうした判断に従って下された処置は、甄萱が天皇に呈上しようとした表および礼物の受け取りを拒否する、ただし使者として来朝した輝凾等の労苦を多として、帰途の食糧を支給するということであった。

## 二

返牒の構成、内容、時代背景は上述のとおりであるが、改めて考えてみなければならない措辞がある。前段の新羅の牒にいう「質子逃遁、隣言矯誣」である。なお、「矯誣」はいつわり欺くことで、『尚書』仲虺之誥の「夏王罪有り。上天を矯誣し、以つて命を下に布く（夏王有罪。矯誣上天、以布命于下）」に出る語である。史学研究者による議論もこの二句をどう読み、どう解釈するか、またそれに基づいて、後続する「一千年の盟約」、「三百歳の生疎」をいかに捉えるかということである。

そこで、この二句は従来どう読まれ、いかなる史実を指すと理解されてきたか、振り返ってみたい。

まず古く大正十一年（一九二九）刊行の柿村重松『本朝文粋註釈』（冨山房。今は一九六八年新修版に依る）がある。二句には「自二質子逃遁、隣言矯誣一」と訓点を付し、「質子逃れ帰り、隣国誣言せしより」と解釈する。そうして、これが何を指すかについては、「語釈」に「質子逃遁」には『日本書紀』孝徳天皇、大化五年（六四九）条の「是歳新羅王遣二沙喙部沙飡金多遂一為レ質」を、「隣言矯誣」については『日本書紀』斉明天皇六年（六六〇）九月癸卯条の「百済遣二達率〈闕名〉沙弥覚従等一、来奏曰、今年七月、新羅恃レ力作レ勢、不レ親二於隣一、引二構唐人一、傾二覆百済一。君臣摠俘、略無二噍類一」を挙げる。なお、この柿村註釈の解釈、指摘は、以下に見る史家の議論では顧慮されていない。

近年はいずれも歴史学の立場から論が提出されている。発表の順を追って見ていく。

最初は山﨑雅稔氏の論である。①「甄萱政権と日本の交渉」(『韓国古代史研究』三十五号、二〇〇四年)、②「後百済甄萱政権の対日外交」(『國學院雑誌』一一七巻三号、二〇一六年)であるが、後者の注3に「(①は)シンポジウムの口頭発表の原稿であり、多くの論証を省いている。本稿はその後得られた知見を踏まえて大幅に内容を改めている」とあるので、ここでは②論文による。問題としている二句については次のように述べる。

> 「質子」が「逃遁」して隣国に「矯誣」した(事実を曲げて伝えた)ことにより、両国の「一千年之盟約」が終わり、「三百歳之生疎」が生じたとし、関係の〈復旧〉を求めるものであった。「質子逃遁」とは七世紀半ばの新羅の金春秋(武烈王)の外交活動を揶揄した用句であり、「隣言矯誣」とは春秋が隣国の唐に自ら赴いて軍事同盟を結び、即位後、唐の蘇定方らの援軍を引き入れて百済を滅ぼしたことを指すとみられる。
> (三頁)

なお、①論文は韓文であり、私は読めないのであるが、次に取り上げる石井正敏論文に「山﨑氏の指摘のごとく、「質子逃遁」とは金春秋の日本(倭国)からの帰還であり、「隣言矯誣」とは唐に対する誣告(対百済戦支援要請)と解釈されるのである」とある。ここにいう「山﨑氏の指摘」は①論文である。すなわち山﨑氏の二句についての理解は変わっていないと考えられる。

石井正敏氏の解釈は右に引用したとおりである。その「『日本書紀』金春秋来日記事について」(同著『古代の日本列島と東アジア』勉誠出版、二〇一七年。初出は二〇〇七年)における論述である(三四八頁)。

渡邊誠氏が「日本古代の朝鮮観と三韓征伐伝説――朝貢・敵国・盟約」(『文化交流史比較プロジェクト研究センター報告書』VI、二〇〇九年)でこの返牒を取り上げている。氏は山﨑・石井二氏の説について疑問点を述べたのち、次のようにいう。

日本からの「質」の逃亡という事件が歴史書に見出せるのは、神功皇后に帰服した新羅王が質として送った微叱己知波珍干岐（微叱許智伐旱）を帰国させるために新羅使が偽計を用いて逃がそうとしたという『日本書紀』神功5年3月条の記事である。この事例なら「隣言矯誣」という表現にも似つかわしい。まさに、新羅が「一千年」の永きに渡って日本の朝貢国となることを誓う「盟約」が結ばれたが、新羅が隣国日本を言葉巧みに欺くことで「盟約」履行の証明である「質子」の逃亡を招き、両者の関係にヒビが入った（『日本書紀』ではこの後、新羅の朝貢が不安定化している）のであり、甄萱の表文と神功紀の記述は適合性がかなり高い（一〇頁）。

また近刊の著書『王朝貴族と外交　国際社会のなかの平安日本』（吉川弘文館、二〇二三年）にもこの句についての言及があり、これを「質子（人質）が逃れて偽り欺いた」（七一頁）と口語訳し、論文にいう『日本書紀』神功紀の記事がこれに当たるという。

歴史学の三氏の論は以上のとおりである。とりあえずの疑問を述べると、山﨑・石井二氏の論については、「隣言矯誣」を隣国に矯誣したと解するとしても、「矯誣（いつわり欺く）」を新羅の金春秋が唐に赴いて同盟を結び百済を滅ぼしたことを指すという解釈は無理であると思う[2]。また渡邊氏の論については、「矯誣」を「新羅が隣国日本を言葉巧みに欺くこと」と解するが、これは奇異なものに思われる。それは「隣言矯誣」の語句は新羅の牒の中の措辞だからである。甄萱は新羅の都統としてこの牒を送っている。その文中に、新羅がかつて日本に対してなした行為を「矯誣」と表現することがあるだろうか。

それぞれにこのような疑問を懐くのであるが、これらの論にはより大きな問題がある。

「隣言矯誣」がどの史実を指すのかについては、山﨑・石井二氏と渡邊氏とで違いがある。前者は『日本書紀』

斉明天皇六年条に記す、七世紀半ばの金春秋の日本から新羅への帰国以下の行動とし、後者は同神功五年条の微叱己知の逃亡に関わることとする。五世紀のこととなる。このような相違があるが、「質子逃遁し、隣言矯誣す」を連続することと解する点では三者一致する。質子が逃遁し、隣国に矯誣した、あるいは隣国に矯誣し、質子が逃遁したと解している。こうした理解の下に上述の論が展開されているのであるが、これは漢文の読み方として疑問なのである。

## 三

ここで、この返牒の原文を文章の構造が分かる形にして示す。

伏思、当国之仰二貴国一也、
　礼敦二父事一、•唯甘二扶レ轂執一レ鞭。
　情比二孩提一。豈憚二航レ深桟一レ険。•
而自二
　質子逃遁、•一千年之盟約斯渝。
　隣言矯誣一、三百歳之生疎到レ此。•
春秋不レ云乎、「親レ仁善レ隣、国之宝也」。
魯論語曰、「不レ念二旧悪一」。
是宜二
　思深レ含レ垢、•
　化致一レ慕レ羶。今差二専介一、•冀レ蔵二卑儀一者。

如レ牒、

都統甄公 ┌内撥二国乱一•、
　　　　 └外守二主盟一。
聞二彼勲賢一、孰不二欽賞一•。

然 ┌任土之琛。、藩王所レ貢•、
　 └朝天之礼•、陪臣何専。
┌代二大匠一而採レ刀。、
└慕二庖人一而越レ俎•。

┌雖三誠切二攀竜一。、
└猶嫌レ忘二相鼠一•。
┌縦宰府忍レ達二宮闕之前一。、
└而憲台恐安二玉条之下一•。

仍 表函方物•、併従二却廻一。宜下稽二之典章一。、莫上処二疎隔一•。

過而不レ改•、奈二其余一何。

但輝函等 ┌遠疲二花浪一•、
　　　　 └漸移二葭灰一。
┌量給二官粮一。、
└聊資二帰路一•。

今以レ状牒。牒到准レ状。故牒。

このようにしてみると、この文章がじつに整然とした形を持った駢儷文であることが見えてくる。文頭と牒の結びの定型である末尾、および新羅牒の経書（『春秋左氏伝』、『論語』）からの引用部分を除いては、対句を多用する。対句以外の箇所も対応する句は四字句で揃えられている。さらに句の末尾の平仄も配慮されている。平声を○、仄声を●で示したが、対句の箇所はもちろんのこと、対句以外も一文をなす二句は句末の平仄が入れ替わるように文字が配置されている。

このような駢儷文においては、対偶をなす文、また句は並立した対等の関係にある。「質子逃遁、隣言矯誣」

もそのような文であり、別個の二事を並置して記述しているのである。「質子」が主語として次の句に係っていくという構文ではない。また対句は同じ構文をなす。「質子逃遁」は主語＋述語であるから、対する「隣言矯誣」も同じ構文のはずである。すなわち〈隣言（隣国）が矯誣する〉のである。さらに「隣言矯誣」という語順は「隣言（隣国）に矯誣す」、あるいは「隣言を矯誣す」とは読めない。それは「矯㆓誣隣言㆒」という措辞でなければならない。「矯誣」の出典は前述（第二節）のように『尚書』であるが、原文は「（夏王）矯誣上天」である。これを我々は「上天を矯誣す」と訓読する。

以上を要するに、二句は「質子逃遁し、隣言矯誣す」と読むが、それぞれ個別のことを記している。後句は隣言（隣国の言すなわち隣国）が矯誣するの意(3)である。このように解すべきである。付言すると、新羅の牒の文であるから、後句は新羅の隣国が新羅の行為を日本に対して悪し様に言った、という意味になろう。

牒の表現をこのように読み取って、以下、これに該当する事例を史料に尋ねていこう。ただし、これについて顧慮すべきことがある。新羅の牒の記述であるから、まずは朝鮮側の史料に求める。これに適切な事例を見出せなければ、日本の史料に尋ねるということにする。

「質子逃遁」について。『三国史記』に記述がある。「質子」のことは巻三、新羅本紀実聖王元年（四〇二）三月条に、「倭国と好を通ず。奈勿王の子、未斯欣を以つて質と為す（与倭国通好。以奈勿王子未斯欣為質）」とある。そうして「逃遁」については巻三、訥祇王二年（四一八）条に「秋、王の弟未斯欣、倭国より逃れ還る（秋、王弟未斯欣、自倭国逃還）」とある。「逃遁」と「逃還」、表現も近い。「質子逃遁」はこの奈勿王の子、未斯欣が倭の人質とされ、後に本国へ逃げ帰ったことを指していると考えられる。

この事件は『日本書紀』神功皇后紀の記述に対応するとされている。その摂政前紀に、新羅の波沙王が微叱己知を人質として日本に送ったこと、また同五年三月癸卯条に、新羅王が微叱許知を取り戻そうと汙礼斯伐ら三人を日本に遣し、彼らは策謀を巡らせて微叱許知を新羅に逃れさせたことが記されている。なお、この未斯欣のことは前述のように渡邊論文に指摘する。ただし『日本書紀』神功五年条に拠っている。先に述べた観点から、まず拠るべきは『三国史記』であろう。(4)

「隣言矯誣」について。これは『日本書紀』斉明天皇六年七月庚子条に引用する高句麗僧道賢の『日本世紀』の記事に照応すると考えられる。百済の滅亡を記すところである。

春秋智、大将軍蘇定方の手を借りて百済を撃たしめ、之れを亡ぼす（春秋智借大将軍蘇定方之手使撃百済亡之）。

とある。新羅の金春秋（後の武烈王）は唐の援助を得て百済を滅した。これに次のような「注」がある。

新羅の春秋智、願ひを内臣蓋金に得ず。故に亦唐に使して、俗の衣冠を捨て、媚を天子に請む。禍を隣国に投さんと斯の意行を構ふるものなり（新羅春秋智、不得願於内臣蓋金。故亦使於唐、捨俗衣冠、請媚於天子、投禍於隣国而構斯意行者也）。

蓋金は高句麗の蓋蘇文。百済と戦いを続ける金春秋は高句麗に援軍を求めるが拒否される。そこで使者となり唐に赴き、自国の衣冠を脱ぎ捨て（唐服を着る）など唐にへつらった。隣国に災禍をもたらそうと、このような意向を示し行動したのである、という。

これに照応する記述が『三国史記』巻五、真徳王二年（六四八）条にある。この年、金春秋は唐に使し、太宗に百済を討つために唐の出兵を請い、認められる。これに続いてこうある。

春秋又其の章服を改め、以つて中華の制に従はんことを請ふ。是に於いて、内より珍服を出だし、春秋及び其の従者に賜ふ（春秋又請改其章服以従中華制。於是、内出珍服、賜春秋及其従者）。

先の『日本世紀』の「注」の記事には、隣国に災いを与える、つまり百済との戦いに勝つために、唐の意を迎えようと、国の表象である衣冠をも投げ捨て唐服を身にまとう金春秋の卑屈な行為に対する非難が述べられているが、『三国史記』のこの記事はそのことを客観的に記す。

ここで第二節の初めに引用しておいた『本朝文粋註釈』の指摘を検討してみよう。改めて書き下して挙げる。『日本書紀』斉明六年九月癸卯条である。

百済、達率〈名を闕く〉、沙弥覚従等を遣す。来たり奏して曰はく、今年七月、新羅力を恃み勢ひを作（な）し、隣りに親しまず、唐人を引構し、百済を傾け覆す。君臣摠（すべ）て俘（とりこ）とされ、略（ほぼ）噍類無し。

『註釈』はこれを「隣言嬌誣」の「語釈」に挙げている。該当する史実という理解であるが、そう解していいだろう。終りの「略噍類無し」は〈ほとんど生き残った者はいなかった〉の意。また「唐人を引構し」の「引構」は〈引き込んで〉という口語訳がふさわしい語である。漢籍に用例の少ない語であるが、『大唐西域記』巻一、屈支国に、「王乃ち突厥を引構して、此の城の人を殺す。少長倶戮（みなころ）され、略噍類無し（王乃引構突厥、殺此城人。少長倶戮、略無噍類）」とある。異民族を引き入れて城中の人々を皆殺しにする王の残忍さを記している。「引構」および「略無噍類」の一致から、これが『日本書紀』の典拠であることは明らかである。「引構」はこのような色合いを帯びた語であるが、この語を以って新羅の行動が述べられている。

『日本書紀』のこの記事は、百済の滅亡という事実を報告するだけではない、新羅の無道を告発しようとする意図が込められていると読むことができよう。そうして、その事実は確かに百済の使者によって日本に伝えられていることもこの記事はもの語る。

先に見た『日本世紀』についても同様の事情を推察することができよう。これが『日本書紀』に記されていることから、日本に伝達されたことは明らかだからである。

二例を挙げたが、こうした百済との戦いのなかで新羅あるいは金春秋が行った行為を百済の立場から不義また無道と非難する言辞、これを「隣言嬌誣」というのであろう。百済の新羅（金春秋）に対する非難、これを牒の執筆時の今、新羅の立場から、百済による「嬌誣（いつわり）」――いわれのない誹謗と言うのではなかろうか。

この解釈を牒の文脈に戻してみると、「質子逃遁」と「隣言嬌誣」、この二つの事件によって新羅と日本との「一千年の盟約」は変質してしまい、「三百歳」に及ぶ疎隔がなお今も続いている、となる。一千年はここでは未来に向かっての千年、つまり永遠の意であろう。(5) 後梁、太祖の「蜀王建に与ふる書」（『全唐文』巻一〇二）に、「願はくは両国の情を伸べ、重ねて千年の約を固めん（願伸両国之情、重固千年之約）」というのが参考になる。三百歳は百済滅亡の六六〇年の頃からと考えれば、この牒の今（九二二年）は約三百年となる。計算も合うわけである。(6)

# 四

平安朝には多様な漢文が制作されている。たとえば『本朝文粋』は三十八種の文体の作品を収載する。前節までに述べてきたことは漢文の文体の一つとして牒を読むなかで出合った問題であったが、文体論の視点から、もう一つ疑問を懐くものがあった。(7) 付して触れておきたい。

中村栄孝「後百済および高麗太祖の日本通史」（『日鮮関係史の研究』上、吉川弘文館、一九六五年。初出一九二七年）に、この返牒に論及するが、次のようにいう。

牒状の内容は、特にこれを記載したものを見ないが、さいわい『本朝文粋』に収められた菅原淳茂の起草した返牒の案文によって、その大旨を推定することができる。また、この案文を見ると、この通使に対する政府の処置がわかる。すなわち、

都統甄公、内撥国乱、外守主盟、聞彼勲賢、孰不欽賞、然任土之琛、藩王所貢、朝天之礼、陪臣何専、

とあるのによれば、内は撥乱の功、外は守盟の誠を叙し、進んで朝貢する由を述べ、土産の信物を送致したものに相違ない。そして、わが朝廷では、これに対して、古来新羅のわが国との関係における不信を詰責し、特にその陪臣であるにもかかわらず、前例にしたがって朝貢しようとすることの非を難んじて、使者を却けかえすこととし、（以下略。一三〇頁）

疑問に思うのは傍線部ア、イである。アにいう「牒状の内容」は、これまでそのなかの二句を議論してきた、この返牒の前半（第一節、書き下し文の前段）に他ならない。またイは「古来新羅のわが国との関係における不信を詰責し」に当たるのは、これもこれまで本章の主題として検討してきた「質子逃遁、隣言嬌誣」、そうしてこれに続く「一千年の盟約斯れ渝はり、三百歳の生疎此に到る」であると思われるが、これは新羅側が述べているのであり、主語は「わが朝廷」ではない。

保立道久『黄金国家　東アジアと平安日本』（青木書店、二〇〇四年）にも同様の論述が見られる。この返牒についての議論が「使者・輝嵒が持参した甄萱の「上表」の文書は残っていないが」（二五一頁）と始まる。中村論文の傍線部アと同じである。そうして、このように論じている。

この返牒には甄萱を評価する文言が含まれてはいる。しかし、この返牒が新羅と日本の国交断絶状態について「質子の逃遁より、隣言嬌誣にして、一千年の盟約ここに渝り、三百歳の生疎ここに到る」と述べている

ことこそが重要である。つまり、六四七年（大化三）に「質」として来日した金春秋（のちの武烈王）が新羅に帰ってより以降、三〇〇年間近く、新羅の不誠実な態度によって国交が破壊されたというのが、ここに述べられた歴史意識である。これは、九世紀に復活した新羅に対する白村江以来の「旧敵」意識の延長にある。

（二五二頁）

傍線部「新羅の不誠実な態度によって国交が破壊されたという」「歴史意識」は、それを明示した文言はないが、日本のものであるはずである。すなわち、これは中村論文の傍線部イと同じ理解となり、二者は返牒は全文が日本の立場を述べたものと解釈していると思われる。

この二論、私の受け取り方に間違いがなければ、これらは返牒の文体としての基本形式――大きく二つに分かれ、前半に相手方の牒を引用し、後半にこれに対する自国の判断、対応を述べる――について、理解が及んでいないものとなる。

## 五

延喜二十二年の大宰府返牒について、漢文としてどのように読むべきかという視点から、これまでの史家による解釈を検討し、私見を提示した。その「質子逃遁、隣言嬌誣」をどう読み、いかなる史実を指すと考えるかということであるが、私は史実との照応はとりあえず脇に置いて、まず文をどう読み取るべきかを考え、その後にこれに合致する事例を、朝鮮史料を第一にして考えた。

得た結論は、「質子逃遁」は五世紀の、新羅の人質として日本へ送られた未斯欣が後に逃げ帰ったことである。

また「隣言矯誣」は七世紀の百済を滅亡へと追い込んだ新羅との戦いの間の、新羅（金春秋）の行動に対する百済側の非難、これを新羅方から言ったものである、となる。

私は日本漢文学研究の立場から、一般には馴染みのない平安朝の漢文作品を紹介する目的で、『本朝文粋』所収の文章を読み説く作業を続けているが、この返牒も以前に取り上げた。(8) 本章で論じたこと（第四節を除く）の要点はそこで述べたのであるが、一般書であるゆえ、史料を挙げて詳細に論じることはできず、先行研究についても、前記三氏の論文名を挙げ、要点を紹介するに止まった。そこで論文として本章を草した。史家の批正をいただくことができれば幸いである。

本文中に引用した文献は次のテキストに拠る。
日本書紀　新編日本古典文学全集『日本書紀』（小学館、一九九四～一九九八年）
扶桑略記　新訂増補国史大系『扶桑略記』（吉川弘文館、一九三二年）
尚書　『十三経注疏　周易　尚書』（芸文印書館、一九八五年）
礼記　『十三経注疏　礼記』（芸文印書館、一九八五年）
大唐西域記　『大正新脩大蔵経』第五十一巻（大正新脩大蔵経刊行会、一九七三年）
全唐文　『全唐文』（中華書局、一九八五年）
三国史記　朝鮮学会編『三国史記』（国書刊行会、一九七一年）

注

（1）本文は新日本古典文学大系『本朝文粋』（岩波書店、一九九二年）に拠る。
（2）渡邊論文（「日本古代の朝鮮観と三韓征伐伝説」）にも同様の指摘がある（一〇頁）。
（3）前述のように早く『本朝文粋註釈』は「質子逃れ帰り、隣国誣言せし」と解釈していたが、留意されることはなかった。
（4）近著『王朝貴族と外交』には『日本書紀』と『三国史記』を挙げる（七二頁）。
（5）山﨑・渡邊二氏も同様に解する。
（6）「三百歳」について、渡邊氏は『王朝貴族と外交』に次のようにいう。「『日本書紀』にいう微叱己知はこの未斯欣に当たる。ただし、この話は四世紀末から五世紀初めの出来事であり、甄萱の時代からみれば五〇〇年ほど前のことだから「三百歳の生疎」とは対応しない。「三百歳」は具体的な意味を持つ数字というより、「一千年」と同様に長い年月を意味する観念的な数字であろう」（七三頁）。「観念的な数字」として、なぜ「四百歳」や「五百歳」ではなく、「三百歳」なのであろう。
（7）拙著『本朝文粋抄』五（勉誠出版、二〇一八年）、第一章「大宰府の新羅に答ふる返牒」。
（8）注7に同じ。
※『続日本紀研究』第四三二号（二〇二三年）に発表した。

# 12 『言泉集』所引の平安中期願文資料

## はじめに

中世における代表的な唱導文献の一つである『言泉集』には実作例として平安中期から鎌倉前期に至る願文、表白などの仏教漢文が大量に収載されている。それらがどのような作品であるかは小峯和明編「言泉集目録――澄憲・聖覚述作一覧」(1)によって容易に概観できるようになった。主をなすものは澄憲及びその弟子で『言泉集』の編者である聖覚の作品であるが(2)、『江都督納言願文集』をもつ大江匡房(一〇四一～一一一一)の作を初め、平安朝の作品もかなり引用されている。

本章は『本朝文粋』の作品及び作者研究の資料として、『言泉集』に埋もれている『本朝文粋』作者の願文を拾遺し、若干の考察を行うものである。

# 一

テキストは金沢文庫本を底本とする永井義憲・清水宥聖編『安居院唱導集』上巻（角川書店、一九七九年再版）に拠り、これを龍谷大学図書館蔵本（「龍本」）、大谷大学図書館蔵本（「大本」）によって補訂した。

大谷大学本は金沢文庫本とは異なる作品をかなり収載しているので、これを別にした。

前記の目的による作業であるので、既に他の『本朝文集』（新訂増補国史大系）、『大日本史料』などに収められているものは除外した。

底本（金沢文庫本、大谷大学本とも）には返点、傍訓、送り仮名等の訓点が付されているが、これらは削除し、改めて句読点、返点を付した。また理解を助けるために、文章の形を整えて示した。

金沢文庫本の表題、作成年次、作者名は、原文では本文の後に割書きの形で書かれている。

まず金沢文庫本所収作品である。

（四帖の一　亡母帖）

1　右大将保忠為母　　大江朝綱

須弥之山高則高、我未レ知二其高一、

大海之水深則深、我未レ知二其深一。

其唯悲母念レ子、不レ可二測量一。

彼如来妙智、歴二一劫一而不レ尽、

況凡夫愚心、摧二五内一而独迷而已。

保忠は藤原氏、時平の子である。正三位大納言右大将に至る。承平六年（九三六）七月、四十七歳で没する。母は本康親王の娘、廉子女王であるが、没年は不明である。

（二帖の一　亡妻帖）

以下2から8までは作者名がないが、8の末尾に「已上文芥集第七巻略抄之」の注記があり、菅原文時の作である。第二節に詳しく述べる。

2　右大将顕忠亡室七々日　天徳二年

形影永離、雖レ観二無常之定理一、
恩愛難レ断、不レ堪二有為之至悲一。
松蘿契後、蘋蘩之勤四十余年、
雲雨絶時、霧露之痛八九許日。
方今、夜泉長閉、秋風初吹。
大暮応レ無二再暁之光一、中陰唯遺二半日之景一。
出家者在生之宿念、久落二心花一、
持戒者臨終之深誠、遂去二頂石一。
定応レ遊二化於香城之風一、何復流二転於沙界之波一。

※3行目「蘩」、底本「繁」を龍本により改める。

顕忠は藤原氏、時平の子で、1の保忠の弟。天徳二年には正三位大納言で六十一歳である。なお、表題には「右大将」とあるが、『公卿補任』によれば前年に左大将に転じている。妻については、『尊卑分脈』に顕忠の子、元輔に「母藤原朝見女」とあるほかは未詳である。

3　同人周忌

夜帳暁窓、所レ期者百年之偕老、
春風秋月、所レ契者一生之同心。
遺体及二五六人一、芳談余二四十歳一。
五障者晴中之雲、恵風吹而咸払、
5 六欲者春後之凍、仏日照而早消。
覚月自然更明、心蓮従レ此初擢。

※4行目「咸」、底本「減」を龍本により改める。

顕忠亡室の周忌願文である。天徳三年の作である。

4　左近源中将亡室四十九日　応和元年

亡室以二緑蘿之春色一、早託二孤松一、
以二玉琴之夜心一、苦寄二幽瑟一。
相対所レ思者、一気分形之儀、

閑談所レ期者、百年偕老之齢。
嗟呼、昔時斉レ眉之志、星霜漸二十余、
近日恋レ影之悲、旦暮已四十九。
望二残雲一而春腸頻断、見二零落一而暁涙弥滋。
五障之泥自尽、八正之水永澄。

左近源中将は源重光である。『村上天皇御記』[3]応和元年十一月四日条に「左中将重光朝臣」と見える。重光は醍醐源氏で代明親王の子。この年、三十九歳である。妻については、『尊卑分脈』に重光の子、長経に「母行明親王女」とあるほかは未詳である。

本文の後に次の注記がある。
孤松幽瑟者願文故也。若表白用レ之者可レ云二翠松瑤瑟一。

本文冒頭の対句の「孤松・幽瑟」について、これは願文としての用語であり、表白であれば「翠松・瑤瑟」の語を用いるべきであるという。同じく仏事に用いる文章であるが、願文と表白とでは措辞に差異があることを注意している。

5　左少将源朝臣　応和四年三月

室家源氏、音和二琴瑟一、契芳二芝蘭一。
同心之好、星霜二十有三、
遺体之孤、男女一十余二。

去月八日、免乳之間、艶骨長逝、幽蹤不レ帰。
故園恨レ花、何非二失レ時之色一、
閑林憐レ鳥、猶是喚レ友之声。

表題はこれだけであるが、本文の内容から「亡室四十九日」願文である。応和四年は九六四年。左少将は源能正と考えられる。『村上天皇御記』の応和二年十一月五日条に「春日使左少将能正」と見える。能正は清和源氏で、正四位下参議兼忠の子。妻の「源氏」については未詳である。

6　左大臣皇太子傅為二亡室一　応和四年五月

藤原氏、契成之後、漸三十年。
松風扇レ蘿而夏涼、蘿月照レ松而春静。
未二嘗一言忤レ旨一事失レ情一者也。
蕙態忽犯二於苦霧之陰一、柳影弥衰二於緩風之気一。
剃二周羅一以抛二花飾之簪一、釈二斉紈一以披二解脱之服一。
非三敢乞二斯項之命一、唯是遂宿素之懐也。

※2行目「而春」、底本「春而」を龍本により改める。

左大臣皇太子傅は藤原実頼である。亡室は藤原時平の娘、能子で『日本紀略』康保元年（応和四年、九六四）四月十一日条に「左大臣室家藤原能子卒去」とあり、また同五月二十六日条に「左大臣於二法性寺一被レ修二故室家藤原能子七々法事一」とある。この時の作である。

7　安芸権守三善朝臣為二亡室一　康保五年

糸蘿一結、星風四悛。
所レ思何義、一気之分形、
所レ契何懐、百年之偕老。
粧雲易レ滅、重々之恨未レ休、
涙露徒滋、七々之忌暗近。
欲下仰二満月之秋光一、以訪中随煙之昔跡上。

安芸権守三善朝臣は三善道統である。康保五年（九六八）の翌年、安和二年三月に大納言藤原在衡が粟田山荘で催した尚歯会の詩をまとめた『粟田左府尚歯会詩』（『群書類従』巻一三四）に道統の詩が収載され、「安芸権守三善道統」とある。その妻については未詳である。この作も本文中に「七々之忌」とあり、四十九日の願文である。

8　前摂津守橘朝臣為二亡室一　天禄二年

花便折二故園之露一、香亦採二旧奩之塵一。
供具雖レ微、精誠是至。

前摂津守橘朝臣は橘仲遠と考えられる。天禄二年（九七一）より六年前の康保二年の頃、彼は摂津守であった。『釈日本紀』巻一、日本紀講書の項に、康保二年八月十三日に行われた講書について「博士、摂津守橘朝臣仲遠」とある。その妻については未詳である。

前引の句の後に「已上文芥集第七巻略抄レ之」という割書き注がある。

9　中務卿式明親王為二亡室一　天暦九年十二月　菅三品

1 緑蘿与二青松一接レ蔭、瑤瑟与二玉琴一和レ音。
2 豈図一夕奔レ月、西園之風半閑、
3 　九地赴レ泉、北芒之土新潤。
4 嗟呼、契来已三十余年、別後漸四十九日。
5 昔時媚粧、猶如レ在レ眼、
6 多歳芳談、曾未レ忘レ心。
7 寒涙暗灑二暁枕之上一、幽魂難レ弔二夜台之中一。
8 縦引二余執一、可三再見二娑婆之塵一、
9 願依二妙功一、不三更踏二煩悩之浪一。

本作は金沢文庫本（金本）、龍本、大本の三本を合成したものである。表題及び年月は龍本による。大本は「式明親王亡室藤原氏四十九日」とあり、金本は欠く。作者は大本による。菅三品は菅原文時。本文は金本による。大本は4行目より始まり、7行目に続く本文は「欲下傾二我三帰依之力一、以転中彼五障礙之身上」である。

※6行目「談」、大本は「話」。7行目「台之」、金本「之台」を龍本・大本により改める。9行目「功」、龍本は「典」。

式明親王は醍醐天皇の第六皇子。その妻藤原氏については未詳。『尊卑分脈』に藤原玄上の娘に「式明親王室」の注記があるが、続けて「後配二敦忠一」とあるので、この人物ではない。

（四帖の三 亡息帖）

10 延喜春宮周忌 大江朝綱

為レ母為レ子之契、寔知二往劫之縁一、
乃顕乃隠之道、猶悲二当時之迹一。
恨二世無レ常一、厭二身不レ祐一。

※表題「周」、底本「国」を龍本により改める。

延喜春宮は保明親王である。醍醐天皇の皇子で、延喜四年（九〇四）皇太子となるが、延長元年（九二三）三月二十一日、二十一歳で没する。したがって本作は延長二年の作となる。また本作は「亡息帖」にあり、本文に「母為り子為るの契り」とあることから、保明の母、藤原穏子（基経の娘）による亡息追善願文と考えられる。

以下は大谷大学図書館蔵本の「追善諷誦要句等」に引く作品である。(4)

11 敦慶親王亡室均子内親王中陰 紀納言

百年本契、惣是夢中之欺〔歎〕、
孤心旧期、莫レ不二別後之悔一。

※1行目の傍記は私意による。

敦慶親王は宇多天皇の皇子で、母は藤原高藤の娘、胤子である。均子も宇多天皇の皇女であるが、母について『本朝皇胤紹運録』は胤子とし、同母妹となるが、『尊卑分脈』は藤原基経の娘、温子とし、異母妹となる。均子の死については『日本紀略』延喜十年（九一〇）二月二十五日条に「均子内親王薨〈敦慶親王室。年二十一〉」

とあり、『貞信公記抄』同四月十一日条に「参二向極楽寺一。由下如〔女〕一宮御態上也」とある。本作はこの時の願文である。作者の紀納言は紀長谷雄（八四五〜九一二）である。

12　同人（敦慶親王）亡室藤原氏〈周忌追善〉　藤原博文朝臣

鴛鴦接レ翼、飛栖不レ隔二咫尺之天一、
桃李並レ枝、栄悴得レ共二暖寒之日一。○
糸断而桐存、寧吐二音顔(ママ)一、
匣毀而鏡残、何免二埃塵一。

※2行目下の「○」は原文のままで、中略を表す。

亡室藤原氏は未詳。作者の藤原博文（?〜九二九）は北家内麻呂流、貞幹の子。対策及第の後、官途に就き、大内記、東宮学士、文章博士などを歴任した。『扶桑集』『本朝文粋』等に詩文が入集する。

13　代明親王亡室藤原氏四十九日　江納言

亡室藤原氏、自二従鳳兆告レ吉、兔糸結レ縁、経廻春秋十有五載、産息男女七八許人。
常謂不レ改二同心於紅顔之日一、将レ期二偕老於白首之秋一。
豈図去三月十八日、□事永絶、奄然殞落。
夫生是滅体(本)□、誰家□二能故之人一、
5　楽即苦因也。何処見二長新之輩一。

東岱嶽脚、北芒山頭、貴賤之魂倶遊、新旧之墓相列。何言老少唯有二前後一而已。

抑空閨有二遺□□一、篋中有二春秋衣一、是則平昔之服、当時無レ主者也。

嗟呼、其物存、其人亡。空催二堕涙一、無レ益二逝者一。

故命捧、将三長捨二仏海一。

10然久触二塵垢(之)身一、已非二浄潔之物一。

上慚二三宝之境界一、下愧二衆会之見聞一。

欲レ罷不レ能、唯誠是企。

願廻二蘭室綺羅之装一、弥増二蓮台瓔珞之飾一。

※本文に乱れが目に付く。「□」および10行目の「之」は私意により補った。9行目の「故命捧」は下の「将長捨仏海」と対句をなすものと考えられるが、どう補えばいいのか、手立てがない。また誤写かと疑われる箇所もある。

代明親王は醍醐天皇の第三皇子で、9の式明親王の兄である。亡室は藤原定方の娘で、源重光・延光・保光、荘子女王（村上天皇女御）を生む。『日本紀略』承平六年（九三六）三月十八日条に「中務卿代明親王室家藤原氏薨」とある。作者の江納言は大江維時（八八八〜九六三）である。

14　同人（九条右丞相）亡室雅子内親王中陰　　後江相公

縁尽必空、雖レ知二依然之常理一、

契遺尚在、難レ忍二碓〔確〕乎之宿懐一。

「同人」は前作の表題(5)「九条右丞相亡室勤子内親王」を承けて藤原師輔である。雅子内親王は醍醐天皇の皇女で、高光・為光・尋禅（天台座主となる）を生む。天暦八年（九五四）八月二十九日に没する。時に四十五歳（『一代要記』）。作者の後江相公は大江朝綱（八八六〜九五七）である。

15　大納言(中)朝忠卿先妣四十九日　　後江相公

弟子等、或兄或弟、姉云妹云。
晨定昏省、共遊二慈悲之海中一、
花開葉飄、同休二恩徳之山上一。
漸迨二鬢辺欺レ霜之齢一、不レ改二胸中分レ泉之慈一。
5尋レ古思レ今、難レ忘者、
有二承平昔日一、泣別二厳蔭於勧修之苔□一、
迄二天暦去年一、□担二仙輿於醍醐之柏城一。
至二于今秋一、重丁二此痛一。
恋レ主之襟、双袖猶湿、思レ親之歎、五内共燋。
夜涙□流二三度之憂一、秋悲已作二一家之恨一。

※本文にいくつか問題がある。表題の「大納言」は「中」が正しい。□は私意により補った。6行目の「厳蔭」は誤りで、父を表す「厳君」、「厳親」などであるべきである（後述）。

表題の「先妣」は亡母をいう。朝忠は藤原定方の子で、母は藤原山蔭の娘である。朝忠は康保三年（九六六）

に没したが、時に従三位中納言であった。6行目は承平二年（九三二）八月四日に没した定方を勧修寺に葬ったことをいう。したがって「厳□」は父親を意味する語でなければならない。母がいつ亡くなったかは未詳であるが、7行目が天暦六年（九五二）八月二十日に朱雀院が崩じて醍醐山陵に葬られたことを述べているので、それ以後、作者大江朝綱が没した天徳元年（九五七）までのいずれかの秋である。

16　穆子内親王周忌　　紀納言

右内親王、去年十一月日、蕙質頓悴、蘭寝長遷。
百年佳期、相二違於思慮之外一、
一周忌景、忽至二於哭泣之中一。
仍今、於二天台雲峯、円教霊窟一、設二千僧之供一、展二一講之筵一。
唯願法雨随レ心、洗二色欲之垢一、
　梵風応レ念、開二出離之門一。
此生永別二有為之主一、何処再尋二無上之君一。敬白。

穆子内親王は光孝天皇の皇女で、母は桓武系の参議正躬王の娘である。元慶六年（八八二）に賀茂斎院に卜定され、仁和三年（八八七）光孝天皇が崩じたことに伴い退下した。『日本紀略』延喜三年（九〇三）十二月五日条に「穆子内親王薨」とある。

17　右大弁源相職朝臣先妣四十九日　　菅原淳茂

鸞鏡塵埋、見二玉顔於何日一。
鳳竹露煖、抽二紫筍於誰人一。
至レ尽二形寿一、此恨無レ絶。

源相職は文徳源氏で、従三位中納言当時の子である、『尊卑分脈』に「従四位下右大弁。天慶六年（九四三）四月九日卒」とある。その母については未詳である。

作者菅原淳茂（?～九二九）は道真の子である。対策及第し、大学頭、右中弁、文章博士などを歴任し、延長四年（九二六）没する。『扶桑集』、『本朝文粋』ほかに詩文が残る。

ここで再び金沢文庫本に戻る。前掲の8に続いて次の諸作が収載されている。ただし、これらは作者名を欠いているが、同じく平安中期の願文資料である。ここに採録しておく。底本の本文を龍本に依って補訂した場合のみ注記する。

ア　文章生紀仲行為二亡室一　　天暦十年二月十日

悲風起二於慮外一、思乱似レ灰、
愁雲結二於心中一、涙下如レ雨。
室家、忽随二蔵舟一、已赴二逝水一。
自二彼為レ雨為レ雲之後、不レ堪二非レ夢非レ寤之情一。
5願断二愛流之展転一、帰二覚樹之清涼一。
相好満レ容、翫二解脱之水色一、

定恵舒レ翅、聴二苦空之鳥声一。

※3行目「蔵」、底本「截」を改める。5行目「断」、底本「折」を改める。

イ　右近中将源重信為二亡室一七々日

一結二糸蘿一、十改二風露一、

心中含二偕老之契一、膝上携二未識之児一。

豈憶重聞二弄璋之音一、未レ満二七日一、

　早入二食瓊之夢一、忽終二一生一。

噫、秋月雖レ好、共レ誰翫二弔窓之輝一、

　香花縦芳、共レ誰見二綻林之色一。

左右所レ接者偏孤、一為レ父一為レ母、

寤寐難レ忘者幽態、不レ言レ夜不レ言レ朝。

※1行目「糸蘿」、底本「態羅」を改める。3行目「音」、底本「昔」を改める。

本作には制作年次が記されていないが、次のウが同じ重信亡室の周忌願文で「天暦八年」の作であることから、前年七年の作と考えられる。重信は敦実親王の子で宇多源氏。『尊卑分脈』には重信の子致方ら五人に母の名が注記されているが、ここにいう亡室が誰であるかは知りがたい。3行目「弄璋」は男子が生まれることをいう（『詩経』小雅「斯干」）。

ウ　同（右近中将源重信為亡室）周忌　　天暦八年

定情以来七年、蘭夢再結、
免身之後数日、蕙態永凋。
推二孤枕一而不レ寐、対二空帳一以独傷。
欲レ致二弔於容魂一、重泉曾非下通二音信一之路上
5将レ慰二意於遺体一、偏露還為下催二悲歎一之媒上。
既而商風始吹、周忌暗至、涙弥難レ抑、腸更易レ廻。
※5行目「慰」、底本「態」を改める。6行目「抑」、底本「仰」を改める。

エ　参議雅信為二亡室一　　天暦八年八月

化レ煙之跡難レ遂、指レ星之誓已違。
蓮失二同心一、相対之花不レ見、
鳥離二比翼一、争啼之雛空遺。

雅信は前出の重信の兄。後出カの同じ亡室の大周忌願文に「室家源氏」とあるので亡妻も源氏であったことが知られるが、子時中に「母源公忠女」とある（『尊卑分脈』）。この人物か。

オ　左近少将伊尹為二亡室一　　天暦九年正月

亡室、松蘿之縁十年、雲雨之別一旦。

偏孤四女、皆是幼齢。恋㆓懐中㆒而争啼、求㆓膝下㆒而不㆑覚。
弟子、左撫㆓其首㆒、右抑㆓我胸㆒。驚㆓中陰之尽期㆒、仰㆓三宝之冥助㆒。
梵風新扇、不㆑遺㆓五障之片雲㆒、
恵日重昇、弥朗㆓三身之満月㆒。

※4行目「片」、底本「行」を改める。

伊尹は藤原氏嫡流の師輔の子。伊尹の子で母の注記のある者はいずれもそれを「代明親王女恵子女王」とする(『尊卑分脈』)。

カ　参議雅信亡室大周忌法事　天暦九年

夫配疋之愛義莫㆑大㆑焉、生死之離悲何過㆑此。
室家源氏、去歳傾逝。蘿色已去、松身独留。
帳裏深談、永為㆓枕下之新涙㆒、
膝上偏露、還作㆓眼前之悲風㆒。

※2行目「去」、龍本により補う。3行目「裏」、底本「哀」を改める。

以上六首、いずれも村上朝天暦年間の作であり、内容は亡室願文である。作者を明らかにできないのが惜しい。

以下の二首は表題また制作年次の記載を欠いているが、「保胤」の作者表記がある(龍本にも)。慶滋保胤(九四三?~一〇〇三)の作である。

キ　亡室源氏、行年八十余、老矣病焉、渉レ旬累レ月、去六月十五日、以レ命而終。
嗟呼、偕老之齢、一露留一露去、
　双哀之髪、行雪残行雪消。
疋如二老身一、不レ堪二攀慕一。

ク　凡夫生死之離苦、古今貴賤之所レ歎也。
弟子、近取二諸身一、初知レ難レ忍。
管幼安之慕二王家一、終不二重娶一、
筍奉倩之哭二曹氏一、歎レ難二再逢一。
誠哉斯言。

　※3行目「娶」、底本「聚」を改める。

この二首、内容から亡室願文である。キには「亡室」と明記する。クは典故から知られる。3行目の管寧（字（あざな）、幼安）は妻を亡くした後、再び妻を娶ることはなかった（『白氏六帖』喪妻）、4行目の筍奉倩（しゅんほうせん）は、冬、妻が熱病に罹ると、庭に出て自分の体を冷やし妻を抱いてやった（『世説新語』惑溺）。

## 二

前節の作業、またその結果に関するいくつかのことについて述べる。

まず2～8の出典となっている『文芥集』についてである。

本書は菅原文時（八九九～九八一）の詩文集である。そのことは『江談抄』の記述によって明らかになる。巻五―49「本朝の詩は文時の体を習ふべき事」に、
本朝の集の中には、詩においては文時の体を習ふべきなりと云々。文時も「文章を好まむ者は我が草を見るべし」と云々。（中略）また六条宮、保胤に「詩はいかが作るべき」とありけるも「文芥集を保胤に問はしめ給へ」とぞ云ひける。

とある。六条宮は具平親王、保胤は慶滋保胤（よししげのやすたね）で、具平の学問の師である。

また藤原通憲の『通憲入道蔵書目録』（一一五櫃）に「文芥集一結十巻、同集一結六巻、同集一結七巻」と見える。この『文芥集』から金沢文庫本は抄出、採録している。それは前述のように8の本文の後に「已上文芥集第七巻略抄之」という注記があることによって知られるが、「已上」がどこまで懸かるかは明示されているわけではない。考えてみなければならない。

改めて金沢文庫本の2～8及びその前の作の、注記として記された表題、作成年次を挙げる。

已上先師法印草
1前大相国為亡室臨時修善
2右大将顕忠亡室七々日　　天徳二年（九五八）
3同人周忌
4左近源中将亡室四十九日　　応和元年（九六一）
5左少将源朝臣　　応和四年（九六四）三月

6左大臣皇太子傅為亡室　　応和四年五月

7安芸権守三善朝臣為亡室　康保五年（九六八）

8前摂津守橘朝臣為亡室　　天禄二年（九七一）

第1行の「先師法印」は聖覚の師、澄憲である。すなわちここまでは澄憲作の亡室願文を引用している。その後に過去の作品を置くが、その最初の作1には作成年次の記載がない。それに対して2以下には作成時が記され、その配列は年次の順になっている。このことを以って、2から8までを『文芥集』からの抄出と判断した。

この『言泉集』に引用されているものは『文芥集』の佚文としては唯一の例である。これによって次のことが明らかになる。

『文芥集』巻七には願文が収められていた。前引の『江談抄』の記述は詩作は『文芥集』に学べと述べている。すなわち『文芥集』は詩文集であった。また文体によって分類され、願文は作成年次の順に配列されていた。これに思い合わされるのは文時の祖父、道真の『菅家文草』である。願文はその巻十一・十二に三十三首が収められているが、最初の「為二刑部福主一四十賀願文」には編纂時に付された「貞観元年作」之。願文之始。仍存二之巻首一」という注記がある。以下、月日まで明記して作成時の順に配列されている。(6) 文時はこれに倣ったのであろう。

前節に採録した作品のうち、算用数字を付した十七首を考証の結果を踏まえ整理して示すと次のようになる。

1　藤原保忠亡母　　大江朝綱

2　藤原顕忠亡室四十九日　　天徳二年（九五八）　　菅原文時

3　藤原顕忠亡室周忌　　天徳三年　　菅原文時

4 源重光亡室四十九日　応和元年（九六一）　菅原文時
5 源能正亡室四十九日　応和四年（九六四）三月　菅原文時
6 藤原実頼亡室（藤原能子）四十九日　応和四年五月二十六日　菅原文時
7 三善道統亡室四十九日　康保五年（九六八）　菅原文時
8 橘仲遠亡室　天禄二年（九七一）　菅原文時
9 式明親王亡室四十九日　天暦九年（九五五）十二月　菅原文時
10 藤原穏子亡息（保明親王）周忌　大江朝綱
11 敦慶親王亡室均子内親王四十九日　延喜十年（九一〇）　紀長谷雄
12 敦慶親王亡室藤原氏周忌　藤原博文
13 代明親王亡室藤原氏（定方娘）四十九日　承平六年（九三六）　大江維時
14 藤原師輔亡室雅子内親王四十九日　天暦八年（九五四）　大江朝綱
15 藤原朝忠亡母（藤原山蔭娘）四十九日　大江朝綱
16 穆子内親王周忌　延喜四年（九〇四）　紀長谷雄
17 源相職亡母四十九日　菅原淳茂

第一節の前書きに述べた条件のもとで、以上の十七首を拾遺した。

これらはいずれも追善願文である。わずか数行の断片もあるが、2、4、9、13、15、16など、ある程度の分量を持つものがある。16の穆子内親王周忌願文は「右」で始まり、「敬白」で結ばれていて、小篇であるが、一首の形を保っているものかも知れない。

内容は、亡室のための作が十三首で多くを占めている。あとは亡母のための作三首（1、15、17）、亡息のための作一首（10）である。また別に挙げたア～ク（作者未詳）はいずれも亡室願文である。

これらの作者は次のようになる。

菅原文時　2～9
大江朝綱　1、10、14、15
紀長谷雄　11、16
大江維時　13
藤原博文　12
菅原淳茂　17
慶滋保胤　キ、ク

菅原・大江両家のそれぞれ二人と紀長谷雄、藤原博文、慶滋保胤である。

一つ、7「三善道統亡室四十九日願文」に触れておく。これは菅原文時の作であるが、願主である三善道統は自ら亡妻のために願文を執筆する充分な能力を備えた人物であった。彼は天徳元年、文章得業生となり、応和二年対策に及第する。翌三年には大学寮の先輩後輩を自宅に集えて詩合（「善秀才宅詩合」）を主宰している。式部丞、大学頭、民部大輔などを経て、永延元年には文章博士となる。その文章作成の能力をよく示すものは『本朝文粋』に入集する「空也上人の為の大般若経を書写供養する願文」（巻十三）である。念仏聖として知られる空也が長年に及んだ金字の『大般若経』書写の完了を喜び、これを供養する法会のために代作した願文であるが、分量も新日本古典文学大系本で一頁ほどで、他に比べて遜色なく、内容においても道統の文章能力を十分に推し量ることのできる作品である(7)。このように他者のためには願文を書いている道統がなぜ亡妻のために自ら筆を執らなかったのであろうか。それほど願文は他に依頼するものという規範が強かったのか。しかし自作(術語としては「自草」)の例はあるのである。同じく『本朝文粋』に入る大江朝綱の「亡息澄明の為の四十九日の願文」(巻十四)は自身の愛息の早過ぎる死を悼むものである(8)。また亡妻のための自作も、時代はかなり下るが、院政期の大江匡房の「亡室の為の四十九日の願文」、「同人の亡室の為の作善願文」の二首が『江都督納言願文集』巻六の巻首に収められている(9)。

前述のように、先掲の十七首のうち十三首は亡室願文であるが、加えてア～クの記号を付した諸作八首もまた亡室願文であった。

# 三

このように『言泉集』には計二十一首の亡室追善願文が抄出され遺存している。作成年次は延喜十年(九一〇)から天禄二年(九七一)に至る(慶滋保胤の作は未詳)。『本朝文粋』に収める亡室願文は423「中務卿(重明親王)の家室の為の四十九日の願文」(大江朝綱)が唯一の作である。このことを考えると、抄出とはいえ、二十一首の作が残ることの意味は小さくない。

以下、これらの作品を通して亡室願文としての表現、発想などを見ていこう(10)。

まず特徴的な語句である。

「偕老」 周知の語であるが、『詩経』邶風「撃鼓」の「子の手を執り、子と偕に老いん」に出る。3、4、7、

13、イ、キに見えるが、3、4、7は「百年」と共に用いる。百年は人の一生を意味する。
3　夜帳暁窓、期する所は百年の偕老なり。
は一例である。

「松蘿」　松とこれにからまるつた。夫婦の親密さをたとえる。『詩経』小雅、頍弁に「蔦と女蘿と松上に施く」

とある。2、4、6、9、オ、カに見える。
4　亡室は緑蘿の春色を以つて、早く孤松に託す。
カ　室家源氏、去歳傾逝せり。蘿色已に去り、松身独り留まる。
「琴瑟」「琴瑟相和す」として今も用いられる。4、5、9に見える。
5　室家源氏、音は琴瑟を和し、契りは芝蘭より芳し。
9　緑蘿と青松と蔭を接し、瑤瑟と玉琴と音を和す。
9は「松蘿」の用例でもある。
「同心」『周易』繫辞伝上の「二人心を同じくすれば、その利きこと金を絶つ」のように広く人と人との関係
についていう語であるが、男女の、また夫婦の情愛についてもいう。「古詩十九首（その六）」（『文選』巻二十
九）で、旅にある夫が家を守る妻を思い遣って歌う「同心にして離去し、憂へ傷みて以つて老いを終へんと
す」はその一例である。3、5、13に見える。
3　春風秋月、契る所は一生の同心なり。
13　同心を紅顔の日に改めず、将に偕老を白首の秋に期せんとす。
「芳談」　むつまじい語らい。この語は中国では古い時代の文献に見出せない。明代に至って、わずかな用例

がある。そのためか、『角川大字源』は国語（和製漢語）とする。平安朝詩に六例があるが、最も早い例も安和二年（九六九）の『粟田左府尚歯会詩』の用例で、ここに挙げる例より遅れる。それらの意味は「りっぱな話。また、他人の談話を敬っていうことば」（『角川大字源』）で、男女間の会話ではない。しかし、時代は下るが、延久三年（一〇七一）の惟宗孝言（これむねののりとき）の「和歌集等を平等院に納むる記」（『朝野群載』巻三）に「男女芳談の間、芝蘭契りを結ぶ処、初めは配偶の志を遂げんがため、屢しば慇懃の懐ひを述ぶ」という行文のあることは「芳談」には男女の語らいの意を担う語としての系譜があり、その早い用例がこれらということであろう。3、9に見える。

3　遺体は五六人に及び、芳談は四十歳に余る。

9　多歳の芳談、曽（かつ）て未だ忘れず。

5　去月八日、免乳の間、艶骨長逝し、幽蹤帰らず。

「免乳・免身」　特殊な語で、出産すること。「免（ぶん）」は娩に同じ。5、ウに見える、

ウ　免身の後数日、蕙態永く凋（しぼ）む。

共に出産の折に亡くなったことをいう。

以上は夫婦の間の関係、また亡室自身のことに関する語句であるが、後に残された者についての叙述もある、そこで用いられる語句である。

「遺体」　残された子。『礼記』祭義の「身なる者は父母の遺体なり」に基づく語で、父母が残してくれた我が身というのが本義であるが、転じて遺児をいう。3、5、ウに見え、3は「芳談」の項に挙げた。

5　同心の好（よしみ）は星霜二十有三なり、遺体の孤は男女一十余二なり。

ウ　将に意を遺体に慰めんとするに、偏露還つて悲歎を催す媒と為る。

同じく遺児をいう語として「偏孤」がイ、オに、「偏露」がウ（前項）、カに見えるが、『書儀鏡』に母のない子を「偏露」といい、父のない子を「孤露」というとある。

オ　偏孤の四女、皆是れ幼齢なり。懐中を恋ひて争ひ啼き、膝下を求めて覚らず。

カ　膝上の偏露、また眼前の悲風と作る。

カの「膝上の偏露」とは母を失った我が子を膝に抱く様であるが、この「膝上」の用例がもう一つある。イに、

心中に偕老の契りを含み、膝上に未識の児を携ふ。

とある。

2　松蘿契りて後、蘋蘩の勤め四十余年、

雲雨絶ゆる時、霧露の痛み八九許日。

構文としては次の例がある。

妻と過ごした歳月を数対として表現するものである。

「蘋蘩」の「蘋」は水草の一種、「蘩」は白よもぎで、摘んで神前に供える。したがって「蘋蘩の勤め」とは家室として祖先の霊を祀ることをいう。

3　遺体五六人に及び、芳談四十歳に余る。

4　昔時眉に斉しくする志、星霜二十余に漸り、

近日影を恋ふる悲しみ、旦暮已に四十九なり。

4の「斉眉」は妻が夫を敬うこと。後漢の梁鴻の妻は夫に食事を進める時には膳を眉の高さに捧げて供した

（『後漢書』逸民列伝、梁鴻伝）という。

5 同心の好は星霜二十有三なり、遺体の孤は男女一十余二なり。

9 契り来たりて已に三十余年、別れて後四十九日に漸る。

13 経廻る春秋は十有五歳、産息せし男女は七八許人なり。

オ 松蘿の縁は十年、雲雨の別れは一旦なり。

このようにかなりの例がある。一つの類型となっていたとみてよいだろう。

前述のように『本朝文粋』所収の唯一の亡室願文として「為㆓中務卿親王家室㆒四十九日願文(11)」がある。天慶八年（九四五）の作で、上述の諸作の範囲にある。比較してみよう。

先に「百年偕老」と熟語化した措辞が三例あることを述べたが、本作にも見える。

> 一旦世に背く憂へ、已に心地の焰を残し、
> 百年偕老の契り、夢路の花に異ならず。

もう一つの例として、本作に、

> 亡室藤原氏、柔和性に稟け、婉順心に在り、……、一事一言、朝に暮に、我が巾櫛を主り、積むに星霜を以つてす。

とある。「一事一言」はちょっとした事や言葉の意で、妻が細やかな心遣いをして身の周りの世話してくれたことをいうが、この「一事一言」が少し形を変えて6に措かれている。

> 藤原氏、契り成りて後、三十年に漸る。……、未だ曽て一言も旨に忤はず、一事も情を失はざるものなり。

これもまた言葉遣いに細心の配慮を忘れなかった妻の思い出である。

発想としては、遺児への言及がある。先に「膝上の――」として残された子を膝に抱くという表現があることを見たが、本作では表現は異なり、「燕雀巣覆る、遺卵を撫でて肝を摧く」という。遺児をひっくり返った巣の中の卵と表現し、これを撫でるという。

このように『本朝文粋』では単独であった文章も、亡室願文の範疇の中で考えることができるようになった。

# 四

『文選』（巻二十三、哀傷）に晋の潘岳の「悼亡詩」三首が収められている。「悼亡」は亡き人を悼む意であるが、これは詩人の妻、楊氏の死を哀悼する詩である。第二首の途中までを引用してみよう。

皎皎窓中月　　皎皎たる窓中の月
照我室南端　　我が室の南端を照らす
清商応秋至　　清商秋に応じて至り
溽暑随節闌　　溽暑節に随いて闌く
5 凛凛涼風升　　凛凛として涼風升り
始覚夏衾単　　始めて夏衾の単なるを覚ゆ
豈曰無重纊　　豈重纊無しと曰はんや
誰与同歳寒　　誰と与にか歳寒を同じくせん
歳寒無与同　　歳寒与に同じくするもの無し

10朗月何朧朧　　朗月何ぞ朧朧たる
展転眄枕席　　展転して枕席を眄（み）る
長簟竟牀空　　長簟牀の空しきに竟（わた）る
牀空委清塵　　牀空しくして清塵委（つ）もり
室虚来悲風　　室虚しくして悲風来たる
独無李氏霊　　独り李氏の霊の
15髣髴睹爾容　　髣髴として爾（なんじ）の容（すがた）を睹（み）ること無し
撫衿長歎息　　衿を撫でて長歎息し
不覚涕霑胸　　覚えず涕（なみだ）胸を霑（うるお）す
霑胸安能已　　胸を霑すこと安（いず）くんぞ能く已（や）まん
悲懐従中起　　悲懐中より起こる
20寝興目存形　　寝興目に形を存し
遺音猶在耳　　遺音猶（なお）耳に在り

妻が亡くなってのち、季節は秋から冬へと推移し、重ねの綿着（「纊」）を着る頃になり、この寒さに共に耐える人のいないことを思い知らされる。明るい月明かりのなか、寝むられぬままに、寝返りを打ちつつ、人のいない寝床を見やると、うっすらと塵がつもっている。14、15句は李夫人の故事を詠む。李夫人は漢の武帝の寵姫であったが、武帝は夫人が亡くなった後も忘れられず、方士に反魂香を焚いて魂を呼び戻させてその姿を見たという。しかし、私にはそのようなことはできない。ため息をついては涙を流す。涙はとめどなく、心の底から悲しみが湧き起こる。寝ても覚めても妻の姿は目交いにあり、その声は耳を離れない。

このように詠む。この「悼亡詩」は潘岳の代表作と見なされ[12]、以後〈亡きひと〉は妻に限定されることとなる。そうして六朝から唐へと「悼亡詩」の系譜を形成することとなる[13]。

これに対して日本の古代の漢詩には悼亡詩はない。資料の散佚を考慮すべきかもしれないが、現存しない。平安初頭の『文華秀麗集』には「哀傷」の類題が立てられ十二首が収められるが、妻を悼む詩はない。また一条朝に編纂された『扶桑集』には巻七、哀傷部に「悼亡」の類題のもとに三首があるが、これにもない。

このような状況のもとで、私は亡妻を悼む願文をこれに代わる文学と見なすことはできないだろうかと考えていた。しかし『本朝文粋』に採録された妻を悼む願文は、前述のように「中務卿親王の家室の為の四十九日の願文」のみであった。

本章は『言泉集』に残る『本朝文粋』作者の漢文資料を拾遺するという目的で行った作業であるが、結果としてそれは願文に絞られることとなり、なかでも亡室願文のかなりの数の遺文を得た。これによって亡室願文を「悼亡」の作品群として考察の対象とすることができるようになり、その特徴的な措辞、表現の類型などが明らかになってきた。

注

（1）小峯和明・山崎誠「安居院唱導資料纂輯」（『（国文学研究資料館）調査研究報告』第十二号、一九九一年）。
（2）永井義憲「安居院唱導資料考」（『安居院唱導資料集』上巻、角川書店、一九七二年）。
（3）所功編『三代御記逸文集成』（国書刊行会、一九八二年）に拠る。

（4）村上美登志「大谷大学図書館蔵『言泉集』とその「願文・表白・諷誦要句等」についての覚書」（『軍記物語の窓』第一集、和泉書院、一九九七年）に全体の「目録」がある。
（5）この願文は全文が残っており、『大日本史料』第一編之七、天慶元年十一月五日条に引用されている。作者は大江朝綱。したがってここには挙げない。
（6）拙稿「『菅家文草』散文篇の基礎的考察」（『本朝漢詩文資料論』勉誠出版、二〇一二年）。
（7）拙著『本朝文粋抄』五（勉誠出版、二〇一八年）第六章「空也上人の為の大般若経を書写供養する願文」参照。
（8）注7著書、第五章「亡息澄明の為の四十九日の願文」参照。
（9）山崎誠『江都督納言願文集全注解』（塙書房、二〇一〇年）参照
（10）用例は第一節で付した数字及び記号で記す。
（11）注7著書、第四章「中務卿親王の家室の為の四十九日の願文」参照。
（12）梁、江淹「雑体詩三十首」（『文選』巻三十一）は先行の詩人の作の模擬詩であるが、潘岳については「哀を述ぶ」と題して「悼亡詩」に模す。
（13）入谷仙介「悼亡詩について――潘岳から元稹まで」（『入矢教授・小川教授退休記念中国語学・文学論集』（筑摩書房、一九七四年）参照。

※『成城文藝』第252・253号（二〇二〇年）に発表した。第一節にア～クの八首の願文の翻刻を加えた。

# 13　尚歯会と書と絵

## 一　尚歯会の創始

唐の会昌五年（八四五）、それは没する前年となるが、白居易は洛陽の履道里の邸宅で尚歯会なる集いを主宰した。時に七十四歳、三年前の同二年に刑部尚書を以って致仕していた。この会での白居易の詩が『白氏文集』巻七十一・3640に収められていて、長い詩題と後注が事情を説明している。

胡・吉・鄭・劉・盧・張等の六賢、皆年寿多し。予また焉（これ）に次ぐ。偶（たま）たま弊居に於いて、合（あ）ひて尚歯の会を成す。七老相顧み、既に酔ひて甚だ歓ぶ。静かにして之れを思ふに、此の会有ること稀なり。因りて七言六韻を成して以つて之れを紀（しる）し、好事の者に伝ふ。

七人五百七十歳　　七人五百七十歳

拖紫紆朱垂白鬚　　紫を拖（ひ）き朱を紆（まと）ひ白鬚を垂る

手裏無金莫嗟歎　　手の裏（うち）に金無きも嗟歎する莫かれ

罇中有酒且歓娯
詩吟両句神還王
酒飲三杯気尚麁
嵬峩狂歌教婢拍
婆娑酔舞遣孫扶
天年高過二疏傅(1)
人数多於四皓図
除却三山五天竺
人間此会更応無

罇中に酒有り且く歓娯せん
詩は両句を吟じて神かまた王たらん
酒は三杯を飲みて気なほ麁し
嵬峩たる狂歌婢をして拍たしめ
婆娑たる酔舞孫をして扶けしむ
天年は高く二疏傅を過ぎ
人数は四皓図よりも多し
三山五天竺を除却けば
人間に此の会更に応に無かるべし

前懐州司馬、安定の胡杲、年八十九
衛尉卿致仕、馮翊の吉皎、年八十六
前右龍武軍長史、滎陽の鄭據、年八十四
前慈州刺史、広平の劉真、年八十二
前侍御史内供奉官、范陽の盧貞(2)、年八十二
前永州刺史、清河の張渾、年七十四
刑部尚書致仕、太原の白居易、年七十四

已上七人、合わせて五百七十歳、会昌五年三月二十一日、白家の履道の宅に於いて同に宴す。宴罷みて詩を賦す。時に秘書監の狄兼謨、河南尹の盧貞は年未だ七十ならざるを以つて、会に与ると雖も列する

に及ばず。

詩の第2句、「拖紫」は紫の印綬を身に帯びること、高位を表す。第9句の「二疏傅」は漢の疏広と疏受、第10句の「四皓」は同じ漢代、商山に隠れ住んだ四人の老人。

八十九歳の胡杲から七十四歳の白居易まで、七人の老人が会して宴を開き、長寿を自祝し、詩を賦した。この白居易らによって行われた尚歯会は移されて日本に根付き、展開を見せることになる。

## 二　平安朝の詩尚歯会

我が国における最初の尚歯会は貞観十九年（元慶元年、八七七）三月、大納言南淵年名（七十歳）が小野山荘（京都市左京区、赤山禅院の地）で行ったものである。大江音人（六十七）、藤原冬緒（七十）、菅原是善（六十八）、文室有真、藤原秋緒、(3)大中臣是直の六人を招いて、白居易主宰の会に倣って七人の老人によって行われた。『扶桑略記』（四月九日条）にそのことの記載があるが、「酒を命じ詩を賦す。名づけて尚歯会と為す」という。白氏の場合と同じように饗宴と詩作が行われている。この時の詩文として現存するのは菅原是善の詩序（『本朝文粋』巻九・245「暮春南亜相山庄尚歯会詩序」）と是善の子として陪席した道真の尚歯会を見ての詩（『菅家文草』巻二・78）の二首のみである。是善の詩序は次のように述べる。

大唐の会昌五年、刑部尚書白楽天、履道坊の閑宅に於いて、盧・胡の六叟を招きて宴集す。名づけて七叟の尚歯会と為す。唐家、此の会の有ること希なるを愛憐して、障子に図写して、座右を離さず。人有り、伝送して我が聖朝に呈せり。即ち此の障を得て、遍く諸相を覧るに、朱紫袖を接へ、鬢眉皓白なり。或いは歌ひ或いは舞ひ、傲然として自得せり。誰か図画と謂はん、昭々として眼に在り。

爰に南相公感歎して顧み告げて云はく、「吾が党の五六人、年歯衰邁せりと雖も、頗る詩を吟ずることを覚りて、未だ酣楽を離れず。尚歯の高会、何ぞ必ずしも盧・白のみならんや。請ふ、山宅に集ひて、彼の旧蹤を続がん。山泉は以つて閑遊を感ぜしむるに足れり、琴酒は以つて老志を寛やかにすべし」と。言畢りて、暮春の時を相期す。

花は未だ落ち尽くさず、月は宜しく暁に及ぶべし。漸く下沢を駆せて、詠歌して将に帰らんとす。此れ即ち生前の楽事なり、子孫に伝ふるに足らん。

是善、官号は白氏に同じく、年歯は盧公に校ぶ。忝なくも南氏の席に侍りて、慙づらくは北山の移を動らさんことを。聊か六韻を述べて、之れを千載に貽さんと爾云ふ。

白居易の会に倣うものであることが強調されている。集う老人が七人であること（我が国では多く「七叟」という）、会期が三月であることも先例を襲うものであり、以後も遵守されることになる。表現のうえでも、「此の会の有ること希なる」は白居易の詩題の「此の会の有ること稀なり」を、「朱紫袖を接へ、鬢眉皓白なり」は白居易詩の「紫を拖き朱を紆ひ白鬚を垂る」を、「或いは歌ひ或いは舞ひ」は「狂歌して……、酔舞して……」をそれぞれ踏まえる。

次いで安和二年（九六九）の三月、大納言藤原在衡（七十八）が粟田の山荘で尚歯会を催した。この安和の尚歯会については詠まれた詩が多く残っている。[4]

二つの詩巻が伝存する。一つは近年、存在が知られるようになった名古屋市の徳川美術館蔵『尚歯会詩』で、これは七叟の詩である。これには在衡（最後の一句のみ）、橘好古（七十七）、高階良臣、菅原雅規、十市有象（六十八）、橘雅文の詩が収められているが、これに『本朝文粋』巻九所収の詩序（246「暮春藤亜相山庄尚歯会詩序」）によって序者であることが明らかだった菅原文時（七十二）を加えた七人がこの時の七叟である。

従来、安和の尚歯会詩として知られていたのは「群書類従」所収の『粟田左府尚歯会詩』であるが、これは垣下（陪席者）の詩集なのであった。これは我が国における独自の展開であるが、七叟のほかに「垣下」と呼ばれる人々が参列し、介添えをし、また「尚歯会を見る」という立場で詩を賦す。先の貞観の尚歯会における菅原道真もそうであった。『粟田左府尚歯会詩』には垣下十七人の詩十七首があるが、垣下は七叟の親族あるいは門下である場合が多い。十七人の中には藤原在衡の子の国光、孫の忠輔、菅原文時の門生の藤原在国（有国）、賀茂保胤、菅原雅規の子の資忠、十市有象の門下の坂合部以方、坂本高直、林相門が含まれている。なお、七叟、垣下の詩はすべて七言六韻詩であるが、これも白氏の会の例に倣うものである。

安和二年より百六十年ほどの隔りがあるが、天承元年（一一三一）三月、大納言藤原宗忠（七十）の主宰する尚歯会が行われた。この尚歯会については源師時の日記『長秋記』三月二十二日条に詳細な記述がある。

師時自身、垣下として招待を受けていたが、参列すべきか迷っていた。しかし「倩つら案ずるに、希代の事なり」として「当日、蕪詞を綴りて清書し」、会場に向かう。[5]会場は白河の信縁法橋の岡崎房であった。その「泉舎」で面会した時、宗忠は師時に次のように語ったという（原漢文）。

> 幼少より、若し七旬に余らば、此の会を企つべき由、存せしむる所なり。而して適たま天運有りて七十に余れり。仍つて万事を顧みずして、形の如く事を遂ぐること有るなり。

長年に亙って心に期していたことだったという。七叟は宗忠のほか、三善為康（八十二）、藤原基俊（七十二）、中原広俊[6]（七十）、藤原敦光（六十九）、同実光（六十二）、菅原時登（六十二）で、このうち基俊、敦光、実光、時登の詩が『本朝無題詩』巻一に採録されている。また時登が序を執筆したが、その佚文が陽明文庫蔵『序注』に引用されている。(7) 垣下は「博士文章生、当時の好文の士十五人」(『長秋記』)であるが、名前が知られるのは源師時、藤原顕業・同宗光(実光弟)・同篤昌・同行盛で、顕業、宗光の詩は『本朝無題詩』に先の七叟の作と共に収められている。

『長秋記』に次の記述がある。

> 南庭の池の上に讃岐の円座七枚を置く。

七叟の座である。ここで詩を詠む。この後、建物に戻って披講が行われる。

> 此の後、堂上に昇りて詩を講ず。七叟の詩、序者は時登、講師は広俊、読師は実光朝臣。年歯の次第に依りて講ず。次いで垣下の詩を講ず。講師は篤昌、読師は行盛。

この池辺に七叟の座を設けて詩を詠むこと、また、七叟、垣下の詩の披講のことは、後述する白河和歌尚歯会にそっくり引き継がれることになる。

『長秋記』はこの日の記述の最後に注目すべきことを書き留めている。

> 土御門大臣殿、此の会を欲したまふ時、尚歯会の軟障々子七脚、台有り。硯七、鵝衣一領取り儲くるなり。然れども其の年二月薨じ給ひ了んぬ。事を遂げずと云々。故殿の御語りなり。

土御門大臣とは具平親王の子、源師房である。師時の祖父に当たる。師房が亡くなったのは承保四年(一〇七七)二月十七日である。時に七十歳(『扶桑略記』)。尚歯会は故例に倣って三月に行われる。したがって師房も宗忠と同じように、七十になったこの年の三月に尚歯会を予定していたのである。しかし、目前にして没し、安和の会から約一〇〇年後の三度目の尚歯会は行われることはなかった。なお、これを語ったという「故殿」は師房の子（師時の父）の俊房に違いない。[8]

## 三　和歌尚歯会

尚歯会は和歌の世界に取り入れられることになる。その最初は、三度目の詩会に先立って、嘉保二年（一〇九五）の三月に行われている。その尚歯会和歌を収めた歌集の存在が近年明らかになった。[9]それは冷泉家時雨亭文庫蔵『尚歯会和歌』（鎌倉後期写）および西尾市岩瀬文庫蔵『尚歯会記』（近世中期写）である。小異はあるものの内容は同じであり、「暮春尚歯会和歌九首」として引載する。源経仲、高階経成（七十五）、藤原成季（七十余）、大中臣輔弘（六十七）、藤原時房（八十余）、平基綱、観心（俗名藤原隆資、九十余）、慶基法師、筑前尼の九人の作である。このうち高階経成の「春にあひてやそち近くそなりにける花みむこともことしはかりか」が『万代和歌集』巻二、春下（334）[10]に「嘉保二年尚歯会のうた」として入集する。

この会について留意すべきことは九人が会していることである。前節で見たように詩尚歯会の会衆は七人であり、この後に続く和歌尚歯会もそうであって、これはそれらの例に外れることになる。ただし、九人が会する尚歯会も先蹤があった。それを語るのもやはり白居易の詩である。『唐詩紀事』巻四十九に、白居易の「尚歯会詩」を引くが、付した記事に次のように記されている。

楽天云はく、其の年の夏、又二老有り、年貌絶倫なり。同に故郷に帰り、亦斯の会に来たる。続いで命じて姓名年歯を書し、其の形貌を写し、図の右に付し、前の七老と与に、題して九老図と為す。仍つて一絶を以つて之れに贈りて云はく、雪を鬢眉と作し雲を衣と作す。遼東の華表暮れに双び帰る。当時一鶴すら猶有ること希なり。何ぞ況んや今両(ふた)りの令威に逢ふをや。〈二老は洛中の遺老李元爽、年一百三十六、禅僧如満洛に帰る、歳九十五歳を謂ふ〉。

会昌五年三月、七老による尚歯会を行ったのち、その年の夏、二人の老人――李元爽と僧如満が加わって九老となり、その図を描かせたという。和歌会初度の嘉保の尚歯会はこれを先例として九人の老人によって行われたと考えられる。

承安二年（一一七二）三月十九日、白河の宝荘厳院で藤原清輔が中心となって和歌尚歯会が行われた。詩会、和歌会を通して最もよく知られた尚歯会であり、従来は初度の和歌会と考えられていた。『暮春白河尚歯会和歌』（『群書類従』また『新編国歌大観』にも入る）がその記録であるが、清輔の仮名序を初めに置いて、七叟の和歌、ついで垣下の和歌があり、その後に長文の仮名の記がある。これによって、この会については詳細を知ることができるのであるが、近年、さらに新たな資料が加わった。

先の嘉保の尚歯会和歌を収める時雨亭文庫蔵『尚歯会和歌』には「白河尚歯会和歌」も収載するが、時雨亭文庫本には、さらに藤原重家と同盛方が書いた漢文の記二首があるのである。(11) 二首ともにかなりの長文で、尚歯会の模様を詳しく記録している。詩尚歯会にも記は存しない。尚歯会記として唯一の例であるとともに、和歌尚歯会において、仮名の記に加えて漢文の記までも執筆されていたことを示すもので注目される。

七叟は清輔（六十五）、藤原敦頼（八十四）、顕広王（七十八）、祝部(はふりべ)成仲（七十四）、藤原永範（七十一）、源頼政（六十九）、大江維光（六十三）で、垣下は清輔の弟の重家・季経ら九人が参列して歌を詠んでいる。

仮名の記によって（漢文の記によっても）会の次第はきわめて具体的に知ることができるが、それは第六節で絵と共に見ていこう。

この尚歯会が開かれると、これまでに比べるとはるかに短い間隔で、十年後の養和二年（一一八二）、賀茂重保によって和歌尚歯会が催された。ただし、この会については、残る資料は多くない。一つは『古今著聞集』巻五、二〇五「賀茂神主重保、尚歯会を行ふ事」で、七叟の名が記されている。祝部成仲（八十四）、勝命（七十一）、俊恵（七十）、賀茂家能（六十五）、祐盛（六十五）、賀茂重保（六十四）、藤原敦仲（六十二）で、勝命が仮名の序を書いた（散佚）。もう一つは重保が編纂した『月詣和歌集』で、この会における三首が採録されている。

以上見てきたように、平安朝において、三度の詩尚歯会、三度の和歌尚歯会が行われたが、鎌倉時代にもこれは承け継がれた。二例があるが、やや変則的なものである。

建仁元年（一二〇一）四月二十二日、鳥羽殿で次のような尚歯会が行われた。東山御文庫蔵「未詳日記抄出」[12]と、その前半部の原本である奈良国立博物館蔵『明月記』断簡[13]が記録している。これを紹介した二論文に拠れば、この日、鳥羽殿で詩の船、管絃の船、歌の船を浮かべて、いわゆる三船の遊びが行われたが、その後に、内大臣源通親の命により和歌尚歯会が催された。七叟は寂蓮（六十三）、藤原実教（五十二）、同宗頼（四十八）、同定輔（三十九）、同親経（五十一）、源顕兼（四十二）、そうして藤原定家（四十）である。ただし、六十三歳の寂蓮は七叟にふさわしいが、それ以外は「七叟」と称するには若過ぎる。またその順序が年齢の順ではなく、「位次」、位階の高下であること、さらに会期が三月でなく四月であることも尚歯会の先例に外れている。すなわち、定家がこの記事の行頭に加筆した見出しに記すように、これは「模尚歯会」であった。

『民経記』[14]（断簡紙背文書）貞永元年（一二三二）二月二十二日条に次の記述がある。

今日法勝寺尊勝陀羅尼供養と云々。蔵人大進兼高奉行す。公卿は京極中納言〈定家〉、二位宰相〈経高〉等と云々。行事は弁時兼朝臣等と云々。後に聞く、公卿已下、皆悉く老人なり。法勝寺に於いて尚歯会を行ふかの由、勅定有りと云々。比興々々。

時の天皇は後堀河である。法勝寺における尊勝陀羅尼供養に参会した人々が老人であったことから、天皇が尚歯会の挙行を促している。この時、定家は七十一歳、平経高は五十三歳である。これが実際に催されるに到ったか否かは確認できないが、天皇がこのような意向を示したことはまことに「比興々々」である。

鎌倉期のこの二例は、尚歯会が中国の故例を承けて形成された王朝文学の伝統の一つとして、貴族社会に記憶されていたことをもの語るものである。

## 四　唐尚歯会詩断簡

我が国の中世以前における尚歯会の展開は上述のとおりであるが、これを本特集の「書蹟と絵画」という視点に絞って見返してみよう。まず書である。

白居易主宰の尚歯会における七老の詩のうち、白居易の作は『白氏文集』（巻七十一）に収められているが、他の胡杲以下六人の作は宋、計有功『唐詩紀事』巻四十九に採録されている。同じく七言六韻詩である。

この唐尚歯会詩を書いた書跡が我が国にある。[15] いわゆる古筆の絹地切の一つで、小松茂美編『古筆学大成』第二十五巻（講談社、一九九三年）に収録されている。『大成』では「伝小野道風筆　未詳唐詩切」と称しているが、内容は唐尚歯会詩である。そのことは『大成』の解説がすでに明らかにしている。

二葉が残る。『大成』がⅠ、Ⅱとして挙げているのは内容から見て本来は逆であったと考えられるので、Ⅱから句形を整えて本文を示す。下段に示したのは『唐詩紀事』[16] 所収本文との校異である。（　）に入れて付した数字は後述の作者に付した数字と対応する。

(6)　居身是大宮*　宮―官
遁跡豈労登遠岫
垂糸何必坐渓磻
詩聯六韻猶応易
酔*飲三盃未覚難　酔―酒
毎況襟懐同宴*懐　宴懐―要会
共将心事比波瀾
風吹野柳垂*羅帯　垂―懸
日照庭花列*綺紈　列―落
此席不煩別*障　別障―鋪錦帳
斯筵堪作画図看

(5)　前御史供奉戴范陽盧真
三春已尽洛陽宮
天気初晴景像*通　像通―象中
千朶嫩桃開*暁日　開―迎
万株垂柳逐江*風　江―和
非論官位皆相及*　及―似

□*至年高亦共同　□—及
対酒歌声猶覚妙
翫*花詩思豈能窮　翫—玩
先時尽*作三朝貴　尽—共
今日相*携七老翁　相携—猶逢
但願緑壺*常満酌　壺—罎
煙霞万里命*飛沖　命飛沖—会応通

（4）　前慈州刺史広平劉真

Ⅰは次のとおりである。

（3）東洛優*閑日暮春　優—幽
邀勧*多是白頭賓　勧—歓
官班朱紫多相及*　及—似
年紀*高低次第匀　紀—幾
聯韻*毎言松竹意　韻—句
停盃多説古人今*　人今—今人
更無外事来心胷*　胷—肺
空有清虚入思神
酔舞両廻迎勧酒

狂歌一曲楽餘身*　　楽―会
今朝何事情偏重*　　情偏―偏情
同作明時列位臣*　　位―任

（2）　衛尉卿致仕馮翊吉

残るのは以上である。七老の順序は第一節に引用した白居易詩の後注に記されているが、年齢順に（1）胡杲、（2）吉皎、（3）鄭據、（4）劉真、（5）盧貞、（6）張渾、（7）白居易である。これと対比してみると、この断簡の順序、また作者名を欠く（6）、（3）の作者も明らかになる。

このようになる。（6）は張渾の詩である。次が（5）盧真（白居易詩では盧貞）で、その後に（4）劉真の詩があった。IIの最終行はその作者表記であり、この後に詩があったはずである。Iの（3）は鄭據の詩である。最終行は次の詩の作者表記で、「吉皎」とあったものの「吉」で終わっている。つまりこの二葉には、先の白居易の詩の後注に書かれている七老のうち、（6）・（5）・（3）の詩と（4）と（2）の作者表記が残り、この順序で書かれている。すなわち白居易が記した七老の順序とは逆の順序で詩が書かれている。したがって（6）の前に白居易の詩が、また吉皎の詩の後に胡杲の詩が書かれていたはずである。

この伝道風筆古筆切は、白居易主宰の尚歯会の詩をまとめた〈七老会詩〉のごとき詩巻がかつて存在したこと、またそれが日本へ伝来したことを明確に示すものである。

## 五　尚歯会の絵――文献資料

尚歯会は絵にも描かれた。まずそのことを記した文献資料から見ていこう。
我が国における初会である貞観十九年尚歯会の詩序を第二節に引用したが、それに次のような記述があった。改めて引く。

唐家、此の会の有ること希なるを愛憐して、障子に図写して、座右を離さず。人有り、伝送して我が聖朝に呈せり。即ち此の障を得て、遍く諸相を覧るに、朱紫袖を接へ、鬢眉皓白なり。或いは歌ひ或いは舞ひ、慠然として自得せり。誰か図画と謂はん、昭々として眼に在り。

「障子」は屏風あるいは衝立である。ここに唐においてすでに尚歯会の様子が絵に描かれていたこと、それが日本に伝えられたこと、そうしてそれを菅原是善らが目にしたことが記されている。おそらく尚歯会の席に置かれていたのであろう。そこには髪も眉も真っ白な身分の高い老人たちが袖を交え、歌い舞う有様が描かれていたという。

唐朝で尚歯会図が描かれていたことは中国の文献にも記述がある。『宣和画譜』巻六に「尚歯図」として、「鍾師紹は蜀人なり。丹青に妙なり。……、師紹乃ち能く尚歯図を作る」とある。なお、鍾師紹が唐代の人であることは同じ巻六に記されている。また第三節に引用した『唐詩紀事』にも、九老図について、「其の形貌を写し、図の右に付せしめ、前の七老と与に、題して九老図と為す」とある。「図の右に付せしめ」とあるので、九老図に先立って七老図もすでに作られていたわけである。

安和の尚歯会では、やはり七老の一人である菅原文時が詩序（『本朝文粋』246）を書いたが、次のように述べている。

尚歯の会、時義遠い哉。源は唐室の会昌、白氏水石の居に起こり、塵は皇朝の貞観、南相山林の窟に及ぶ。……、藤亜相は儒雅の宗匠、国家の耆徳なり。旧遊を七叟に憶ひ、芳躅を二方に訪ぬ。大相国尊閣、之れを聞きて嘉歎す。乃ち倭漢両会の真を写せし画障各おの一張を贈らる。容鬢皆後素に顕れ、詞句其の中丹を知るに足る。

「藤亜相」は主宰者藤原在衡、「大相国尊閣」は太政大臣藤原実頼である。「後素」は『論語』に出る語で、絵をいう。「中丹」は真心。この記述から、唐尚歯会の絵だけでなく、「倭」の、すなわち貞観の尚歯会を描いた屏風も作製されていたことが明らかになる。その和漢両会の屏風は時の廟堂の筆頭にある太政大臣からの贈物という。実頼の許に収蔵されていた由緒ある物か、あるいは会を祝って新たに製作させたものであろうか。

絵のことは詩にも詠まれている。この時の垣下の一人、賀茂保胤は「暮春、藤亜相山荘尚歯会を見る詩」（『粟田左府尚歯会詩』）に、

画工定得図花障　　画工は定めて花障に図くを得、

伶客兼応播管絃　　伶客は兼ねて応に管絃を播ぐべし

と詠む。保胤は画工によって絵が描かれるだろうというが、果たしてこの尚歯会においても、これを描いた画巻が作られている。それを語るのは遥かに時代が降った中原康富の日記『康富記』である。文安元年（一四四四）九月三日条に次の記事がある。

伏見殿に参り、御読書に候す。次いで安和二年、粟田左大臣〈在衡〉沙汰を申す尚歯会の御絵一巻〈四条中納言隆盛卿の本なり。借り召さるるかと云々〉を取り出され、彼の詩読み申すべき由、仰せ下さる。即ち御

前に於いて之れを読む。序は菅三品の御作なり。

時の伏見宮は貞成（さだふさ）親王である。これは「御絵一巻」とあるから絵巻であろう。またその詩を読むように求められ、序にも言及していることを考え合わせると、これは絵だけでなく、詩序以下、詩（秀句の抄出などでなく一首全部）も書かれた詩画巻であっただろうと考えられる。

天承の尚歯会においては、このことを詳しく記録する『長秋記』に次の記述がある。

関白家より尚歯会の軟障幷びに鵝衣を賜ふべき由、恩約有り。

「関白家」は藤原忠通。「軟障」は幔幕である。過去の会の様相を描いたものであろう。

先に（第二節）引用した『長秋記』には源師房の死によって未施行に終わった承保四年の尚歯会のことが記されているが、その記事にも軟障、障子のことが見える。

土御門大臣殿、欲二此会一時、尚歯会軟障、障子七脚有レ台。硯七、鵝衣一領、取儲也。

ここには軟障と障子とが準備されている。「七脚」とあり、この「七」は硯のそれと共に七叟に対応するに違いないので、七叟各人に準備されたのであろう。

以上、文献に記された尚歯会図について、時代を追って見てきたが、詩尚歯会ではいずれの会にも絵があった。

## 六　尚歯会の絵——絵画資料

尚歯会を描いた絵画資料として以下のものがある。

（1）京都田中家蔵

（2）宮内庁書陵部蔵（松岡家伝来本）
（3）琴平宮蔵
（4）慶應義塾大学斯道文庫蔵（大曽根章介氏旧蔵）『清輔尚歯会絵詞』
（5）神宮文庫蔵（文化十三年興田吉従写本）
（6）宮内庁書陵部蔵（黒川春村手沢本）
（7）久保田淳氏蔵（三井高辰旧蔵）
（8）大阪府立中之島図書館蔵
（9）『思文閣古書資料目録』第一四四号（一九九五年）所載「尚歯会図巻」
（10）京都市立芸術大学蔵『土佐派絵画資料』所収「尚歯会図」
（1）〜（3）は森暢「尚歯会絵」（『歌仙絵　百人一首絵』角川書店、一九八一年）に紹介されている。（4）〜（7）は『大曽根文庫綫装本待修目録幷善本解題』（慶應義塾大学斯道文庫、二〇一六年）に解題（山崎明稿）がある。
（8）は『暮春白河尚歯会和歌幷序』一巻の一部で、唐尚歯会の一部と白河尚歯会を描く。彩色。
（9）は彩色一巻。「江戸前期頃法橋正景画」とある。三面が掲げられているが、いずれも白河尚歯会の図である。
（10）は絵巻の下絵集の一部で、釈奠図の紙背に描かれている。白河尚歯会図であるが、図柄は（1）〜（9）のいずれとも異なる。松尾芳樹「釈奠図と尚歯会図」（京都市立芸術大学図書館編『土佐派絵画資料目録』5、一九九五年）に紹介する。

図1　白居易尚歯会図

これまでに知られている尚歯会図はいずれも近世に製作されたもので、残念ながら古い遺品はない。このうち、拠るべきものは（1）と考えられる。前記の森論文に次のようにある。

田中家本は、濃彩の、謹直な画体を示す荘重な二巻本であって、草花、遠山、霞等の金泥文様を散らせた料紙に流暢な筆致をもって詞書をも記した完本（縦三〇・五センチ、一紙の横平均一一三・一センチ、漢の巻九紙、倭の巻七紙）である。……、巻末に「宮内卿法印探幽筆（守信朱印）」とある款記が見える。すればこの絵は狩野探幽の描いたものとなるが、当否はさておきその画体からすれば、絵は明らかに狩野派画人の手になるものであり、江戸前期を下らぬ遺品と見受けられる。

田中家本は二巻からなるが、森論文に「白楽天尚歯会画巻」、「承安二年尚歯会和歌幷序」として図版が掲げられている。[17] 図1は前者の一部であるが、人物が描かれた最初の場面である。四人の老人とこれに付き従う童子を描いている。次の場面に三人が描かれており、七老である。この四人が年齢の順であれば胡杲、吉皎、鄭據、劉真ということになる。なお、冒頭の樹下に坐し脇息に倚る老人の姿は先掲の（4）斯道文庫本、（8）大阪府立中之島図書館本にも描かれている。

白河尚歯会図は初めに見物に集まった人々や立て並べた車を描く場面

図2　白河尚歯会図（1）

があり、尚歯会の場面がこれに続くが、これも二つに分かれる。池辺の座に着こうとしている七叟ら（図2・3）と堂上での披講（図4）の場面である。

具体的に見ていこう。森論文にも指摘するが、全体として『暮春白河尚歯会和歌』の仮名の「記」[18]と密接な関わりがある。留意して見ていこう。もう一つ参考にすべき資料がある。先の斯道文庫本と大阪府立中之島図書館本で、これにも図2・3と同じ絵があるが、各人物に名前が書かれている。これが手がかりになる。なお、図2・3の人物に数字を付したものは七叟としての順である。

図2、まず池と人物との間の七つの円に注目しよう。これを説明するのは「記」の「皇后宮亮、座を立ちて菅のわらふだ七枚を東の座に敷かす」である。つまり七老のための敷物である。前述（第二節）の天承の尚歯会の『長秋記』の記事にも「南庭の池の上（ほとり）に讃岐の円座七枚を置く」とある。

以下、順に人物を確認していく。初めに三人が描かれる。1に「敦頼」、右の人物に「憲盛」、左の人物に「憲業」とあるが、「記」の「はじめに前馬寮の助藤原敦頼年八十三巽（たつみ）の昇り階（はし）より降（お）

図3　白河尚歯会図(2)

る。判官代憲業むまご沓を取る。式部大夫憲盛子息に助けられたり」がこれに当たる。七叟の最年長敦頼が子と孫に助けられながら座に着こうとしているところである。右に寄り添うのが憲盛、左に立つのが憲業であろう。敦頼は杖で体を支えているが、これも「記」に「鳩の杖にすがれる姿、桑を採る翁にことならず」とある。

次にやや離れて三人がいる。2には「顕広」、3には「成仲」とある。二人は問題ないが、顕広に従うかたちの左側の人物について、斯道文庫本は「侍」、中之島図書館本は「賀茂政平」としていて、くい違う。「記」には「次に神祇伯顕広王年七十八、相ひ従へる侍のをのこ沓を取る。次に前石見介祝部成仲宿禰年七十四、むまごのぬし允成沓を取る」とあるが、この記述に合致するのは「侍」とする見方だろう（賀茂政平は「記」の池辺着座の場面には登場しない）。

次いで三人が描かれる。4に「永範」、これに向かい合う後姿の人物に「尹範」、やや離れて池近くに立つ人物に「允成」とある。一方「記」は「次に宮内のかみ藤原卿七十一、……、博士がねまさのり賢息沓を取る」で、永範と尹範のことしか書かれていない。允成は先の三人のうちの一人、成仲の供人であった。つまり、ここも

図4　白河尚歯会図（3）

三人のグループのように描かれているが、允成は先の成仲からずっと離れた位置で侍しているのである。

図3。六人が描かれるが、二人、三人、一人に分かれる。

右手の二人は5に「頼政」、左の人物に「仲綱」とある。これは「記」に「次に右京の権の大夫源頼政朝臣六十九束帯なり。伊豆守仲綱賢息沓を取る」とあるのを描く。

次は三人である。階を降りようとしている6に「清輔」、後に従う人物に「重家」、階下の人物に「季経」とある。この尚歯会の中心となった清輔と相伴の二人である。「記」には「次に清輔、……帯を指し笏を持たり。……、季経朝臣沓を取る。大弐卿下襲の尻を取りて階のもとにいたりて置く。四位の下襲の尻を三位の取る事、昔も聞かず。これ歯を尚び道を重くする余りなり」とある。これを描いたものである。

7には「維光」とある。「記」には「次、前式部少輔大江維光年六十三」とある。彼には供人はいない。

以上、池辺着座の場面を仮名の「記」と対応させながら見てきたが、絵は「記」の記述を忠実に絵画化している。

図4は池辺での詠歌から堂上に戻っての披講の場面である。上段

に畳を敷いて五人、一段下って二人が坐すが、合わせて七叟である。下座に彼らと向かい合うかたちで居並ぶのが垣下である。九人いる。先掲の斯道文庫本、中之島図書館本に加え、『古事類苑』礼式部一（算賀）所収の「白河尚歯会図」には各人物に人名が書かれている。これによれば上段は右から「敦頼、顕広、永範、清輔、維光」である。一段下った二人は講師と読師で、右が「成仲」、左が「頼政」とある。垣下は右から「重家、季経、盛方、仲綱、政平、憲盛、允成」、向きが変わって、「尹範、顕昭」とある。垣下については「記」に、

　次に垣下の歌を置く。その人々、大弐卿直衣、皇后宮亮季経朝臣、前民部少輔盛方朝臣衣冠、伊豆守仲綱、片岡禰宜政平、式部大夫憲盛、散位允成、給料学生尹範衣冠、僧顕昭らなり。おほくは扶持の人々なり。

とあり、この順序で坐している。なお、盛方、政平、顕昭は先の池辺の場面には登場していない。盛方は第三節で述べたが、漢文の記の作者でもある。

田中家本尚歯会図は以上のような内容である。

前掲の諸本のうち、私が直接見たのは（4）斯道文庫本と（8）大阪府立中之島図書館本のみであるが、この田中家本と同じ構図である（ただし白居易尚歯会図はその一部のみ）。（2）・（3）については森論文、（5）・（7）については前記解題の記述から、やはり同様であると思われる。（9）も掲げられた三図は田中家本に同じである。

尚歯会はその起源である白居易主宰の会以来、絵と深い関わりを持った文事であったが、古い時代の尚歯会図が失われた今は、これら近世の絵を通して昔を偲ぶよりほかはない。

注

（1）底本は「傳」。謝思煒『白居易詩集校注』（中華書局、二〇〇六年）により改める。
（2）底本は「盧貞」で、後文の「范陽盧貞」と同姓同名となる。『新唐書』巻一一九、白居易伝、『白氏文集』馬元調本および第四節で述べる我が国伝存の「尚歯会詩」古写本断簡は「真」に作る。
（3）『扶桑略記』には「菅原」とするが、藤原の誤りであること、滝川幸司『菅原道真論』第三編第二章「菅原是善伝考」注137に指摘する。
（4）拙稿「安和二年粟田殿尚歯会詩」（『平安朝漢文文献の研究』吉川弘文館、一九九三年）参照。
（5）信縁（一〇八四〜一一三八）は藤原実頼流季実の子。叔父、法勝寺執行増覚の養子となり、永久五年（一一一七）法橋となり、のち法勝寺執行、法印となる。娘兵衛佐は崇徳天皇の寵愛を受け、重仁親王を生む。
（6）『長秋記』は「清原」とするが、『古今著聞集』巻四、一二一条（新潮日本古典集成本）により中原に改める。
（7）新日本古典文学大系『古今和歌集』の「付録」に翻刻がある。
（8）上述の藤原宗忠主宰の天承の尚歯会について、『長秋記』の記事を読み解いた、北山円正「天承の尚歯会について――『長秋記』の記事から」（『神女大国文』第三四号、二〇二三年）が発表された。
（9）拙稿「嘉保の和歌尚歯会」（『平安朝漢文学史論考』勉誠出版、二〇一二年）。
（10）新編国歌大観の作品番号。
（11）拙稿「白河尚歯会記」（注9著書）。
（12）家永香織「『明月記』建仁元年四月記断簡及び東山御文庫蔵「未詳日記抄出」紹介」（『明月記研究』第九号、二〇〇四年）。
（13）野尻忠「奈良国立博物館蔵『明月記』断簡」（奈良国立博物館研究紀要『鹿園雑集』第九号、二〇〇七年）。
（14）東京大学史料編纂所データベース画像による。
（15）以下のことは拙稿「古筆資料のなかの平安朝詩文」（『本朝漢詩文資料論』勉誠出版、二〇一二年）に述べているが、本特集のテーマに即して、本章においても要点を再説する。
（16）王仲鏞『唐詩紀事校箋』（中華書局、二〇〇七年）による。

(17)　図1〜4は森暢『歌仙絵　百人一首絵』（前記）から借用した。
(18)　「記」は新編国歌大観本（第五巻）に拠り、適宜漢字を当てた。
※　『白居易研究年報』第十七号（二〇一六年）「特集 書蹟と絵画」に発表した。

# 14　平安朝における白居易「劉白唱和集解」の受容

## 一

日本の文学史は、古代から近代初期に至るまで、漢字で書かれた文学を有しているが、その漢文学は漢文学であるということによって、中国文学という規範から自由ではありえない。したがって日本漢文学研究は、程度の差はあれ、またそのことを明示するか否かの違いはあれ、常に中国文学の影響の有り様を測定し、あるいはそれがいかに深甚なものであるかを明らかにすることを目的とし、あるいはそこから離脱して、いかに新たな独自の表現を獲得しているかを論じてきた。

平安朝の漢文学についてももちろんそうであるが、そこでは、規範となったものの一つとして、中唐の白居易の文学が大きな位置を占めている。すなわち、平安朝における白居易文学の受容という問題は、大きなテーマとして、これまでに多くの研究の蓄積がある。しかし、その影響の大きさは、なお論ずべき余地もまた多く残している。そうしたものの一つとして、本章で取り上げて検討を行うのは、白居易と詩友劉禹錫（字　夢得）との唱和詩を集めた『劉白唱和集』(1)に冠された「劉白唱和集解」(『白氏文集』巻六十・2930)である。
まずはその文章を読んでみよう。

彭城劉夢得、詩豪者也。其鋒森然、少敢当者。予不量力、往往犯之。夫合応者声同、交争者力敵。一往一復、欲罷不能。繇是、毎製一篇、先相視草。視竟則興作、興作則文成。一二年来、日尋筆硯、同和贈答、不覚滋多。至大和三年春已前、紙墨所存者、凡一百三十八首、其余乗興扶酔、率然口号者、不在此数。因命小姪亀児編録、勒成両巻。仍写二本、一付亀児、一授夢得小児崙郎、各令収蔵、付両家集。予頃以元微之唱和頗多、或在人口、常戯微之云、僕与足下、二十年来、為文友詩敵、幸也亦不幸也。吟詠情性、播揚名声、其適遺形、其楽忘老幸也。然江南士女語才子者、多云元白、以子之故。使僕不得独歩於呉越間、亦不幸也。今垂老復遇夢得、得非重不幸耶。夢得夢得、文之神妙、莫先於詩。若妙与神、則吾豈敢。如夢得、雪裏高山頭白早、海中仙果子生遅。沈舟側畔千帆過、病樹前頭万木春之句之類、真謂神妙。在在処処、応当有霊物護之、豈唯両家之子姪秘蔵而已。己酉歳三月五日、楽天解。

彭城の劉夢得は詩の豪なる者なり。其の鋒森然として、敢へて当たる者少し。予、力を量らず、往往にして之れを犯す。夫れ合応する者は声同じく、交争する者は力敵(ひと)し。一往一復、罷(や)めんと欲(す)るも能(あた)はず。是れに繇(よ)りて、一篇を製(つく)る毎に、先づ草を相視(しめ)す。視竟(みおわ)れば則ち興作(おこ)り、興作れば則ち文成る。一二年来、日び筆硯を尋ね、同和贈答し、覚えず滋(ます)ます多し。大和三年春に至る已前、紙墨の存する所の者、凡(およ)そ一百三十八首。其の余の興に乗じ酔を扶(たす)け、率然として口号する者は、此の数に在らず。因つて小姪亀児に命じて編録せしめ、勒して両巻と成す。仍(よ)つて二本を写し、一は亀児に付し、一は夢得が小児崙郎(ろんろう)に授け、各(おの)おの収蔵して両家の集に付せしむ。予、頃(このごろ)元微之と唱和すること頗(すこぶ)る多く、或いは人口に在るを以つて、常に微之に戯れて云ふ、「僕、足下と、二十年来、文友詩敵為るは、幸ひなるも亦不幸なり。情性を吟詠し、名声を播揚し、其の適するや形を遺れ、其の楽しむや老いを忘るるは幸ひなり。然れども江南の士女の才子を語る者、多く元白と云ふは、子の故を以つてなり。僕をして呉越の間に独歩するを得ざらしむるは、亦不幸なり」と。今老いに垂んとして復夢得に遇ふ、不幸を重ぬるに非ざるを得んや。夢得夢得、文の神妙たる、詩より先なるは莫し。妙と神の若きは、則ち吾豈敢へてせんや。夢得の「雪裏の高山頭白きこと早く、海中の仙果子生ること遅し」、「沈舟の側畔に千帆過ぎ、病樹の前頭に万木春なり」の句の如き類、真に神妙と謂ふ。在在処処、応当に霊物の之れを護ること有るべし。豈唯に両家の子姪の秘蔵するのみならんや。己酉の歳三月五日、楽天解す。

前半には唱和詩集二巻が成るまでの経緯を述べている。まず劉禹錫の詩才を讃え、その劉禹錫と一二年来、同和贈答を重ねてきたが、大和三年（八二九）春までに一三八首の唱和詩が成ったので、甥に命じて二巻に編集させ、それを二部書写して、一本はその甥に、一本は劉禹錫の子に与えて、それぞれ白居易と劉禹錫の詩集に付録させることにしたという。後半は、初めに元稹との長年に亙る詩文を通しての交友に言及し、常に元白と並称されたことを言い、劉禹錫との間柄もまた同じであると述べて、筆を劉禹錫のことに戻す。そうして「神妙」と称すべき彼の詩句を引用して絶賛し、この詩集が護られていくであろうことを述べて文を結んでいる。

## 二

この「劉白唱和集解」（以下、適宜「解」と略称）の平安朝詩文における受容については、先学の論及がすでにある。発表された順序に従って見ていくと、まず金子彦二郎『増補平安時代文学と白氏文集――道真の文学研究篇第二冊』（芸林社、一九七八年）(2)に若干の指摘がある。その「第三　研究資料篇」所収の「道真の詩に於ける白氏文集詩語・詩句の摂取例」は、『菅家文草』における白居易詩文の摂取に関する全体的な調査結果を示したものであるが、そのなかに「劉白唱和集解」からの二例がある。一つは『菅家文草』巻二所収の、97「詩草二首、戯れに田家の小児に視す。一首は以つて菅侍医病死の情を叙べ、一首は以つて源相公火に失ひたる家を悲しむ。丈人侍郎適たま本韻に依り、更に一篇を酬ゆ。予感歎に堪へず、重ねて以つて答謝す」の一聯である。その、

　我唱無休君有子　我唱ふこと休むこと無く君に子有り

　何因編録命亀児　何に因つてか編録亀児に命ぜん

〈白楽天、小姪亀児に命じて唱和集を編録せしむ。故に云ふ〉

は「劉白唱和集解」の「因つて小姪亀児に命じて編録せしめ、勒して両巻と成す」に拠るものである。

もう一つは「解」の終わりに近く「在在処処」という語句があるが、これを道真は「詩友会飲し、同に「鶯声に誘引せられて花の下に来たる」を賦す」（巻六・433）で、

　鳥声人意両嬌奢　鳥声と人意と両つながら嬌奢す

　処処相尋在在花　処処に相尋ぬ在在の花

と用いていることである。

次いで、新間一美氏の論及がある。「白居易の詩人意識と菅家文章・古今序――詩魔・詩仙・和歌ノ仙」（『平安朝文学と漢詩文』和泉書院、二〇〇三年。初出一九九六年）で、前述の『菅家文草』の「詩草二首、……」を一例として指摘する。また「古今集真名序」の、万葉歌人柿本人麻呂について述べた、

民業一たび改まり、和歌漸く衰ふ。然れどもなほ先師柿本大夫なる者有り。高く神妙の思ひを振るひ、古今の間に独歩す。

の「神妙」、「古今の間に独歩す」が、「解」の「文の神妙」「真に神妙と謂ふ」、および「呉越の間に独歩す」に拠ることをいう。

近年の三木雅博氏の「平安朝における「劉白唱和集解」の享受をめぐって――文人たちの作品と『仲文章』」（『平安朝漢文学鉤沈』勉誠出版、二〇一八年。初出二〇〇一年）は「解」を考察対象の中心に置き、その受容を論じた論文である。三木氏は平安朝における「解」の受容に、詩人同志の交友という側面に注目しての受容と、白居易が劉禹錫の詩才を賛美した表現に注目しての受容との二つの側面があったことを指摘して、それぞれの具体例を挙げている。前者として先の菅原道真の「詩草二首、……」に加えて、紀長谷雄の「延喜以後詩序」（『本朝文粋』巻八）を挙げる。また後者としては、前述の「古今集真名序」の例、また「解」の冒頭の「彭城の劉夢得は詩の豪なる者なり。其の鋒森然として、敢へて当たる者少なし」という文辞を指摘し、この表現が『本朝麗藻』所収の詩また詩序、あるいは院政期の大江匡房の「暮年詩記」や藤原敦光の「柿本朝臣人麿画讃」（ともに『本朝続文粋』巻十一）、さらに、漢文体の著作ながらこれら正格の詩文とは位相を異にする教訓書の『仲文章』などに摂取されていることを論じている。

以上のような論述がすでにあるのであるが、指摘すべきものがなお残されている。その若干を取り上げてみたい。

## 三

前節で概観した「劉白唱和集解」の受容例を時間列のなかで見てみると、菅原道真の『菅家文草』が最も早く、「詩草二首、……」に「解」の叙述を踏まえた表現がなされている。その道真と嶋田忠臣との贈答が行われたのは元慶六年（八八二）のことであるが、道真はこれより十数年前の時点ですでに「解」の表現をその文章に取り込んでいる。しかもそれは道真が「解」をどのように理解していたかを端的にもの語るものでもある。

それは「洞中小集序」（『菅家文草』巻七・48）(3)である。

洞中小集序　貞観九年、依二雲林院親王命一所レ製

貧道、投分香火、卜宅雲林。盃酒非吾道之資、筌歌非吾家之備。毎逢佳時令節、空然擲度而已。送日送老、都無二物。今撰斯一集、聊宛用心。流別非常、体例自我。寒食者悼亡之祭、重陽者避悪之術。故本義幽閑、寄言節候。又詠竹樹、賦魚鳥、楽山水、重離別之類、与世人異情、与閑放同趣者、撰以載之。況乎、山人道士、隠逸梵門、近取諸身、多可景式。故雖座上口号、行中立成、或就四時、或専一軸。兼載不少、繁多何嫌。凡今之所撰、毎各免俗。故名曰洞中小集、約為五巻。自非草庵之裏、松澗之中、不欲吟詠一句、伝写一篇。若有至親故友、縦令与吾異道、何為秘蔵。丁亥歳九月十日解。

貧道、分を香火に投じ、宅を雲林に卜す。盃酒は吾が道の資（たすけ）に非ず、筌歌は吾が家の備（そなえ）に非ず。佳時令節に逢ふ毎に、空然として擲度するのみ。日を送り老いを送るに、都（かつ）て二物無し。今斯（こ）の一集を撰して、聊か用心に宛つ。流別は常に非ず、体制は我自（よ）りす。寒食は亡きひとを悼む祭、重陽は悪を避くる術なり。故に義に幽閑に本づき、言を節候に寄す。又、竹樹を詠じ、魚鳥を賦し、山水を楽しみ、離別を重んずる

類、世人と情を異にし、閑放と趣を同じくするものは、撰びて以つて之れを載す。況んや山人道士、隠逸梵門は、近く諸を身に取り、多く景式とすべきをや。故に座上の口号、行中の立ちどころに成れるものといへども、或いは四時に就け、或いは一軸を専らにす。兼載少なからざるも、繁多何ぞ嫌はん。凡そ今の撰ぶ所、毎に各おの俗を免かる。故に名づけて洞中小集と曰ひ、約して五巻と為す。草庵の裏、松澗の中に非ざる自りは、一句を吟詠し、一篇を伝写せんことを欲はず。若し至親故友有らば、縱令吾と道を異にするとも、何為れぞ秘蔵せん。丁亥の歳、九月十日解す。

この序は貞観九年（八六七）、道真が「雲林院親王」の依頼に依って代作したことが題注に記されている。雲林院親王は仁明天皇の皇子、常康親王である。彼は皇子たちのなかでも特に父天皇の鍾愛を受け、天皇が没すると、深く追慕して、仁寿元年（八五一）二月、出家して雲林院に隠棲した。(4)

雲林院における生活のなかで親王が友としたものは、酒でもなく音楽でもなく、詩であった。「幽閑」を旨として、景物を詠じ、四時の推移を賦し、人事を叙したが、それらはいずれも「閑放」、脱俗を詩境とするものであった。これらの詩作を集めて『洞中小集』五巻とするという。『洞中小集』は現存しない。この集序が残るだけである。

この集序において注目されるのは末尾の一文である。

丁亥歳九月十日、解。

と結ぶが、これは「劉白唱和集解」の結び、

己酉歳三月五日、楽天解。

に倣ったものである。この「楽天解」はいうまでもなく文章の表題としての「解」と照応している。「解」は文

体の一つである。すでに言及があるが、(5)『文心雕龍』書記に、「解は釈なり。結滞を解釈し、事に徴して以つて対ふるなり」と説明されていて、ある事実あるいは問題について解き明かすものである。他には実例がはなはだ少なく、総集、文集の文体の分類として立項されることもない。『白氏文集』では、巻六十に、「碑・序・解・祭文・記」と、文体の一つとして挙げているが、「解」に属するのはこの「劉白唱和集解」だけである。

「劉白唱和集解」は「解」と題されているが、『文心雕龍』に説く「解」とは異なっている。これは第一節で読んだように、『劉白唱和集』がどのようにして成立したか、またいかなる内容であるかを記述した文章であり、常識的な理解では、序―集序、書序であろう。(6)

菅原道真もやはりそのようにこの「解」を読み取った。そうして集序である「洞中小集序」の結びに、その措辞を借りて置いたのである。道真が倣ったのは文章の末尾を「劉白唱和集解」の語で結ぶことばかりではない。日付の年を元号ではなく、「己酉歳」と干支によって示すこともそうである。

結びの一文の相似は明白であるが、であれば、その前の文に用いられた「秘蔵」の語も、道真は「解」のそれを意識して用いたとみてよいだろう。「秘蔵」という語は特別な語ではない。また文脈も両者でかなり相違している。「劉白唱和集解」は、「豈唯に両家の子姪の秘蔵するのみならんや」という。『劉白唱和集』を二部書写し、一本は自分の甥に、一本は劉禹錫の子に与えた。しかしそれはそれぞれがただ彼らの許に所蔵されていることだけを願ってのことではない、という。

一方、道真は、「若し至親故友有らば、縦令吾と道を異にするとも、何為れぞ秘蔵せん」という。もしごく親しい者、古くからの友人が『洞中小集』所収の詩を読みたいというならば、たとえ私と生き方を異にする者であっても、秘して見せないなどということはない、という。

以上のとおりであるが、道真がここに「秘蔵」の語を用いたのは「解」の措辞に倣ってのことと考えてよいだろう。
白居易は『劉白唱和集』編纂の経緯を記した文章を書き、これを「解」としたが、道真は実質は〈序〉と把握し、その表現を常康親王の依嘱を受けて執筆した詩集『洞中小集』の序に利用した。
これよりおよそ四十年後に、紀淑望も同じように、集序「古今和歌集真名序」のなかで、「劉白唱和集解」の用語を借り用いることになるが、そのことは前述のように新間氏の指摘がすでにある。

# 四

上述の例は、わずかに末尾の一文ながら、菅原道真が「劉白唱和集解」をどのような文章として把握していたかをよく示すものであったが、また文章表現のレベルで「解」の措辞を借り用いている例もある。三木氏が指摘した、「――は詩の豪なる者なり。其の鋒森然として、敢へて当たる者少し」も、詩才を称讃する表現として、平安中期から後期に及んで、流行とまではいいがたいが、何人かの文人によって用いられていたが、同様の例はほかにもある。
それは「解」の次の表現である。

然江南士女語才子者、多云元白、以子之故。

然れども、江南の士女の才子を語る者、多く元白と云ふは、子の故を以つてなり。

文章の半ば、白居易が元稹に向かって冗談めかしていった言葉の一部である。世間の人びとが才子を語る時には、ほとんどの場合、「元白」と併称するが、それは私にとって幸いでもあるが、また迷惑でもあるのだ。なぜなら、それで私は才子としての名声をひとり占めできず、私にとっては不幸なのだ、と続くが、世間では二人は「元白」と並び称されるということの措辞が、○○は広く人びとから称賛されているということを言うのに格好の表現として、平安朝の文人たちに好まれたらしく、その文章に摂取されている。また、その過程で少しずつ言い換えがなされていく。

最も原文に近い形で用いているのは大江以言である。「暮春、員外藤納言の書閣に陪り、飛州刺史の任に赴くを餞す、教に応（こた）ふ」詩序（『本朝文粋』巻九・251）に次のようにいう。

天徳応和之間、天下士女之語才子者、多云高俊茂能。茂能則早遂儒業、永入仏道。高俊則今之所餞飛州刺史是也。刺史以才知世如此。

天徳・応和の間、天下の士女の才子を語る者、多く高俊・茂能と云ふ。茂能は則ち早く儒業を遂げて、永く仏道に入る。高俊は則ち今の餞する所の飛州刺史是れなり。刺史の才を以つて世に知らるること此（か）くの如し。

一条朝の正暦三年（九九二）三月、権中納言の藤原伊周は飛騨守として任地に赴く高丘相如（たかおかのすけゆき）を餞別する宴を催した。その宴席で作られた詩序の冒頭であるが、「高俊」は高丘相如を学生としての字（あざな）で呼んだもので、「茂能」は同じく字で賀茂保胤（やすたね）をいう。「天徳・応和」は村上朝の年号で、九五七年〜九六三年に当たる。その頃、二人は大学寮の学生であったが、才学に勝れた者としてこの二人が名を挙げられることがしばしばであった。

この詩序の「天下士女之語㆓才子㆒者、多云㆓高俊茂能㆒」が「解」の「江南士女語㆓才子㆒者、多云㆓元白㆒」をわずかに数文字を変えただけであることは瞭然である。

長保二年（一〇〇〇）、大江匡衡と藤原行成との間で手紙のやり取りがあった。匡衡は借用していた『貞観政要』を行成に返却するに当たって付した書状「貞観政要を蔵人頭藤原行成朝臣に返送する状」（『本朝文粋』巻七・192）で、その年の春の除目で期待していた国守になれなかった憤懣を、時に蔵人頭であった行成にぶちまけた。

「儒を崇ぶべき大旨」は『貞観政要』に記載されているではないか。しかるに今の世は「法有るも行はれず、文有るも用ゐられず」という情況にある。そのことをこういう。「才儒を沈めらる、何ぞ坑するに異ならん。書林を廃せらる、何ぞ焚するに異ならん」。学者が不遇な境遇に置かれ、書物が重んじられない現今の状態は、かの秦の〈焚書坑儒〉と違うところはないではないか。またこうもいう、「仲尼曰はく、「学べば禄は其の中に在り」と。此の言に欺かる」。孔子は「学問をすれば俸給はおのずからその中から生じる」と言っているが、私はこの言葉に騙された。

匡衡のこうしたあけすけなもの言いに対して、行成は答えて、人は自分に与えられた運命というものを知るべきだと諭すのであるが、その返事（「返報状」、同巻七・193）を次のように書き出している。

当時士女語才智之者、皆称翰林江主人。今披閲書報之処、知士女之訛言。

当時の士女の才智を語る者、皆翰林江主人と称す。今、書報を披き閲し処、士女の訛言なるを知りぬ。

「翰林江主人」は文章博士の大江匡衡をいう。現今、世間の人びとは才智を兼備した人物として文章博士大江匡衡の名を挙げるけれども、先の書簡に接して、私はそうした人びとの言は間違いであることを知った、というのであるが、冒頭が「解」の先の一文、「江南の士女の才子を語る者、多く元白と云ふ」を変形させて用いていることは明らかである。

行成はこの表現が気に入ったのか、ほかの場面でも使っている。先の書状の応酬があって三年後の長保五年（一〇〇三）の八月のことであるが、源為憲と藤原為時の二人が行成の邸宅を訪ねてきた。そこで詩の唱和が行われる。(7) 行成が二人に訪問の理由を尋ねると、二人はそれぞれに詩によってそのことを述べたので、行成も応えて詩を作った。その詩は『行成詩稿』に収められているが、これには長文の詩題があり、以上のことが記されている。この詩題は初めの部分が失われて、途中からしか残っていないが、次のように記す。

詩仙者也。洛陽士女、皆謂元白之再誕。仲秋八月十有余日、共以親友、尋予造焉。時哉時也。清風朗月、已得玄度。吾心適而欣々然。

……詩仙なる者なり。洛陽の士女、皆元白の再誕と謂ふ。仲秋八月十有余日、共に親友なるを以つて、予を尋ねて造る。時なるかな時や。清風朗月、已に玄度を得たり。吾心適ひて欣々然たり。

この詩は、この年六月に行成が詠んだ「世尊寺の作」に対する為憲と為時の和詩にさらに答えるもので、したがって、「詩仙」とは行成が二人を評して言ったものである。そうしてその後の「洛陽の士女、皆元白の再誕と謂ふ」が「解」の表現を踏まえたものであるが、元白は元稹と白居易である。都の人びとは為憲・為時をこの二人の生まれ変わりだと評したという。なお、そのあとの文の「玄度」は晋の許詢の字。劉惔が風がすがすがしく月の明るい夜はいつも許玄度のことが思われると言ったという話（『世説新語』「言語」）を踏まえて、仲秋の名月のもと、行成を訪ねてきた為憲と為時をいう。

なお、行成は「洛陽士女」の語をその日記『権記』でも用いている。正暦四年（九九三）七月二十九日、左大臣源雅信の薨去を記すなかに「洛場（ママ）士女、薨逝而皆恋慕矣」とある。史料纂集本は「薨」の上に「聞脱カ」と注する。

ここで行成と詩の贈答を行った藤原為時もまた「劉白唱和集解」の文辞を借り用いている。それが見えるのは、為時が具平親王の懐旧の詩に和して往時を回想した詩（『本朝麗藻』巻下・152）(8)の、長い題である。

去年春、中書大王、排花閣命詩酒。左尚書藤員外中丞惟成、右菅中丞資忠、内史慶大夫保胤、共侍席。内史右大王属文之始、以儒学侍、縦容尚矣。七八年来、洛陽才子之論詩人者、謂三人為先鳴。当于其時、或求道一乗、或告別九原。（以下略）

去年の春、中書大王、花閣を排(ひら)きて詩酒を命ず。左尚書藤員外中丞惟成、右菅中丞資忠、内史慶大夫保胤、共に席に侍す。内史は大王の文を属(つづ)る始めを右(たす)け、儒学を以つて侍し、縦容たること尚(ひさ)し。七八年来、洛陽の才子の詩人を論ずる者、三人を謂ひて先鳴と為す。其の時に当たりて、或いは道を一乗に求め、或いは別れを九原に告ぐ。

「去年」は後にまわすことにして、「中書大王」は中務卿具平親王である。親王は去年の春、その邸宅に詩宴を催されたが、その席には権左中弁藤原惟成、右中弁菅原資忠、大内記慶滋保胤が参加していた。なかでも保胤は親王が詩文の制作を始めた時からの師範であったが、近頃、彼らはあるいは出家し、あるいは亡くなってしまった、という。寛和二年（九八六）四月二十二日に保胤が、二か月後の六月二十四日には惟成が出家し、翌年永延元年五月二十一日には資忠が没している。従って冒頭の「去年」とは寛和二年である。わずか一年の間に相次いで世を去っていった三人の儒家を追懐哀傷する作である。

さて、この文にも「解」の文辞の受容が見える。三人がこの世を去る七、八年前から、都の知識人らが詩人を論ずるときには、この三人を以って先頭に立つ者と称したというが、この「洛陽の才子の詩人を論ずる者、三人を謂ひて先鳴と為す」は、先の「解」の文辞のバリエーションである。

バリエーションはさらに拡がり、本来は人についていうものであったものが、人以外に関しても応用されるに至る。その例を源順の詩序に見ることができる。「後二月、白河院に遊び、同に「花影春池に泛かぶ」を賦す。教に応ふ」詩序（『本朝文粋』巻十・302）である。

> 夫年不必有閏、閏不必在春。今年閏在二月。豈非花鳥得時之春哉。然猶都人士女之論花者、多以白河院為第一矣。何以覈諸。花色有濃淡、葩数有疎密。其色濃者、晩霞映兮弥艶、其葩密者、春風吹兮猶残。
>
> 夫れ年に必ずしも閏有らず、閏は必ずしも春に在らず。今年の閏は二月に在り。豈花鳥時を得る春に非ずや。然れどもなほ都人士女の花を論ずる者、多く白河院を以つて第一と為す。何を以つてか諸を覈かにする。花の色に濃淡有り、葩の数に疎密有り。其の色の濃き者は、晩霞映じて弥いよ艶に、其の葩の密なる者は、春の風吹きてなほ残る。

花の名所としての白河院を称揚するが、そのことを言うのに、「解」の表現を借りて拡大応用する。傍線部がそれである。なお、「都人士女」は『文選』の用語である。班固の「西都賦」（巻一）に長安の繁華を述べて、「都人士女は、五方に殊異にして、遊士は公僕に擬し、列肆は姫姜よりも侈る」とある。

なお、この詩序が書かれた年次は閏二月ということから明らかにできる。作者の順の生存年代に在って、二月に閏があったのは延喜十五年（九一五）と天禄三年（九七二）であるが、延喜十五年には順はなお五歳であることから、これは天禄三年の作である。

「劉白唱和集解」の措辞のわずか数文字を置き換えたものから、応用変化させたものへと用例を挙げたが、本来は並称される二人の詩人の才能を讃えるのに、都人の口を借りてするという表現手法であったものが、それを借用するなかで、二人が一人に、あるいは三人になり、称讃の対象も人以外のものへも援用されるに至る。一つの表現が同心円的に拡がり、変容しつつ受容されていく様子が見て取れる。
一方、時間列のなかで考えると、最後に挙げた源順の詩序がいちばん早く（九七二年）、次いでその前の藤原為時の詩題（九八七年）、そうして初めに戻って大江以言の詩序（九九二年）、その後は藤原行成の書状（一〇〇〇年）、行成の詩題（一〇〇三年）という順序になる。これまでに管見で得たのはこの五例であるが、いずれもおよそ三十年ほどの間の、比較的近接した時間の中にある。

## おわりに

白居易の文学は日本において広く受容されたが、そのなかにあって、ことに愛好された作品というものがある。まずは「長恨歌」であり、「新楽府」であり、また「琵琶行」である。「劉白唱和集解」はそれらには遠く及ばないが、先学による指摘に本章の例を加えてみるとき、「劉白唱和集解」が平安朝の文人たちに与えた影響もある程度のものがあったということができよう。

注

（1）集としては伝存していない。現存の白居易と劉禹錫の詩から、復原を試みた近業として、柴格朗『劉白唱和集（全）』（勉誠出版、二〇〇四年）がある。
（2）ただし、行論中に「我が肇国大精神の顕現」、「昭和の聖代」といった措辞のあることから、執筆は昭和二十年（一九四五）以前のことと推測される。

（3）　文草の会著『菅家文草注釈　文章篇』第一冊（勉誠出版、二〇一四年）に注釈がある。数字はその作品番号。

（4）　『文徳実録』仁寿元年二月二十三日条に「無品常康親王落髪為僧。親王者先皇第七子也。……、先皇諸子之中、特所鍾愛。親王追慕先皇、悲哽無已。遂帰仏理、求冥救也」とある。藏中スミ「常康親王と雲林院」（『歌人素性の研究』桜楓社、一九八〇年）がある。

（5）　前述の三木論文。

（6）　朱金城『白居易集箋校』（上海古籍出版社、一九八八年）に、「解」と称して「序」と言わないのは、劉禹錫の父の諱、緒と同音であることを避けたからであろうという。謝思煒『白居易文集校注』（中華書局、二〇一一年）もこれをそのまま引用する。

（7）　この唱和詩については、本書、24「文人たちの交友――藤原行成を軸として」参照。

（8）　川口久雄・本朝麗藻を読む会編『本朝麗藻簡注』（勉誠社、一九九三年）の作品番号。

※　浅見洋二編『テクストの読解と伝承』（広域文化表現論講座共同研究成果報告書、大阪大学大学院文学研究科、二〇〇六年）に発表した。

# 15　大江匡衡と『文選』

## 一

一条朝期を代表する文人大江匡衡（九五二～一〇一二）は長徳二年（九九六）四月、時に式部権少輔、文章博士の官に在ったが、さらに備中介を兼任したいとの奏状（『本朝文粋』巻六・162）を呈上した。その中に、

三史文選、師説漸（ようや）く絶え、詞華翰藻、人以つて重んぜず。

という一文がある。「三史」は『史記』『漢書』『後漢書』をいう。したがって「三史文選」は歴史と文学、広く言えば学問と言ってよかろう。対する「詞華翰藻」は詩文である。学問の系譜が衰微し、文学が軽視される。そうした現今の状況を歎いているのであるが、このうち、とり分け「文選」が注視され、これを以って、一条朝、拡げて平安中期における文選学の、あるいは『文選』受容の衰退が語られることがあるのだが、実際はどうなのであろうか。匡衡のこの慨嘆を文字どおりに受け取っていいのだろうか、検討してみたい。なお、匡衡は「三史文選」と言っているので、併せて三史（実際には『史記』）についても見ていこう。

# 二

このことを考えるについて、まず取り上げるべきは、他ならぬ匡衡の詩文である。

匡衡の文学的自伝である「述懐。古調詩一百韻」（『江吏部集』巻中）に、長徳四年（九九八）のこととして、次のようなことが賦されている。その年の九月のある日、匡衡の屋敷を宮中からの使者が訪れ、天皇のお召しがあることを告げた。匡衡は大慌てで宮中に向かい、蔵人を通じて勅命を受けた。

夕郎手持書　　夕郎手に書を持ち
口以勅語伝　　口に勅語を以つて伝ふ
此孔子世家　　此れ孔子世家なり
家家説不詮　　家々の説詮(あき)らかならず
宜以江家説　　宜しく江家の説を以つて
備之叡覧焉　　之れを叡覧に備ふべしと
奉詔汗浹背　　詔を奉じて汗は背を浹(うるお)す
浅学恐自専　　浅学にして自専たるを恐る
抽毫立加点　　毫(ふで)を抽(ぬき)んでて立(たちどころ)に点を加へ
指掌応于乾　　掌を指すがごとく乾に応ふ

天皇の命は、「孔子世家」について、諸家の説が明確ではないので、江家の説を示すようにとのことであった。匡衡は事の重大さに恐懼しつつ、直ちに訓点を施し、天皇の要請に応えた。結句の「乾」は天子をいう。「孔子世家」は『史記』の一巻である（巻四十七）。すなわち一条天皇が『史記』を読むに際して、大江家の訓説を求めてきたのである。

　このことに関連する貴重な資料として、匡衡の訓説を伝える『史記』の古写本が現存している。宮内庁書陵部蔵の三条西実隆による永正七年（一五一〇）書写の『史記』がそれで、「孔子世家」ではないが、巻一「五帝本紀」の尾題の下に、

　本云、善清―　江匡―　橘直―　已上三説竝存

という識語がある(1)。それぞれに三善清行（八四七～九一八）、大江匡衡、橘直幹と考えられる(2)。清行は菅原道真と同時代に、直幹は生没年未詳であるが、朱雀・村上朝に活躍した文人である。それら二人と共に匡衡の、すなわち江家の訓説が十六世紀の写本に承け継がれていた。

やはり「述懐」に、もう一つのことが賦されている。先の引用に続いて、

其後未幾日　　其の後未だ幾日ならずして
昇殿接神仙　　昇殿して神仙に接す
近左右師子　　左右の師子に近づき
攀楼殿環玭　　楼殿の環玭(かんへん)を攀(よ)づ
5 執巻授明主　　巻を執りて明主に授くれば
縱容冕旒褰　　縦容として冕旒(べんりゅう)褰(かか)げらる
尚書十三巻　　尚書十三巻
老子亦五千　　老子また五千

文選六十巻　　文選六十巻
10 毛詩三百篇　　毛詩三百篇
加以孫羅注　　加ふるに孫羅の注を以つてし
加以鄭子箋　　加ふるに鄭子の箋を以つてす
捜史記滞義　　史記の滞義を捜りて
追謝司馬遷　　追ひて司馬遷に謝(は)ぢ
15 叩文集疑門　　文集の疑門を叩きて
仰慙白楽天　　仰いでは白楽天に慙(は)づ

とある。ここで述べられているのは、昇殿を許され、天皇の侍読を勤めることになったことである。7句目以下に天皇に講授した典籍を列挙する。『尚書』『老子』『文選』『毛詩』『史記』『白氏文集』である。

同様のことは他の詩文にもいう。『江吏部集』巻中の、天皇の『老子』読書に侍したことを賦す詩の長文の詩題に、

頃年、累代侍読の苗胤たるを以つて、尚書一部十三巻、毛詩一部三十巻、文選一部六十巻、及び礼記、文集を以つて、聖主の御読に侍す。皆是れ鴻業を潤色し、王道を吹塋(すいえい)する典文ならざるは莫(な)し。

とある。ここでは『史記』がなく『礼記』が加わっている。

また、長保四年（一〇〇二）十一月の、子の挙周(たかちか)の明春の蔵人任官の推薦を藤原道長に依頼してくれるよう藤原挙直に懇請する書状（「可レ被レ上二啓挙周明春所望一事」『本朝文粋』巻七・196）にも、自己の功績を述べて、

匡衡は毛詩、荘子、史記、文選を以つて天子に授け奉り、易筮、表翰、願文、祭文を以つて、東閤（道長）

の旨意を発明せり。

という。

「述懐」に戻るが、天皇に講授したと列挙する書物のうち、『文選』と『毛詩』については用いた注本のことにも言及している。

文選六十巻、毛詩三百篇、

加ふるに孫羅の注を以つてし、加ふるに鄭子の箋を以つてす。

『毛詩』についていう「鄭子の箋」とは、後漢の鄭玄の注である。『日本国見在書目録』「詩家」に「毛詩二十巻〈漢河漢大伝 毛萇伝 鄭氏箋〉」とある。

『文選』については「孫羅の注」というが、孫羅とは初唐の公孫羅である。その注のことは、同じく『日本国見在書目録』「総集家」に「文選鈔六十九〈公孫羅撰〉」、「文選音決十〈公孫羅撰〉」とあり、後述する『文選集注』にも「鈔」「音決」として二書ともに引用されている。『文選鈔』『文選音決』ともに公孫羅の注であるが、『鈔』は義注、『音決』は音注であるから、匡衡が用いたという「孫羅の注」は『文選鈔』と考えられている。(3)

まず匡衡自身の詩文に目を向けてみたが、匡衡が侍読として一条天皇に講授した多くの中国の典籍のなかに『文選』『史記』ともに含まれている。また、『史記』「孔子世家」については、特に天皇の下命を受けて、大江家の訓説によって訓点を付けて献呈している。さらに、他の巻（「五帝本紀」）であるが、匡衡の訓説は平安中期の他の学儒のそれと共に十六世紀の写本にまで受け継がれている。

# 三

次いで、匡衡の周辺を尋ねてみよう。匡衡の時代には、上流貴族たちが漢文日記を書き記しているが、これを取り上げて、時代を追って見ていこう。

藤原行成の『権記』の長保二年（一〇〇〇）九月六日条に、次の記述がある。

亦先日匡衡朝臣所伝仰注文選、纔所求得四十余巻。非一同。随仰可令進上。

また先日匡衡朝臣に仰せを伝ふる所の注文選、纔（わず）かに求め得る所四十余巻なり。一同に非ず。仰せに随ひて進上せしむべし。

時に行成は蔵人頭の職に在ったが、この日、左大臣道長の召しを受けて、いろいろの「雑事」を申し承っている。そのなかの一事である。これより先、行成は、天皇の「注文選」を進上するようにとの命を匡衡に伝えていたが、ようやく四十数巻を求め得たところで、揃ってはいないものの進上させよ、という道長の指示である。

翌七日、このことについての天皇の意向が示された。

奏昨日左大臣令申旨。仰云、文選雖不具可進。

昨日左大臣の申さしむる旨を奏す。仰せて云はく、文選、具はらずといへども進（たてまつ）るべしと。

とある。昨日の左大臣の指示を天皇に奏上したところ、「文選は揃っていなくとも進上せよ」という命が下されたという。

一条天皇は「注文選」を求めており、その入手が匡衡に下命されている。これがいかなる文選注であるのかは、これだけの記事からは不明というほかない(4)。

以下は藤原道長の『御堂関白記』の記述である。

寛弘元年（一〇〇四）十月三日条に次の記事がある。

乗方朝臣集注文選幷元白集持来。感悦無極。是有聞書等也。

乗方朝臣、集注文選幷びに元白集持ち来たる。感悦極まり無し。是れ聞こえ有る書等なり。

乗方が「集注文選」と「元白集」を持参し、道長に献呈した。乗方は源乗方である。宇多源氏で重信の子、兄弟に致方、道方、宣方、相方がある。乗方には文事は伝わらないが、致方ら四人はいずれも詩文に堪能な人であった。(5)

「元白集」は元稹と白居易の詩文集の意であるが、両者による唱和集(6)か、あるいはそれぞれの別集、すなわち『元氏長慶集』と『白氏文集』とを併称したものであろう。

「集注文選」はそれとして現存する。そのほとんどが我が国に遺存する『文選集注』がこれであると考えられている。百二十巻という大部なものであるが、今は二十数巻が残るのみである。編者は未詳。その名のとおり、諸注を集成したもので、李善注、五臣注のほか、「鈔（文選鈔）」、「音決（文選音決）」、「陸善経注」という、いずれも唐人の注を引載する。「鈔」以下の三書は本書にのみ見える注釈であり、貴重な集注として尊重される。(7)

道長はこの『集注文選』及び「元白集」について、「聞こえ有る書」と言い、それを手にすることができて「感悦極まり無し」と感激の辞を書きつけている。道長にとっても、かねてよりその評判を耳にして、取得を待ち望んでいた書物だったのである。

これより一箇月を経た十一月三日、道長は再び『集注文選』のことを記録している。

事了間、集注文選、内大臣取之。右大臣問。内大臣申云、宮被奉集注文選云々。

事了んぬる間、集注文選、内大臣（藤原公季）之れを取る。右大臣（同顕光）問ふ。内大臣申して云ふ、宮、集注文選を奉らると云々。

この日、一条天皇は中宮の許（藤壷）に出かけ、管絃の遊びが催された。これが終わって後のことである。「宮」は中宮の彰子、言うまでもないが道長の娘である。その中宮から天皇へ『集注文選』が奉献されている。一箇月後のことである。先に道長へ進上された『集注文選』に違いない。[8]

先に見たように、一条天皇は匡衡から「文選六十巻」（李善注か）及び公孫羅注によって『文選』の講義を受けていた。また未詳の「文選注」の調達を匡衡に命じて、その四十数巻を入手していた。今また、最上の文選注も手元に置くことになったのである。

『集注文選』は匡衡とも関わっており、それは匡衡の曾孫、匡房の言談を記録した『江談抄』に記されている。巻六―58「張車子の富は文選の思玄賦を見るべきこと」である。

予問ひて云はく、「丹波殿の御作詩の中に「司馬遷の才漸く進むと雖も、張車子の富は未だ平均ならず」と。「張車子の事は集注文選の「思玄賦」の中に見ゆ。第一に興有る事なり。……」と云々。

「丹波殿」はその最終官、丹波守（寛弘七年任）によって匡衡をいう。引かれている詩句は「越州刺史の任に赴くを餞す」（『江吏部集』巻中）の一聯であるが、次のような詩である。

鏡水蘭亭君管領　　鏡水蘭亭君管領し
翰林李部我艱辛　　翰林李部我艱辛す
明時衣錦昼行客　　明時錦を衣（き）る昼行の客
暗牖弾冠晩達人　　暗牖冠を弾（はじ）く晩達の人

5司馬遷才雖漸進　　司馬遷の才漸く進むと雖も
張車子富未平均　　張車子の富は未だ平均ならず
越州便是本詩国　　越州は便ち是れ本詩国
宜矣使君先遇春　　宜なるかな使君の先づ春に遇ふこと

これは長徳二年（九九六）正月、越前守に任じられた藤原為時の赴任に際して賦した詩である。語句また一首全体の意味等については、拙著、人物叢書『大江匡衡』（吉川弘文館、二〇〇六年。六〇頁）に譲るが、第三聯までは国守の身分を得た幸運の為時と不遇の自らとを対比して詠んでいる。話題となっている第六句は、国守になれなかった私は張車子のような富を平等に得てはいないということであるが、匡房は、その典拠は『集注文選』の「思玄賦」の注にあるという。

「思玄賦」は漢の張衡の作で、現行の李善注本、六臣注本では巻十五所収。『文選集注』は残念なことに、該当する巻が失われている。賦の、世間の吉凶を予測することの難しさを述べる箇所に、

或輦賄而違車兮、孕行産而為対。

或いは賄を輦びて車を違くるも、孕は行く産して対へを為す。

とあり、これについて、今は李善注によれば、次のようにいう。

車は人名なり。孕は子を懐るなり。昔、周犨なる者有り。家甚だ貧しく、夫婦夜も田る。天帝見て之れを矜み、司命に問ひて曰はく、此れ富ますべきかと。司命曰はく、命、貧に当たる。張車子が財有り。以つて之れに仮すべしと。乃ち借りて之れを与へ、期して曰はく、車子生まれなば、急ぎ之れを還せと。田る者稍く富み、貲を致すこと巨万なり。期に及んで司命の言を忘れ、夫婦其の賄を輦ひて以つて逃る。行旅者と同宿

し、夫妻の車の下に寄りて宿るに逢ふ。夜、子を生む。名を夫に問ふに、夫曰はく、車間に生まるれば車子と名づくるなりと。是れより向かふ所、利を失ひ、遂に便ち貧困となる。

おおよそこのような話である。

周犨なる者がいて、たいそう貧しかった。天帝が憐れんで、司命（人の運命を司る神）にはかると、「貧しい運命のもとにあるが、張車子の財産を貸してやろう」という。そこで天帝はこれを与えて、車子が生まれたら、すぐに返すよう約束する。そのおかげで周夫婦は大金持ちになるが、約束の時になると、財産を抱えて逃げてしまう。旅の途中、車の下で寝泊まりしている夫婦に出会うが、その妻が子供を産む。夫に子の名前を尋ねると、「車の下で生まれたので車子だ」と言う。これ以後、周夫婦は再び貧乏になってしまった。

この李善注に拠っても「張車子の富」という措辞の因って来たるところを知ることができる。『集注文選』にも類似の注が付されていたのであろう。『江談抄』の話は、匡衡の詩の表現はそれを踏まえていたというのである。匡衡も『集注文選』を目にしていた。(9)

『御堂関白記』に戻って、寛弘三年（一〇〇六）十月二十日条に次の記述がある。

参内。着左仗座。唐人令文所及蘇木茶埦持来。五臣注文選、文集等持来。

内に参る。左仗座に着く。唐人令文が及ぼせる所の蘇木、茶埦持ち来たる。五臣注文選、文集等持ち来たる。

「令文」は宋の商人の曾令文。長徳・長保年間にも来航し、『権記』にも名が見える。(10) これは再度の来日であるが、将来した唐物を献上した。なかに「五臣注文選」と『白氏文集』があった。『文選』五臣注は唐の開元六年（七一八）、呂延済、劉良、張銑、呂尚（りょきょう）、李周翰の五人によって作成された注釈である。先述の『文選集注』にも五臣注が引載されているが、ここで献上されたのは単行の五臣注である。

次いでは寛弘七年八月二十九日条である。

作棚厨子二双。立傍置文書。三史、八代史、文選、文集、御覧、道々書、日本記具書等、令、律、式等具、幷二千余巻。

棚の厨子二双を作る。傍に立て文書を置く。三史、八代史、文選、文集、御覧、道々の書、日本記の具書等、令、律、式等の具、幷せて二千余巻なり。

道長は新たに書棚を作り、所蔵の典籍史料を収めた。「八代史」は中国の史書、『魏書』『晋書』『宋書』『斉書』『梁書』『陳書』『隋書』『唐書』である（『口遊』書籍門）。「御覧」は『修文殿御覧』。合わせて二千余巻とある。道長の許には膨大な量の書籍が集められていたわけであるが、なかに「三史」そして『文選』がある。『文選』にはこれまでに見てきた『集注文選』『五臣注文選』も含まれていたに違いない。

再び『権記』に戻る。その寛弘七年十一月二十八日条である。

又大臣献御書。余幷左金吾取之。右大臣問、何物。余申、摺本文選。金吾称、摺本文集。

又大臣御書を献ず。余幷びに左金吾之れを取る。右大臣問ふ、何物ぞと。余申す、摺本文選なりと。金吾称ふ、摺本文集なりと。

この日、一条天皇はそれまで居所としていた枇杷殿から新造成った一条院内裏に還幸したが、道長はこれを祝い、贈物をした。その一環である。「左金吾」は左衛門督の頼通。道長は『文選』と『白氏文集』を贈っているが、『文選』は注本であった。道長自身『御堂関白記』にこの日のことを詳しく記録していて、贈物にも触れている。

次御送物。摺本注文選、同文集。入蒔絵筥一双、袋象眼包、五葉枝。

次いで御送物。摺本注文選、同文集。蒔絵の筥一双に入れ、袋は象眼の包み、五葉の枝。

注目すべきは行成、道長共に記しているが、天皇に献上された『文選』『白氏文集』が「摺本」すなわち版本(11)であることとである。

周知のように、印刷技術の普及に伴う版本の流布は宋代における特筆すべき文化事象である。これらの本はおそらく先述の曾令文のような、この頃多く日本に来航していた宋の商人によってもたらされたものであろう。そうして先に見た道長の書架に収蔵されていたに違いない。道長は宋版本という最先端の貴重な文物を献上しているのである。

この版本の『文選』のことは源経頼の『左経記』にも記されている。万寿二年（一〇二五）七月三日条に次のようにある。

及午後参御堂。東宮以子剋御遷大内。仍有御送物用意〈摺本文集一部、同文選一部。各裹村濃薄物付銀枝。……〉。自御堂可被奉云々。

午後に及びて御堂に参る。東宮、子の剋を以つて大内に御遷せらる。仍つて御送物の用意有り〈摺本文集一部、同文選一部。各おの村濃の薄物に裹（つつ）みて銀の枝に付く。……〉。御堂自り奉らるべしと云々。

先の例より十五年後のことであるが、類似の事例である。この日、東宮（敦良親王。のち後朱雀天皇）は上東門第から内裏へ帰ったが、これに際して、祖父に当たる道長は祝儀として版本の『白氏文集』と『文選』とを贈っている。

藤原実資の『小右記』にも一例であるが、取り上げるべき記事がある。長元四年（一〇三一）七月二十五日条に次のようにある。

蔵人右少弁経長伝綸旨〈実関白消息〉。挙周奉授文選史記已了。可加一級者。

蔵人右少弁経長、綸旨〈実は関白の消息なり〉を伝ふ。挙周(たかちか)、文選・史記を授け奉ること已に了んぬ。一級を加ふべしてへり。

匡衡の子、挙周に後一条天皇の侍読を勤めたことに対する恩賞として加階するという天皇の命が伝えられているが、挙周が天皇に講授したのは『文選』と『史記』であった。

これまでとは全く異なる資料に目を向けてみよう。『文選』のテキストの奥書である。

京都、建仁寺両足院所蔵の明刊本『六臣注文選』六十巻（三十冊）の第二巻末には、菅原家における歴代の書写伝授を記した詳細な奥書がある。住吉朋彦氏によって紹介されたが(12)、その一部に次の記述がある。

秘本奥書云

応和三年六月八日書写訖　同廿七日加点訖　文章生資忠

寛和元年十一月七日以家説奉授　(三条院)親王而已　右中弁菅資忠

応和三年（九六三）六月、菅原資忠（道真孫）が『文選』を書写し、訓点を加えた。また、それより約二十年を経た寛和元年（九八三）十一月には、右中弁となっていた資忠が、その本に加えられた菅家の訓説にもとづいて、後に三条天皇となる居貞親王に『文選』を教授したことが知られる。

今は本章が対象とする一条朝前後に限ったが、これは菅原家における『文選』の師説の継承をもの語るものである。

## 四

本章が主眼とする『文選』について、上述したことの要点を整理するとこのようになる。

応和三年（九六三）六月　菅原資忠、『文選』を書写、訓点を加える。

寛和元年（九八三）十一月　資忠、菅家の訓説にもとづいて居貞親王(三条天皇)に『文選』を講授する。

(同二年、一条天皇即位)

長徳四年（九九八）　大江匡衡、「注文選」に加え「公孫羅注」を用いて天皇に『文選』を講授する。

長保二年（一〇〇〇）九月　匡衡、「注文選」の調達を天皇に命ぜられ、入手しえた四十数巻を献上する。

寛弘元年（一〇〇四）十月　源乗方、『集注文選』を藤原道長に献呈する。これは同十一月、中宮彰子を通して一条天皇に献上される。『集注文選』は匡衡も閲読しており、これを典拠として詩を詠んでいる。

同三年十月　宋商曾令文、道長に『五臣注文選』を献上する。

同七年十一月　道長、天皇に版本の「注文選」を献上する。

万寿三年（一〇二五）七月　道長、東宮敦良親王に版本の『文選』を献上する。

長元四年（一〇三一）七月以前　大江挙周、後一条天皇に『文選』を講授する。

大江匡衡とその時代における、このような『文選』受容の情況はどう評価できるだろうか。立場によって見方はそれぞれであろうが、私はけっこう〈繁昌〉していると言っていいのではないかと思う。少なくとも〈衰微〉という評は当たらないだろう。

匡衡の時代、すなわち一条朝は、平安朝漢文学史において、一時期を画する盛期であった。その要因の一つは、一条天皇と藤原道長とが共に好文能文の人であり、漢詩文隆盛の牽引力となったことであるが、この『文選』受容においても、そうした役割を果たしている。

また、『文選』のテキストに関して、『集注文選』と版本『文選』が当代に登場することも注目すべき出来事である。それぞれのテキストとしての重要性は前述のとおりであるが、そうした二書が共に匡衡の時代に出現しているのである。この一事に依っても、『文選』受容史のうえで、一条朝はむしろ重要視すべき時代なのではなかろうか。

なお、『文選』の受容ということでは、当代の詩文の表現に『文選』の作品がどのように摂取されているかという視点ももちろん求められるが、そのことは先に一端ながら検証作業を行った。(13)

注

（1）小林芳規『平安鎌倉時代に於ける漢籍訓読の国語史的研究』（東京大学出版会、一九六七年）一四六八頁。

（2）注1著、八二〇～八二二頁。

（3）東野治之「『文選集注』所引の『文選鈔』」（『史料学遍歴』雄山閣、二〇一七年。初出一九八六年）参照。

（4）『権記』のこの二条の記事及び先述の匡衡の「述懐」の「文選六十巻」「加以孫羅注」を主な資料として、『文選集注』（後述）の編者は匡衡であるという説が陳翀氏により提起されたが（「『集注文選』の成立過程について——平安の資料を手掛かりとして」『中国文学論集』第三十八号、二〇〇九年）、これは『権記』の記事の誤読にもとづくもので、成り立ちえないことは、山崎誠「古代末期漢文表現の仿古と創造」（『日本文学』第五十九巻七号、二〇一〇年）注9、および佐藤道生「平安時代に於ける『文選集注』の受容」（『日本人の読書——古代・中世の学問を探る』勉誠社、二〇二三年。初出二〇一〇年）に指摘がある。
（5）拙稿「宇多系源氏の文人――一条朝文人の動静」（『平安朝文人志』吉川弘文館、一九九三年）。
（6）時代は隔たるが、円仁の『慈覚大師在唐送進録』に「杭越寄和詩幷序一帖」、『日本国見在書目録』に「杭越寄詩二十二巻」が見える。これは杭州刺史の白居易と越州刺史元稹との唱和集である。
（7）『文選集注』については、これまでに多くの研究の蓄積があり、横山弘「《文選集注》研究論著目録（一八五六～二〇一一、五）」（『唐鈔文選集注彙存』三、上海古籍出版社、二〇一一年重版）にまとめられている。注4の佐藤論文は最近のそれである。
（8）佐藤道生氏は一箇月後ということから、数巻のみが、奉献にふさわしく書写し直し装飾を調えて献上されたと解釈している（注4論文）。
（9）あるいは『江談抄』のこの記事と関わりがあるのではないかと思われる資料がある。『明衡往来』に次のような書状がある（中46往状。三保忠夫・三保サト子『雲州往来享禄本 研究と総索引 本文・研究篇』和泉書院、一九八二年に拠る）。

返献
陵頓首巻　長楊賦
古詩十九首　思玄賦
右、江家の説、証本之れを得たり。仍つて菅家の説と見合はせむが為に、先日借り申す所なり。其の功甫（はじ）めて就（な）れり。仍つて返し奉ること件（くだん）の如し。乞ふ収領を垂れよ。自今以後、秘書を隔てず、相互ひに申し請（う）くべきなり　謹呈
月　日　兵部少将（ママ）
謹上　菅式部大輔殿

兵部少輔某氏が借用していた『文選』を式部大輔菅原氏に返却する時の書状である。最初の「陵頓首」は李陵の「蘇武に答ふる書」をいう。末尾に「李陵頓首」と記す。いずれも『文選』所収の作品であるが、返状に「文選四巻」とあるので、それぞれで一巻の写本と考えられる。兵部少輔はかねて大江家の説に拠る証本を所持して

いたというが、注目したいのは、『明衡往来』寛永十九年版本には、「思玄賦」の下に「同十二巻。以上文選也／集注百二十二巻」という双行注があることである（山崎誠「式家文選学一斑――文選集注の利用」『中世学問史の基底と展開』和泉書院、一九九三年）。「集注百二十二巻」は『集注文選』をいう。『江談抄』の記事は匡衡の詩の措辞の典拠が「思玄賦」の『集注文選』の注にあるということであるが、ここも『文選』の中の四篇の一つとして「思玄賦」が挙げられ、『集注文選』が注記されている。ただし注記されているのみで、それ以上のことは分からないが、捨てておくには惜しいという思いから、注として記しておく。

（10）田島公『日本、中国・朝鮮対外交流年表（稿）〔増補改訂版〕』（私家版、二〇一二年）。

（11）このうち『文選』の版本がいかなるテキストであるかについて、池田昌広「藤原道長の摺本文選」（『應陵史学』第三十六号、二〇一〇年）が詳細に論じている。

（12）住吉朋彦「本邦中世菅家文選学事捃拾」（『日本歴史』第六五二号、二〇〇二年）。

（13）拙稿「平安朝における『文選』の受容――中期を中心に」（『平安朝漢文学史論考』勉誠出版、二〇一二年）。

※『語文』第一〇〇・一〇一輯（百輯記念号、二〇一三年）に発表した。

# 16　呉越と平安朝の漢学

## はじめに

九〇七年の唐の滅亡から宋の建国（九六〇年）までのおよそ五十年間、中国は甚だしい混乱の時代となり、華北では五つの王朝、「五代」が、華南では「十国」が興亡を繰り返した。いわゆる五代十国であるが、呉越はその十国の一つである。現在の浙江省及び江蘇・福建二省の一部を領有し、杭州を都とした。九〇七年、銭鏐（せんりゅう）が五代の最初となる後梁によって呉越王に封じられたのに始まり、銭氏の五人の王が立った。宋の建国後はその冊封を受けたが、九七八年、時の王、銭弘俶（せんこうしゅく）が国を宋に献じ、呉越は消滅する。我が国では醍醐朝の延喜七年から円融朝の天元元年までに当たる。さして長い期間ではないが、日本と呉越との交渉は多岐に亙っている。本章では、そのうち、学問、漢文学に関する問題について考察する。

# 一　入呉越僧日延による典籍の将来

朱雀朝の承平年間から村上朝の天暦期にかけて、呉越の王から、その海商に託して日本の左右大臣に書状が贈られ、大臣がこれに応えて返書を贈るという事例がいくつか見られるが、そのうち、日本の大臣からの返書二首が『本朝文粋』に収められている。[1] その一通、藤原師輔の呉越王銭弘俶への返書は帰国する海商、蔣承勲に託されたが、その船に乗って一人の日本人僧侶が呉越へ赴いた。天暦七年（九五三）、呉越に渡ったのは延暦寺僧の日延である。彼は重要な任務を帯びており、また新たな中国文化の将来という役割をも果たすのであるが、その ことを記述するのは、早く竹内理三氏によって太宰府神社文書の中から見出された「大宰府政所牒案」[2]である。冒頭に次のように言う。

牒。得入源解状偁、謹検案内、前入唐僧日延、去天暦七年、為天台山宝幢院平等坊慈念大和尚、依大唐天台徳韶和尚書信、繕写法門、度送之使。属越人蒔（ママ）承勲帰船、渉万里之洪波、望四州之台岳。

牒す。入源の解状を得るに偁はく、謹んで案内を検ぶるに、前の入唐僧日延、去る天暦七年、天台山宝幢院平等坊慈念大和尚、大唐の天台徳韶和尚の書信に依つて法門を繕写し、度送の使と為る。越人蒔承勲の帰船に属きて、万里の洪波を渉りて、四州の台岳を望む。

「慈念」は日本の天台座主の延昌。「徳韶」は禅宗の一派法眼宗の僧である。呉越王銭弘俶に迎えられ国師となる。後述する永明延寿の師である。[3] 延昌が徳韶の依頼に応えて中国で亡佚した仏書を書写し、呉越へ贈る、その使いとなったのが日延である。[4] さらに彼にはもう一つの任務も託されていた。右の引用に続いて記されるが、三道（天文・陰陽・暦）博士の賀茂保憲の献言に基づいて、中国の最新の暦術を学び、「新修の暦経」を持ち帰ることである。[5] 日延はこの二つを目的として呉越に赴いたのであるが、本章の立場からは帰国のことを語る次の記述に注目したい。

兼亦受伝所未来本朝内外書千余巻。以去天暦十一年十月二十七日改元、以来云天徳元年。随身帰朝。即与勅使蔵人源是輔相共駅伝入京、依数献納。公家御覧之後、暦経者被下預保憲朝臣、法門被上送台嶺学堂。外書春秋要覧、周易会釈記各二十巻等者、被留置江家已了。

兼ねてまた未だ本朝に来たらざる所の内外の書千余巻を受伝す。去る天暦十一年十月二十七日を以つて改元し、以来、天徳元年と云ふ。随身して帰朝す。即ち勅使蔵人源是輔（これすけ）と相共に駅伝して入京し、数に依りて献納す。公家御覧の後、暦経は保憲朝臣に下し預けられ、法門は台嶺の学堂に上送せらる。外書の春秋要覧、周易会釈記各おの二十巻等は、江家に留め置かれ已了（おわ）んぬ。

日延は天徳元年（九五三）に帰国したが、その際、本来の目的である新修の暦（「符天暦」）のみならず、日本にはかつてもたらされたことのない内典外典一千余巻を持ち帰った。それらは村上天皇の一覧の後、暦法は賀茂保憲に下し預けられ、仏典は延暦寺の学問所に置かれ、外典は学問の家である大江家に与えられた。日延は仏書だけでなく外典も持ち帰ったが、そのうちの二書は書名が明記されている。『春秋要覧』と『周易会釈記』、すなわち経書である。大江家に置かれることになったが、時の当主は維時（これとき）であった。このうち『周易会釈記』については一条朝及び院政期における利用の様子をかなり詳しく知ることができるが、それは改めて第三節で考察する。

この牒には仏典の書名は何も記されていないが、その一書と考えられるものが現存する。「大正新脩大蔵経」にも入る『往生西方浄土瑞応伝』である。この書は中国における最初の往生伝で、唐の文諗（もんしん）、少康が編纂し、呉越の道詵（どうしん）が改補したものとされている。[6] 日本に古写本が伝わるが、その一つ京都国立博物館蔵本（『往生西方浄土

瑞応刪伝』）には次の奥書がある。(7)

呉越国水心禅院住持主興福資利大師賜紫　道詵敬造捨　日本国大師初導伝持
天徳二年〈歳次戊午〉四月二十九日〈庚辰木曜紫宿〉延暦寺〈度西海〉沙門日延〈大唐呉越州稱日賜紫慧光大師初導伝持写之得焉〉

一行目は道詵の識語で、自らが筆を加えた『刪伝』を日延（「日本国大師」）に贈るという。「天徳二年」以下は日延の自署である。加えられた注記の「賜紫」は呉越王から紫衣を賜ったことを言い、「慧光大師」は与えられた称号である。ここに「写之得焉」とある。これによって、本書は呉越の水心寺住持の道詵が日延に贈り、日延はこれを書写して日本に伝えたことが知られる。(8)

この『往生西方浄土瑞応伝』は我が国における往生伝の嚆矢をなす慶滋保胤の『日本往生極楽記』の成立を促すものとなった。この書の序に次のように記す。

道俗男女、有志極楽、有願往生者、莫不結縁。経論疏記、説其功徳、述其因縁者、莫不披閲。大唐弘法寺釈迦才、撰浄土論。其中載往生者二十人。……又瑞応伝所載四十余人、此中有屠牛販鶏者、逢善知識、往生十念。予毎見此輩、弥固其志。

道俗男女の極楽に志有り、往生を願ふこと有る者には、結縁せざることなし。経論疏記の其の功徳を説き、其の因縁を述ぶる者は、披閲せざることなし。大唐弘法寺の釈迦才、浄土論を撰す。其の中に往生者二十人を載す。……また瑞応伝に載する所の四十余人、此の中に牛を屠り鶏を販ぐ者有り、善知識に逢ひて、十念に往生せり。予、此の輩を見る毎に、弥いよ其の志を固くす。

迦才の『浄土論』と並んで『浄土瑞応伝』が、保胤に我が国の往生伝述作の意思を固めさせるものとなったという。周知のように、『日本往生極楽記』は平安後期における往生伝の相継ぐ成立を導くことになるのであるが、そのことを考えると、この書の成立を促す契機となった『浄土瑞応伝』の日延による将来は大きな意義を持つと言ってよいだろう。

## 二　呉越僧延寿の著作をめぐって

康和元年（一〇九九）八月十六日、『後拾遺和歌集』の撰者としても知られる権中納言藤原通俊が没した。『本朝世紀』同日条に詳細な薨伝があるが、彼の和漢に及ぶ学才をもの語る例として一つの逸事が記されている。(9)

> 通俊、才兼和漢、深達政理。応徳二年六月二十五日、大宰府言上。管筑後国高良上宮石硯弁高座階瑞花生事、令公卿定之時、通俊定申云、如紀伝并式部権大輔匡房朝臣勘文者、高座異花本文雖同、所引書籍、其名乖違。若拠智覚禅師感通賦歟。彼書法橋奝然所始渡也。用否之間、難申左右。一篇之中、所載傍多。非唯異花之生高座四角、兼有白蓮之発右手五指之者、其旨雖不勘申、其文所見典籍也。是非自然之異瑞、偏彰法華之勝利者歟。……凡毎預朝議、発明旨意、皆此類也。

通俊、才は和漢を兼ね、深く政理に達す。応徳二年六月二十五日、大宰府言上す。管せる筑後国高良（こうら）上宮の石硯弁に高座の階（きざはし）に瑞花生ずる事、公卿をして定めしむる時、通俊定め申して云はく、紀伝并びに式部権大輔匡房（まさふさ）朝臣の勘文の如きは、高座異花の本文は同じといへども、引く所の書籍、其の名乖違（かいい）せり。若しくは智覚禅師の感通賦に拠れるか。彼の書は法橋奝然（ほっきょうちょうねん）の始めて渡せる所なり。用否の間、左右を申し難し。一篇の中、載する所傍（かた）がた多し。「唯に異花の高座の四角に生ずるのみに非ず、兼ねて白蓮の右手の五指に発くこと有り」は、其の旨勘申せざるといへども、其の文典籍に見る所なり。是れ自然の異瑞に非ず、偏へに法華の勝利を彰はすものか。……。凡そ朝議に預かる毎に旨意を発明すること、皆此の類なり。

応徳二年（一〇八五）筑後の高良宮に出現した瑞祥についての記事であるが、注目されるのは傍線部「智覚禅師の感通賦」である。智覚禅師とは呉越の僧、延寿である。[10] 検討してみなければならない。

延寿（九〇四～九七五）は俗姓王氏、呉越の官吏であったが、出家して天台山で禅を学び、天台教学と禅の融合を目指す法眼宗の第三祖となる。呉越王銭弘俶の招請を受けて杭州の永明寺に止住し、永明延寿と称される。また智覚禅師の称号を賜わる。『宋高僧伝』（巻二十八）、『景徳伝灯録』（巻二十六）に伝がある。主著である『宗鏡録』百巻を初め多くの著作があった。彼が自らの毎日の行事を記録した『慧日永明寺智覚禅師自行録』には「六十一本、一百九十七巻」の自著が挙げられている。[11]

『感通賦』は明の嘉靖刻本が北京大学図書館に収蔵されているが、[12]「感通賦序」及び後述の五賦が収載されている。

「感通賦序」にはこのようにいう。

> 詳夫聖教以讃揚為美、王道用歌詠為先。雖才不可称、而事且帰実。神棲安養賦者、菩薩以厳仏刹為本心、生浄土為正業。法華霊瑞賦者、諸仏降霊之体、群生得道之源。華厳感通賦者、性海無尽之門、法界円融之旨。金剛証験賦者、無我無人之大略、不生不住之宏綱。観音応現賦者、聞性成仏本宗、普門垂化妙蹟。然諸仏道等、菩薩行斉。一切諸経、所詮無異。（以下略）
>
> 詳らかに夫れ、聖教は讃揚を以つて美と為し、王道は歌詠を用つて先と為す。才称すべからずといへど

も、事は且に実に帰す。「神棲安養賦」は菩薩以つて仏刹を厳にして本心と為し、浄土に生じて正業を為す。「法華霊瑞賦」は諸仏降霊の体、群生得道の源なり。「華厳感通賦」は性海無尽の門、法界円融の旨なり。「金剛証験賦」は無我無人の大略、不生不住の宏綱なり。「観音応現賦」は聞性成仏の本宗、普門垂化の妙蹟なり。然れば諸仏は道等しく、菩薩は行斉し。一切の諸経、所詮異なること無し。（以下略）

ここに挙げる「神棲安養賦」「法華霊瑞賦」「華厳感通賦」「金剛証験賦」「観音応現賦」の五首の賦が『感通賦』に収められている。このような『感通賦』が応徳二年の祥瑞に関する勘文の典拠となったと通俊は言うのである。前引の『本朝世紀』の記事にいうところを『感通賦』を視野に入れて考えてみよう。

筑後の高良宮の石硯及び高座の階段に瑞花が生じるという奇瑞があったことが大宰府から報告されてきた。高良宮は筑後国の一宮で高良神社（福岡県久留米市）として現存する。これについての公卿らによる評定の中での先のような通俊の発言である。匡房らの勘文に記された「高座異花」が問題となっているが、それは前掲の書き下し文で「　」に入れた文章がもとの本文であろう。

非唯異花之生高座四角
兼有白蓮之発右手五指

という一聯の中の語句である。通俊はこの「異花・高座」は『感通賦』を典拠とするものであると言う。そこで『感通賦』に求めてみると、「法華霊瑞賦」に

猴侍虎随、除魔去病、異華生于講座、甘沢注于談柄。冥司随喜、霊神請命。

猴は侍り虎は随ひて、魔を除き病を去り、異華講座に生じ、甘沢談柄に注ぐ。冥司は随喜し、霊神は命を請ふ。

という叙述がある。ここに見える「異華講座に生ず」がそれであろう。さらに「異花の高座の四角に生じ」と対句をなしている「白蓮の右手の五指に発く」も同じくこの賦の表現に基づいていると通俊は言っている。そこで確かめてみると、先の引用にやや先立つ箇所に、

甘露灑地、天華墜空。紅燭然于眼裏、白蓮生于掌中。神遊仏国、跡現天空。

甘露は地に灑ぎ、天華は空より墜つ。紅燭は眼裏に然え、白蓮は掌中に生ず。神は仏国に遊び、跡は天空に現はる。

とある。この「白蓮は掌中に生ず」を言い換えたものに違いない。

以上のとおり、通俊の「(勘文の措辞は)若しくは智覚禅師の感通賦に拠れるか」という言は確かにそうであると跡づけることができる。「感通賦」は院政期の儒家の間で活用されていたのである。

『本朝世紀』にはもう一つ注目すべき記述がある。『感通賦』は奝然が初めて日本に持ち帰ったということである。奝然（九三八〜一〇一六）は東大寺の僧で、日宋交流に大きな足跡を残した人物として知られるが、[13]永観元年（九八三）呉越の海商の船に乗って宋へ渡り、寛和二年（九八六）に帰国した。したがって『感通賦』はこの年、日本にもたらされたということになる。

ほぼ同時代に『感通賦』受容の例がもう一つある。真言僧済暹[14]が著した『般若心経秘鍵開門訣』である。本書は空海が『般若心経』を解釈した『般若心経秘鍵』の注釈で、承徳元年（一〇九七）の成立。[15]その巻中に、

以坊為横義、指三世為竪義、如花厳感通賦云。花厳教経、無尽円宗、於一心而普会。

坊を以つて横義と為し、三世を指して竪義と為すは、花厳感通賦に云ふが如し。花厳の教経は無尽の円宗。一心に於いて普く会す、と。

とあるが、これは明示するように「華厳感通賦」の冒頭部、

華厳至教、無尽円宗。於一心而普会、摂衆妙以居中。

華厳の至教は、無尽の円宗。一心に於いて普く会し、衆妙を摂めて中に居り。

の引用である。これは『感通賦』が僧侶によって注釈に用いられた例である。(16)

図書目録に著録された二例がある。

名古屋市の真福寺文庫所蔵の『阿弥陀仏経論並章疏目録』(17)に、「神栖安楽賦〈在於成通賦中　智光禅師延寿巽〉」とある。「成通」と誤っているが、「延寿撰」とあることから、『感通賦』に違いない。「神栖安楽賦」は前掲の「神棲安養賦」である。この目録は奥書に「承暦元年七月二十四日辰時許書写　執筆僧蓮永」とある。承暦元年は一〇七七年。すなわち、この時以前の成立である。

また、鶴見大学図書館蔵『五合書籍目録』にも記載されている。本書は法花疏、顕章疏、倶舎、伝記、講式の五部の計六十一書を記す目録である。ただし首尾欠。平安末期写と考えられている。(18)その「伝記〈仏法〉」に「感通賦一帖」とある。

なお、『感通賦』以外の延寿の著作の日本への伝来について付言しておく。

永超の『東域伝灯目録』（寛治八年、一〇九四）に延寿の著作として「玄枢一巻」「心賦一巻」「宗鏡録百巻」「心鏡録要略十巻」が記載されており、これ以前に将来されていた。このうち「玄枢」すなわち『観心玄枢』は古写本が遺存しているが、京都大学図書館蔵本及び池田氏蔵本には「治暦五年（一〇六九）正月二十三日酉時□書写了」の奥書がある。(19)『東域伝灯目録』よりさらに遡る、本書の伝来を伝える記述である。

## 三　『周易会釈記』の受容

先に日延によって経書の『春秋要覧』と『周易会釈記』が我が国にもたらされ、大江家に下賜されたことを見たが、二書ともに中国、日本いずれにも現存しない。ただし、『周易会釈記』については受容、伝存の跡を辿ることができる。時代を追って見ていこう。

『周易会釈記』は呉越の僧希覚の著作である。『宋高僧伝』巻十六にその伝があり[20]、彼は儒学にも通じ、殊に易学に長じていて「会釈記二十巻」を著したことが記されている。また『通志』巻六十三、芸文略に「周易会釈記二十巻〈偽呉僧陸希覚〉」とある。「集注」に分類されている。

### （1）大江匡衡による受容

長保二年（一〇〇五）五月、一条天皇の母、東三条院（藤原詮子）は病に罹った。御修法や度者を奉るなどの平癒のための手立てが講じられたが効なく、重篤となったため、恩赦を行うこととなり、その詔の草案を少外記の慶滋為政が草した。『権記』同十八日条に引載されている。

母儀仙院、綺膳乖味、玳席不閑。恵露光危、下薬之方無験。定水声咽、上池之術未施。朕以草味、忝承鴻基。欲痊之懐、雖凝於方赤、苦祈之感、難達於彼蒼。

母儀仙院、綺膳味に乖き、玳席閑かならず。恵露光危く、下薬の方験無し。定水声咽び、上池の術未だ施さず。朕、草味を以つて、忝くも鴻基を承く。痊さんと欲する懐ひ、方赤に凝らすといへども、苦ろに祈る感、彼の蒼に達し難し。

必要な部分を抄出したが、前半には女院が病悩となり、薬石の効果のないことが、後半「朕」以下に天皇の思いが述べられている。「方赤」は真心、「彼蒼」は天をいう。

この詔に用いられている「草昧」の語について、大江匡衡が不適切であると申し立てたことから、この用語の可否について、およそ半年に亙って論議されることになった(21)。その推移を『権記』が記録しているので見ていこう。匡衡は『周易会釈記』を受領した維時の孫に当たる。

五月二十三日、「草昧」の語について「匡衡朝臣申す所有り」。そこで作者の為政及び参議の中の儒者である菅原輔正と藤原忠輔の意見を徴することとなった。これに対して、為政は先例があること、またその意味は明らかであると申し立てた。参議二人は為政が言うように先例があるのならば問題はないと返答した。

七月八日、このことについて明経博士中原致明の意見を承けて、匡衡に勘申させることとなった。すなわち公式の文書として上奏するようにということである。

七月十一日、論難の趣旨を勘申するようにとの命に対して、匡衡は先には詔書を見て気づいたことを申したばかりであるが、勘申するようにということであれば、先日進上した「正義」と「会釈」を返していただきたいと申し述べた。

七月十七日、「周易正義幷会釈各一巻」を匡衡に返却し、「草昧の難の旨を注し奉るべき由」を命じた。

八月三日、匡衡が「草昧の忌諱」について勘文を進上した。天皇はこれを明経博士らに下し、「忌諱の有無幷びに朕の称謂の謙辞なるや、其の義の叶えるや否や」を検討させるよう命じた。

八月二十三日、中原致明の勘文を藤原道長に上呈した。

九月二十八日、致明の勘文について大江淑光と惟宗為忠は不当であるとして署名を拒否したことが明らかになり、各自に勘文を上申させ、それをも合わせて判断を下すこととなる。

十二月二十九日、「草昧」を削除し「薄徳」に改めることが奏上された。

詔書中の「草昧」の用語の妥当性について儒者の間で議論されたわけであるが、七月十一日及び十七日の記事によって、『周易会釈記』を匡衡が所持していたこと、彼は『周易』を読む際にはこの書を『周易正義』と共に注釈書として利用していたことが明らかになる。したがって「草昧」は『周易』に典拠を持つ語ということになるが、屯卦の象伝に次のように見える。

屯剛柔始交而難生。動乎険中。大亨貞。雷雨之動満盈。天造草昧。宜建侯而不寧。

屯は剛柔始めて交はつて難生ず。険中に動く。大いに亨りて貞。雷雨の動くこと満ち盈てり。天造草昧なり。宜しく侯を建つべくして寧しとせず。

これについて『周易正義』は次のように説明する。『正義』は魏の王弼、晋の韓康伯の注に唐の孔穎達が疏（注の注）を加えたものである。まずは王弼の注を引く。

屯者天地造始之時也。造物之始始冥昧。故曰草昧。

屯は天地造始の時なり。造物の始めは冥昧に始まる。故に草昧と曰ふなり。

これについて次の「疏」を加える。

草謂草創。昧謂冥昧。言、天造万物、於草創之始、如在冥昧之時。

草は草創を謂ふ。昧は冥昧を謂ふ。言は天造の万物、草創の始めに於いては、冥昧の時に在るが如きなり。

「草昧」とは、まだ物が作り出されたばかりの暗い模糊とした状態にあることの意である。詔書では「朕、草昧を以つて」と天皇の謙辞として用いられているが、匡衡は「昧」が「冥昧」（暗い、ものの道理に暗い）と解される点を、天皇について用いるのは穏当ではないとして批判したのではなかろうか。結局、匡衡の主張が通って「草昧」は「薄徳」と改められることとなった。「薄徳」は不徳の意、この語も『周易』繫辞伝に「徳薄くして位尊く」という措辞がある。

このように天徳二年、大江家の維時に与えられた『周易会釈記』は重光（しげみつ）を経て匡衡に伝えられ、彼の儒者としての活躍の場で用いられている。

### （2）藤原頼長による受容

藤原頼長（一一二〇～一一五六）は関白忠実（ただざね）の子、藤原氏の嫡流、摂関家の一員で自らも左大臣に昇った政治家であるが、また好学の人で、その日記『台記』は院政期における漢学の状況を知る上で貴重な史料である(22)。頼長も『周易会釈記』を所蔵していて、熱心に読み、かつ自ら活用していた。その様相を『台記』の記述を通して見ていこう。

天養元年（一一四四）五月二十一日条に次の記述がある。

大威儀師寛救憂瘡云々。即使問之、対曰、及獲麟見其反札。寛救手書也。思之当時未危急歟。遣乞筮形見之、遇臨䷒之復䷗〈臨九二動〉。余占曰、拠九二爻辞幷正義会釈等推之、病難愈。依会釈、陽将消也。正義但宜有従有否乃無不利。以之推之、吉見疾意加療治者、可得験。近代医能難知病意。然則生少□□□矣。又案臨卦辞曰、至八月有凶云々。案正義、八月有三説〈建未、建申、建酉〉。正義案注、以建申為最、会釈説、建未為最。然者六月、七月、八月似可有凶。就中拠正義者七月、依会釈者六月。

大威儀師寛救瘡を憂ふと云々。即ち之れを問はしむるに、対へて曰はく、獲麟に及ばば其の反札を見んと。寛救の手書なり。之れを思ふに当時未だ危急ならざるか。筮形を乞はしめて之れを見るに、臨䷒の復䷗に之くに遇ふ〈①臨の九二動く〉。余、占ひて曰はく、②九二の爻辞并びに正義、会釈等に拠りて之れを推すに、病愈え難し。③会釈に依るに、「陽将に消えんとする」なり。④正義は但「宜しく従有り否有るべくして、乃ち不利無し」と。之れを以つて之れを推すに、吉く疾の意を見て療治を加ふれば験を得べし。近代の医は能く病の意を知り難し。然れば則ち生少□□□矣。また臨の卦辞を案ずるに曰はく、八月に至りて凶有りと云々。⑤正義を案ずるに八月に三説〈建未、建申、建酉〉有り。正義、注を案ずるに建申を以つて最と為し、会釈の説は　建未を最と為す。然れば六月、七月、八月は凶有るべきに似たり。就中正義に拠れば七月、会釈に依れば六月なり。

僧寛救の瘡（腫れ物）を筮の形に基づいて占ったことが詳しく記されている。頼長がここで用いたのは『周易』の臨卦の爻辞（傍線部①②）、正義、会釈であるが、会釈はすなわち『周易会釈記』である。以下、会釈の説を主として要点を見ていこう。

③の会釈の「陽将に消えんとす」は『周易会釈記』の本文の引用ではなかろうか。④の正義の「宜しく」以下「不利無し」までは『周易正義』からの引用だからである。臨卦の彖伝に「八月に至りて凶有り。消すること久しからざるなり（至于八月有凶、消不久也）」とある「消」についての注釈ではなかろうか。このように見てよいとすれば、これは片々たる断句ながら、『周易会釈記』の遺存する本文として貴重である。⑤にいうのは『周易正義』の次の注である。

八月者何氏云、従建子陽生至建未、為八月。褚氏云、自建寅至建酉、為八月。今案、此注云、小人道長、君子道消。宜拠否卦之時。故以臨卦建丑而至否卦建寅為八月。

八月は何氏云はく、建子より陽生じ建未に至る、八月と為すと。褚氏云はく、建寅より建酉に至る、八月と為すと。今案ずるに、此の注に云はく、小人の道長じて君子の道消すと。宜しく否卦の時に拠るべし。

故に臨卦の建丑を以つて否卦の建寅に至るを八月と為す。


この前後、「臨」の卦辞に「八月に凶有り」とあることから、その八月（あるいは八ヶ月）の解釈に三説があることをいう。建とは北斗七星の柄で、それが未の方角を指していれば「建未」となるが、『正義』は建申が八月に当たるとし、『会釈記』は建未とする、ということであろう。それによって、六、七、八月のいずれに凶事、すなわち寛救の死が現れるかが決まるのであるが、『正義』の説に依れば七月、『会釈記』に従えば六月となるという。


ここでは占いをするに当たって『周易会釈記』が利用されている。

この後も本書の名が現れる。翌二十二日条に、
内匠頭丹波実康〈多才に非ずと雖も能く疾、死生を見る〉を召して見せしむ。帰り来たりて云はく、必ず死なん。今日より後、十余日〈会釈の説と同じ〉を経てなり。是れ疽の類なり。

さらに二十九日条に、
大威儀師寛救入滅すと云々。実康の言に符合す。今日六月の節に入る。会釈の説に符合す。

とある。結局『周易会釈記』の説が符合したという。

以下は頼長が『周易会釈記』二十巻のおおよそを読んでいたことが知られる記事である。

同天養元年十月十九日、

周易第三之れを見て論議抄出し了んぬ。来たる二十三日庚子、周易に当たる。僕講師為るべし。一より三に至り論議有るべし。仍つて三巻を抄出し了んぬ。又会釈巻第一を見る。

二十三日に行う『周易』の論議において頼長は講師を務めることになっており、その準備として巻三を抄出し、さらに『会釈記』巻一に目を通したという。

二十一日　終日、周易会釈を見る。

二十二日　会釈を見る。

このように論議に備えて、連日『周易会釈記』を読んでいる。その当日（二十三日）の記述である。

卯より亥に至るまで易会釈四ケ巻〈十七より二十に至る〉見了んぬ。便ち首附す。一二三四　幷せて十六、合わせて五ケ巻は昨日已往見了んぬ。今夕の講師為るに依りてなり。

頼長はこの日、『周易会釈記』の巻十七から二十までの四巻を読んだ。そうして必要な箇所に頭注を加えた。「首附」とは上欄に注記を加えることである。巻一から四までと巻十六は以前に読んでいた。これらは、この日、『周易』の講義をするための準備であった。講義のことはこの引用に続いて詳細に記録されているが、要を摘むと、巻一から巻三までをテキストとして、頼長が講師、助教の清原定安と藤原友業（ともなり）が問者となり「周易を以つて如来三身〈虚無道を以つて受用身に当て、宓犠（ふつぎ）（伏羲）、文王、孔子等を以つて変化身に当つ〉」をテーマに論議が行われ、これに「衆人は耳を傾け」、「鶏鳴の後」にようやく終了した。このように、頼長は身辺に侍す儒者たちに『周易』を講釈し、かつ議論を闘わせるに十分な能力を有していた。

頼長は日記の一年の最後の条に、その年に読んだ書物の名を「某年所学」として列挙するのを例としていたが、同年十二月三十日条に「天養元年所学」の一書として「易会釈九巻〈首付〉」とある。さらに『周易会釈記』の名が記された記述として以下のものがある。

久安元年（一一四五）十二月六日条、

或る人語りて云はく、通憲法師、法皇の安不を筮ふ。……。余また私かに之れを占ふ。正義の釈の如ければ懼れ無きに似たりと雖も、会釈の説は既に其れ危き有り。其の政、正道に非ざる故なり。若し正道を行なはば危きこと無かるべし。

通憲法師は藤原通憲。彼もまた時代を代表する宏才である。十一月以来、鳥羽法皇は病に侵されていたが、頼長は『周易正義』と『周易会釈記』の記述に拠って法皇の安否を占った。そうしてそれは法皇の治政に対する批判に及んでいる。

久安二年正月四日、周易会釈第五を見る〈四以上は先年見了んぬ〉。

同年正月二十五日、周易会釈巻第十五を見る〈十六以下は先年見る〉。

同年十二月二十九日、久安二年所学　周易会釈十一巻〈五より十に至る。首付す〉

以上の『台記』の記事によって、頼長は『周易会釈記』二十巻を所持して、これを精読し、自家薬籠中の物として活用していたことが知られる。

### （3）『宝蔵御物御不審櫃目録』の記載

東山御文庫蔵『宝蔵御物御不審櫃目録』に『周易会釈記』が記載されている。(23)

続文選　一合

周易会尺記二十巻〈七欠　虫損歟〉　周易十巻

大唐一行闍梨易秘伝一帖　　周易序卦

この目録を紹介した田島公氏によれば、本書は後白河法皇に依って作られた蓮華王院宝蔵[24]がやや荒廃した鎌倉後期か南北朝期の頃に行われた蔵書の調査点検の結果を記録したものである。[25]すなわち『周易会釈記』は南北朝時代ごろまでは伝存していたことが知られる。また天皇家の宝蔵に襲蔵されていたわけで、『周易会釈記』が貴重書とされていたことをもの語る。

# 結び

平安朝の漢文学、学問における呉越との交渉及びその文化の受容について、いくつかの問題を取り上げて考察してきたが、主なものは呉越の時代に作成された二つの著作の我が国への伝来、そしてその受容である。

一つは呉越王の尊崇を得た僧延寿の『感通賦』である。一条朝の寛和二年に奝然がもたらしたことも知られるが、院政期の応徳二年、大江匡房及び周辺の紀伝道の学者たちによって、筑後の高良宮に出現した祥瑞についての勘文の作成に措辞の典拠として用いられている。また、ほぼ同時代、承徳元年に真言僧済暹が著した『般若心経秘鍵開門訣』にも引用されている。

もう一つは村上朝の天徳元年、呉越から帰国した日延が将来した『周易会釈記』である。本書は呉越僧希覚の述作。書名が示すように『周易』の注釈で、二十巻という大部なものである。大江家に襲蔵され、一条朝期には大江匡衡が先の『感通賦』と同じように勘文作成に利用している。また十二世紀半ばには好学の貴族、藤原頼長が精読し、占いに活用している。本書について注目されることは、匡衡、頼長共に『周易正義』と併せ用いていることである。『周易正義』は、いうまでもないが、五経正義の一つとして『周易』の国定教科書ともいうべき書物である。本書は十巻から成るが、『会釈記』は二十巻である。今、我々が見る『正義』以上の詳細な注解が施されていたであろう。第四節で見た頼長による寛救の瘡病に関する占いの記述からは、頼長は『会釈記』を『正義』と全く同等の『周易』の注疏と見なして活用していたことが読み取れる。

『感通賦』は明版の本が現存するのに対して、『周易会釈記』は中国にも遺存せず、後代におけるその享受の跡も未だ見出し得ていない。それだけに『権記』と『台記』が伝える『周易正義』と並立する『周易』の注として『周易会釈記』が用いられていた状況は注目されるのである。

注

（1）拙著『本朝文粋抄』五（勉誠出版、二〇一八年）第二章「清慎公の為の呉越王に報ゆる書――付　右丞相の為の呉越公に贈る書状」参照。
（2）竹内理三「「入呉越僧日延伝」釈」（『日本歴史』第八十二号、一九五五年）を参照した。原文もこれに依る。
（3）畑中浄園「呉越の仏教――特に天台徳韶と嗣永明延寿について」（『大谷大学研究年報』第七号、一九七九年）。
（4）桃裕行「日延の天台教籍の送致」（桃裕行著作集『暦法研究』下、思文閣出版、一九九〇年。初出一九六八年）。
（5）桃裕行「日延の符天暦齎来」（桃裕行著作集『暦法研究』下、思文閣出版、一九九〇年。初出一九六九年）。
（6）小笠原宣秀『中国浄土教家の研究』（平楽寺書店、一九六一年）。
（7）『守屋孝蔵氏蒐集　古経図録』（京都国立博物館、一九六四年）図版六三に影印がある。
（8）平林盛得『慶滋保胤と浄土思想』（吉川弘文館、二〇〇一年）第四章「大陸渡来の往生伝と慶滋保胤」を参照した。

(9)　この史料については田島公「中世蔵書目録管見」（科学研究費補助金研究成果報告書『禁裏・宮家・公家文庫収蔵古典籍のデジタル化による目録学的研究』二〇〇六年）に教示を得た。
(10)　書目では『通志』（南宋、鄭樵の著）巻六十七、芸文略、釈家に「感通賦一巻〈宋朝僧延寿撰〉」とある。
(11)　注3畑中論文参照。
(12)　二〇一九年十一月、北京大学滞在中に本書を実見した。これについては北京大学の劉玉才教授の高配を得た。
(13)　最近の研究として、ザ・グレイトブッダ・シンポジウム論集第十五号、『日宋交流期の東大寺――奝然上人一千年大遠忌にちなんで』（東大寺、二〇一七年）がある。
(14)　済暹は空海の詩文集『遍照発揮性霊集』十巻のうち、散佚した巻八・九・十の三巻を拾佚して『続性霊集補闕抄』三巻を編纂した人物として知られる。
(15)　鎌田茂雄他編『大蔵経全解説大事典』（雄山閣出版、一九九八年。大谷正幸稿）に拠る。
(16)　『秘蔵金宝鈔』（実運の著、十巻。真言東密小野方の諸尊法口決集。大正新脩大蔵経七十八巻所収）巻九の巻末、奥書の前に「王氏者感通賦云、廓良震」という書入れがある。ほんの断片であり、『感通賦』には「廓良震」という本文は見出せないので、注記に止めておくが、これも『感通賦』が仏家に受容されていた痕跡である。
(17)　国文学研究資料館編『真福寺古目録集　二』（臨川書店、二〇〇五年）所収。
(18)　『古典籍と古筆切　鶴見大学蔵貴重書展解説図録』（鶴見大学、一九九四年）所収「解説」（池田利夫稿）。注9の田島論文に目録全文の翻刻がある。
(19)　森江俊孝「観心玄枢について」（『宗教研究』第二二六号、一九七六年）。
(20)　西本昌弘「日本・呉越国交流史余論」（大津透編『摂関期の国家と社会』山川出版社、二〇一六年）に希覚についての論及がある。
(21)　このことについては、拙著、人物叢書『大江匡衡』（吉川弘文館、二〇〇六年）に概略を述べている。
(22)　頼長の学問に関する近年の研究として、仁木夏美「藤原頼長自邸講書考」（『語文』第八十四・八十五輯、二〇〇六年）、拙稿「『全経大意』と藤原頼長の学問」（『本朝漢詩文資料論』勉誠出版、二〇一二年。初出二〇一〇年三月）、高橋均『経典釈文論語音義の研究』（創文社、二〇一七年）第五章（一）「藤原頼長の経書研究」（初出二

〇一〇年四月)、住吉朋彦「藤原頼長の学問と蔵書」(佐藤道生編『名だたる蔵書家、隠れた蔵書家』慶應義塾大学文学部、二〇一〇年八月)、柳川響『藤原頼長「悪左府」の学問と言説』(早稲田大学出版部、二〇一八年)がある。

(23) 注20の西本論文に指摘する。

(24) 蓮華王院宝蔵については竹居明男「蓮華王院の宝蔵——納物・年代記・絵巻」(『日本古代仏教の文学史』吉川弘文館、一九九八年)、田島公「典籍の伝来と文庫」(日本の時代史30『歴史と素材』吉川弘文館、二〇〇四年)、同「天皇ゆかりの文庫・宝蔵の「目録学的研究」の成果と課題」(『説話文学研究』第四十一号、二〇〇六)参照。

(25) 田島公「中世天皇家の文庫・宝蔵の変遷——蔵書目録の紹介と収蔵品の行方」(『禁裏・公家文庫研究』第二輯、思文閣出版、二〇〇六年)。

※ 二〇一八年十二月八日、早稲田大学で行われた国際シンポジュウム「東アジア文化交流——呉越・高麗と平安文化」における講演の草稿を論文とし、瀧朝子編『呉越国　十世紀東アジアに華開いた文化国家』(『アジア遊学』第二七四号、勉誠出版、二〇二二年)に発表した。

# 17　『本朝文粋』の文人

## ――上位入集者とその作品

### はじめに

『本朝文粋』は平安初期の弘仁年間（八一〇～八二三）から長元三年（一〇三〇）に及ぶ約二百年間の詩文四三二首を収載する詩文集である。ただし詩は特殊な形式の作品を例示する少数の作（二十八首）で、書名が示すとおり、文章が中心である。

その文章にはさまざまな文体があり、その三十八種を、文体ごとにまとめて十四巻に収めている。また作者は六十七人に及び、四十七首が入集する大江匡衡から一首のみの作者に至る。

本稿ではこうした『本朝文粋』の有り様を踏まえて、多くの作品が採録されている作者たちについて、どのような文人であるのか、いかなる文章を制作しているのかなどの視点から見えてくることについて考えてみたい。

# 一

『本朝文粋』に入集する作者六十七人を作品数の多い順にあげると、

大江匡衡―四十七首、大江朝綱―四十五首、菅原文時―三十八首、紀長谷雄―三十七首、菅原道真―三十六首、

源順―三十二首、大江以言―二十六首、慶滋保胤（よししげのやすたね）―二十二首、兼明親王（源兼明）―十九首、紀斉名―十二首、

都良香―十一首（以下省略）

となるが、兼明親王と紀斉名の間で隔たりがあると思われるので、ここで区切り、大江匡衡から兼明親王までを上位入集者として、これら九人の作品を文体ごとに表に示すと、次頁のとおりである。

ここから何が読み取れるか、どのような問題を導くことができるのか。

一見して明らかであるのは、多くが一首のみ、また一桁の数であるなかで、多数の作品が収載される文体があることである。詩序―一〇二首、表―四十二首、奏状―二十四首、願文―二十三首は二十首以上がある。[1] このことから考えてみよう。

この四つの文体が多数を占めるということは、「上位入集者」という枠を外しても同じであり、『本朝文粋』全体で見ると、詩序―一三九首、表―四十二首、奏状―三十七首、願文―二十七首である。『枕草子』に「文は……。願文、表、博士の申文（奏状）」、また「博士の才あるはめでたしといふもおろかなり。……。願文、表、ものの序など作り出してほめらるるも、いとめでたしと」というのは、こうした当時の状況を踏まえているのであった。[2]

以下、この四文体について、文体ごとに具体的に見ていこう。

| 文体＼作者 | 大江匡衡 | 大江朝綱 | 菅原文時 | 紀長谷雄 | 菅原道真 | 源　順 | 大江以言 | 慶滋保胤 | 兼明親王 | 計 |
|---|---|---|---|---|---|---|---|---|---|---|
| 賦 | | 1 | 2 | 3 | 3 | 1 | 1 | | 1 | 12 |
| 雑詩 | | | | 9 | 2 | 8 | | | 3 | 22 |
| 詔 | | 1 | 2 | | | | | 2 | | 5 |
| 勅書 | | | | | | | | 1 | | 1 |
| 勅答 | | 2 | 3 | | | | | | | 5 |
| 位記 | | | | 1 | | | | | | 1 |
| 勅符 | | | | | | | | | 1 | 1 |
| 意見封事 | | | 1 | | | | | | | 1 |
| 対冊 | 1 | 1 | 1 | | | | 2 | | | 5 |
| 論奏 | | | 1 | | | | | | | 1 |
| 表・辞状 | 13 | 13 | 9 | | 10 | | | | 1 | 46 |
| 奏状 | 8 | 3 | 5 | | | 3 | 2 | | 3 | 24 |
| 書状 | 4 | 3 | 1 | 3 | | | 1 | | | 12 |
| 序 | 11 | 11 | 7 | 15 | 19 | 18 | 16 | 10 | | 107 |
| 詞 | | | | | | | | | 1 | 1 |
| 行 | | | 1 | | | | | | | 1 |
| 讃 | | | 1 | | | | | | | 1 |
| 銘 | | | 2 | 3 | 1 | | | | 2 | 8 |
| 記 | | | | 1 | 1 | | | 1 | 1 | 4 |
| 牒 | 1 | | | 1 | | | | 1 | | 3 |
| 祝文 | | | | 1 | | | | | | 1 |
| 起請文 | | | | | | | | | 1 | 1 |
| 奉行文 | | | | | | 1 | | | | 1 |
| 禁制文 | | | | | | 1 | | | | 1 |
| 祭文 | 1 | | | | | | 1 | | 1 | 3 |
| 呪願文 | | 1 | | | | | 1 | | | 2 |
| 表白文 | | | | | | | | | 1 | 1 |
| 発願文 | | | | | | | | | 2 | 2 |
| 知識文 | | | | | | | | 1 | | 1 |
| 廻文 | | | | | | | | 1 | | 1 |
| 願文 | 7 | 8 | 1 | | | | 2 | 4 | 1 | 23 |
| 諷誦文 | 1 | 1 | 1 | | | | | 1 | | 4 |
| 計 | 47 | 45 | 38 | 37 | 36 | 32 | 26 | 22 | 19 | |

まず表を取り上げよう。次の作品が採録されている。

賀瑞

97　菅原道真　朔旦冬至を賀する表

摂政関白の職を辞す

98・99 菅原道真 藤原基経の摂政を辞する第一・第二表
100〜102 大江朝綱 藤原忠平の摂政を辞する第一・第二・第三表
103 大江朝綱 藤原忠平の摂政を辞する表
104 大江朝綱 藤原忠平の摂政准三宮を辞する表
105 大江朝綱 藤原忠平の関白を辞する表
106 大江匡衡 藤原道隆の関白を辞する表
107 大江匡衡 藤原道隆の入道する表
108〜110 大江匡衡 藤原道長の内覧を謝する表三首

太政大臣を辞す

111 大江朝綱 藤原忠平の太政大臣を辞する第三表
112 菅原文時 藤原実頼の太政大臣を辞する第二表
113 菅原文時 藤原兼通の職を辞する第一表
114〜116 大江匡衡 藤原兼家の職并びに封戸准三宮を辞する第二・第三・第四表

左右大臣を辞す

117 菅原道真 藤原基経の右大臣を辞する第一表
118〜120 菅原道真 右大臣を辞する第一・第二・第三表
121〜123 大江朝綱 藤原実頼の右大臣を辞する第一・第二・第三表
124 菅原文時 藤原顕忠の職を辞する第一表

125　菅原文時　藤原師尹の右大臣を辞する第三表
126　菅原文時　源雅信の右大臣を辞する第三表
127　大江匡衡　藤原道長の左大臣幷びに章奏を辞する表
128・129　大江匡衡　藤原道長の左大臣を辞する第二・第三表

致仕
130・131　大江朝綱　藤原忠平の致仕を請ふ第一・第二表
132　菅原文時　藤原実頼の致仕を請ふ表
133　菅原文時　藤原実頼の身を乞ふ表

封戸を辞す
134　菅原道真　封戸を減ぜむと請ふ表
135　菅原文時　藤原師輔の封戸を減ぜむと請ふ表
136　大江匡衡　藤原兼家の封戸幷びに准三宮を辞する表

随身を返す
137　大江朝綱　藤原忠平の随身を返す表

女官を辞す
138　菅原道真　源全姫の尚侍を罷めむと請ふ表

以上のとおりである。表の内容によって分類され、類題が立てられているが、これは大きく二つに分かれる。賀表と辞表であるが、慶事を祝う賀表は最初の一首のみで、以下はすべて辞表である。これも摂政関白、太政大臣、左右大臣という身分で分けられ、その後に致仕（退官）がある。さらにこれらの身分に伴って付与された封戸（特別給付）、随身といった恩典の辞退、返却を求めるものがあり、最後に女官（尚侍）の例が置かれている。このような場合に、臣下が自己の意思を天皇に上奏する文章が表である。なお、その作成は文人が代作するのが通例であるが、菅原道真の118～120及び134は右大臣道真が自らのために書いた作である。

この表が四十二首入集するが、作者はわずかに四人である。それも入集数一・二・三位そして五位の大江匡衡、大江朝綱、菅原文時、菅原道真である。なお、表の四十二首という数は『本朝文粋』全体で見ても変わらない。すなわち表の作者はこれら四人の文人に独占されている。この四人はいかなる文人か、詳しく説く必要はないであろう。道真が平安朝を代表する詩人文人であることはいうまでもない。大江朝綱（八八六～九五七）と菅原文時（八八九～九八一）はほぼ時代を同じくし、朱雀・村上朝の詩文壇を牽引した。大江匡衡（九五二～一〇一二）は一条朝第一の学儒である。

前掲の一覧を見ると、表は最高位の貴族の、進退に関しての意思表示であることが理解されるが、その作者は、平安朝の儒家を代表する菅原・大江二氏の四人に限られている。

これらの表は巻五に置かれているが、これには「辞状」が付されている。巻五の目録に「表下附辞状」とある。その「状」であるが、後に見る奏状とは区別されている。辞状として四首を収める。

139　兼明親王　職（中務卿）を停められむと請ふ状
140　菅原文時　清慎公（藤原実頼）の為の左近衛大将を罷めむと請ふ状
141　大江匡衡　四条大納言（藤原公任）の為の中納言左衛門督を罷めむと請ふ状
142　菅原道真　蔵人頭を罷めむと請ふ状

これらも官職を辞したいとの申請であり、この点では先の辞表と同じである。では何が表と状を分けているかといえば、答えは容易に出る。官職の高下である。大臣以上の官およびこれに付随する恩典に関しては辞表が用いられ、それ以下の官職の場合は辞状である。ただし、これは『本朝文粋』における分類基準であるようで、時代を遡った詩文集はこれに一致しない。それを都良香（八三四～八七九）の『都氏文集』、菅原道真（八四五～九〇三）の『菅家文草』に見ることができる。

『都氏文集』は六巻のうち、半分の三巻を残すだけであるが、幸いに巻三に表が残り、十首を採録する。そのなかに次の二首がある。

源大納言（源多）の為の陸奥出羽按察使を譲る第一表

主殿頭当麻大夫の為の致仕を請ふ表

前者は「譲る」とあるが、本文には「伏して願はくは陛下遠慮の心を留めて、微臣が遥領の職を罷めしめんことを」とあり、辞職である。主体が大納言であることは『本朝文粋』の141の作と同じである。後者の「当麻大夫」は当麻鴨継で、『三代実録』貞観十五年（八七三）三月八日条に「従四位下主殿頭兼伊予権守当麻真人鴨継卒」とある。この表は致仕を乞うものであることから、この没時に近い時の作と考えられる。

このように『都氏文集』には大納言、またこれより遥かに低い従四位下主殿頭という身分の人物が奏上した表がある。

『菅家文草』も同様である。巻十に二十三首の表があるが、なかに、

610　藤大納言（氏宗）の為の右近衛大将を辞する表

614　大学助教善淵朝臣永貞の為の官を解きて母に侍せむと請ふ表

がある。『都氏文集』と全く同じである。

『本朝文粋』では大臣以上の官職に関しては表、それ以下の官職については状という基準で作品を収めているが、早くにはこのような例がある。

次は詩序を考える。[3]詩序は『本朝文粋』全体で見ても、最も多い一三九首が採録されている。この数字が示すように、詩序は平安朝の貴族社会において最も身近な漢文の文章であったが、そのほとんどは詩宴において作られたものである。大は天皇が主宰し、皇親、貴族、文人ら数十人が集うものから、小は親しい者数人による雅会まで、多様であるが、いずれも複数の詩篇に冠するものとして作られたものである。文献に散見する「都序」の語はこれを示している。[4]都は〈すべて〉の意である。個人の一首のみに付された序はきわめて少ない。[5]

詩序の作品数は一三九首であるが、作者は三十人に及ぶ。以下のとおりである。多い順に、

十九首―菅原道真
十七首―源順
十六首―大江以言
十三首―紀長谷雄
十一首―大江朝綱
十首―大江匡衡・慶滋保胤
六首―菅原文時・紀斉名
三首―橘正通・藤原篤茂・都良香
二首―小野篁・紀在昌・高階積善・三善清行

一首―大江澄明・小野美材・菅原雅規・菅原淳茂・菅原是善・菅原輔昭・嶋田忠臣・高丘相如・橘広相・藤
　　原雅材・藤原惟成・源英明・源相規・都在中（十四人）

である。

この数字から、まず思うことは、作者の多さである。先の表と対比すると、いっそう際立ってくる。表は四十二首を菅原・大江氏の四人のみで制作していた。それに対して詩序の作者は見るように多くの氏族（大江・小野・紀・菅原・嶋田・高丘・高階・橘・藤原・源・都・三善・慶滋）に亙っている。すなわち、作者に関しては、表は極めて閉ざされた文体であり、詩序は開かれた文体であるといえよう。この点で両者は対蹠的な文章であった。多くの作品が選ばれている作者は、当然のことながら全体の上位入集者と照応しているが（菅原文時まで）、ひとり兼明親王には作がない。詩序の作者は広範囲に及ぶだけに目に着く。

最も多いのは菅原道真であるが、道真には周知のように詩文集『菅家文草』があり、『本朝文粋』所収作の典拠と見ることが出来るが、ここで『菅家文草』の内容を概観し、『本朝文粋』と対照してみよう。『菅家文草』は十二巻から成るが、前半の六巻は詩を収めており、ここで必要なのは後半の六巻である。このような構成である。数字は作品数。

巻七　賦（4）、銘（3）、賛（12）、祭文（2）、記（3）、序（22）、書序（5）、議（2）
巻八　策問（8）、対策（2）、詔勅（9）、太上天皇贈答天子文（6）
巻九　奏状（27）
巻十　表状（23）、牒状（3）
巻十一　願文（17）

巻十二　願文（16）、呪願文（5）

傍線を付した二つ、「議」と「太上天皇の天子に贈答する文」は『本朝文粋』にはない文体であるが、他の十五種は『本朝文粋』と共通している。まず文体ごとの作品数を見ると、多い順に願文（33）、奏状（27）、表（23）、序（22）となる。これは順序は相違するものの本章が対象としている四文体と一致する。

さて、序（詩序）は二十二首であるが、一首（「未ㇾ旦求ㇾ衣賦幷霜菊詩序」）は賦と詩と両者の序という変則的なものであるので、これを除いた詩序は二十一首である。そのうちの十九首が『本朝文粋』に採録されている。すなわち、道真の詩序はそのほとんどが『本朝文粋』に採録されていることになる。

次に願文を見る。次のとおりである。

神祠修善

400　慶滋保胤　菅丞相の廟に賽（むく）ゆる願文　寛和二年（九八六）

401　大江匡衡　尾張熱田社に大般若経を供養する願文　寛弘元年（一〇〇四）

供養塔寺

402　大江維時　村上天皇の雲林院の塔を供養する願文　応和三年（九六三）

403　大江匡衡　藤原道長の浄妙寺を供養する願文　寛弘二年（一〇〇五）

404　大江匡衡　藤原道長の浄妙寺の塔を供養する願文　寛弘四年（一〇〇七）

405　大江匡衡　真救の卒塔婆を供養する願文　永延三年（九八九）

雑修善

406　大江維時　朱雀院の八講を修せらるる願文　天慶十年（九四七）

407 大江朝綱 朱雀院の賊を平らげし後に法会を修せらるる願文 天慶十年（九四七）
408 兼明親王 自筆法華経を供養する願文 貞元元年（九七六）
409 三善道統 空也の金字大般若経を供養する願文 応和三年（九六三）
410 大江匡衡 仁康の五時講を修する願文 正暦二年（九九一）
411 慶滋保胤 奝然入唐の時母の為に善を修する願文 天元五年（九八二）

追善

412 大江朝綱 陽成院四十九日願文 天暦三年（九四九）
413 大江朝綱 朱雀院四十九日願文 天暦六年（九五二）
414 大江朝綱 朱雀院周忌願文 天暦七年（九五三）
415 菅原輔正 円融院四十九日願文 正暦二年（九九一）
416 大江以言 花山院四十九日願文 寛弘五年（一〇〇八）
417 大江匡衡 一条院四十九日願文 寛弘八年（一〇一一）
418 大江朝綱 村上天皇母后四十九日願文 天暦八年（九五四）
419 慶滋保胤 尊子内親王四十九日願文 寛和元年（九八五）
420 大江朝綱 左大臣息女女御四十九日願文 天暦元年（九四七）
421 慶滋保胤 大納言息女女御四十九日願文 寛和元年（九八五）
422 菅原文時 藤原伊尹報恩（亡父母）修善願文 天禄二年（九七一）
423 大江朝綱 重明親王亡妻四十九日願文 天慶八年（九四五）

424 大江朝綱　亡息四十九日願文　天暦四年（九五〇）
425 大江匡衡　源宣方四十九日願文　長徳四年（九八八）
426 大江以言　覚運僧都四十九日願文　寛弘四年（一〇〇七）

内容によって分類されている。「神祠修善」「供養塔寺」は類題に明らかである。「雑修善」には法会、経典の供養、仏事などにおける作を収める。願文の語から直ちに連想する内容を持つのが「追善」であるが、これは次のように排列されている。一首（422）を除いては四十九日と周忌（411のみ）における作であるが、これらは天皇、母后、内親王、女御と対象者の身分の順に置き、422以下は願主と追善の対象者の関係によって亡父母、亡妻、亡息のための作、さらに妻の夫を悼む作を配し、最後に僧侶のための作を置く。このように願文の分類排列はその目的、場、願主、修善の対象などの多様性を示すことが意図されている。

作者に目を向けると、二つのことが注目される。まず、本稿が対象としている上位入集者九人のうち、紀長谷雄、菅原道真、源順の作がないということ、もう一つは追善願文のうち、天皇を悼む作はすべて大江氏か菅原氏の文人が執筆していることである。後者は先に見た表の作者と同一の事実である。これはやはり意図されたことと考えられる。

前者の道真ら三人の作がないことについては、これと関連することとして各作品の制作時に注目したい。ために前掲の一覧にこれを記したが、制作時が最も早いのは423の天慶八年（九四五）である。朱雀朝である。これに先立つ宇多朝や醍醐朝の願文は採録されていないのである。この時代に願文が書かれなかったわけではもとよりない。

直ちに想起されるのは『菅家文草』である。先に示したが『菅家文草』には三十三首の願文がある。これは文体ごとの作品数としては詩序より多く、集中最も多い。また同時代の紀長谷雄にもわずかではあるが『作文大体』『言泉集』（大谷大学本）、叡山文庫蔵『類句集』に一部が残り、願文を制作していることが知られる。これらが対象となっていれば、宇多・醍醐朝の作品も入集していたはずである。道真については、詩序は『菅家文草』の二十二首のうち十九首もが採録されている。このことを思い合わせると、願文はなぜ一首も採られていないのかとの思いが生じる。

もう一つのことがある。『菅家文草』の願文には『本朝文粋』にはない内容の作品があるが、なかで注目したいのは慶祝の願文である。願文は亡者追悼の文章と考えてしまう常識とは対蹠的な願文である。しかも五首（あるいは六首）がある。次のとおりである。

636　刑部（おさかべ）福主の為の四十賀の願文
643　温明殿の女御（源厳子）の為の尚侍殿下（源全姫）の六十算を賀し奉り功徳を修する願文
648　南中納言（南淵年名）の為の右丞相（藤原基経）の四十年を賀し奉る法会の願文
658　木工允平遂良の先考の為に功徳を修し兼ねて慈母の六十齢を賀する願文
662　宮道（みやじ）友兄の為の母氏の五十齢を賀する願文
665　中宮（班子女王）の令旨を奉りて第一公主（忠子内親王）の為に四十齢を賀する願文

いずれも四十に始まり十年ごとに行われる算賀のための作である。なお、658は父の追善と母の賀を祝うことを併せ述べた特異な作品である。

先に見たように『本朝文粋』はいろいろな場合に制作された願文を例示して、その世界の拡がりを示そうとしている。そうした意図に即して言えば、慶祝の場のために作られた作もあってよかった。このようなないものねだりを言うのは、『本朝文粋』を承けて編纂された『本朝続文粋』には、『文粋』の欠を補うかのように祝賀の願文「堀河左大臣（源俊房）七十賀願文」（巻十二、大江匡房）があるからである。

奏状

奏状は臣下が意見を申し述べる、また事を請願する文章である。『本朝文粋』では巻五〜七に亙って三十七首を採録するが、次のように分類されている。

学館を建つ　一首
仏事　五首
官爵を申す　二十一首
譲爵を申す　二首
学問料を申す　三首
左降人の帰京を請ふ　一首
省試詩論　四首

「学館を建つ」については後述する。「譲爵」は自身の位階を停めて代わりに父や子の位階を上げることを請う。「省試詩論」は大学寮における文章生試験の結果をめぐる争論である。

数字が示すように「官爵を申す」、官職への補任、位階の昇叙を請う、『枕草子』にいう「博士の申文」が中心となる。

作者は十六人に亙るが、作品数の多い順に挙げると、次のようになる。

七首　大江匡衡

五首　菅原文時
三首　大江朝綱・兼明親王・源順・紀斉名
二首　大江以言・平兼盛
一首　菅原倫寧・高丘五常・高階成忠・橘直幹・藤原篤茂・文室如正・源為憲・三善道統

大江匡衡から源順までは本稿が主題としている上位九人に入る。大江以言もその一人であるが、残る三人の名がない。それは紀長谷雄、菅原道真、慶滋保胤である。長谷雄、道真は宇多・醍醐朝文壇の中心人物である。その作品が採られていない。先に願文について見たのと同じ事象である。そこで願文と同じように作品の制作時を確かめてみよう。

奏状は文章としての性格上、制作（奏上）の年月日が明記されている。これを欠くものが四首あるが、うち三首は前後の作から推定することができる。これに基づいて見てみると、最も早いのは醍醐朝の延長三年（九二五）三月十五日の大江朝綱の149「温職を申す状」であり、最も遅れるのは一条朝の寛弘六年（一〇〇九）正月十五日の大江匡衡の163「美濃守を申す状」である。併せて記しておくと、醍醐朝（八九七〜九三〇）の作一首、村上朝（九四六〜九六七）の作十首、円融朝（九六九〜九八四）の作九首、一条朝（九八六〜一〇一一）の作十六首となる。

ここで日付を欠く残る一首を見なければならない。「学館を建つ」に分類された高丘五常の143「在納言の為の奨学院を建立する状」である。これは中納言在原行平が、自らが属する在原氏および源氏、平氏など皇統氏族の学生のために、大学寮に付属する別曹、奨学院の設立を願い出た文章である。歴史史料を勘案すると、元慶五年（八八一）の作と考えられる。(6) すなわち、一気に四十数年を遡って唯一の九世紀の作となる。

奏状の時代的分布は右のとおりであるが、菅原道真の作はない。このことを言うのは『菅家文草』に作品数として願文に次ぐ二十七首の奏状があるからである。すなわち、前述の願文の場合と同じことが奏状についても見られるのである。付言しておくと、表に関してはこのようなことはない。『菅家文草」所収の二十三首のうち六首が『本朝文粋』に入集する。

『本朝文粋』における主要な四つの文体―詩序、表、奏状、願文の上位入集者九人の作品数に注目することから、以下のことが見えてくる。

表は四十二首が収載されるが、作者は大江・菅原両家の四人に限定される。これは『本朝文粋』全体に拡げて見ても同じである。表はきわめて限られて文人が制作する文章であった。なお、願文のうち、天皇に関する作も同様である。

詩序は最も多い一〇二首が収載されるが、八人が執筆している。『本朝文粋』全体で見ると、作品数は一四二首で、四十首が増えるのに対し、作者は三十人と四倍近くに大きく増大する。すなわち詩序は広く多くの文人に開かれた文章であった。この点で、表とは対蹠的である。

願文で目に付くことは、菅原道真、紀長谷雄、源順の作が採録されていないことである。道真については『菅家文草』と見比べることができるが。『菅家文草』には文体別では最も多い三十三首がある。詩序は二十二首が収められているが、そのうち十九首が『本朝文粋』に収載されていて、作者別では第一位である。そうであるだけに願文が全く採録されていないことが目に付くが、『本朝文粋』収載の願文は天慶八年(九四五)の作が最も早く、それ以降の作品を収める。ために菅原道真また紀長谷雄の作は存在しないわけである。

順については広く史資料を見渡しても、残るのは『朝野群載』巻二所収の一首[7]と『多武峯略記』の天禄三年

（九七二）三月に藤原伊尹が多武峯講堂の供養を行った折にその願文を作ったという記録だけである。順は願文を執筆することは少なかったのかもしれない。次節で見る旺盛な詩序の制作活動とは対蹠的である。

奏状についても菅原道真、紀長谷雄また慶滋保胤の作がない。所収の奏状の制作年次を確かめると、二十三首中、二十一首は村上朝以降の作である。『本朝文粋』編纂時に近い年代の作品が集められている。道真、長谷雄の作の入集がないのは、この事情によるのであろう。願文の場合と類似する。

## 二

個別の問題として、源順の詩序について考える。

順は全体では三十二首が入集し、六位となるが、詩序は道真に次ぐ十七首が採られている。すなわち詩序の比率が高いといえるが、また内容の面でも一つの傾向が見られる。

十七首の表題は次のとおりである。

204　第七親王の読書閣に陪（はべ）りて「弓勢は月の初三」を賦す詩の序
218　奨学院に「春は生ず霄色の中」を賦す詩の序
221　後三月、都督大王の亭に陪りて「今年は又春有り」を賦す詩の序
226　九月尽日、仏性院に秋を惜しむ詩の序
229　淳和院に遊びて「波は水中の山を動かす」を賦す詩の序
231　貞上人の禅房に過（よ）ぎりて庭前の水石を翫ぶ詩の叙

259 右親衛源将軍の初めて論語を読むに陪る詩の序
271 禄綿を賀する詩の序
296 西宮の池亭に「花開きて已に樹を匝る」を賦す詩の序
301 浄閤梨の洞房に「花光水上に浮かぶ」を賦す詩の序
302 白河院に遊びて「花影春池に泛かぶ」を賦す詩の序
307 上州大王の池亭に陪りて「水を渡りて落花来たる」を賦す詩の序
311 棲霞寺に「霜葉林に満ちて紅なり」を賦す詩の序
312 源才子の文亭に過ぎりて紅葉を賦す詩の序
314 神泉苑に「葉下ちて風枝疎らなり」を賦す詩の序
322 五覚院に遊びて「紫藤花落ちて鳥関関たり」を賦す詩の序
323 白河院に遊びて「秋花露を逐ひて開く」を賦す詩の序

これらの作品のうち、詩宴の場、その主宰者などを明らかにできるものを確認していこう。

204 第七親王邸詩序

「第七親王」は村上天皇の皇子、具平親王である。その書斎で侍読の宮内丞橘正通、近江掾慶滋保胤らと行った詩会の序。制作時は保胤の官職から、円融朝の貞元二年（九七七）頃と考えられる。(8)

218 奨学院詩序

奨学院は皇統である王や源氏、平氏、在原氏などの賜姓氏族の子弟の修学を援助するための大学寮付属の別曹である。前節で触れた高丘五常「在納言の為の奨学院を建立する状」（巻五・143）は当院の設立に際してその目的を述べた奏状がある。在納言は中納言在原行平。弘仁九年（八一八）、平城天皇皇子、阿保親王の子として生まれたが、天長三年（八二六）兄弟と共に臣籍に降り在原の姓を賜った。行平は元慶五年（八八二）、既設の藤原氏の勧学院の例に倣って、私邸に奨学院を建設し、仁和四年（八八八）に至って、これを別曹とすることを申請し、昌泰三年（九〇〇）に認可されている。(9) 順も当然のこととして奨学院に在籍して学んだ。229の淳和院詩宴の序に「奨学院の鯫生源順」と称している。

この奨学院詩序は次のように筆を起こす。

夫れ時は青帝の上月に属し、候は紫姑の後朝を迎ふ。風煙惟れ新たに、宴会旧に仍る。座に満つる者は天枝帝葉、一に庸流に非ず。智を闘はす者は琢玉練金、皆是れ偉器なり。道の光華、斯に在ずや。

時は正月十六日、ここに会するのは皇統に連なる人々。切磋琢磨の練達の士が詩を競い合うという。

221　都督大王邸詩序

表題に「後三月、都督大王の華亭に陪り」とある。「後三月」は閏三月をいうが、本文には「時に聖暦元を改め、老春閏を得たり」とある。順の生存時（九一一～九八三）にあって改元が行われ、かつ閏三月があった年は応和元年（九六一）に限られる。そうしてこの時、都督大王すなわち大宰帥の官に在った親王は章明親王である。章明は醍醐天皇の第十三皇子である。本文に、

洛城の以東に、一つの勝地有り。都督大王の深宮なり。大王は才華清英にして、徳宇凝邃なり。漢の景帝の十有三子、最弟其の名を忝けなくするを謝ぢ、梁の孝王の曲観平台、誰人か其の学を好むを聞きし。

とあるが、章明親王との比較の対象として、漢の景帝の十三子のうち、その「最弟」を持ちだしているのは、章明親王が第十三皇子だからであり、その邸第が「洛城以東」にあるというのも、「東北辺の末、鴨河堤の内に、

弾正尹章明親王の第有り」(『政事要略』巻六十九、致敬拝礼下馬)とあるのに符合する。
以上を要するに、これは応和元年閏三月、大宰帥の章明親王が洛東の邸宅に催した詩宴の序である。(10)

226 九月尽日、仏性院詩序

仏性院は都京と延暦寺を往来する人々の休息の場として、藤原朝成が比叡山の麓、西坂本の地に建立したものである。建立の後は、人々が便宜を得るのみならず、季節ごとに『法華経』の講釈が行われ、僧俗結縁の場ともなっていた。今日の宴も講釈終了の後、朝成の、秋が終わる今日、逝く秋を心行くまで惜しもうではないか、という主唱の下に「秋を惜しむ詞」を詠ずることとなった。この席には主客として参議右兵衛督源重光と参議右大弁の源保光が在った。

以上のように言う。朝成は重光、保光兄弟(代明親王の子)にとっては母方の叔父という縁戚にあった。また、重光、保光の前記の官職から、この宴が行われたのは天禄元年(九七〇)から同三年までのいずれかの年ということになる。(11)

231 貞上人禅房詩序

表題は「夏日、王才子と貞上人の禅房に過ぎり庭前の水石を翫ぶ叙」。本文に「夫れ貞上人は我が師なり、王才子は我が友なり。師を尋ねて友と結ぶ。寔(まこと)に縁有り」という。貞上人は貞某あるいは某貞なる僧である。順が「我が師」と称する人物で、素性を知りたく思うが、手がかりがなく、未詳である。注目したいのは貞上人の僧房を王才子と同行して訪ねていることである。「才子」は多く大学寮に学ぶ者をいう。(12)順が229「淳和院に遊ぶ詩序」の結びに、

時や我が党の才子十有余輩、南曹の二窓を出でて、西京の一洞に入る。名は遊覧と雖も、実は文章を闘はす。

勧学院の鴻才の藤勲、忽ち妙句を賦し、奨学院の飯生源順、大綱を記すと爾云ふ。

というのも、これをよく示している。南曹とは後出の勧学院と奨学院をいう。この二院は藤原氏、及び源氏らの賜姓氏族の学生（大学寮に学ぶ者という広義）のための別曹であるが、共に大学寮の南側に位置したので、かく称された。すなわち、ここに見える才子は南曹に属する学生らを指している。藤勲は藤原氏として勧学院に属する。王才子も王族として順と共に奨学院に学ぶ身であったに違いない。

ここで併せて312「源才子の文亭に過ぎり紅葉を賦す詩序」を見ておこう。

文頭に「崇仁坊の北に、一つの風亭有り。姓は源、字は文、是れ其の主なり。人は天才の卓犖に誇り、亭は地勢の幽深に構ふ」という。崇仁坊は左京八条。卓犖は極めて優れていること。源才子は字は文であるという。字とは大学寮に学ぶ学生に与えられる別称である（前述の藤勲もそうである）。この源才子が字を持つということは学生であることを意味する。この源文もまた源氏であることから、奨学院に身を置いていたに違いない。

259　右親衛源将軍『論語』読書宴詩序

「康保三年の夏、右親衛源将軍、翰林藤博士を招きて、初めて魯の論語を読む。時人以為らく、下問を恥ぢず、能く文宣王の遺訓を守ると」と書き起こす。「文宣王」は孔子をいう。これによって「右親衛源将軍」及び「翰林藤博士」は容易に知ることができる。康保三年（九六六）の右親衛将軍、右近衛中将の官に在った源氏は延光である。醍醐天皇皇子、代明親王の子で、天徳三年（九五九）十月、右近衛権中将に任じられ（『公卿補任』康保三年条）、康保三年二月二十一日の内宴の記事には右近中将として見える（『西宮記』巻二、内宴）。また「翰林藤博士」、文章博士の藤原氏は藤原後生（俊生とも）で、天徳四年以来、文章博士の官に在った。(13)

この詩序は康保三年、源延光が藤原後生に就いて『論語』を読んだ時の竟宴における序である。

### 296　西宮の池亭での花宴の詩序

この序も先に読んでいるので(14)。ここで必要な点を摘記する。

西宮は永寧坊、右京四条に在った源高明の邸第である。高明は醍醐天皇の皇子で、臣籍に降下したが、221序の章明親王、また後出の307序の盛明親王、311序の重明親王と兄弟である。高明が本序では「応和の大納言」と称されている。このことから、詩宴が行われたのは、高明がその官に在った、応和元年（九四一）から四年の間となるが、また順は自身のことを「戸部郎中」、民部丞と称している。順は応和二年に民部少丞となっているので、二年以後となる。花宴の日については文中に「時や三月三日、鳥有り、花有り」という。三月三日であるが、二年にはその日に宮中で曲水宴が開かれていることから、高明は自邸に宴を催すことを遠慮したであろう。これらを考え合わせて、応和三年か四年のこととなる(15)。

### 302・323　白河院詩序

共に白河院に催された詩宴の序であるので併せて述べる。また共に宴の催行年時、主宰者、参加者等について論証を行っているので(16)、これに基づいて要約する。

まず323詩序から。第一段につぎのようにいう。

白河院は故左相府の山庄なり。黄閣を掩(おお)ひてより、緑蕪を掃はず。烟柳眉を斂(おさ)めて、一年の春空しく暮れ、水石咽ぶが如く、三廻の秋闌(たけなわ)ならんと欲す。左武衛藤相公、尊閣の遺徳を恋ひ、勝地の旧遊を慕ひて、遂に詹事(せんじ)納言、尚書相公と簾幌を巻き筆硯を並べて、聊か暇日に遊覧す。

「黄閣」、大臣が薨じて三度目の秋というが、この大臣は安和二年（九六九）十月に没した藤原師尹であり、詩宴が催されたのは天禄二年（九七一）となる。そうして主宰者の「左武衛藤相公」、参議左兵衛督は嗣子の済時である。また賓客の「詹事納言」は権中納言春宮大夫の源延光、「尚書相公」は参議右大弁の源保光である。

ついで302詩序を考える。次の叙述がある。

夫れ年に必ずしも閏在らず、閏は必ずしも春に在らず。今年閏は二月に在り。豈花鳥時を得たる春に非ずや。然もなほ都人士女の花を論ずる者、多く白河院を以つて第一と為す。……。是を以つて、大長秋・左監門・戸部尚書の三納言、右武衛・執金吾・左大尚書の三相公、及び当時の賢大夫の、心和漢に通じ、絃管に巧みなる者、或いは仙閨自りし、或いは第宅自りし、冠蓋相望んで、皆以つて追ひ尋ぬ。其の主を誰とか為す。左武衛藤相公、善く箏を弾じ能く筆を翫ぶ。誠に花月の主なり。

「今年閏は二月に在り」がこの詩序催行の時を明らかにする。これに当たるのは天禄三年（九七二）である。このことから、主宰者及び参加者を知るのは容易である。主宰者「左武衛藤相公」は先の藤原済時、参加した貴紳の「大長秋・左監門・戸部尚書」の三中納言は中宮大夫藤原朝成、左衛門督源延光、民部卿藤原文範、「右武衛・執金吾・左大尚書」の三参議は右兵衛督源重光、右衛門督藤原斉敏、左大弁源保光となる。

307　上州大王邸詩序

詩序は末尾で作者が自身の述懐を記すのが通例であるが、この序でも「学を好みて益無き者有り、前の泉州刺史順なり、……。九年散班に沈んで、空しく嵆含（けいがん）の左鬢を添ふ」という。和泉守の任を解かれてのち九年間、無官のままであるというのであるが、これを彼の官歴（『三十六人歌仙伝』）に引き合わせてみると、天元二年（九七九）のこととなる。上州大王はこの時の上野太守あるいは上総太守である。それは盛明親王また致平親王であるが、どちらであろうか。文中に「大王、翰林両菅学士と通家なり」とある。親王は二人の文章博士菅原氏と縁戚であるというのであるが、盛明親王は菅原在躬の娘を妻としている（もう一人の文章博士菅原文時との関係は未詳）。

もう一つ、「今大王の遊ぶ所は、本是れ寛平太上の遊ぶ所なり。花は一代を隔てて、再び其の栄を発き、水は二主に逢ひて以つて重ねて其の色を澄ましむ」とある。親王のこの邸宅はかつて宇多上皇が宴を催された所であり、花は一代を隔てて再び花を開いているという。この一代とは醍醐天皇（宇多天皇の子）をいう。醍醐天皇の皇子、盛明親王にとっては一代であるが、村上天皇（醍醐天皇の皇子）の皇子である致平親王は二代を隔てることになる。以上の二点から、上州大王は盛明親王である。(17)

311　栖霞寺詩序

表題は「初冬、栖霞寺に同に「霜葉林に満ちて紅なり」を賦す。李部大王の教に応ふ」とある。「教」は仰せの意。「李部大王」、式部卿親王の主宰であることを明記する。まず詩宴の時を尋ねると、末尾に「順　暮年にして桂を折る」とある。順が文章生となった天暦七年（九五三）十月以後となる。これに当たる親王のうち、栖霞寺と関わりを有する人物は誰か。それは重明親王である。醍醐天皇皇子で、母は源昇の娘。天暦四年に式部卿となる。詩宴の場となった栖霞寺は嵯峨源氏、源融の別業で栖霞観と称されていたが、融の一周忌に当たる寛平八年（八九六）、ここに寺が建立された。その折の菅原道真の「両源相公の為の先考の大臣の周忌法会願文」（『菅家文草』巻十二・666）から、「両源相公」がこの法会の願主であることが知られるが、この二人は融の子、湛と昇（重明親王の外祖父）の兄弟である。次の叙述がある。

　所天（父）尋常に言ひて曰く、「栖霞観は嵯峨の精霊久しく叡賞を留めたまふ。仮使暫く風月優遊の家為るも、唯願はくは終に香華供養の地と作らんことを」と。是の故に弟子ら新た堂講を彼の観に添へ、全く経典を其の中に収む。

融の遺志に従って、ここに寺を建て経典を収めるという。重明親王から見ると、栖霞寺は外曾祖父融・外祖父昇を通して深い所縁のある場所であった。その故であろう、親王は天慶八年（九四五）三月二十八日、亡妻（藤原寛子）のための法会を栖霞寺で行っている（『李部王記』）。李部大王は重明親王と考えられる。詩宴が行われたのは、順が文章生となった天暦七年十月から重明親王薨去の同八年九月以前の「初冬」すなわち天暦七年の十月となる。(18)

314　神泉苑詩序

表題は「冬日、神泉苑に於いて同に「葉下ちて風枝疎らなり」を賦す」。このようにいう。

神泉苑は禁苑の其の一なり。……。戸部省侍郎以下、偸(ひそ)かに暇予を其の間に取る。蓋しまた漁釣を禁じて、吟詠を禁ぜざればなり。

「戸部省」は民部省の唐名、「侍郎」はその大輔をいう。冬の一日、民部省の大輔以下が休暇を取って神泉苑に遊び詩を賦したという。これから、順の官歴が思い合わされる。順は応和二年（九六二）正月、民部少丞に任じられ、翌三年に大丞に昇り、康保三年（九六六）に下総権守に転じている。詩序はこの間の作であろう。ではこの詩遊の主唱者となった大輔は誰であろうか。史料に尋ねると、『扶桑略記』応和元年三月五日条にその名が見える。この日、村上天皇が冷泉院の釣殿に桜花の宴を催し、多くの文人が召されて詩を賦したのであるが、その一人に「民部大輔源保光」がいる。ちなみに順も侍している。保光は天暦八年（九五四）十月にこの官に就いている（『公卿補任』天禄元年）。そうして康保二年五月には右中弁の官に在った（『朝野群載』）。以上を要するに、この詩遊は民部大輔源保光の主唱のもとに、応和二、三年、康保元年のいずれかの冬に行われている。

322　五覚院詩序

表題は「三月尽日、五覚院に遊んで同に「紫藤花落ちて鳥関関たり」を賦す」。次のように記す。

嵯峨院は我が祖太上皇の仙洞なり。……。五覚院は彼の院の西房なり。大師仙遊を尋ねて洞房を占め、仏智を写して以つて沙界を利す。……。是の故に我が道の通儒、吏部善侍郎、詩客十余人を率ゐて、先づ氷雪の尊顔を拝し、遂に風煙の勝趣に感ず。

これに依って五覚院は、嵯峨天皇の別業であり後院となった嵯峨院の西房であったことが知られる。また空海が止住したこともあったという。きわめて由緒ある場所なのである。ゆえに「吏部善侍郎」は十数人の詩人らと、ここで逝く春を惜しむ雅遊を催したとあるが、この吏部善侍郎は未詳である。吏部侍郎は式部大輔の唐名であり、善は三善氏と考えられるが、該当する人物を見出せない。これは措くとして、文頭の「嵯峨院は我が祖太上皇の仙洞なり」には嵯峨源氏の皇統に連なる者としての順の強固な家門意識をうかがうことができる。

以上、論証に紙幅を費やしたが、これを整理していこう。各序のキーワードを抜き出すと、このようになる。

204序　具平親王、橘正通、慶滋保胤
218序　奨学院
221序　章明親王
226序　仏性院、藤原朝成、源重光、源保光
229序　淳和院、藤勲
231序　貞上人、王才子（共に実名は未詳）
259序　源延光
296序　西宮、源高明
302序　白河院、藤原済時、藤原朝成、源延光、藤原文範、源重光、藤原斉敏、源保光

307序　盛明親王
311序　栖霞寺、重明親王
312序　源才子（字（あざな）　源文）
314序　神泉苑、源保光
322序　五覚院（嵯峨院）、吏部善侍郎（未詳）
323序　白河院、藤原済時、源延光、源保光

これらから何が見えてくるか。人と所に分けて考える。

まず人について。すぐに気づくのは親王が四人（具平・章明・盛明・重明）いることである。このうち具平親王以外の三人は醍醐天皇の皇子であるので、源氏であるが高明もこれに準じる者と見ることができる。さらに醍醐天皇の皇子四人のうち、章明親王を除く三人は母にも注目しなければならない。盛明・重明親王、源高明の母は嵯峨源氏である。略系図で示すと次のようになる。

嵯峨天皇
├ 定
│ ├ 至 ― 挙 ― 順
│ └ 唱
│ 　 ├ 泉 ― 女（源高明の妻）
│ 　 └ 周子 ＝ 醍醐天皇
│ 　 　 　 ├ 源高明
│ 　 　 　 └ 盛明親王
└ 融 ― 昇 ― 女 ＝ 醍醐天皇
　 　 　 　 └ 重明親王

この三人は母を通して順と同じ嵯峨源氏の血を承けている。なお高明は妻も嵯峨源氏である。

次いで源氏の重光・保光・延光の三兄弟、いわゆる「三光」（『二中歴』巻十三、名人歴）である。醍醐皇子の代明親王の子であるが、白河院また仏性院、神泉苑での詩宴に複数回列なっている。次のようになる。

重光　226　302
保光　226　302　314　323
延光　259　302　323

さらに王才子と源才子である。才子と称しているので、前述のように大学寮に学ぶ身である。王氏といい、源氏という。共に奨学院に属していたはずである。

以上の親王、源氏、王氏、いずれも皇統に連なる人々である。

次に所であるが、親王邸及び源高明の西宮は、人として見た。その他を見る。

奨学院（218序）　前述のように皇統の王や源氏、平氏、在原氏などの賜姓氏族のための別曹である。

栖霞寺（311序）　先には「李部大王」、式部卿親王は重明親王であることを明らかにすることを主眼として述べたが、そこで論証に用いた菅原道真の「両源相公の為の先考の大臣の周忌法会願文」の一部をもう一度引用する。

所天（父）尋常（つね）に言ひて曰く、「栖霞観は嵯峨の精霊久しく叡賞を留めたまふ。仮使（たとい）暫く風月優遊の家為るも、唯願はくは終に香華供養の地と作らんことを」と。

「所天」は親王の外祖父源昇にとっての父、融であるが、彼はいつもこう言っていた。栖霞観は「嵯峨の精霊」、嵯峨天皇（融の父）が長きに亙って遊覧を楽しまれた所なのだ。栖霞観は融の別荘として知られているが、そもそもは嵯峨天皇（上皇）ゆかりの地なのであった。

五覚院（322序）　これも先述のように、五覚院は嵯峨上皇の後院、嵯峨院の子院である。

以上のように、詩宴の場となったこれらは、嵯峨天皇に所縁ある所、また皇統に関わる所であった。

『本朝文粋』には全作品の三分の一に近い一九二首の詩序があるが、源順の作は菅原道真に次ぐ十九首が採録されている。そうして、その作品からは、順が嵯峨源氏であることを強く意識し、皇統の人々との交わりのなかで、また所縁ある場で多く制作活動を行っていたことが明らかになる。

注

（1）雑詩も二十二首があるが、本稿は本朝文粋論として、文章を対象とするので、詩は除外する。

（2）拙稿「文は、願文・表・博士の中文」（『本朝漢詩文資料論』勉誠出版、二〇一二年）。

（3）『本朝文粋』は文体としては「序」と立項し、これをさらに「書序」「詩序」「和歌序」に分類するが、大部分を占めるのは詩序であるので、これを以って代表させる。

（4）都良香「陪㆓左丞相東閣㆒聴㆔源皇子初学㆓周易㆒」（『本朝文粋』巻九・255）の「良香謹拝㆓高命㆒、不㆓敢違㆜之。聊染㆓疎毫㆒、上㆓其都序㆒」は一例である。

（5）拙稿「平安朝漢文学史の輪郭――詩序を例として」（『平安朝漢文学史論考』勉誠出版、二〇一二年）。

（6）拙著『本朝文粋抄』三（勉誠出版、二〇一四年）第九章「在納言の奨学院を建立する状」。

（7）拙著『本朝文粋抄』三、第七章「西宮の池亭に「花開きて已に樹を匝る」を賦す詩の序」参照。

（8）拙稿「平安朝における『文選』の受容――中期を中心に」（『平安朝漢文学史論考』勉誠出版、二〇一二年）。

（9）注6に同じ。

（10）拙稿「「属文の王卿」――醍醐系皇親」（『平安朝漢文学論考』補訂版、勉誠出版、二〇〇五年）。

（11）拙著『本朝文粋抄』六（勉誠出版、二〇二〇年）第九章「仏性院に秋を惜しむ詩序」。

（12）本書25「源為憲と藤原有国の交渉について」参照。

（13）その経歴、文業については、拙稿「『扶桑集』の詩人（四）」（『成城文藝』第二五五号、二〇二一年）参照。

（14）注7に同じ。

（15）神野藤昭夫「《源順伝》断章――安和の変前後までの文人としての順」（『跡見学園女子大学国文学科報』第13号、一九八五年）を参照した。

(16) 拙稿「白河院の詩遊」(『平安朝漢文学論考』補訂版、勉誠出版、二〇〇五年)。
(17) 注16に同じ。ただし、「一代を隔て」のことは新たに加えた。
(18) 注16に同じ。

※『成城国文学』第三十九号(二〇二三年)に発表した。

# 18 『本朝文粋』の一首の詩序と『明衡往来』の一通の書状

## 一　豊前守の書状

藤原明衡が編纂した『明衡往来』（「雲州往来」「雲州消息」とも）に次のような書状（巻下四十八）がある。(1)

去春、安楽寺曲水宴、献詩者衆。是則九州之牧、多任折桂人之故也。筑州刺史、当仁作都序。其文可観。峴山之句、猶可招恥歟。明年、肥州可闕。若浴鴻恩、被割虎符者、所望可足。残菊燕席、可感其詞花侍。努力々々莫望他国。謹言。

月日　　豊前守

謹上　前河州刺史文亭

去る春、安楽寺の曲水の宴に詩を献ずる者衆(おお)し。是れ則ち九州の牧(ぼく)、多く折桂の人を任ずる故なり。筑州刺史、仁に当たりて都序を作る。其の文観(み)るべし。峴山(けんざん)の句もなほ恥を招くべきか。明年、肥州闕(か)くべし。若(も)し鴻恩(こうおん)に浴し、虎符を割かれなば、所望足るべし。残菊の燕席、其の詞花に感ずべく侍り。努力々々他国を望むことなかれ。謹みて言す。

語句に説明を加えておこう。

「安楽寺」 大宰権帥に左遷され、任地で没した菅原道真の墓所。現在の太宰府天満宮である。

「曲水の宴」 三月三日、水辺で酒を飲み、詩歌を賦す宴。

「折桂」 桂の枝を折る。登用試験に合格することをいう。底本には「進士」、文章生の傍注がある。

「筑州の刺史」 筑前あるいは筑後の国守を唐名でいう。

「仁に当たる」の「仁」は「任」の意。空海の「大和州益田池の碑銘の序」(『遍照発揮性霊集』巻二)に「貧道(僧の自称)不才にして仁に当たる」とある。

「都序」の「都」はすべての意。賦詩全部の序としていう。

「峴山」は湖北省にある山。晋の羊祜は襄陽の太守となり、よく峴山に登った。亡くなった後、人々は廟を建て碑を立てて折々に祭って追慕し、碑を望み見る人は皆涙を流したので、これを堕涙碑と呼んだ。

「肥州」は肥前あるいは肥後の国守。

「虎符」は古代中国で用いられた虎の形をした銅製の割符。片方は朝廷に置き、片方を地方に赴く官僚に与えて権力付与の印とした。したがって「虎符を割かる」とは国守に任じられることをいう。

「残菊の燕席」 燕席は宴席。残菊の宴は十月五日に残菊を賞美する宴会。

この書状は前後に分かれる。前半は安楽寺で催された曲水の宴の報告である。その宴席では多くの人が詩を賦した。それは九州の国司には文章生出身者、すなわち詩の詠作に心得のある者が多いからである。「筑州」の国守が序者に選ばれて詩序を作ったが、その文章は優れた作であった。このように言う。

後半にこの書の趣旨を記す。来年は「肥州」の国守のポストに空きができるだろう。貴殿が幸いに大恩に浴してその地位を得られることになれば、大いに満足されるであろう。そうして守として残菊の宴に臨まれれば、その席で人々が詠む詩に感心されることでしょう。(どうか「肥州」の国守に望みをお懸けください。)決して他国の守を狙ってはなりませんぞ。

このように述べている。受け手は前河内守であるから、今は散位というわけであるが、その人に豊前守として、九州の国司の人事情報を知らせ遣ったという体裁の書状である。

前半の筑州の守が作った詩序を褒めるのに引き合いに出されている「峴山の句」がいま一つはっきりしないが、書状としての趣旨は明白である。何の変哲もない短い書状であるが、一首の文章を読んだ後にこの書に向かい合うと、俄然見方が変わってくる。

## 二　安楽寺廟の詩序

その文章は『本朝文粋』収載の源相規（すけのり）の「初冬、菅丞相の廟に陪り、同（とも）に「籬菊（りぎく）残花有り」を賦す」詩序（巻十一・336）である。読んでいこう。

夫菅丞相廟者、在西府東北二三許里矣。廟立之後、六十余廻。星霜推移、莓苔之色弥厚、春秋雖改、松柏之声常寒。到此何人能緩情感者哉。元年十月、都督相公、率一府之群僚、命合宴於其下。蓋改彼仲春射鵠之礼、以展初冬翫菊之筵也。仙籬景暮、孤叢花残。映沙而留、先験貞心於厳霜之底、擅場以立、遂知勁節於疾風之中。宜宛廟堂之荘厳、不比俗境之愛翫。既而奠礼漸畢、遊宴亦闌。昔王子晋之昇仙、後人立祠於緱嶺之月、羊太傅之早世、行客堕涙於峴山之雲。時代雖殊、意趣惟一者也。相規廊下旧生、管内愚吏。恐陪仙洞之末席、敢献鄙野之蕪詞云爾。

夫れ菅丞相の廟は、西府の東北二三里ばかりに在り。廟立ちて後、六十余廻なり。星霜推移して、莓苔の色弥いよ厚し、春秋改まるといへども、松柏の声常に寒し。此に到りて何人か能く情感を緩くせん者ならんや。

元年十月、都督相公、一府の群僚を率ひて、合宴を其の下に命ず。蓋し彼の仲春の射鵠の例を改めて、以つて初冬菊を翫ぶ筵を展ぶるなり。仙籬景暮れ、孤叢花残る。沙に映じて留まり、先づ貞心を厳霜の底に験し、場を擅にして以つて立ち、遂に勁節を疾風の中に知る。宜しく廟堂の荘厳に宛て、俗境の愛翫に比せざるべし。

既にして奠礼漸く畢はり、遊宴また闌なり。昔、王子晋の仙に昇る、後人祠を緱嶺の月に立つ、羊太傅の世を早くせし、行客涙を峴山の雲に堕とす。時代殊なりといへども、意趣惟れ一なるものなり。相規は廊下の旧生、管内の愚吏なり。恐らくは仙洞の末席に陪りて、敢へて鄙野の蕪詞を献ずることをと爾云ふ。

まず内容の理解に必要な語釈をしておこう。

「菅丞相の廟」　菅原道真の墓所。先の書状にいう安楽寺である。

「西府」　大宰府。

「松柏」　柏はコノテガシワ。松柏は墓に植えられる木でもある。白居易「元九の往くを悼むに和す」（『白氏文集』巻九）に「旧宅牡丹の院、新墳松柏の林」とある。

「都督相公」　参議大宰大弐の唐名。

「仙籬」　籬は垣根。晋、陶潜「飲酒」の有名な「菊を採る東籬の下、悠然として南山を見る」に基づき、菊の咲く垣根。仙は長寿を保つ薬草として仙人が菊を食することから冠した。嵯峨天皇「九日菊花を翫ぶ篇」（『経国集』巻十三）に「人物蹉跎として皆変衰す、如何ぞ仙菊の東籬に笑むは」とある。

「勁節」　強固な節操。菊が寒さに耐えて咲くさまをいう。対語の「貞心」も同じ。魏、鍾会「菊花賦」（『芸文類聚』巻八十一、菊）に「霜を冒して穎を吐くは、勁直を象るなり」。

「奠礼」　祭事。神仏に物を供える儀式。道真を神として祭る。

「王子晋の……」　王子晋は周の霊王の太子の晋。王子喬ともいう。白い鶴に乗って緱氏山（河南省）の頂きに現れるが、また飛び去った。のち緱氏山下また嵩山の頂きに祠が立てられた（『神仙伝』）。

「羊大傅の……」　羊大傅は羊祜。前節の書状の「峴山」に関して述べたその故事を指す。

「廊下」は菅家廊下をいう。菅原家の家塾。

「仙洞」　世俗と隔絶した所としていう。寺についていう例は少ない。初唐、宋之問「使して襄陽を過ぎり鳳林寺閣に登る」（『全唐詩』巻五三）の「苔石仙洞を銜み、蓮舟釣磯に泊る」は一例である。

検討あるいは考証が必要な事項、措辞がいくつかある。

一つは「合宴」が行われた時である。「元年十月」とあるが、いつの元年か。これを明らかにする手懸かりは二つある。一つに「廟立ちて後、六十余廻」とある。廟の建立は『菅家御伝記』及び『天満宮安楽寺草創日記』(2)（以下『草創日記』）の記事に基づいて、延喜五年（九〇五）、味酒安行に依るものと考えられているので、それより六十余年後は康保元年（九六四）、安和元年（九六八）、天禄元年（九七〇）が考えられるが、もう一つ考え合わせるべき条件がある。宴の主宰者「都督相公」である。時の大宰大弐は参議の身分にあった。これに適うのは小野好古で、天徳四年（九六〇）四月に大弐に任じられ（『公卿補任』）、赴任している。時に参議正四位下。なお、康保二年に藤原佐忠が大弐となっているが（『二中歴』巻二、都督歴）、参議ではない。すなわち、宴は康保元年の十月、大弐小野好古の主唱の許に行われた。好古は篁（たかむら）の孫に当たる。

次に「射鵠」について考えておこう。康保元年の十月に催された宴会は二月の「射鵠の礼を改めて」行ったものであったという。射鵠の本来の意味は的を射ること、弓射である。その礼として想起されるのは、正月の宮廷行事として行われる、天皇が官人の弓射を見る十七日の射礼（じゃらい）、翌十八日の賭弓（のりゆみ）であるが、これは「仲春」の行事ではない。そこで二月の行事として考えると、射鵠の転義としての試験に及第することの意で考えて、大学寮の文章道で行われる擬文章生試がある。『延喜式』巻十八、式部上に「凡そ擬文章生は春秋の二仲月に之れを試みる」と規定されている。文章生となるための試験である。このように考えてよいとすれば、康保に先立つ十世紀中頃、大宰府では平安京の大学寮で行われる進級試験に準じた考試が行われていたことになる。これに思い合わされるのが大宰府に置かれた府学の学校院（学業院）である。「職員令」69大宰府に、博士を置き、「経業を教授し、学生を課試する」とあり、『令集解』に大宰府管内の学生に教えるという。この学生が応じる試験であろう。

このような試験を改めて十月の「菊を翫ぶ」宴が催されている。両者ははなはだ性格を異にする。「射鵠の礼」は形骸化していたのであろうか。

本文の終わりに、詩序の常套として作者源相規が自身のことを述べているが、時に「管内の愚吏」という。「管内」という言い方から、大宰府の属僚ではなく、管轄する九州のいずれかの国の官吏であろうと考えられる。『国司補任』(3)を手懸かりに尋ねると、応和元年（天徳五年、九六一）に源相観（ママ）が肥前守に任じられている。名の文字に疑問があるので、典拠に戻ってみると、これを記すのは「宝篋院陀（ママ）羅尼伝来記」(4)（『大日本仏教全書』遊方伝叢書）である。この記は天慶年中に中国に渡り、天暦末年に帰国した延暦寺僧日延による、呉越王銭弘俶(せんこうしゅく)が造った宝篋印塔の将来に関する記録であるが、日延がこれを肥前国司に贈ったと記されているので、末尾の注記に天暦から康保に至る肥前守五人が列挙されており、その一人に「相観」がある。「従五位下源……相観　天徳五年月任、元民部丞」とある。この相観は相規であろう。以下の理由に依る。源相観なる人物は史資料に見出せない。「規」と「観」はくずし字ではまぎれ易い（図版参照）。また「元民部丞」という経歴は相規のそれに一致する。彼は天徳三年（九五九）の「内裏詩合」に参加しているが、時に民部大丞であった（『天徳三年八月十六日闘詩行事略記』）。

結論として、作者源相規はこの時、肥前守としてこの詩宴に参加していた。

「観」　「規」

関戸本和漢朗詠集　紀家集　大江朝綱書
（北川博邦編『日本名跡大字典』角川書店、1981年）

以上の措辞、内容の検討を踏まえて、口語訳しておこう。

菅原大臣の廟は大宰府の東北二三里ほどにある。廟が建立されてより六十数年が経っている。歳月が推移して苔の色はいよいよ濃くなり、年月が移り変わっても松柏の音は常に清涼である。ここを訪れて心を正さない者があるだろうか。

（康保）元年十月、参議大宰大弐卿は役所の多くの官人を引きつれて、廟で宴会を催すことを命じられた。すなわち彼の二月の登用試験を改めて、十月に菊を賞美する宴を開かれるのである。菊の咲く垣根に日は暮れ、一群れの花が残っている。砂に映えて咲き残り、厳しい霜の下で貞節の心を表わし、あたりを一人占めして立ち、疾風にも耐える強い節操を示している。この花は廟の中の飾りとする（供花とする）のに用いるべきで、世間で美しさを賞でるだけのものとは比べられないのである。

すでに祭事は終わり、遊宴もまた終わりに近づいている。昔、王子晋が仙人として天に昇って行き、後人が祠(ほこら)を緱山に立て、羊太傅が早く亡くなり、旅人が峴山の碑を見て涙を落としたということがあった。時代は異なるが、先人を追慕するという思いは同じである。私、相規はかつて菅家廊下で学んだ者で、大宰府管内の愚かな役人である。俗界と隔たった廟での宴の末席に侍り、田舎びた粗辞を献じることを心苦しく思うのであるという。

この詩序について付け加えておかなければならないことがある。第三段落（書き下し文）の、

王子晋の仙に昇る、後人祠を緱嶺の月に立つ、

羊大傅の世を早くせし、行客涙を峴山の雲に堕とす。

の一聯は『和漢朗詠集』（巻下、懐旧・745）に採録されている。秀句と評価されたわけである。

## 三　残菊の宴

ここに新たに行われるようになった「初冬菊を翫ぶ」宴は残菊宴と呼ばれるが、本来宮廷で行われていた年中行事である。康保元年よりさほど隔たらない天暦四年（九五〇）に創始されたが、その事情を語る文章がやはり『本朝文粋』（巻二・46）にある。次のように述べる。

停九日宴十月行詔　世号残菊宴

詔。望五雲而穿眼、汾水之遊不帰、攀九霞而摧心、荊岫之駕弥遠。九月者、先帝昇霞之月也。故九日之節廃而経年。丹萸無験、徒伝禦寒之方、黄菊失時、空綴泣露之蕚。朕之長恨、千秋無窮。爰洛水春遊、昔日閣筆、

商飈秋宴、今時巻筵。鹿鳴再停、人心不楽。詞人才子、漸呑吟詠之声、詩境文場、已為寂寞之地。孔子曰、文王已没、文不在茲乎。宜開良讌於十月之首、以翫余芳於五美之叢。凡厥儀式、一准重陽。主者施行。

　天暦四年九月廿六日

　九日の宴を停めて十月に行ふ詔〈世に残菊の宴と号ぶ〉

詔す。五雲を望みて眼を穿つ、汾水の遊び帰らず、九霞に攀ぢて心を摧く、荊岫の駕弥いよ遠し。九月は先帝昇霞の月なり。故に九日の節廃して年を経たり。丹茱験無くして、徒らに寒さを禦ぐ方を伝へ、黄菊時を失ひて、空しく露に泣く蕚を綴る。朕の長き恨み、千秋窮まり無し。爰に洛水の春の遊び、昔日筆を閣き、商飈の秋の宴、今時筵を巻く。鹿鳴再び停めて、人心楽しまず。詞人才子、漸く吟詠の声を呑み、詩境文場、已に寂寞の地と為る。孔子曰はく、「文王已に没せしも、文茲に在らざらんや」と。宜しく良讌を十月の首に開きて、以つて余芳を五美の叢に翫ぶべし。凡そ厥の儀式、一に重陽に准ぜよ。主者施行せよ。

　天暦四年九月二十六日

天暦四年九月に村上天皇が宣布した詔である。作者は大江朝綱。主旨は表題に明らかである。冒頭部の「汾水の遊び」は先帝の死を、「荊岫の駕」は皇帝の死をいう。これを承けて傍線部があるが、ここに九日の宴を停めた理由が述べられている。九月は先帝、醍醐天皇崩御の月ということで「九日の節」、重陽の節が廃止されたのである。醍醐が没したのは延長八年（九三〇）の九月二十九日であるから、二十年が経過している。以下、おおよそこのようにいう。重陽の停廃は私も長年残念に思っている。これに先立って「洛水の春の遊び」、三月の曲水宴が行われなくなっていたが、また重陽宴も停止された。饗宴の場が二つもなくなり、人々は心寂しく思っている。これらは共に詩作の場であり、それが失われたのである。「文」の場はなければならない。故に重陽に准じて残菊を賞する宴を十月初めに開くこととする。

このようにして九月の重陽宴の代替として始められたのが残菊宴である。この詔に従って天暦四年には十月八日に催され、藤原師輔の『九暦』にその詳細な記事がある。以後、五日が例日となり、ちょうどこの康保元年まで史書に記録がある。(5)

この残菊宴が、この年、遠く九州の地に移植されたのである。

## 四　四度の宴

残菊宴は後に安楽寺における四度の宴の一つとなる。この呼称が見えるのは前出（第二節）の『草創日記』で、「四度宴」として次のように記している（原漢文）。

内宴　長徳元年乙未正月廿一日、大弐有国卿之れを始む。

曲水　天徳二年戊午三月三日、小野好古之れを始む。

七夕　永承元年丙戌七月、正三位行権中納言兼治部卿藤原朝臣経通（つねみち）之れを始む。

残菊　曲水の壇那（だんな）之れを始む。

いずれも宮廷で行われていた伝統的な年中行事である。導入された年次の順に見ていくと、最初は曲水宴で、村上朝の天徳二年（九五八）三月、小野好古が始めたという。しかし疑問がある。好古が大宰府に在任したのは天慶八年（九四五）十二月から天暦四年（九五〇）初頭まで大弐であったのと、天徳四年四月に再び大弐となった時であり、天徳二年時の大弐は藤原元名で（『公卿補任』）、好古ではなかった。

次が残菊宴であるが（康保元年、九六四）、「曲水の壇那」が始めたという。これは小野好古を指すこと（「壇那」は仏語で施主の意）、先に見たとおりである。この言い方からすれば、曲水を始めたのはやはり好古であり、年次に誤りがあるということになろう。

次いで内宴である。これは正月の二十日頃、天皇が近臣に賜わる宴で共に詩を賦した。一条朝の長徳元年（九九五）、大弐の藤原有国が始めたというが、これも疑わしい。長徳元年正月時の大弐は藤原佐理（すけまさ）で、有国はこの年の十月に大弐に任じられている。曲水の場合と同じく、人か年次か、どちらかが誤っているということになる。

七夕宴は大きく遅れて、後冷泉朝の永承元年（一〇四六）、藤原経通が始めたという。彼はこの年二月、大宰権帥に任じられている。

このようにして十世紀半ばから十一世紀半ばまで、約百年の幅があるが、宮廷の年中行事四つが大宰府の上級官僚として赴任した貴族によって安楽寺に移植された。これらはいずれも賦詩を伴う宴であることに注目したい。

これらを「四度宴」と称するのは鎌倉時代の『草創日記』に至ってのことであるが、一つのまとまりとして捉える意識は早くに醸成されていたのではないかと考えられる。それを思わせるのは大江匡房の「安楽寺に参る詩」（『本朝続文粋』巻一）である。「康和二年の秋、清涼八月の時、我安楽寺に詣（いた）る」と詠み起こし、詠作時（一一〇〇年）が明示されているが、この時、匡房は権中納言大宰権帥として大宰府に在った。この詩に次のようにいう。

宴遊為幾廻　　宴遊はた幾廻なる
篇翰各手随　　篇翰各おの手に随ふ

早春和菜羹　　早春菜羹を和す
初冬残花壝　　初冬花壝を残す
三日曲江宴　　三日曲江の宴
七夕漢水嬉　　七夕漢水の嬉び

安楽寺で催される宴遊を数えあげる。それはそれぞれ詩文の制作を伴うものである。早春には若菜を吸物に調理する。「菜羹を和す」は菅原道真の「雲林院に扈従し感歎に勝へず、聊か観る所を叙ぶ」の序（『菅家文草』巻六・431）の「菜羹を和して口に啜るは気味の克く調はんことを期すなり」（『和漢朗詠集』巻上、子日にも入集する）を借用する。これは正月の子日である。初冬には「花壝」がなお残っている。花壝は花の垣根であるが、この花は菊である。すなわちこの句は十月の残菊宴を詠む。七夕の「漢水」は天の川をいう。

ここに匡房が挙げる宴遊は、正月の子日、十月の残菊、三月三日の曲水、そして七夕である。正月が内宴でなく子日であるが、あとの三事は四度の宴に一致する。つまり、匡房がここに数える安楽寺の宴遊四つのうち、子日に代えて内宴を加えた四事がのち四度の宴となったのである。

## 五　書状再読

源相規の安楽寺廟の詩序を読み、その提出する問題について考えてきた。これを踏まえて第一節の書状を読み返してみよう。

前半である。

去る春、安楽寺の曲水の宴に詩を献ずる者衆し。是れ則ち九州の牧、多く折桂の人を任ずる故なり。筑州刺史、任に当たりて都序を作る。其の文観るべし。峴山の句もなほ恥を招くべきか。

ここで曲水の宴を話題にしているのは、これが安楽寺に移植された宮廷行事――後に四度の宴と称されることになる――の一つだからである。後半にいう同様の行事、残菊の宴を導くものとなる。

この宴では、安楽寺の残菊宴で肥前守の源相規が詩序を作ったのと同じように「管内」の「筑州」の守が詩序を作っている。その詩序は優れた出来映えで、「峴山の句」も恥じ入るほどであったという。ここで比較の基準とされている「峴山の句」とは、相規の詩序の秀句として『和漢朗詠集』に選び入れられた「羊大傅の世を早くせし、行客涙を峴山の雲に堕とす」に他ならない。この句を引き合いに出したのは同じ安楽寺で催された同類の宴での詩序中の句だからである。ここに、この書状が安楽寺廟詩序を踏まえて書かれていることが明白になる。

後半である。

明年、肥州闕くべし。若し鴻恩に浴し、虎符を割かれなば、所望足るべし。残菊の燕席、其の詞花に感ずべく侍り。努力々々他国を望むことなかれ。謹みて言す。

「肥州」は、第一節では、肥前か肥後のどちらかの国守としたが、これは当然のこととして、相規が詩序作成時に在任していた肥前守でなければならない。

そうして前河内守がめでたく肥前守のポストを手に入れたと仮定して、彼が残菊の宴に出席した時のことを予想しているが、これは相規が詩序を書いたのが残菊の宴であったからであることはいうまでもないだろう。

したがって第一節で、「残菊の燕席、其の詞花に感ずべく侍り」を「守として残菊の宴に臨まれれば、その席で人々が詠む詩に感心されることでしょう」と口語訳したのは間違っていた。訂正しなければならない。「守として残菊の宴に臨まれれば、その場の人々は貴殿が詠まれる詩のすばらしさに感じ入ることでしょう」となろう。相規が肥前守として残菊宴で優れた詩序を作ったように、この未来の肥前守もその詩作によって人々を感嘆させるはずなのである。

以上のように、この書状が安楽寺廟詩序に基づいて書かれていることは明らかである。一般化して言えば、先行作品の受容ということであるが、しかし、これは多くの例がそうであるような、先行作の用語、措辞などを借用し自己の表現に取り入れるというようなものとは全く異なる、独自の手法である。

先行作は実際の詩宴で作られた詩序であるが、受容作は書状の形を借りて創造された仮構の世界である。前半の「峴山の句」によって、書状が安楽寺廟詩序を踏まえていることを読み手に示唆している。故にこれに従って詩序を読んだうえで後半を読まなければならない。そうでなければ本当の意味で読んだことにはならないのである。後半のキーワードは「肥州」と「残菊の燕席」であるが、「肥州」に行き着くためには、詩序の「管内の愚吏」が何を指しているのかを明らかにしなければならない。これが肥前守であることは検証して初めて知り得ることであるが、書状の作者はこれを読み解いている。そうして書状の相手（前河内守）を肥前守となるべく誘導し、さらにそれが実現した時には残菊の宴に参加させることも用意している。相規が残菊の宴において序者となったようにである。

このように見てくると、この書状はわずか八十七字の小品ながら、漢文の文章の受容例として注目すべき作品と評してよいであろう。

注

（1）　本文は三保忠夫・三保サト子編著『雲州往来　享禄本　研究と総索引 本文・研究篇』（和泉書院、一九八二年）に拠る。ただし、訓点を付すが取る。書き下し文も訓点に拘わらず私見で読む。

（2）『天満宮安楽寺草創日記』は太宰府天満宮所蔵。永禄二年（一五五九）書写本であるが、成立は鎌倉中期頃と推定される（川添昭二『中世文芸の地方史』（平凡社選書、一九八二年）第一章「大宰府の宮廷文化」注11）。『神道大系　太宰府』（神道大系編纂会、一九九一年）に翻刻がある。これに拠る。

（3）　宮崎康充編『国司補任』第三（続群書類従完成会、一九九〇年）。

（4）　底本は東寺観智院蔵、貞和五年（一三四九）書写。なお「院」は「印」が正しい。

（5）　滝川幸司『天皇と文壇　平安前期の公的文学』（和泉書院、二〇〇七年）第二編第二章「重陽宴」付載「重陽宴年表」参照。

※『国語国文』第八十九巻六号（二〇二〇年）に発表した。

# 19　白居易「諭友詩」の本文

## ——我が国に残る古写本

『白氏文集』巻一に「友に諭(さと)す詩」(52)という詩（五言古詩）が収められている。この詩は天野山金剛寺（大阪府河内長野市）所蔵の『文集抄』に抄出されているが、その本文には他の諸本にはない独自の本文が含まれている。そこで、これについて考えてみたい。

「諭友詩」は次のような詩である(1)（傍線を付した本文については後述）。

昨夜霜一降　　昨夜霜一たび降り

殺君庭中槐　　君が庭中の槐(えんじゅ)を殺(か)らす

乾葉不待黄　　乾葉黄ばむを待たず

索索飛下来　　索索として飛び下り来たる

5 憐君感節物　　憐れむ君が節物に感じ

晨起歩前階　　晨(あした)に起きて前階を歩み

臨風踏葉立　　風に臨み葉を踏みて立ち

半日顔色低　　半日顔色低(た)るるを
西望長安城　　西のかた長安城を望むに
10 歌鍾十二街　　歌鍾(かしょう)十二街
何人不歓楽　　何人か歓楽せざらん
君独心悠哉　　君独り心悠なるかな
白日頭上走　　白日頭上に走り
朱顔鏡中頽　　朱顔鏡中に頽(くず)る
15 平生青雲心　　平生青雲の心
銷化成死灰　　銷化(しょうか)して死灰と成る
我今贈一言　　我今一言を贈る
勝飲酒千杯　　飲酒千杯に勝らん
其言雖甚鄙　　其の言甚だ鄙しといへども
20 可破悒悒懐　　悒悒(ゆうゆう)たる懐ひを破るべし
朱門有勲貴　　朱門に勲貴有り
陋巷有顔回　　陋巷に顔回有り
窮通各有命　　窮通各おの命有り
不繋才不才　　才不才に繋(か)からず
25 推此自豁豁　　此れを推(お)せば自づから豁豁(かつかつ)たらん

不必待安排　　必ずしも安排を待たじ

注1著の「解題」に、本詩はこの前に置かれた「夏旱詩」に続いて元和九年（八一四）の作である可能性が高いという。とすれば、白居易は母の喪が明けて、長安での官僚生活に戻ろうとしていた。

詩は三段に分かれる。第一段は第8句までである。晩秋の一夜の霜は友の庭の槐を枯らしてしまった。黄ばむ間もなく葉はサワサワと散っていく。その中に俯いたまま半日立ち尽くす友がいる。第二段は第9句から16句まで。西の方長安には歓楽に耽る人々の群。君のみは憂いの中にある。時の過ぎ行く中に若々しかった顔は失われ、かつての青雲の志も、もはや冷え切った灰のようになってしまった。第13句以下の四句は、詩人が友の心中を推し量って代弁したものか。第12句の「悠哉」の「悠」は憂に同じ。第17句以下の第三段は友への励ましである。第20句の「悒悒」は憂憂に同じ。第21・22句の対句から、23・24句「身の困窮と栄達は運命に依るもの、自己の才不才とは無関係なのだ」が導かれる。そして結びである。こう考えれば自ずから心は晴れやかになろう。必ずしも世の移ろいを気にかけることはない。結句の「安排」は世の推移に安らかに従うこと。

この詩が天野山金剛寺蔵『文集抄』(2)に抄出されている。本書は『白氏文集』から詩文を抄出したもので、他にも同様の書があり、選抄本と呼ばれている。粘葉装一冊（四十七丁）であるが、内題に「上上」とあることから、元来はかなり大部の書であったと考えられる。次の奥書がある。

以證本校合了

建治元年五月九日於小坂亭書之

桑門願海在判

建治二年九月日　於白川之遍写了

これによって、本書は建治元年（一二七五）願海なる僧が小坂において書写した本に拠って、翌二年、白川で書写した本であることが知られる。史料に尋ねると、願海は醍醐寺の法系に属し、鎌倉の極楽寺に止住した僧侶であり、小坂は現在の神奈川県逗子市に属する地であることが明らかになる。白川は京の白川であろう。

本書には賦二首（巻二十一より）、詩四十九首（巻一―九首、巻二―十一首、巻五―二十首、巻六―九首）が採録されている。

我が国には周知のように『白氏文集』の古態を残す古写本が数多く遺存しているが、(3)その中にも巻一は残っていない。巻一の詩を伝えるものは、前述の選抄本である。それには国立国会図書館蔵『文集抄』(4)、『白氏文集要文抄』（東大寺図書館蔵）、『管見抄』（国立国会図書館内閣文庫及び京都智積院蔵）の三書があり、この『文集抄』と同じように『白氏文集』から詩文を抜き出して採録している。しかしこの三書も「諭友詩」は抄出していない。要するに、金剛寺本『文集抄』に引く「諭友詩」は古写本における唯一の本文なのである。

それは右のようなものである。影印であげる。(5)

天野山金剛寺蔵『文集抄』

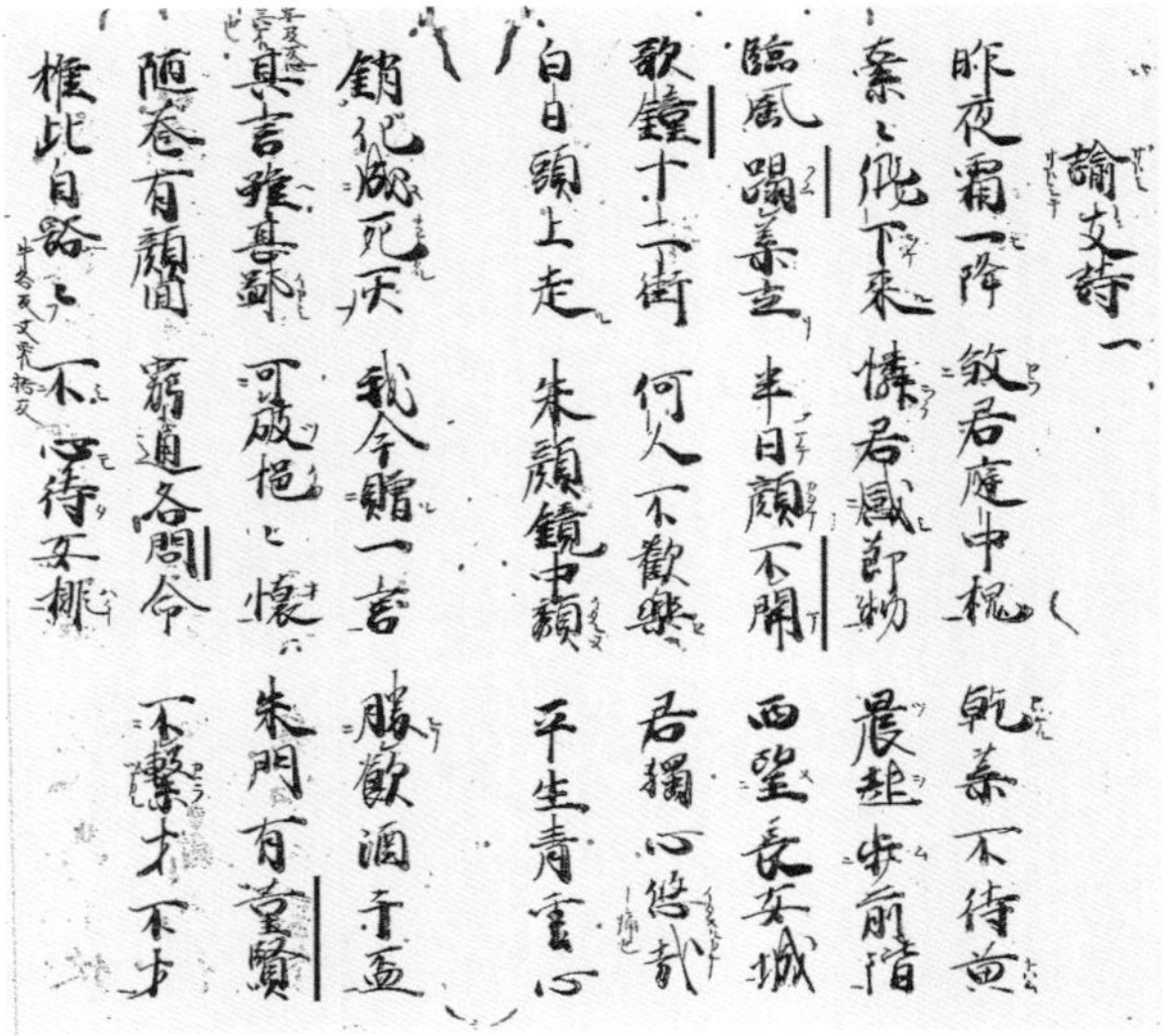
諭友詩一
昨夜霜一降　殺君庭中槐　乾葉不待黄
索索飛下来　憐君感節物　晨起歩前階
臨風蹋葉立　半日顔不開　西望長安城
歌鐘十二街　何人不歓楽　君独心悠哉
白日頭上走　朱顔鏡中頽　平生青雲心
銷化成死灰　我今贈一言　勝飲酒千盃
其言雖甚鄙　可破悒悒懐　朱門有勢者
随巻有顔面　窮通各問命　不繋才不才
推此自豁豁　不必待安排

この本文を前掲の新釈漢文大系本と比較してみると、傍線を付した五箇所に異同がある。一つずつ見ていこう（以下『文集抄』は本書と称する）。

まず第7句の「蹋」―「踏」である。蹋は本書の独自異文であるが、踏の本字であるから、同一本文となる。

第10句の「鐘」―「鍾」は別字であるが、同義（かね）であるから、問題にはならない。

第23句の「問」―「有」。別字である。ただし、刊本にそれぞれの本文があり、中国の『白氏文集』注釈書で校合に用いられている。たとえば朱金城『白居易集箋校』（上海古籍出版社、一九八八年）は「問命」に作るが、校注に次のようにいう。「「問」、馬本、汪本倶作有。拠宋本、那波本、盧校改」。すなわち、この書の底本である馬元調本及び汪立名本は「有命」であるが、宋紹興刊本以下の三本に拠って「問命」に改めた。このようにこの両字はすでに既知のものであるから、ここでは問題としない。検討したいのは本書の独自本文二例である。

第8句、本書の「不開」に対して大系本は「色低」に作るが、ここは既知の諸本の間でも異同があった。これから見ておこう。中国における最も新しい注釈書、謝思煒『白居易集校注』（中華書局、二〇〇六年）は宋紹興刊本を底本として「色低」であるが、その校注に、那波本、馬元調本、『唐音統籤』、汪立名本は「低」を「哀」に作ると記している。刊本の間で「低」と「哀」の違いがあった。すなわち「顔色低る」か「顔色哀し」かということになる。これに対して本書の本文は「顔不開（顔開けず）」である。刊本の「顔色＋低（哀）」の「顔色」という熟語が消えることになる。なお、「開」は「槐・頽・灰」などと同じ上平声の灰韻。

大系本の語釈には「顔色低」という措辞は白居易の他の詩にも例があることを指摘している。『白氏文集』巻二「秦中吟」の四「友を傷む」（78）の

陋巷飢寒士　陋巷飢寒の士

出門甚栖栖　　門を出でて甚だ栖栖たり
雖云志気在　　志気在りと云ふといへども
豈免顔色低　　あに顔色低るるを免れんや

また巻三「新楽府」の「馴犀(じゅんさい)」(140)の

馴犀死　蛮児啼　　馴犀死して　蛮児啼く
向闕再拝顔色低　　闕(けつ)に向かひて再拝し顔色低る

である。一方、「顔不開」は白居易詩にはないが、他の詩人は用いている。
梁の呉均「行路難」二首(『玉台新詠』巻九)のその一に、

班姫失寵顔不開　　班姫寵を失ひて顔開けず
奉帚供養長信台　　帚(ほうき)を奉じて供養す長信台

とある。「班姫」は班婕妤(しょうよ)である。漢の成帝に仕え寵愛を受けたが、のち趙飛燕姉妹に寵を奪われ、帝の母后の住む長信宮で仕えた。また、白居易の詩友である元稹の「琵琶歌」(『元氏長慶集』巻二十六)に、

去年御史留東台　　去年御史として東台に留まり
公私蹙促顔不開　　公私蹙促(しゅくそく)して顔開けず

とある。周相録『元稹集校注』(上海古籍出版社、二〇一一年)によれば、これは元和五年(八一〇)の作で、時に詩人は左遷されて江陵(湖北省)にあった。「東台」は東都洛陽の御史台、「蹙促」はちぢこまることをいう。かくて「顔不開」も考えられる本文である。

ただし、この例は、句の意味は「顔色低る」は、顔をうつむけたままである、「顔開かず」は、顔は憂いに沈

んでいる、とほぼ同じである。写本の本文に拠ることの意義はさしたるものではない。しかし、次の例は大きく異なってくる。

第21句、「董賢」—「勲貴」の異同である。ここも既知の諸本間で異同があった。前述の『白居易集校注』の本文は「勲賢」であるが、校注に馬元調本、『唐音統籤』、汪立名本は「勲貴」に作ることを注している。一方『白居易集箋校』は、本文は「勲貴」であるが、校注に宋本、那波本は「勲賢」に作るという。すなわち「勲賢」—「勲貴」の異同であるが、これは共に普通名詞（功績ある賢人、また功績ある貴人）である。

これに対して本書の「董賢」は固有名詞、人名である。その名は『漢書』に現れる。巻九十三、佞幸伝に伝が立てられている。佞幸伝に入るということがすでに彼がいかなる人物であるかを予想させる。董賢は生得の美貌の持ち主で、それが哀帝の目に止まり寵愛を受けることになる。彼は常に帝と起臥を共にしていたが、一緒に昼寝をした時、片寄って帝の衣装の袖を体の下に敷いてしまった。先に目が覚めた帝は起き上がろうとして袖が抜けないのに気づいたが、彼を起こしてしまうのを憚って我が袖を断ち切った。よく知られたエピソードである。寵愛は一族へも及んだ。そのうち、妻の父についての次の記述は本詩の理解に関わるものである。

又以賢妻父為将作大匠、弟為執金吾。詔将作大匠為賢起大第北闕下、重殿洞門、土木之功、窮極技巧、柱檻衣以綈錦。

また賢の妻の父を以つて将作大匠と為し、弟を執金吾と為す。詔して将作大匠に賢の為に大第を北闕の下に起こさしめ、重殿洞門、土木の功、技巧を窮極め、柱檻衣ふに綈錦を以つてす。

「大第」は大邸宅、「綈」は厚地の絹。

この「董賢」の本文に依ればどうなるか。「朱門に董賢有り」は次の「陋巷に顔回有り」と意味の上で対句をなしている。後句は周知の『論語』雍也の「賢なるかな回や、一箪の食、一瓢の飲、陋巷に在り。人は其の憂へに堪へず、回や其の楽しみを改めず。賢なるかな回や」を踏まえる。孔子は弟子の顔回の生き方をこのように褒めた。「董賢」の本文は同じ人名として「顔回」とよく対偶をなす。「朱門」は朱塗りの大きな門。権貴富裕の象徴である。前引の董賢伝にいう「大第」に対応する。すなわち「董賢」の本文は「朱門」とぴたりと照応するのである。

天野山金剛寺蔵『文集抄』は白居易の「諭友詩」を遺存する唯一の古写本である。いわゆる旧鈔本の本文は本書にのみ残されている。そこで、これを現行のテキストと対校してみると、二箇所に独自異文があるが、とりわけ第21句「朱門に董賢有り」の「董賢」の本文は注目される。現行のテキストの本文は「勲貴」あるいは「勲賢」であるが、これら一般の熟語に対して「董賢」は人名である。そうして、このことによって、次の句との対偶はより的確なものとなる。現行本の「朱門有勲貴（勲賢）」—「陋巷有顔回」によっても、この一聯が対句であることは明白である。作者がここを対句とすることを意図したのであれば、「董賢」—「顔回」という人名を対語に置いた完整の対句こそが本来の姿であったのではないだろうか。

わずか一字のことであるが、我が国に遺存する古写本の本文の価値を示すものとして、埋もれさせておくには惜しいという思いから、小文を草した。

注

（1）最も新しい注釈として新釈漢文大系、岡村繁著『白氏文集』一（明治書院、二〇一七年）に拠る。当該詩は静永健執筆。

（2）『文集抄』については、拙稿「金剛寺蔵『文集抄』」（『本朝漢詩文資料論』勉誠出版、二〇一二年）参照。

（3）注1著の岡村繁「『白氏文集』解題」の「五、『白氏文集』の旧鈔本」にその一覧がある。

（4）本書は金剛寺本と同名であるが異書である。太田次男『旧鈔本を中心とする白氏文集本文の研究』中（勉誠社、一九九七年）第三章一(3)「国立国会図書館蔵『文集抄』――附『文集抄』翻印」に詳しい。

（5）『天野山金剛寺善本叢刊』第一巻「漢学」（勉誠出版、二〇一七年）に『文集抄』全文を収載する。

※『成城国文学』第三十七号（二〇二一年）に発表した。副題は新たに付した。

# 二　文人伝研究

# 20 『経国集』の作者序論

## 一

平安朝文学史の開始期である八世紀末から九世紀初めにかけての時期は、しばしば〈勅撰三集の時代〉の呼称を以って称されることがある。それは、この時期に、比較的短い間隔を以って、三つの勅撰詩集が相次いで編纂されたことによる。弘仁五年（八一四）―『凌雲集』一巻、弘仁九年―『文華秀麗集』三巻、天長四年（八二七）―『経国集』二十巻である。

これら勅撰詩集は和歌の勅撰集の嚆矢たる『古今和歌集』の成立――九〇五年にはるかに先立ち、我が国における、文学作品を対象とした勅撰集の最初に位置するが、この勅撰という行為は、歴史書におけるそれ、勅撰の国史を先蹤として、これに倣うものであった。

勅撰三詩集の成立年次は前記のとおりであるが、それぞれが作品採録の対象とした時間的幅は次のようになっている。

『凌雲集』は延暦元年（七八二）から、成立時の弘仁五年までで（「序」）、桓武・平城・嵯峨の三朝に亙る。『文華秀麗集』は、序に明確な記述はないが、『凌雲集』成立後、詩文が次々と作られ、まだ四年にもならないのに百余巻に満ちるようになったと述べることから、この間、きわめて短い期間の作品を選録したものということになる。なお前集『凌雲集』に漏れたものも採録したという。

これら二集に比して、『経国集』は大きく異なる。この集は、遠く慶雲四年（七〇七）まで遡り、以後、成立の天長四年までを対象とする。じつに百二十年という長期間に亙るもので、先行の二勅撰集を含み込むのみならず、天平勝宝三年（七五一）成立の『懐風藻』の後半期をも覆うことになる。(1)

この採録年代の大幅な拡大は、詳しくはのちに見るが、作者、作品数の増大、ジャンルの多様化、作者層の拡がり（僧侶、女性を含む）などの諸点と共に、勅撰三集の掉尾を飾るにふさわしい『経国集』の特徴である。

なお、この『経国集』の慶雲四年（七〇七）から天長四年（八二七）に至る採録年代は、正史で見れば、『続日本紀』の文武元年（六九七）から延暦十年（七九一）まで、『日本後紀』の延暦十一年から天長十年（八三三）までという範囲とほぼ重なっている。すなわち『経国集』が対象とする時代は、『続日本紀』および『日本後紀』の時代ということができる。

序にいうところでは百二十年という広い時間の幅を持つ『経国集』は、その作者、作品を時間軸のなかで見ると、実際はどうなのだろうか。

本章は『経国集』作者研究の最初の階梯として、このような視点から、その整理、展望を行うものである。

## 二

『経国集』は本来は二十巻という大部な詩文集であった。しかし現在残るのは巻一・十・十一・十三・十四・二十の六巻のみである。ただし幸いなことに、序が残っているので、本来の姿の大概は知ることができる。次のとおりであった。

慶雲四年より天長四載に迄る。作者百七十八人。賦十七首、詩九百十七首、序五十一首、対策三十八首。分かちて両帙と為し、編みて二十巻と成す。

『経国集』は詩だけでなく、賦、序、対策という他の文体をも採録している。すなわち詩文集であり、先の二集が詩集であるのとは相違する、本集の大きな特徴である。

さて、序に記載された作者・作品数を現存の集と比較してみよう。まず数字を挙げると次のようになる。

| | 序 | 現存数 |
|---|---|---|
| 作者 | 178 | 97 |
| 賦 | 17 | 17 |
| 詩 | 917 | 213 |
| 序 | 51 | 0 |
| 対策 | 38 | 26 |

作者については後に考えることにする。

賦は巻一に十七首が収められている。すなわち当初の作品がそのまま現存していることになる。

詩の遺存は巻十（楽府、梵門）―六十二首、巻十一（雑詠）―五十八首、巻十三（同）―四十六首、巻十四（同）―四十七首、合計二一三首で、本来の九一七首の四分の一の作品が残る。

序は全く残っていない。

対策は巻二十に二十六首がある。巻首に「策下」とあるので、巻十九が「策上」で、残りの十二首が収められていたと推測される。

現存する作品の作者の数は次のようになる。賦―十三人、詩―七十九人、対策―十三人、合計一〇五人であるが、賦と詩と双方の作者が八人いるので、延べ人数は九十七人で、本来の作者一七八人の六割近くである。

文体ごとに、作者を見ていこう。

まず賦である。

1春江賦、2重陽節菊花賦　　嵯峨天皇
3小山賦　　石上宅嗣
4和二石上卿小山賦一　　賀陽豊年
5棗賦　　藤原宇合
6和二和少輔鶺鴒賦一　　仲雄王
7同　　菅原清人
8嘯賦　　菅原清公
9重陽節神泉苑賦二秋可一レ哀　　嵯峨天皇

10～17は9と同題の応制の作で、作者は、10淳和天皇、11良岑安世、12仲雄王、13菅原清公、14和気真綱、15

中科善雄、16和気仲世、17滋野貞主である。

4は3に和したものであるが、石上宅嗣と賀陽豊年との交渉については、『日本後紀』弘仁六年六月七日の豊年の卒伝に記載がある。

　知己に非ざるよりは、造接を好まず。大納言石上朝臣宅嗣、礼待すること周く厚く、芸亭院（うんていいん）に屈す。

5の作者、藤原宇合は不比等の子で、天平九年（七三七）八月に没した。『懐風藻』の詩人でもあり、『経国集』の最初期の作者の一人である。

6、7は「和少輔」の作に和したものである。この「和少輔」について、和気仲世をさすかという説[2]があるが、そうではなく、これはその兄、式部少輔和気広世であろう。早くは『日本紀略』延暦十四年（七九五）十月三十日条に式部少輔として見え、大同元年（八〇六）二月十五日に大輔に昇る（『日本後紀』）までその官に在った。式部少輔補任の時期が未詳であるが、仲雄王、菅原清人の賦は広世が式部少輔に在任していた時の作となる。広世は清麻呂の長子で、14、16の作者、真綱、仲世の兄に当たる。詩が巻十一に採録される。

9以下は、9の作者表記に「太上天皇在祚」とあることから、嵯峨天皇の在位時の制作であることが知られる。詩の作者は数が多いので、節を改めて概観することとして、対策の作者を見てみよう。

対策は一人に二問が出題され、答える。したがって巻二十収載の作品は二十六首であるが、作者は十三人である。対策という作品の性質上、制作の日付が明記されているので（ただし、すべてではない）、それも合わせて示す。

1紀真象　天平宝字元年（七五七）十一月十日

2中臣栗原年足　延暦二十年（八〇一）二月二十五日

3道守宮継　延暦二十年二月二十六日

4大日奉首名
5百済倭麻呂　慶雲四年（七〇七）九月八日
6刀利宣令
7主金蘭
8下野虫麻呂
9葛井諸会　和銅四年（七一一）三月五日
10白猪広成
11船沙弥麻呂　天平三年（七三一）五月八日
12蔵伎美麻呂　天平三年五月九日
13大神虫麻呂　天平三年七月二十九日

八人については、その対策の制作年次が明らかであるが、なかで百済倭麻呂の対策の慶雲四年という年次は、『経国集』が作品採録の上限とする年であり、この倭麻呂の対策二首は、集中、最も制作時の早い作品と考えられる。そのほかも、中臣栗原年足と道守宮継の作が延暦年中のものであるのを除くと、いずれも奈良朝期の制作にかかる。制作年次の記載がない五人についても、刀利宣令、下野虫麻呂、白猪広成は奈良朝の人であることは明証があり（後述）、大日奉首名、主金蘭は、この対策がそれぞれに関する唯一の資料であるが、やはり共に奈良朝の人と考えられる。(3)

以上を要するに、対策は、延暦二十年の二首を除けば、いずれも奈良朝の作品であり、『経国集』におけるきわめて早い時期の作品群となる。

このこととも相関して、十三人の作者のうち、百済倭麻呂、刀利宣令、下野虫麻呂、白猪広成は『懐風藻』の詩人でもある。なお、広成は養老四年（七二〇）に改姓して、『懐風藻』では葛井広成である。彼ら自身にとっても、対策はその最初期の作品ということになろう。

# 三

詩の作者を一覧してみよう（次頁表一）。巻十以下、配列順に挙げ、現存する作品数を示す。また、『凌雲集』『文華秀麗集』に入集する詩人については、その作品数も示す。

作品数を（　）に入れて挙げた、15清原夏野と21弘道真貞は、巻十の目録には記載されているが、本文には詩が欠脱している。[4]

これら七十九人の詩人を時間軸のもとで見るために、まず生没の明らかな人物を図上に示してみると、次のようになる（次々頁）。

生没の明らかな人物は四十人であるが、ほかの詩人も、数人を除いて、それぞれのおおよその時期は知ることができる。[5]しかし、本章の限られた紙幅では、そのすべてについて触れることはできないので、今は古い詩人と新しい詩人の数人ずつを補っておくことにしたい。

まず早い時期に属する詩人である。

表一

| 番号 | 人名 | 経 | 凌 | 文 |
|---|---|---|---|---|
| | 嵯峨天皇 | 40 | 22 | 34 |
| | 菅原清公 | 7 | 4 | 7 |
| | 巨勢識人 | 4 | 1 | 20 |
| | 有智子公主 | 8 | | |
| 5 | 滋野貞主 | 26 | 2 | 6 |
| | 小野岑守 | 9 | 13 | 8 |
| | 称徳天皇 | 1 | | |
| | 藤原冬嗣 | 1 | 3 | 6 |
| | 滋野善永 | 4 | | |
| 10 | 源　弘 | 2 | | |
| | 源　常 | 1 | | |
| | 淳和天皇 | 2 | 5 | 8 |
| | 良岑安世 | 8 | 2 | 4 |
| | 惟良春道 | 8 | | |
| 15 | 清原夏野 | (1) | | |
| | 三原春上 | 1 | | |
| | 尼和氏 | 1 | | |
| | 藤原三成 | 2 | | |
| | 空海 | 8 | | |
| 20 | 朝原道永 | 2 | | |
| | 弘道真貞 | (1) | | |
| | 石上宅嗣 | 1 | | |
| | 淡海三船 | 5 | | |
| | 藤原常嗣 | 1 | | |
| 25 | 笠　仲守 | 1 | | |
| | 安倍吉人 | 1 | | |
| | 嶋田清田 | 1 | | |
| | 小野年永 | 1 | | 1 |
| | 平城天皇 | 4 | 2 | |
| 30 | 高村田使 | 1 | | |
| | 和気広世 | 1 | | |
| | 賀陽豊年 | 6 | 13 | |
| | 藤原衛 | 1 | | |
| | 上毛野穎人 | 2 | 1 | 1 |
| 35 | 林　娑婆 | 1 | 2 | |
| | 南淵永河 | 4 | | |
| | 浄野夏嗣 | 1 | | |
| | 石川広主 | 1 | | |
| | 仲科善雄 | 1 | 1 | 1 |
| 40 | 淡海福良満 | 2 | 3 | |
| | 大枝真臣 | 1 | | |
| | 紀　長江 | 2 | | |
| | 藤原令緒 | 2 | | |
| | 源　明 | 1 | | |
| 45 | 布瑠高庭 | 2 | | |
| | 橘　常主 | 1 | | |
| | 安野(勇山)文継 | 1 | | 1 |
| | 惟氏 | 3 | | |
| | 楊泰師 | 2 | | |
| | 小野篁 | 2 | | |
| 50 | 多治比文雄 | 1 | | |
| | 豊前王 | 1 | | |
| | 多治比穎長 | 1 | | |
| | 山田古嗣 | 1 | | |
| | 常光守 | 1 | | |
| 55 | 仁明天皇 | 1 | | |
| | 金雄津麻呂 | 1 | | |
| | 大枝長野 | 1 | | |
| | 巧諸勝 | 1 | | |
| 60 | 伊福部永氏(6) | 1 | | |
| | 南淵弘貞 | 1 | | |
| | 路　永名 | 1 | | |
| | 紀　虎継 | 1 | | |
| | 伴　成益 | 1 | | |
| 65 | 文室真室 | 1 | | |
| | 石川越智人 | 1 | | |
| | 小野末嗣 | 1 | | |
| | 白鳥高名 | 1 | | |
| | 藤原関雄 | 1 | | |
| 70 | 菅原善主 | 1 | | |
| | 中臣良舟 | 1 | | |
| | 中臣良檝 | 1 | | |
| | 菅原清岡 | 1 | | |
| | 小野春卿 | 1 | | |
| 75 | 猪名部善縄 | 1 | | |
| | 大枝礒麻呂 | 1 | | |
| | 錦部彦公 | 1 | | 1 |
| | 仲雄王 | 1 | 2 | 13 |
| | 都(桑原)腹赤 | 1 | 2 | 10 |

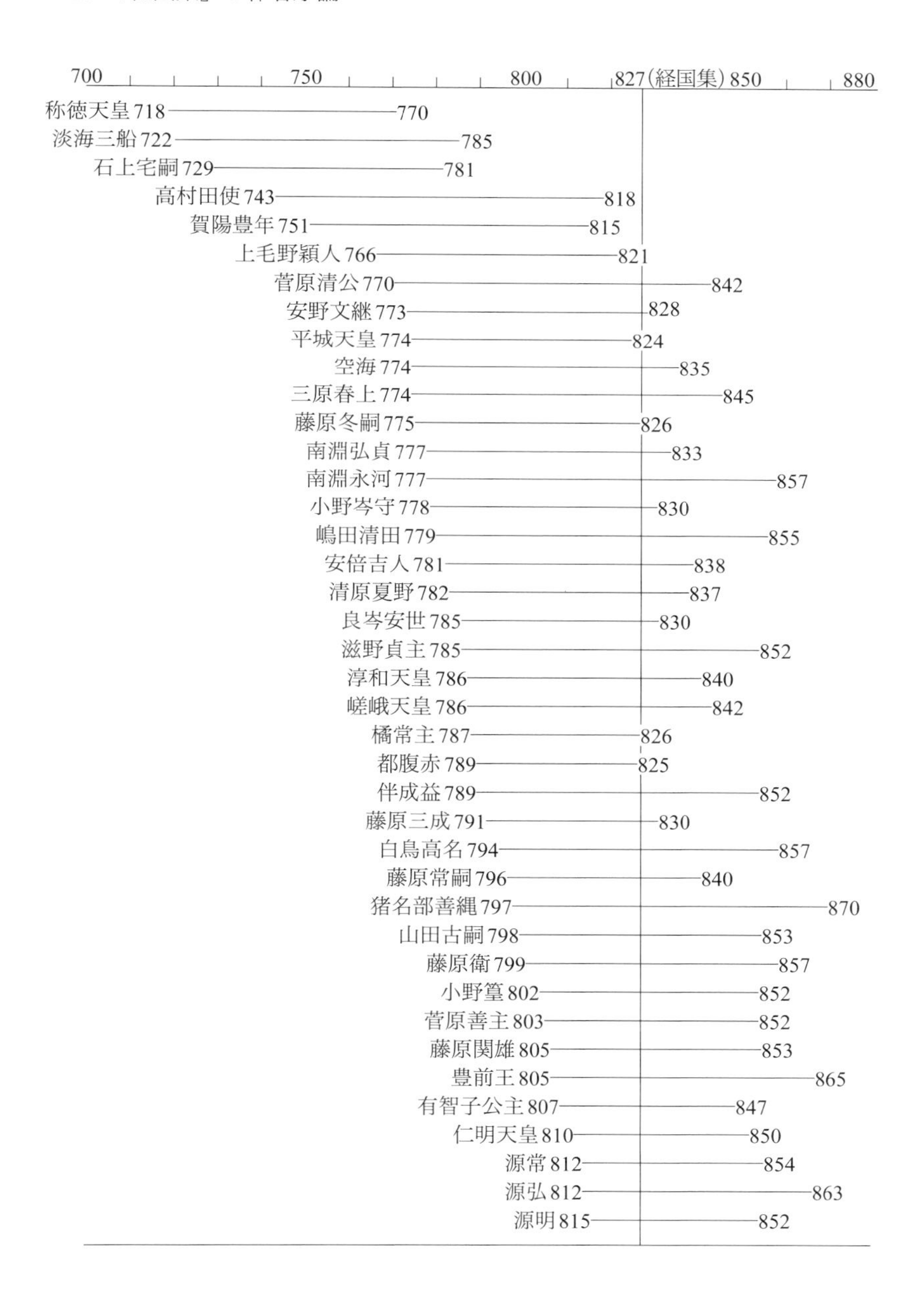

700
750
800
827(経国集)
850
880
称徳天皇 718 — 770
淡海三船 722 — 785
石上宅嗣 729 — 781
高村田使 743 — 818
賀陽豊年 751 — 815
上毛野穎人 766 — 821
菅原清公 770 — 842
安野文継 773 — 828
平城天皇 774 — 824
空海 774 — 835
三原春上 774 — 845
藤原冬嗣 775 — 826
南淵弘貞 777 — 833
南淵永河 777 — 857
小野岑守 778 — 830
嶋田清田 779 — 855
安倍吉人 781 — 838
清原夏野 782 — 837
良岑安世 785 — 830
滋野貞主 785 — 852
淳和天皇 786 — 840
嵯峨天皇 786 — 842
橘常主 787 — 826
都腹赤 789 — 825
伴成益 789 — 852
藤原三成 791 — 830
白鳥高名 794 — 857
藤原常嗣 796 — 840
猪名部善縄 797 — 870
山田古嗣 798 — 853
藤原衛 799 — 857
小野篁 802 — 852
菅原善主 803 — 852
藤原関雄 805 — 853
豊前王 805 — 865
有智子公主 807 — 847
仁明天皇 810 — 850
源常 812 — 854
源弘 812 — 863
源明 815 — 852

**朝原道永**

巻十の目録に「大学頭従五位上兼行東宮学士文章博士大外記」とあるが、道永が大学頭に任ぜられたのは延暦六年（七八七）で、『続日本紀』三月二十二日条に「従五位下朝原忌寸道永を大学頭と為す。東宮学士、文章博士、越後介は故の如し」とある。大外記については、『外記補任』に延暦元年から四年にかけて大外記として見え、四年条に「十一月、皇太子学士に遷る」という尻付があり、以後所見がない。これによれば、東宮学士となって大外記の任から離れたことになり、目録と齟齬する。延暦六年には従五位下で、目録は従五位上であるが、『続日本紀』ほかの史料に先の記事以後は所見がないことから考えて、この後そう遠くない時に没したと推測される。淡海三船、石上宅嗣と同世代ということになろう。

**弘道真貞**

巻十の目録に、先の朝原道永の次に、

大学頭従五位上兼行東宮学士文章博士大外記朝原宿禰道永　盂蘭盆会悲感帰心一首

正六位上加賀介弘道宿禰真貞一首

とある。弘道真貞なる人物は、ここ以外には全く諸史資料に見いだしえないが、目録の記載の方法として、詩題が書かれていない場合はその前の詩の題と同題となる。したがって真貞の詩の題は道永の詩と同題ということになるが(7)、それはすなわち真貞は道永と同時代の人であることをもの語る。

**金雄津麻呂**

『経国集』の作者表記は「金雄津」。これについて、「金」は金原(8)、金刺、金城(9)などの略か、また新羅系の金氏(10)かといった推論が出されていたが、「金」は賀祢で、「金雄津」は賀祢公雄(小)津麻呂である(11)。『続日本紀』に見え、宝亀二年（七七一）五月十四日に正六位上から外従五位下に昇叙され、同九月十六日に大学員外助に、十年二月十三日に筑後介に任じられている。これによって、おおよその年代を知ることができる。やはり三船、宅嗣と同時代の人であろう。

**大枝永野**

『経国集』の詩以外にはほかに何も知られないが、その詩は巻十三に次のように配列されている。（　）のなかは詩の韻字。

五言、詠雪応詔一首桓武天皇在祚（開・梅・臺・来）　朝道永

五言、詠雪一首（来・梅・臺・皚）　金雄津

同前（来・梅・哀・開）　枝永野

永野の詩は雄津麻呂と同題で、かつ韻も同じである（上平十灰）。雄津麻呂の詩題には「応詔」の文字がないが、道永の詩と同題同韻であることから、同時代の作である可能性が指摘されている。[12] これはそのまま永野の詩にも該当する。すなわち、永野は朝原道永、賀祢雄津麻呂と同時代の人と考えられる。

**楊泰師**

渤海国の人。天平宝字二年（七五八）九月に来朝し、翌三年に帰国した渤海使の副使。『経国集』に二首入集するが、この間の詠作ということになる。なお、『続日本紀』天平宝字三年正月二十七日条に次の記事がある。

大保藤原恵美朝臣押勝、蕃客を田村第に宴す。……。当代の文士、詩を賦して送別す。副使楊泰師、詩を作りて之れに和す。

以上が早い時期の詩人たちである。これに次ぐ詩人として次の二人がある。

**和気広世**

清麻呂の長子（『日本後紀』延暦十八年二月二十一日条、清麻呂薨伝）。弟のうち、五男の真綱（七八三〜八四六）、六男の仲世（七八四〜八五二）は生没年が明らかである。前記薨伝に広世は「家より起ちて文章生に補せらる。延暦四年、事に坐して禁錮せらる」とあり、延暦四年（七八五）以前に文章生となっているが、真綱、仲世は同二十一年に二十歳、十九歳で文章生となっている。広世もほぼ同様であったとすれば、七六〇年代前半の生まれとなる。巻十の目録に「正五位下但馬守」とあるが、正五位下に叙せられたのは大同元年（八〇六）四月十三日（『日本後紀』）である。史料所見の初めは延暦十四年（七九五）十月三十日で、時に式部少輔。大同元年五月一日に左中弁に任ぜられた記事（『日本後紀』）以後は所見がない。

**菅原清岡**

古人の子で、兄弟に清人、清公があるが（『菅原氏系図』）、清公は古人の第四子（『続日本後紀』承和九年九月十七日条薨伝）であるから、清岡は兄となる。すなわち、清岡が生まれたのは、清公の生年、宝亀元年（七七〇）に先立つことになる。

新しい時代の作者として、以下の人びとが挙げられよう。

**滋野善永**

巻十の目録に「蔭子無位」とある。四首残るが、「九日菊花を翫ぶ篇」（巻十三）は天長三年と推定される作、「太上天皇の青山歌に和し奉る」（巻十四）も嵯峨上皇の詩に和した作で、天長年間の作である。

**惟良春道**

巻十の目録に「近江少掾従八位上」とあり、『経国集』成立の天長四年には、この官位であった。史料の上では、『続日本後紀』承和十一年（八四四）三月二十七日が所見の下限である。『経国集』には八首残るが、これは先の官位からすると多い入集数である。そのうち、「良将軍の瀑布下の蘭若に題して清大夫に簡すの作に和す」（巻十）は同題の源弘の詩に付された年齢注記から、天長四年の作であり、ほかも五首は嵯峨太上天皇への応制ないし奉和の詩、つまり天長年間の作となる。すなわち、多くが集の成立時に近い時期の作である。

春道の詩はまた『扶桑集』『和漢朗詠集』に採録されており、散佚した『日観集』収載の十人の詩人の一人でもあった。このことによって、春道は全く同様の立場にある小野篁と共に、後代の平安朝人からは、むしろポスト勅撰詩集の最初に位置づけられる詩人である。(13)

**大枝直臣**

巻十一の目録に「文章生従八位上」。『続日本後紀』『文徳実録』に叙位、任官の記事があるが、天安元年（八五七）十二月九日が所見の下限である。

**藤原令緒**

巻十一の目録に「文章生従八位下」。二首のうちの一首、「試を奉ず、賦して「隴頭秋月明らかなり」を得たり」（巻十三）は文章生試での作であるが、小野篁に同題の詩があることから、篁の及第時と同じ、弘仁十三年の作となる。

**常道兄守**

『経国集』の作者表記は「常光守」であるが、本間論文（注5）に従う。兄守は承和十年（八四三）従五位下に叙せられ、尾張介となり、嘉祥三年（八五〇）、豊前守となる（以上『続日本後紀』）。貞観二年（八六〇）、従五位上となる（『三代実録』）。この履歴から新しい世代の作者と考えられる。

# 四

『経国集』は、成立は九世紀前半（八二七年）であるが、その対象とする時代は百二十年という幅を持ち、『続日本紀』『日本後紀』のそれとほぼ一致する。したがってその詩文を見ることはこの時代の文学を見ることであり、その作者を見ることはそれを担った人びとを見ることになる。ただし、現存の『経国集』は残欠本であり、本来の二十巻のうちの六巻を残すに過ぎない。しかしながら、現存本は、巻数では本来の三分の一弱、また作品数では四分の一であるのに対し、作者は半数強が判明する。今はそれを幸いとして、これに基づいて考えざるをえないのである。

このような限定のもとではあるが、各ジャンルごとに、作者を時間軸の上で見てきた。その要点として次のようなことが挙げられよう。

賦と対策の作者のうち、五人は『懐風藻』の詩人でもある。

集の中心をなす詩の作者については、次のようなことが見て取れる。

詩人にも、『懐風藻』の時代、その最後期であるが、これと時間的に並行する詩人が、少数ではあるが存する。称徳天皇、淡海三船、石上宅嗣、およびこれと同時代かと推定される朝原道永、弘道真貞、金雄津麻呂、大枝永野らである。

ただし、この時期の詩人はやはり少数であって、中心をなすのは、文学の世界における指導者でもあった嵯峨天皇（七八六～八四二）とほぼ時期を同じくする人びとである。

新しい世代の詩人も登場してくる。このことについては、簡略ながら、先学に指摘がある。(14) そこでは、第二世代として、小野篁（岑守の子）、菅原善主（清公の子）、および嵯峨天皇の子女である仁明天皇、有智子内親王、常・定・明の三源氏、また、のちに承和の遣唐使となる人びととして藤原常嗣、長岑高名、多治比文雄らが挙げられているが、私見の立場からは、これらの諸家に加えて、試詩以外にある程度の数の詩作があるということで、前節に述べた惟良春道（八首）、滋野善永（四首）を挙げたいと思う。

『経国集』が、平安初期の勅撰詩集の一角をなすものであると共に、長い時間に亙る作品を収載する集であることに改めて留意する必要があろう。最も古い詩人は『懐風藻』の時代にも及ぶ。そして以後、細いものながら、平安初頭へと至る繋索をなしている。一方、新しい世代の詩人は、文学史上の転換期である承和期に重なることになる。(15)

一口に『経国集』の詩人といっても、先に示した図に見るように、最も古い詩人と最も新しい詩人との間には百年の時間差がある。両者の詩は同じではないだろう。本章で行った作者の定位を踏まえて、作品の考察に進まなければならない。

## 五

これまでに述べてきたこととは視点が異なるが、本論集（『続日本紀の諸相』）に執筆する立場から論及しておきたいことがある。それは、『続日本紀』『日本後紀』の編者に、少なからぬ、上述の勅撰詩集詩人が含まれているということである。

『続日本紀』の数次に亙る編纂過程については、延暦十三年と十六年の二度の上表に述べられており、それぞれの段階における編者も明らかである。整理すると次のようになる。(16)

光仁朝　石川名足、上毛野大川、淡海三船、当麻永嗣
桓武朝　藤原継縄、菅野真道、秋篠安人、中科巨都雄

○を付した三人が勅撰集の詩人である。淡海三船は石上宅嗣と並んで奈良朝後期を代表する文人であり、勅撰集詩人であることを、こと改めて強調するまでもないだろう。

菅野真道は、一首であるが『凌雲集』に採録される。「晩夏神泉苑に同に「深臨陰心」を勅す。応製」である。大同五年（八一〇）六月二日の嵯峨天皇の神泉苑行幸（『類聚国史』巻三十一）の際の作で、賀陽豊年、小野岑守の同時の詩が同じく『凌雲集』に入集する。[17]

中科巨都雄。延暦十七年に名を善雄と改め（『外記補任』同年条）、勅撰詩集では仲科善(吉)雄で登場する。[18]三集に各一首が入集する。

『日本後紀』の編纂作業の進行については、その序に記述されているが、弘仁十年に嵯峨天皇の下命を承けて、承和七年の完成まで、三次の段階があった。それぞれの編者は次のとおりである。

嵯峨朝　藤原冬嗣、藤原緒嗣、藤原貞嗣、良岑安世
淳和朝　藤原緒嗣、清原夏野、直世王、藤原吉野、小野岑守、坂上今継、島田清田
仁明朝　藤原緒嗣、源常、藤原吉野、藤原良房、朝野鹿取、布瑠高庭、山田古嗣

同じく勅撰集詩人には○を付した。延べ十五人のうち十人がそうである。ただし、このうち良岑安世、小野岑守、坂上今継、朝野鹿取については、従来の論にも、[19]その文筆の才を示すものとして、詩が勅撰集にあることが指摘されていたが、それはこの四人のみではないのであり、より多くが漏れていた。

藤原冬嗣は三集をとおして十首が入集するが、これは勅撰三集詩人中、十位の数であり、主要詩人といってよい。

清原夏野は『経国集』に一首入集する。注4参照。

島(嶋)田清田 『経国集』に一首。『文徳実録』斉衡二年九月十八日条卒伝に「少くして入学し、略経史に渉る。文章生試を奉じて、遂に科第に及ぶ」とある。文章生時代、弘仁三年から四年にかけて行われた『日本書紀』の講書を受業する(「弘仁私記序」)。天長元年から承和二年まで、少外記、大外記に在職(『外記補任』)。

源常 『経国集』に一首入集する。第四節に述べたように、『経国集』詩人の新しい世代の一人である。

布瑠高庭 『経国集』に二首入集する。延暦二十四年の頃、文章生(『日本後紀』同二月十日条)。天長二年十二月、大内記として、来朝した渤海使の領客使を勤める(『日本紀略』同七日条)。天長五年より十年まで和泉守に在任した(『政事要略』巻五十九)。

山田古嗣 『経国集』に一首入集する。少内記を経て、天長六年、少外記となり、承和元年、大外記に昇り、十三年まで在職した(『外記補任』)。すなわち先の島田清田と同僚であった。

国史の編者に関して、『新儀式』には、「第一の大臣。執行の参議一人。大外記幷びに儒士の中に筆削に堪へたる者一人を選んで制作せしむ。諸司の官人の事に堪へたる者四五人、その所に候せしむ」と規定されている。『新儀式』は村上朝に選述されたもので、これを『続日本紀』『日本後紀』、ことに前者にまで遡らせていいか、やや迷うのであるが、今これを借りれば、藤原冬嗣、清原夏野、源常は「大臣」、すなわち編纂機関の総裁で、菅野真道は「執行の参議」、事務局長という役割であろう。これらの人びとは、編纂作業の実際に自ら手を下すことはなかったと考えられるが、彼らに詩の詠作があって、勅撰詩集に入集することは、国史編纂の首脳たるにふさわしい、その能文の才を何よりもよく示すものである[20]。

これに対し、直接に編纂の実務に携わったのが大外記、儒士であり、中科巨都雄、嶋田清田、布瑠高庭、山田古嗣がそうであるが、彼らが大外記、儒士のなかでも「筆削に堪へたる者」であることを明白に証拠立て、編者としての適格性を示すものが、勅撰詩集に入集するそれぞれの詩であるだろう。

注

（1）小島憲之氏は、長屋王時代（養老～天平元年）を中心にして前期と後期に分け、長屋王時代以後を後期とする。日本古典文学大系『懐風藻 文華秀麗集 本朝文粋』（岩波書店、一九六四年）「解説」。
（2）小島憲之『国風暗黒時代の文学』中（下）Ⅰ（塙書房、一九八五年）、二三三〇頁。
（3）竹内理三他編『日本古代人名辞典』（吉川弘文館）は、天応以前の人物を対象とするが、この対策を史料として二人を立項する。
（4）清原夏野の詩は、その佚句一聯のみが『詩歌錦聯集』（天保八年）に引用されている。拙編『日本詩紀拾遺』（吉川弘文館、二〇〇〇年）参照。
（5）55常光守、59巧諸勝は誤字も想定され、本名が未詳である。本間洋一氏は、常道兄守、広根諸勝かとする（「嵯峨帝と漢詩人達」『王朝文学叢攷』和泉書院、二〇一九年。初出一九八一年）。また、17尼和氏、74小野春卿、76大枝礒麻呂は年代推定の手懸りがない。
（6）『経国集』の作者表記は原則として中国風に三字であるが、これは「伊永氏」、これを伊福部永氏に比定するのは、本間洋一注5論文による。
（7）先に述べたように、弘道真貞の詩は欠脱している。
（8）市河寛斎『日本詩紀』注記。
（9）小島憲之、注2著下Ⅱ、三六八一頁。
（10）小島憲之校注、新日本古典文学大系『本朝一人一首』（岩波書店、一九九四年）注。
（11）山谷紀子「勅撰三集における「応製的表現」の研究」（『國學院雑誌』第一〇四巻三号、二〇〇三年）。

(12) 注9に同じ。

(13) 大曽根章介「王朝漢文学の諸問題――時期区分に関する一考察」(『大曽根章介 日本漢文学論集』第一巻、汲古書院、一九九八年。初出は一九六三年)。

(14) 川崎庸之「弘仁・貞観時代――勅撰三集の作者を中心に」(『平安の文化と歴史』東京大学出版会、一九八二年。初出は一九六二年)。

(15) その一人、小野篁については詳論がある。藤原克己「小野篁の文学」(『菅原道真と平安朝漢文学』東京大学出版会、二〇〇一年)。

(16) 坂本太郎『六国史』(日本歴史叢書、吉川弘文館、一九七〇年)を参照した。

(17) 岑守の詩は「夏日神泉苑釣台、応製」と題が異なるが、「深臨陰心」を韻字として一致する。

(18) 拙稿「「文華秀麗集詩人小伝」拾遺」(『平安朝漢文学論考』補訂版、勉誠出版、一九八一年)参照。

(19) 注16著書。

(20) なお、藤原緒嗣はその詩は現存しないが、詩作を行ったことは、嵯峨天皇の「左金吾将軍藤緒嗣の交野離宮に過(よ)ぎりて旧に感ずの作に和す」(『凌雲集』)によって知られる。また藤原良房も『二中歴』第十二・詩人歴に名が挙げられている。そのように見られるほどの詩作があったとしなければならない(拙稿「摂関家の詩人たち」『平安朝文人志』吉川弘文館、一九九三年)参照。

※ 続日本紀研究会創立五十周年記念論集、同会編『続日本紀の諸相』(塙書房、二〇〇四年)に発表した。

# 21　空海の周辺
## ――勅撰詩集作者との交渉

### 一

空海は延暦の遣唐使に随従して入唐を果たし、大同元年（八〇六）に帰国する。しばらくの大宰府での滞在を余儀なくされたのち、入京を許され、弘仁元年（八一〇）十月には、高雄山寺（後の神護寺）で最初の鎮護国家のための修法を行う。そうして、仁明朝に入って間もない承和二年（八三五）六十三歳で没した。したがって、その活躍時期は、これに先立つ嵯峨朝弘仁期（八一〇～八二三）、淳和朝天長期（八二四～八三三）ということになるが、その弘仁・天長期こそ、平安朝における最初の漢文学隆盛期を現出させた時代であった。

そのことを象徴的にもの語るものが勅撰詩集の成立である。嵯峨天皇の勅命を受けて弘仁五年に『凌雲集』一巻、わずか四年の後、弘仁九年に『文華秀麗集』三巻、そうして淳和朝に入って天長四年（八二七）に『経国集』二十巻（現存六巻）と、短期間のうちに、三つの漢詩(文)集が相次いで勅撰集として編纂された。

これら勅撰詩集からうかがわれる当代の詩壇は嵯峨天皇を中心とする宮廷詩壇であった。多くの作品が入集する作者は滋野貞主、菅原清公、小野岑守、良岑安世、巨勢識人等であるが、いずれも嵯峨天皇の側近にある公卿官人であり、その頂点に位置するのが嵯峨天皇であった。

こうした詩壇のあり方は詩の詠作方法にもはっきりと示されている。それは奉和応製詩の多数の存在である。天皇と場を同じくして、その命令に応えて詩を作るのが応製、天皇の詠詩があって、これに和して作るのが奉和であるが、ともに天皇を中心とする詠作である。

『文華秀麗集』序にいう「君唱(とな)へ臣和(こた)ふ」が嵯峨朝詩壇の基調と実際の詠作方法とをよく言い表すキーワードということができるが、空海もまたこうした宮廷詩壇に包摂され、その一翼を担う存在であった。

以下、その具体的様相を勅撰三詩集、および空海の詩文集『遍照発揮性霊集』、書翰集『高野雑筆集』等に収められた詩文、書簡を通して見ていくこととする。

## 二

空海が最も密接な交渉を持った勅撰詩集作者は、単に天皇という存在としてだけではなく、詩人としても時代を主導した嵯峨天皇その人であった。

まずは二人の間で唱酬された詩を読んでみよう。

『凌雲集』に嵯峨天皇の24「綿を贈りて空法師に寄す」と題された詩がある。

　間僧久住雲中嶺　　間僧久しく住む雲中の嶺
遥想深山春尚寒　　遥かに想ふ深山春尚(なお)寒きことを

松栢料知甚静黙　松栢料り知る甚だ静黙なることを
烟霞不解幾年飡　烟霞は解らず幾年か飡する
禅関近日消息断　禅関近日消息断ゆ
京邑如今花柳寛　京邑如今花柳寛かなり
菩薩莫嫌此軽贈　菩薩嫌ふなかれ此の軽贈
為救施者世間難　為に救へ施者の世間の難を

後に引く空海の答詩の措辞から、この詩は弘仁五年の作と推定されるが、この頃、空海は高雄山寺に止住していた。嵯峨は春の訪れの遅い洛北の山寺の寒さを慮って綿を贈って存問し、合わせてこの詩を寄せたのである。第二聯は山寺の自然を擬人化し、その中での空海の修行のさまを描写する。第三聯はしばらくお便りがありませんが、都は今まさに春の盛りです、と述べる。第四聯の「菩薩」は空海を指す。どうぞこのささやかな贈物を受納してほしい、そうして施主である私を世俗の苦難から救ってほしいという。

この詩に対して、空海は謝礼の詩16⑴「百屯の綿兼七言詩を恩賜せらるるに謝し奉る詩」（『性霊集』巻三）を詠じた。これには「序」（文体からいえば表）が冠せられていて、詠作事情を説明している。

沙門空海言す。今月一日、内舎人布勢海至りて、聖旨を奉宣すらく、⑵「空海に一百屯の綿を恩捨し、兼ねて七言詩一篇を賜ふ」と。謹んで鴻沢に奉対して、心神怳焉として、喜謝するに地無し。纔かに天書を披くに、字勢竜のごとく盤り、再三詩を諷するに、金声玉振あり。……、手足の至りに任へず、敢へて布鼓を挙げて、濫りに春雷の響きに和し奉る。軽しく聖覧を黷し、伏して深く流汗す。沙門空海、誠惶誠恐、謹みて言す。

方袍苦行雲山裏　　方袍苦行す雲山の裏
風雪無情春夜寒　　風雪情(こころ)無く春夜寒し
五綴持錫観妙法　　五綴錫を持して妙法を観ず
六年蘿衣啜蔬飡　　六年蘿衣して蔬飡を啜(くら)ふ
5 日与月与丹誠尽　　日と月と丹誠を尽くし
覆瓫今見堯日寛　　覆瓫今見る堯日の寛(ゆた)かなるを
諸仏威護一子愛　　諸仏威護す一子の愛
何須惆悵人間難　　何ぞ須(もち)ゐん人間(じんかん)の難を惆悵(いた)むことを

第一・二聯は山中での修行の有様。「五綴」は托鉢をいう。第4句は粗衣粗食の生活をいうが、それが六年に及ぶということから、高雄に止住して以来のこととして、この詩の詠作年時が推定される。第6句、「覆瓫」はひっくり返した盆で、真暗なこと。無知な自分をいう。「堯日」は天皇に擬える。第四聯、諸仏の加護があるからには、世間の苦難を痛む必要はないの意。

両者の交渉を示すものとして、勅撰三集にはもう一首、『経国集』巻十に、嵯峨天皇の34「海公と茶を飲み山に帰るを送る」がある。数年に亙る久闊を経て相会い、茶を喫し、親しく語り合った後に高雄の山寺へと帰って行く空海を見送るというもので、二人の心の交流を推し測りうる小品（七言絶句）である。

空海と嵯峨天皇との交渉をもの語る勅撰詩集所収詩は以上の二首に止まるが、『性霊集』巻三・四所収の空海執筆の表に拠れば、その帰国後の早い時期から始まる、空海から嵯峨への献物というかたちでの交渉のさまを見ることができる。以下、年次を追って見ていこう。

1　大同四年（八〇九）十月四日。世説新語を書いた屏風を献じる（19「勅賜世説屏風書了献表」）。

2　弘仁二年（八一一）六月二十七日。劉希夷集、王昌齢詩格、貞元英傑六言詩、飛白書を献納する（21「書二劉希夷集一献納表」）。

3　弘仁二年八月。徐侍郎宝林寺詩、不空三蔵碑、（道）岸和尚碑、徳宗皇帝真跡、欧陽詢真跡、張誼真跡、釈令起八分書、謂之行草、鳥獣飛白等を奉献する（22「奉二献雑書迹一状」）。

4　弘仁三年六月七日。狸毛の筆を奉献する（23「奉二献筆一表」）。

5　弘仁三年七月二十九日。王昌齢集、朱昼詩、朱千乗詩、王智章詩、雑詩集、雑文、讃、詔勅、急就章、訳経図記を献じる（24「献二雑文一表」）。

6　弘仁五年閏七月二十八日。梵字悉曇字母并釈義、古今文字讃、古今篆隷文体、梁武帝草書評、王右軍蘭亭碑、曇一律師碑銘、大広智三蔵影讃を献じる（28「献二梵字并雑文一表」）。

7　弘仁七年八月十五日。古今詩人秀句を屏風に書いて献じる。(3) 空海はこの時の思いを七言十韻詩に詠んで併せて献上したが（14「勅賜屏風書了即献表」）、これに対して天皇は空海の書跡の秀絶を称える詩を作って和している（『高野大師御広伝』）。ここにまた両者の間での詩の唱和が見える。

以下は年時未詳である。

8　劉庭芝集を書写して奉献する（25「書二劉庭芝集一奉献表」）。

9　山城国乙訓寺に実った蜜柑を献じる（27「献二柑子一表」）。

10　李邑の真筆の屏風を献上する（32「献二東太上李邑書迹一表」）。表の文中に「太上天皇」とあるので、弘仁十四年の譲位後のことである。

これらは結果としてはいずれも空海からの献物というかたちになっているが、そもそもは天皇からの要求に応じてのものである場合が多い（1・2・4～8）。たとえば1の表の冒頭には、こういう。

右、伏して奉るに、今月三日、大舎人山背豊継、進止を奉宣すらく、「空海をして世説の屏風両帖を書せしめよ」と。

「進止」は天皇からの指示。

このような天皇の求めに応じて奉献された物であるが、これらは大きく二つに分かれる。一つは文学資料であり、2・5がそうである。もう一つは書跡で、9を除くその他がこれに該当する。4の筆もその一環である。ただし7の『古今詩人秀句』、8の『劉庭芝集』は書跡であると共に、内容からは文学資料でもある。

前者に属する『劉希夷集』以下の各文献の素性および文学史上の位置についてはすでに興膳宏氏に論及があり、[4]中唐という最近の詩集をも含んでいることが指摘されている。

周知のように、空海と嵯峨天皇とは平安朝を代表する名筆として、いわゆる三筆のうちの二人であるが、書跡は贈り贈られるのがこの二人であればこその物である。これには、空海が唐から持ち帰ったと考えられる中国の著名な書家の作品そのものと、嵯峨に命じられて書写したものとの両方がある。

文学資料、書跡ともに最新の中国文華を伝える文物であったはずであるが、それをめぐって、上述のような頻繁な交渉が両者の間にはあった。

これらのなかにあって、9は果実を献上するもので、異色である。これには次の七言詩が付されている。

桃李雖珍不耐寒　　桃李珍なりと雖も寒さに耐へず
豈如柑橘遇霜美　　豈如かんや柑橘の霜に遇ひて美なるに

如星如玉黄金質　星の如く玉の如し黄金の質
香味応堪実篚簋　香味は応に篚簋（ほき）に実（み）つるに堪ふべし
太奇珍妙何将来　太（はなは）だ奇なる珍妙何（いずこ）より将（も）ち来れる
定是天上王母里　定めて是れ天上の王母の里ならむ
応表千年一聖会　応に千年一聖の会を表はすべし
攀摘持献我天子　攀（よ）ぢ摘んで持つて我が天子に献ず

第1句、「桃李」は贈り物にふさわしいと意識される果物である（『詩経』衛風「木瓜」にもとづく）。しかし寒さには弱い。第4句の「篚簋」はかご。第6句の「王母」は仙女の西王母。第7句、千年に一度聖人が出現するとされる。

天皇は微笑をもってこの詩に接したことであろう。前述の「海公と茶を飲み山に帰るを送る」もそうであるが、肩肘の張らないこのような詩に、両者の交流がどのようなものであったかがむしろよく示されているといえよう。

二人の交渉は承和二年三月の空海の死をもって終わるが、嵯峨上皇は「海上人を哭す」を賦して傷んだ。『高野大師御広伝』に引載されている。

## 三

嵯峨天皇以外の勅撰集詩人との交渉に目を転じてみよう。

小野岑守は勅撰集詩人の主要な一人である。父永見も『凌雲集』の作者で、子に篁がある。『凌雲集』の撰者の一人であり、かつ序の作者でもあることから、最初の勅撰詩集編纂の中心であったと考えられる。三集を通して三十首が入集する。

岑守は弘仁六年正月、陸奥守に任じられた。その時、空海が岑守に贈った詩、3「野陸州に贈る歌」が『性霊集』巻一に収められている。序が付され、次のようにいう。

戎狄馴れ難く、辺笳感じ易し。古自り有り、今何ぞ無からん。公、大厦の材を懐きて、出でて豺狼の境を鎮む。堂中久しく定省の養を闕き、魏闕遠く竜顔の謁を阻つ。天理合に歓然すべしと云ふと雖も、人情豈感歎すること無からんや。貧道と君とは遠く相知る。山河雲水何ぞ能く阻てん。白雲の人、天辺の吏、何れの日か念ふこと無からん。聊か拙歌を抽でて、以つて辺霧の頤を解くに充つ

「定省」は朝夕両親に孝養を尽くすこと。都を離れることで、親への孝養も、天皇に拝謁することもできなくなる。「貧道」は僧の自称。「白雲人」は山寺に住む空海自身をいう。

詩は長詩であるから、引用は省略する。

空海は、岑守の陸奥への赴任に当たって、送別の詩のみならず、書簡も寄せている。『高野雑筆集』に収録される次の書(33)[5]である。

孟春余寒あり。伏して惟るに動止何如。貧道は尋常なり。忽ち東蕃に遷任せらると承り、深く驚き怪しむ。未審情願なりや。公、帷幄の才を以つて、干戈の地に臨む。狼人底をか為さん。必ず合に危怖有るべし。秘法を受持し、身を持ち国を護るに如かず。貧道、限るに禅関を以つてし、就いて披くこと能はず。若し受持するに意有らば、専ら候ち専ら候たむ。謹みて全満に因つて状を奉る。不宣。

危険の地に赴く岑守の身を案じ、息災の法を受けることを勧めている。「全満」は使者の僧の名。

一方、岑守が空海へ寄せたものとしては次の詩がある。58「帰休独臥し、高雄寺の空上人に寄す」（『経国集』巻十）である。二十二韻の長詩であるので、二人の交友について詠んだ部分のみ引用すると、

昔余深結義　　昔余深く義を結び
自爾十余紀　　爾自り十余紀なり
真諦憐俗物　　真諦は俗物を憐れむ
緇衣交素履　　緇衣素履と交はる
弥天許道安　　弥天道安を許し
四海慙鑿歯　　四海鑿歯に慙づ

「真諦」「緇衣」は空海を、「俗物」「素履」は岑守をいう。最後の聯は晋の高僧道安とこれと名問答を交わした習鑿歯の故事（『高僧伝』「釈道安」）を踏まえて(6)、空海を称え、自らを卑下する。

この詩の詠作年時は未詳であるが、二人の交誼は十年余に及ぶという。空海も前引の「野陸州に贈る歌」の序で、「貧道と君と遠く相知る」と述べていた。空海と岑守との間には長年に亙る交流があったとしなければならない。『文華秀麗集』において岑守と同様の立場にあるのが仲雄王である。撰者の一人であると共に序文を執筆している。三集を通して十六首が入集するが、『凌雲集』所収の35「海上人に謁す」は空海に直接面謁したことを詠む。長詩であるので、引用は部分に止めざるをえないが、例えば、

飛沈馴道服　　飛沈は道服に馴る
動殖潤慈澍　　動殖は慈澍に潤ふ
字母弘三乗　　字母三乗を弘む

　真言演四句　　真言四句を演ぶ

とある。「飛沈」は鳥と魚、「慈澍」は慈雨、「字母」は梵字。また、

　汎覧竺乾経　　汎覧す竺乾の経

　流観釈子賦　　流観す釈子の賦

　受持灌頂法　　灌頂の法を受持し

　頓入一如趣　　一如の趣に頓入す

という。「竺乾経」は経典、「釈子賦」は僧の作った文章。もちろん詩として潤色はあるが、空海の日常を詠じた作品は他に例がなく、その点で貴重な作である。

『経国集』の滋野貞主も、撰者であり、かつ序者であるという点で、先の小野岑守、仲雄王と同じ位置にあるが、その貞主も空海と詩を唱和している。『性霊集』巻一に「秋日神泉苑を観る」と題した詩がある。神泉苑はいま京都市中京区にわずかにその遺跡とされる小池を残すが、当時は広大な領域をなす代表的な禁苑であり、しばしば詩作の場となった。空海の詩は群れ遊ぶ鳥魚、獣類を描写して、そこが天皇の恩徳に満たされた空間であることを歌い、典型的な頌徳詩となっている。この詩に貞主が和している。156「海和尚の「秋日神泉苑を観る作」に和す」（『経国集』巻十三）がそれである。第一聯に、

　闍梨下自南山幽　　闍梨南山の幽自り下り

　勅許令看上苑秋　　勅許上苑の秋を看しむ

という。「南山」は高野山を指すが、空海が高野山に入ったのは弘仁九年であるから、この唱和詩はそれ以後の詠作ということになる。

良岑安世はもともと桓武天皇の皇子で、嵯峨天皇とは異母兄弟となるが、一方で藤原冬嗣の同母弟でもあり、嵯峨朝において冬嗣と並ぶ君側の公卿であるが、また有力な宮廷詩人であった。彼もまた空海と交渉を持っていた。『性霊集』巻一に5「良相公に贈る詩」がある。「良相公」が参議良岑安世である。これには詠作事情を記した短い文が初めに置かれている。

良相公、我に桃李を投ず。余報ゆるに一章五言の詩、三篇の雑体の歌を以つてす。

これによって、まず安世から空海に詩が贈られたことが知られる。「桃李」とは『詩経』衛風「木瓜」に「我に投ずるに木桃を以つてす、之に報ゆるに瓊瑤を以つてす」、「我に投ずるに木李を以つてす、之に報ゆるに瓊玖を以つてす」と歌うのをふまえて、相手の詩文をいうものだからである。それへの答詩がこの空海の詩なのであるが、併せて、もう三首、雑体の詩を贈っている。それが『性霊集』でこの詩の後に排列されている6「山に入る興」、7「山中に何の楽しみか有る」、8「徒らに玉を懐く」である。いずれも問答体形式の雑体詩で、平安朝詩史において、注目すべき作品である。(7)

このように、空海と安世との間では詩の贈答が行われているが、また、空海は安世のために願文を作っている。「右将軍良納言、開府儀同三司左僕射の為に大祥の斎を設くる願文」(『性霊集』巻六・48)がそれであるが、これは安世が同母兄藤原冬嗣のために行った追善法要の願文である。

## 四

前節に取り上げた小野岑守、仲雄王、滋野貞主、良岑安世は勅撰詩集の主要詩人であるが、空海はさらに他の詩人たちとも交渉を持っていた。それらの人々を明らかにしていこう。

**浄野夏嗣**

『性霊集』巻七に59「前清丹州の亡妻の為の達嚫」がある「達嚫」は梵語ダクシナーの音写で、もと布施の意。ここでは布施をして供養を行う趣旨を述べる願文の意で用いる。後代の諷誦文に当たる。この文章は亡妻を弔う「前清丹州」のために代作された達嚫であるが、「前清丹州」について、これまでは、「丹波守であった清原氏。伝不詳」[8]といった理解に止まっている。しかし、資料に求めていくと、その本名、またある程度の伝の輪郭を捉えることができる。

これを明らかにするのは釈一乗忠撰述の『叡山大師伝』である。この伝に、最澄の「外護檀越」「金蘭知故」として、藤原冬嗣以下二十六人の名が「特進藤右僕射冬」（藤原冬嗣）のように唐名で列挙されているが、その一人に「朝散大夫浄丹州刺史夏」がある。この「浄丹州刺史夏」が「前清丹州」であると考えられる。「浄丹州」と「清丹州」では、一見無関係のようであるが、「浄」と「清」は同義として（訓ではキヨ）通用される。同じ『叡山大師伝』に菅原清公が「菅右京大夫浄」と表記されているのがその一例である。[9]

それでは『叡山大師伝』にいう「浄丹州刺史夏」とは誰か。これについてはすでに史家の論証がある。[10]「朝散大夫浄丹州刺史夏」という呼称は、唐名位階＋氏名＋唐名官職＋人名という形式になっている。すなわち、従五位下、丹波あるいは丹後の守で、氏に「浄」、名に「夏」の字を含む人物ということになるが、これに該当する人物を尋ねると、光定の『伝述一心戒文』巻上、「冷然太上天皇御書鐘銘文」に「前丹後守従五位下浄野朝臣夏嗣」がある。『性霊集』の「前清丹州」もこの浄野夏嗣と考えてよいであろう。「丹州」は従来丹波守とされていたが（これには何の根拠もない）、丹後守であった。

夏嗣にはその制作に成る漢詩文がある。一つは『経国集』巻十一所収の121「奉レ和二太上天皇春堂五詠一」である。嵯峨上皇の「春堂五詠」に南淵永河、惟良春道と共に奉和した作。御殿に置かれた屛風や牀などの調度を詠んだ五首連作であるが、夏嗣の作は「屛」（屛風）を詠んだ一首のみである。

もう一首は「叡山延暦寺鐘銘」である。『伝述一心戒文』および『天台霞標』（二篇之二）に収載されている。天長四年四月の作で、「前丹後守従五位下浄野朝臣夏嗣撰」と署す。ここに「前丹後守」とある。すなわち「前丹州」である。今問題としている達嚫の執筆もこれに前後する頃ということになろう。この銘の書写は「冷然太上天皇」、嵯峨上皇が行っている。かく嵯峨上皇が御筆を振るうことになり、延暦寺にとっても大きな意味を持つはずの鐘銘の撰述を夏嗣が行っていることは、彼の能文をもの語るものであろう。

なお、浄野夏嗣については次章「勅撰三集の詩と歴史学」でも論及している。参看を請う。

### 小野年長

『高野雑筆集』に次の書簡（12）がある。

久しく礼拝を闕く。之れに渇き之れを仰ぐ。至誠の精、跬歩豈忘れんや。春気漸く暄かなり。伏して惟れば、阿闍梨は容を禅関に凝らし、神を定水に洗ふ。煙霞を吸ひて年を送り、山水に対かひて帰るを忘る。弟子は俗中擾々、世上遑々たるに縁つて、清顔を隔て長に嗟き、余風を欽ひて独り労す。嗟乎、賢愚処を異にし、緇素遥かに絶つ。自然の理知りぬ、復何をか言ひ尋ねん。冀はくは専ら拝謝せんことを。此れを奉ず。不宣。

弟子右神栄〔策〕軍下監野年長和南。

前に借し奉る日本書記（ママ）、要の披閲すべき有り。還使に因つて分附さるれば幸ひと為す。謹空

「跬歩」は半歩、わずかな間。

この書簡は「野年長」から空海へ宛てたものであるが、野年長は小野年長(永)である。

年長は勅撰詩集の作者で、二つの集に入集する。まず、『文華秀麗集』巻下に115「奉レ和レ観二新燕一」が入集する。嵯峨天皇の「新燕を観る」への奉和詩である。作者表記は書簡と同じく唐名であるが、「年長」ではなく「年永」とする。また『経国集』にも詩が採録される。巻十に78「夏日同下美三郎遇レ雨過二菩提寺一作上」がある。美三郎(不詳)の「雨に遇ひて菩提寺に過(よ)きる」に唱和した作。作者表記は同じく「野年永」であるが、目録には「大舎人助正六位上小野朝臣年永」とある。『経国集』編纂時の天長四年にはこの位官に在った。

『高野雑筆集』の書簡は、これら勅撰詩集の記載以外に、年永の動静を伝える稀少な資料である。書簡には、年永の官職を「右神策軍下監」とする。右神策軍は右近衛の唐名である[11]。ほかには藤原冬嗣が左近衛大将として「左神策大将軍」(『文華秀麗集』巻上)「神策大将」(『経国集』巻十一)と称されている例がある。

書簡の内容としては、追伸で『日本書紀』の返却を申し入れていることが注目される。空海と年永との間に、そうした書物の貸借を行うような関係があったことを示すものだからである。

## 笠仲守

『性霊集』に笠仲守のために制作された三首の願文がある。

一つは巻六所収の51「為二式部笠丞一願文」である。仲守の亡父が国守在任中に造立した十一面観音像に遭遇し、その供養料を喜捨するに当たっての願文である。弘仁六年十月の作。

その二は巻七所収の56「笠大夫奉二為先妣一奉レ造二大曼荼羅一願文」で、亡母の一周忌に当たって、その生前の本意を承けて図画書写した曼陀羅と経典を供養するための願文である。

その三は巻八の66「大夫笠左衛佐為二亡室一造二大日楨像一願文」で、天長四年五月二十二日、神護寺に亡妻の一周忌の法要を行った時の願文である。

このように、笠仲守はその亡父、亡母、亡妻と、最も身近かな親族のための願文の執筆を空海に依頼しているわけで、両者の間に親交が結ばれていたことが推測されるが、これ以上には明らかでない。

仲守も勅撰詩集の詩人である。『経国集』巻十に73「冬日過二山門一」一首がある。上述の空海との交渉を考えると、この「山門」に空海の止住する高雄山神護寺などを想定したい思いに駆られるが、もとより明証はない。なお、『経国集』の目録には「左衛門権佐従五位上守左少弁」とある。

**大友氏上**

『性霊集』巻四に21「書二劉希夷集一献納表」がある。劉希夷は初唐の詩人で、その「代下悲二白頭一翁上」の「年々歳々花相似たり、歳々年々人同じからず」の句は人口に膾炙する。この表は空海が『劉希夷集』を書写して嵯峨天皇に献上した時に添えたもので、『劉希夷集』の我が国への将来を伝える資料として注目されるのであるが、次のように書き起こされる。

劉希夷集四巻、副本。

右、伏奉少内記大伴氏上宣、書取奉進。

冒頭のこの一文は、現行の諸注釈(12)では次のように読むのが一般である。

右、伏して少内記大伴氏の上宣を奉(うけたまは)つて、書取して奉進す。

そうして「上宣」は〈勅命〉と解されているが、この読みは誤りである。正しくは、

右、伏して奉(うけたまは)るに、少内記大伴氏上(うじかみ)宣す、「書取して奉進せよ」と。

と読まなければならない。「大伴氏上宣」は大伴氏の「上宣」ではなく、大友氏上は氏名、「宣」は動詞、「書取

奉進」がその氏上が伝宣した天皇の命令である。

このように正しく読むことで、一人の勅撰詩集の作者が立ち現れてくる。大伴氏上の83「渤海入朝」と題する詩が『凌雲集』に入集する。目録には「従六位下守大内記」とあり、『凌雲集』成立時の弘仁五年にはこの位官に在った。先の上表は弘仁二年六月二十七日付で、氏上は時に少内記である。官職の上でも矛盾はない。なお、氏上はここでは単に天皇の命の伝宣者として名前が記されているのみである。

### 王孝廉

『高野雑筆集』に次のような書簡（36）がある。

信満至るに、辱くも封書状及び一章の新詩を枉げらる。之れを翫で之れを誦し、口手倦まず。面は即ち胡越にして心や傾蓋なり。一は喜び一は懼れ、喩えと為すを知らず。孟春余寒あり。伏して惟れば、大使動止万福ならん。伏して承るに、国家の寵、百位の恒品に過ぐと。慶賀殊に深し。比消息を取らんと欲るに、信満遅く来たるに縁りて、交参すること能はず。悚悵何ぞ言はん。未審早晩合に発帰すべきや。亦先に諮り申せし王好等の官品、具さに録示せば、幸甚幸甚。謹んで信満を遣し上りて状を奉る。不宣。謹状。

正月十九日　西岳沙門空海状上

渤海王大使閣下

これは空海から「渤海王大使」に宛てたもので、信満に託して王大使の書状と一首の詩が贈られてきたことへの礼状であるが、王大使とは弘仁五年に来朝した渤海使節の大使、王孝廉である。九月三十日に出雲に到着し、その年末に入京したと思われる。

王孝廉は能文の人で、『文華秀麗集』に五首の詩が入集する。

16　勅を奉りて内宴に陪る詩
18　春日雨に対かふ。探りて情字を得たり
39　辺亭に在りて賦して山花を得たり、戯れに両箇の領客使幷びに滋三に寄す
40　坂領客の月に対かひて郷を思ひ贈られし作に和す
41　出雲州より情ひを書して両箇の勅使に寄す

簡単に説明を加える。16詩は内宴に陪席しての作であるが、弘仁六年正月七日、五位以上並びに渤海使に宴を賜っている。録事釈仁貞の17詩の題に「七日禁中に宴に陪る詩」とあることから、16詩も同時の作であろう。渤海使は任務を終えて、正月二十三日、帰国の途に就き、出発地の出雲へ向かう。18詩は第1句に「主人宴を開きて辺庁に在り」とあることから、そこで出帆を待つ間の作と思われる。

39詩も詩題に「辺亭」とあり、同じ状況のもとでの作であろう。「両箇の領客使」の「両箇」は口語で二人の意。「領客使」は外国使節の応接に当たる官吏である。この二人は40詩に「坂領客」とあり、35「秋朝雁を聴き渤海入朝高判官・釈録事に寄す」の作者、坂上今雄と36「渤海大使が寄せられし作に和す」の作者、坂上今嗣と考えられる。また「滋三」は滋野貞主をいう(13)。巨勢識人の24の詩題に「春日野柱史の使ひを奉りて渤海客を存問するを餞す」とあるが、「野柱史」は内記滋野貞主であり、「奉使」「存問」とあることから、貞主も応接使の一人であったことが知られる。なお、貞主には37「春夜鴻臚に宿りて渤海入朝王大使に簡す」の作がある。

41詩は出雲に滞在中に39詩にいう二人の領客使に贈ったものである。

その夏、渤海使一行は出帆するものの遭難し越前に漂着する。船は大破し代替の船の準備を待つ間に思いがけない不幸に見舞われる。瘡病が流行し、王孝廉を初め数人が命を落とすこととなったのである。空海は王孝廉の

死を悼んで詩を賦す。その一聯が『拾遺雑集』（『弘法大師空海全集』第七巻）に残る。

渤海の王大使孝廉の中途にして物故するを傷む

一面新交不忍聴　　一面の新交も聴くに忍びず

況乎郷国故園情　　況んや郷国故園の情をや

以上、空海との交渉が知られる勅撰詩集入集者には嵯峨天皇を初め、小野岑守、仲雄王、滋野貞主、良岑安世といった有力詩人、さらに浄野夏嗣、小野年長(永)、笠仲守、大伴氏上などがあり、加えて時に日本に滞在中の渤海大使の王孝廉もあった。

注

（1）『性霊集』所収詩文の作品番号は日本古典文学大系『三教指帰　性霊集』（岩波書店、一九六五年）による。

（2）以下の一文を通行の諸書（日本古典文学大系本のほか、勝又俊教、弘法大師著作全集第三巻（山喜房仏書林、一九七三年）、金岡照光訳注、弘法大師空海全集第六巻（筑摩書房、一九八四年）など）は、「聖旨を奉宣して、空海に一百屯の綿を恩捨し、兼ねて七言詩一篇を賜ふ」と読むが誤りである。後に論及、列挙する表も同様の構文で書き起こされているが、みな誤読されている。このことは早く入矢義高氏の日本古典文学大系本に対する書評（『中国文学報』第二一冊、一九六六年）に指摘する。

（3）通行の注釈では、これを「古今の詩人の秀句」と解釈しているが、『日本国見在書目録』に見える、初唐、元兢の撰集『古今詩人秀句』と理解すべきこと、川口久雄『平安朝日本漢文学史の研究』（明治書院、一九五九年）第二章第三節に指摘する。その『古今詩人秀句』序が空海『文鏡秘府論』南巻に引用されている。興膳宏訳註

『文鏡秘府論』(『弘法大師空海全集』第五巻、筑摩書房、一九八六年)参照。
(4) 興膳宏「空海と漢文学」(『中国文学理論の展開』清文堂、二〇〇八年)。
(5) 原文は『定本弘法大師全集』(高野山大学密教文化研究所)により、番号は高木訷元『空海と最澄の手紙』(法蔵館、一九九九年)による。
(6) 小島憲之『国風暗黒時代の文学』中下Ⅱ(塙書房、一九八六年)に指摘する。
(7) 拙稿「『性霊集』について」(『本朝漢詩文資料論』勉誠出版、二〇一二年)。
(8) 注2の諸書。
(9) ほかに田中キヨ人が『続日本紀』『日本後紀』で、「清」「浄」両様に、キヨ村宿禰が『日本後紀』では浄村、『続日本後紀』『文徳実録』では清村と表記される例などがある。
(10) 佐伯有清『慈覚大師伝の研究』(吉川弘文館、一九八六年)第六章「叡山大師伝にみえる外護の檀越」。
(11) 「神策軍」を、写本を初め諸テキストは「神栄軍」とする。その誤りは注5の著書に指摘されている。唐名としての神策軍については、古瀬奈津子「官職唐名成立に関する一考察」(日中文化交流史叢書『法律制度』大修館書店、一九九七年)に論及がある。ただし、この『高野雑筆集』の例はとり上げられていない。
(12) 注2に同じ。
(13) 日本古典文学大系本頭注に、貞主は父家訳の第三子であるから、排行として「滋三」と称されたとあり、これに従うものもあるが、貞主は第三子ではない。『三代実録』貞観元年十二月二十二日条、滋野貞雄卒伝に「貞雄是家訳之第三子也」と明記する。貞主の「滋三」は排行と関わりなく選ばれた文字である。
※ 「空海の周辺――勅撰詩集作者との交渉」(石橋義秀他編『仏教文学とその周辺』和泉書院、一九九八年)に「勅撰詩集作者との交流」(『国文学　解釈と鑑賞』第六十六巻五号「特集　弘法大師空海」、至文堂、二〇〇一年)を併せた。

# 22 勅撰三集の詩と歴史学

## はじめに

九世紀初頭の嵯峨・淳和朝期は中国風文華の極盛期を現出した。その象徴となったのが『凌雲集』(弘仁五年、八一四)、『文華秀麗集』(弘仁九年)、『経国集』(天長四年、八二七)のいわゆる勅撰三集であるが、小島憲之氏はこの三集の作品すべてに独力で注釈を加えるという大業を果たされた[1]。これらの作品を読むに当たってはまず依るべき書である。ただし、後進の言を差し挟むべきものがないわけではない。当代の史書の記述に照らしてみると、詩作の時や場を特定し、あるいは詠作事情を明らかにし、詩の解釈についてより正確な理解が得られるなど、「詩注」の記述を補訂しうるものがある。そのような例について述べておきたい[2]。

# 一　詩の解釈

まず、嵯峨上皇の「藤是雄が旧宮美人入道詞に和す。」（『経国集』巻十・32）について述べよう。藤原是雄の「旧宮美人入道詞」（散佚）に和した詩である。次のような詩である。原文は「詩注」に拠り、私見によって読む（以下同じ）。

遁世明皇出帝畿　　遁世の明皇帝畿を出で
移居旧邑遺歳時　　旧邑に移居して歳時を遣りたまふ
忽従此地昇雲後　　忽ち此の地より昇雲したまひし後
唯有空居恋寵姫　　唯空居に寵を恋ふる姫の有るのみ
訪道初停羅綺艶　　道を訪ひて初めて停む羅綺の艶
剃頭新作比丘尼　　頭を剃りて新たに作る比丘尼
嬌心欲識乖□縛　　嬌心識らむと欲す□縛に乖くことを
弱体那堪著草衣　　弱体那ぞ堪へむ草衣を著るに
山殿風声秋梵冷　　山殿の風声秋梵冷ややかなり
渓窓月色暁禅悲　　渓窓月色暁禅悲し
焚香持誦寒林寂　　香を焚き持誦すれば寒林寂かなり
坐向蒼天怨別離　　坐ろに蒼天に向かひて別離を怨む

第一聯は、「詩注」に述べるように、いわゆる薬子の乱に敗れ、剃髪入道した平城上皇が、平安京を出て、そ

の居を旧都平城京に移したことをいう。ただし第二句「居を移す」を、『類聚国史』巻二十五に、

（大同四年）十二月乙亥（四日）、太上天皇取二水路一、駕二双船一、幸二平城一。于レ時宮殿未レ成、権御二故右大臣大中臣朝臣清麻呂家一。

と見える、平城上皇が仮に故大中臣清麻呂の家に赴いたことをいうかと推測されているが、そうではないであろう。これは、もっと広く平城宮を居所としたこと、そうして「歳時を遣る」も、長い時間の幅を考えるべきで、弘仁元年（八一〇）に旧都平城に「居を移して」のち、天長元年（八二四）のその死までの十五年をこの地に過ごしたことをいうと理解すべきであろう。

　平城上皇は薬子の乱の後も平城宮を居所とし、その地に没した。『日本後紀』弘仁二年七月十三日条に「平城宮諸衛官人等」が宿衛の勤務を怠っていることが記され、また『類聚三代格』巻四所収の弘仁七年六月八日の太政官符には造酒司の酒部が、同九月二十三日太政官符には主水司の水部が「平城宮」に分配されたことが記されているが、このことに、弘仁十四年四月、嵯峨天皇が譲位して後太上天皇が出現した時、先太上天皇すなわち平城上皇が藤原真夏を差し遣して、「平城宮の諸司を停止すべき状を賷しめ」たという記事（『類聚国史』巻二十五）を合わせ考えれば、弘仁期を通じて平城上皇に供奉する平城宮諸司が備わっていたことは明らかである。

　また、天長元年七月の上皇の没後奉られた誄に次のような措辞がある。

畏哉。譲国而平城宮爾御坐志天皇乃天都日嗣乃御名事遠恐牟恐母誄曰、……（『類聚国史』巻三十五、諒闇）

譲位後の平城上皇がその死に至るまで、平城宮に居住したことを明示している。

　さて、最もの疑問は第二聯である。「詩注」には、これを「美人の入道を思ふ明皇君主の心を述べたもの」とする。したがって後句の読みも、「唯だ空居に寵姫を恋ふこと有るのみ」となる。また「昇雲」の主語を「美人」

と考えるので、前句は「忽ちに此の地より昇雲せし後に」と読む。

私見はこれと異なる。この一聯は、明皇の死を追慕する美人の心を述べたものと解する。したがって、後句の読みは、前に示したように、「唯空居に寵を恋ふる姫の有るのみ」となる。

この一聯の解釈の要点は「昇雲」の語をどう理解するかにあると思われるが、「詩注」では、「ここは、彼女の死ではなく入道したことをさすであらう」と解されている。しかし「昇雲」を出家入道の意と解しうるであろうか。「詩注」に類句として指摘されている嵯峨天皇の「侍中翁主挽歌詞」（『文華秀麗集』巻中）の「不レ慮忽昇仙」も、詩題にすでに明らかなように、人の死を意味する。私も「昇雲」の用例を見出しえてはいないが、この詩の「昇雲」の語の理解には、次の史書の措辞を考え合わせるべきであろう。平城上皇の崩御に際して発せられた天長元年七月二十八日の淳和天皇の詔（『類聚国史』巻三十五）に、

頃者（このごろ）、上天禍を降し、先の太上天皇昇遐したまふ。白雲の馭帰らず、蒼梧の望み已に遠し。

とあり、また「続日本後紀序」に、『続日本後紀』撰修の下命者、文徳天皇の死を述べて、

筆削の初め、宮車晏駕したまふ。白雲の馭返らず、蒼梧の望み已に遥かなり。

という、ほとんど同じ文辞がある。「宮車晏駕」は天子の崩御をいい、「蒼梧」は中国の舜帝が没した地と伝える。これらの例によって、「昇雲」は平城上皇の死をいうものと解すべきであろう。第二聯の意味は、忽然として上皇が崩御したまいてのち、空漠としたその居所に有るのは、上皇の寵愛を恋い慕う姫、詩題にいう「美人」だけである、となろう。したがって、いうまでもないが、「美人」はその上皇の死を契機として出家したのである。

以下の句は上皇の追慕に明け暮れる「美人」を詠じる。このうち結句についてはいささか言及しておかなければならない。

結句の「別離」について、「詩注」には、「ここは作者と入道した美人との別れを云ふ」とあるが、そうではあるまい。上述のことから導かれることであるが、ここは「美人」と「明皇」との、死という永遠の「別離」である。それを「美人」が天に向かって怨むのである。単なる生別ではなく、死別という重い意味の「別離」であってこそ、これを「蒼天」に向かって怨むというにふさわしい。

要するに、この詩は、世を遁れて平城京に歳月を送り、その地に没した平城上皇の死に殉じて出家した、一人の寵姫を詠じたものである[3]。このように読む時、この詩は佳篇と評しうるであろう。

口語訳しておこう。

出家した天皇は都を出て、旧都奈良に住居を移して歳月を過されていた。

突然亡くなられたのち、人気がなくなったその住居には上皇の寵愛を恋い慕う女官だけが残された。

仏の道を求めて絹を身にまとうあでやかさを断ち切り、頭を剃って新たに比丘尼となった。

女心に後宮の束縛から離れる道を知ろうと願う。か弱い体はどうして粗末な法衣をまとうのに堪えられよう。

山あいの宮居を吹く風のなか、秋の読経の声は冷やかに、谷に臨む窓を照らす月の光のもと、明け方の勤行は悲しみを催させる。

香を焚き経を読誦すれば寒々とした林は静まりかえり、尼は空しく天に向かって上皇との永遠の別れを怨み悲しむ。

なお、この詩の詠作年時は、以上のような内容から、平城上皇没後間もない時のことと推測される。上皇が没したのは天長元年七月であるが、詩にも「秋梵」の語のあることから、その秋の詠作ということになろう。

## 二　人名の比定

『経国集』巻十に「和下良将軍題二瀑布下蘭若一簡二清大夫一之作上」と題する嵯峨上皇（51）、源弘、惟良春道の詩がある。「良将軍」は唐名による呼称で、右近衛大将良岑安世。その「瀑布下の蘭若(寺)に題し、清大夫に簡す」と題した詩（散佚）に唱和した作である。ここに「清大夫」の名が見えるが、「詩注」はこれを清原夏野と解している。そうして「大夫」については次のように説明する。

> 「大夫」は、中宮職・春宮職・大膳職・修理職など職の長官、従四位に当る。彼がこの位にあつたのは、弘仁十四年（八二三）四月より天長二年（八二五）七月従三位中納言になるまでの間であるが、……

ここには官位についての理解の混乱があるようである。この記述では「大夫」は官職として捉えているのか、あるいは位階として捉えているのか曖昧であるが、後文に、「この七言詩は、「良岑将軍の『瀑布の下にある某寺院（の壁など）に書きつけた詩を、（後日）清原長官に手紙につけて贈ると云ふ詩』に唱和した」嵯峨上皇の作」（傍点、引用者）と説明していることから、「大夫」は官職と解していると読まなければならない。しかし、この解釈には疑問がある。

「清大夫」という呼称は唐名である。姓を「清」の一字で称している。したがって「大夫」を日本の律令制の官である職の長官の大夫と解することはできない。位階と見るべきである。もし中宮大夫であれば、唐名では「長秋監」、春宮大夫であれば「詹事」「端尹」と称されるはずである。また、夏野は記されている弘仁十四年四月から天長二年六月までの間に、春宮大夫などの職の大夫に就いたという事実がない。彼はこの間、参議、左近衛中将、近江守（十五年には下総守）であった（『公卿補任』）。

要するに、「清大夫」は清原夏野ではない。それでは誰か。浄野夏嗣である。

この詩題の「清大夫」が、巻十の目録では、慶長本、三手文庫本ほかは「浄大夫」と書かれているが、ここで参看すべき史料がある。『叡山大師伝』である。この伝には最澄の「外護檀越」「金蘭知故」として藤原冬嗣以下二十六人の名が「特進藤右僕射（うぼくや）冬」のように唐名で列挙されているが、その一人に「朝散大夫浄丹州夏」がいる。傍点部によって称すれば「浄大夫」すなわち「清大夫」であるが、これは浄野（清野）夏嗣である。(4) すなわち「清大夫」は浄野夏嗣と考えられる。

同じように誤解によって埋もれている浄野夏嗣の存在を明らかにしておこう。『経国集』巻十四に滋野貞主の次の詩（230）がある。

　遙和播州浄長史丹治中得絮柳請植左大将軍閑院之作

　　遙かに播州浄長史丹治中の「絮柳を得て左大将軍の閑院に植ゑむことを請ふ作」に和す

これについての「経国集詩注」の解釈は次のとおりである。

> この五言詩の詩題の文脈はよくわからないが、しばらく以下の如く、「播磨の国の国守の属官名は浄、姓は丹氏の詩『綿の如き花をもつ柳を得て、左近衛大将藤原冬嗣の閑院に移植したいと願ふといふ詩』に対して、遙か遠くの都で唱和した滋野貞主の五言の詩」、といふ意に解して置く。「浄」と「丹」の下にそれぞれ「長史」「治中」といふ中国の官職名がみえるが、「長史」は刺史（地方長官）の下に置かれた属官。「治中」も刺史の次官、属官。この「長史」「治中」は、わが国でいへば、国司を助ける官人であり、共に漠然と同じ意に使用する。また長史に付く「浄」、及び治中に付く「丹」も同一人物を二つに分けたものであらう。「浄」は「清」、「丹」は「丹治比」、即ち「丹治比清貞（たぢひのきよさだ）をさすかと思はれる。彼は『凌雲集』に、二首

（86）・（87）を残し、『凌雲集』成立の弘仁五年（八一四）以前に、「従八位上守播磨権少掾（せうじよう）多治比真人清貞」とみえ、少掾は守（かみ）・介（すけ）につぐ第三等官である。

要点は「播州浄長史丹治中」は播磨少掾丹治比清貞をいうものである、ということである。「長史」「治中」ともに国守の属官の意で、丹治比清貞を姓と名とに分かち、それぞれの一字に官職唐名を付したという。このようになる。

〔浄長史―浄（＝清）＋長史〕＋〔丹治中―丹＋治中〕

しかし、この解釈は疑問である。なぜ姓と名とに分けなければならないのか。しかも名が先にあることになる。また姓の一字に官職名を付す例は普通であるが、名についてはそのような例はない。右大臣菅原道真を菅右丞相とは称するが道右丞相と言うことはありえない。すなわち「浄長史」についてはこのような解釈は成り立たない。

これはどのように理解すべきか。「浄長史」と「丹治中」はそれぞれに別人を指していると考えるべきである。「播州」はそれぞれに懸かり、「播州浄長史」と「播州丹治中」とである。

まず「播州浄長史」は誰か。「長史」は介の唐名であるから、播磨介として尋ねると、弘仁六年七月二日に播磨介に任じられた浄野夏嗣がある（『日本後紀』）。「浄」はいうまでもなく姓浄野の一字である。夏嗣は勅撰詩集の作者である。[5]「丹治中」は「詩注」が比定する播磨少掾丹治比清貞である。これを唐名で「丹治中」と称した。清貞は『凌雲集』の二首のほかに、『文華秀麗集』に一首が入集する。

すなわち詩題がいうのは、播磨介の浄野夏嗣と掾の多治比清貞の「絮柳を得て左大将軍の閑院に植ゑむことを請ふ」という詩に和すということである。時を同じくして播磨の介と掾であった二人が、同題で詠んだ詩を都へ送ってきたのである。

なお、詠作時期は、二人の官歴の詳細が明らかでないので、夏嗣が播磨介となった弘仁六年七月以後、冬嗣が左近衛大将を辞す天長三年（八二六）二月以前という大まかなことしか分からない。

## 三　詠作年時

先の「詩の解釈」で述べたように、詩を正確に読むことで、その詠作の時も知ることができたが、他にも詠作年時を明らかにできるものがある。

『文華秀麓集』巻下に上毛野穎人の122「美人に代わりて殿前の夜合を詠む」の什に和し奉る(6)がある。

久厭幽渓何処託　　久しく幽渓を厭ひて何処にか託せむ

朝家仮貸御楼傍　　朝家仮貸す御楼の傍

即今自入仙園裡　　即今仙園の裡に入りて自り

已後春恩任聖皇　　已後春恩は聖皇に任せむ

書かれてはいないが、「奉和」とあることと詩の内容から、嵯峨天皇の詩に和したものである。「夜合」はねむの木をいう。

この詩の詠作の場は『類聚国史』巻七十五、曲宴に記す弘仁四年（八一五）七月十六日の次の宴であったと思われる。

後庭の合歓樹の下に宴す。四位に銭三万、五位に二万賜ふ。

ここではねむが「合歓樹」と表記されている。賦詩の場を併せ考えると、次のような情況を推測できよう。嵯峨天皇はこの日、後宮の殿舎の庭のねむの木の下で詩宴を催し、後宮の女性たちも侍していた。天皇はその中の一人に「夜合」を題として詩を詠むように命じたが、彼女は本当に詠めなかったのか、あるいは遠慮したのか、辞退した。そこで天皇はその「美人」になり代わって読んだのである。奥深い谷から宮庭に移し植えられたねむを詠むが、そこには宮女自身の身の上が重ねられていると読むことができよう(7)。

『経国集』巻十に「右軍曹貞忠」の出家をめぐる一連の唱和詩がある。詩題と作者は次のとおりである。

42　右軍曹貞忠が入道するを聞き因りて大将軍良岑公に簡す　皇帝

43　御製「右軍曹が入道するを聞き大将軍良岑公に簡す」に和す　太上天皇

44　聖製「右軍曹貞忠が入道するを聞き賜はる」に和し奉る　良安世

貞忠が仏道に入ることを聞いて、良岑安世に贈った淳和天皇の詩（42）と、これに対する嵯峨上皇（43）及び良岑安世（44）の和詩である。

さて、出家した貞忠について、「詩注」には、「「貞忠」は、未詳。良岑安世と関係のある官人か。安世の子宗貞は仏門に入り遍昭と呼ばれたが、これと何らかの関係をもつ者かも知れない」と述べるが、そうではない。『類聚国史』にこれらの詩に直接に関わる記事がある。巻一八七、度者の、

淳和天皇天長二年閏七月癸巳（二十二日）、常陸国人右近衛将曹従八位上勲八等中臣鹿嶋連貞忠、得度を願ふ。之れを許す。

である。詩題にいう「右軍曹貞忠の入道」はこの記事に該当すると断定してよいであろう。

これによって、いくつかの知見を得る。

まず、これらの唱和詩の制作年時について、「詩注」には巻十の「目録」の良岑安世に冠せられた「正三位行

中納言兼右近衛大将春宮大夫」の位官にもとづいて、「恐らく天長三年頃の作であらう」と推定されているが、右の記事から、それは貞忠の入道直後の、天長二年の閏七月あるいは八月と確定できる。

次に貞忠の姓氏に関して。その姓氏は中臣鹿嶋連である。「常陸国人」とあるが、中臣鹿嶋という複姓であることから、その本貫は常陸の鹿嶋郡であったと考えられる。このことが明らかになると、嵯峨上皇の詩の第一聯に、

伊昔辺頭俠少年　　伊れ昔辺頭の俠少年
今為末将禁庭前　　今末将と為る禁庭の前

と、「辺頭」、片田舎と詠うことが納得される。

また、貞忠が中臣鹿嶋連氏であることから、良岑安世との関係は氏族的なものではもとよりない。淳和天皇の詩が安世に贈られたのは、安世が右近衛大将として、右近衛府の「末将」貞忠の直属の長官であったことによるものと考えられよう。

『経国集』巻十四に192「奉試、宝鶏祠を得たり」という一首が収められているが、作者名は中国風に三字名「鳥高名」である。これについて「詩注」には、「作者「鳥高名」については未詳。……、しばらく「白（?）鳥高名」と訓み、後考を俟つ」とあるが、この推定で正しい。高名は初め白鳥氏であったが、後に長岑氏に改姓した。そのことは先行研究に拠りつつ、早く拙稿[8]に述べたことであるので、これに譲る。この『経国集』の作者表記は白鳥高名としての唯一の例である。

ここではこの奉試詩の詠作年時について補っておこう。『文徳実録』天安元年（八五七）九月三日条に長岑宿禰高名として長文の卒伝があり、文章生のことについても記述がある。

高名は右京の人なり。結童にして学に入り、年二十一にして始めて文章生と為る。

二十一歳で文章生となったとあるが、この卒伝の六十四歳で卒したという記載に拠って考えると、それは弘仁五年（八一四）である。すなわちこの奉試詩が作られたのもこの年ということになる。

先に「人名比定」の項で取り上げた滋野貞主の「遥かに播州浄長史丹治中が「絮柳を得て左大将軍の閑院に植ゑむことを請ふ作」に和す」については、その詠作年時についても言及しておかなければならない。「詩注」はこの詩が詠まれたのは「弘仁三年ごろといへよう」とする。しかし、前述のように、「播州浄長史丹治中」は播摩介浄野夏嗣と播磨少掾多治比清貞の二人であると正しく捉えると、その詠作年時は前述のように浄野夏嗣が播磨介に任じられた弘仁六年（八一五）七月二日から、「左大将軍」、左近衛大将藤原冬嗣がその官を辞した天長三年（八二六）二月までの間ということになる。(9)

## 四　唐名

本朝の漢詩文では、官職は唐名で表記されるのが原則である。したがって読解に当たっては、そのことを考慮する必要がある。

千牛　『凌雲集』所収の賀陽豊年の詩に42「元忠の「初春、紀千牛の池亭に宴す」の作に同ず」がある。元忠の「初春、紀千牛の池亭に宴す」と題した詩（散佚）に和したものである。元忠は人名であるが未詳。問題とすべきは「千牛」である。これについて「凌雲集詩注」には次のようにいう。

「千牛」は、「千手」「千年」の誤りかともみられ、また「紀千世」（官歴、中略）かとも思はれるが、しばらく底本に従ふ。

要するに「千牛」を人名と捉えているが、そうではなく、これは官職の唐名である。そのことは古瀬奈津子「官職唐名成立に関する一考察」（日中文化交流史叢書2『法律制度』大修館書店、一九九七年）に指摘する。ただし、これでは「千牛」を内舎人の唐名に比定しているが、そうではないだろう。内舎人は卑官である。令の規定（職員令、内務省）によれば、定員は九十人で、宿衛や雑役を任務とする。当時の史料に拠っても、『日本後紀』大同三年（八〇八）四月十三日条に「内舎人二十人准二少監物一賜二馬料一。以レ出二納官物一也」とあるが、少監物は正七位相当であり、内舎人はこれに準じて処遇されている。そうした官人がその池亭に人びとを招いて宴を開くというのは考えにくいのではなかろうか。

千牛は近衛府官人の唐名でもある。『二中歴』第七・官名歴によれば、大将は千牛大将軍、中将は千牛将軍、少将は千牛中郎将と称する。この近衛の官人と考えると、これに該当する人物がある。作者賀陽豊年（七五一～八一五）の活躍時期を考えて、延暦の後半から弘仁の初年にかけての時期にこれを尋ねると、紀百継がある。『日本後紀』によれば、百継は弘仁元年（八一〇）九月十日に右近衛少将に、三年正月十二日に右近衛中将に任じられている。この紀百継を「紀千牛」に比定してよいだろう。このことによって、この詩の作詩年時も絞ることができる。すなわち、弘仁二年から、『凌雲集』成立の弘仁五年までのいずれかの年の正月である。(10)

**治中**　『経国集』巻十の「梵門」に、滋野善永が惟良春道の「秋日、疾（やまい）に華厳寺の精舎に臥す」に和した詩（36）があるが、巻十の「目録」には惟良春道を「惟治中」と表記している（「和下惟治中秋日臥二疾華厳寺堂舎一之作上」）。

この「治中」について「経国集詩注」に、

「治中」は刺史（太守）の参佐、ほぼわが国の三等官「掾」に当る。惟良春道が「近江少掾」（『経国集』巻十一「目録」）であったため、「惟治中」と云ったのである。

とある。明言されてはいないが、「治中」を唐名と理解している。なお春道の「近江少掾」という官名表記は巻十の目録にもある（45）。

「治中」が掾の唐名であることはこれまで指摘されたことはなかった。古く『二中歴』や『拾芥抄』、また近年の平安朝漢文学研究会編『平安朝漢文学総合索引』、『国史大辞典』（橋本義彦編）・『平安時代史事典』（黒板伸夫編）の〈官職唐名一覧〉、前記の古瀬論文いずれにも挙げられていない。しかし、これは「経国集詩注」の指摘のとおり、掾の唐名と認めるべきものと思う。考え合わせるべきもう一例があるからである。

「治中」が用いられるもう一例は『経国集』巻十四の滋野貞主の詩（230）の詩題である。先の「人名の比定」の項で取り上げた「遥かに播州浄長史丹治中が「絮柳を得て左大将軍の閑院に植ゑむことを請ふ作」に和す」で、そこで述べたように、「丹治中」は播磨少掾丹治比清貞である。

このように『経国集』の詩題に掾の唐名としての「治中」の二例がある。

**美人**　「美人」という語は今も普通に使われるごく一般的な言葉であるから見逃されてしまうが、勅撰三集の詩に用いられる「美人」には、いわゆる美人の意のほかに、唐名としての「美人」の用法がある。二例がある。

一つは「詠作年時」において論及した『文華秀麗集』巻下の上毛野穎人の「「美人に代りて殿前の夜合を詠む」の什に和し奉る」に見える「美人」である。古典文学大系本の頭注に「美人（ここは後宮の女房）」とあり、唐名と明記されてはいないが、そのように捉えられている。

前記の古瀬論文には、これを例の一つとして「美人」が唐名であることを指摘する。その根拠としている唐令の「内外命婦職員令」には、

内官。妃三人、六儀六人、美人四人、才人七人。

とあるが、后妃の一としての「美人」は早く『後漢書』巻十上、皇后紀序に見える。

光武中興するに及んで、彫を斲つて朴と為し、六宮の称号は唯皇后と貴人のみ。貴人は金印紫綬、奉は粟数十斛に過ぎず、又美人、宮人、采女の三等を置くも、並びに爵秩無く、歳時に賞賜充給するのみ。

もう一つは「詩の解釈」の項で読んだ嵯峨上皇の「藤是雄が「旧宮美人入道詞」に和す」(『経国集』巻十)というこの詩題である。「美人」の語が用いられているが、これについて、「経国集詩注」は「美人の意」「美しい女性を云ふ」と解している。しかしそうではないだろう。この「美人」は後宮に仕えた女官の意であるはずである。そのことは先に読んだ詩の内容から容易に了解されるであろう。(11)

**尚書・平章**　『経国集』巻十に嵯峨天皇の98「藤原朝臣の「春日、前尚書秋公の帰病を訪ふ」の作に和す」がある。この詩題について「経国集詩注」に、

「尚書」は太政官に属する弁官の唐名。ジャウジョとも訓む。弁官であった「秋公」は未詳ではあるが、弘仁十二年(八二一)一月十日没した秋篠安人が「公」に当るため略して「秋公」といったものと推定してよかろう。

とある。この注は今一歩という感じでもどかしい。「尚書」は指摘のとおり弁官の唐名であり、秋篠安人はその弁官であった。『公卿補任』に拠れば、大同元年七月十四日に右大弁から左大弁に転じて以来、致仕する弘仁十一年正月まで、左大弁の官に在った。このことを指摘することによって、「前尚書秋公」は秋篠安人と断定することができる。

そうしてまた、この詩の詠作年時も明確になる。第一句に「闕下新たに禄を辞す」とある。「秋公」が退官し

て間もなくのこととなるが、『公卿補任』弘仁十一年条の秋篠安人の尻付に次の記事がある。

同（正月）廿七日上表致仕。以㆓劇職㆒也。正月廿三日亦解㆓左大弁㆒。

これによって、この詩は弘仁十一年（八二〇）の正月より間もなく、第三聯に、

烟景春深色　　烟景春深き色
群萌雪尽余　　群萌雪尽くる余り

という表現のあることから、二月の終りか三月の詠作と考えてよいだろう。

この嵯峨天皇の詩と同時に小野岑守、上毛野穎人も同題で詩を詠んでいるが、穎人の詩（100）の解釈について補訂すべき点がある。前聯である。

未及懸車乞骸骨　　未だ懸車に及ばざるに骸骨を乞ふ
明皇恩寵帯平章　　明皇の恩寵平章を帯ぶ

まず前句の表現に関してである。「懸車」はここでは七十歳をいう。安人は致仕した弘仁十一年には六十八歳であったから（『公卿補任』）、「未だ懸車に及ばず」というのも納得される。また「骸骨を乞ふ」については、『公卿補任』弘仁十一年条に、先の引用に続いて「十二月―上表乞㆓骸骨㆒、許㆑之」という同一の措辞がある。なお、この十二月は前年、弘仁十年のそれであろう。

後句については、「平章」が参議の唐名であることを押さえておくことが必要であるが、後句についての「詩注」は次のとおりである。

「平章」は、「平章事」に同じ。これは唐代の長官の職（尚書・中書・門下三省の長官の職）をいふ。『新唐書』（巻四十六「百官志」）に、（引用、中略）とみえる。ここは尚書省の長官秋篠公の辞任に際して、平章の職

（秋篠公は参議の職）を与へられたことをさすであらう。二句は、「秋公は退官する年齢にもまだ達してゐないのに辞職を乞うたところ、明徳なる嵯峨帝の御恵みを以って長官の職（尚書省の長官）を身に帯びたのである（長官の職を与えられて辞任を許可されたのである）」、の意であらう。

これも隔靴掻痒の感がある。また官職についての理解に混乱がある。「平章」について、どうしてか日本に存在しない「尚書省の長官」が待ち出されている。これは「平章」は参議の唐名として解釈しなければならない。安人は桓武朝の末年、延暦二十四年（八〇五）正月に参議に補任されて以来、致仕する弘仁十一年まで、その職に在った。

この一聯について、「詩注」は辞職に当たって長官の職を与えられて許されたと解しているが、辞職を認めるに際して新たな職を与えるというのはおかしなことである。第二句は辞職するその時のことではなく、これまで長年に亙ってそうであったと理解すべきであろう。すなわち「（秋公は）明君の御恩寵を蒙って、これまでずっと参議の職にあった」となる。

以上の二首については、「尚書」と「平章」とが唐名であることを正しく捉えることによって、明解を得ることができる。

注

（1）凌雲集—『国風暗黒時代の文学』中（中）（塙書房、一九七九年）、文華秀麗集—日本古典文学大系『懐風藻　文華秀麗集　本朝文粋』（岩波書店、一九六四年）、経国集—『国風暗黒時代の文学』中（下）Ⅱ（巻十）・下Ⅰ（巻十一）・下Ⅱ（巻十三）・下Ⅲ（巻十四）。

（2）注1の注釈を対象とする。以下「――集詩注」と呼ぶ。作品番号はこれに付されたもの。
（3）目崎徳衛氏は、平城上皇の妃であった朝原内親王・大宅内親王が弘仁三年五月に相次いで「職を辞し」たことを指摘しているが（「平城朝の政治史的考察」『平安文化史論』、桜楓社、一九六八年）、一方ではこのように、上皇の死に至るまで君側に侍した女性のあったことをこの詩はもの語る。
（4）本書、21「空海の周辺――勅撰詩集作者との交渉」参照。
（5）注4に同じ。
（6）詩題の原文は「奉和代美人殿前夜合詠之什」、古典文学大系本はこのように訓読するが、三木雅博氏はこれを疑問として、「美人の殿前の夜合に代りて詠めるの什に和し奉る」と訓む（『文華秀麗集』『経国集』の「雑詠」部についての覚書――その位置づけと作品の配列をめぐって」（『平安朝漢文学鉤沈』和泉書院、二〇一七年）。しかし、これも疑問である。こう訓むためには傍線部は「美人代殿前夜合詠之什」でなければならない。私意により原文を「代美人詠殿前之夜合之什」と改めて解した。
（7）古典文学大系本頭注に「合歓木を天子の傍に侍する女官に擬した表現」とある。
（8）拙稿「宮廷詩人と律令官人と――嵯峨朝文壇の基盤」（『平安朝漢文学論考』補訂版、勉誠出版、二〇〇五年）注12参照。
（9）この詠作年時の推定の誤りは後人を誤らせている。虎尾達哉『藤原冬嗣』（人物叢書、吉川弘文館、二〇二〇年）一九九頁以下に、この詩を弘仁三年頃の作とする理解に基づく、冬嗣と多治比清貞との交流についての記述がある。
（10）これにより「人名の比定」、「詠作年時」にも該当する。
（11）古瀬論文は「美人」の「日本名」を、前引の日本古典文学大系『文華秀麗集』の頭注を参考にしてか、「女房」とする。しかし、中国における「美人」は古瀬論文が拠る唐令、また『後漢書』皇后紀序に拠っても、后妃の称号の一である。このことからすれば「美人」に対応するのは妃や夫人であるかもしれない。ただし、これを証明できないので、今は「女官」とする。

※　「史書への配慮」（『日本歴史』第五二六号、一九九二年）と「勅撰三集の詩と歴史学」（『日本歴史』第六八一号、二〇〇五年）とを併せた。

# 23　『扶桑集』の詩人

## 一

『扶桑集』は一条朝に紀斉名（九五七～九九九）によって編纂された詩集である。現存の『扶桑集』は残欠本であり、集の序文（これが存したかも不明）に依ってそのことを確認するなどもできないが、最も確かな論拠は『御堂関白記』長保二年（一〇〇〇）二月二十一日条の「故斉名の妾、扶桑集を奉る」という記事である。故斉名の妻が『扶桑集』を藤原道長に献呈したという。斉名が没したのは前年の十二月十五日であった。『権記』の同日条に、

此の日、従五位上行式部少輔兼大内記越中権守紀朝臣斉名卒す。……。当時の名儒にして、尤も詩に巧みなり。今物故するに当たりて、時人之れを惜しむ。時に年四十三。

とある。すなわち『扶桑集』は斉名の没後間もなく、その妻によって道長に献じられた。

これに次いで紀斉名の編纂であることをいうのは、大江匡房（一〇四一～一一一一）の『江談抄』である。巻

五―29「扶桑集に順の作多き事」に次のようにある。

また云はく、「扶桑集の中に順の作尤も多し。時の人難ず」と。問ふ、「順の序、紀家の序よりも多きは如何」と。帥(そち)答へて云はく、「花光水上に浮かぶの序は順の序なり。専ら入るべからざるなり。しかるに斉名、其の祖師為(た)るをもつて多く入るる由、時の人難ず」と。

『江談抄』は大江匡房の談話を若い学者藤原実兼(さねかね)が筆録したものが中心をなす。ここでは『扶桑集』には源順の作が最も多く採録されていることが話題になっていて、紀長谷雄の詩序よりも順の詩序が多いのはなぜかという問いに対して、匡房は、順が斉名の「祖師」に当たるので、多数の作が入集しているのだと答えている。祖師はここは〈師の師〉の意である。同じく『江談抄』巻五―54に、斉名は橘正通の弟子で、正通は順の弟子とある。

『扶桑集』編纂の時期について語るのも『江談抄』である。巻五―25「扶桑集の撰せらるる年紀の事」に、「扶桑集は長徳年中に撰するところなりと云々」とある。長徳は一条朝で、西暦九九五~九九九年。九九九年、長徳五年正月に改元があって長保となる。前述のように、その年の十二月に斉名は没する。つまり、斉名は『扶桑集』を編纂したのち間もなく亡くなり、その約二か月後、この集は妻の手で道長に献上されたのである。

『扶桑集』は本来十六巻であったが、現存するのはわずかに巻七・九の二巻のみで、しかも欠佚がある。編纂方法は類聚に依っており、巻七は哀傷、隠逸、贈答、懐旧、巻九は文、武の各部から成る。現存する作品は詩一〇三首、詩序十二首、それに作者未詳の詩一句である。

こうした現状にあることから、『扶桑集』の原形を探ろうという試みがなされている。それは早く林古渓氏によってなされた仕事である。(1) 林氏は『菅家文草』の近世の版本に加えられた注記に着目した。その詩題の下に「扶集一」「扶五」などの割注が付されているものがあるが、この「扶」は『扶桑集』の意で、いわゆる集付と判断したのである。その「扶七」「扶九」の注記のあるものについて、現存本『扶桑集』の作と一致することを確認した上で、これを拾遺した注記の全体に押し拡げて、『扶桑集』の巻ごとの部類を次のように推定した。

巻一天　巻二歳時　巻三節日　巻四地　巻五帝徳・人倫　巻六人事・遊宴　巻七（現存）哀傷・隠逸・贈答・懐旧　巻八礼（?）・送迎・行旅・舞妓・音楽　巻九（現存）文・武　巻十居処・器用　巻十一梵門（または道釈）　巻十二樹　巻十三樹　巻十四花　巻十五草　巻十六鳥獣虫（魚）

これによって『扶桑集』がどのように分類され、いかなる内容の詩（及び詩序）を収載した詩集であったかのおおよそが知られるようになった。また『菅家文草』については、どの作品が『扶桑集』に採録されていたのかが明らかになった。

## 二

性格ははなはだ異なるが、『扶桑集』の本来の姿を知る手がかりがもう一つ残されている。それは『扶桑集』の詩人たちを知る資料である。

『二中歴』(2)巻十二、詩人歴の「詩作者」に「扶桑集七十六人」の項があり、その名が列記されている。現存する巻七・九に作品が残る詩人は二十四人であるから、これに約二倍する失われた作品の作者を知ることができる。これもまた『扶桑集』がどのような詩集であったかを知るのに貴重な材料となるものである。従来も『扶桑集』の性格を語る時に部分的に利用されてはきたが、全部に及ぶ検討はなされないままである。この「扶桑集七十六人」について、検証していくこととする。「扶桑集七十六人」に記された詩人を一覧として示すと表一のとおりである。

Ⅰの欄は原文のとおりである。これには通称、唐名等が多く含まれているので、Ⅱに本来の姓名を示した。Ⅲは生没年（空欄は未詳）。Ⅳは現存の巻七・九に残る作品数。（　）内は詩序の数である。Ⅴに他の詩集に詩が現存するか否かを示した。○が存する者である。

表一

| | Ⅰ | Ⅱ | Ⅲ | Ⅳ | Ⅴ |
|---|---|---|---|---|---|
| 1 | 村上天皇 | 村上天皇 | 926–967 | | ○ |
| 2 | 中書王 | 兼明親王 | 914–987 | 1 | ○ |
| 3 | 菅丞相 | 菅原道真 | 845–903 | 6（2） | ○ |
| 4 | 藤左丞相在衡 | 藤原在衡 | 892–970 | | ○ |
| 5 | 紀納言 | 紀長谷雄 | 845–912 | 4（2） | ○ |
| 6 | 江納言維時 | 大江維時 | 888–963 | | ○ |
| 7 | 橘納言好古 | 橘　好古 | 893–972 | | ○ |
| 8 | 戸部尚書文範 | 藤原文範 | 909–996 | | ○ |
| 9 | 橘贈納言広相 | 橘　広相 | 837–890 | | ○ |
| 10 | 江相公音人 | 大江音人 | 811–877 | | ○ |
| 11 | 野相公 | 小野　篁 | 802–852 | 4 | ○ |
| 12 | 菅相公輔正 | 菅原是善 | 812–880 | | ○ |
| 13 | 善相公 | 三善清行 | 847–918 | 3（1） | ○ |
| 14 | 後江相公 | 大江朝綱 | 886–957 | 22（2） | ○ |
| 15 | 菅三品 | 菅原文時 | 899–981 | 3（1） | ○ |
| 16 | 統理平 | 三統理平 | 853–926 | | ○ |
| 17 | 都良香 | 都　良香 | 834–879 | 6（1） | ○ |
| 18 | 高五常 | 高丘五常 | 837–? | 1 | ○ |
| 19 | 田達音忠臣 | 嶋田忠臣 | 828–892 | | ○ |
| 20 | 紀在昌 | 紀　在昌 | | 1（1） | ○ |
| 21 | 慶保胤 | 慶滋保胤 | 943?–1002 | | ○ |
| 22 | 橘正通 | 橘　正通 | | | ○ |
| 23 | 源相規 | 源　相規 | | | ○ |
| 24 | 菅雅規 | 菅原雅規 | | | ○ |
| 25 | 藤篤茂 | 藤原篤茂 | | | ○ |
| 26 | 源順 | 源　順 | 911–983 | 6（2） | ○ |
| 27 | 源英明 | 源　英明 | ?–940? | | ○ |
| 28 | 橘直幹 | 橘　直幹 | 899–? | | ○ |

| | | | | | |
|---|---|---|---|---|---|
| 29 | 橘在列 | 橘 在列 | ?–953? | 14 | ○ |
| 30 | 良春道 | 惟良春道 | | 4 | ○ |
| 31 | 菅淳茂 | 菅原淳茂 | ?–926 | 3 | ○ |
| 32 | 菅庶幾 | 菅原庶幾 | | | ○ |
| 33 | 藤雅材 | 藤原雅材 | | | ○ |
| 34 | 都在中 | 都 在中 | | | ○ |
| 35 | 菅輔昭 | 菅原輔昭 | 946?–982 | | ○ |
| 36 | 藤後生 | 藤原後生 | 909–970 | | ○ |
| 37 | 菅野名明 | 菅野名明 | | | ○ |
| 38 | 野美材 | 小野美材 | ?–902 | | ○ |
| 39 | 物安興 | 物部安興 | | | ○ |
| 40 | 藤博雅 | 藤原博雅 | | | |
| 41 | 平佐幹 | 平 佐幹 | | | ○ |
| 42 | 江澄明 | 大江澄明 | ?–950 | | ○ |
| 43 | 紀淑光 | 紀 淑光 | 869–939 | | ○ |
| 44 | 善宗 | 嶋田善宗か | | 4 | |
| 45 | 清滋藤 | 清原滋藤 | | 1 | ○ |
| 46 | 江昌言 | 大江昌言 | | | |
| 47 | 菅斯宗 | 菅原斯宗 | | | |
| 48 | 橘倚平 | 橘 倚平 | | | ○ |
| 49 | 安興行 | 安倍興行 | | | |

| | | | | | |
|---|---|---|---|---|---|
| 50 | 善文江 | 三善文江 | | | ○ |
| 51 | 張言鑑 | 尾張言鑑 | | | |
| 52 | 菅在躬 | 菅原在躬 | | | ○ |
| 53 | 藤行葛 | 藤原行葛 | | | ○ |
| 54 | 菅資忠 | 菅原資忠 | ?–987 | | ○ |
| 55 | 菅惟肖 | 菅野惟肖 | 872?–888 | | ○ |
| 56 | 藤全茂 | 藤原令茂 | | | |
| 57 | 源訪 | 源 訪 | | 1 | |
| 58 | 藤博文 | 藤原博文 | ?–929 | 1 | ○ |
| 59 | 江斉光 | 大江斉光 | 934–987 | | ○ |
| 60 | 藤国風 | 藤原国風 | | | |
| 61 | 菅惟熙 | 菅原惟熙 | | | |
| 62 | 紀淑望 | 紀 淑望 | ?–919 | | |
| 63 | 橘秘樹 | 橘 秘樹 | | | |
| 64 | 坂恒蔭 | 坂上恒蔭 | 879–? | | |
| 65 | 藤清平 | 藤原清平 | | | |
| 66 | 藤季孝 | 藤原季孝 | | | ○ |
| 67 | 高相如 | 高丘相如 | | | ○ |
| 68 | 清仲山 | 清原仲山 | | 1 | |
| 69 | 藤諸蔭 | 藤原諸蔭 | | 1 | ○ |
| 70 | 藤雅量 | 藤原雅量 | ?–951 | 2 | |

| | | | | | |
|---|---|---|---|---|---|
| 71 | 菅高視 | 菅原高視 | ?—913 | | |
| 72 | 藤惟成 | 藤原惟成 | 943—989 | | ○ |
| 73 | 源幹国 | （不詳） | | | |
| 74 | 藤最貞 | 藤原最貞 | | | ○ |
| 75 | 江千古 | 大江千古 | ?—924 | | |
| 76 | 藤在躬 | （不詳） | | | |

表一のⅡの欄に記した人名の比定について説明を加える必要なものがあり、七人について述べる。

**2　兼明親王**

原文は「中書王」（中務卿親王の唐名）。平安朝詩史において中書王と称される人物が二人いる。兼明親王（九一四～九八七）と具平親王（九六四～一〇〇九）である。両者は重なる期間がある。本書の中書王は兼明、具平いずれであるのか、明確にしておかなければならない。

本書には中書王の詩一首があるが、『日本詩紀』は兼明親王の詩として収め（巻四）、大曽根章介論文[3]も兼明の作として論じるが、川口久雄著[4]は「扶桑集七十六人」の中書王に「兼明親王であろう」の注記を付し、田坂順子注釈[5]には「どちらも可能性はある。しいて言えば年齢的には前者（兼明、引用者注）の方が無理がないであろうか」という。兼明と見るのが有力ではあるものの確定的ではないということになる。

この中書王が兼明、具平のいずれであるかということは『扶桑集』の性格にも関連してくることである。検討して明確にしておこう。それには中書王の詩を読まなければならない。巻七、哀傷部、哭児に次の詩がある。[6]

天元四年夏、和小童傷亡之詩

無花無柳又稀鶯　　花なく柳なくまた鶯稀なり

慵睡慵興任日傾　　睡（ねむ）るに慵（ものう）く興（おく）るに慵く日の傾くに任す

池藕四廻舒葉色　　池藕四たび廻り葉を舒ぶる色
林鴉幾許引雛声　　林鴉幾許ぞ雛を引く声
5撫桐未慰孫枝思　　桐を撫づるも未だ慰まず孫枝の思ひ
養笋難堪母竹情　　笋を養ひて堪へ難し母竹の情
懐旧心肝何復苦　　旧を懐ひて心肝何ぞまた苦しき
被催詞客数篇成　　詞客に催されて数篇成る

この詩はいくつかの疑問点を含んだ作である。それも田坂注釈がすでに指摘しているが、若干の私見を差し挟んで整理すると、次のようになる。

まずは亡くなったのは誰かということである。「天元四年兼明六十八歳夏、わが小童の死」（川口著五一一頁）、「天元四年（九八一）の夏愛児が早世した」（大曽根論文二一一頁）と解され、田坂注釈も結論として同じく中書王の子としている。しかし疑問がある。これは詩題「和小童傷亡之詩」をどう読むかということと関わる。田坂注釈のいうとおり「小童の亡きひとを傷む詩に和す」である。この本文に依る限り、こうである。であれば、「小童」が亡くなったのではない。小童は元の詩の作者となる。では亡くなったのは誰か。注目されるのは第5句「桐を撫づるも未だ慰まず孫枝の思ひ」である。

この句については田坂注釈が白居易詩に考え合わせるべき次の詩句があることを指摘している。『白氏文集』巻六十八所収の3450「談氏の外孫生まれて三日、是れ男なるを喜び、偶たま吟じて篇を成し、兼ねて戯れに夢得に呈す」の第二聯、

芣苢春来盈女手　　芣苢(7)春来たりて女手に盈つ

梧桐老去長孫枝　　梧桐老い去りて孫枝長ず

の後句である。この詩は談氏に嫁した娘に男児が生まれたことを喜ぶものであるが、この句は年老いた身に外孫を得たことをいう。すなわち「梧桐」は詩人自らを、「孫枝」（ひこばえ）は孫を喩えている。田坂注釈はこのことを述べて「あるいは、中書王の場合も亡くなった児と中書王は親子ではなく、孫と祖父の関係であったのかもしれない」という。こう解すべきではなかろうか。ただし、そうすると「小童」という呼称をどう理解すべきか、また小童と結句の「詞客に催されて」との関連をどう捉えるべきかなど、別の問題が生じてくるが、今はここで止め、本題に限る。

中書王が誰かの答えを導くのは詩の第二聯である。

池藕四たび廻り葉を舒ぶる色

林鴉幾許ぞ雛を引く声

これも田坂注釈がすでに指摘するが、この二句は白居易の「帰り来たりて二周歳」（『白氏文集』巻五十八・2868）の表現を踏まえている。

帰来二周歳　　帰り来たりて二周歳

二歳似須臾　　二歳は須臾(しゅゆ)に似たり

池藕重生葉　　池藕は重ねて葉を生じ

林鴉再引雛　　林鴉(りんあ)は再び雛を引く

「池耦四廻」の一聯がこの後聯に拠ることは明白である。白詩は洛陽の家に帰ってから二年が経過したことを詠む。以下は田坂注釈をそのまま引用しよう。「楽天が二年という時の経過を詠んでいることから考えて、四年という時の流れを言うのではなかろうか。児を亡くして四年、その間に蓮の根は長く節を生じ、林の鴉は何度も雛を生み育んだ、と自然界の変わらぬ営みを描くことで親の悲しみを対照的に表現している」。すなわち子の夭折から四年が経過している。それが天元四年（九八一）のことである。したがって子が亡くなったのは天元元年（九七八）ということになる。この年、兼明は六十五歳であるが、具平は十五歳である。この年齢で子を亡くす[(8)]ということはあり得ないだろう。中書王は兼明親王である。

**12　菅原是善**

原文は「菅相公」、「輔正」の小字注がある。菅原輔正ということになるが疑問がある。川口久雄『平安朝日本漢文学史の研究』第十七章第一節「紀斉名と扶桑集」に『二中歴』の「詩作者　扶桑集七十六人」の一覧を挙げて「菅相公」に「おそらく是善」と注記する。菅原是善とする説が示されている。「菅相公」は輔正か是善か、検討の要がある。

『二中歴』の「扶桑集七十六人」は、1村上天皇から15菅三品までは身分、官位の順というのが配列の基準となっていると考えられる。以下のとおりである。

1村上天皇
2中書王（兼明親王）　八四五〜九〇三
3菅丞相（菅原道真）　八九二〜九七〇
4藤左丞相（藤原在衡）　八四五〜九一二
5紀納言（紀長谷雄）　八八八〜九六三
6江納言（大江維時）　八九三〜九七二
7橘納言（橘　好古）

8戸部尚書（藤原文範）　九〇九〜九九六
9橘贈納言（橘　広相）　八三七〜八九〇
10江相公（大江音人）　八一一〜八七七
11野相公（小野　篁）　八〇二〜八五二
12菅相公
13善相公（三善清行）　八四六〜九一八
14後江相公（大江朝綱）　八八六〜九五七
15菅三品（菅原文時）　八九九〜九八一

天皇、親王、大臣（丞相）、納言、参議（相公）、三位という順序であることは一見して明らかである。ただし、7橘好古は大納言に至っている。平安漢詩文の通例では「納言」は中納言の唐名で、大納言は「亜相」であるが、ここでは「納言」と称して、中納言の間に置いている。そうして、丞相、納言、相公それぞれは生没年の順で配列されている。なお、9橘贈納言はこれに外れているかに見えるが、これは死後の贈官であるので、正官のあとに置いたのであろう。しかし、10江相公と11野相公はこの基準を乱している。野相公が前にあるべきである。

さて、菅相公であるが、これを輔正（九二五〜一〇〇九）とすると、これもまた基準を乱すものとなる。しかも二人を飛び越すことになる。是善であれば生没順に収まる。これが是善であろうと考える理由の一つである。

次に考えるべきものは「日観集序」の記述である。『日観集』は皇太子成明親王（のち村上天皇）の命を受けて、大江維時が編纂した詩集である。集そのものは散佚したが、幸いにその序文が『朝野群載』（巻一）に採録されているので、いかなる詩集であったのかは知ることができる。

序に記された本集の採録年代は承和（仁明朝）から延喜（醍醐朝）までである。そうしてこれは他に類例のない特異な方法であるが、まずその間の詩人十人を選び、その作品を選定したという。その十人は小野篁、惟良春道、菅原是善、大江音人、橘広相、都良香、菅原道真、三善清行、紀長谷雄、大江千古であるが、是善を除いた九人はすべて『扶桑集』の詩人である。もし「菅相公」を輔正とすれば、是善は『扶桑集』に漏れた唯一の『日観集』詩人ということになる。しかしこれは考え難いことである。

もう一つ、同じく一条朝に編纂された『本朝麗藻』の詩人との関連である。もし菅相公を輔正とすれば、彼は『扶桑集』と『本朝麗藻』（作者三十四人）[9]の両集に入集する唯一の詩人となるが、両集は別位相の詩集として、作者は重複しないと考えられる。

以上の理由から、「輔正」という注記に拘わらず、菅相公は是善と考える。

これに関わることとして、現存する是善及び「菅相公」の詩を検討しておこう。

『日本詩紀』（巻十三）には菅原是善の作として次の二首を収める。

(1)　尋山人不遇

収月庵前唯宿鶴　　閉春門内独留鶯

芝田穫後欄初廃　　丹竈焼終突尽傾

(2)　言旧簡尚書左丞相（ママ）

欲記家門相接密　　道真公幹混劉宗

(1)は出典は『類聚句題抄』[10]（161）、作者表記は「菅相公」であるが、是善、輔正どちらの作であるのか、判別する明確な根拠はない。

(2)は『梅城録』より引くという。本書は天神の聖徳を讃える伝讃であるが、「菅相公文集に言へること有り」としてこれを引く。読んでみる。

　　旧を言ひて尚書左丞に簡す
　記さんと欲す家門の相接密せることを
　道真公幹 劉宗を混ず。

これには自注が付されている。

　自注に云ふ、君が家は公幹、我が児は道真。倶に是れ前代劉氏の名字なり。其の期せずして然るを知るのみ。

『日本詩紀』の按語を参看して考えると、こうなる。詩題の「相」は衍字で、「尚書左丞」が正しい。左大弁をいう。詩の後句の「道真」は彼(か)の道真である。「公幹」は大江音人の子に公幹があり、これをいう。したがって題の「尚書左丞」は音人である。彼は貞観九年から十六年まで、左大弁の官に在った。自注にいう「倶に是れ前代劉氏の名字なり」とは、公幹は建安七子の一人、魏の劉楨(りゅうてい)の字(あざな)であり、道真は晋の劉宝の字であることをいう。劉宝は『世説新語』に登場し、『隋書』経籍志に「晋劉宝集三巻」と見える。すなわち、この詩は是善が大江音人に贈ったもので、期せずして共に劉氏の名字を名とする子を持つことを以って、両家の関係の密接なことを詠じた詩である。

拙編『日本詩紀拾遺』には「菅相公」の詩として二首を採録した。

(3)　寒食宴、同賦二神霊不レ聴レ拳レ火
　子推子推愧若霊　聴我君恩説丁寧
　賢哲応知天命数　何投山火怨朝庭
　　　　　　　　　　（『擲金抄』下、絶句部、天時）

(4)　望二見淳和院一感レ旧

雲深聖主曽遊処　樹老宮人手種時（『新撰朗詠集』巻下、故旧493）

(3)は寒食を主題とすることから、是善の作と考えられること、北山円正氏の考証がある。[11]

(4)は『新撰朗詠集』の「故旧」部では源英明の句の後に置かれている。したがって「菅相公」は、『新撰朗詠集』の配列基準から、九二一年～九四〇年頃の生存が明らかな英明より後の人物である。すなわち輔正と考えられる。

以上の検討から(2)(3)が是善の作である。[12]

**44　善宗**

異例のこととして姓を欠く。嶋田善宗ではないかと考えられている。嶋田善宗とすれば、貞観八年（八六六）から元慶八年（八八四）にかけて、従五位下また従五位上で、内蔵大丞、若狭守、宮内少輔、大蔵少輔、因幡守などの官に在った（『三代実録』）。田坂順子「『扶桑集』の詩人達――沈淪の詩人、善宗をめぐって」（『和漢比較文学』第二号、一九八六年）参照。

**47　菅原斯宗**

道真の孫、景鑑（九〇八年没）の子。『尊卑分脈』に少監物とあるが、他の諸史資料にその名を見いだせない。『江談抄』四―30に「越前掾菅斯宣」の「消酒雪中天」の題で詠んだ一聯があるが、この斯宣が斯宗か。ただし、どちらが正しいのかは判別できない。

**56　藤原令茂**　生年未詳～康保三年（九六六）？

式家縄主流、正倫の子。明衡の祖父。大学寮に学び（字、藤漸）、文章生より任官する。『尊卑分脈』に「従五位下、因幡守、大内記、康和三十於任国死」とある。康和では時代が合わないので、康保の誤りとすれば、その三年（九六六）に因幡で没したことになる。「令」の表記について、『二中歴』史籍集覧本は、巻十二、詩人歴「文章生、諸大夫」は「全茂」、同「扶桑集七十六人」は「金茂」、巻十三、名人歴「学生字」は「令茂」と区々であるが、底本の前田家本はいずれも同字で「全」。『尊卑分脈』は「合茂」と作るが、「令茂」とする本のあることを注記する。『日本紀略』『扶桑略記』『天徳三年八月十六日闘詩行事略記』は「令茂」とする。『二中歴』に拠れば、「全茂」となるが、平安朝で名乗りに「全」を用いるのは極めて少ない。『尊卑分脈』では一例のみである。対して「令」はある程度の例がある。このことを考慮して、国史大系『尊卑分脈索引』の処置に従って「令茂」とする。

**73　源幹国**

この人名を史資料に見出しえない。他の姓氏にも「幹国」なる人物は見出しえない。

**76　藤原在躬**

この人名を史資料に見出しえない。菅原在躬（52）と誤ったか。

以上のことを踏まえて、源幹国、藤原在躬を除く七十四人を人名索引のかたちで示すと、次頁、表二のとおりである。名は村上天皇を除いて音読する。数字は前掲表一に示した通し番号。

これらの詩人について、いくつかの視点から見ていこう。

現存の『扶桑集』に作品が残る詩人は次の二十四人である。

大江朝綱、大江澄明、小野篁、兼明親王、紀在昌、紀長谷雄、清原滋藤、清原仲山、惟良春道、嶋田（?）善宗、菅原雅規、菅原淳茂、菅原道真、菅原文時、高丘五常、橘在列、藤原雅量、藤原諸蔭、藤原博文、源英明、源順、源訪、都良香、三善清行。

このうち、清原仲山、藤原雅量、源訪の三人は『扶桑集』に残る詩がそれぞれの現存の唯一の作品である。

表二

| 名 | 氏 | 番号 |
|---|---|---|
| **あ行** | | |
| 安興 | （物部） | 39 |
| 倚平 | （橘） | 48 |
| 惟熙 | （菅原） | 61 |
| 惟肖 | （菅野） | 55 |
| 惟成 | （藤原） | 72 |
| 維時 | （大江） | 6 |
| 英明 | （源） | 27 |
| 音人 | （大江） | 10 |
| **か行** | | |
| 雅規 | （菅原） | 24 |
| 雅材 | （藤原） | 33 |
| 雅量 | （藤原） | 70 |
| 季孝 | （藤原） | 66 |
| 興行 | （安倍） | 49 |
| 兼明親王 | | 2 |
| 言鑑 | （尾張） | 51 |
| 五常 | （高丘） | 18 |
| 広相 | （橘） | 9 |
| 好古 | （橘） | 7 |
| 行葛 | （藤原） | 53 |
| 高視 | （菅原） | 71 |
| 後生 | （藤原） | 36 |
| 恒蔭 | （坂上） | 64 |
| 篁 | （小野） | 11 |
| 国風 | （藤原） | 60 |
| **さ行** | | |
| 佐幹 | （平） | 41 |
| 最貞 | （藤原） | 74 |
| 在躬 | （菅原） | 52 |
| 在衡 | （藤原） | 4 |
| 在昌 | （紀） | 20 |
| 在中 | （都） | 34 |
| 在列 | （橘） | 29 |
| 斯宗 | （菅原） | 47 |
| 資忠 | （菅原） | 54 |
| 滋藤 | （清原） | 45 |
| 淑光 | （紀） | 43 |
| 淑望 | （紀） | 62 |
| 春道 | （惟良） | 30 |
| 順 | （源） | 26 |
| 淳茂 | （菅原） | 31 |
| 庶幾 | （菅原） | 32 |
| 諸蔭 | （藤原） | 69 |
| 昌言 | （大江） | 46 |
| 相規 | （源） | 23 |
| 相如 | （高丘） | 67 |
| 是善 | （菅原） | 12 |
| 正通 | （橘） | 22 |
| 斉光 | （大江） | 59 |
| 清行 | （三善） | 13 |
| 清平 | （藤原） | 65 |
| 千古 | （大江） | 75 |
| 善宗 | （嶋田？） | 44 |
| **た行** | | |
| 仲山 | （清原） | 68 |
| 忠臣 | （嶋田） | 19 |
| 長谷雄 | （紀） | 5 |
| 朝綱 | （大江） | 14 |
| 澄明 | （大江） | 42 |
| 直幹 | （橘） | 28 |
| 道真 | （菅原） | 3 |
| 篤茂 | （藤原） | 25 |
| **は行** | | |
| 博雅 | （藤原） | 40 |
| 博文 | （藤原） | 58 |
| 秘樹 | （橘） | 63 |
| 美材 | （小野） | 38 |
| 文江 | （三善） | 50 |
| 文時 | （菅原） | 15 |
| 文範 | （藤原） | 8 |
| 保胤 | （慶滋） | 21 |
| 輔昭 | （菅原） | 35 |
| 訪 | （源） | 57 |
| **ま行** | | |
| 村上天皇 | | 1 |
| 名明 | （菅野） | 37 |
| **ら行** | | |
| 理平 | （三統） | 16 |
| 良香 | （都） | 17 |
| 令茂 | （藤原） | 56 |

次に挙げる十二人は、抄出、断片も含めて他に詩作品がない。「扶桑集七十六人」に名が記載されたことによって、〈詩人〉として名を残すことになった。

安倍興行、大江昌言、尾張言鑑、紀淑望、清原仲山、坂上恒蔭、菅原高視、橘秘樹、藤原雅量、藤原博雅、藤原令茂、源訪。

これらの詩人を氏族ごとに略系図に置いてみると、次のとおりである。ゴチック体が『扶桑集』の詩人。

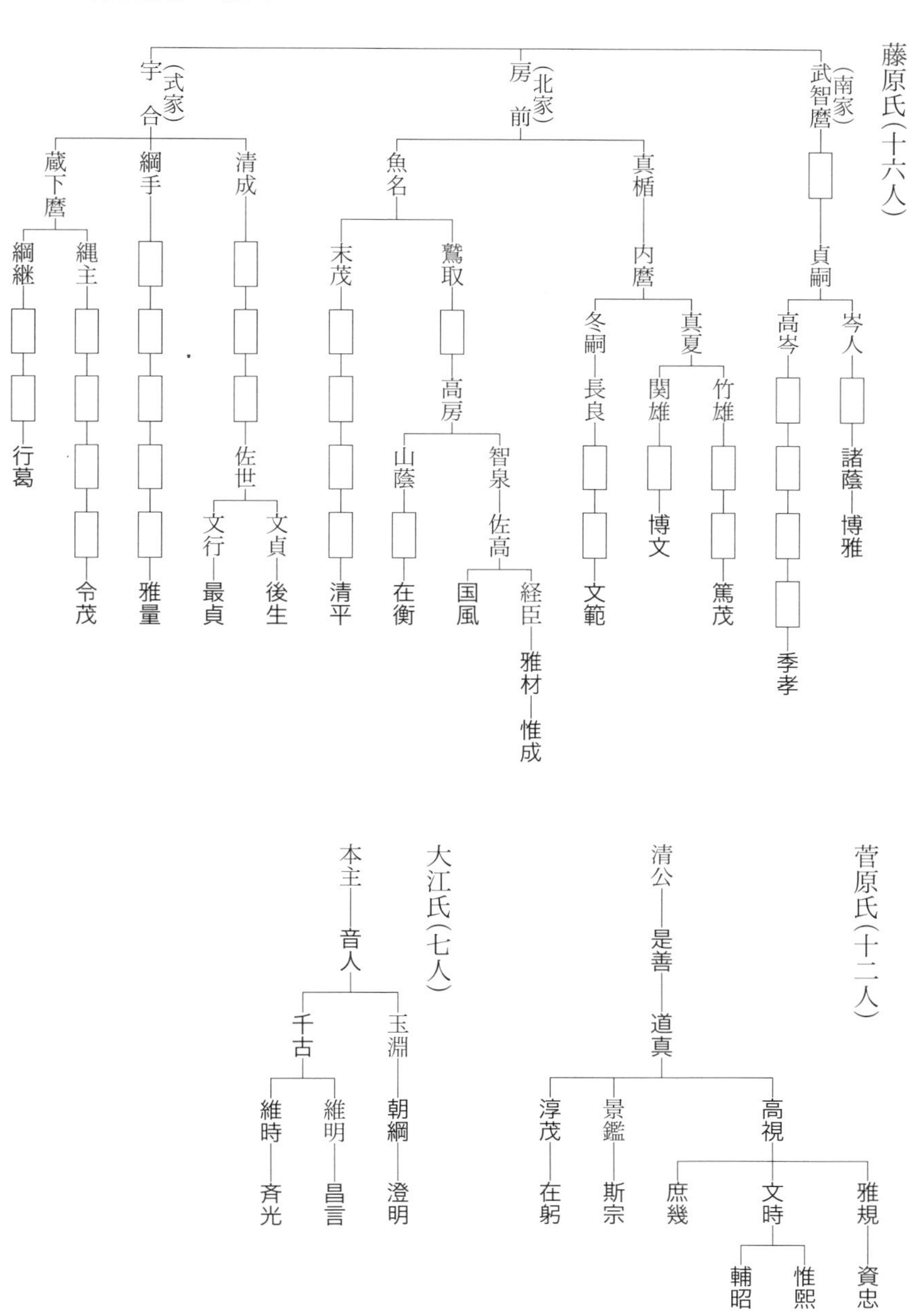
藤原氏（十六人）
（南家）武智麿
貞嗣
岑人
高岑
諸蔭
博雅
季孝
（北家）房前
真楯
内麿
真夏
竹雄
篤茂
関雄
博文
冬嗣
長良
文範
魚名
鷲取
高房
智泉
佐高
経臣
雅材
惟成
国風
山蔭
在衡
末茂
清平
（式家）宇合
清成
佐世
文貞
後生
文行
最貞
綱手
雅量
蔵下麿
縄主
令茂
綱継
行葛
菅原氏（十二人）
清公
是善
道真
高視
雅規
資忠
文時
惟熙
輔昭
庶幾
景鑑
斯宗
淳茂
在躬
大江氏（七人）
本主
音人
玉淵
朝綱
澄明
千古
維明
昌言
維時
斉光

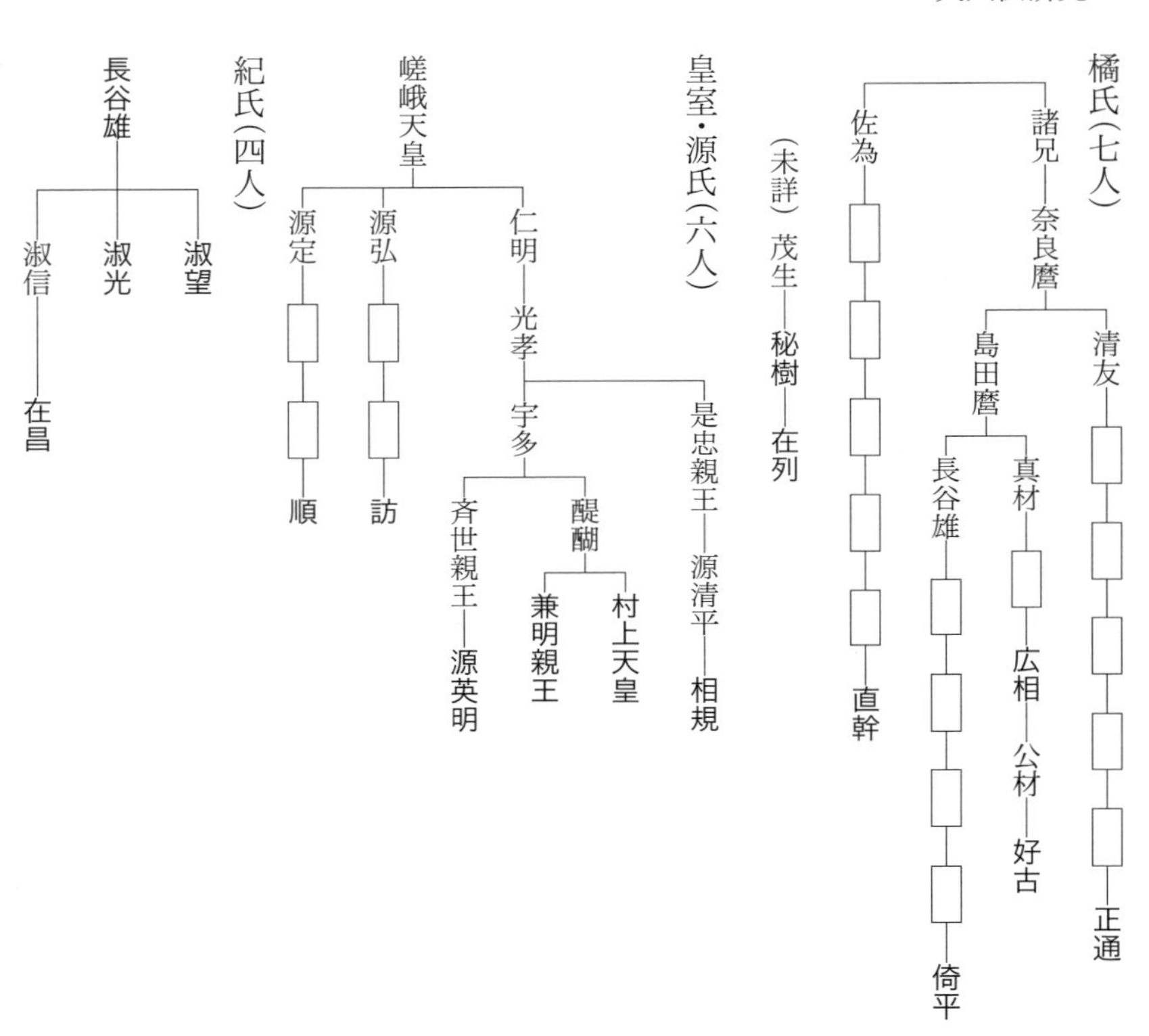


小野氏　岑守―篁―□―美材
高丘氏　五常―□―相如
都氏　良香―在中
三善氏　清行―文江
清原氏　滋藤、仲山
菅野氏　惟肖、名明
安倍氏　興行
尾張氏　言鑑
惟良氏　春道
坂上氏　恒蔭
嶋田氏　忠臣、善宗（？）
平氏　佐幹
三統氏　理平
物部氏　安興
慶滋氏　保胤

# 三

これらの詩人を時系列のなかで見てみよう。二つの年表に示す。

年表一には生没年が明らかな詩人、及び生年あるいは没年のどちらかが明らかな詩人を置く。後者については不明な方の数字を（ ）に入れて示した。たとえば「900」から始まり「(950)」で終わるものは、生年は九〇〇年で、没年は不明であるが、九五〇年までの生存が確認できることを示す。その詩人名には△を付した。

年表二には生没年未詳の詩人を置く。数字は生存、活動を確認できる年を示す。源訪、藤原清平、清原仲山の三人は点でしか示せない。また菅原斯宗、平佐幹、藤原博雅、善宗は年表には除外した。

年表一

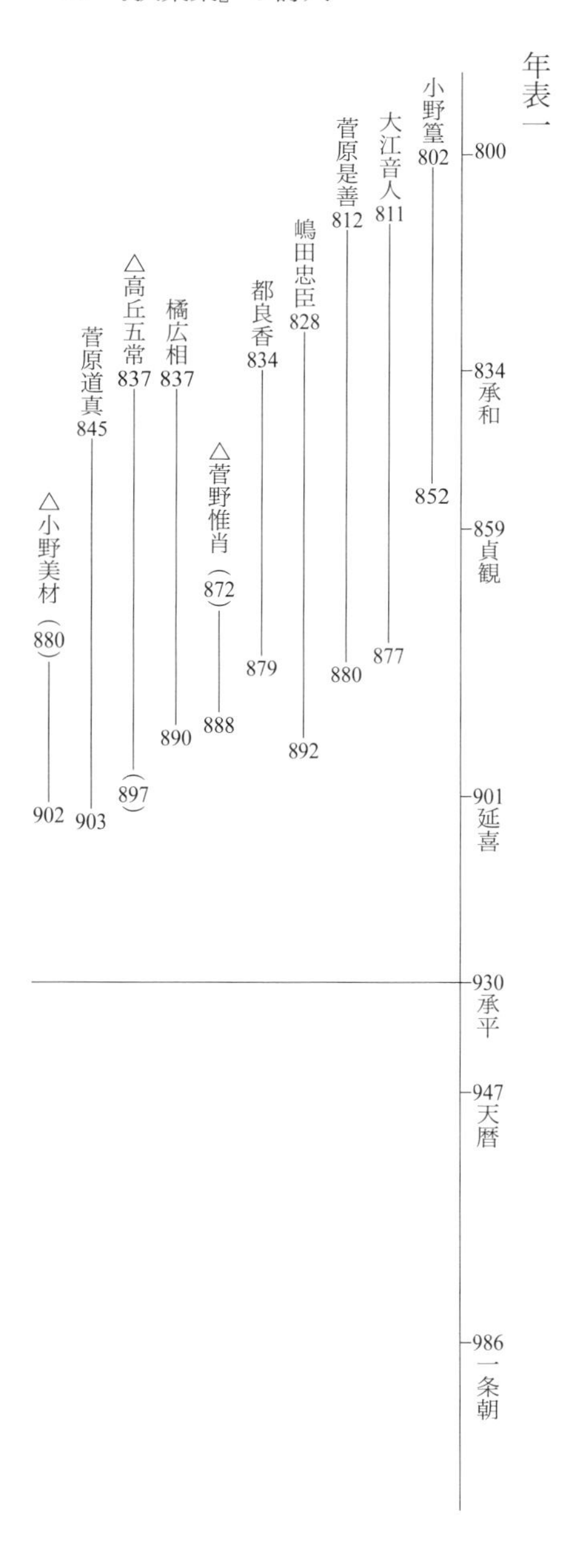

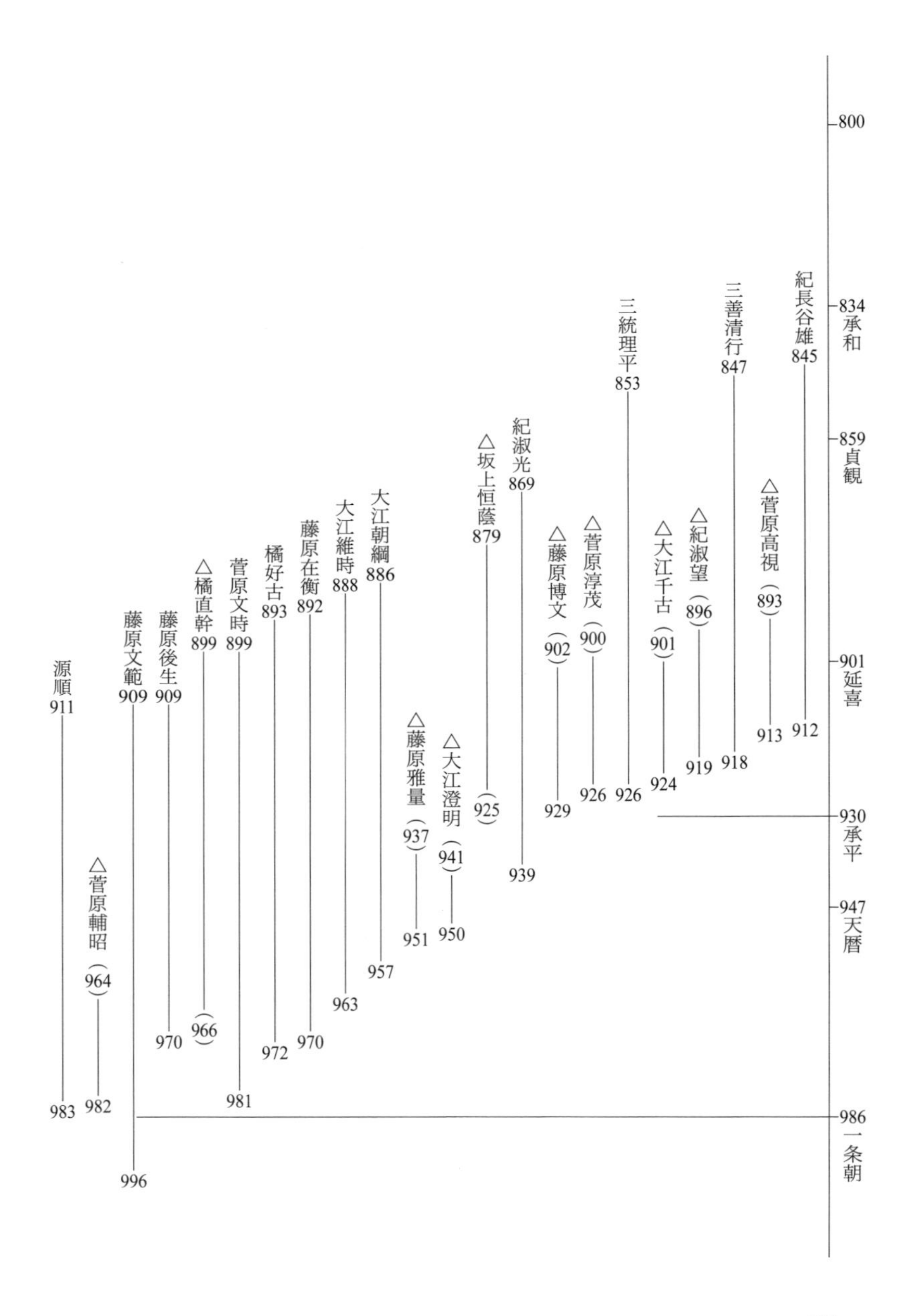
800
834 承和
859 貞観
901 延喜
930 承平
947 天暦
986 一条朝
紀長谷雄 845 912
三善清行 847 918
三統理平 853 926
△菅原高視 (893) 913
△紀淑望 (896) 919
△大江千古 (901) 924
△菅原淳茂 (900) 926
△藤原博文 (902) 929
紀淑光 869 939
△坂上恒蔭 879 (925)
△大江澄明 (941) 950
△藤原雅量 (937) 951
大江朝綱 886 957
大江維時 888 963
藤原在衡 892 970
橘好古 893 972
菅原文時 899 981
△橘直幹 899 (966)
藤原後生 909 970
藤原文範 909 996
△菅原輔昭 (964) 982
源順 911 983

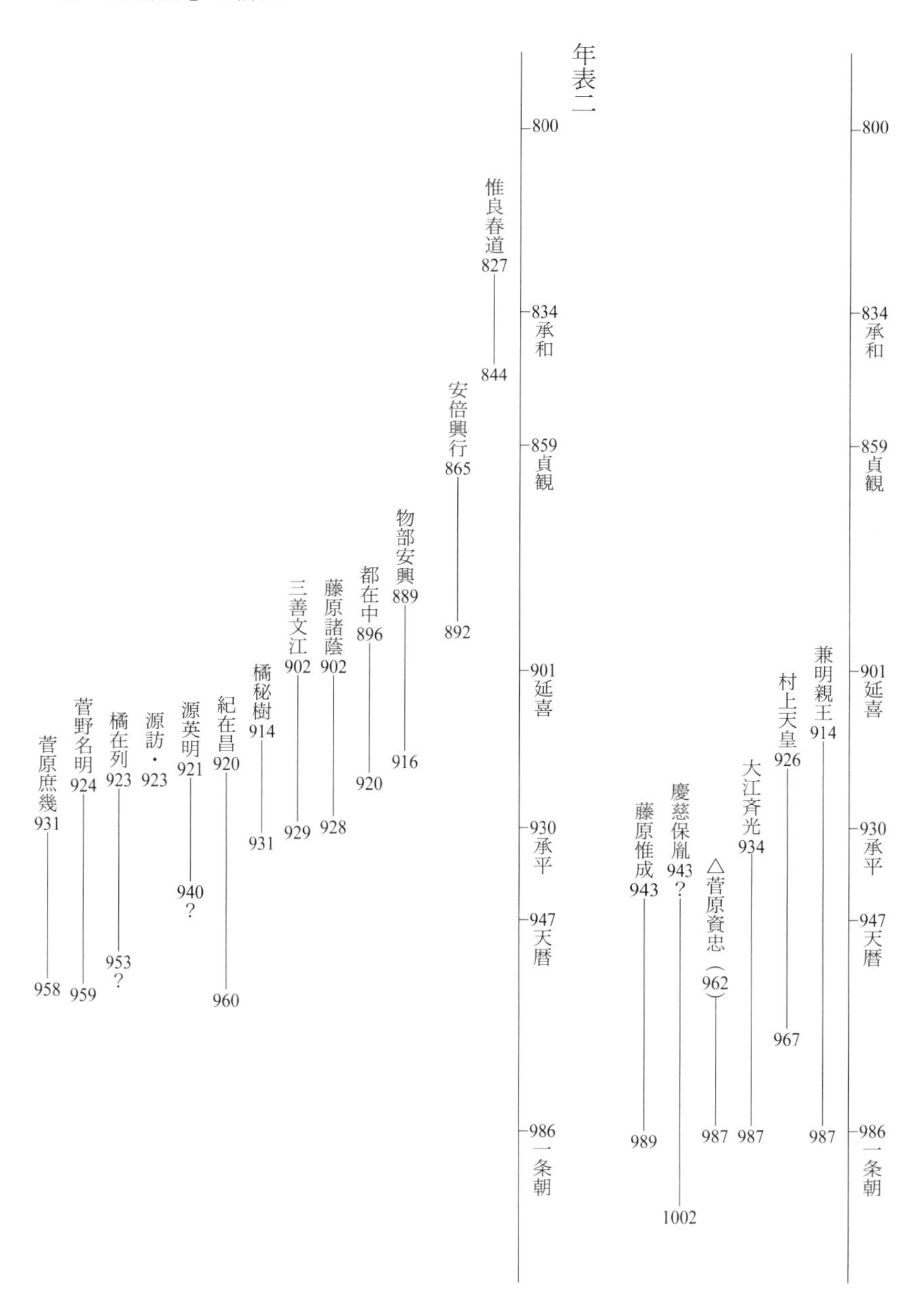
年表二
800
834 承和
859 貞観
901 延喜
930 承平
947 天暦
986 一条朝
惟良春道 827 844
安倍興行 865 892
物部安興 889 916
都在中 896 920
藤原諸蔭 902 928
三善文江 902 929
橘秘樹 914 931
紀在昌 920 960
源英明 921 940?
源訪・923
橘在列 923 953?
菅野名明 924 959
菅原庶幾 931 958
兼明親王 914 987
村上天皇 926 967
大江斉光 934 987
△菅原資忠（962）987
慶慈保胤 943? 1002
藤原惟成 943 989

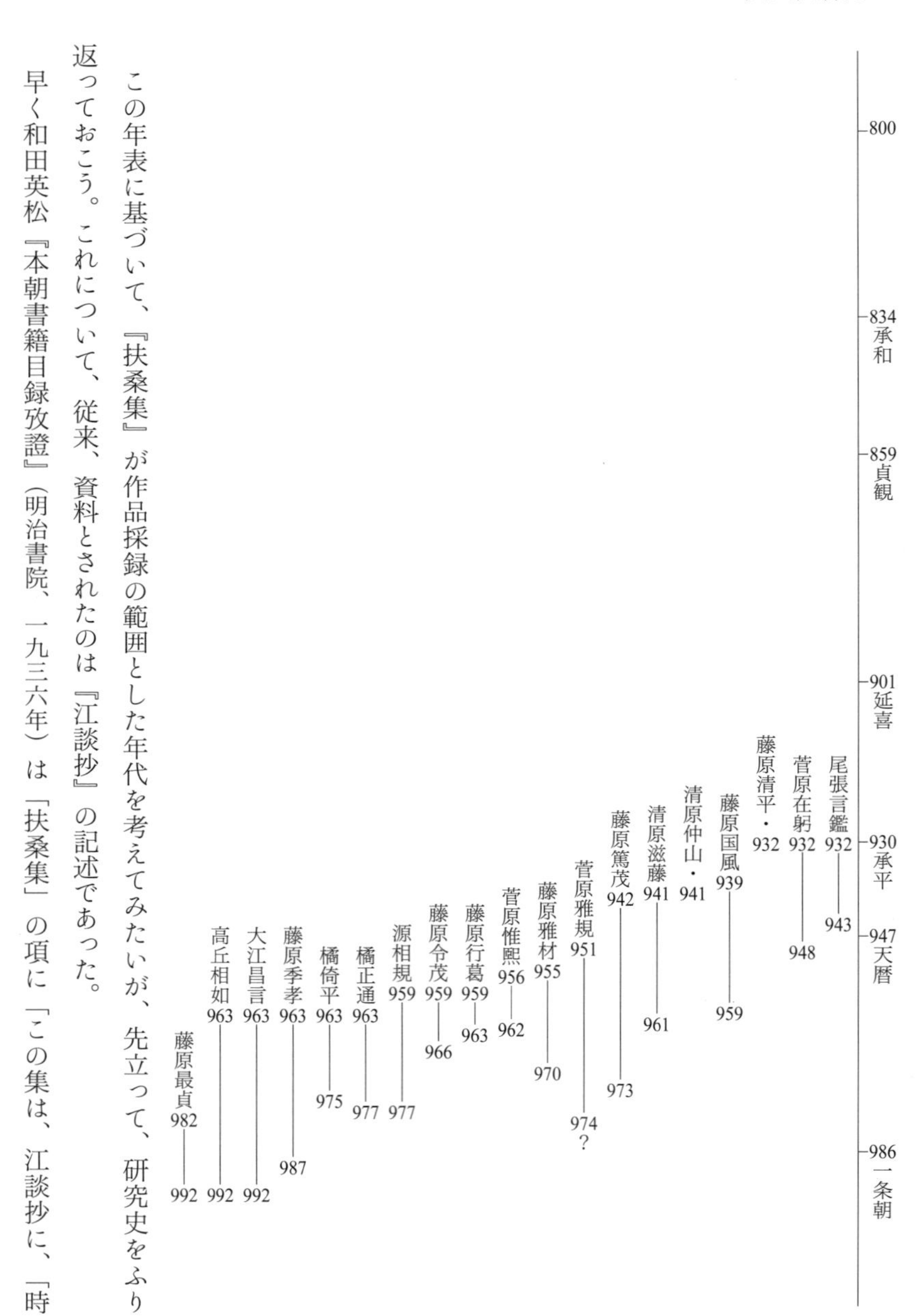


この年表に基づいて、『扶桑集』が作品採録の範囲とした年代を考えてみたいが、先立って、研究史をふり返っておこう。これについて、従来、資料とされたのは『江談抄』の記述であった。

早く和田英松『本朝書籍目録攷證』（明治書院、一九三六年）は「扶桑集」の項に「この集は、江談抄に、「時歴九代歟」とありて、光孝天皇より一条天皇まで、九代間に於ける詩人の作れる詩を撰集したるものなりとしたり」という。しかしすぐに「但し」として『二中歴』の「扶桑集七十六人」の詩人を列挙し、「……とあり。これによれば、文徳天皇より、冷泉天皇までのものなり」（三九二頁）とする。

次いで川口久雄『平安朝日本漢文学史の研究』（明治書院、一九五九年。一九八二年三訂版）に『江談抄』を引いて、「「時歴二九代一」とあるのに従えば光孝天皇の仁和期より一条天皇の長徳期まで約百年間の作品集となるわけであるが、実際は小野篁など文徳天皇の代に死んだ作者まで網羅している」（五三九頁）とある。

金原理氏は『日本古典文学大辞典』（岩波書店、一九八四年）の「扶桑集」の項に次のように記す。「『江談抄』によれば、光孝天皇の仁和期より九代、一条天皇の長徳期まで約百年間の詩人の作品を集めたことになるが、じっさいには惟良春道など仁明天皇の時代の詩人の詩も採録されているので、勅撰三集以後、一条朝の前までのすぐれた詩を分類したものと思われる」。

大曽根章介「『本朝文粋』成立試論――『扶桑集』との関係について」（『王朝漢文学論攷』岩波書店、一九九四年。初出一九九〇年）は同じく『江談抄』を引用して、「……と見えるので、光孝天皇の仁和期より一条天皇の長徳期まで九代百年間の作品を集めたことになるが、和田英松氏は『二中歴』所載の詩人名を参考にして文徳天皇より冷泉天皇までの九代を想定されている」（九六頁）という。

このようにこれまで和田氏が指摘した『江談抄』にいう「九代」を『扶桑集』が採録の対象とした年代と解し、それに基づいて説明がなされている。しかし、この「九代」はそう理解すべきものであろうか。私は疑問を懐く。『江談抄』の記述をどう読むかというところまで立ち返らなければならない。その本文を挙げる。巻五―25。

又云、扶桑集長徳年中所撰也云々。時歴九代歟。今上之時也。

また云はく、「扶桑集は長徳年中に撰するところなりと云々。時は九代を経たるか。今上の時なり」と。

これはどう理解すべきか。素直に読んでみよう。まず『扶桑集』は長徳年間に選集されたという。これを承けて「九代」が経過しているという。したがってこれは一条朝に編纂されてから今まで、九代が経っていると言っているのである。末尾の「今上の時なり」がやや舌足らずの感があるが、九代を経て今上の御代となっているという意であろう。周知のように『江談抄』は晩年の大江匡房が年若い藤原実兼に語り聞かせた話談である。したがって、今上とは匡房が語っている時の天皇である。(13) 匡房は鳥羽天皇の天永二年（一一一一）に没しているが、一条天皇より鳥羽天皇まではまさに九代となり、こう解して矛盾はない。

「九代」は『扶桑集』の採録範囲をいうものではない。以下、「九代」とは拘わりなく実際に即して考えていこう。始まりははっきりとしている。生年が最も早いのは八〇二年生まれの小野篁であり、篁と生年が前後する惟良春道がこれとほぼ同時と思われる。篁と春道の二人は『経国集』の詩人でもあるが、ここで思い合わせるべきものは前述の『日観集』の序である。『日観集』は承和から延喜までの詩を採録したことを明言し、十人の詩人を選んだという。そうしてその最初に位置するのが小野篁であり、次いで惟良春道である。

『扶桑集』の最初期の作者は篁と春道であると考えられ、『日観集』と一致する。これは『扶桑集』は『日観集』と同じく承和を起点としていることを示すものであろう。

終わりはどこまでとなろうか。これを考えるうえで考慮すべきことは、金原説の「一条朝の前まで」という記述である。

「一条朝」という捉え方は「九代」に拘ったものかという気もするが、天皇の治世を区切りとすることは一般論としてもありうることである。これを検討してみよう。一条天皇の即位は寛和二年（九八六）七月で、ここに

一条朝が始まるが、没年がこれ以後に及ぶのは、

九八七年　兼明親王、大江斉光、菅原資忠

九八九年　藤原惟成

九九六年　藤原文範

一〇〇二年　慶滋保胤

であり、年表二の詩人のうちでも、藤原季孝（～九八七）、大江昌言（～九九二）、高丘相如（～九九二）、藤原最貞（～九九二）は一条朝における生存が明らかである。しかし前掲の六人のうち、藤原文範は九八六年の時点で七十八歳という高齢であり、慶滋保胤は九八六年に、藤原惟成は翌九八七年に出家している。このことを考えると、一条朝の前まで、すなわち花山朝までという明確な意識があったか否かを知ることはもとよりできないが、実際としては「一条朝の前まで」となっていたのではなかろうか。

以下、年表一を主、年表二を従として用いて、時代の推移のなかで詩人を見ていこう。

年表一を見ていて、気付くことがある。藤原博文で区切りがあるように見えることである。その前、大江千古から藤原博文まで四人の没年が近接している。これを年表の基準線と見合わせてみると、九三〇年が承平元年となる。言い換えれば、ここで〈延喜〉が終わるのである。「日観集序」にいう「延喜」が醍醐朝の意であることは言うまでもないだろう。すなわち、『日観集』が作品採録の下限とした〈延喜〉の終わりと年表が示す区切れとが重なるということになる。このことから、ここに区切りを置いて、ここまでを概観してみよう。

まず、これは当然のこととして、小野篁、惟良春道以下、大江千古に至る『日観集』の詩人十人が含まれている。

篁と春道の活躍期は承和であるが、これに継ぐ詩人として大江音人と菅原是善という儒家としての大江家、菅原家の創始者、継承者（二代目）が現れる。この二人においては承和期はなお修学時代で、詩人としての活躍は貞観年間である。

その後に菅原道真とほぼ時代を同じくする嶋田忠臣、都良香、橘広相、紀長谷雄、三善清行らの、名を知られる詩人が登場する。高岳五常、小野美材、また年表二の安倍興行、物部安興、都在中等もここに属する。その活躍期は貞観、寛平、さらに延喜にも及ぶ。

延喜、延長期には前記の詩人の子である菅原高視・淳茂（道真の子）、紀淑望・淑光（長谷雄の子）、大江千古（音人の子）、三善文江（年表二、清行の子）が登場する。年表二の藤原諸蔭もここに属するだろう。

紀淑光以下は没年が承平（朱雀朝）以後であることで、これ以前と区別される。言葉を換えて言えば、ここまでが『日観集』と並行する承和から延喜に至る詩人たちである。

続いて以後を見ていこう。以後の詩人は活動が承平・天暦すなわち朱雀・村上朝以後に及ぶ。この点で前期の詩人と区別される。年表二では紀在昌以下がこれに属する。

初めに位置し、生年が明らかな大江朝綱、大江維時、藤原在衡らにおいては、延喜期は修学時代で、これに次ぐ延長期から儒家詩人としての活動を始める。

彼らより十年ほど遅れる菅原文時、橘直幹以下は、天慶・承平すなわち朱雀朝、さらに村上朝が修学時代となる。上記の大江朝綱、大江維時、菅原文時、橘直幹また源順らが朱雀・村上朝の主要な詩人となる。

大江斉光、菅原資忠、慶滋保胤、藤原惟成らは村上朝の後半となる天徳期以後に修学を終えて詩文の制作活動に入る。惟成の対策及第は天禄すなわち円融朝に至ってである。

以上の検討を踏まえて『扶桑集』の詩人を大まかに捉えてみよう。

『扶桑集』は先行する詩集として承和（仁明朝）から延喜（醍醐朝）までの詩を採録した『日観集』があることを前提として編纂されたものと考えられる。そこで醍醐朝の終わる延長八年（九三〇）で前後に分けて考えた。終わりは一条朝以前と考えられる。

承和（八三四～）から花山朝が終わる寛和二年（九八六）まで、約百五十年であるが、これを前記の醍醐朝の終わり（九三〇年）を区切りとして前後に分けると、前期約百年、後期約五十年となる。これに年表一・二の詩人を割り振ってみよう。年表一では前期十八人、後期二十人、年表二では前期七人、後期二十三人で、合わせて前期二十五人、後期四十三人となる。時間の幅は後期は前期の半分であるが、詩人の数では後期は前期の二倍近くである。すなわち詩人に限ってのことであるが、『扶桑集』は先行の『日観集』を承けて、『日観集』以後の作品を集成することに重点を置いて編纂された詩集であったということができよう。

# 四

『扶桑集』の佚詩について付言する。

初めに述べたように現存の『扶桑集』は本来の十六巻のうちの巻七・九の二巻のみで、しかも共に欠佚がある。残る作品は詩一〇三首、詩序十二首、作者不明の詩一句である。

ただし他の詩集に現存する作品で、『扶桑集』に採録されていたことが知られるものがある。その代表例は菅原道真の詩である。前述（第二節）のように、林古渓氏は『菅家文草』元禄版本から拾遺した「扶集一」「扶五」

などの注記を分析して、『扶桑集』の散佚した巻がどのような内容であったかを推定した。林論文の目的は類聚詩集である『扶桑集』の原形を追求することであったが、また、道真のどの詩が『扶桑集』に採録されていたかを明らかにするものとなった。

最近、廖栄発氏は林論文を補正する論文を発表した。(14) 廖論文の成果は大きく二つある。

一つは林論文と同様の方法による調査が早く江戸後期の天台僧、宗淵（一七八六～一八五九）によって行われていたことを明らかにしたことである。それは『神藻扶粋抄』（『北野文叢』所収）で、道真の詩九十首が『扶桑集』に入集していたことを指摘しているという。近代の漢文学研究が見逃していた事実に光が当てられた。もう一つは林論文の確認増補である。『菅家文草』『菅家後集』の調査対象を諸本に拡げて、漏れていた作品を補った。これによって、両集所収の詩九十五首が『扶桑集』に入集していたことが明らかになった。

菅原道真以外の詩人については、嶋田忠臣「早秋感懐」（『和漢朗詠集』225・226）、源順「秋光変二山水一」（『天徳三年八月十六日闘詩行事略記』）について大曽根章介氏、本間洋一氏の指摘(15)があったが、廖氏が新たに大江維時「林開霧半収」（『天徳三年八月十六日闘詩行事略記』）、源順「暮春於二浄闍梨洞房一同賦二花光水上浮一」詩及び序（序は『本朝文粋』301）が入集していたことを明らかにした。

以上が現存の『扶桑集』所収作以外で、『扶桑集』に入集していたことが知られる作品であるが、「『扶桑集』の詩人」の作業をしているなかで、断片ではあるが、佚詩があることに気付いたので紹介しておこう。

それを引くのは『幻中類林』である。本書は『源氏物語』の注釈書で、天理図書館蔵。巻五のみの零本で、「若菜上」から「雲隠」までが残る。了悟の著で、正応年間（一二八八～一二九三）頃の成立かとされている。(16) 今井源衛編『源氏物語とその周縁』（和泉書院、一九八九年）に影印がある。この書の「二十一　柏木巻」に次の注がある（送り仮名省略。図版参照。これをAとする）。

扶桑集云

　過二右幕下保忠古墓一　　　　菅在躬

天与二善人一吾不レ信　右将軍墓草初青

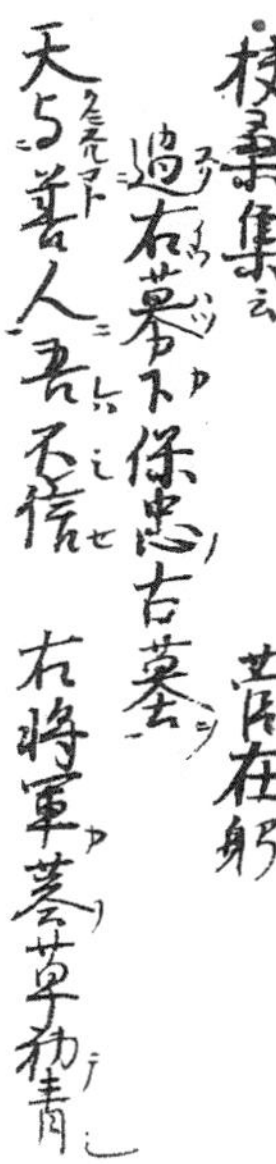
扶桑集云
過右幕下保忠古墓　菅在躬
天与善人吾不信　右将軍墓草初青

『幻中類林』（今井源衛編『源氏物語とその周縁』に拠る）

ここでは『源氏物語』の本文は挙げられていないが、人々が柏木の死を哀惜するなかで、夕霧が「右将軍が塚に草初めて青し」の句を口ずさむ、周知の場面の、この句に対する注である。

『扶桑集』の佚詩を指摘するという目的はこれで果たしたことになるが、この本文は従来の『源氏物語』研究で挙げられていたものとはいくつかの違いが（大きな違いも）ある。敢えて脇道に入りたい。

従来、「右将軍が塚に」の句の出典を記すものとして挙げられてきたのは、『河海抄』で、このようにある（これをBとする）。

本朝秀句
天与善人吾不信、右将軍墓草初秋　紀在昌

これとAとを比較すると、違いが四つある。収載文献、作者、詩題、後句の末尾の本文である。

まず収載文献について。Bの『本朝秀句』は、今は佚書で、このように後代の文献に書名が見えるだけであるが、藤原明衡（生年未詳～一〇六六）の編著である（『本朝書籍目録』）。一条朝の長徳年間の成立である『扶桑集』に後れる。

次には詩題を検討しよう。Bには詩題がないが、Aには「右幕下保忠の古墓を過ぐ」という詩題があり、詩の詠作事情を知ることができる。保忠は藤原時平の子で、承平六年（九三六）七月に没した。時に四十七歳、大納言右近衛大将の官に在った。「右幕下」はこれをいう。「古墓」とあるから、詩はこれよりかなりの歳月が経過した時点で詠まれたものとなろう。これまでは『河海抄』が詩の引用の後に記す「右将軍保忠」の注記に依って詠作事情が考えられてきた。

翻って作者であるが、Aは菅原在躬、Bは紀在昌と相違する。(17)詩の制作時期は承平六年よりある程度の時が過ぎてと考えられる。在躬、在昌ともに生没年は未詳であるが、承平、これに次ぐ天慶年間はともに活躍時期であり、いずれも作者であり得る。

詩句本文。後句の末尾がAは「青」、Bは「秋」であるが、Aは夕霧が口ずさむ「右将軍が塚に草初めて青し」に一致する。

以上のことを踏まえて、『源氏物語』の本文の出典としてどちらを採用すべきであろうか。私は遺存が明らかになったAに依るべきであろうと思う。それは収載文献の性格を考えてのことである。これまで出典とされてきた『本朝秀句』は書名が示すように秀句集である。平安朝後期には『本朝佳句』『日本佳句』『拾遺佳句』などの類似の集が続出したが（『本朝書籍目録』）、秀句集はその本来的性格として二次編纂物である。先に存在する総集、別集所収の詩文の中から、優れた詩句、文句を抜萃したものである。これに対して『扶桑集』は一次編纂物である。この点から、『扶桑集』に依るべきであろうと考える。

そうすると、一考しておくべきことがある。前述の詩句の「青」と「秋」の違いである。これまでは、夕霧が「草初めて青し」と口ずさむのは、物語の場面（季節）に合わせて出典の「草初秋」を臨機応変に言い換えたものといった説明がなされてきた。例えば『河海抄』には「本詩は秋とあるを、今あらためて青と誦せられたる、其心優美なる者歟」という。現行の注釈もおおむね同じである。一方、『扶桑集』の佚句に依れば、夕霧は本来の詩句をそのままに朗誦したことになる。

引かれている。そこで、さらに確かめてみると、『源氏物語奥入』の異本である『源語古抄』[18]（神宮文庫蔵）にも、この一聯が

天与善人吾不信　右将軍墓草初青

この詩句が引かれているだけであるが、やはり末尾は「青」である。『奥入』の異本にこの句があることは、『奥入』にも「草初青」の本文で、この一聯が引用されていたことを思わせる。『奥入』（大橋家本）を見ると、はたして「青」である。[19]

Aを引く『幻中類林』、また『奥入』、『源語古抄』、『光源氏物語抄』[20]、これら『河海抄』に先立つ鎌倉時代の『源氏物語』注釈書が引く詩句は「草初青」なのである。このことから考えると、夕霧は詩句をそのままの形で口ずさんだのではなかったか。とすれば、「草初秋」の本文に依る『河海抄』は（先行の『紫明抄』も）、「秋」を「青」と言い換えたことについて、『和漢朗詠集』所収句なども援用しつつ、かなりの文字を費やして説明を加えているが、これも必要なかったことになる。

注

（1）林古渓「扶桑集の巻数及び分類について」（『国語と国文学』第十四巻六号、一九三七年）。
（2）尊経閣叢刊影印本による。
（3）大曽根章介「兼明親王の生涯と文学」（『大曽根章介日本漢文学論集』第二巻、汲古書院、一九八九年）。
（4）『三訂 平安朝日本漢文学史の研究』中篇（明治書院、一九八二年）第十六章第四節。
（5）田坂順子「扶桑集全注釈（一）」（『福岡大学総合研究所報』第一一九号、一九八九年）。

（6）原文は田坂順子編『扶桑集　校本と索引』（櫂歌書房、一九八五年）に依る。
（7）おおばこ。煎じて飲むと妊娠を促すという（田坂注釈）。
（8）前述のように孫であるかもしれない。
（9）『二中歴』巻十二、詩人歴の「本朝麗草三十四人」による。現存本とは相違がある。
（10）本間洋一『類聚句題抄全注釈』（新典社、二〇一〇年）は輔正の作であろうとする。
（11）北山円正「菅原氏と年中行事」（『平安朝の歳時と文学』和泉書院、二〇一八年）。
（12）拙編『日本詩紀拾遺』に是善の佚詩として一句を挙げたが（一〇三頁）、これは句題を詩句と見誤ったもので、削除しなければならない。訂正する。また、滝川幸司「菅原是善伝考」（『菅原道真論』塙書房、二〇一四年）に菅相公作の「漁父詞」（『擲金抄』所引）を是善の佚詩としているが、これは道真の作である（『菅家文草』363）。
（13）新日本古典文学大系『江談抄』脚注（後藤担当）。なお、私も一員であった江談抄研究会の『古本系江談抄注解』（武蔵野書院、一九七八年）にすでに同様の解釈を示している（二三四頁）。
（14）廖栄発「『扶桑集』再考」（『和漢比較文学』第六六号、二〇二一年）。
（15）大曽根章介、複刻日本古典文学館『和漢朗詠集』（日本古典文学刊行会、一九七五年）「解題」、本間洋一「『類題古詩』（類聚句題抄）研究覚書」（『王朝漢文学表現論考』和泉書院、二〇〇二年）。
（16）『日本古典文学大辞典』（岩波書店、一九八四年。今井源衛稿）。
（17）なお『紫明抄』も菅原在躬の作とする。
（18）今井源衛「神宮文庫蔵『原語古抄』本文と解題」（『今井源衛著作集4　源氏物語文献考』笠間書院、二〇〇三年）。
（19）旧稿についての高田祐彦氏、陣野英則氏の教示による。
（20）陣野英則氏の教示による。
※『抹桑集』の詩人（一）」（『成城国文学』第三十五号、二〇一九年）の第一・二節に「同（六）」（『成城国文学』第三十八号、二〇二二年）を併せた。

# 24　文人たちの交友
## ——藤原行成を軸として

### 一　藤原行成と菅原輔正の唱和

それらの詩の唱和は藤原行成（九七二～一〇二七）が賦した「世尊寺作」が発端であった。

㈠　一到洛陽城北寺　　一たび到る洛陽城北の寺
暫抛塵網避炎蒸　　暫く塵網を抛（なげう）ちて炎蒸を避く
至心礼拝堂中仏　　心を至して礼拝す堂中の仏
促膝言談樹下僧　　膝を促して言談す樹下の僧
松竹風生晴帯雨　　松竹に風生じて晴れに雨を帯び
林池月落夜鋪氷　　林池に月落ちて夜氷を鋪（し）く
道場旧主吾慈母　　道場の旧主は吾が慈母
毎恋温顔涙不勝　　毎（つね）に温顔を恋ひて涙勝（た）へず

この詩に接して菅原輔正（九二五〜一〇〇九）が和詩を呈し、これをきっかけに、さらに三度、両者の間で詩の唱酬がくり返された。加えて、行成の詩は藤原為時と源為憲（九四一〜一〇一一）の追和をも誘うことになる。当然のこととして行成は詩を以ってこれに答えた。

このようにして四者の間で唱和が重ねられたのであるが、その六首の詩と二首の長文の詩題とが、『行成詩稿』(1)に残る。これらを読み解いて、平安朝、一条朝期の文人たちの交友の一齣を垣間見てみよう。

まず先の行成の詩である。この詩は世尊寺を詠んだものである。世尊寺は行成が伝領した桃園の邸宅を寺院に改めたもので、一条の北の、後の五辻の北、大宮の西に位置した。(2)現在の上京区大宮通一条上るに当たる。行成は長徳元年（九九五）喜捨して仏寺とし、長保三年（一〇〇一）二月二十九日には多数の公卿官人および天台座主以下の僧侶を招請して盛大な供養を行なっている（『権記』）。三月には藤原道長の援助もあって定額寺に加えられた。このように、のち世尊寺流の名称が起こることにも示されるが、世尊寺は行成にとって重要な意味を持つ存在であった。

この詩には詩題の下に「時に長保五年六月十日」という制作年時の注記がある。一〇〇三年。時に行成は三十二歳で、従三位、参議右大弁侍従の地位にあった。

詩は特に難解な表現もない。

第3句の「堂中の仏」に関して参考とすべき記述が先に言及した『権記』の世尊寺供養の記事の中にある。(3)

今日世尊寺を供養す。寝殿を以つて堂と為す。金色の大日如来・普賢菩薩・十一面観世音菩薩、彩色の不動尊・降三世明王等の像各一体等身を安置す。

堂は桃園第の寝殿をそのまま改めたもので、大日如来以下の仏像が安置されていた。

第5句「松竹に風生じて晴れに雨を帯ぶ」は、風に吹かれて鳴る松や竹の音を雨に聴きなしたものである。こうした比喩は平安朝詩に散見されるのであるが、(4) この句はさらに「晴」なのに「雨」とは、と矛盾を見いだして興に入っている。

これと対をなす第6句「林池に月落ちて夜氷を鋪く」は、月光を受けて白々と輝く池の面(おも)のありさまを氷が張っていると見立てている。比喩である点は前句と同じであるが、前句のような、これに概念の矛盾が絡まるという形にはなっていない。ただし、これに関わる異文がある。

『行成詩稿』には一首の中から佳句一聯ずつを摘句した詩群があるが、その中にこの5・6句が引かれており、そこには異文が注記されている。「林池月落夜(夏)鋪氷」とある。「夜氷を鋪く」はごく普通の表現に過ぎないが、「夏氷を鋪く」であれば「夏」なのに「氷」ということで矛盾を含み込んだ表現となり、第5句の「晴れに雨を帯ぶ」とよく対をなすものとなる。

第7句「道場の旧主は吾が慈母」は桃園第の伝領に関する重要な証言であるが、次の菅原輔正の詩にも同様の表現があるので、そこで考えることにする。

その輔正の詩である。行成のこの詩に関わって輔正から次のような詩が贈られた。

(二) 昨夕、陣座側聴玉章。老耳不聡、纔覚韻字。愚慮難抑、偸走短毫。他聞所及、必可秘蔵。　吏部老菅輔正

昨夕、陣座(じんのざ)にて側(ほの)かに玉章を聴く。老耳聡からず、纔(わず)かに韻字を覚ゆるのみ。愚慮抑(おさ)へ難く、偸(ひそ)かに短毫を走らす。他聞の及ぶ所、必ず秘蔵すべし。

桃園変号鶏園境　　桃園号を変ふ鶏園(けいおん)の境

従此煩雲絶不蒸　　此れより煩雲絶えて蒸(む)さず

温故久経三代主　　故きを温ぬるに久しく三代の主を経たり
〈初是大相国、次相公尊堂、今尊閣改為仏寺。――初めは是れ大相国、次いで相公の尊堂、今尊閣改めて仏寺と為せり〉
視今多有四禅僧　　今を視るに多く四禅の僧有り
門開方便宜観月　　門は方便を開く宜しく月を観るべし
池作八功豈結氷　　池は八功を作す豈氷を結ばんや
慙以蕪詞加麗句　　慙づらくは蕪詞を以つて麗句に加ふること
老心還忘少才能　　老心還つて才能の少きを忘る

いつと特定できないが、行成詩の六月十日からさほど隔たっていないだろう。公卿たちの評議の場である陣座において、菅原輔正は行成の詩を耳にしたという。そのような席で行成は自作を披露したのだろうか。輔正は道真の四世の孫に当たるが、この時、従三位、参議式部大輔で、七十九歳という高齢である。大江家に比して劣勢を余儀なくされていた菅原家の家業を守り、儒家の長老という立場にあった。

「短毫」は短くなった筆の意で、自らの詩文の制作をいう謙辞である。「他聞所レ及、必可二秘蔵一」は、人の耳に入るだろうから、他言しないでほしい、の意。

詩の第1句の「鶏園」は寺をいう。本来は『大唐西域記』巻八に見えるマカダ国の寺院の名で、アショカ王が建てたという。

第3句に世尊寺の前身である桃園第の伝領のことが述べられている。詩に「三代の主」といい、自注でそれを説明している。最初は「大相国」、太政大臣の伊尹である。次は「相公の尊堂」で、相公すなわち参議行成の母である。先の行成の詩にいう「道場の旧主は吾が慈母」に照応する。三代目が「尊閤」、行成で、彼によって仏寺に改められたという。

桃園第の伝領については複雑であり、諸説が入り乱れている。そうさせているのは、桃園はそもそも地域の名称であり、そこに十世紀前半から複数の皇親、貴族の邸宅が造営され、伝領されてきたからである。ここではもちろん世尊寺の前身である桃園第について考えるが、これについても、伊尹以後に限っても諸説がある。

・保光―（女子）―行成。　原田敦子(5)
・伊尹―義孝（保光）―行成。高橋康夫(6)
・伊尹―義孝―保光―行成。増田繁夫(7)

これらの説で挙げられた人びとの関係は次のようになる。

伊尹――――義孝
　　　　　　　├――行成
源保光―――女

義孝は天延二年（九七四）九月、二十一歳で早逝したが、この時、行成はわずかに三歳であった。祖父の伊尹は行成が生まれた天禄三年（九七二）に死去していたので、行成は母とその父源保光によって養育された。

これら近年の研究が主張する桃園第の伝領過程はいずれも、輔正の詩がいうそれとは一致しない。言葉を換えていえば、輔正の詩、また行成の詩は従来の考察では見逃されてきたのである。そうしたなかで、ようやくこの『行成詩稿』に注目した論が出た。黒板伸夫著、人物叢書『藤原行成』（吉川弘文館、一九九四年）に次の記述がある。

『行成詩稿』中の世尊寺での詠に「道場の旧主はわが慈母」の句があるので、保光または保光女が正式の領有者であった可能性もあり、（一二三頁）

桃園第の伝領の考察に初めて『行成詩稿』を取り込んだ論である。しかし、なぜか伝領者三代を明言したこの輔正の詩句には言及せず、かえって行成詩も輔正詩も触れていない保光の可能性をいい、行成詩が明言する「慈母」（保光女）については「領有者であった可能性もあり」と述べるにとどめている。しかし行成詩の、またこれに和した輔正詩の表現は、他の何にも増して確かな証言であろう。ゆえに、桃園第は伊尹―保光女―行成と伝領されたのである。

行成の詩によってクローズアップされることになったその母については、長徳元年（九九五）正月二十九日に亡くなったこと（『権記』寛弘八年七月十一日）以外は何も明らかでない。

第三聯、前句の「門は方便を開く」は『法華経』法師品に「此経（法華経）は方便の門を開きて、真実の相を示すなり」とあるのを踏まえる。これと対をなす「池は八功を作す」は「八功徳水」に拠る。極楽浄土の池を満たしている水で八種の功徳があるという。

輔正からのこの和詩に接して、行成は直ちに応答した。

㈢　余、近曽、有世尊寺之作。昨朝、吏部相公、忽賜高和。拝喜之至、欲罷不能。聊押本韻、以酬来章。

余、近曽世尊寺の作有り。昨朝、吏部相公忽ち高和を賜ふ。拝喜の至り、罷めんと欲するも能はず。聊か本韻を押し、以つて来章に酬ゆ。

我以家園為奈苑　我家園を以つて奈苑と為す

上祈聖上下黎蒸　　上は聖上を祈り下は黎蒸（れいじょう）

昔偏賞翫琴詩酒　　昔は偏（ひと）へに賞翫す琴詩酒

今只帰依仏法僧　　今は只帰依す仏法僧

この詩は前半の四句しか残らない。また傍線を付した第3句の「賞翫」以下は、第一首のところで述べた『行成詩稿』中の摘句によって補ったものである。

詩題の「本韻を押す」とは輔正の詩の脚韻（蒸・僧・氷・能）に合わせて押韻したことをいう。第1句の「奈苑」は寺院をいう。第2句の「黎蒸」は多くの民衆の意で、上は天皇から下は民草まで広く人びとの救済を仏に祈る、という。

第二聯は邸第であった昔と寺院となった現在とを対比する。「琴詩酒」は白居易の詩語である。この三つは彼が愛好したもので、これを「三友」と称した。これを主題とした「北窓三友」（『白氏文集』巻六十二・2985）に、

欣然として三友を得たり、三友とは誰とか為す。琴罷（や）めば輒（すなわ）ち酒を挙げ、酒罷めば輒ち詩を吟ず。三友遆（たが）ひに相引（まね）き、循環して已（や）む時無し。

とあり、ここではこの三つに象徴される文雅の世界をいう。

この後、さらに輔正から行成へ、これに答えて行成から輔正へと唱和が重ねられるが省略する。

## 二　藤原為時と源為憲の追和

この唱酬があってから約二か月ののち、新たな展開があった。藤原為時と源為憲の二人が「世尊寺の作」に対

する和詩を携えて行成の許を訪れたのである。ただしその前に為時と為憲との間でやり取りがあった。為憲のやや長い詩題がそのことを語っている。

㈣ 世尊寺者本桃園第也。山池奇秀、竹木葳蕤。右大尚書相公、往年改為仏寺。爰前越州藤刺史琪、昨談予曰、右大丞、頃有世尊寺作。僕欲献和、汝宜奉同。即諳其長句之詩。□□□□、道場旧主吾慈母、毎恋温顔涙不能。予甚傷之、惻々然。添押本韻、授之越州。

世尊寺は本桃園第なり。山池奇秀にして、竹木葳蕤なり。右大尚書相公、往年改めて仏寺と為す。爰に前越州藤刺史琪、昨予に談りて曰はく、「右大丞、頃世尊寺の作有り。僕和を献ぜむと欲す。汝宜しく同じ奉るべし」と。即ち其の長句の詩を諳んず。□□□□、「道場の旧主は吾が慈母、毎に温顔を恋ひて涙能へず」。予甚だ之れを傷み、惻々然たり。添くも本韻を押し、之れを越州に授く。

途中、判読できない四字がある。「葳蕤」は畳韻の語で、草木が美しい様子をいう。「右大尚書相公」は参議右大弁の唐名。その行成によって寺院に改められた。それは前節に述べたように、長保三年のことであった。「前越州藤刺史琪」とは前越前（越中・越後）守の藤琪ということであるが、これは藤原為時である。ただし為時であることが明記されているわけではないので、考えてみなければならない。次に読む行成の答詩の詩題㈤に、為憲と「前越州藤刺史琪」とを「詩仙」と言い、また都人士が二人を評して「元白の再誕」すなわち元稹と白居易の生まれ変わりと言ったという。長保五年の時点で、越前あるいは越中・越後の前の守で、このように称されるのは為時を措いては他にいない。(8)

為時はいうまでもなく紫式部の父であるが、長徳二年（九九六）に越前守に任ぜられ、長保三年（一〇〇一）任を終えたが、その後は散位の身で、『権記』長保三年十月七日条に「前越前守為時」として見える。(9)

このように考えてくると、「藤琪」は為時をいうことになるが、藤琪とは何か。これは為時の学生（がくしょう）としての字（あざな）である。大学寮に学ぶ学生は別称として字が付けられた。中国風に漢字二字で、多く上の字は氏名（うじな）の一字を、下は好字を選んだ。為時の「琪」は赤い美玉を意味するが、同様の例に藤珪（藤原博文）、藤琳（藤原広業）がある(10)（「珪」「琳」ともに玉（ぎょく））。字は大学の入学に際して選定されるのであるが、在学中だけでなく、同学の間では、このように後年に至っても用いられている。

為時から為憲に次のような誘いかけがあった。最近、行成公が「世尊寺の作」を作られたので、私は奉和詩を献じようと思うが、君も作らないか。そうして為時はその「世尊寺作」を諳んじてみせた。「長句」は律詩をいう（『作文大体』）。

次に四字分の欠字があり、つながりがやや不明確であるが、「世尊寺の作」で殊に為憲の心を打ったのは結びの一聯、「道場の旧主は吾が慈母、毎に温顔を恋ひて涙能（た）へず」であった。そこで、為憲も奉和の詩を作り、為時に与えた。

以上のような題を付して詠まれた為憲の詩も、為時の奉和詩も残らない。ただし、それぞれの詩のほんの一部が、次の行成の答詩の詩題に残されている。

その行成の答詩である(11)。やはり長い詩題があるが、初めを欠いている。

(五)　詩仙者也。洛陽士女、皆謂元白之再誕。仲秋八月十有余日、共以親友、尋予造焉。時哉時也。清風朗月、已得玄度。吾心適而欣々然。廼左右連榻、問其来由、各直投一篇之詩。蓋相和与相公贈答之什也。一読興味有余、再読賞翫無限。箇裏、吟美州丁蘭之句、九廻之腸已断、咏越州風樹之詞、数行之涙忽零。予、齢雖及二毛、性猶拙六義、慭秉紙筆、以次本韻而已。

　……詩仙なる者なり。洛陽の士女、皆元白の再誕と謂ふ。仲秋八月十有余日、共に親友なるを以つて、予を尋ねて造る。時なるかな時や。清風朗月、已に玄度を得たり。吾心適ひて欣々然たり。廼ち左右に榻を連ねて、其の来由を問ふに、各おの直ちに一篇の詩を投ぜらる。蓋し相公と贈答せし什に相和するなり。一読して興味余り有り、再読して賞翫すること限り無し。箇裏に美州が丁蘭の句を吟ずれば、九廻の腸已に断え、越州が風樹の詞を詠ずれば、数行の涙忽ち零つ。予、齢二毛に及ぶと雖も、性なほ六義に拙し。愁に紙筆を乗りて、以つて本韻に次ぐのみ。

途中からであるが、その最初は奉和詩を寄せた為時と為憲のことをいう。「詩仙」はここでは卓越した詩人、詩の天才という意味であろう。行成は二人をこの語を以って称する。

「洛陽の士女、皆、元白の再誕と謂ふ」について。「洛陽」は中国の都京を以って平安京をいう。「元白」は元稹と白居易。人びとは為時と為憲とをこの唐の二詩人の再来とうわさした。この一文は典拠のある措辞である。これは「劉白唱和集解」（『白氏文集』巻六十・2930）に倣っている。この文章は白居易と詩友劉禹錫との唱和詩をまとめた『劉白唱和集』（散佚）の序に当たるものであるが、次の一文がある。

　江南の士女の才士を語る者は、多く元白と云ふ。

この「元白」は元稹と白居易であるが、行成はこれを用いたのである。なお、「劉白唱和集解」のこの表現は、世間の人びとは何々を称賛する、ということを言うのに格好のもの言いと思われたらしく、これより少し前頃から、文人たちの間で用いられている。[12]

「元白」を並称することも平安朝の詩文に多く見られるが、[13]併せて「詩仙」の語も用いた詩を参考にあげておこう。具平親王の「戸部尚書の同に「寒林に暮鳥帰る」を賦す」に和す」（『本朝麗藻』下・138）[14]の第二・三聯

に、

元白新情牋上出　　元白の新情は牋上に出で
楊班古意筆頭残　　楊班の古意は筆頭に残る
唯応草聖妙飛墨　　唯応（ただまさ）に草聖の妙（たくみ）に墨を飛ばせしのみなるべし
本自詩仙何用丹　　本自（もとより）詩仙は何ぞ丹を用ゐんや

とある。「戸部尚書」、民部卿藤原文範の詩の表現と筆跡を褒め称える。なお「楊班」は漢の楊雄と班固である。

八月十余日、為時と為憲の二人は行成の許を訪れた。時あたかも仲秋の明月の頃、二人の来訪は行成に中国の逸事を思い起こさせた。『世説新語』言語篇に記されることである。


劉尹云、清風朗月、輒思㆓玄度㆒。

　劉尹が言った。さわやかな風が吹き月が明るい夜は、いつも玄度（許詢）のことが思われる。


すっかり愉快になった行成は二人に来訪の理由を質した。すると二人はすぐに一首ずつの詩を示した。それは行成が輔正と贈答を重ねることになる詩に和したものであった。行成はそれらをくり返し読み、いたく感じ入った。

その次の「美州が丁蘭の句」以下の一聯は今は失われた為時と為憲の詩の内容に言及している。なお、その前に置かれた「箇裏」は口語語彙である。「ここ」の意。(15)

「美州が丁蘭の句」。「美州」は(前)美濃守の為憲をいう。(16)その詩には丁蘭のことが詠み込まれていた。丁蘭は中国の孝子で、『孝子伝』中の人物である。日本に遺存する『孝子伝』によれば、(17)丁蘭はこの上ない孝行者で、幼くして母を失い、十五歳になっても恋い慕う思いはなくならなかった。そこで木を刻んで母の像を造り、まるで生きている母に仕えるようにこの木像の世話をした、という。丁蘭は母親に孝養を尽くした人である。したがって為憲が丁蘭の故事を詠んだのは、先の詩題㈣にも言うように、行成の「道場の旧主は吾が慈母、毎に温顔を恋ひて涙能へず」の一聯に関わってのことであったはずである。

「越州が風樹の句」。「越州」は(前)越前守で、為時をいう。その詩には「風樹」の語句が用いられていた。「風樹」は風に吹かれる木の意であるが、これも親への孝養に関わる語である。『韓詩外伝』の「樹静かならんと欲すれども風止まず。子養はんと欲すれども親待たず」に基づき、親に孝養を尽くそうと思っても、親がすでに亡くなって孝行できない歎きをいう。したがって為時の「風樹」の語もまた行成の亡母に対する追慕を述べた先の一聯に和するものとして用いられていたはずである。(18)

結びの部分、「二毛」は白髪交じりの髪であるが、潘岳の「秋興賦」(『文選』巻十三)の序の「晋の十有四年、余、春秋三十有二、始めて二毛を見る」から三十二歳をいう。この時、行成は三十二歳であったから、ぴったりと符合する典故としてこれを借りたのである。

「六義」は「毛詩序」(『文選』巻四十五)に「詩に六義有り」として挙げる風・賦・比・興・雅・頌。そこから詩あるいは詩作することをいう。

以上の詩題のもとに、行成は次の詩を賦している。

㈥　両吏循良幾足称　　　両吏は循良にして幾(こ)れ称するに足る
　　東山北陸撫黔蒸　　　東山北陸黔蒸(けんじょう)を撫す
　　共逢鳳闕千年(唐堯)主　　共に逢ふ鳳闕千年の主
　　同契鶏園六夏(夏臘)僧　　同に契る鶏園六夏(げ)の僧

祇識交情如淡水　　祇識る交情淡水の如しと
又看節操似堅氷　　又看る節操堅氷に似たるを
有時相伴尋吾至　　時有りて相伴ひて吾を尋ねて至る
月下清談去未能　　月下の清談去らんとするも未だ能はず

第一聯。「両吏」は東山道の美濃と北陸道の越前の国守であった為憲と為時とをいう。「黔蒸」は民衆。二人は良吏としてよく治下の民衆を慈しんだ。

第二聯。「鳳闕」は朝廷。朝廷に仕えては千年に一度出現するという聖天子にめぐり逢い、世尊寺では僧と結縁する。「鶏園」は輔正の詩(二)に前出。なお、「千年」「六夏」の右に傍記された「唐堯」「夏臈」は行成の別案である。「唐堯」は古代の聖帝の堯であり、「千年主」を具体的にいう。「夏臈」は出家の年数。「六夏」は出家して六年ということになる。この一聯も摘句の詩群にあるが、それは「唐堯」「夏臈」の本文である。

第三聯の前句の「交情は淡水の如し」とは真の君子の交友のあり様。『荘子』山木篇の「君子の交はりは淡として水の若し」に基づく。

第三聯までは為憲と為時の二人のことを言い、結びで、そうした二人が連れ立って訪問してくれた、時あたかも好し、仲秋の朗月の下、清談に時の移るのも忘れたと述べ、感謝の情を示す。

『行成詩稿』に残る、行成の「世尊寺作」を発端とする文人たちの唱酬は以上のとおりである。

## 三　行成と為憲の交友

前節で読んだ、為憲と為時への答詩の詩題㈤で、行成は二人について「共に親友なるを以つて、予を尋ねて造る」と述べているが、為憲については、『権記』にこれに照応する記事がある。

迂遠であるが、長保元年八月二十三日条から読まなければならない。

> 此の日、采女正巨勢広貴を招き、今日不動尊像を図き奉るべきの由を示す。是れ則ち故宣方中将の為なり。中将は年来親昵に相語りし人なり。去年病疫にて夭亡せり。中将存せし日、広紙一張を送りて、予が手迹を請ふ。臨池の妙無しと雖も、彼が雅意に乖かざらんが為に、将に以つて筆を下さんとせし間、年月自づから移り、彼が逝去に当たる。仍つて平生帰依の尊像を尋ね、画図せしめ奉り、聊か亦其の趣を注さんと欲ふ。

「故宣方中将」は源宣方である。彼は長徳四年（九九八）八月に死去した。大江匡衡が執筆したその四十九日の願文が『本朝文粋』巻十三に収められている。[19] この記事によれば、行成と宣方とは長年の親友であったが、生前、宣方は行成にその書を所望していた。周知のように行成は当代随一の名筆である。行成はその望みに答えようと思いながらも果たさないまま、宣方の死に出会うことになった。そこで、日頃宣方が帰依していた不動尊の像を画家として有名な巨勢広貴に描かせ、これに以上のような由緒を書き付けることで、行成は親友との生前の約束を果たそうとした。この不動尊の画像は短日のうちに出来上り、三日後には「故中将内方」、宣方の妻の許へ届けられている。『権記』の二十六日条である。

> 広貴に不動尊像を図かしめ、自ら由趣を尊像の下に書し、惟風朝臣に付して故中将の内方の許に送る。其の詞に云ふ、

「予、故右親衛源次将と素より友として善し。昔、色紙一枚を以つて予に授け、以つて手迹を乞ふ。劇務纏牽し、未だ書くに及ばざるに、去年の仲秋、次将既に殞す。嗟乎哀しいかな。芳談猶耳中に留まり、花紙徒らに篋底に在り。

夫れ不動明王は、大悲弘願の尊なり。逝きし者平生常に帰し、弟子造次にも忘れず。是れ大因縁なり、善知識に非ずや。故に人をして形像を此の紙に図かしめ、手自由緒を其の下に書す。

そもそも生々加護、本誓是れ恃む。請ふ一周に当たりて、以つて九品に導かれんことを。昔季札心に許し、剣徐柏の煙に懸く。今弟子涙を零し、賤楚竹の露を点く。徳や孤ならず。廻向一切ならん。

時に長保元年八月二十六日、□友某記す」。

此の趣は美濃守為憲朝臣をして之れを草せしむるなり。中心に思ふ所、叢脞すること能はず。所謂書は言志を尽くさざるものか。

「」で括った部分が不動尊の画像に書き付けられた文章である。これを行成は「由趣」「趣」と呼んでいるが、末尾に日付も付され、「某記」とあることから、「記」と呼ぶ。

この「記」は源為憲に依嘱して執筆させたものであるという。行成にとって亡友との約束を果たす大事な文章の執筆を委ねているのである。この時すでに為憲の能力に対する十分な認識があったに違いない。[20] これは長保元年八月、「世尊寺作」をめぐる唱和がなされるおよそ四年前のことである。

本章の主眼として前節で読んだように、行成は為憲、また為時、輔正らと詩の唱和を行っている。このことから考えれば、行成は先の「記」のごとき文章を自ら書く能力は十分に有していたはずであるが、この場合は為憲に依頼している。ここには詩を賦すことと漢文を草することとについての行成の意識を見ることができようか。

よく知られた資料であるが、大江匡房『続本朝往生伝』の一条天皇伝には、当代が多彩な人材を輩出した時代であるとして、それらを列挙している。

時の人を得たること、また斯に盛りと為す。親王には後中書王（具平親王）、上宰には左相（藤原道長）、儀同三司（伊周）、九卿には右将軍実資、右金吾斉信、左金吾公任、源納言俊賢、拾遺納言行成、左大丞扶義、平中納言惟仲、霜台相公有国等の輩、朝には廊廟に抗議し、夕には風月に預参したり。雲客には……、管絃には……、文士には匡衡、以言、斉名、宣義、積善、為憲、為時、孝道、相如、道済、和歌には……、画工には……

一条朝には、行成のようなすぐれた作詩の能力を持った皇親・公卿、当時の言葉では〈属文の王卿（卿相）〉が輩出したこともまた、当代の特色であった。右の文中に挙げられた具平親王、道長、伊周、斉信、公任、俊賢、有国らはいずれもそうした人びとである。一方、為憲また為時は「文士」である。専門文人と捉えられている。行成は、能力の有無とは別に、「記」の執筆は専門文人に委ねたのであろう。その時選ばれたのが為憲であった。

注

（1）『行成詩稿』は『書品』第五三号（一九五四年）の図版により、同誌の桃裕行「行成詩稿について」、同「行成詩稿釈文」、『大日本史料』第二編之二十六、万寿四年十二月四日条の翻刻を参考にした。
（2）高橋康夫「桃園・世尊寺」（『平安京の邸第』望稜舎、一九八七年。初出一九八三年）参照。
（3）『権記』は史料纂集所収本により、読み下した。
（4）三木雅博「聴雨考」（『平安詩歌の展開と中国文学』和泉書院、一九九九年）参照。

(5) 原田敦子「桃園考」(『王朝物語とその周辺』笠間書院、一九八二年)。
(6) 注2論文。ただしこの論文は前後で齟齬がある。一九三頁以下では、伊尹—義孝—行成による伝領を述べ、「保光は桃園殿を伝領したわけではなく、たんに「寄住」したに過ぎないのであるが」というが、一九九頁では「伊尹・保光・行成と伝領されたもので」という。
(7) 増田繁夫「桃園・世尊寺と源氏物語の「桃園の宮」」(『源氏物語と貴族社会』吉川弘文館、二〇〇二年。初出一九九四年)。
(8) これは源為憲についても全く同様である。この詩題を源為憲のそれとして論じているが、為憲であることが明記されているわけではない。後述の行成の詩の題(五)に「美州」という。前美濃守をいうが、前美濃守で「詩仙」「元白の再誕」と称されるべき人物は為憲である。
(9) 文人としての為時を論じたものに大曽根章介「文人藤原為時」(『日本漢文学論集』第二巻、汲古書院、一九九八年)がある。
(10) 拙稿「学生の字(あざな)について」(『平安朝漢文学論考』補訂版、勉誠出版、二〇〇五年)参照。
(11) 注1の「行成詩稿について」はこれを「某」の作とするが、以下に述べるように詩題、詩をよく読めば、行成の作であることは明らかである。
(12) 本書14「平安朝における白居易「劉白唱和集解」の受容」参照。
(13) 新間一美「わが国における元白詩・劉白詩の受容」(『平安朝文学と漢詩文』和泉書院、二〇〇三年)注16に例をあげる。
(14) 川口久雄・本朝麗藻を読む会編『本朝麗藻簡注』(勉誠社、一九九三年)の作品番号。
(15) 塩見邦彦『唐詩口語の研究』(中国書店、一九九五年)参照。
(16)『権記』長保四年三月二十六日に「前美濃守為憲朝臣」と見える。
(17) 幼学の会『孝子伝注解』(汲古書院、二〇〇三年)参照。
(18)「風樹の歎き」の故事は本来、両親あるいは父母いずれに関しても用いるものであるが、平安朝では、ほとんど母に関して引用されるという特徴のあることが指摘されているが(渡辺秀夫「『法華経』と願文」『国文学解釈と鑑賞』第六一巻一二号、一九九六年)、この例もそうである。

(19) 拙著『本朝文粋抄』(勉誠出版、二〇〇六年)第二章「右近中将宣方の為の四十九日の願文」参照。

(20) 正暦四年(九九三)正月から同六年八月の間に、行成、為憲に藤原公任を加えた三者で「題法華経八品詩」の次韻がなされている。山崎誠「新出の題法華経詩について」(『和漢比較文学』第八号、一九九一年)参照。

※『文芸論叢』(大谷大学文芸学会)第六十一号(二〇〇三年)に発表した。

その後、本間洋一「宮廷文学と書」(仁平道明編『王朝文学と東アジアの宮廷文学』竹林舎、二〇〇八年。のち本間著『王朝漢詩叢攷』和泉書院、二〇一九年に収録)が同じ詩群について論じている。

# 25　源為憲と藤原有国の交渉について

## はじめに

源為憲は十世紀後半から十一世紀初め――村上朝から一条朝にかけて活躍した文人で、正統的な漢詩文に加えて『口遊（くちずさみ）』『三宝絵』『世俗諺文』などの子女のための啓蒙書を多く編纂し、文学史上に特異な位置を占める文人である。

その為憲についての伝記研究は六十年以上前になされた岡田希雄（よしお）氏の研究(1)が唯一のものであったが、最近、速水侑氏の「源為憲の世界――勧学会文人貴族たちの軌跡」（同氏編『奈良・平安仏教の展開』吉川弘文館、二〇〇六年）が発表された。

岡田論文に触れたうえで、「現時点でまず必要なのは、彼の生涯についての実証的伝記研究であろう」として、「そのためには、文人貴族の行動と思想を考える上での一次史料でありながら、史学研究者の間では従来等閑視されがちであった彼ら自身の筆になる漢詩文について、正確な訓読と年代比定を行ない、伝記史料として積極的に活用する必要がある」（九三頁）という視点で論述されている。
私も新たな源為憲伝研究の必要性を思っていたところであり、また右の引用に述べられた、その方法も深く共感するものであるので、興味深く読んだが、一、二の詩の理解、および年代比定には疑問を懐く点があるので、そのことについて述べたい。

## 一　速水氏の詩の理解

詩句の解釈に疑問のある詩の一つは、『本朝麗藻』巻下所収の藤原有国（在国）[2]の154「除名の後、初めて三品に復し、重陽の日、宴席に陪るを得たり。情感の催す所、罷めんと欲するも能はず。いささか鄙懐を述べ、諸知己に呈す」である。除名という、きわめて不本意な体験を余儀なくされたのちの感懐を述べた作である。詩を読むに先立って、その事情を述べておこう。

正暦元年（九九〇）十月十日、大膳大属の秦有時が左京大夫源泰清家の東方で殺害されるという事件が起きたが（『本朝世紀』）、有国は、これを謀ったという理由で、除名の処分を受けた（『日本紀略』同二年二月二日条）。ただし、『江談抄』巻一―32「大入道殿、中関白に譲り申さしめ給ふ事」によれば、これは、藤原兼家が臨終に際して、子供たちのうちの誰に摂関を譲るべきかを尋ねた時に、有国が道兼を推したことに対する、平惟仲等の推挙で関白となった道隆の意趣返しであったという。

有国は翌三年の七月十七日には本位の従三位に復した（『日本紀略』）。そうして、その後の重陽の宴席への参加が許されたが、この詩はそのことについての感慨を詠んだものである。[3]

我是柴荊貶謫人
豈図徴召列文賓
除名二月花開日
待詔重陽菊綻辰
5 籬落不要陶隠酔
蘭叢応咲楚臣紉
忽抛野服染愁涙
更着朝衣責老身
謚死空為黄壌骨
10 愁生再踏紫震塵
半焦桐尾雖残燼
已朽松心免作薪
籠鶴放雲振泥翅
轍魚得水潤枯鱗
15 鬢斑蘇武初帰漢
舌在張儀遂入秦
運任秋蓬風処転
栄同朝菌露中新

我は是れ柴荊貶謫の人
豈(あに)図らんや徴召されて文賓に列せんとは
名を除かれしは二月花開く日
詔を待つは重陽菊綻(ほころ)ぶ辰(とき)
籬落には要(もと)めず陶隠の酔
蘭叢には応に咲(わら)ふべし楚臣の紉(じん)
忽ち野服の愁涙に染まりしを抛ち
更に朝衣を着て老身を責(かざ)る
謚(すみや)かに死なば空しく黄壌の骨と為らん
愁(なまじ)ひに生きて再び踏む紫震の塵
半ば焦げし桐尾は燼を残すといへども
已に朽ちし松心は薪と作(な)るを免る
籠(かご)の鶴は雲に放たれて泥(けが)れし翅(はね)を振るひ
轍(わだち)の魚は水を得て枯れし鱗(うろこ)を潤ほす
鬢斑(まだら)なる蘇武は初めて漢に帰り
舌在りし張儀は遂に秦に入る
運は秋蓬の風ふく処に転ずるに任す
栄は朝菌の露中に新たなるに同じ

抽簪将学空門法　　簪を抽きて将に学ばんとする空門の法

20未報皇恩未解紳　　未だ皇恩に報いざれば未だ紳を解かず

二十句のやや長い詩である。前半は各聯ごとに、前句は除名されたこと、後句は許されたことを対比的に詠むかたちが多いが、後半は許され元に復したことを中心に詠んでいる。第6句は讒言に遭い流謫された屈原の故事に基づく。「紉」はより合わせることで、『楚辞』離騒に「秋蘭を紉ひて佩と為す」とある。

この詩について、速水氏は次のようにいう。

除名の間の在国の心境と行動を窺わせるものとして最も興味深いのは結びの第十聯であろう。この部分につき今井源衛氏は「いわれない屈辱の二年間を通過しては、ようやくその親友であった保胤や惟成のいち早く俗塵を去った心事も共感されたのではなかっただろうか」「仏門に志を寄せるところも、ある程度は本音が出ているとみてよいだろう」と評するが、この間の在国は自宅に謹慎しており詩を借りて心境を吐露しただけと解しているようである。しかし私は、「藤賢才子の天台山に登るの什に奉和す」と題する為憲の詩（『麗藻』136）から、在国は実際に「簪を抽きて空門の法を学ばん」としたと考える。（一一五頁）

「今井源衛氏は」というその引用は、「勘解由相公藤原有国伝」（『今井源衛著作集』8、笠間書院、二〇〇五年。初出は一九七四年）からのものである。速水氏が有国の詩の第19句をこのように理解する根拠とした為憲の詩、「藤賢才子の天台山に登る什に和し奉る」は、藤賢は有国をその学生の字で呼んだもので、彼の「天台山（比叡山）に登る」という詩（散佚）に和したものである。次のような詩である。

天台山嶮万里強　　天台山嶮しく万里強し

趁得経行古寺場　　趁き得たり経行古寺の場

削跡囂塵尋上界　　跡を囂塵に削りて上界を尋ね
懸心発露契西方　　心を発露に懸けて西方を契る
鶴閑翅刷千年雪　　鶴閑（しず）かにして翅は刷（かいつくろ）ふ千年の雪
僧老眉垂八字霜　　僧老いて眉は垂る八字の霜
珍重君辞名利境　　珍重す君が名利の境を辞し
空王門下立遑々　　空王門下立ちて遑々たるを

速水氏が先の有国の詩とこの為憲の詩を相関わるものとして理解するのは、この詩の詠作時を次のように推定してのことである。

在国を官職名を用いず藤賢才子とのみ記すから、この時在国は停官除名の身であったと推察される。（一一六頁）

また、詩の内容については、次のような解釈である。

おそらく在国は親友の為憲に、騒がしい俗界（囂塵）から身を晦まし（削跡）、都を離れた叡山に登り、禅行に励み西方を求めんとの意を詩で示し、

速水氏はさらに「このように解すると、「秋日、天台に登りて故康上人の旧房を過ぐ」と題した在国の懐旧詩（『麗藻』151）も生きてくる」として、もう一首の詩に論及する。

天台山上故房頭　　天台の山上故房の頭（ほとり）
人去物存歳幾周　　人去り物存して歳幾たびか周りし
行道遺蹤苔色旧　　行道の遺蹤苔色旧（ふ）り
坐禅昔意水声秋　　坐禅の昔意水声秋なり

石門罷月無人到　石門月罷(しりぞ)きて人の到ること無く
巌室掩雲見鶴遊　巌室雲掩(おお)ひて鶴の遊ぶを見る
此処徘徊思往事　此処に徘徊して往事を思ふ
不図君去我孤留　図らざりき君去りて我孤り留まらんとは

この詩については、速水氏は、

秋の一日、叡山に登った在国は、今は訪れる人も無い康上人の旧房を過ぎ、ここで禅行に励んだ往事を回顧し感慨に耽ったのである。（二一七頁）

という。

引用が長くなったが、最初の有国の詩の第19句の解釈を中心に、三首の詩の読解から導かれる速水氏の結論は、「在国は一度は俗界を棄てる決意で山に登ったが、結局出家には至らなかった」（同）ということである。

## 二　疑問と私見（一）

以上のような速水氏の論述について、私は二つの点において疑問を持つ。

一つは、論の出発点となった有国の詩の第19句の訓読、すなわち理解である。速水氏はこれを、「簪を抽きて将に学ばんとする空門の法」と訓む。そうして、「在国は実際に「簪を抽きて空門の法を学ばん」としたと考える」という。つまり出家を決意して比叡山に登ったという理解である。

この句だけで考えると、こう訓むこともあるいはできるであろう。しかし、この句は次の第20句、すなわち結句へ続いていくのである。そこでは、有国は、「未だ皇恩に報いざれば未だ紳を解かず」という。「紳」とは高官が礼服の上に巻く帯で、第19句の「簪」、冠を止めるかんざしと同じく高官たることの象徴である。つまり「簪を抽く」と「紳を解く」とは同義である。結句で、いまだ天皇からのご恩恵に報いていないので、官吏の身分を捨てることはない、と明言している。したがって、これと矛盾なく読むためには、第19句は『本朝麗藻簡注』が訓むように「簪を抽き将に空門の法を学ばむとするも」と訓まなければならない。官を辞して仏法を学ぶというのは、なお願望の段階に止まっているのである。このように読んで初めて結句と整合する。

もう一つは引用の二首目、為憲の詩の詠作年時についてである。有国を官職名ではなく、「藤賢才子」と呼んでいるから、除名されていた時の作であろうという解釈であるが、やや安易な考え方であるように思う。もう少し藤賢才子という呼称にこだわってみる必要があるだろう。

まず「藤賢」は、先に触れたが、有国の学生としての字（あざな）である。そのことは『善秀才宅詩合』[4]、『江談抄』（巻二―39）、『二中歴』等に明証がある。字は本来、大学寮に学ぶ学生としての別称であるから、これによって称されていることは、その時、有国は学生（大学に学ぶ者という広義での）であったと、まずは考えられる。ただし、漢詩文における字の使い方を見ると、大学を出て官途に就いている者についても用いる例が散見されるので、藤賢という呼称だけで、この時、有国は学生であったと決めてしまうわけにはいかない。

次に「才子」について考えてみたい。「詞人才子」「諸才子」のような一般的用法でなく、固有名詞に付き、さらにその身分が推定できる例を検討してみよう。

前引の詩と同じ『本朝麗藻』の詩にはない。菅原道真の詩文集『菅家文草』にいくつかの例がある。26の詩題に「宮・田両才子の入学を賀す」とある。二人の身分は明白である。

61「懐ひを書し安才子に寄す」。絶句であるが、前聯に、

　肩昇す范漢百篇の書

　大学門前日出づる初め

とある。安才子は今大学に学んでいる。なお「范漢百篇の書」は『後漢書』をいう。

142「小蛇に感じ田才子に寄す」。絶句の前聯に、

　縦ひ未だ鱗飛せずして石道に蟠るとも

　早く李膺の門を上らむことを聞くが如し

とある。「李膺の門」はいわゆる登竜門で、その門を登るとは試験に及第することである。つまり、田才子はなお学業の半ばにある。

244「懐ひを書し文才子に寄す」。第3句に、「聞(問か)来る奉詩の詩評未だしや」とある。文才子は文章生試を受けて、その結果を待っている状況にある。

281「紙墨を寄せて以つて藤才子の過ぎらるるに謝す」。第4句に、「春風に桂の一枝を折りしを詠ぜん」とある。「桂の一枝を折る」とは試験に合格することをいう。藤才子は大学に学び、対策に及第したばかりである。

一方、次のような用例もある。306の詩題に「善淵博士・物章医師の両才子の新詩を吟じて、戯れに長句を寄す」とある。善淵博士は大学博士の愛成である。このような、すでに官職に就いている人を才子と呼ぶ例も数は少ないがある。

『扶桑集』巻七に、源英明と橘在列の唱和詩二十二首がある。英明は在列を終始「橘才子」と呼ぶが、英明が在列に贈った第一首に、「青衿未だ改まらず黄巻を携ふ」の一句があり、「青衿」とは学生の着る服であるから、

この時、橘在列は学生であった。同じく巻七に大江朝綱の「暮春、藤才子の寮試及第を賀し、花下に酌を命ず」と題する詩がある。藤才子は今大学寮で学んでいる。

以上の用例から、某才子という呼称は、大学寮に学ぶ学生（文章生また得業生も含めて）をいうのが大勢である。これに藤賢が学生の字（あざな）であることを考え合わせると、有国が「天台山に登る」の詩を詠んだ時、彼は学生であったとするのが最も妥当な解釈であろう。すなわち、その詩は、除名事件とは時間的に遠く隔った、有国の修学時代の詠作である。

ここからは臆測であるが、有国が比叡山に登ったのは、学生時代に勧学会に参加して、(5) 天台の教えを学んでこれに関心を抱き、また比叡山の僧と親しく交わったことを契機とするものであったのではなかろうか。あるいは、その場で交渉を持った僧の一人が、先に引用した三首目の詩で、後年その旧房を訪れて追懐したという「康上人」であったかもしれない。(6)

上述したことの要点は、有国は除名処分を受けたときに、出家を決意して比叡山に登り、修行に励んだというようなことはなかった。また比叡山に登ったのは（「天台山に登る」の詩を詠んだのは）学生の時である、ということになる。

速水氏は第一節で紹介したように論じたのちに、有国の生き方について、慶滋保胤・藤原惟成・源為憲と共通して、「文人官僚としての挫折感が出家願望に直結している」（一一七頁）と結論づけているが、上述の私見の立場からは、こうした結論は導けない。

## 三　疑問と私見（二）

詩の措辞についての理解およびそれに基づく詠作年時の推定に疑問のあるものがもう一つある。次の為憲の詩（『本朝麗藻』135）についてである。

頃者（このごろ）、侍中御史中丞、囚門の前に到り、近く華轂（かこく）を駐め、普く囚徒を見て、食を与へて飢を療（いや）す。好事の輩、詩を以つて歎美す。予、伝へ以つて之（こ）れを聞き、其の末に継ぐ。

詩家著徳知君子　　詩家徳を著はして君子なることを知る
積善余風慶豈無　　積善の余風慶び豈無からんや
今日上天応感激　　今日上天応に感激すべし
霜台来愍夏台辜　　霜台来り愍（あわれ）む夏台の辜（つみ）

侍中御史中丞が監獄の囚人たちに食料を恵むということがあり、能文の人びとがそのことを美挙として詩に詠んで称えた。これを伝え聞いた為憲が追和したものである。

この詩について、速水氏は、為憲が「有国の参議就任が間近なのを祝したともとれる詩」という。それは詩題の「侍中御史中丞」を次のように解釈し、これを有国を指すと見てのことである。

有国の官歴に照せば、侍中は蔵人頭、御史（霜台）は弾正弼、中丞は左中弁（右大弁まで昇ったから大丞が正しい）を指すが、都督大卿（大宰大弐）と相公（参議）の語がないから、長保三年帰京後参議間近の有国に贈った詩と解される。（一四二頁、注67）

この解釈は、私にはまことに奇異なものに思われる。ある人物を、ある時点で、官職によって称するときに、その人物がそれまでに経てきた官職を列挙して言うというようなことがあるだろうか。なお、侍中は蔵人の唐名であって、蔵人頭のそれではない。蔵人頭は貫主と称されるはずである。

これは、この時に侍中御史中丞、すなわち蔵人兼弾正弼であった人物を指すとするのがごく素直な理解の仕方であろう。御史中丞は御史と中丞に分けるべきではなく、御史中丞で一語である。弾正弼をいう。(7)これに該当する人物を尋ねると藤原道兼がある。(8)市川久編『蔵人補任』（続群書類従完成会、一九八九年）を用いて、為憲の初めての詩の詠作が知られる「善秀才宅詩合」が行われた応和三年（九六三）から、彼が没した寛弘八年（一〇一一）までの間で、蔵人兼弾正弼であった人物を求めると、道兼一人しかいない。しかもその在職期間はきわめて短かく、詩の詠作年時を絞ることができる。道兼は天元六年（九八三）正月二十七日に弾正少弼となり、翌永観二年正月十日に蔵人に任じられたが、その年の十月三十日には左少弁に転じている（『公卿補任』寛和二年、藤原道兼尻付）。したがって、道兼が侍中御史中丞であったのはわずかに十ヵ月程のことであった。

要するに、この詩は藤原有国とは何の関わりもなく、また、その詠作時は永観二年の正月から十月までの間である。

注

（1）「源為憲伝攷」（『国語と国文学』第十九巻一号、一九四二年）、「源順及同為憲年譜」上・下（『立命館大学論叢』第八・十二号、一九四三年）。

（2）藤原在国はのち有国と名を改めた。本章では有国で表記する。

（3）『本朝麗藻』所収作品の本文、作品番号は川口久雄・本朝麗藻を読む会編『本朝麗藻簡注』（勉誠社、一九九三

年）による。ただし訓読は私見による。なお、この詩の最後の一聯は速水論文の解釈を検討の対象とするので、その訓読のままにあげる。

（4）拙稿「学生の字について」（『平安朝漢文学論考』補訂版、勉誠出版、二〇〇五年）。

（5）拙著『天台仏教と平安朝文人』（吉川弘文館、二〇〇二年）「勧学会」。

（6）速水氏はこの論文で仁康に比定している。

（7）用例として、源順の「沙門敬公集序」（『本朝文粋』巻八・202）に、橘在列、出家して尊敬（そんぎょう）の不遇であったことを叙して「公もまた自ら倦みて、業を去りて爵に就く。即ち芸州別駕（安芸介）に除せられ、累（かさ）ねて御史中丞に遷る」、また『本朝麗藻』所収の藤原有国の詩（143）の題に「秋日、宣風坊の亭に翰林善学士、吏部橘侍郎、御史江中丞、…と会し、旧を懐ひて飲を命ず」とある。「御史江中丞」は弾正少弼の大江匡衡である。

（8）このことは、拙稿「《書評》川口久雄・本朝麗藻を読む会編『本朝麗藻簡注』」（『北陸古典研究』第十号、一九九五年）に指摘した。『本朝麗藻簡注』は侍中と御史中丞の二人と誤る。

※『日本歴史』第七一五号（二〇〇七年）に発表した。

# 26 創り出された平安朝詩人
## ――『本朝一人一首』の過誤

### 一

最近の日本漢文学研究の盛行はまことに目覚ましい。注釈、校本、索引などが続々と出現している。そうした趨勢をさらに助長するであろう著作として新日本古典文学大系、小島憲之校注『本朝一人一首』（岩波書店、一九九四年二月）が刊行された。

『本朝一人一首』は林鵞峰の編纂に係り、万治三年（一六六〇）の刊。十巻に近江朝より近世初期に至る四八二首の詩を収載するが、大部分を占めるのは平安朝の詩篇である。そのなかには、新大系本によって初めて訓読、注釈が施された作品も少なくない。

新古典大系本の刊行は、日本漢詩の世界を我々に身近かなものとするのに大きく寄与するであろうし、本書は『本朝一人一首』の基準的なテキストとなるに違いないが、そうであるだけに、『本朝一人一首』の記述そのものに、また新大系本の理解に誤りがあるとすれば、それは正しておかなければならない。

『本朝一人一首』には作者名の誤りがある。たとえば、巻三・170田達音は巻四・175島田忠臣の中国風の別称であるが、鷲峰はこれを別人としている。また巻二、65大伴家持と66大伴池主は、前者が池主、後者が家持であるのが正しく、これは『万葉集』巻十七を読み誤ったことによる。さらに、132安倍文継は安野文継の、147全雄津は金雄津の、150伊永代は伊永氏の、385小野国風は藤原国風の誤りである。

以上のことは新大系本に指摘するが、『本朝一人一首』の作者についての誤りは、実はこれにとどまらないのであり、より大きな誤解もある。検討しながら正していこう。

## 二

『本朝一人一首』巻八に次の一聯がある。

409　三月晦　　藤原季方

林間縦ひ残花の在る有りとも　留めて明朝に到らば是れ春ならじ

　林子曰はく、季方は菅根の子なりと。

鷲峰はこの詩句の作者を藤原菅根の子、季方とする。新大系本も、脚注に「作者は「李方」(梅沢本など)とも」という言及はあるものの、この説に従っている。「作者名索引」に、

　季方　藤原。生没年未詳。南家黒麿流。菅根の子。従四位上右馬頭に至る。

という、ほぼ『尊卑分脈』に基づいたと思われる説明がある。

季方にはこれ以外には詩文の遺存はないが、父の菅根は、文章博士となり、醍醐天皇の侍読も勤めた学者であ

る。その父の子として季方に詩作があってもおかしくない。

ところで、この詩句を含めて『本朝一人一首』の401から430までの三十首は『新撰朗詠集』を出典とする。尾張学士の430「述懐」の後に、「右三十人、基俊が新撰朗詠に見えたり」と、そのことが明示されている。

この季方の詩句を『新撰朗詠集』に戻って見てみよう。季方の詩句は巻上・三月尽の部の第二首目であるが、三月尽の部に採録された詩句の作者は次の通りである。(5)

45白（白居易）

46季方

47菅三品（菅原文時）

48中書王（兼明親王）

49実範（藤原）

46の作者注であるが、「季方」とするのは穂久邇文庫本のみで、他の諸本、梅沢記念館旧蔵本・陽明文庫本・龍谷大学図書館本・フォッグ美術館本・宮内庁書陵部本・龍門文庫本・大谷大学図書館本・寛永八年刊本・群書類従本および山名切は「李方」とする。ことに、ほかならぬ『新撰朗詠集』の撰者である藤原基俊の自筆である山名切にも李方とあることは無視できない。

季方であれば、新大系本のように「すえかた」と読むことができるが、李方では、日本の人名として読もうとすると、とまどいを感じる。これは中国の人名ではないのか。

『新撰朗詠集』の各部類における作品の排列は、『和漢朗詠集』と同じく、中国詩文の長句、同じく詩句、本朝詩文の長句、同じく詩句、和歌の順で、さらにそれぞれのなかでは年代順に排列される。

季(李)方の詩句は、前掲のように、白居易の後、菅原文時の前に置かれている、従って季(李)方が中国の詩人であってもよい。

そこで、これもまた『和漢朗詠集』と同じように、『新撰朗詠集』の中国詩人の詩句の多くが『千載佳句』から採録されていることに着目して、『千載佳句』(8)に尋ねてみると、はたして、巻上・四時部・送春にこの詩句が収載されている。116。ただし、作者は季方。あるいは『千載佳句』でも李方ではないかと予想したごとくではなかったが、『千載佳句』に収載されていることによって、この詩句が中国詩人の作であることはまぎれもない。いうまでもないが、『千載佳句』は唐代の詩人（一部、新羅人）の詩句を集成する。

『本朝一人一首』に藤原季方の作として採録されている詩句は、実は唐の詩人、季方（あるいは李方）の作であった。

おそらくこの『本朝一人一首』に学んで、市河寛斎も『日本詩紀』巻二十四に、藤原季方の佚詩としてこの詩句を掲げ、季方に「菅根之子。官右馬頭」の注記を付している。市河寛斎は、また我が国の資料に佚存する唐詩の片章隻句を纂輯して『全唐詩逸』三巻を編んでいるが、その巻中に、『千載佳句』を典拠として、季方の佚詩としてこの詩句を採録している。すなわち、寛斎も上述の事情に気付かず、同一の詩句を、一方では唐代詩人、季方の佚詩として『全唐詩逸』に、一方では平安朝詩人、藤原季方の佚詩として『日本詩紀』に採録してしまっているのである。

『本朝一人一首』に戻って、同様の例がほかにもある。同じく巻八に次の一聯がある。

429　王昭君　　津守棟国

一双涙は滴つ黄河の水　願はくは東流し漢家に入ることを得ん

林子曰はく、津守氏は住吉の神職なり。世倭歌を嗜み、頗其の名を著はす。詩句に至つては則ち唯是のみと。

棟国について、新大系本は、脚注に「棟国は新後撰集などの歌人」、作者名索引に「生没年未詳。神主津守国平の子。四位に至る」の注を付すが、ここにすでに疑問がある。棟国の生没年は未詳であるが、父国平は『住吉社神主幷一族系図』によれば、弘安三年（一二八〇）に七十八歳で没している。また棟国の兄弟である国助は仁治三年（一二四二）に生まれ、永仁七年（一二九九）に没している。いずれにしても棟国は鎌倉時代後期の人物であるとしなければならない。

一方、この詩句は前述の430「述懐」の一首前にあり、すなわち『新撰朗詠集』を出典とする。『新撰朗詠集』の成立年時は明確ではないが、保安三年（一一二二）から長承二年（一一三三）までの間と考えられている。(9) その『新撰朗詠集』に鎌倉時代の津守棟国の詩句が採録されているというのは矛盾である。

このことからもすでに429の詩句の作者は津守棟国ではない。では本当の作者は誰か。

ここでも『新撰朗詠集』に遡る必要がある。巻下・王昭君の部に採られているが、この部類の作者と排列は次の通りである。

653陳国
654善相公
655菅名明
656匡衡（大江）
657同

658斉名（紀）

本文は全く同一であるから引用は省略するが、653の陳国の詩句がそうである。654の作者、善相公とは三善清行（八四七～九一八）である。したがって、もし陳国（棟国）が我が国の詩人であるならば、前述の『新撰朗詠集』の排列基準から、彼は三善清行に先立つ時代の人でなければならない。しかし、寛平・延喜期に先立つ弘仁・承和あるいは貞観頃の詩人に、棟国あるいは陳国という名の詩人は思い当たらない。

ここで『新撰朗詠集』諸本における「棟」と「陳」の異同についてふれておくと、書陵部本・寛永版本・群書類従本は「棟国」であるが、穂久邇文庫本・梅沢本・陽明文庫本・龍谷大学本・フォッグ美術館本・龍門文庫本・大谷大学本は「陳国」とする。

ここで、先の季方の場合を考え合わせると、この陳(棟)国も同じく中国の詩人なのではないだろうか。

そこで『千載佳句』に尋ねてみると、巻上・人事部・王昭君の項の唯一の例句（449）として、前掲の詩句（429）が引かれている。作者注記は「陳潤」。これが本来の作者名である。

陳潤は唐代の詩人で、『全唐詩』巻二七二に詩八首が採録され、「大暦間人。終二坊州鄜城県令一」の注記がある。大暦は代宗時代の年号で、七六六～七七九。また市河寛斎は『全唐詩逸』に『千載佳句』から、この詩句のほかに二首を拾う。さらに『全唐詩補篇』（陳尚君編、中華書局、一九九二年）に、一首と一聯を拾輯している。[10]『千載佳句』にこの「王昭君」詩が存することによって、これが唐の詩人、陳潤の作であることはまぎれもない。陳潤が陳国また棟国と誤られ、これが我が国の津守棟国に比定されたわけである。テキストの転写と誤読とが架空の詩人を作り出してしまった。

同様の誤解の例がもう一つある。

巻八所収、
　413　管絃　　　藤原斉信
秋月夜閑かにして曲を按ずるを聞く　金風吹き落とす玉簫の声
これには以下のような勘文が付されている。

林子曰はく、斉信は師輔公の孫、為光公の子なり。一条帝の時、官、大納言に至り、右衛門督を兼ぬ。故に金吾卿と称す。又民部卿を兼ぬ。故に藤民部卿と称す。文粋に所謂戸部藤尚書是なり。……

この勘文に鵞峰がこの詩句の作者を藤原斉信と認定した論拠が示されている。すなわち、この詩句の出典は『新撰朗詠集』（巻下・管絃）であるが、陽明文庫本・龍谷大学本・書陵部本・大谷大学本・寛永版本には作者を「金吾卿」とする。鵞峰はこの本文により、金吾は衛門督の唐名であるから、右衛門督であった斉信が「金吾卿」と表記されていると判断したのである。たとえば、『本朝麗藻』で斉信が右金吾と称されていることなどが念頭にあったであろう。

　鵞峰は430「述懐」の後に、この413の詩句を含む三十首が『新撰朗詠集』に出ることを記し、加えて次のように述べている。

　右三十人、基俊が新撰朗詠に見えたり。按ずるに、新撰朗詠、唯其の官を記し、姓名を言はざる者有り。所謂第三親王は輔仁か、入道大納言は俊賢か、都督亜将は経信か、前都督は季仲か、源亜将は英明か、江澄兼は隆兼を誤るか、雅成は惟成を誤るか、皆是疑ひを闕き、姑く是を含く。

　金吾卿もこれらと同様の「其の官を記し、姓名を言はざる者」とみなしたわけである。しかし、この場合はそうではない。

この詩句についても、出典である『新撰朗詠集』における排列に注目する必要がある。ここでは詩句も引用する。

管　絃

426　間関たる鶯の語は花の底に滑らかなり　幽咽たる泉の流れは氷の下に難む　白（白居易）
427　絃の中の恨みは湘山の遠きに起こり　指の下の情は楚峡の流れより多し　蘇替
428　秋月夜閑かにして曲を案ずるを聞く　金風吹き落とす玉簫の声　金玄卿
429　画扇月落ちて　秋白雪の声を調べ　青玉燈残りて　風昭華の曲を伝ふ　明衡（藤原）
430　寡鶴怨長くして夢自づから断え　寒烏啼くこと苦にして漏猶深し　天暦御―（村上天皇）
431　松に入る風の響きは春夢を吹く　峡に落つる泉の声は暗に心に灑ぐ　笠雅望

428の詩句がそうであるが、藤原明衡の作の前に位置する。斉信、明衡と年代順になっているかのように見えるが、注意すべきことは、明衡の作は長句であることである。前述のように、『新撰朗詠集』の排列基準では詩句は長句の後に置かれる。次の430が時代的には明衡に先んずる村上天皇の作であるのは、この基準に拠るからである。428と429との間のことでいえば、明衡の長句の前に本朝詩人の詩句が置かれることはありえない、すなわち、428は中国詩人の詩句でなければならない。

ここで『新撰朗詠集』諸本におけるこの詩句の作者表記をみると、前述のように陽明文庫本ほか四本では「金吾卿」、穂久邇文庫本は「金玄卿」であるが、梅沢本・フォッグ美術館本は「金雲卿」、龍門文庫本は「金五卿」とする。

『新撰朗詠集』の排列からして、すでにこの詩は唐詩でなければならないが、この詩句も、先の二例と同じように、さらに『千載佳句』に遡る。巻下・宴喜部・簫に引かれており（775）、作者は金雲卿。これが本来の作者である。[11] 第二の例と同じように、転写誤読を経て、新羅人の詩が平安朝詩に誤られてしまった。なお、金雲卿の詩はほかには伝わらない。市河寛斎は『千載佳句』によって、この詩句を『全唐詩逸』に拾う。以上の三例は、中国また新羅の詩人を本朝の詩人と誤ったものである。

## 三

本朝の詩人の間で誤った例がいくつかある。

まず、巻八所収、

425　王昭君　　菅原義明

翡翠扇翻つて溪霧断へ　琵琶絃咽びて嶺泉懸かる

　林子曰はく、義明は文時が曽孫。或いは誤つて斉明に作ると。

この詩句は『新撰朗詠集』を出典とするが、鵞峰は、その本に作者を「斉明」とするもののあることを注記しながら、自らの判断で、これを菅原文時の曾孫、義明の作と認定した。新大系本もこれに従い、梅沢本が「斉明」であることを注記しつつ、作者は菅原義明とする。[12]「作者名索引」に、

　義明よしあきら　菅原。生没年未詳。文時の四代目。従五位下壱岐守に至る。

の簡注がある。

しかし、この詩句の作者を菅原義明とすることには二つの疑問点がある。

一つは、前からたびたび問題にしている『新撰朗詠集』におけるこの詩句の排列順序である。この詩句は前節の津守棟国の条で掲げた「王昭君」詩六首に含まれている。655（菅名明）がそうである。作者名の諸本における異同は次に述べるが、この詩句は654の善相公、延喜期の三善清行と一条朝の大江匡衡の作（656）との間に置かれている。すなわち、菅名明はこの間の時代の詩人でなければならない。一方、菅原義明は生没年未詳であるが、宣義の子であり、宣義は匡衡とほぼ同時代の文人である。つまり義明は匡衡に先立つ時代の人物ではない。655の作者を義明とすると、『新撰朗詠集』の排列基準と齟齬をきたすことになる。

第二に、出典となった『新撰朗詠集』の作者注に「義明」とするものがない。諸本の作者注は次の通りである。

菅名明―穂久邇文庫本・梅沢本・陽明文庫本・龍谷大学本・フォッグ美術館本・大谷大学本

名明―書陵部本

菅―龍門文庫本

菅斉明―寛文版本・群書類従本

「(菅)名明」あるいは「菅斉明」である。古鈔本対版本の違いということになるが、これは古鈔本の菅名明が正しい。それは、古鈔本の多くがそう注記するということと共に、これに該当する詩人の存在を確認することができ、またその詩がほかにも伝存するからである。

菅名明は菅野名明である。鷲峰は姓の略称「菅」を菅原と推定したが、これは菅野である。菅野名明はいくつかの資料に現れる。

まず『二中歴』巻十二・詩人歴の文章生・諸大夫の項に「菅野名明勘解由次官」とある。

そうして、これを証するものとして、同巻の詩作者・「扶桑集七十六人」の項に名が記されている。すなわち、残欠本である現存の『扶桑集』には残らないが、散佚した巻に名明の詩が採録されていたわけである。

また、『天徳三年闘詩行事略記』に、右方の一人として「勘解由次官菅野名明」[13]の名を見いだすことができる。なお、名明の生没年は未詳であるが、この天徳三年の詩合に参加していることによって、おおよその生存年代を知ることができる。村上朝の詩人ということになるが、これは、先に見た、『新撰朗詠集』では名明の詩が延喜期の三善清行の詩と一条朝の大江匡衡の詩との間に排列されているということとも符合する。

名明の詩は、まず『類聚句題抄』三十二・望に「山明望二松雪一」の題で詠まれた七言律詩一首がある。作者名は菅名明。

また『和漢朗詠集』に一聯が採録されている。巻下・王昭君の、

数行暗涙孤雲外　一点愁眉落月辺

がそれであるが、これはいま問題にしている『本朝一人一首』採録の詩句と脚韻（先韻）も同じく、本来同一の詩の他の一聯であるに違いない。なお、この詩句の作者注は、日本古典文学大系本・新潮日本古典集成本・新編日本古典文学全集本、遡って柿村重松著『和漢朗詠集考證』（目黒書店、一九二六年）が共に底本とする伝藤原行成筆粘葉装本には「名明」とある。ところが四著ともに、そのことをことわりつつ、先行の『和漢朗詠集私注』『和漢朗詠集註』等に牽かれて、これを源英明に改めてしまっている。[14]

さらに『擲金抄』巻下・絶句部・釈奠に「以レ文会レ友」の題の一聯がある。作者注は「名明」。

以上を要するに、『本朝一人一首』、425「王昭君」詩の作者は、菅原義明ではなく、菅野名明である。

菅野名明については、『本朝一人一首』との関連で、さらに述べるべきことがある。

巻八に次の一聯がある。

398　省試、山明らかにして松の雪を望む　　菅原在躬
青嵐漫に触れて粧ひ猶重し　皓月高く和して影沈まず
林子曰はく、在躬は淳茂の子なり。或いは在明に作る。此の句、衆議未だ決せず。延喜帝、之を吟じて琴を弾じたまふ。遂に及第せしむと。

この条の出典は『江談抄』である。巻四―17に次のようにある。

青嵐漫触粧猶重　皓月高和影不沈〈省試御題。山明望二松雪一。菅在明〉

古人曰はく、評定以前、延喜の聖主、此の句を詠じ、御琴を弾じたまふ。諸儒伝へ承りて及第せしむと。

『本朝一人一首』にいう「或いは在明に作る」も『江談抄』の作者注の「菅在明」に基づく。鵞峰はこの「菅在明」の「菅」を菅原の略称と考え、菅原氏の詩人のなかで、名が在明に近似した在躬に比定したものであろう。在躬は文章博士、左少弁等を経歴し、『類聚句題抄』に二首の詩が残る。この詩句の作者が在躬であってもおかしくはない。

しかし、この詩句の作者は在躬ではない。

この詩句の句題「山明望二松雪一」は、先に菅野名明の遺存する詩の第一首としてあげた『類聚句題抄』所収詩と一致する。そこで両者を対比してみると、その第六聯は次の通りである。

厳風漫触粧猶重　暁月高懸影不沈
傍点を付した文字が『本朝一人一首』所引句と相違するが、本来同一の詩句と考えてよいであろう。『本朝一人一首』所引の、すなわち『江談抄』所引の本文は異伝であろう。

このことから、その作者名、菅在明は菅名明の誤伝と考えられる。

要するに、『本朝一人一首』が菅原在躬の作とする詩句もまた、菅野名明の詩である。

巻八に、是貞親王の作として次の詩句がある。

401 詠史、梁の孝王を得たり　是貞親王

鄒枚(すうばい)散じて後平台静かなり　空しく春風を遣(し)て只(ただ)断腸せしむ

林子曰はく、是貞は宇多帝の兄なり。是貞、至尊の連枝を以つて、此の題を賦す。偶(たまたま)相当たると。

この詩句は『新撰朗詠集』を出典とする。巻下・詠史・648。鷲峰はその作者注に基づいて、この詩句を是貞親王の作と認定したと考えられるが、『新撰朗詠集』の諸本をみると、その作者注は次のように区々である。

貞真親王貞観天皇第九親王—穂久邇文庫本

貞(ママ)親王—梅沢本

貞観天皇第九子—陽明文庫本

貞真親王—龍谷大学本・書陵部本

真貞親王—フォッグ美術館本

是真親王—龍門文庫本・寛永版本

是貞親王—群書類従本

是貞親王とするのは群書類従本のみである。「真貞」は「貞真」を誤倒させたものであろう。なお、真貞親王あるいは是真親王なる人物は存在しない。

古鈔本の多くは貞真親王とする。このことは、この詩句の作者は貞真親王であろうと推定する有力な論拠の一

つであるが、加えて、次のような傍証もある。

まず『十訓抄』第五「朋友を撰ぶべき事」の序に「清和第九の皇子、貞真親王の作り給へりける」として、この401の詩句を引く。

貞真親王は詩の制作に堪能であった。まず『二中歴』巻十二・詩人歴の親王の項に名が記されている。そうして、これを引証するものとして、一つに『西宮記』巻十五・竟宴事に、

　諸道講書、紀伝講書。漢書竟宴之日、貞真親王参会、出二詠句一。

の記事がある。年時は不明であるが、『漢書』講書竟宴における詠史詩の詠作があったことを示す。

次に『新儀式』巻四・花宴事に次の記事がある。

　延喜四年二月花宴。召二貞真親王一。雖レ非二殿上一、依二善属レ文、殊有二其召一。

属文の才によって特別に召しを受けている。親王が詩文に堪能な人物と認められていたことをもの語っている。

さらに、『河海抄』巻五・花宴所引の「醍醐天皇御記」に次の記事がある。

　延長四年二月十七日御記曰、此日殿前桜花盛開。仰召二文人一聊開二花宴一。……、今日遣レ使召二常陸太守貞真親王・左大臣一。……、仰令レ献レ題。藤原公統朝臣進昇殿、藤原朝臣座前給レ之、令レ書二題目一奏〈花房紅蠟珠〉。仰又令レ上。又書奏書レ之〈桜繁春日斜〉。仰以二後所レ上為レ題。又仰令レ探二韻字一。右近権少将実頼探レ韻奏上。次親王以下就二文台一探レ韻。

延長四年（九二六）二月、貞真親王は花宴に列席して「桜繁くして春日斜めなり」の題で詩を賦した。

以上の証例によって、貞真親王はいわゆる属文の王卿と認めることができる。これに対して、是貞親王は「是貞親王家歌合」の主宰者として、和歌史のうえでは周知の人物であるが、漢詩文の世界にはたえて登場しない。

このことをも顧慮して、「詠史、得二梁孝王一」の作者は貞真親王と考定する。是貞親王とするのは誤りであろう。

巻八に藤原家経の作として次の詩句がある。

418　皇子、御註孝経を読む　　藤原家経
若し皇子の神聡敏を言はば　日遠き論は同日の論に非ず
　林子曰はく、家経は広業の子なりと。

鵞峰はこの詩句を藤原家経の作とし、新大系本もこれに従うが、鵞峰の作者比定は、おそらく上述の諸作と同じく、『新撰朗詠集』の作者注に基づくものと考えられる。

この詩句も『新撰朗詠集』を出典とするが（巻下・親王・627）、寛永版本の作者注に「家経、長秋相公」とある。おそらくこれに拠る。

家経は、鵞峰が注するように、儒家としての日野家の基礎を築いた広業の子で、よく家学を継ぎ、式部権大輔、文章博士に任じている。『本朝続文粋』『新撰朗詠集』『教家摘句』等に詩文を伝える。親王の読書初に陪侍して詩を賦すことも十分にありうることである。

しかし『新撰朗詠集』の他の諸本の作者注記を見ると、龍門文庫本は注記を欠くが、ほかはすべて「長秋相公」と注する。家経とするのは寛永版本のみで、多くの古鈔本が長秋相公としている点はやはり検討を必要としよう。

まず、長秋相公は家経ではない。相公は参議の唐名であるから、まずは参議でなければならないが、家経は正

四位下に止まっており、参議には至っていない。このことからして、すでに長秋相公は家経ではない。

では長秋相公とは誰か。それは参議で中宮、皇后宮あるいは皇太后宮職の官に在った人物ということになる。これに該当する人物を求めなければならないが、穂久邇文庫本の作者注に手がかりとなるものがある。すなわち、「長秋相公」の下に「師成納言トモ」の注記を付す。これに従って考えてみると、師成は藤原師成であろう。北家師尹流、通任の子。康平六年（一〇六三）従三位に叙せられ、治暦四年（一〇六八）四月、藤原歓子が後三条天皇の皇后に冊立されたのに伴い、皇后宮権大夫となる。白河天皇の治世となり、承保元年、皇太后宮権大夫、翌二年参議となるが、承暦四年辞職し、翌年正月、前参議として皇太后宮権大夫に復するが、八月出家を遂げ、九月没した（以上『公卿補任』）。

これによって、師成が長秋相公と称されることは十分に考えられる。しかし、これだけで長秋相公は師成であると断定することはできない。長秋相公と呼ばれうる人物がほかにいないか、確認する必要がある。

『新撰朗詠集』では、この詩句は「儀同三司」、つまり一条朝の藤原伊周の後、歌の前に排列されている。そこで、三条朝以降、『新撰朗詠集』の成立時期と考えられる保安三年（一一二二）から長承二年（一一三三）までの間に至る、長秋相公に該当する人物を尋ねてみる。それは『公卿補任』で容易に確かめうるが、該当する人物は見いだしえない。

長秋相公にはやはり藤原師成を比定してよいだろう。『新撰朗詠集』の作者注としては、孤例である寛永版本のそれよりも、多くの古鈔本の長秋相公に従うべきであろう。

すなわち、初めに戻って、「皇子読二御註孝経一」の詩句は、藤原家経の作ではなく、藤原師成の作と考えられる。(15)なお、師成には、『中右記部類紙背漢詩』に二首の詩作がある。

巻六に孝標の作として次の詩を引く。

291　賀茂社を拝し百度の参詣を企て懐ひを述ぶ
上下往来す百度の功　心に誓ひ歩を引く鴨堤の中
苦行日びに積む何の憶ふ攸(ところ)ぞ　素願偸(ひそ)かに祈る古栢の風

『本朝一人一首』では、作者表記は名のみであるが、新大系本はこれを菅原孝標に比定する。脚注に「底本「孝標」のみ、意により「菅原」を補」とある。菅原孝標といえば、ただちに『更級日記』の作者の父が想起されるが、新大系本はこの菅原孝標を念頭に置いて「菅原」と補っている。それは以下のとおりである。

『本朝一人一首』はこの孝標の詩の次に藤原頼長の和詩を引載している。

292　孝標の韻に和す
吾は南土に如(ゆ)き汝は岨(そ)に参る　素願共に通ず神意の中
鴨の御祖神(みおやのかみ)恵みを垂るること速やかなり　今冬定めて聴かん羽林の風

これには長い評語が添えられている。

林子曰はく、右二首、頼長が久安日記に見えたり。語、俗俳なりと雖も、姑(しばら)く載せて以つて数に備ふるのみ。頼長、少(わか)き時、通憲を師として学問す。穎悟人を驚かす。既に長じて経史を博覧す。且つ本朝の公事に通ず。其の日記三十餘冊、今猶存す。常に人に語つて曰はく、詩歌、管絃、能書は国家に於いて何の益か之れ有らん。朝家の輔佐為る者は、唯倭漢の事を博識するを以つて要と為(す)べしと。其の心、忠通、諸芸有るを軽侮して、己が学を以つて誇説し、嫡を奪ひ、摂関為らんと欲するのみ。既に左大臣に任じ、内覧の宣旨を蒙る。其の権勢忠通と抗衡す。孝標其の党なり。今此の贈答を見るに、彼の素願神に託し、頼長を憑んで羽林に昇らんと欲するなり。……

新大系本は孝標に「菅原孝標は道真五世の嫡孫。更級日記の作者はその娘」の脚注を付す。ただし、「作者名索引」の注には「菅原。伝未詳。藤原頼長の周辺の人物」とあり、「菅原」とはするものの、この脚注と齟齬をきたしている。(16) いわゆる菅原孝標はある程度の伝は知られるし、頼長の周辺の人物ではないからである。

さて、孝標と頼長の詩は、鷲峰が自ら明記するように、頼長の日記『台記』に出る。鷲峰による平安朝佚存詩探索が公卿の漢文日記にまで及んでいたことが知られるのであるが、新大系本の出典注が明確でないので補っておくと、『台記』久安三年三月十五日条である。

……、今日下二向南京一。為三明日参二春日祭社一也。……、亥刻、著二禅定院一。……、或人〈讃州〉自二賀茂一、送二詩歌各一首一。其詞云、仲春拝二賀茂之社壇一、企二百度之参詣一、苦行隙、偸述レ懐矣〈加二和歌一〉。大僕卿孝標。

ついで前引の291の詩と和歌の引用があり、さらに「余則和レ之〈依二不堪一、不二和歌一〉」として、292の詩を引載する。

出典にまで立ち戻ると、二首の詩が詠まれた情況が明らかになる。春日社参詣のため、南都奈良に下向した頼長の宿所へ孝標の詩が送り届けられてきたのである。(17)

このことによって、孝標は藤原頼長の周辺の人物であることが十分に明確になるのであるが、そうすると、孝標は菅原孝標ではない。

菅原孝標は『更級日記』藤原定家筆本に付された勘物によって生年が知られる。

寛仁元年正月廿四日任二上総介一〈四十五〉、五年正月得レ替〈四十九〉、長元五年二月八日任二常陸介一〈正五

位下、六十〉

とあることから、天延元年（九七三）の生まれである。没年は未詳であるが、常陸介としての任期を終えて帰京した長元九年（一〇三六）には六十四歳である。一方、藤原頼長は保安元年（一一二〇）に生まれ、保元元年（一一五六）七月十四日に没している。両者が同時代の人物でありうるはずはない。すなわち、孝標は菅原孝標ではない。

ではこの孝標とは誰か。実は孝標の素姓は、院政期政治史研究の側から、すでに明らかにされているのである。(18)前引の『台記』所引の詠作で、孝標は「大僕卿」と称している。大僕卿は馬寮頭の唐名であるが、久安三年三月の時点で、左馬頭は藤原隆季、右馬頭は平家盛である。従って、孝標はタカスエと読んで、隆季に該当する。すなわち孝標は藤原隆季と考えられる。

藤原隆季は北家末茂流、家成の子。正二位権大納言に至るが、養和二年（一一八二）出家した。生没は大治二年（一一二七）～元暦二年（一一八五）正月十一日。隆季にはほかにも詩作が遺存する。『和漢兼作集』『擲金抄』『山槐記』（治承二年六月十七日条）に二聯一句が残る。(19)

ちなみに、隆季は頼長と男色関係にあった人物で、前引の『台記』で、頼長は隆季を「或人〈讃州〉」と呼んでいるが、この呼称もそうした関係にあったことによる。隆季が初めて頼長と関係をもった時に讃岐守であったから、頼長は以後も「讃州」と呼んだのであった。(20)

# 四

以上述べてきたように、『本朝一人一首』は、作者の比定について誤りを犯している。

ことに第二節に述べた藤原季方、津守棟国、藤原斉信の詩句とされているものは、それぞれ唐代詩人の季方（李方）、陳潤、新羅の金雲卿を誤ったものであり、『本朝一人一首』に唐詩が錯入するという結果をもたらしてしまった。加えて、棟国については、鎌倉時代の人物をもち来たって平安朝詩人として立項するという誤解も重なる。

また、第三節で述べた菅原義明、同在躬、是貞親王、藤原家経は他の詩人を誤ったものであるが、菅原義明、是貞親王そうして先の藤原季方については、現在のところ、ほかに詩作の遺存はないので、彼らを平安朝詩人の列に加えることはできない。

上述の事例とは異なるが、編者の人名についての理解が不十分で、誤っている場合がある。注2に記したように92勇山文継と132安野文継は同一人物である。勇山連より安野宿禰に姓を改めているが、このことに気付いていない。そのために文継は『本朝一人一首』に二首が採録されることとなっている。新大系本が指摘する田達音と島田忠臣もそうであり、先述の菅野名明も誤りを正してみると、二首が入集している結果となった。

このような『本朝一人一首』の誤りは、江戸時代の後代の著作にそのまま引き継がれている。

その一つは江村北海の『日本詩史』（明和七年、一七七〇）である。「凡例」に「初巻に録する所は林学士の撰する所の一人一首を以つて標準と為し」と明示されているが、巻一に、「藤原氏の諸集に見ゆるもの」「一聯一句古今伝称して全章闕亡するもの」の一つに「右馬頭季方の三月尽」を数え、また菅原氏の「詩を善くすと称する」なかに「文章博士在躬」「五品義明」をあげる。

その二は市河寛斎の『日本詩紀』（天明六年、一七八六）で、本章で言及した、最後の孝標を除く、すべての詩人をそのまま挙げている。また『全唐詩逸』（天明八年）をもつ寛斎は、同一の詩句を、一方では唐詩の佚詩としてこれに拾いつつ、他方では本朝の詩として『日本詩紀』に採録している。季方と藤原季方、陳潤と津守棟国、金雲卿と藤原斉信、いずれもそうである。

しかし、本章が意図するところは、単に『本朝一人一首』の、また以後の先学の誤りを数え上げることのみにあるのではない。

新日本古典文学大系本は、『本朝一人一首』を、林鵞峰によって編纂された著作として、たとえば訓読文に編者の息吹きを伝えようとするなど、鵞峰の『本朝一人一首』として読むことに細心の配慮がなされている（解説、『本朝一人一首』を読むために」参照）。これは編纂された作品の読み方として、学ぶべきことは多い。

しかし、そのことと共に、本章の論述を通して明らかになったことは、これまた編纂物であるということが要求する、もう一つの視点の必要性である。すなわち、出典にまで立ち戻って確認するという配慮が必要であるということである。本章の例でいえば、『新撰朗詠集』であり、『台記』であった。このことは、ひとり作者についてのみならず、本章で指摘したのは藤原頼長の詩の一句にとどまったが、より本来的な目的である詩の正しい読解にも寄与する点があるだろうと思う。

注

（1）新日本古典文学大系本の作品番号。
（2）また、文継は92勇山文継と同一人物であるが、『本朝一人一首』は別人と誤る。文継については、拙稿「「文華秀麗集詩人小伝」拾遺」（『平安朝漢文学論考』補訂版、勉誠出版、一九八一年）参照。
（3）訓読は新大系本所収版本を参考にして私見による。
（4）『新撰朗詠集』梅沢記念館旧蔵本のこと。『新撰朗詠集』諸本の作者注については後述。
（5）『新撰朗詠集』は川村晃生・佐藤道生編『新撰朗詠集校本と総索引』（三弥井書店、一九九四年）による。底本は穂久邇文庫所蔵本。
（6）日本古典文学影印叢刊（貴重本刊行会、一九八一年）による。
（7）梅沢記念館旧蔵本（古典文庫、一九六三年）・陽明文庫本（陽明叢書、思文閣出版、一九七八年）・フォッグ美術館本（日本名跡叢刊、二玄社、一九八四年）は（　）内の影印本、大谷大学図書館本は原本、寛永八年刊本・群書類従本は版本により、これ以外の龍谷大学図書館本・宮内庁書陵部本・龍門文庫本および山名切は注5の校本による。
（8）国立歴史民俗博物館蔵本（『国立歴史民俗博物館蔵貴重典籍叢書』文学篇第二十一巻、二〇〇一年、臨川書店）による。ただし作品番号は金子彦二郎『増補平安時代文学と白氏文集句題和歌・千載佳句研究篇』（芸林舎、一九七七年）による。
（9）注6の『新撰朗詠集』解説（大曾根章介氏）による。
（10）『本朝一人一首』の作者の問題はこのようになるが、この429の詩句は『全唐詩』巻七七三所収、王偃の「明君詞」の第3・4句であることを豊田穣「全唐詩糾誤」（『唐詩研究』養徳社、一九四八年）に指摘する（柳澤良一氏教示）。なお『楽府詩集』（巻二十九）にも入る。それがなぜ『千載佳句』では陳潤の作となったのか、明らかにしがたい。
（11）金雲卿は新羅人である。陸穎瑤「『和漢朗詠集』『新撰朗詠集』所収「暁賦」佚句考」（『日本中国学会報』第七三号、二〇二一年）に言及がある。

（12）古典文庫の訓読文は「斉明」とするが、影印本でみると、後述するように、むしろ「名明」であると考えられる。

（13）群書類従本は「菅原」とするが、内閣文庫本・三手文庫本は「菅野」。

（14）『和漢朗詠集』のほかの古鈔本も、近衛本・太田切・葦手下絵本・伊予切（いずれも日本名跡叢刊所収影印本）はいずれも「名明」とある。しかしその釈文は常識に誤られて「源英明」あるいは「源英名」に改めている。ことに後者の源英名は全く架空の人名である。ただし戊辰切には「英明」とある。

（15）なお、新大系本は詩題「皇子、御註孝経を読む」を「一条帝の第一皇子敦康親王が御注孝経を読むのを見て」と解するが、これは誤りである。師成は永保元年（一〇八一）七十三歳で没しており、一条朝とは全く時代を異にする。

（16）新大系本付録の作者系図（山本登朗氏作成）に、「作者には、本巻の詩題の通し番号を付した」としながら、菅原氏の孝標に通し番号を付していないことも、これと関わりがあろう。

（17）これによって、頼長の詩の第一句について明確な理解が得られる。「吾は南土に如き汝は岨に参る」の「南土」は「京都の南方宇治をいうか（頼長は宇治左大臣）」（新大系本脚注）ではなく、「南京」、奈良でなければならない。『台記』記載の原詩には、この第一句に「只今詣二春日一、故有二此句一」という自注も付されている。もっとも、このことは、第二句に「素願共に通ず神意の中」とあることからも推測されることであるが。

（18）五味文彦『院政期社会の研究』（山川出版社、一九八四年）第四部第三章第一節。

（19）拙編『日本詩紀拾遺』（吉川弘文館、二〇〇〇年）参照。

（20）五味氏は『台記』康治三年四月三日条に「受領讃」、久安二年五月三日条に「讃」と記されていることを例として、このことを説く。なお五味著書を補うものとして、東野治之「頼長と隆季」（『史料学探訪』岩波書店、二〇一五年。初出一九九〇年）がある。

※『国語国文』第六十三巻七号（一九九四年）に発表した。
副題は新たに付した。

# 27　史料所載平安朝詩詩題索引

## はじめに

今井源衛先生の監修のもとに、我々は『平安朝漢文学総合索引』を作り、公刊した（吉川弘文館、一九八七年）が、その一部門として「詩題」が立てられている。この書では、採録の対象は文学作品に限定されているが、詩題についていえば、それは国史、古記録などの歴史史料にも拾うことができる。そうして、そのことによって、それは詩作の時、場を特定しうるものとなる。

「唯以詩為友」の詩題は、『平安朝漢文学総合索引』によれば、『江吏部集』（群書類従本）二二七ページ下と『本朝文粋』（国史大系本）二〇九、二三〇ページに出てくるが、この詩題はまた『権記』長保元年十月七日条に記されている。このことによって、大江匡衡の詩および詩序は、この日の「帥宮」（敦道親王邸）における作文会の作であることが明らかになる。

『平安朝漢文学総合索引』を補い、その利用効果をよりいっそう大きなものとすることを期待して、「史料所載

付載

# 平安朝詩題索引」を編んだ。

## 凡例

一、年次の上限は延暦十三年（七九四）、下限は保元三年（一一五八）とした。ただし、実際に詩題の記載が現れるのは天長五年（八二八）閏三月十二日（『類聚国史』巻三十一）が最初である。

二、採録した史料文献は次の通りである。（　）の中はその略号。五十音順。

宇槐記抄（槐）　増補史料大成
宇多天皇御記（宇）　所功編『三代御記逸文集成』
永昌記（永）　増補史料大成
九暦（九）　大日本古記録
公卿補任（公）　新訂増補国史大系
江家次第（江）　新訂増補故実叢書
康平記（康）　群書類従
古今和歌集目録（古）　内閣文庫本
後二条師通記（後）　大日本古記録
権記（権）　正暦二年九月～寛弘七年十二月は史料纂集、以後は増補史料大成
左経記（左）　増補史料大成
春記（春）　増補史料大成　長久二年二月条は山田文昭『日本仏教史之研究』
小右記（小）　大日本古記録
続日本後紀（続後）　新訂増補国史大系
水左記（水）　増補史料大成
西宮記（西）　改訂史籍集覧

台記（台）　保延二年～康治二年は史料纂集、以後は増補史料大成
醍醐天皇御記（醍）『三代御記逸文集成』
為房卿記（為）　駒沢大学大学院史学会古代史部会編、古記録叢書Ⅰ
中右記（中）　寛治元年～天仁元年は大日本古記録、以後は増補史料大成
中右記抄出（中抄）　増補史料大成
中右記目録（中目）　増補史料大成
長秋記（長）　増補史料大成
朝野群載（朝）　新訂増補国史大系
貞信公記（貞）　大日本古記録
殿暦（殿）　大日本古記録
日本紀略（紀）　新訂増補国史大系
日本三代実録（三）　新訂増補国史大系
百錬抄（百）　新訂増補国史大系
兵範記（兵）　増補史料大成
扶桑略記（扶）　新訂増補国史大系
平記（平）　続々群書類従
法性寺殿御記（法）　九条家歴世記録（図書寮叢刊）
本朝世紀（世）　新訂増補国史大系
御堂関白記（関）　大日本古記録
類聚国史（類）　新訂増補国史大系

これらのうち、江家次第、西宮記、朝野群載、類聚国史については、所在を巻数をもって示した。

三、詩題であるかどうか、判断に迷う例もあるが、その場合も採録した。

（例）是重陽節也。……、同賦二九日侍宴詩一。（続日本後紀・承和十三年九月九日条）

四、詩題に誤写が想定される場合がままあるが、史料の本文批判にまで及ぶことはできなかったので、もとの表記に従った。ただし、それに注記を付した場合がある。

五、配列は第一字の漢音読み（慣用音で読んだ場合もある）による五十音順とした。同一字ごとにまとめ、同音の場合は画数順とし、さらに同画の場合は部首順とした。第二字以下も同じ。

六、同じ詩題が同年月日で複数の史料に出てくるときは、そのうちの一つの史料名だけをあげて、全部を列挙することはしなかった。

**あ**

安処林野　天永三・三・二八（中）

**い**

以文治世　長治二・四・二七（中）
衣無異礼　天暦四・一二・二五（公・天禄元・源保光）
依酔忘天寒　長和元・一一・其日（紀）
唯以詩為友　長保元・一〇・七（権）
帷帳早涼至　寛治七・七・一三（中）
因流汎酒　寛弘四・三・三（関）

**う**

雨為水上糸　長保五・五・一（権）
雨声共葉飛　寛弘二・一〇・六（関）
雨洗白菊　嘉祥元・九・九（続後）
雨夜紗燈　寛平六・九・一〇（紀）
芸始生　寛弘三・一一・二六（権）
雲衣含夕露　康保二・七・七（紀）
雲(原作雪)中白鶴　延喜一〇・五・一九（古・春道列樹）

**え**

宴遊被月催　寛治二・八・一五（中）
遠近春花満　寛治四・三・一六（中）
燕雀相賀　長保二・一〇・一七（紀）

**お**

於宇治別業即事　寛弘元・閏九・二一（関）

く



け

春妓応製　天長八・一・二〇（紀）
春至足鶯花　長元七・一・二二（紀）
春日閑園　天長五・閏三・一二（類三一）
春酒延齢物　寛弘三・三・二七（権）
春樹花珠窠　天徳三・二・二三（九）
春色雨中尽　天延二・三・二八（紀）
春色半喧寒　承和二・一・二〇（続後）
春色満乾坤　寛弘四・三・二二（権）
春深花漸落　永長元・三・一七（中）
春水桃花浪　康保三・三・三（紀）
春生　承和九・一・二〇（続後）
春生暁禁中　延喜一五・一・二一（紀）
春生梅樹中　延喜五・一・二一（紀）
春生柳眼中　昌泰三・一・三（扶永観二・六・二九）
春雪呈瑞　寛和元・一・一〇（小）
春先梅柳知　寛平八・一・二一（紀）
春天凄風　寛平五（古・平篤行）
春晩陪餞入唐使　承和四・三・一一（続後）
春被鶯花送　天徳三・三・三〇（紀）
春風歌　寛平二・一・二一（紀）
春風散管絃　延喜六・一・二一（紀）
春風微和扇　延喜一〇・一・二三（紀）
春暮絃歌裏　永長元・三・二八（中）

春夜翫桜花　延喜一七・三・六（醍）
春裏花尤貴　元永二・三・一九（法）
閏九月尽燈下即事　寛平二・閏九・二九（紀）
初蝉纔一声　長保五・五・六（権）
所貴是賢才　寛弘四・四・二五（紀）
所思詠　大治二・七・七（中）
所宝（惟）賢　天慶五・二（江五・釈奠）
松依勝池貴　長和五・四・五（左）
松経霜後貞　応和元・一〇・三〇（紀）
松献遐年寿　天永二・一〇・五（殿）
松是契長生　長承三・二・一〇（中）
松樹契遐年　天永三・四・二六（中）
松樹臨池水　寛治四・四・二〇（後）
松竹契遐年　元永二・三・一五（法）
松竹春増色　天治二・二・一六（中目）
相(ママ)郷有清風　嘉保二・七・二一（為）
昭華玉　寛和元・閏八・二三（紀）、仁平三・五・二四（槐）
勝地契遐年　嘉保二・一〇・二一（中）
勝地富風流　長保五・一一・二七（権）
勝遊歳月長　康和二・八・八（中目）
象載瑜　長和四・一二・二七（小）
照明徳　大治五・八・七（中）
鐘声応霜鳴　寛平元・九・九（紀）

す



せ

仙家松樹鮮　大治五・九・一七（中）、保延三・四・五（中）
仙星歓会成　永長元・七・七（中）
仙潭菊　寛平二・八・九（紀）
仙桃夾岸開　応和二・三・三（紀）
宣徳以詩　嘉保元・六・一〇（中）
践露知暑（曙ヵ）天禄二・三・二八（紀）
善以為宝　長久四・九・九（百）

## そ

早夏即事　寛弘八・四・其日（紀）
早寒生重衾　長和四・一〇・二〇（関）
早春花月　承和元・一・二〇（続後）
早春内宴　延喜七・一・二一（西三・内宴）
早涼初識秋　長治二・七・一〇（中）
草樹暗迎春　寛平一〇・一・二〇（紀）
草樹減秋声　長保元・九・九（権）
草木凝秋色　延喜一八・九・九（紀）
草木言　承和一四・九・九（続後）
送秋筆硯中　長保元・九・三〇（権）
爽籟驚幽律　延喜一二・九・九（紀）
窓下有満風　康保二・六・一（紀）
霜花満叢菊　天暦四・一〇・八（九）
霜寒林葉落　承暦四・一〇・四（水）
霜菊詩　寛平二・閏九・一二（紀）
霜樹疑春花　長保三・一〇・二三（権）
霜葉辞条下　延喜二・九・九（紀）
霜葉満林紅　康保二・一〇・二三（紀）
叢香近菊籬　天暦五・一〇・五（九）

## た

対山唯愛花　康平三・二・三〇（中抄）
大有慶　嘉保二・八・一四（中）
代牛女惜暁更　寛平三・七・七（紀）
沢如時雨　長徳二・六・二五（小）
旦夕秋風多　寛弘七・八・二二（関）

## ち

池岸菊猶鮮　永延元・一〇・一四（紀）
池水漸成氷　寛治五・一一・四（後）
池水澄如簟（潭ヵ）寛弘八・五・一七（関）
池水浮秋景　治安二・八・某日（紀）
池水浮明月　寛弘二・九・一五（関）
池氷如対鏡　長徳三・一二・一二（権）
池辺初雪　応和元・一一・九（紀）
竹裏聞鶯音　寛治六・二・一八（中）
逐歳松持節　久寿元・四・三（台）

の



は



ひ



ふ



へ



ほ

ら

落下水上浮　康平三・三・二五（康）
落花無数雪　貞観八・閏三・一（三）
落花乱舞衣　天暦三・三・一一（紀）
落葉笙歌裏　永承七・一〇・一九（百）
落葉声如雨　天永二・一〇・三（永）
落葉泛如舟　長和二・一〇・二（関）
落葉□関路　承暦四・一〇・五（水）

り

理残粧　承和三・一・二〇（続後）
籬菊有残花　延長四・九・三〇（紀）
籬辺有残菊　延喜五・九・某日（紀）
流鶯遠和琴　応和元・三・五（紀）
流水調笙歌　寛弘四・四・二九（関）
留春春不駐　康保元・三・二九（紀）
龍図授羲　元慶八・春（古・藤原菅根）
涼風撤蒸暑　長保五・七・三（権）
林花被隔霞　永長元・三・二（中）
林花落灑舟　寛弘四・三・二〇（関）
林叢雨中滋　天永元・六・九（永）
林池叶勝遊　長元二・三・二三（紀）
林池秋興　寛弘二・八・一七（関）
林池秋景　延喜一七・九（紀）
林亭即事　寛弘四・九・二三（関）

れ

礼以行義　仁平三・六・二一（槐）
礼以行之　久安三・八・六（世）
礼義為器　長久四・九・九（百）
礼儀有序　久安三・八・二九（台）

ろ

炉辺命飲　寛弘元・一一・二五（関）
露重菊花鮮　承和四・九・九（続後）、延喜一四・九・九（紀）

わ

和風初著柳　延喜一九・一・二一（紀）

※　今井源衛編『源氏物語とその周縁』（和泉書院、一九八九年）に発表した。

# あとがき

身辺を整理しなければならない年齢となったので、仕事としてきたことのまとめとして本書を思い立った。メモを作ってみて、初めての論集『平安朝漢文学論考』（一九八一年）の内容とほとんど同じであると気付いた。この書は、「一　嵯峨朝詩壇」、「二　菅原道真とその時代」、「三　一条朝前後」、「四　詩人伝研究」の四つの柱を立てているが、一～三の各論はすなわち〈文学史研究〉である。最初とおそらく最後となるであろう論集とが同内容である、メモを見ながら、文学史の記述に寄与しうる問題と作品を成す人とが、自分の変わらぬ関心事であったのだ、と改めて思った。

二、三のことについて記しておきたい。

3の『大乗起信論注』、7の『千手儀軌』、19の「諭友詩」を引く『文集抄』は、これまでも多くの恩恵を被ってきた天野山金剛寺蔵資料を用いた論である。

二〇一九年十一月、早稲田大学文学学術院と北京大学中国語言文学系との間で行われている中日古典学ワークショップが北京大学で開かれたが（この成果は河野貴美子・杜暁勤編『中日古典学ワークショップ論集――文献・文学・文化』〈汲古書院、二〇二四年〉として刊行されている）、これに合わせて、私は北京大学の招待を受けて講演をする機会を得た。これを与えてくれたのは一冊の書物である。私はこれより先、天野山金剛寺蔵の『全経大意』を紹介したが（「『全経大意』」『本朝漢詩文資料論』二〇一二年。初出二〇一〇年）、北京大学の劉玉才教授がこの書に関心を持たれたことが機縁となって、ここに至ったのである。この時、一回目は「日本に残る中国典籍」の題で話しをしたが、その一例として用いた資料を小文としたのが、19「白居易「論友詩」の本文——我が国に残る古写本」である。またこの時、16「呉越と平安朝の漢学」第二節で論及している『感通賦』の明刊本を劉教授の紹介によって北京大学図書館で見ることができた。

23「『扶桑集』の詩人」の第四節で『扶桑集』の逸句を紹介したが、この本文の有する意義についても論及した。そこで『源氏物語奥入』の異本『源語古抄』について触れながら、旧稿では『奥入』については触れていなかった。それで『源氏物語』研究の専家二氏の教示をいただいたのであるが（注19）、まことに迂闊なことで恥入るばかりである。そう思いながら、私はこうも思った。「柏木」の巻で夕霧が口ずさむ「右将軍が塚に草初めて青し」の典拠として現行の諸注釈が引くのは『河海抄』が指摘する「右将軍の墓に草初めて秋なり」であるが、『奥入』の本文は「草初めて青し」で『源氏物語』の本文に一致する。このことは『源氏物語』の研究者が気付いてもよかったのではないかと。

26「創り出された平安朝詩人」に関わっては、中村幸彦先生の思い出がある。この論文を先生が褒めて下さったのである。私は一九八三年に大阪大学に赴任したが、間もなく島津忠夫先生の指示で角川書店の『古語大辞典』の編集委員の末席に加わることになった。京都、高野のマンションの一室に置かれていた角川の京都事務室に月に二日出かけて、執筆者の素稿を三人一組で検討して原稿に仕上げていくのである。中村先生も編者のお一人として、淡路島から出てきておられたので、日が合えば先生にお会いできた。この論文は『国語国文』の一九九四年の七月号に掲載されたので、それから間もなくのことであっただろうが、ご一緒した時に、面白かったと言って下さった。思うに『国語国文』は先生の母校の雑誌であり、毎号手にしておられたであろう、そこに九州大学での受講生の名があって、どんなことを書いているのかと思われたのであろうが、私は先生が読んで下さるとは思ってもいなかったので、うれしかった。

本書ははじめに述べた事情から思い立ったことであるので、こちらから吉田祐輔氏に出版をお願いしたのであるが、快くお引き受けいただき、適切な助言も下さった。篤くお礼申し上げる。

二〇二四年八月

後藤昭雄

# 索　引

・人名、書名、編名・詩題、事項に分けて五十音順に配列した。
・人名の名は音読し、漢字ごとにまとめた。

## 人名索引

### あ行

## か行

## さ行

## た行

## な行



## は行

## ま行



## や行



## ら行



## わ行

# 書名索引

## あ行



## か行

## さ行



## た行

## な行



## は行



## ま行

### や行



### ら行



### わ行



## 篇名・詩題索引

・詩題、句題は「　」に入れた。

### あ行



### か行

## さ行



## た行



## な行



## は行

# 事項索引

・語彙として採ったものは「　」に入れた。

## た行



## な行



## は行



## ま行



## や行



## ら行

著者略歴

**後藤昭雄**（ごとう・あきお）

1943年、熊本市に生まれる。1970年、九州大学大学院修了。現在、大阪大学名誉教授。

主要著書に、『平安朝漢文学論考』（桜楓社、1981年。補訂版、勉誠出版、2005年）、『本朝文粋』（共校注、新日本古典文学大系、岩波書店、1992年）、『平安朝漢文文献の研究』（吉川弘文館、1993年）、『日本古代漢文学与中国文学』（日本中国学文萃、中華書局、2006年）、『大江匡衡』（人物叢書、吉川弘文館、2006年）、『平安朝漢文学史論考』（勉誠出版、2012年）、『本朝漢詩文資料論』（勉誠出版、2012年）、『平安朝漢詩文の文体と語彙』（勉誠出版、2017年）など。



平安朝詩文論集（へいあんちょうしぶんろんしゅう）

著者　後藤昭雄

発行者　吉田祐輔

発行所　㈱勉誠社

〒101-0061 東京都千代田区神田三崎町二―一八―四

電話　〇三―五二一五―九〇二一㈹

二〇二四年九月二十五日　初版発行

印刷・製本　中央精版印刷

ISBN978-4-585-39043-5　C3090

## 本朝文粋抄 一～七（以下続刊）

日本漢文の粋を集め、平安期の時代思潮や美意識を知る上でも貴重な史料『本朝文粋』。各詩文の書かれた背景や、文体・文書の形式まで克明に解説。現代語訳も併記。

後藤昭雄 著
本体一～五巻 各二八〇〇円・六・七巻 各三二〇〇円（＋税）

## 菅家文草注釈 文章編 第一・二冊（以下続刊）

日本文化史、日本政治史に大きな影響を与えた菅原道真。その詩文集である『菅家文草』文章の部の全てを注釈する。今後の研究の基盤となる決定版。

文章の会 著
本体 第一冊 五四〇〇円・第二冊 六五〇〇円（＋税）

## 日本古代の「漢」と「和」 嵯峨朝の文学から考える

「漢」と「和」は、互いに対立し否定しあうものだったのか。通説を捉え返し、嵯峨朝の文化的・社会的特質と諸相を再検証し、日本古代の「漢」文化の咀嚼と内在化の歴史を探る。

北山円正・新間一美
滝川幸司・三木雅博・山本登朗 編・本体二四〇〇円（＋税）

## 六朝文化と日本 謝霊運という視座から

思想的な背景となった六朝期の仏教や道教にも目を向けつつ、日本文学における謝霊運受容の軌跡を追い、六朝文化の日本における受容のあり方を体系的に検討する。

蒋義喬 編著・本体二八〇〇円（＋税）

# 天野山金剛寺善本叢刊

全二期・全五巻

【第一期】第一巻　漢学
　　　　　第二巻　因縁・教化
【第二期】第三巻　儀礼・音楽
　　　　　第四巻　要文・経釈
　　　　　第五巻　重書

天下の孤本を含む平安時代以来の貴重善本を選定し収載。精緻な影印と厳密な翻刻、充実の解題により、その資料性と文化史的・文学史的価値を明らかにする。翻刻・解題は、長年金剛寺の典籍・聖教の調査にあたった研究者によるもので、現物に拠った最新の知見を盛り込んでいる。原本の姿を鮮明に伝えるカラー口絵を各巻に配した。

後藤昭雄監修／（第一巻）後藤昭雄・仁木夏実・中川真弓（第二巻）荒木浩・近本謙介（第三巻）中原香苗・米田真理子（第四巻）箕浦尚美（第五巻）赤尾栄慶・宇都宮啓吾・海野圭介編

本体 第一期三二〇〇〇円（＋税）第二期三七〇〇〇円（＋税）

---

# 金剛寺本『三宝感応要略録』の研究

最も古い写本である金剛寺所蔵『三宝感応要略録』。その古鈔本を影印・翻刻、代表的なテキスト二本との校異を附し、関係論考などと合わせて紹介する。

後藤昭雄 監修・本体一六〇〇〇円（＋税）

---

三河鳳来寺旧蔵　暦応二年書写

# 和漢朗詠集 影印と研究

古代・中世日本の「知」の様相を伝える貴重本を全編原色で初公開。詳密な訓点・注記・紙背書入を忠実に再現した翻刻、研究の到達点を示す解題・論考を附した。

佐藤道生 著・本体三〇〇〇〇円（＋税）

## 日本「文」学史 第一冊

A New History of Japanese "Letterature" Vol.1

「文」の環境——「文学」以前

日本の知と文化の歴史の総体を、思考や社会形成と常に関わってきた「文」を柱として捉え返し、過去から現在、そして未来への展開を提示する。

河野貴美子・Wiebke DENECKE・新川登亀男・陣野英則 編・本体三八〇〇円（+税）

## 日本「文」学史 第二冊

A New History of Japanese "Letterature" Vol.2

「文」と人びと——継承と断絶

「発信者」「メッセージ」「受信者」「メディア」の相関図を基とした四つの観点より「人びと」と「文」との関係を明らかにすることで、新たな日本文学史を描き出す。

河野貴美子・Wiebke DENECKE・新川登亀男・陣野英則・谷口眞子・宗像和重 編・本体三八〇〇円（+税）

## 日本「文」学史 第三冊

A New History of Japanese "Letterature" Vol.3

「文」から「文学」へ——東アジアの文学を見直す

東アジア世界における「文」の概念はいかに変容・展開していったのか。日中韓そして欧米における48の知を集結し、描き出される初めての東アジア比較文学史。

河野貴美子・Wiebke DENECKE・新川登亀男・陣野英則 編・本体三八〇〇円（+税）

## 日本における「文」と「ブンガク（bungaku）」

「文」とは何か——。近代以降隠蔽されてしまった伝統的な「文」の概念の文化的意味と意義を再び発掘し、現代に続く「文」の意味と意義を捉え直す論考十八編を収載。

河野貴美子／Wiebke DENECKE 編・本体二五〇〇円（+税）

## 日本人の読書
### 古代・中世の学問を探る

注釈の書き入れ、識語、古記録や説話に残された漢学者の逸話など、漢籍の読書の高まりを今に伝える諸資料から古代・中世における日本人の読書の歴史を明らかにする。

佐藤道生 著・本体一二〇〇〇円（＋税）

## 句題詩論考
### 王朝漢詩とは何ぞや

これまでその実態が詳らかには知られなかった句題詩の詠法を実証的に明らかにし、日本独自の文化が育んだ「知」の世界の広がりを提示する画期的論考。

佐藤道生 著・本体九五〇〇円（＋税）

## 平安時代における変体漢文の研究

総体を捉える基盤研究のなされていなかった変体漢文の特性と言語的特徴を同時代の諸文体との対照から浮き彫りにし、日本語史のなかに定位する。

田中草大 著・本体八〇〇〇円（＋税）

## 日本人は漢文をどう読んだか
### 直読から訓読へ

漢文を取り巻く環境を一つ一つ分析することを通して、〈直読〉から〈訓読〉への変化を追い、日本人の漢字漢文受容の歴史を描きだす。

湯沢質幸 著・本体三二〇〇円（＋税）